小杜麗

上 卷

19 世紀的英倫如監獄，狄更斯經典諷刺之作

查爾斯·狄更斯 著 ｜ H.K. 布朗 插圖

劉成龍 譯 ｜ 孔寧 校注

U0087530

Little Dorrit POVERTY

「在本書所做的這些記載當中，以及大眾對英國某間皇家銀行的
高層們嚴加審訊這件事情裡面，我所幻想的這件事情竟然得到了強烈的彰顯，
而且已然強烈到了無以復加的地步。」── 查理·狄更斯

目 錄

目錄

1857 年《小杜麗》完結版序言

　　在為期兩年的時間裡面，這本書的寫作工作占用了我大量的時間。倘若我沒能把各期集結成書，而讓讀者諸君從整體上去評判它的諸般功過得失的話，那我絕對會擔上不務正業的嫌疑[001]。不過，因為並不缺乏情理的一件事情是，在它以那種散亂的方式出版發行期間，跟無論任何人相比起來，我都可以被認為能用一種更加連貫的目光去掌握它的各條線索，所以，同樣並不缺乏情理的一件事情是，我現在要懇請讀者諸君們，請你們在它的圖案全部完成之後，再去觀看評判它的編織過程。

　　對於像是巴家人和兜圈子辦事處這種誇張無度的虛構事物而言，我可能得為它們奉上一些歉意，倘若果真如此的話，那我會去一個英國人的尋常經歷中去尋覓這份歉意[002]，而不去膽大妄為地提及下面這個無足輕重的事實，即我本人曾經在對俄戰爭[003]期間，在切爾西的一家軍事調查法庭裡面，親自對那些美好的儀範施加過那椿暴行[004]。我可能還得不揣冒昧為那個奢侈鋪張的構想產物，也就是莫德先生辯解上幾句，倘若果真如此的話，我會拐彎抹角地暗示道，它發端於鐵路股票事件[005]那個紀元之後，其時正值某家愛爾蘭銀行[006]，還有其他一兩家同樣值得稱許的

---

[001] 這句話暗含的意思是，倘若讀者光從某一期的內容去評判《小杜麗》的話，可能會認為作者在捏造事實或蓄意傷人。

[002] 這句話的潛臺詞是，在日常生活中，英國人是接觸不到巴家人和兜圈子辦事處這種事物的，所以作者要為他的所言不實而道歉。

[003] 指 1853～1856 年間的克里米亞戰爭（Crimean War），其時俄國對戰英、法、土耳其和撒丁王國四國，後以俄國戰敗告終。

[004] 此處所說的「那椿暴行」指的是，在《小杜麗》裡面，柯南亞瑟堅持要求兜圈子辦事處對杜麗先生的案件作出解釋一事。

[005] 指英國 1840 年代的鐵路股票投機事件，其時「鐵路大王」喬治·哈德森（George Hudson, 1801～1870）因投資鐵路股票迅速暴富，後又迅速破產，該人被認為是《小杜麗》中莫德先生的原型人物之一。

[006] 指愛爾蘭梯普勒里銀行，該行董事約翰·薩德賴爾（John Sadhleir）從該行大量借貸而致無力償還，並最終因此自殺身亡，該人被認為是莫德先生的又一原型人物。

企業大放異彩之時。我還存有一個可稱荒謬透頂的幻想，有時候竟然想要宣稱，我的一些構思雖然看似拙劣，但它們實際上卻是一些優秀和確鑿擁有虔敬意旨的構思來的。而現在，倘使我必須得找上一個什麼藉口，來讓這個幻想稍具合理性的話，那麼，我的藉口將會是這麼一個堪稱神奇的巧合：在本書所做的這些記載當中，以及大眾對英國某間皇家銀行的高層們嚴加審訊這件事情[007]裡面，我所幻想的這件事情竟然得到了強烈的彰顯，而且已然強烈到了無以復加的地步。不過，倘若情勢需要的話，我也願意不做抗辯即接受所有這些控罪，同時承認（倘使保證方擁有可靠憑據的話），在這片土地上面，是從未與聞過這種事情的。

　　我的一些讀者們可能會有興趣得知一下，馬夏監獄的不管哪個部分，現在是否還轟立在那裡。在本月的六號之前，我自己也不知道這個問題的答案。那天，我過去看了一下，然後發現，在這本書裡經常提到的那個前院，也就是外面的那個天井，已經變身成了一家奶油店，我隨即失望地認定，之前的那間監獄大概是連一塊磚都找不到了。不過，我還是沿著附近的一條「通往貝蒙德賽的，名叫天使巷」的小街閒逛了下去，來到了一個名叫「馬夏廣場」的地方。然後，我認了出來，它的那幾座房子不僅是之前那座監獄的主體建築，還把當我變身為小杜麗的傳記作者之後，出現在我的心靈之眼前面的那些房間給保存了下來。接著，我碰到了一個曾經跟我交談過的最小的小男孩，但他卻抱著一個我曾經見到過的最大的小寶寶，此人為我提供了一份簡直智慧到了超自然地步的解說，向我講述了周遭那些地方的種種掌故，而且非常接近於正確無誤。這位小牛頓（因為據我判斷，他肯定會成為這麼一位人物）是怎麼得知這些資訊的，我說不上來，因為他要比實際該有的年齡小上四分之一個世紀，不然是沒辦法由他自己得知這些事情的。我把小杜麗出身於其間，然後又有她父親居住了如

---

[007]　指皇家英國銀行因向董事大量貸款，而於 1856 年 9 月宣告破產一事，該事致使大量普通儲戶遭受嚴重損失，從而向銀行高層們發難。

此漫長歲月的那個房間的窗戶指給他看，然後問他說：「那個房間現在的房客叫什麼名字？」他說：「皮湯姆。」我又問：「皮湯姆是誰？」他說：「皮喬爾的叔叔。」

又往前走了一點之後，我看到了那堵低矮破舊的老牆，它以前圍著更裡面的一座更加暗無天日的監獄，而實際上，除了在有些時候走走過場之外，那座監獄是不會把誰關進去的。不過無論是誰，只要他拐出通往貝蒙德賽的天使巷，然後走進了馬夏廣場，他都會發現，他的雙足踏在了已經消失的馬夏監獄的那些步道石上面，他還會看到，那個狹窄的放風場向左右兩邊延展了出去，除了前面的圍牆在這個地方解放時被改低了一些之外，它的變化可稱甚是微小（倘若真有什麼變化的話），同時，他的目光還會落到債務人們住過的那些房間上面，並且立足於發端自之前許許多多個悲慘的年頭的，成群結夥的幽靈們當中。

在《荒涼山莊》的序言裡面，我曾經說過這麼一句：「我從未擁有過如此眾多的讀者。」現在，在它的繼任者，也就是《小杜麗》的序言當中，我仍然要把這句話給重複上一遍。然後，在深深感銘於我們之間的那份如許深情和莫大信賴的同時，我要像在之前那篇序言中那樣，再為眼下這一篇增添這麼一句，願我們能夠再度相逢！

1857 年 5 月於倫敦

查理・狄更斯

第一章　陽光和陰影

三十年前的某一天 [008]，烈日暴晒之下的馬賽像是燒著了一般。

在法國南部，酷暑八月遭受驕陽的暴晒，無論在哪個年頭都是稀鬆平常的事情。在馬賽城裡和馬賽周邊，每一樣東西都瞪視著熾熱的天空，後者也回瞪著它們，就這樣，目不轉珠地乾瞪眼在那裡變成了一種廣泛存在的慣常行為。那些白色的房屋、白色的圍牆、白色的街道，以及一截截不毛之路和蔥蘢的綠色被燃燒殆盡的荒山，都在瞪眼逼視中發射著刺目的強光，把外地人瞪得不知所措了起來。唯一沒在瞪大眼睛死盯著不放的東西是，被葡萄果實墜彎了腰的葡萄藤。當灼熱的空氣偶爾稍稍掀動它們無精打采的葉片之時，這些藤條會略微霎上一下眼睛。

空中未曾吹過哪怕一絲風，所以海灣裡面的那潭臭水，以及海灣外面的美麗海洋上，都不見哪怕一道漣漪。在灣內的黑色和灣外的藍色之間，有一道分界線，以此標示出一個潔淨海水不會跨越的臨界點。它也像那潭令人作嘔的臭水一樣，靜靜地俯臥在那裡，但永遠不會跟後者混為一潭。一些沒有遮蓬的小船被晒得滾燙，讓人沒辦法伸手去觸碰它們。泊在錨地裡的大船被晒起了燎泡。碼頭上面的石頭不管日夜都沒辦法冷卻下來，已經一連數月都是如此。印度人、俄國人、中國人、西班牙人、葡萄牙人、英國人、法國人、熱那亞人、那不勒斯人、威尼斯人、希臘人、土耳其人 —— 這些巴別塔建造者的後裔們[009]都是前來馬賽貿易的，他們此刻都在尋找蔭涼，欲在一個隱蔽的所在獲得庇護，以期躲開那片藍得不忍卒觀的海洋，以及那片紫色的天空 —— 其間鑲嵌著一顆冒著火焰的巨大寶石。

---

[008]　此書寫於 1855 ～ 1857 年期間，再加上後文中的相關證據，可以推斷出此書的背景時間被設置為 1826 年。

[009]　典出《聖經舊約－創世紀》第 11 章 9 節，據經文記載，世人欲建通天之塔宣揚人之名，上帝怒其狂妄，遂變亂建塔者眾人的語言，令其無法交流溝通，致此塔終未建成，而此塔後被稱為「巴別塔」（Babel），含「變亂」之意。

　　乾瞪眼發射的刺目強光無處不在，灼得人眼睛生疼。在遠處的義大利海岸線那邊，一些輕柔的霧狀雲團從海水中緩慢蒸騰而起，令人的眼睛稍微舒服了一些，但是，在除此之外的無論任何其他地方，它們都沒能得到這種緩解。比如遠處那些亮得刺眼的公路，它們掩埋在厚厚的塵土當中，在山坡、溝壑和不見邊際的平原上瞪個不停。再比如遠處那些攀爬在路旁小屋上面的土濛濛的葡萄藤，那些由不見樹影的枯焦樹木列成的單調林蔭大道，它們都在大地和天空的瞪視之下俯首聽命了起來。同樣被瞪得垂頭喪氣的還有：那些走在運貨馬車隊伍裡面的馬匹，牠們搖晃出催人入眠的鈴聲，躡手躡腳地朝內陸方向緩慢挪去；牠們那些躺靠在座位上面尚未入眠（而這種情形是極少出現的）的駛者；以及田裡那些已經累至力竭的勞動者們。每一樣活著或者生長的東西都被這種瞪視壓迫著，唯二兩個例外情形是──一隻壁虎疾速翻過粗礪的石頭圍牆，還有一隻知了發著枯乾灼熱的鳴聲。路上的塵土被炙烤成了棕紅色，有些東西在半空中抖個不停，就像空氣本身都被熱得氣喘吁吁了起來。

　　百葉窗、遮板、窗簾和遮陽棚全被關上或者拉了起來，以期把乾瞪眼的大太陽阻擋在外。但是，只要給它一道縫隙或者一個鑰匙孔，它便會射將進來，狀如一支熾熱的白箭。教堂是乾瞪眼大太陽最少涉足的地方。它的廊柱和拱道造就出一片夢幻般的暮色，其上點綴著不斷眨眼的燈盞，簇擁著一些醜陋而老邁的人形暗影，這些虔敬的人們有的在打盹，有的在吐痰，還有一些在禱告。當你從這片暮色中脫身而出的時候，便會一頭扎進一條火之河流，接著便是拚命游向一線窄而又窄的陰涼地帶了。在八月間的這一天，馬賽就這樣遭受著烈日的炙烤，被烤成了一塊味道濃烈的食材。它的市民們或躺或靠在凡有陰涼之處，聽覺方面只餘人的低哼和狗的吠叫，還有教堂的大鐘，它們間或敲打出一些有失協調的叮鈴鐺噹聲，以及相形之下有些邪惡的鼓聲，它們發的是一種短促而連續不斷的尖利聲響。

　　那時，馬賽有一座專門收容惡棍的監獄。在它的一個房間裡面，住著

兩位男性囚犯。這個房間是如此令人憎惡，甚至連一向目不轉珠的乾瞪眼大太陽，都對它眨巴起了眼睛，然後便飛也似的逃開了，令它變成了一個只靠折射光線照明的荒僻所在。除了這兩名囚犯之外，房間裡還有一張被刻畫得面目全非的長凳，它是固定在牆上的，因而動彈不得，其上有一張用刀子刻出來的但刀工很是粗劣的跳棋棋盤，此外，還有一副用舊鈕扣和湯裡的骨頭製成的跳棋，一副多米諾骨牌，兩張睡覺時鋪的墊子，以及兩或三個酒瓶。除了老鼠和其他尚未露面的害蟲，以及這兩個已經顯山露水的害蟲之外，以上便是這個房間的全部內容物了。

這個房間的光照經由一個鐵柵欄而得，它狀如一個相當巨大的窗戶，朝向一條昏暗的樓梯，牢頭習慣站在這條樓梯上檢查房間裡面的狀況。鐵柵欄的內側是一個寬闊而堅固的石頭窗臺，嵌入在磚石構造的牆壁裡面，距離地面三或四英尺左右。現在，兩位囚犯當中的其中一位半躺半坐在它的上面。他的膝蓋聳起，雙腳和肩膀分別抵在這道石頭縫隙的兩個側面之上。柵欄的鐵棒分得很開，容許他把一條手臂探將進去，直至肘部那裡。於是，他用這個姿勢心不在焉地抓著柵欄，這樣做是為了讓他自己坐得更舒服一些。

房間裡面的每樣東西都附著著專屬於監獄的汙濁。被監禁起來的空氣、光線、潮氣以及囚徒，都因為圍於一方斗室而腐敗變質了。被關押著的囚徒枯槁憔悴，鐵柵欄鏽跡斑駁，石頭覆滿黏液，木頭糟朽腐壞，再加上稀薄的空氣和黯淡的光線。總之，這座監獄像是一口深井、一眼地窖、一座墳墓那樣，對外界的光明一無所知，而且，即便到了印度洋上的一個香料島上面，它這份汙濁不潔的空氣也會保持不變。

躺在窗臺上面的那位甚至打了個寒顫。他不耐煩地動了動肩膀，把身上的大斗篷裹得更緊了一些，接著怒氣衝衝地說：「這個強盜一樣的大太陽從來不知道照照我們這裡，真是該死！」

他正在等著開飯，目光透過鐵柵欄兩下裡張望著，想要看到樓梯深處的情形，臉上的神色像極了一隻處於類似期待當中的野獸。但是，他的兩

隻眼睛挨得過近，鑲嵌在頭上的樣子不像百獸之王那麼威嚴。它們銳利有餘而明亮不足，就像一柄鋒銳的武器那樣，沒有多少表面積用來散射光亮。它們還欠缺深度和變化，僅僅微光閃爍地開合著。就這樣一雙眼睛而言，若是不在乎它們沒法使用的話，鐘錶匠也能製作出更好的一對來。他的鷹鉤鼻可稱英俊，但有些太過高挺，就像他的兩隻眼睛有些太過靠近一樣。就其他方面而言，他身材闊大且高拔，厚重的髭鬚下面露出一對薄薄的嘴唇，濃密的枯乾毛髮糾結成蓬亂的一團，說不上來是什麼顏色，但隱約透出一些紅色來。抓著柵欄的那隻手特別小又特別肉，手背上遍布著新近癒合的狀貌醜陋的抓傷，像是用針線縫上去的一般，而且，若非也塗上了監獄裡面的那道底漆，它原本還會特別的白嫩。

另外那名囚犯躺在石頭地板上，身上蓋著一件做工粗糙的棕色上衣。

「給我起來，你這頭豬！」頭一個囚犯怒氣衝衝地說。「別在我挨餓的時候睡得那麼舒坦。」

「這是一回事，主人，」那頭豬恭順地說，但語氣中不無歡快的意味，「我想醒就醒，想睡就睡，這完全是一回事。」

他一邊說一邊站起身來，抖了抖身子，又撓了撓自己，接著把棕色上衣的袖子鬆鬆地繫在了脖子上面（他之前用它當被子來著），然後坐在石頭地面上打起了呵欠，脊背靠著柵欄對面的那堵牆。

「告訴我現在幾點了。」頭一名囚犯咕噥著說。

「午間的鐘聲——不到四十分鐘就要敲響了。」做中間那個小小的停頓時，他扭頭環顧了一下這間囚室，像是在搜尋一條確切訊息。

「你真是一臺鐘錶，你怎麼總是知道得這麼清楚？」

「這該怎麼說呢？我總能知道現在是幾點鐘，還有我身在何處。我是晚上被送到這裡來的，而且是坐船來的，但我仍然知道我在哪裡。你看！這裡是馬賽港。」他雙膝跪在石頭地面上，用一隻黝黑的食指畫起了地圖：「這裡是土倫（停著戰艦的那個地方），西班牙在那邊，阿爾及爾在那邊。現在

我們悄悄朝左走到尼斯。接著繞過柯尼斯到達熱那亞。這裡是熱那亞的防波堤和港口，這是一片隔離檢疫區。它的城區在那邊，露臺花園上開滿了顛茄。這裡是費諾港，出港駛往里窩那。現在我們要再度起航了，目標地是奇維塔韋基亞。再這麼往前走 —— 嘿！沒地方畫那不勒斯了。」此時，他已經把這張地圖畫到了牆邊，「但這沒什麼大不了的，它就在那裡！」[010]

他保持著雙膝跪地的姿勢，用一副在監獄這個環境裡面稱得上活潑的神情仰臉看著他的獄友。他是一個被太陽晒深了膚色的小個子男人，動作起來敏捷而輕巧，不過，他的身材可稱相當壯實。兩隻晒成棕色的耳朵上都戴著耳環，白牙照亮了怪異得有些醜陋的棕色面龐，一片濃密的黑色毛髮叢集在棕色的喉嚨區域，一件襤褸的紅色襯衫在棕色的胸膛上面敞著前襟。此外，他還穿著一條寬鬆的水手褲，一雙頗為得體的鞋子，頭戴一頂長形紅色便帽，腰間繫著一條紅色腰帶，裡面別著一把刀子。

「我們再來看看，能不能像去時候那樣從那不勒斯返回來！你看這裡，主人！奇維塔韋基亞、里窩那、費諾港、熱那亞、柯尼斯、這次不走尼斯了（但它還在那裡），然後就是馬賽，接著是你和我這裡。住著牢頭和他那串鑰匙的那個套間在我的這隻大拇指這裡，在我的手腕旁邊，他們在一個箱子裡面保管著這個國家的剃刀 —— 也就是那架被鎖起來的斷頭機。」

另外一名囚犯突然對著石頭地面吐了一口痰，然後喉嚨裡咯咯作響了起來。

片刻之後，樓下的某把鎖頭也在它的喉嚨裡面咯咯叫著響了起來，然後有一扇門砰地撞了一聲。一陣徐緩的腳步聲開始從樓梯上爬了上來，還有一個咿咿呀呀的甜美童音，同腳步製造出來的嘈雜聲響混合在一起，接著牢頭出現了，隨身攜帶著他三四歲大的女兒，外加一個籃子。

「今天上午這裡狀況如何，先生們？你們已經看見了，我的小不點要

---

[010]　此句中的土倫 (Toulon) 和尼斯 (Nice) 是法國東南部地區的港口城市，熱那亞 (Genoa)、里窩那 (Leghorn)、奇維塔韋基亞 (Civita Vicchia) 和那不勒斯 (Naples) 是義大利境內的沿海城鎮。

跟我一起上來瞅瞅他父親的這兩隻鳥！菲，過來！快過來看鳥，我的小可愛，快過來看鳥。」

他把那個小孩舉到了柵欄旁邊，與此同時，他自己也用銳利的目光視察起他的鳥來，尤其是體格稍小的那一隻，似乎不太放心此鳥的舉動。「我把你的麵包帶來了，巴普莊先生[011]，」他說（他們講的都是法語，但小個子囚犯是義大利人），「還有，如果可以的話，我建議你不要賭博──」

「你應該去建議這裡的主人！」巴普莊先生說，並露齒微微一笑。

「喔！不過你的主人贏了，」牢頭回應道，然後用並非特別喜愛的目光掃視了另外那名囚犯一眼，「而你卻輸了。所以情形就大不相同了。你賭來了硬麵包和酸飲料，他賭來了里昂香腸、開胃小牛肉肉凍、白麵包、嫩乳酪和優選葡萄酒。你看這兩隻鳥，小可愛！」

「真是可憐的小鳥！」那個孩子說。

當她有些畏縮地瞥視柵欄裡面的情形時，一陣神聖的憐憫神情浮上了她那張俏麗的小臉，其時的情形就像是一個天使的臉龐顯現在了這座監獄當中。巴普莊站起身來朝它走了過去，似乎那裡面有些美好的東西引起了他的興趣。但是，另外那隻鳥仍然保持著之前的模樣，他身上唯一的變化是，用不耐煩的眼神瞟了籃子一眼。

「好了！」牢頭說道，接著把他的小女兒放在了柵欄外側的窗臺上，「她要開始餵鳥了。這個大麵包是巴普莊先生的。我們必須把它切開才能遞進鳥籠裡面，遞的時候會有一隻乖鳥親吻這隻小手！這根放在葡萄葉裡面的香腸是李高先生的。還有──這塊小牛肉開胃肉凍是李高先生的。還有──這三個白色小麵包也是李高先生的。還有這塊乳酪──還有這瓶葡萄酒──還有這份菸草──它們統統都是李高先生的。真是一隻走運的鳥！」

---

[011]　此處將 John Baptist 譯作「巴普莊」嚴格上講並不正確，因為此人全名為 John Baptist Cavalletto（後文中被譯為買瓦巴普莊），Baptist 並非其姓，只是他的中間名而已，但是，因為中文沒有中間名一說，所以姑且這樣譯出。

（籠中之鳥）

　　從柵欄的鐵棒之間往那隻柔軟光滑而外型姣好的手裡遞送這些東西時，小女孩顯然有些懼怕，不止一次朝後退縮著自己的身體，而且，在她看著眼前這個人的時候，她漂亮的眉毛皺出一副半是害怕半是憤怒的神情。但是，在她把那堆切開的硬麵包遞進巴普莊布滿鱗片而骨節粗大的黑手（他八根手指和兩根大拇指上面的所有指甲，都沒有李高先生一根手指上面的那麼多）裡面時，她卻是一副一見如故的信賴神情，而且，在他親吻她的手時，她還用那隻手在他臉上充滿愛意地撫摸了一下。李高先生對這份特別待遇毫不在意，僅僅在小女孩遞給他東西的時候對著她大笑並點頭示好，以此博取她父親的好感。接著，把他的全部珍饈美味在窗臺的各個角落裡擺好之後，他馬上就胃口健旺地吃喝了起來。

　　當李高先生大笑起來的時候，他的臉上發生了一種變化，這變化與其說

是引人注目，倒不如說是怵目驚心。其時，他鼻子下面的髭鬚彎了上去，他的鼻子朝下位移，壓在了那道髭鬚上面，顯出一副非常陰險殘忍的樣子來。

「好了！」牢頭說道，然後把籃子底朝天倒了過來，往外拍打著裡面的食品碎屑，「我花光了你們給我的所有錢，這裡是採買帳單，所以這件事就算完結了。李高先生，就像我昨天預料的那樣，主審法官希望，能在今天午後一點有幸得見你的尊顏。」

「要審我嗎，呃？」李高停下來說道，他手裡舉著餐刀，嘴裡含著一口食物。

「正像你所說的那樣，要審你了。」

「我這邊什麼消息都沒有嗎？」巴普莊發問說，在此之前，他已經心滿意足地賣力咀嚼起了那些硬麵包。

牢頭聳了聳肩膀。

「我的聖母呀！難道我要在這裡待上一輩子嗎，天父？」

「我怎麼知道！」牢頭大聲說，並用南方人特有的敏捷動作朝他轉過身來，接著，他的兩隻手和所有手指都朝著巴普莊動作了起來，像是要把後者撕成碎片一樣。「老友，我哪裡有可能告訴你，你要在這裡待上多久？我能知道什麼呢，賈瓦巴普莊？真是要命啊！但這裡偶爾也會有一些犯人，他們不像你這個該死的，這麼急著受審送命。」

在發表上面這些評論的時候，他躲躲閃閃地瞥了李高先生一眼，但後者已經重新吃喝了起來，不過進食的速度沒有之前那麼快了。

「再見，我的小鳥們！」說完，牢頭把他的小可愛抱進了懷裡，並向她口授了這句告別辭令，然後吻了她一下。

「再見，我的小鳥們！」那個可愛的孩子重複道。

當他抱著她離開的時候，她越過父親的肩頭朝後望著兩名囚犯，其時，她的臉龐看上去極其光彩照人。在此過程當中，牢頭還給他的女兒唱著一支兒童遊戲時的伴歌：

「有誰會在大晚上走過這條路？

馬喬麗的夥伴！

有誰會在大晚上走過這條路？

永遠樂悠悠！」

　　小女孩明媚的臉龐令巴普莊覺得，能對此作出回應是一件與有榮焉的事情，於是，他立即在柵欄旁邊用優美但也有點嘶啞的音調唱了起來：

「此人是國王衛士中的佼佼者，

馬喬麗的夥伴！

此人是國王衛士中的佼佼者，

永遠樂悠悠！」

　　他的歌聲一直伴隨著他們走完了那幾級陡峭的樓梯臺階，而且直到這時仍未結束，於是，牢頭只好在樓梯盡頭處止住了腳步，好讓他的小女兒聽完這首歌。聽完之後，他把此歌的副歌部分向她重複了一遍，其時，父女二人仍然在兩名囚犯的視野範圍當中。隨後，先是小女孩的頭部消失不見了，接著是牢頭的頭部。不過，小女孩甜美的小聲音延展了歌曲的壽命，直至那扇門發出砰的一聲。

　　在父女倆引發的一系列回音（就連這些回音也因為身處監牢而比別的地方小了不少，而且好像有所延遲似的）終止之前，李高先生發現，側耳聆聽的巴普莊擋住了他望向窗外的視線，於是用腳踹了他一下，提醒他回到自己的地盤。於是，這個已經完全習慣了石頭地面的小個子囚犯，用一種毫不在意惡劣環境的舒適姿態，重新坐回了那裡。在此之前，他已經把三大塊硬麵包擺放整齊了，現在開始擺第四塊，接著便心滿意足地對付起它們來。他的那副模樣令人覺得，把它們消滅乾淨似乎是一個有趣的遊戲。

　　一個有可能存在的情形是，在對付自己粗劣的吃食之際，他也在偷眼瞥視那根里昂香腸和那塊小牛肉肉凍，但它們沒能在那裡待上多長時間，

換句話說就是，沒能把製造他的口水這樁大業進行上很久。儘管出現了法官和法庭這兩個干擾物，李高先生還是很快就把它們打發進了肚子裡面，接著先用嘴巴把他的手指吮了個乾淨，然後又用葡萄葉子擦拭起它們來。隨後，他停下酒杯盯著他的獄友看了起來，這時，他的髭鬚開始向上翹起，他的鼻子開始向下位移。

「你那麵包吃起來怎麼樣？」

「有點乾，不過我有這份萬試萬靈的老湯呢。」巴普莊答道，手裡舉著他那把刀子。

「這怎麼就變成了湯？」

「我可以用它這麼切我的麵包 —— 像切西瓜那樣。或者這麼切 —— 像切煎蛋那樣。或者這麼切 —— 像切烤魚那樣。或者這麼切 —— 像切里昂香腸那樣，」巴普莊說道，同時在麵包上展示著他花樣繁多的刀法，隨後表情十分嚴肅地咀嚼起了送到嘴裡的麵包。

「過來！」李高先生叫嚷著說。「你可以喝點這個，停下你的這套把戲吧。」

那並非一份了不得的大禮，因為瓶子裡只剩了極少一點葡萄酒。但賈瓦先生還是蹦跳到他的腳下，滿臉感激之情地接過了那個瓶子，接著，他把它頭往下塞進了嘴裡，喝完後仍然戀戀不捨地咂摸著嘴唇。

「把瓶子和其他東西收在一起。」李高說。

小個子囚犯服從了他的命令，然後侍立在一旁準備給他點火。李高正在用一塊買來的正方形捲菸紙，把那些菸草捲成菸卷。

「過來！你也可以抽一根。」

「感激不盡，我的主人！」巴普莊用他的母語說，並做出一副義大利式的機敏討好姿態來。

接著，李高先生從窗臺上立起身點著菸卷，把剩下的菸草裝進胸袋裡面，然後展開身子躺在了那張長凳上面。賈瓦坐在石頭地面上，雙手各握

著一個腳踝，嘴裡默默地抽著菸。當李高先生望向長凳旁邊的一塊石頭地面（賈瓦剛才用大拇指畫地圖的那一片）時，目光中有一些不快的成分閃現了出來。他的視線被十分強烈地吸引到了那個方向上面，這令那名義大利囚徒不止一次感到訝異不已，跟著他的目光在那塊地面上往返了數次。

「這個黑洞多麼像地獄啊！」李高先生說，以此打破了一份長久的靜默。「看看白天的這份天色吧。這也算是白天嗎？上周是這樣，六個月前是這樣，六年之前仍然是這樣。昏暗得像地獄一樣！」

這是因為，在一個正方形的通風口那裡，天光突然減弱了下去，它遮住了樓道裡面的一扇窗戶，所以，他們是沒辦法透過那扇窗戶看到天空的，也看不到任何其他東西。

「賈瓦，」李高先生說，他突然從通風口上面收回了目光，在此之前，他們倆人都不由自主地把目光投到了那上面，「你知道我是一位紳士吧？」

「那是當然，那是當然！」

「我們來這裡多久了？」

「我，到了明晚十二點就十一週了。你，到今天下午三點是九週零三天。」

「我在這裡做過什麼事沒有？可曾碰過掃帚，或者鋪過墊子，或者卷過它們，或者找過棋子，或者收過多米諾骨牌，或者動手做過任何其他事情沒有？」

「從來沒有過！」

「你可曾指望我做什麼沒有？」

巴普莊用一個奇特的手勢回答了這個問題，反手把右手食指搖晃了一下。在義大利語裡面，這個動作具有至為強烈的否定含義。

「那好！自從你在這裡見到我的第一刻起，你就知道我是一位紳士嗎？」

「奧特羅！」巴普莊答道，同時閉上眼睛把腦袋至為熱烈地揚了一

下。當這個詞語被用熱那亞口音重讀出來之後，它能擁有確定、否認、堅信、否定、嘲弄、讚揚、玩笑或者其他五十種含義，而在眼下的這個情形裡面，它擁有一個超越了所有書面詞彙的強烈意指，換成英語說就是「我相信你！」

「哈哈！你說對了！我的確是一位紳士！我生而為紳士，死了也是紳士！我的人生目標就是成為一位紳士。這是專屬於我的一個遊戲。無論走到哪裡，我都會一直把它玩下去！」

接著，他改為坐姿，面帶勝利者的神色大聲說：

「這就是我！你看著我！我被從命運的骰盒中搖了出來，成了一個小小的走私犯的同伴，跟一個可憐的小個子走私商販關在一起，他的通關檔案都是偽造的，而員警之所以抓他是因為，他把自己的船給了其他幾個小傢伙們使用（充當越境工具），這些人的通關檔案自然也是偽造的。他憑藉本能識別出了我的紳士身分，儘管是這麼一種光線和這麼一個地方。真是妙啊！天哪！不管這遊戲怎麼玩，我總是贏家。」

這時，他的髭鬚再次翹了上去，鼻子也再次向下位移而去。

「現在是什麼時間了？」他發問說，臉上是一種熱烈但感情淡漠的青白色，有點難以把它跟愉快的心情連繫在一起。

「十二點半過一點。」

「很好！有一位紳士很快就會出現在法官面前。過來！我要告訴你我被控以何罪嗎？這事必須現在來做，要不就永遠做不了了，因為我再也不會回到這裡來了。我要嘛被釋放掉，要嘛被剃掉。你知道得很清楚，他們在什麼地方鎖著那把剃刀。」

賈瓦先生從張開的兩唇之間把菸卷拿了下來，一時間流露出來不小的窘狀，可能要比對方預期當中的多了不少。[012]

---

[012]　這句話應該包含著這樣一份潛臺詞，賈瓦並不想聽到李高的隱私，也就是不想知道他被控以何罪，所以有點發窘，而他的窘狀比李高所預期的大了不少，是因為李高自負地認為，賈瓦非常有興趣了解他的過往經歷，應該是一副熱切的模樣，而不該是發窘。

「我是一位 ——」李高先生站起身宣稱道：「—— 我是一位世界性的紳士。我不屬於任何一個國家。我的父親是瑞士人 —— 瑞士沃州。我的母親是法國血統，但生在英格蘭。我自己出生在比利時。我是一個世界公民。」

他挺直地站立著，藏在斗篷裡面的一隻手搭在胯上，而且，他是對著對面那堵牆講出這些話的，對他的同伴視若無睹。他的這副演員做派似乎意味著，他正在為即將到來的那場審問彩排，而非為了賈瓦巴普莊這麼一個微不足道的人，來勞動自己的大駕。

「我今年三十五歲，曾經見過一點世面。我住過這裡，也住過那裡，不管在哪裡都是一派紳士風範。無論走到哪裡，我都受到了紳士般的對待和尊敬。如果我靠智慧生存這個事實令你對我產生了偏見，那麼請問，你的那些律師是怎麼生存的 —— 還有你的那些政客們 —— 你的那些陰謀家們 —— 你的那些股票掮客們？」

他始終都在徵用，或者說展示他那隻光滑的小手，好像它能為他的高貴身分提供見證一般，而事實上，它也確實幫了他的大忙。

「兩年之前，我來到了馬賽。我承認那時候很窮，因為我之前生病了。當你的那些律師們、你的那些政客們、你的那些陰謀家們，還有你的那些股票掮客們生了病，而且之前沒有刮到錢，他們也會窮得叮噹響。我在金十字住了下來 —— 當時由巴亨瑞先生經營著 —— 他至少有六十五歲了，而且身體每況愈下。當我在這家店裡住了大約四個月之後，巴亨瑞先生不幸亡故了 —— 這無論如何都算不上什麼罕見的不幸事故。死人這種事情實在再常見不過，我可沒在這裡面插上一手。」

此時，巴普莊先生已經把菸卷抽得燒到了指頭上，於是，李高先生十分仁愛慷慨地又給他扔了一支。巴普莊在第一支的餘燼上點燃了第二支，接著繼續吸了起來。他扭頭望向他的同伴，後者正全神貫注於自己的往事當中，看都沒看他一眼。

「巴先生留下一個遺孀，時年二十二歲。她的美貌遠近聞名，而且確實非常漂亮，儘管實際情況跟傳聞往往是大相徑庭的。我繼續在金十字住了下去，然後娶到了巴夫人。對於這麼一對搭配是否差異得太過懸殊，是不該由我來評論的。我現在站在這裡，身上沾染著監獄的骯髒，但你仍然有可能覺得，我要比她的前夫更適合她。」

他的神態顯示出，他篤定確信自己英俊不凡——但事實並非如此，他的神態還顯示出，他篤定確信自己擁有良好的教養——而實際情況也並非如此。這僅僅是一種妄自尊大的自我裁斷，但眼前的這個事例也像許多其他事例那樣，誇誇其談的自我吹噓變成了確鑿的證據，而且世事大半如此。

「儘管我不太確定這椿婚事般配與否，但巴夫人卻十分認可我。我希望，這不至於讓你對我產生偏見，可以嗎？」

發出這項詢問的時候，他的眼睛碰巧落在了巴普莊身上，於是，小個子囚犯機靈地搖了搖頭，以示他絕對不會存有此種偏見，接著壓低嗓門吵架一般地反覆說，奧特羅，奧特羅，奧特羅，奧特羅——直說了數不清次。

「接著，我們的生活出現了問題。我是個驕傲的人。我不會為驕傲進行任何辯解，但我就是這麼一個人。而且，我還生性喜好支配。我是沒辦法服從的，我必須支配。但很不幸地，李高夫人的財產被轉讓到了她自己名下。這是她那個已經死去的前夫的荒唐伎倆。而且，更加不幸的一件事情是，她還有眾多親戚。當某人妻子的親戚們處處跟他針鋒相對，而此人碰巧又是一位紳士，還是一位生性驕傲而必須支配的紳士時，那事情的結果就非常不利於安定團結了。除此之外，還有另外一件事情也造成了我們夫妻的分歧。李高夫人有一點庸俗，真是不幸啊。我試著改善她的儀態，提高她的整體格調，但她卻對我的此番努力怨憤待之（她的這種做法還得到了眾位親戚的支持）。我們之間開始爆發出爭吵，李高夫人的親戚們又

出於誹謗中傷的目的，對此大肆宣揚和誇大，以致我們夫妻之間的不睦變成了一樁公開的醜聞。坊間流傳我虐待李高夫人。可能有人看見我打她耳光——但再沒有別的什麼了。我下手很輕，而且，如果有人清清楚楚地看到，我用這種方法來糾正李高夫人，那我那些耳光差不多都是鬧著玩的，並沒真打。」

　　如果李高先生講到此處展露出來的笑容完全表達了他的玩鬧居心，那麼，李高夫人的親戚們便會這麼說，他們寧可讓他一本正經地糾正那個不幸的婦人。

　　「我是個敏感且勇武的人。我不是把敏感和勇武當成一樁優點來宣揚，但我就是這樣的性格。如果李高夫人的男性親戚能夠公開表達他們的不滿，我完全明白該怎麼對付他們。他們深知此情，所以在暗地裡策劃種種陰謀詭計。結果，李高夫人和我很不幸地捲入了頻繁的衝突當中。甚至當我需要很少一點錢用作個人花銷的時候，我都得跟她衝突一番才能拿到——而我又是一個生性喜好支配的人！有一天晚上，李高夫人和我正在一處海邊懸崖上和和氣氣地散步——可以這麼說，我們當時像是一對甜蜜的戀人。這時，好像受了一顆邪惡的星辰的蠱惑，李高夫人突然提到了她的親戚們。我曉之以理地跟她講這件事情，但她卻心甘情願地相信，眾位親戚對我懷有的嫉妒和惡意是十分正確的，於是，我對她這種缺乏家庭責任感和不忠於丈夫的做法表示無法苟同。李高夫人反駁我，我也反駁她，接著，李高夫人逐漸變得激動了起來，我也逐漸變得激動了起來，而我的這種反應又進一步惹惱了她。我承認這一點，坦率是組成我的性格的一部分。最終，李高夫人爆發出一股強烈的盛怒，不管在什麼時候，我都必須對她這種做法嚴辭予以譴責，然後尖叫著朝我撲了過來（毫無疑問的一點是，不遠處的某些人聽到了她的叫聲），撕扯我的衣服，撕扯我的頭髮，抓破我的手，踢踏起滾滾的塵土，結果失足從懸崖上掉了下去，急急忙忙地在下面的大石頭上摔死了自己。而那些惡意的猜測卻把這一連串事

情曲解為，我強迫李高夫人放棄她的財產所有權，接著，在她拒不做出我要求的讓步之後，我跟她扭打了起來 —— 然後暗殺了她！」

他移步走到窗臺旁邊，有幾張葡萄葉子仍然散落在那上面。他撿起來兩三張，背朝窗口擦起他的手來。

「那麼，」他在片刻沉默之後發問說，「對於所有這些事情，你沒有任何話要講嗎？」

「這很醜陋，」小個子囚犯答道，他之前已經站起了身，正在鞋上擦亮他的刀子，一條手臂支在牆上。

「你這是什麼意思？」

巴普莊默聲不響地抹著他的刀子。

「難道你的意思是，我沒有正確陳述案情嗎？」

「奧 —— 特羅！」巴普莊答道。這個詞語現在變成了道歉語，代表著「啊，絕對沒有！」

「那你是什麼意思？」

「法官和法庭都是偏見很深的。」

「好吧，」另外那名囚犯大聲說，焦躁不安地把斗篷的下擺拋到了身後，同時咒罵了這麼一句，「讓他們把最損的招使出來吧！」

「他們真會這麼做的。」巴普莊暗自嘟噥道，他正在低著頭把刀子插進腰帶裡面。

兩人都沒再多說什麼，開始來來回回地踱起步來，每次轉身必然要打個照面。李高先生有時候會放慢步子，好像想從新的角度陳述案情，或者提出某個憤怒的抗議。但是，買瓦先生用一種怪模怪樣的勻速慢步持續不斷地走來走去，眼睛始終盯著地面，所以，李高先生只得把他的那些打算作罷。

不大功夫之後，鑰匙在鎖孔裡面發出的聲音引起了他們兩人的注意。接著出現了人聲和腳步聲。待樓下那扇門砰地撞了一聲之後，人聲和腳步

聲開始向上走來，那是牢頭在緩步走上樓梯，後面跟著一隊士兵。

「欸，李高先生，」他手裡拿著一串鑰匙，在柵欄旁邊駐足了片刻，並且說，「行個方便出來吧。」

「我這是要正式離開了，我這麼想對嗎？」

「啊，除非你真的離開了，」牢頭答覆道，「否則的話，你可能會被撕扯成七零八落的一大堆離開這個世界，到時候想給你組個囫圇身子都難。外面有一大群人等著你呢，李高先生，他們都不怎麼喜歡你。」

接著，他走出兩位囚犯的視線之外，開始給位於囚室一隅的一扇矮門開鎖去閂。「好了，」他打開牢門走進囚室裡面，然後說：「出來吧。」

在陽光之下的所有顏色當中，是找不出任何一種白色，能夠跟李高先生其時臉上的白色存有丁點相似之處的，也沒有任何人類的面部表情，能夠些微相似於他臉上掛著的那一副，在它的每一個構成線條當中，都能看到他那顆驚懼不已的心在劇烈搏動。按照慣例，這二者都是能跟死亡扯上一些關係的，但它們之間橫亙著一條巨大的鴻溝，前者是歷經諸般內心鬥爭後造就的顏色，而後者顯示出來的卻是，此人眼下正在進行一場至為垂死掙扎的內心搏鬥。

只見他在獄友的菸頭上點燃了另一根菸卷，把它緊緊地咬在了上下兩排牙齒之間，又給頭上低低地蓋了一頂軟帽，把斗篷的下擺往身後拋了一次，接著移步走進了牢門開向的那條側廊，自此之後，他再未看過賈瓦先生一眼。至於這名小個子囚犯本人，他的全部精力都集中在了迅速靠近那扇牢門，然後在門邊朝外望上一望這件事情上面。就像一隻被關押的野獸在洞穴大門開啟之後，肯定會去門口望向遠處的自由生活一樣，他把那幾秒或者幾分鐘的時間完全用在了凝神觀看上面，直至牢門重新在他面前關上為止。

在前來押送李高的眾位士兵當中，有一位發號施令的長官，這是一個壯實、俐落、深沉、冷靜的男人。此人劍已出鞘，嘴裡吸著一支雪茄。他

非常簡短地指示了李高先生在隊伍裡面的位置，用技巧嫻熟的不以為意姿態讓自己排在了隊伍的最前面，然後說了一聲：「出發！」於是，這一干人馬便開始叮鈴鄺噹地朝樓下走去。那扇門又砰地撞了一聲 —— 鑰匙又轉動了一次 —— 這時，似乎有一道奇異的光線和一股奇異的氣流貫穿了整座監獄，然後隨著那支雪茄冒出來的一個煙圈消失不見了。

　　而那名仍然身處囹圄的囚犯只剩了孤零零一人。他像一隻低等動物那樣（也可以說像一隻煩躁的大猩猩，或者是一隻比它稍小的剛剛被吵醒的狗熊），一下跳到了窗臺上面，一眼不霎地觀看起了這個出獄場面。在他尚且雙手緊抓柵欄站在窗臺上面的時候，一股喧囂的聲浪在他耳膜上炸響了，那裡面混雜著號叫、尖叫、賭咒、威脅、咒罵等各種聲音。而實際上，他像在暴風雨當中那樣，除了一陣狂暴而巨大的聲響之外，什麼都沒能聽清楚。

　　受到此番刺激之後，這名囚犯急欲與聞更多，這令他變得更加像是一隻被囚禁於牢籠當中的野獸。他靈巧地跳下窗臺，繞著囚室跑了起來，又靈巧地一躍而上，抓住柵欄試著撼動它，又跳下又跑，又躍上又聽，始終不得安寧，直至那股嘈雜的聲響愈行愈遠，乃至最終消散。古往今來，有多少比他更加優秀的囚徒，就這樣把一顆顆高貴的心靈逐漸消耗磨損至死滅，然而，卻沒有任何一個人記得這個事實，甚至連那些他們用整個靈魂深愛著的人們，也未曾意識到此事曾經存在發生過。那些陷他們於囹圄之境的偉大君主和統治者們，他們在陽光之下喜氣洋洋地高視闊步，還有眾人在旁邊為他們歡呼鼓舞。而且，就連在這些了不起的大人物們亡命於病榻之際，他們也會為世人樹立起該如何死去的光輝典範，發表一些堂皇空洞的謝幕致辭。而我們謙恭有禮的歷史，其奴顏婢膝做派更甚於甘受他們驅策的工具爪牙，最終為他們加上了不朽的榮名！

　　最後，巴普莊在長凳上躺了下來，把頭枕在交叉的雙臂上面睡去了，現在，他終於能在這間囚室的四壁之間，為自己選擇一處所在，發揮他那

份想睡便睡的技能了。他的溫和馴順、達觀樂天、滿心喜悅、短暫失控、隨遇而安（面對硬麵包和堅硬的石頭地面時）、酣暢而眠、恐懼驚厥都清楚地表明，他是我們這片土地的真正的兒子，真正從這片土地上汲取了生命和力量。

片刻之後，乾瞪眼的大太陽終於瞪到了盡頭，在一片輝煌的紅色、綠色和金色當中沉落了下去。天上出了星星，螢火蟲在地上模仿著它們，狀如世人虛弱無力地模仿上蒼的善良和美德。揚塵的長路和無垠的曠野都進入了休憩當中，同樣地，海面上也籠罩著一派深沉如斯的靜謐，以致它都不會低聲道出，它將在何時交出藏於其間的死人 [013]。

---

[013] 典出《聖經新約－啟示錄》第 20 章 13 節，「於是海交出其中的死人，死亡和陰間也交出其中的死人，他們都照各人所行的受審判」。

第一章　陽光和陰影

第二章　旅伴

「昨天從那邊傳過來的那些嚎叫，今天聽不見了，是吧，先生？」

「我什麼都沒聽見。」

「那你可以肯定地說，確實是沒有了。這些人就是為了讓人聽見才嚎的。」

「我覺得大多數人都是這樣。」

「哦！不過這些人總是嚎個沒完，要不絕對高興不起來。」

「你指的是馬賽人嗎？」

「我指的是法國人。他們總在做這件事情。至於馬賽，我們都清楚馬賽是個什麼東西。它譜寫了全世界最具叛亂暴動氣息的一首歌[014]。只有對著這個或者那個東西阿龍馬松[015]一下，它才能存活下去 —— 衝著勝利或死亡，或者烈火，或者別的什麼。」

講話人身上有一股想入非非的快活氣息，一成不變地附著在那裡。他越過檢疫所的矮牆，用至為蔑棄的目光打量著另一邊的馬賽。接著，他雙手插進口袋進一步確定了上述立場，對著它把口袋裡的錢幣掀動得叮噹作響，並朝它短促地大笑了一聲。

「阿龍馬松，一點沒錯！我覺得，允許別人為他們的合法權益阿龍馬松一下，要比把他們關在檢疫所裡面更能博得尊敬！」

「確實夠無聊的，」另外那個人說。「不過我們今天就可以出去了。」

「今天就可以出去了！」頭一個人應聲重複道。「這差不多進一步加重了這樁罪大惡極的暴行。出去！把我們關進來可曾有什麼理由嗎？」

---

[014]　指《馬賽曲》（*La Marseillaise*），1792 年由魯日・德・李爾（Rouget de L'Isle）譜寫，今法國國歌。

[015]　「阿龍馬松」是 allong and marshong 的中文音譯，allong and marshong 是《馬賽曲》某句歌詞的英語音譯版本，原意指「振作精神向前進！」

「我必須得承認，沒有任何非常重大的理由。不過，我們是從那個東方國家回來的，而那個國家正在鬧瘟疫——」

「瘟疫！」另一位又應聲重複道。「我就是為了這個才生氣的。自從來到這裡之後，我一直都像得了瘟疫似的，像一個神志健全的人被關在了瘋人院裡面。我沒辦法忍受有人懷疑我染了瘟疫。我這次也是好端端來到這裡的，跟任何其他時候都一樣。但是，你懷疑我染了瘟疫，那就等於往我身上傳播瘟疫。我已經染上這玩意兒了——我已經帶上這玩意兒了。」

「你得了這玩意兒之後的面貌非常之良好，米格先生，」第二位談話人微笑著說。

「不對，如果你了解了此事的真實狀況，你就絕對不會這麼說了。我夜複一夜地無法成眠，我一下子對自己說，我已經染上它了，一下子又說它已經嚴重起來了，還說我被關在這裡真是實至名歸，這些傢伙正在觀察我的病狀，累積預防方面的經驗。啊，一旦在這裡過上這種生活，我很快就會被人唾棄而死，然後被釘在一塊板子上面，當成害蟲來展覽。」

「好了，米格先生，不要再說這些了，它們現在已經結束了，」一個快活的女聲勸解道。

「結束！」米格先生應聲說，好像最後一個詞對他加諸了新的傷害（不過他的情緒並未變壞）。「結束！為什麼它們結束了，我就不能再說了？」

方才那句勸解是米格夫人對米格先生說的。米格夫人跟米格先生一樣，也是一副得體健康的模樣，有一張快活的英國式臉龐，把家裡的那些事情一連看了五十五年上下，上面閃耀著它們反射上去的明亮光芒。

「好了！別放在心上，孩子他爸，別放在心上！」米格夫人說。「看在上帝分上，你應該為寶兒感到滿足。」

「為寶兒？」身受創傷的米格先生又應聲重複了一句，看樣子還是有些心下難平。不過，待緊跟在他身後的寶兒摸了摸他的肩膀之後，米格先生立即打從心裡原諒了馬賽。

寶兒是個二十歲上下的漂亮女孩，茂盛的棕髮帶點自然捲，未受任何約束地傾瀉而下。這是一個可愛的女孩，長著一張坦率的臉，還有一對堪稱神奇的眼睛，它們大而柔和，還非常之明亮，十分完美地鑲嵌在一顆和善而美麗的頭顱之上。她圓潤而鮮嫩，臉上長著酒窩，飽受父母寵溺，帶有一種羞怯的依賴神態，它可稱是這個世界上最為美好的弱點，賦予了她一份至高無上的巨大魅力。對於一個如此美麗和討人喜歡的女孩而言，這種魅力是一種不可或缺的特質。

　　「我現在來問你，」米格先生用十分溫和的自信腔調說道，他本人向後退了一步，但把他女兒向前推了一把，用來幫他闡釋下面的問題，「這只是我們兩個男人之間的一個私人問題，你應該知道這一點。我想問，你可曾聽說過這樣一種該死的胡作非為嗎，竟然把寶兒這樣的人關在檢疫所裡面？」

　　「這樣做的結果是，就連檢疫所也變成了一個予人以享受的地方。」

　　「快得了吧！」米格先生說。「不過這是理所當然的事情。我很感激你能這麼說。好了，親愛的寶兒，你跟你媽準備上船去吧。那個衛生長官，還有其他各式各樣戴著三角帽的騙子們，正在忙著讓我們離開這裡呢。接下來，我們這些籠中鳥會像耶穌跟門徒們吃最後的晚餐那樣，在某個地方一起吃一頓早飯，然後便展翅朝著不同的目的地飛去了。塔珂，跟緊你的小主人。」

　　他的說話對象是一個英氣勃勃的女孩，長著色澤明亮的深色頭髮和眼睛，穿扮得非常整齊乾淨。她略微回了米格先生一個屈膝禮，然後加入米格夫人和寶兒的隊伍朝外走了出去。她們一行三人一起穿過了快被烤焦的赤裸露臺，走進一個亮得刺眼的白色拱門裡面，然後便消失不見了。米格先生的談伴是一個面色凝重的黑皮膚男子，四十上下年紀。在寶兒她們消失不見之後，他仍然朝那個拱門張望著，直至米格先生拍了他的手臂一下。

　　「請原諒。」他先被嚇了一跳，接著說道。

　　「沒什麼。」米格先生說。

　　接著，他們在護牆的陰影裡前前後後散起步來。在檢疫所所在的那塊

高地上面，二人就這樣緘口不言地享受著早晨七點的海風，受著它無比涼爽的吹拂。過了一會兒，米格先生的談伴重新挑起了話頭。

「我可以問問嗎？」他說：「那個名字是什麼意思？它叫——」

「你說塔珂嗎？」米格先生插話道：「我也一點都不明白。」

「我認為，」另外那人說：「那個——」

「塔珂。」米格先生再次提示道。

「謝謝——那個塔珂，我屢屢對這個名字的怪異之處感到驚訝不已。」

「哦，但實際上，」米格先生說：「米格夫人和我本人，你也看到了，都是務實的人。」

「剛才在這個石頭露臺上進行那些愉快有趣的談話時，你已經屢次提及過這一點了，」另外那人說，這時，有一絲隱隱約約的笑意穿透了他黧黑面龐之上的凝重神色。

「我們都是務實的人。所以有一天，那是在距今五或六年之前，我們帶著寶兒去了棄兒醫院旁邊的那家教堂——你應該聽說過倫敦的棄兒醫院[016]吧？類似於巴黎的那家棄兒院。」

「我見過它。」

「那好！有一天，我們帶著寶兒去那座教堂聽唱詩——這是因為，作為兩個務實的人，我們生活當中的一大要務就是，把我們認為可以取悅她的每一樣東西都展示給她看——就在這個時候，孩子他媽（我通常是這麼稱呼米格夫人的）突然大哭了起來，所以我只好把她拉了出去。『怎麼了，孩子他媽？』我說，當時我們已經把她哄高興一點了，『你這樣會嚇著寶兒的，親愛的。』『沒錯，我知道會這樣，孩子他爸，』孩子他媽說，『但我覺得，正是因為我太愛她了，所以那個念頭才會鑽進我的腦袋裡面。』『到底是什麼東西鑽進你腦袋裡面了，孩子他媽？』『啊，親愛的，親愛的！』孩

---

[016]　由湯瑪斯・珂蘭（Thomas Coram）創建於 1741 年，在 19 世紀之前，它一直致力於收容照料被遺棄女子的非婚生子女；前文中塔珂（Tattycoram）一名的後半部分即來源於這位創辦者的姓氏。

子他媽大聲說，然後又再哭了起來，『當我看到這些孩子們一層疊一層地站在那裡，讓每一名觀眾，包括他們素未謀面的親生父親，還有我們所有人的在天之父，讓他們全都深受吸引的時候，我產生了這麼一個想法，可曾有哪個可憐的母親來到這裡，在這些年幼的面孔當中搜尋過，想要找出來屬於她的那個可憐孩子，但實際上，自從被她帶到這個荒涼的世界上之後，他從來沒能感受過她的愛、她的吻、她的臉龐、她的聲音，甚至連她的名字都不知道。』唉，這就是孩子他媽身上的務實之處，然後我把這個意思告訴了她。我說，『孩子他媽，這就是我所說的你的務實精神，親愛的。』」

他的談伴不無動容之處，對他的觀點頷首稱是。

「於是，我在第二天說，孩子他媽，我現在要提個建議出來，我覺得你肯定會批准它的。我們可以從那些小孩子裡面抱一個回來，讓她給寶兒當個小跟班。因為我們都是些務實的人，所以，要是我們發現她脾氣有點問題，或者行事方式跟我們有點不合拍的話，我們就得考慮她的成長環境了，我們就會知道，相對於我們自己小時候受到的那些影響和經歷，他們的童年生活要打上一個多麼巨大的折扣——比如沒有父母、沒有兄弟姐妹、沒有自己的家、沒有水晶鞋和仙女 [017] 這些事情。這就是我們得到塔珂的經過。」

「還有她的名字——」

「我的聖喬治呀！」米格先生說：「我把名字這事給忘了。是這樣的，在那家醫院裡面時，她是被叫做畢哈莉（Harriet Beadle）的——這當然是隨便亂起的一個名字罷了。我們把哈莉改成了哈蒂（Hatty），接著又改成了塔蒂（Tatty），這麼做的原因在於，我們這些務實的人認為，就算是一個鬧著玩的名字，對她來說也算是了不得的好東西，也會具有一種充滿深情的撫慰功效 [018]，你難道不這麼認為嗎？至於她原來的那個姓 [019]，那是

[017]　出自經典童話故事《灰姑娘》。

[018]　在英語命名體系中，把原有名字縮短然後在結尾處加 y，可以令其具有一種親昵的意味，多用於熟人間相互稱呼，比如從 Benjamine 而來的 Benny，從 Thomas 而來的 Tony 等。

[019]　指 Beadle，該詞意指「教區執事」，指在教區當中從事維護教堂秩序、侍奉教士等工作的低等小官吏。

完全不值得考慮的，根本不需要我多費口舌進行解釋。如果有哪種人無論如何都沒辦法令人容忍，堪稱倨傲無禮和滑稽可笑的小官吏的範本，而且他們的外套、馬甲和手杖顯著流露了這麼一個英國傳統，就是在人所皆知之後仍然靠一些不知所謂的東西裝腔作勢，那麼，這種人肯定就是教區執事。你最近沒看見教區執事吧？」

「我雖然是個英國人，但之前在中國待了二十多年，所以沒能見著。」

「那麼，」米格先生說，並十分熱烈地把一根食指戳在了談伴的胸脯上面，「如果你能做到的話，你現在也不要去看見任何一個教區執事。不管什麼時候，每當我在星期天看到一個全副盛裝的教區執事領著一夥慈善學校的孩子們從街上走來時，我都會被迫轉身跑掉，不然我會忍不住揍他一頓的。所以畢（Beadle）這個姓是不值得考慮的，而創辦棄兒院的那個聖人名叫珂蘭，所以，我們就把這個名字給了寶兒的小侍女。我們有時候叫她塔蒂，有時候叫她珂蘭，最後把這兩個名字結合了起來，所以，她現在就變成塔珂了。」

他們又默聲不響地來回走了一陣，接著在矮牆邊立住腳朝下觀望了一陣大海，然後重新走動了起來，這時，另外那人說道，「據我所知，你的女兒是你唯一一個孩子，米格先生。我可以問你一個問題嗎 —— 我這麼做不是出於無禮的好奇心，而是因為，在跟你相伴的這段時間裡，我過得非常快樂，可是，在這個迷宮一樣的世界裡面，我們接下來可能永遠也沒機會再說上一句話了，所以，我想保留一份有關你和你的家人的準確記憶 —— 我可以問問你嗎，你是不是還有其他孩子？實際上，我已經從你善良的妻子那裡得到這個問題的答案了。」

「不是，不是，」米格先生說：「其他孩子這個提法是不確切的，只有另外一個孩子。」

「恐怕我在無心當中碰觸了一個讓你心痛的話題。」

「別放在心上，」米格先生說：「就算我對這個話題嚴肅以待，我也絕

不為它感到悲痛。它會讓我在瞬間失語，但不會讓我變得不快樂起來。寶兒有一個雙胞胎姐姐，在她剛能踮起腳尖抓著桌子露出眼睛時，她就去世了，她那雙眼睛跟寶兒的一模一樣。」

「啊！真的嗎，真的嗎？」

「沒錯，因為我們都是些務實的人，所以，米格夫人和我自己的腦子裡面逐漸湧現出來這麼一個想法，你可能理解它，也可能理解不了。因為寶兒和她的小姐姐長得一模一樣，完全像是一個人似的，所以，在她去世之後，我們從來沒能真的把她倆分開過。如果有人告訴我們，死去的那個孩子還只是一個嬰兒，這對於我們來說是沒有任何用處的。我們會跟著老天留給我們的這個孩子所發生的變化，而不斷變換死去那個孩子的樣貌。寶兒越長越大，那個孩子也越長越大。寶兒逐漸變得懂事和成熟了起來，她的姐姐也用同樣的速度變得懂事和成熟了起來。你很難讓我相信，如果我在明天去了另外一個世界，在仁慈的上帝的庇佑之下，那裡會沒有一個跟寶兒一模一樣的女兒在等著我，這就像你很難說服我相信，我身邊的這個寶兒不是一個真實的存在。」

「我理解你。」另外那人柔聲說道。

「至於寶兒自己，」這位父親接著說，「突然失去她的小影子和小玩伴，並且過早跟那個我們所有人都占著一份的神祕事物發生關聯，儘管通常來講，它是不會這麼強烈地加諸於一個孩子身上的，結果，這不可避免地對她的性格造成了一些影響。還有，她媽跟我結婚時我們年紀都已經不小了，所以，寶兒跟著我們過起了一種老氣橫秋的生活，儘管我們一直都在努力適應她的青春氣息。她打小體弱多病，醫生不止一次建議我們，要盡我們所能帶她領略不同的氣候條件和空氣，同時還要讓她保持愉快的心情。正好我現在已經不需要天天待在銀行的辦公桌前面了（但我可以向你保證，我年輕的時候真是累得當牛做馬，要不我早就把米格夫人娶回家了），所以我們就滿世界瘋跑了起來。這就是你為什麼能夠看到，我們曾

經成日盯著尼羅河、金字塔、獅身人面像、大沙漠和其他那些東西，它還是塔珂終將成為一個比庫克船長 [020] 更偉大的旅行家的原因所在。」

「我要為了你的信任，」另外那人說：「向你致以非常誠摯的謝意。」

「這不值一提，」米格先生說：「而且我確信，我這裡對你是歡迎之至的。柯南先生，我現在大概可以問你這麼一個問題，你是否已經作出決定接下來要去哪裡了？」

「啊呀，還沒有。我是一個無家可歸的人，一個四海為家的流浪漢，所以一般都是，水流到哪裡，我就跟著漂到哪裡。」

「如果你不直接奔倫敦而去的話，我就覺得有些反常了，希望你能原諒我這麼說的放肆冒昧之處。」米格先生說，用的是一個推心置腹的顧問的腔調。

「我可能會去那裡。」

「唉！但我的意思是，你應該有這樣一個明確的意願。」

「我是沒有什麼意願的。這就是說，」他臉上略微有些變色：「我現在差不多沒有任何事情可做。我曾經拚盡全力接受生活的歷練，受過一些傷害，但尚未完全壞掉，為了一個跟我本人心願無關的目標被戴上了沉重的鐐銬，從來沒有人問過我願不願意，接著，尚未成年的我被一船拉到了世界的另一頭，被流放在那裡，在一個深為我厭惡的磨坊裡面不停地磨呀磨呀磨個沒完，直至我父親在一年前去世為止。有了這麼一個過去，人到中年的我還能有什麼指望、意願、目標或者希望呢？在我還沒能開口講出它們之前，這幾盞燈就都已經熄滅了。」

「再把它們點著呀！」米格先生說。

「唉！說起來容易。米格先生，我有一對冷酷無情的父母。我的父母稱重、測量、定價每一樣東西，對於他們而言，不能稱重、測量、定價的東西是不存在的，而我就是這樣一對父母的獨生子。他們還是我的嚴師，

---

[020]　全名詹姆斯・庫克（James Cook, 1728 ～ 1779），英國皇家海軍軍官和探險家。

像『嚴格』這個詞語那樣一板一眼，傳授給我的是一種苛酷的宗教信仰，此教的信條是：在一樁交易裡面，要不惜違背良心出賣趣味和同情心（他們自己是絕對沒有這兩樣東西的），用來充當有所斬獲的保證金。因此，嚴厲的面孔，不容改動分毫的律條，不是在這裡遭受懲罰，就是在那裡忍受恐懼，無論哪裡都沒有任何溫柔優美的東西，但我飽受驚嚇的心靈卻處處都是黑暗的空洞 —— 這些便是我的童年生活的全部內容，如果我可以把『童年』這個詞語誤用到這樣一場人生開端的話。」

「不過這是真的嗎？」米格先生說，他被展示在眼前的這幅畫面弄得非常不適了起來。「這真是一個艱難的開端。不過你聽我說！你現在必須像一個務實的人那樣，趕快鑽研它們之外的一切，然後從中取利。」

「如果通常被稱為務實的那些人們，都朝你說的這個方向務實的話——」

「對呀，他們就是這樣！」米格先生說。

「他們真是這樣嗎？」

「我想應該是吧。」米格先生答道，然後琢磨起這個問題來：「不對嗎？人是只有務實一條路可走的，米格夫人和我自己就是這樣，除了務實沒有任何其他事情可做。」

「那麼，我迷茫的前途就要比我預期當中容易和有希望多了。」柯南先生說，面帶嚴肅的微笑搖了搖頭。「對我來說，這就足夠了。船來了。」

來的這條船載著一大批戴著三角帽的人，米格先生對他們懷有一種基於國族立場的異見。接著，這些三角帽登上陸地又走上了臺階，把圈在檢疫所裡面的所有旅客都集中在了一處。然後，這些三角帽發放了大量檔案，又逐個點起了人們的名字，接著就是簽字、蓋印、蓋字、撒墨、覆沙諸般事務，最終產出了一些超級模糊難辨和沙跡斑斑的成果。就這樣，旅客們遵照規定走完了每一道程序，重新獲得了自由，開始向他們想去的地方出發而去。

　　因為重獲自由帶來的喜悅心情，他們沒太在意無處不在的乾瞪眼和灼灼逼視，乘坐快船像飛鳥般掠過了海港，接著在一家大酒店裡重新聚集了起來。在那裡，太陽被關起來的格子窗擋在了外面，而且，裸露的石頭地面、高峻的天花板還有蕩漾著回聲的深長走廊，也都消解了一部分酷暑的熱力。在那裡的一個巨大的房間裡面，擺放著一張巨大的餐桌，它很快就被豐盛至極的餚饌鋪蓋了起來。當席中眾人眼看著精美的菜肴、南方的水果、冰鎮的葡萄酒、熱那亞的鮮花、高山之頂的冰雪和鏡中閃耀的各色霓虹，而想起來檢疫所裡面的情形時，後者確實是變得丟臉了起來。

　　「但是，我現在對那些單調劃一的牆壁不懷任何敵意。」米格先生說：「人在離開某個地方之後，很快就會寬宥起它的種種不是來。我敢這麼說，當一個犯人出獄之後，他對那所監獄的態度就會變得溫和起來。」

　　他們總共有三十人左右，全部都在交談，不過自然是三五成群結成了數個小組。米格家的孩子他爸和孩子他媽坐在餐桌一側，中間夾著他們的寶貝女兒，他們的對面坐著柯南先生。席間眾人還包括：一位長身法國紳士，長著烏黑油亮的毛髮和腮鬚，稱他溫文中透著股邪惡可能有些過分，但確實黑乎乎的有些嚇人，但是，他的表現卻讓人覺得，他是所有人當中最溫和的那一個；一個英氣勃勃的年輕英國女人，面孔中透著驕傲和犀利，顯出一副非常煢煢孑立的姿態，不知道是她在有意避開別人，還是別人在躲著她，可能除了她自己之外，沒人能夠確定這一點。剩下的都是些尋常貨色，有因公出差的旅客，也有出來找樂的旅客，還有一些從印度回來正在休假的公職人員，以及：前往希臘和土耳其做買賣的幾個商人；一個從事文職工作的英國男人，穿著一件束身馬甲，令他顯出副逆來順受的模樣，此人正在跟他年輕的妻子蜜月旅行；一對寶相莊嚴的英國父母，看起來屬於貴族階層，平時經營著一份旨在愚弄國人的報紙，現在帶著三個已經成年的女兒；還有一個耳朵聾掉的英國老媽媽，她在旅途中表現得堅強不屈，跟她同行的是她那位實在可稱非常堅定的成年女兒，她的這個女兒滿世界描繪各地的景色，以期最

終磨滅自己的那股氣勢，變成已婚夫人的那種樣式。

那個一直緘默不語的年輕英國女人拾起了米格先生的話頭。

「你的意思是說，一個囚犯會原諒囚禁他的監獄嗎？」她緩慢而著力地說道。

「那只是我的猜測，韋德小姐。我並非自命非常確切地知道，一個囚犯會作何感受。我可從來沒當過囚犯。」

「這位小姐是在懷疑，」那位法國紳士用他的母語說：「沒辦法這麼容易原諒它吧？」

「沒錯。」

這時，寶兒只好把這一段翻譯給米格先生聽，他的父親不管遇到任何事情，都絕不願意學習有關他國語言的任何知識。「哦！」他說。「哎呀！不過這有些可惜，不是嗎？」

「你在可惜我不去輕信別人的話嗎？」韋德小姐說。

「並不完全是這樣。我們把它換個角度來講。我在可惜你不能相信，它可以很輕易地得到原諒。」

「在這幾年裡面，」她平靜地答道：「我的經歷一直都在糾正我相信的許多東西。我曾經聽人說，這是我們的一個正常過程。」

「好吧，好吧！但我覺得，懷有惡意就不太正常了，是吧？」米格先生快活地說。

「如果我被關在一個地方飽受痛苦和折磨，我會一直憎恨那個地方，想要把它燒成灰燼，或者把它夷為平地。別的我就不知道了。」

「先生，你說這是不是有些太過極端了？」米格先生對那個法國人說。這是他的另外一個習慣，即慣於用英語習語向不管哪國人講話，還懷有一種完全絕對的確信，他們總會透過某種途徑理解它的。「我們美麗的朋友可稱相當強勢，我覺得你會贊同我的話，對嗎？」

法國紳士謙恭有禮地用法語回答說，「請問您有何吩咐？」對此，米

格先生十分滿意地回了這麼一句，「你說的沒錯，我就是這麼想的。」

　　這頓早飯很快便走向了尾聲，於是，米格先生向席間眾人發表了一段講話。考慮到它終究只是一段餐後講話，所以，它雖然十分之短，但也可稱十分之合乎情理，而且，它裡面的那份感情也可稱真摯。它僅僅表達了這麼一個意思──他們在機緣巧合之下湊到了一起，達成了良好的共識，現在就要各奔東西了，而且永無可能再次重聚，所以，他們所能做出的最佳選擇莫過於，坐在桌邊的所有人共同舉起手裡清涼的香檳酒，彼此道一聲再見，彼此祝一聲好運。言畢眾人照辦，又紛紛握了一通手，然後便後會無期地作鳥獸散了。

　　上述整個過程當中，那位獨身女士再未多說一個字。她隨著眾人起了身，默聲不響地退到了房間遠處的一個角落裡，在那裡的一張沙發上坐了下來。這張沙發位於一個櫥窗式的陽臺之上，當海水的反光在窗格上泛起銀白色的波動時，她似乎在凝神觀看著它們。她扭過身體把整個房間都背在了身後，似乎是她獨自一人做出了這個倨傲不遜的選擇，但實際情況是，跟之前的類似情境一樣，我們很難非常確切地說清道明，到底是她避開了別人，還是別人在躲著她。

　　她落身於其間的那片陰影橫穿她的額頭而過，像是給她戴了一張昏暗的面紗，跟她孤傲的美貌契合得非常貼切。她長著彎曲的黑色眉毛，還有層層疊疊的黑色頭髮，在它們的映襯之下，她微波不興的臉上更顯一股蔑視的神色。當你看到這張臉之後，很難不作此想，它的這副表情發生變化之後會是什麼模樣？它會軟化和柔和起來，這種可能性似乎微乎其微。絕大多數觀察者的結論將會是，當它最終發生了變化之後，它只會朝著相反的方向奔突而去，進一步加劇為憤怒或者極度的鄙棄。它被裝扮和修剪得不見一絲虛禮客套的蹤跡。它雖然並不坦率，但也沒有佯裝的成分在裡面。「我是個獨立自主和自力更生的人，你的看法對我來說毫無意義，我對你毫無興趣，毫不在意你的感受，無論看見或者聽見你，我都只會漠然無動於衷」──它的這

番表白明明白白地擺在那裡。她的傲慢的眼睛，翻起的鼻孔，透著英氣但緊閉得幾乎殘忍了起來的嘴巴，都在說著上面那番話。把上述三個表達通道中的兩個遮蓋起來，第三個仍然會這麼說個不停。即使把它們全都蒙起來，僅僅一個扭頭動作也會流露出一股不可制服的天性。

這時，寶兒朝她走了過去，然後站在了她的身邊（她的父母和柯南先生剛才在談論她，現在，整個房間裡面只剩下了他們幾個人）。

「妳是不是——」她轉過臉來，寶兒變得結巴了一下：「——正在等著有人來這裡找妳，韋德小姐？」

「妳說我嗎？沒有。」

「我爸正要差人去郵局取東西。不知道他能不能得到這麼一份榮幸，一併讓跑腿的幫你問問，那裡有沒有妳的信？」

「那我要謝謝他了，但我知道，那裡絕對不會有我的信。」

「我們有些擔心，」寶兒一邊說一邊羞答答地在她身邊坐了下來，動作中帶著一絲柔情，「當我們全都走了之後，你會覺得非常孤單。」

「真的嗎？」

「不過，」寶兒的語氣中透出一股歉意，同時，韋德小姐的眼神讓她覺得非常難堪，「我們肯定不是要結伴跟妳一起走，或者說我們有幸能夠這麼做，或者說我們覺得妳想讓我們這麼做。」

「我並沒打算讓人覺得，我想要人陪著我。」

「那當然是沒有的。不過——長話短說了吧。」寶兒羞怯地碰了碰她的手，它十分漠然地擺在他們兩人之間的沙發上，「妳就不能讓我爸稍微幫你做些事情嗎？他非常樂意這麼做。」

「樂意之至，」米格先生說，接著偕同他的妻子和柯南一起走上前來。「只要是不用講什麼法語的事情，我都樂意幫妳去做，我對此感到非常確定。」

「感激不盡，」她回答說：「不過我的事情都安排好了，我更喜歡用我自己的方式走我自己的路。」

「是嗎？」米格先生自語道，同時用疑惑的目光上下打量著她。「好吧！妳這樣倒也挺有個性。」

「我非常不習慣有年輕女士們陪在身邊，所以我擔心，我恐怕沒辦法像其他人那樣，對此表現出應有的賞識。祝妳旅途愉快，再見！」

若非米格先生直戳戳地把自己的手伸到了她的面前，令她根本沒辦法無視它，她看樣子是不願意伸出自己的手來的。結果，她把它放在了米格先生手裡，跟之前放在那張沙發上面別無任何二致。

「再見！」米格先生說。「這是我們名單上的最後一個再見，孩子他媽和我剛才已經跟這位柯南先生道過再見了，他現在只是等著跟寶兒道別。再見！我們可能永遠都無緣一見了。」

「在我們的人生道路上，我們肯定會遇見那些從不同的地方，經由不同的道路前來跟我們相遇的人們，」她平靜地答道，「命中注定我們要對他們做些什麼，還有他們要對我們做些什麼，最終統統都要進行。」

在說出上面這些話的時候，她語氣中的某些東西令寶兒覺得很是刺耳。它們似乎暗示道，注定要做的那些事情必然有些罪惡因數在裡面，這令她對父親耳語道，「啊，爸爸！」接著像個慣於得寵的孩子那樣，往他身邊退縮得更近了一些。這一切都沒能逃過講話人的眼睛。

「你的漂亮女兒，」她說，「讓這些東西嚇了一大跳。不過，」她毫不遮掩地直視著她，「你要明確地知道，那些跟你有關係的男人和女人們已經上路了，他們就要來對你做這些事情了。他們鐵定會來找你的。他們可能從千百英里之外渡海而來，但現在可能已經近在你的手邊了。他們也有可能是這座城市裡面的那些最最卑劣的渣滓們，為了那件你也知道的事情，或者是你做過的什麼想要阻止它的事情，來找你來了 [021]。」

接著，道過幾聲冰冷至極的再見之後，她便離開了聚餐的房間。她美麗的臉上掛著疲憊的神色，令她看上去有些憔悴，但還尚未憔悴到最高的

---

[021]　韋德小姐這句話的潛臺詞是，寶兒將來可能會在戀愛方面遭遇一些不幸。

那一層境界。

接下來，她得穿過許多樓梯和走廊，才可以從眼下的位置回到她為自己訂下的房間。在差不多已經完成了這段旅途，正在沿著她的房間所在的那條走廊走著的時候，她聽到了一個混雜著人的咕噥和抽泣的憤怒聲音。有一扇門大敞著，接著，在這扇門的裡面，她看到了方才那位女孩的侍女，即那個擁有奇特名字的丫鬟。

她靜靜地佇立在一旁，觀看著這個鬱鬱不樂而怒火中燒的女孩。她濃密的黑髮全都披散在了臉上，臉被怒火燒得一片通紅，而且，在抽抽搭搭著發火的同時，她毫不憐惜地用一隻手撕扯著自己的嘴唇。

「這些自私的畜生！」這女孩說道，在講話的間隙當中抽噎著喘個不止。「一點都不在乎我變成了什麼樣子！把我扔在這裡又餓又渴又累，差不多快要餓死了，只知道關心他們那一個！野獸！魔鬼！壞蛋！」

「我可憐的女孩，妳這是怎麼了？」

她睜著一雙哭紅的眼睛猝然間朝上望去，止住了手裡的動作，她正在用兩隻手撕扯自己的脖子，它已經大大地變了模樣，布滿了鮮豔而巨大的紅色印痕。「我怎麼了跟你一點關係都沒有。這跟任何人都沒關係。」

「啊是的，沒錯，但很遺憾看到妳這樣。」

「妳才不會遺憾呢，」那女孩說，「妳會覺得高興。你心裡很明白，妳高興得不得了。我從來沒有這樣過，只在檢疫所那邊發作過兩回，但兩回都被妳看到了。我有些害怕妳。」

「害怕我？」

「是的。妳這樣說來就來，像極了我的怒火，我的惡意，或者我的 —— 不管它是什麼吧 —— 我也說不上來它是什麼。但我確實被虐待了，我被虐待了，我被虐待了！」說到這裡，方才一驚之下停頓下來的抽泣、淚水和手上的撕扯動作，全都重新恢復了過來。

這位不速之客仍然站在那裡看著她，臉上掛著一抹奇特而專注的微

笑。這個女孩的內心當中正在進行一場狂怒的爭戰，在她眼裡堪稱是一個非常神奇的景象，而女孩身體上表現出來的掙扎和動作，令她像是被古時候的那些鬼撕扯著一般 [022]。

「我比她小了兩三歲，卻是由我來照顧她，好像我是那個大的一樣，而她卻受盡寵愛，還有人叫她寶貝！我恨死那個稱呼了，我討厭她！他們快把她寵成傻子了，可還是在不停寵她。她除了自己不關心任何其他東西，在她的心目當中，我跟一個木頭疙瘩或者一塊石頭差不了多少。」這個女孩如是傾訴著。

「妳必須得忍耐。」

「我不願意忍耐！」

「如果他們只關心自己，很少或者根本就不關心妳，妳絕對不能把它放在心上。」

「我就是想放在心上。」

「噓！小心點，別忘了妳在寄人籬下。」

「我才不管它呢，我要逃跑，我要給他們搞點惡作劇。我不願意再忍受了，沒辦法再忍受了，再忍下去就必死無疑了！」

這位觀察者一隻手捂著胸口看著這個女孩，像是一個身受病痛折磨的人，在好奇地觀看一個類似病例的解剖實驗。

只見這個女孩把全副的青春活力和全部的生命力量，全都調動了起來，就這樣憤怒和鬥爭著，但慢慢地，她激烈的喊叫聲減弱成了破碎的低聲絮語，就像忍受病痛時發出來的那種聲音。同樣地，她的身體逐漸坍塌在了一張椅子上面，接著跪下來挪到了床鋪旁邊的地面上，用手把一張被子拉到了身邊，半是想把她羞愧的面孔和哭溼的頭髮藏在裡面，半是想把它抱在悔恨的心口上。

---

[022]　此處在指涉《聖經》中對魔鬼附體之人的描述，相關內容可見於《聖經新約－馬太福音》的第17章，以及《聖經新約－路加福音》的第4章。

（觀察入微）

「離我遠點，離我遠點！當我的脾氣上來時，我整個人就瘋掉了。我清楚地知道，只要我努上一把力，我就能把它控制住，而且，有些時候我確實會非常努力地克制，但是，在另外一些時候，我會不願意這麼做。我剛才都說了些什麼呀！我清楚地知道，當我失控說出來這些話時，它們全部都是謊話。他們以為我在某個地方被照顧得很好呢，想要什麼都有。他們除了對我好之外，沒有任何其他二話。我深深地愛戴他們，沒有任何人會像他們對待我那樣，對一個不懂感恩的人表現得這麼仁慈。請妳，請妳離我遠點，因為我有些怕妳。當我的脾氣上來時，我會害怕自己，我也同樣地害怕妳。離我遠點，讓我祈禱一下哭一下，一會兒就會好起來了！」

白天就這樣過去了，乾瞪眼的大太陽再次瞪瞎自己沉落了下去，悶熱的夜晚降臨到了馬賽上空。然後，日神的車隊穿破夜色駛來了，接著又分散開來各司其職去了。日夜就這樣亙古不變地更迭著，而我們這些躁動不安的旅人們，則在日光和星光之下攀爬著塵土飛揚的高山，跋涉著不見盡頭的荒原，在海上陸地來回往返，相互遇見、較量又分離，步履不停地進行著這趟如此奇異的人生朝聖之旅。

第三章　回家

這是倫敦的一個週日夜晚，夜色漆黑，空氣滯塞而汙濁。各種有失和諧的教堂鐘聲幾至令人發瘋，它們有的尖利，有的平和，有的嘶啞，有的清晰，有的迅疾，有的遲緩，但是，它們在磚泥構造的建築上面統統激起了令人憎惡的回音。淒涼的街道身著煤煙製成的衣服，似在悔罪一般，浸漬著居於其間的人們的靈魂，這些人被判罰從窗口探出頭來瞭望著它們，臉上掛滿至為悲苦的沮喪神情。在每一條通衢大道上面，以及差不多每一條小街窄弄和街角處，都有一架悲傷的大鐘在震顫、搖動和鳴叫，似乎那場大瘟疫 [023] 正在這座城市中蔓延，運載屍體的車輛正在四處奔忙。街上的人們都累到了力竭，但是，能夠為他們緩解疲勞的每一樣東西都被關或鎖了起來。這裡不見圖畫，不見不尋常的動物，不見稀有植物或花卉，也不見古代世界的自然和人造奇觀，而且，這些戴著開明面具的禁忌全都嚴厲得嚇人，會令大英博物館裡面醜陋的南太平洋諸神們 [024] 猜測道，他們是不是又回到自己老家去了。人們所能見到的只有街道、街道還是街道。人們所能呼吸到的，也只有街道、街道還是街道。沒有任何東西能夠改變他們內心的憂愁，或者令他們振作起來。筋疲力竭的苦力們所能做的唯一一件事情是，把星期日的單調乏味和六個工作日的單調乏味拿出來對比一番，然後心想他過著一種多麼勞苦無聊的生活，再然後盡可能地把它往好裡過 —— 也有可能是盡量往壞裡過，這要依不同的情形而定。

在這樣一個如此符合宗教和道德趣味的快樂時刻，柯南亞瑟先生坐在魯蓋山上一座咖啡館的櫥窗裡面，他剛從馬賽回到倫敦，在多佛搭乘的是藍眼睛女僕酒館的公共馬車。他的身邊圍繞著一萬座充滿社會責任感的房子，它

---

[023]　可能指 1664 ～ 1665 年的倫敦瘟疫，疫情最嚴重時期每週有數千人死亡。

[024]　指大英博物館 1848 年從南太平洋復活節島獲取的夏威夷戰神 (Hawaiian war gods) 雕像，那裡是現代文明尚未波及到的未開化地區，擁有各種戒律森嚴的禁忌習俗。

們都對這些街道緊鎖著眉頭，似乎每一座裡面都住著《一千零一夜》裡面的那十個年輕人[025]，每天晚上都黑著臉為自己的悲慘生活痛哭個沒完。同樣圍繞著他的還有五萬個獸穴，這是一種何其不利健康的生活環境呀，星期六晚上往他們擠作一堆的房間裡面打些淨水，星期日早上便會腐敗變質，儘管我們那位親愛的老爺大人[026]，即他們郡的國會代表，在得知他們沒辦法跟肉鋪裡的豬肉一起睡覺後大感驚愕，並隨之進行了改進。像深井或者礦坑一樣的房子直綿延了數英里之長，其間的居民們張大嘴巴呼吸著空氣，朝狹窄空間中的每一個角落竭力伸展著他們的肢體。在這座城市的中心地帶，還有一條直能把人臭死的陰溝橫貫而過，在那裡潮漲潮落地流動著，然而，它原本卻是一條美麗乾淨的河流。它的數以百萬計的居民們，一週六天每天都要在這些田園牧歌式的景物當中勞作個不休，而且，他們從搖籃時期起，直至被埋進墳墓裡面，都絕無辦法逃離這種千篇一律的美好生活，試問，這些人在六天工作日當中還能有何需求？到了第七天又能有何需求？顯而易見的一個事實是，除了一位嚴厲的員警之外，他們不需要任何其他東西[027]。

　　柯南亞瑟先生坐在魯蓋山上那座咖啡館的櫥窗裡面，心裡默數著附近的一處教堂鐘聲，不由自主為它們譜寫了幾句歌詞。他心下琢磨道，這東西在一年時間裡面要嚇死多少個病人呀。在整點越來越近的時候，隨著計量週期的不斷變化，那鐘聲變得愈來愈令人惱火起來。在還差一刻鐘的時候，它進入了一種非常活躍的胡攪蠻纏狀態，喋喋不休地催促著人們，快去教堂，快去教堂，快去教堂！差十分鐘時，它已經清楚地知道，到場的教友數量將會相當稀少，於是，它無精打采地緩慢敲出來這麼幾句，他們不想來，他們不想來，他們不想來！到了再有五分鐘就整點時，它已經完

---

[025]　出於《一千零一夜》中的《第三曆法的歷史》（*The History of the Third History*）。
[026]　指羅伯特・格羅夫納動爵（Lord Robert Grosvenor, 1801 ～ 1868），曾任米德爾塞克斯郡國會代表，他提出的星期日貿易法案（Sunday Trading Bill）曾在 1855 年引發過騷動，除此之外，他也關注過活畜屠宰的衛生問題。
[027]　這句話的潛臺詞是，惡劣的生活環境必然會滋生出犯罪行為來。

全放棄了希望，鐘擺每悲傷地擺動一下（每秒一下），便把附近的每一座房子都震上一震，就這樣一連擺動了三百秒，像是在發出絕望將死的呻吟。

「謝天謝地！」當整點鐘聲敲完接著止息了之後，柯南說。

但是，它們卻攪起了一長串有關禮拜天的悲慘記憶，而且，這一長溜禮拜天並未隨著鐘聲停住腳步，而是繼續朝他眼前走了過來。「願上帝原諒我，」他說，「還有那些訓導我的人。我曾經是多麼憎恨這一天呀！」

在這個長長的隊伍裡面，有童年時期的沉悶禮拜天，他雙手放在身前坐在那裡，被一本可怕的小冊子嚇得神志迷亂了起來，它竟然用這麼一個標題展開了跟這個可憐孩子的美好交往關係，知道你為什麼正在墮入地獄嗎？事實上，當時身著罩袍內褲的他，還尚未達到解答這個奇怪問題的年齡。而且，為了進一步吸引他童稚的頭腦，它剩下的每個句子都插入了一些像是邊打嗝兒邊說出來的引文，比如（帖撒羅尼迦－後書－第三章－第6和7節）[028]。也有少年時期昏倦欲睡的禮拜天，那時他像一個逃兵似的，被身兼糾察隊員的兩位老師押解著前往禮拜堂（這樣的情形一天當中會出現三次），精神道德上的這番桎梏令他變成了另外一個孩子，在這種時候，他還十分想用那兩餐難以消化的布道，為他肉身享用的可憐午餐換上一或兩盎司劣等羊肉。還有青年早期長到沒有盡頭的禮拜天，其時，他的母親板著嚴厲的面孔，懷著難見緩和的鐵石心腸，整整一天都坐在一本《聖經》後面，這本經書就像她對它所作的闡釋那樣，裝訂在幾塊十分生硬、十分光禿、十分狹窄的板材裡面，封面上有一個壓痕圖案，狀如一條拖曳著的鐵鍊，書頁的邊緣處憤怒地撒滿了紅色的血液，它的這副模樣就像是，它是萬書當中一座最堅強的堡壘，專門用來抵禦美好的心情、發乎天性的感情和人與人之間的溫和交流。還有稍晚一些時候的怨憤滔天的禮拜天，他陰沉著臉鬱鬱不樂地捱過那漫長的一天，滿心都是受傷的感覺，

---

[028] 這兩節經文的內容是與小柯南的行為規範有關的，「兄弟們，我們奉主耶穌基督的名吩咐你們，凡有兄弟不按規矩而行，不遵守我們所受的教訓，就當遠離他。你們自己原知道應當怎樣效法我們，因為我們在你們中間，未嘗不按規矩而行。」

與此同時，對於《聖經－新約》所講述的那些對人大有裨益的歷史，他的真實了解和掌握卻像名不副實的狂熱崇拜者那樣寥寥無幾。除了上面這些之外，隊伍裡還有一大堆其他樣貌的禮拜天，它們都充斥著毫無益處的痛苦心情和屈辱感，現在正在一個接一個地在他面前緩緩走過。

「打擾一下，先生。」一個動作敏捷伶俐的侍者邊擦桌子邊問他：「你想看看臥室嗎？」

「是的，我剛剛決定要這麼做。」

「老媽子！」這位侍者高聲喊叫著說，「路（綠）包廂七號要看房！」

「等一下！」柯南這才清醒了過來，「我剛才正在想別的事情，隨口答了那麼一句。我不在這裡睡，一會兒要回家。」

「真的嗎，先生？老媽子！路（綠）包廂七號不在這裡睡，要家去。」

待到天光消逝之後，他仍然坐在那個位置上，看著街道對面那些了無生氣的房子，心裡琢磨道，如果之前那些住客們的靈魂回到這裡看到它們，他們會多麼憐憫自己，之前竟然住在這樣一些監牢似的地方。有時候，某扇昏暗的窗戶玻璃後面會閃現出一張臉，然後又消失在黑暗當中，似乎它已經看夠了人生的林林總總，所以遁世而去了。不大一會兒之後，他和這些房子之間的街道上開始斜飛起了雨絲，路人開始往街對面的公共走廊下集結，然後透過愈來愈厚的雨幕無望地眺望著天空。接著，雨傘開始出現了，還有在地上拖溼的裙子，以及泥漿。這些泥漿到這裡做什麼來了，或者說它們是從哪裡來的，這誰又能說得清楚呢？不過，它們就像人群似的，僅在一瞬間就聚集起來了，然後，在不到五分鐘的時間裡面，就濺滿了亞當子女們的周身上下。現在，點燈人開始一盞一盞地點燃路燈，當煤氣燈的噴嘴在他手下跳出火苗來的時候，有人可能會覺得，這些路燈肯定會對自己的行為納罕不已，因為眼前的這派景象已經淒涼至此，它們竟然還願意為它增添什麼光明。

柯南亞瑟先生拿起他的帽子，扣上他的大衣，然後走了出去。在鄉下，雨會帶來一千種新鮮的氣味，每一滴都會催生出某種漂亮的成長物或

者生命體。但是，在城市裡面，它只能帶來腐臭汙濁的味道，只能為陰溝增添一些令人作嘔、溫熱、骯髒而惡劣的東西。

他從聖保羅教堂旁邊穿行而過，然後拐了個大彎朝下走去，差不多一直走到了河邊，期間穿過了一些如今位於齊普賽街和泰晤士河之間的彎曲而下傾的街道（其時它們更顯彎曲，排列得更為緊密一些）。他時而路過一座散發著黴味的廢棄會堂，那裡曾經容納過某個聲名顯赫的團體[029]，時而路過一座教眾寥寥的教堂，它的一扇窗戶透出燈光來，似乎在等待一位像貝佐尼[030]那樣的探險家，好把它從這裡挖掘出來，然後考證它的歷史，以及幾個靜寂無聲的倉庫和碼頭，或者不時碰到一條通往河邊的窄弄，有一些淒慘兮兮的領屍小布告在它們潮溼的牆上流淚不止。最後，他終於來到了他所尋找的那座房子。這是一座破舊的磚構建築，昏黑一團地孑孑子立於一條門道之內，幾乎就是一副全黑的相貌。它的前面是一個正方形的庭院，有一兩叢灌木和一片草地葳蕤茂密地生長在那裡。它們茂盛得有些過了頭（這幅景象是可以說明許多問題的），而且，圍繞著它們的鐵欄杆也像它們那樣，已經鏽蝕得相當嚴重。房子後面是雜亂的一堆樹根。它是一座二層小樓，上面分布著一些框架厚重的長而窄的窗戶。很多年以前，它便有過朝一邊滑倒坍塌的心思，但有人為它支了差不多半打巨大的拐杖，於是，它便倚靠著它們一直立在了那裡。如今，這幾根支柱變成了附近那些野貓的體育場。它們飽受風雨侵蝕和煙燻火燎，掩映在雜蕪的野草從中，在末後的日子裡面，好像已經不再是非常牢固的依靠。

「一點都沒變。」這位旅人停下腳步四處張望著，嘴裡說道：「還像以前那麼黑暗和淒涼。我母親的那扇窗戶還是點著燈，好像從來沒有熄滅過，當初我從寄宿學校回來的時候，就是這般光景，一年回來兩次，每次

[029]　中世紀的各種同業公會都在倫敦城區擁有它們的會堂，在本書所處的時期，它們大多數已被荒廢。

[030]　全名喬瓦尼・巴蒂斯塔・貝佐尼（Giovanni Battista Belzoni, 1778 ～ 1823），義大利旅行家和探險家。

都在這條走道上面拖著我的箱子。唉，唉，唉！」

　　他走到門口敲了幾下。門的上方有一個向前突起的遮蓬，門上雕刻著垂花圖案，像是筒狀毛巾兩端掛住中間下垂的那副模樣，除此之外，它還刻了幾顆丘比德的巨大頭顱，那樣子跟患了腦積水一般無二。這扇門是按照風靡一時的紀念碑式圖樣設計的。很快地，有一個曳足而行的聲音出現在了大堂的地板上面，接著門被一個老頭子打開了。此人身形佝僂而乾瘦，但眼神頗為銳利。

　　他手裡拿著一支蠟燭，這時把它擎高了片刻，以助他的鷹眼一臂之力。「是亞瑟先生吧？」他說，語氣中沒有流露出任何感情色彩，「你終於回來了，進來吧。」

　　亞瑟先生步入房子，然後關上了門。

　　「你長高了，但樣子沒變，」老頭子再次擎高蠟燭看著他，一邊搖頭一邊說，「可我覺得，你還沒長到你父親那個尺寸，也沒你母親那麼高。」

　　「我母親怎麼樣？」

　　「她以前怎樣現在還是怎樣。雖然並沒有真的臥病在床，但還是守著房間不肯出去，十五年裡的出門次數沒有超過十五次。」此時，他們走進了一間陳設寥寥的備用餐廳。老頭子把燭臺放在桌子上面，接著用左手支起右肘，開始用右手摩擦他皮革狀的下巴，同時拿眼睛盯著來客。來客向他伸出手，他十分冰冷地接過它，待匆匆握了一下之後，又趕緊把自己的手縮回了下巴上面，似乎更為喜歡後者。

　　「我有些懷疑，你在安息日這天回到家裡來，是否能得到你母親的許可，亞瑟。」老頭子說，並用很顯審慎考慮的模樣，搖起了他的頭來。

　　「你不會讓我再走一次吧？」

　　「啊？你說我？我嗎？我可不是這裡的主人，這不是我想怎麼樣的事情。我給你爸和你媽傳了很多年話，但不敢自稱能在你媽和你之間說上話。」

「你會告訴她我回家了嗎？」

「會的，亞瑟，會的。啊，這是一定的！我會告訴她你回家來了。請在這裡等著。你先看看，這個房間是沒什麼變化的。」說完，他從碗櫥裡拿出另一個燭臺，點亮它，把頭一個放在桌子上面，然後便去辦這趟差事了。他是個矮個子禿頂老頭，穿著墊肩很高的黑色外套和馬甲，土黃短褲，以及同樣土黃的長綁腿。從他的穿著來判斷，他既可能是文員，也可能是僕人，而事實上，他長期以來一直兼顧著這兩個職位。他周身上下沒有任何飾物，僅有一塊懷錶，被拴在一條陳舊的黑色緞帶上，往下塞進了一個衣袋的深處，那條緞帶上面還繫著一把色澤黯淡的黃銅鑰匙，用來指示這塊錶的沉降位置。他的腦袋固定歪向一側，於是便有了一種螃蟹式的橫行姿態，那副模樣就像是，他的根基和這座房子的根基同時垮掉了，應該以類似的方式被支撐起來。

「我是多麼軟弱啊。」等到老頭子走了之後，柯南亞瑟說，「竟然可以為這麼一場接待流下眼淚來！我是什麼樣的人啊，從來沒有受到過別樣的對待，也從未抱有別樣的希望。」

他不僅可以流出淚來，還確鑿流出來了。自打有知覺那天起，他多情的天性就飽受失望的摧殘，但尚未完全放棄希望和期冀，這些眼淚就是它的一個瞬間產物。他把它們咽了回去，拿起燭臺檢查起房間來。那些古老的傢俱還在以前的位置上。因為倫敦自身的蒼蠅和煙塵災害，被裝框加釉掛在好幾面牆上的《耶和華降災埃及》[031] 組圖變得更加昏暗模糊了起來。那個鉛框舊酒櫃裡面空無一物，像是那種分成數格的棺材，還有那個黑乎乎的舊壁櫥，它也是空無一物，在研習那本小冊子的日子裡，為了親身體驗一下它所講述的可怕懲罰，他曾有很多次跑進了它的裡面，成了它的唯一內容物，同時在心裡認定，它是那個「神祕之國」[032] 的千真萬確的入

---

[031]　事見《聖經舊約－出埃及記》第 7 至 12 章，據經文記載，摩西欲帶以色列子民出埃及地，但埃及王法老不從，耶和華遂先後降下青蛙、蝨子、瘟疫、冰雹、蝗蟲和黑暗等災難懲罰埃及。

[032]　典出莎士比亞劇作《哈姆雷特》第三幕第一場：「誰願意負著這樣的重擔，在煩勞的生命的迫壓

口，以及邊櫥上面那臺巨大而面相凶惡的座鐘，在他小時候沒能按時做完功課的時候，它總是皺著兩道數字眉毛幸災樂禍地看著他，或者，在它每週用一個鐵把手上好發條之後，它所發出的響亮轟鳴聲像是在殘暴地預告，它將帶領著他進入某些非常淒慘的情境。但是，當他想到這裡之後，那個老頭子回來了，只聽他嘴裡說：「亞瑟，我在前面給你照亮。」

亞瑟跟在他身後走上一條側面間隔鑲嵌著一塊塊壁板，像是一排墓碑似的樓梯，進了一間光線昏暗的臥室。這間臥室的地板逐年沉降到了非常嚴重的程度，以致它的壁爐像是身在山谷裡面似的。在這塊凹地的一張狀如停屍架的黑色沙發上面，坐著身穿寡婦喪服的亞瑟母親，她的身後靠著一個巨大的黑色三角形靠枕，它的樣子像是在美好的舊時代裡面，那把執行國法時用到的斷頭刀。

自打亞瑟一能記事起，他的父母便關係不和。於是，他童年時期最為安寧平靜的時刻是，在家裡堅冰似的難以消融的沉默當中，緘口無言地坐在那裡，把目光從一張別開的臉上，移動到另一張同樣的臉上。現在，亞瑟母親面無表情地吻了他一下，又伸過來四根僵硬的，全都裹在精紡毛料裡面的手指。待這個擁抱結束之後，他在她那張小桌子的對面落了座。壁爐的格柵裡面燃著一堆火，這跟過去十五年來的日日夜夜如出一轍。壁爐擱板上面放著一把水壺，這也跟過去十五年來的日日夜夜如出一轍。那堆火上蓋著一層溼灰，格柵下方還有另外一堆掃起來的灰，這亦跟過去十五年來的日日夜夜如出一轍。在這個空氣稀薄的房間裡面，還飄蕩著一股黑色染料的味道，它是在過去的十五個月裡面，爐火從這位寡婦的喪服的面紗和其他衣料裡面烘出來的，也是在過去的十五年裡面，從那張狀如停屍架的沙發裡面烘出來的。

「母親，你以前總是忙個不停，現在變成這樣了。」

下呻吟流汗，倘不是因為那不可知的死後，那從來沒有一個旅人回來過的神祕之國，是它迷惑了我們的意志，使我們寧願忍受目前的磨折，而不敢向不可知的痛苦飛去。」（朱生豪譯本）

「我的世界已經縮小到這個尺寸了，亞瑟。」她答道，然後環顧起房間來，「讓我感到慶幸的是，我從來沒讓自己的心靈沉迷於那些空洞的浮華。」

她的儀態和嚴厲強硬的語氣素來便具有強大的影響力，如今，它們再次在她兒子身上集結了起來，令他重新感覺到了童年時代那種膽怯的戰慄和緘默的傾向。

「你從來沒有離開過這個房間嗎，母親？」

「因為風溼病和它帶來的虛弱感，或者是神經性的虛弱 —— 名字是無關緊要的 —— 我已經不再使用下肢了。我從來沒有離開過我的房間。我沒出這扇門已經有 —— 告訴他一共有多久了，」她朝著肩膀後面說。

「到了耶誕節那天就十二年了。」一個嘶啞的聲音從她身後的那片昏暗中傳了出來，並這樣作答道。

「那是阿麗嗎？」亞瑟說，眼睛朝那個方向望了過去。

那個嘶啞的聲音回答說，那正是阿麗。接著，一個老婦人朝前走進了室內似亮非亮的光線當中，把柯南老夫人的手吻了一下，然後重新退回了昏暗裡面。

「我還能。」柯南老夫人說，她裹在毛料裡面的右手稍稍朝一把輪椅指了一下，後者停在一個緊關著門的立式檔櫃的前面，「我還能處理一些業務上的事情，很是感激這項特權。這是一項了不起的特權。不過，今天已經沒有業務可做了。這個晚上有點糟糕，不是嗎？」

「是的，母親。」

「外面下雪了嗎？」

「你說下雪嗎，母親？現在才剛剛九月呀。」

「所有季節對我來說都是同一個樣子。」她答道，並顯出一副冷酷得其樂陶陶的樣子來。「被關在這裡之後，我對夏天和冬天一無所知。上帝巴不得讓我離開所有這些東西呢。」她冰冷的灰色眼睛、冰冷的灰色頭髮和紋絲不動的，像她頭上層層疊疊的青灰色頭飾那麼僵硬的面部表情，令人

覺得，她不再接觸四季更迭，是她不再接觸各種感情變化之後的一個合理後續發展。

　　在她面前的那張小桌子上面，放著兩三本書、一張手帕、一副剛剛摘下來的鋼框眼鏡，以及一塊老式金質雙蓋懷錶。現在，母子倆的目光一起落在了最後這樣東西上面。

　　「父親死後我寄給你的那個包裹，看樣子你已經安全收到了，母親。」

　　「是的。」

　　「父親急著讓我把這塊懷錶立刻寄給你，我從來沒見他對任何事情這麼著急過。」

　　「作為對你父親的一種紀念，我把它保存在了這裡。」

　　「直到臨終之前，他才向我表達了這個願望。當時，他只能把手放在它的上面，然後非常模糊不清地說了句『你的母親』。這之前不久，他在床上翻過身來想要打開它，我當時還以為，他的意識仍然處於模糊狀態，因為他已經有好幾個小時都是這個樣子了 —— 我現在仍然認為，在他病倒之後那不長的一段時間裡面，他是感覺不到疼痛的。」

　　「那照你這麼說，你爸在試著打開它的時候意識並不模糊？」

　　「是的，他那時候非常清醒。」

　　柯南老夫人搖了搖頭。她沒能清楚地表達出來，她是想把有關死者的想法逐出頭腦，還是想反對兒子的意見。

　　「等我父親死了之後，我自己動手打開了它，根據我平時對他的了解，我以為那裡面只是一份備忘錄之類的東西。但事實是，現在已經不需要我來告訴你了，母親，那裡面什麼都沒有，只有這個串著珠子的舊錶殼絲襯墊，你肯定已經在兩層錶殼之間找到它了，我在看到之後仍然把它留在了那裡。」

　　柯南老夫人點頭表示同意，然後補充說，「今天不談公事了。」接著又說，「阿麗，已經九點了。」

聽聞此言之後，那位老婦人清理了小桌子上面的東西，然後離開了房間，但旋即便托著一個托盤返了回來，那上面擺著一碟小餅乾和一小塊方方正正的白色奶油，它看上去冰涼、勻稱而豐腴。在整場談話期間，那個老頭子一直以同一個姿勢站在門口，他在樓上望著這位母親的模樣，跟他剛才在樓下看著她兒子的樣子分毫不差，現在，他跟那位老婦人一起離開了房間，回來時比她稍晚了一會兒，手裡托著另外一個托盤，上面擺著多半瓶波爾多葡萄酒（根據他那副氣喘吁吁的樣子來判斷，他是從地窖裡面取來它的）、一個檸檬、一個糖碗和一個調味盒。接著，在爐膛裡那把水壺的協助之下，他用這些原材料在一個平底玻璃杯裡面，調配出來一份熱氣騰騰而芳香四溢的混合飲料，在計量和混合那些原材料時，他像對待一份醫生處方時那麼精確無誤。柯南老夫人把有些餅乾浸到杯子裡面蘸了些飲料，然後吃掉了它們，與此同時，另外那位老婦人給剩下的餅乾塗了奶油，這些要在過上一會兒之後單獨享用。當這位殘疾人士吃掉了所有餅乾和喝光了所有飲料之後，兩個托盤被撤了下去，那幾本書、燭臺、懷錶、手帕和眼鏡被重新擺在了桌子上面。接著，她戴上眼鏡，開始高聲朗讀某本書裡面的一些章節 —— 語氣嚴厲、激烈且憤怒，她的語氣和神態還令人覺得，她顯然把他們當成了她自己的敵人 —— 祈禱那些仇敵被刀砍被火燒，被瘟疫和麻風病殘酷地折磨，還祈禱他們的骨頭被磨為齏粉，最後被徹底消滅得一根毫毛都不剩。隨著朗讀的進行，歲月像夢境似的從他兒子身上簌簌脫落了下來，往日那個天真無邪的小孩子在睡覺之前必須要承受的那些黑暗的恐懼，又像黑雲一樣籠罩在了他的身上。

　　祈禱完之後，她把書合了起來，用手蒙住了自己的臉，把這個姿勢保持了一小會兒功夫。老頭子也跟著這麼做了，但身體其他部位的姿勢仍然保持不變。還有那個站在暗處的老婦人，她也有可能做了這個動作。然後，這個生病的女人便準備上床就寢了。

　　「晚安，亞瑟。阿麗會照料你的膳宿。稍微碰碰我就行了，我的手一

碰就痛。」於是，他碰了一下裹著她的手的精紡毛料——相對於他們之間的感情隔膜而言，它算不上任何障礙，就算他的母親把自己包在了黃銅盔甲裡面，也說不上他們之間出現了新的障礙物——然後跟著老頭子和老婦人來到了樓下。

當他們單獨待在那間備用餐廳的濃重陰影裡面時，老婦人問他，他要不要吃點晚飯？

「不要，阿麗，我不吃。」

「你要是想吃的話，你是可以吃的。」阿麗說：「食品櫃裡面有她明天要吃的山鷸——這是她今年的第一隻。只要你說句話，我就去煮它。」

不要，他才吃過晚飯不久，什麼都吃不下去。

「那麼，要喝點什麼嗎？」阿麗說：「你要是想喝的話，可以喝點她的波爾多葡萄酒。我會告訴劍利，是你命令我把它拿給你的。」

不要，他也不想喝酒。

「亞瑟，」老婦人朝他彎下腰耳語道：「我確實害怕他們要了我的命，但你不能因為這個也跟著怕他們，這沒有任何道理可言。你已經拿到那一半財產了，對吧？」

「是呀，是呀。」

「那就行了，你可不能被嚇住。你是聰明人，亞瑟，對嗎？」

他點了點頭，因為她好像期待著一個肯定答覆。

「那就站出來對付他們呀！她聰明得嚇人，除了聰明人之外，沒有任何人敢對她說上一個字。他算是個聰明人——啊，他的確是個聰明人！——當他想說的時候，他就直接上去對她說了，他真這麼做了！」

「你丈夫真這麼做了？」

「這哪是一個做字就能說清的？聽他上去對她說那些話，把我嚇得從頭抖到腳。這就是我的丈夫付劍利，他甚至能戰勝你的母親。除非是個聰明人，不然有誰能做成這種事情！」

這時，老付曳足而行的聲音朝著他們這個方向過來了，把老婦人嚇得退縮到了餐廳的另一頭。雖然是個身材高大的粗壯婦人，而且一臉凶相（如果她年輕時混進了近衛步兵團，是不用太過擔心會被識破的），但她還是在這個目光銳利、像螃蟹一樣橫行的煒老頭面前矮了下去。

「噯，阿麗，」他說：「噯，老婆子，你在做什麼呢？你就不能給亞瑟少爺找點這種或者那種吃食墊胃嗎？」

亞瑟少爺又把方才拒絕任何食物的話重複了一遍。

「很好，那麼，」老頭子說：「給他鋪床去。趕快動起來。」他的歪脖子扭曲到了一種非常嚴重的程度，以致白色領巾打的那個結，一般都在他的一隻耳朵下面蕩悠著。他與生俱來的尖刻和銳氣，一直都在跟慣於壓抑自己這個第二天性不停鬥爭著，這為他賦予了一副腫脹而氣鼓鼓的面相。從整體上來講，他又有一副不停上吊，但每次都碰巧被割斷繩子救了下來的模樣。

「你們明天會有一場激烈的爭執，亞瑟，我說的是你和你媽。」劍利說：「你在你爸死後放棄家族生意這件事情 —— 雖然我們把它留給你自己去跟她講，但她已經有所察覺了 —— 不會進行得十分順利。」

「我已經為了這份生意放棄了一切，是時候輪到為我自己放棄它了。」

「很好！」劍利大叫著說，但他的言外之意顯然是「糟透了」。「非常好！只是請你不要指望我能在你媽和你之間調停斡旋，亞瑟。我過去站在你媽和你爸之間，擋完這個，又擋那個，夾在兩人中間飽受碾壓和打擊。我已經做夠這種事情了。」

「我絕對不會要求你再做這種事情，劍利。」

「很好。很高興聽你這麼說，其實我過去就該拒絕這種事情的。我已經受夠了 —— 你媽經常這麼說 —— 不過，在一個安息日晚上談論這種事情比受夠了還要更加嚴重。阿麗，老婆子，你找到要找的東西了嗎？」

　　她正在從一個衣櫥裡面往外搬床單和毯子，聽到催促後加快動作把它們收在了一處，然後答道：「找到了，劍利。」柯南亞瑟從她手裡接過來這些東西，接著，跟老頭子道過晚安之後，他便跟阿麗一起朝著樓頂爬去了。

　　他們就那麼爬呀爬呀，一路上盡是這座少有人來且密不透風的老屋散發出來的那股濃烈黴味，最後抵達了一間巨大的閣樓臥室。它像所有其他房間那麼凋敝和空闊，但是，它甚至要比它們更加難看和糟糕，這是因為，它還充當了破舊傢俱的流放地。它裡面那些可以挪動的東西包括：一些破舊難看的帶有破舊座墊的椅子，一些破舊難看的連座墊也沒有的椅子，一張圖案磨損得模糊不清的老掉牙地毯，一張身患殘疾的桌子，一個瘸腿衣櫃，一套倚在牆上的火爐用具，像是一具靠牆站著的死人骨架，一個像是成年累月站在髒肥皂泡雹陣中的盥洗臺，以及一個床架，它的四根柱子好像光禿禿的骨頭一樣，每根都在盡頭處有一個尖刺，似乎是為那些想把自己捅個透明窟窿的房客們提供的一件淒慘寢具。亞瑟打開那扇位置靠下的長條狀窗戶，把頭探出去朝下望去。他看到了一片蕭瑟的黑色煙囪叢林，然而，天空中那種古來有之的耀眼紅光卻為它賦予了一副美麗的外表。他小時候經常覺得，四面八方都有火光朝著他的頭腦當中洶湧而來，於是他一度認為，天空中的那些紅光只是它們反射在黑暗天幕上的影像。

　　接著，他縮回腦袋坐在了床邊，從旁觀看著付阿麗老婆子為他鋪床的情形。

　　「阿麗，我離開時妳還沒有結婚吧？」

　　她把嘴唇噘成一個「沒呢」的形狀，並搖了搖頭，接著繼續套起了枕頭。

　　「那它是怎麼結的？」

　　「嗨，還不是劍利做的。」阿麗說，她的上下齒之間咬著枕套的一頭。

　　「一開始自然是他提出來的，但剩下的事情到底是怎麼發生的？我一直以為妳倆都不會結婚呢，但我沒有想到的是，妳倆竟然成了一對。」

「我也沒想到。」付老婆子說，她正在把枕頭拴牢在枕套裡面。

「我就是這個意思。妳什麼時候開始往別的地方想的？」

「我根本沒往別的地方想過。」付老婆子說。

往長枕墊上放裝好的枕頭時，她看到柯南仍然在看著她，似乎在等她再答些別的什麼。於是，她朝著枕頭的中間部位狠狠捅了一拳，然後問道：「這事怎麼能由得了我自己呢？」

「妳怎麼會連結不結婚都做不了主？」

「這還用問。」付老太婆說：「這就不是我自己能插手的事情。我從來沒有想過要這樣。我只不過是找些事情來做，不會東想西想，真是這樣！她是在還能到處走動的時候逼我這樣做的，當時她還能到處走動。」

「是嗎？」

「是的（well）。」付老婆子應聲說。「這也正好是我對自己說過的話。好啦（well）！自己瞎想又能有什麼用呢？如果那兩個聰明人下定決心要我這麼做，我還能怎麼樣呢？我做不了任何事情。」

「這麼說的話，這應該是我母親的主意？」

「願上帝保佑你，亞瑟，請原諒我會有這麼一個願望！」阿麗一副高聲叫喊的姿態，但實際上，她一直都在用很低的嗓門講話。「如果不是他們都決定這麼做，它怎麼能一直做下去呢？劍利從來沒有向我求過愛，他和我在同一座房子裡面生活了這麼多年，而且一直把我耍得團團轉，所以，他是沒可能向我求愛的。他僅僅在有一天對我說：『阿麗，我現在要跟妳說點事。你覺得付這個姓怎麼樣？』『我覺得它怎麼樣？』『沒錯，我就是問妳這個，因為妳很快就要擁有這個姓了，』他說。『哎呀我要擁有它了！』我說。『我的劍——利呀！』啊，他真的聰明極了！」

接著，付老婆子開始在床墊上面鋪床單，然後把毯子鋪在床單上面，然後又把床單鋪到毯子上面。她那副模樣讓人覺得，她已經講完了上面那個故事。

「是嗎？」亞瑟再次問道。

「是的！」付老婆子也再次像應聲蟲那樣說。「這怎麼能由得了我自己呢？他對我說：『阿麗，妳跟我必須得結婚，我來告訴妳為什麼。她的身體越來越差，將來得有人一直在她房間裡面照顧她，所以，我們必須得跟她待在一起，如果我們離開她了，她身邊就一個人都沒有了，她除了我們就沒別人了，如果我們能結合到一起，事情就好辦多了。她也是我這個意思，』他說：『所以，如果妳能在下個星期一上午戴好妳的軟帽，我們就把它辦了算了。』」說到這裡，付老婆子幫亞瑟掖好了被子。

「是嗎？」

「是的（well）！」付老婆子應聲說，「我想是這樣的！我做下來把它說了出來。好吧（well）！──劍利接著對我說：『至於結婚公告[033]的事情，下個星期天是第三次向教友們徵詢意見（我兩週前就把它貼出去了），這就是我把日子定在星期一的原因。她會親自跟你談這件事情，而且，妳現在已經準備好了，阿麗。』就在那天，她找我談了話，她說：『阿麗，我知道妳和劍利快要結婚了。我很為這件事感到高興，妳也有理由感到高興。對妳來說，這是一件天大的好事，就我所處的情況來說，它也是非常受我歡迎的。他是一個明白事理的男人，一個值得託付的男人，一個感情專一的男人，還是一個虔誠的男人。』事情到了這個地步我還能說什麼呢？唉，就算他們要──把我捂死，而不是要我結婚，」付老婆子在頭腦裡面非常辛苦地搜尋著這一類詞彙，「我也沒辦法對這兩個聰明人說上一個不字。」

「我覺得，這是一種對主人竭盡忠誠的態度。」

「你可以這麼想，亞瑟。」

「阿麗，剛才我媽房間裡面那個女孩是什麼人？」

「女孩？」付老婆子說，且其音調相當尖利高亢。

---

[033]　按照舊時慣例，教徒需在婚前三週貼出結婚公告，向所屬教區的教眾徵詢他們對這樁婚事的意見，每週徵詢一次，一連進行三次。

「那肯定是個女孩，就是靠著你站著 —— 差不多完全藏在角落裡那個。」

「哦！你說她嗎？你是說小杜麗嗎？她完全不值一提，只是她 —— 突發奇想叫來的一個人。」這是付阿麗的一個特別之處，她從來不對柯南老夫人直呼其名。「不過，這一帶除了她之外，還有另外一個女孩呢。你忘掉以前的心上人了嗎？我敢肯定，那是在很久很久以前了。」

「我媽為了讓我忘掉她，硬是把我們拆散了，我為這事吃了很多苦頭。但我經常想起她。」

「你找到新的沒有？」

「沒有。」

「那麼，我這裡有個消息透露給你。她現在做得很好，而且是個寡婦。如果你想得到她的話，哎呀，你是可以的。」

「妳是怎麼知道這些的，阿麗？」

「那兩個聰明人老是談論這些 —— 劍利在樓梯上呢！」說完，她一眨眼就不見了蹤影。

眼下的情形是，他正在一間老舊的作坊裡面，在一架織布機上匆忙紡織著一匹描繪他年輕時代的織物，而付老婆子方才為它填補了它所欠缺的最後一根紗線。少年人那種不切實際的荒唐愛戀甚至連他家這座房子都不曾放過，仍舊破門而入，結果，他被那種無望的愛慕折磨得痛苦不堪，他那副為情憔悴的模樣會讓人錯覺到，他家並非是一個冷酷無情的牢籠，而是一座專事浪漫情愛的城堡。一週多一點之前，在馬賽，他滿懷遺憾的心情告別了那個漂亮女孩。此女的相貌之所以對他產生了非比尋常的吸引力，以及一種溫柔的掌控力，這其中的原因便在於，它跟他早年愛戀的這張臉龐存在某種相似之處（不管是真的相似，還是他自己想出來的），這張臉曾經飛出他陰暗失意的現實生活，飛進了他光明壯麗的幻想國度。現在，他斜倚在那個長條狀窗戶的窗臺上面，再次伸出頭去，望向了下面的

黑色煙囪叢林，然後開始夢想了起來。不管他的父母為他設計了怎樣的人生道路，眼前這個男人永遠只有這樣一個一成不變的人生走向，即成為一名夢想家，這是因為，在他的生活裡面，可供他琢磨回味的東西是如此稀缺，與此同時，那裡面卻有很多東西可以憑藉幻想變得快樂和美好起來。

第四章　付老婆子的南柯一夢

付老婆子不像她女主人的兒子那樣，當她做夢的時候，她大抵都是閉上眼睛去夢的。在柯南回來的那天晚上，她在離開他沒過幾個小時之後，做了一個奇異而鮮活的夢。事實上，那完全不像是一個夢，無論從哪方面來說，它都十分之真實，只不過發生得像個夢罷了。

從付老爺子和付老婆子占據的那間臥房出來，走不上幾步便可以到達柯南老婦人長期圍於其中的那個房間。它並不和老夫人的房間位於同一樓層，是一間把邊的屋子，位於老夫人那間的樓下，二者由幾級怪模怪樣的陡峭樓梯相連著（這道樓梯是通往老夫人門口那條大樓梯的一個分支）。他們這間臥房是沒辦法被稱為隨叫隨到的，因為這幢老屋的牆、門和護壁板全都非常笨重。但是，說它舉步即達卻是沒有什麼差錯的，無論在夜裡的那個時辰，也無論當時的溫度多麼冰冷，付老婆子都可以衣衫不整地隨時出現。在付老婆子床頭距離她耳朵不到一英尺的地方，懸掛著一個鈴鐺，連著它的那根繩子柯南老夫人抬手便可以摸到。不管這個鈴鐺在什麼時候響起來，阿麗都會一躍而起，然後在她尚未完全清醒的時候，便出現在老夫人的病房裡面。

那天晚上，當她把女主人扶到床上、替她點亮燈盞接著又道過晚安之後，付老婆子如常回到了她自己的棲息處，唯一異於平常的地方是，她的夫主尚未回來。結果，最終成為付老婆子這個夢的主題事項的，正是她的夫主大人，而非像大多數哲學家所觀察到的那樣，是她睡前所思想的最後一件事情。

照她自己的看法來講，她在睡了幾個小時之後醒了過來，發現劍利仍然沒在床上。接著，她觀察著睡之前沒有吹熄的蠟燭，像阿佛烈大帝 [034]

[034]　阿佛烈大帝（849 ～ 899），盎格魯－撒克遜英格蘭時期威塞克斯王國國王，也是英國歷史上第一個以「盎格魯－撒克遜人的國王」自稱且名副其實之人。他曾經發明過一臺鐘錶，該鐘用

那樣測算起了時間，結果，她根據蠟燭殘留的長度斷定，她已經睡了相當之長的一段時間。於是，她從床上爬了起來，給身上裹了一件袍子，穿好鞋子，然後萬分驚訝地走到了樓梯上面。她是為了尋找劍利出來的。

那道樓梯的木頭質地和堅固程度足以證明它的真實存在，而且，在沿著樓梯徑直走下去的時候，阿麗並未體會到那些獨屬於夢境的離奇感覺。她並非從樓梯上面輕掠而過，而是腳踏實地走下去的，並且用樓梯欄杆為自己引導著方向（因為她的蠟燭已經點完了）。在大堂的一個角落裡面，也是這幢老屋的正門後面，有一個不大的等候室，它狀如一個礦坑豎井，有一扇長而窄的窗戶，這讓它看上去像是被撕了個口子一般。就是在這個從來不被使用的房間裡面，有一豆燈火正在燃燒著。

付老婆子穿過大堂，沒穿襪子的赤腳踏在地板上感到冰冷刺骨，接著，她透過等候室門上那個稍稍開了一道小縫的合頁，偷偷朝屋裡望了進去。她原本準備看到，劍利正在熟睡或者昏了過去，但實際上，他安安靜靜地坐在一張椅子裡面，一副十分清醒的模樣，身體狀況也是一如往常。什麼，嘿 —— 上帝饒恕世人吧 —— 付老婆子用極低的聲音脫口說出了大意如此的幾句話，然後腦袋開始變得暈了起來。

這是因為，一個醒著的付老爺子正在看著一個睡著的付老爺子。他坐在一張小桌子的一邊，用急切的目光看著坐在另一邊的另一個他自己，這個他自己正把下巴抵在胸口上面熟睡著，還打著呼嚕。醒著的老付把一張正臉完完全全朝向他的妻子，睡著的老付給了她一個側臉。醒著的老付是之前的那個本人，睡著的老付是他的替身。就像她可以把一個實物和它在鏡子裡的影像分辨開那樣，阿麗把腦袋扭來扭去轉了一番之後，也看出了這兩個人的上述區別。

如果她還對哪個是她的老付存有任何懷疑，他那副不耐煩的模樣將會幫她做出最後的判定。在四下裡尋找一件攻擊性武器未果之後，他拿起一

燒出不同形狀凹口的蠟燭來指示時間。

把燭花剪子，接著，在把它伸向那根頂端翻得像顆圓白菜似的蠟燭之前，他先朝著那個睡中人猛撲了過去，像要撞穿他的身體似的。

「誰呀？怎麼了？」睡中人被驚醒了，然後大叫著說。

付老爺子舉起燭花剪子做了一個手勢，他的那副模樣就像是，他要把它捅進這個同伴的喉嚨裡面去，強行讓他安靜下來。他的同伴逐漸醒過神來，然後邊揉眼睛邊說，「我忘記我在哪裡了。」

「你剛才睡了。」劍利凶神惡煞地說，一邊指了指他的懷錶，「有兩個小時。你之前說的可是，打個瞌睡就能休息過來。」

「我是打了個瞌睡呀。」替身說。

「現在已經凌晨兩點半了。」劍利低語道：「你的帽子在哪？你的大衣在哪？那個箱子在哪？」

「都在這裡，」替身說，同時用一塊披肩仔仔細細地把喉嚨綑紮了起來，儘管他仍然睡意朦朧著。「等一下。先把袖子給我 —— 不是這一隻，是另外那隻。嗐！我不再像以前那麼年輕了。」這時，付老爺子已經用猛烈的動作把他套進了大衣裡面。「你答應過我，要在休息完之後再給我喝一杯的。」

「快點喝了它！」劍利答道，「然後 —— 把你嗆死算了，我還想說 —— 唉快走吧，不說了。」說話的同時，他拿出來波爾多葡萄酒瓶，給這個跟他一模一樣的人倒了一杯。

「我想，這是她的波爾多葡萄酒吧？」替身一邊品嘗一邊說，就像他身在碼頭等船，還有幾個小時可供消磨一樣。「為她的健康乾杯。」

說完，他啜飲了一小口。

「為你的健康乾杯！」

他又啜飲了一小口。

「為他的健康乾杯！」

他再次啜飲了一小口。

「再為聖保羅教堂周圍的所有朋友乾杯。」說完，他喝乾然後放下了酒

杯，讓這個古老的敬酒儀式 [035] 進行到一半之後便停止了。最後，他把那個箱子拿了起來。這是一個兩英尺見方的鐵箱子，可以被很輕鬆地夾在腋下。劍利在一旁看著他調整它的位置，目光中滿是嫉妒的神情，然後親自伸出手去試了試，以確保他牢固地夾住了它，又嚴辭命令他小心從事正在做的這件事情，否則會小命不保。說完這些話之後，他就鬼祟地用腳尖點著地出去開門了。阿麗已經事先料到他最後這個舉動了，所以，等他出來的時候，她已經回到樓梯上去了。以上這一系列事情可謂再真實自然不過，所以，當她站在那裡的時候，她還可以聽到門被打開的聲音，感覺到夜氣從外面撲了進來，並且看到了天空中的星星。

　　但是，接下來便到了這個夢最為引人注目的部分。她突然對她的丈夫恐懼到了無以復加的地步，以致身在樓梯之上的她，竟然沒有力氣回到她的臥房裡面（趁著他閂上大堂正門的空當，她原本是可以輕易做成此事的），只能瞪大眼睛一動不動地站在那裡。結果，當他手裡拿著蠟燭，爬上樓梯想要回到臥房的時候，猝不及防地跟她正面遭遇了。他看上去很是吃了一驚，但什麼都沒說。他只是用眼睛盯著她，同時繼續往上走去，而她呢，此時已經完全處於他的氣場之下了，只能跟著他朝後退去。就這樣，她一步一步朝後走，他一步一步向前走，最後回到了他們自己的房間裡面。待房門甫一關上之後，付老爺子馬上掐住了她的喉嚨，然後不停地晃動起她來，直至她的臉上浮起了一片黑氣。

　　「噯，阿麗，老婆子 —— 阿麗！」付老爺子說：「妳這是夢見什麼了？快醒來，快醒來！

　　這是怎麼回事？」

　　「怎麼 —— 怎麼回事呢，劍利？」付老婆子張大嘴喘著氣，眼珠子滴溜溜轉個不停。

---

[035]　　再為聖保羅教堂周圍的朋友們乾杯」原文為 "and all friends round St.Paul's"，這句話是從舊時什羅普郡（Shropshire）的一句諺語變化而來的，"all friends round the Wrekin"，後面這句話暗含著一種陰謀同盟關係，此即文中所暗示的該敬酒儀式的下半部分內容。

「噯，阿麗，老婆子 —— 阿麗！妳睡著以後走下床來了，親愛的！我先在下面一個人睡了一覺，上來後發現妳穿著袍子站在這裡，正在發著噩夢。阿麗，老婆子，」付老爺子說，他含義豐富的臉上掛著一個親切的咧嘴大笑，「如果妳再做這樣的夢，那就表示妳需要吃藥了。到時候我會給妳好好吃上一劑藥，老婆子 —— 好好吃上一劑！」

　　付老婆子趕忙謝了他，然後便爬進被窩裡面去了。

第四章　付老婆子的南柯一夢

第五章　家事

當城裡的大鐘在星期一上午敲出九點整的鐘聲時，那位像是剛被割斷繩子救下來的付劍利，把坐在輪椅裡面的柯南老夫人推到了那個高個子文件櫃旁邊。待她開鎖打開它，接著把自己安頓在與它相連的書桌前面之後，劍利退了出去 —— 他這麼做可能是為了，把接下來的那場吊上得更加清淨徹底一些。然後，他的兒子出現了。

「今天早上有沒有好上一些，母親？」

她搖了搖頭，仍然是昨晚談論天氣時那一副嚴肅得其樂陶陶的神態。「我再也不會好起來了，亞瑟，對於我來說，明確知道這一點，然後能夠承受它，就再好不過了。」

她的兩隻手分開放在書桌上面，又有那個高個子文件櫃矗立在她的面前，這令她看上去像是在彈奏一架不會出聲的教堂風琴。她兒子坐在書桌旁邊，心裡這樣想道，而這也是他素來有之的一個想法。

她打開一兩個抽屜，仔細查閱了幾份商業文件，然後把它們放回了原位。她的苛酷的臉上不見哪怕一根輕鬆的線條，不管是怎樣一位探險家，都可以藉此被引入她頭腦當中那座陰暗的迷宮。

「我可以講一下我們之間的事情嗎，母親？你願不願意談一談工作上的事情？」

「亞瑟，你竟然問我願不願意？當然是非常願意了，你呢？你父親已經去世一年多了，從那以後，我就歸你差遣了，一直在等候你的旨意。」

「我在安排完很多事情之後，才脫身離開了中國。等到離開之後，我做了個短途旅行，稍微休息放鬆了一下。」

她把臉扭向他，好像沒有聽清或者理解最後那幾個字。

「休息放鬆了一下。」

　　然後，她環顧起了眼前這個光線暗淡的房間，從她的嘴唇動作來判斷，像是在喃喃重複著那幾個字。她正在把這個房間拉來充當見證，證實它提供給她的這兩樣東西是如何之少。

　　「母親，妳身為唯一的遺囑執行人，擁有那份資產的支配權和管理權，所以，在妳有時間把各種事情安排到令妳自己滿意之前，留給我處理的業務是非常稀少的，或者可以說根本沒有。」

　　「帳目已經清理出來了。」她應答說：「都在這裡保管著，發票也都檢查核對過了。你可以在方便的時候檢查它們，亞瑟，呃，如果你願意看看它們的話。」

　　「母親，只要讓我知道這件事情已經完成，這就足夠了。我可以接著說嗎？」

　　「有何不可呢？」她說，還是她那副冷冰冰的腔調。

　　「母親，在過去這些年裡，我們公司的生意越來越少，交易量也在逐漸下降。我們從來沒能給人足夠的信任，也沒能讓別人信任我們。我們沒能讓任何人喜歡上我們。我們走的這條路不是這個時代的道路，我們被遠遠地拋在了後面。我不需要在這個問題上對你喋喋不休說個沒完，母親。妳肯定是了解它的。」

　　「我明白你的意思。」她答道，語氣中透出一股對這類事情的了然。

　　「就連這座我們正坐在它裡面的老房子，」她兒子繼續說：「也是我剛才那種看法的一個活例子。在我父親較早的那些年頭裡面，還有他之前他叔父的那個時期，它是一個用來做生意的地方 —— 真正做生意的地方，可稱是一個商業勝地。但現在呢，它變成了一個十足畸形和不合時宜的東西，跟不上時代的步伐，失去了應有的目標。我們的生意已經被羅溫漢姆的那些掮客們搶走很長時間了。雖然不容否認的是，為了遏制他們，也為了照管我父親的資產，你的英明決斷和機敏警惕一直都在積極動作著，但是，就算住在哪個居家小房子裡面，你的這些優秀特質照樣也能為我父親

的財產服務，難道不是這樣嗎？」

「亞瑟，你是不是覺得，」她答道，並沒有正面回答他的問題：「這座用來庇護你虛弱和飽受折磨 ── 這是一份正當的虛弱和正義的受難 ── 的母親的房子存在得沒有任何意義？」

「我只是在談論它在商業方面的意義。」

「你目的何在？」

「我正在講到它。」

「我已經料到，」她答道，眼睛死盯在他的身上：「它是什麼了。不過，上帝嚴禁我抱怨和牢騷，一切都是天意。我是個罪人，理應遭受這些痛苦的失望，我會接受它。」

「母親，聽到妳這麼說，我覺得非常痛心，而且我擔心，妳會 ── 」

「你知道我會那樣，你知道。」她打斷了他的話。

她兒子停頓了片刻。他竟然讓她發起了火來，這讓他有些意外。

「好吧！」她說，復又回到了冰冷的石化狀態：「你繼續說，我來好好聽一聽。」

「母親，你已經料到了，我決定放棄我那份生意。我已經下定決心了。我不會試著勸說妳，我知道妳會把它繼續進行下去。如果我還能對你施加一些影響力的話，我只會用它軟化一下妳對我的看法，因為我做出這個決定肯定讓妳非常失望，我還會試著讓妳明白，我已經活了半輩子了，但從來沒有違拗過妳的意志。我沒辦法說，我從內心和精神上服從了你的那些規矩，我也沒辦法說，我認為自己四十年的人生能夠有益於或者取悅我自己，或者是任何其他人。但我一直習慣服從別人，我只請妳記住這一點。」

若有哪個求情者想在文件櫃旁邊這張不為懇求所動的臉上找到一絲讓步的跡象，那他只能收穫巨大的痛苦。若有哪個違約者想在這兩隻毫無寬恕之情的眼睛所主宰的法庭上求得寬限，那他只能收穫巨大的痛苦。這個固執的女人信奉著一種擁有巨大毀滅需求的神祕宗教，它蒙在陰沉黑暗的

面紗當中，在深褐色的黑雲中劃出詛咒、復仇和毀滅的閃電。「免我們的債，如同我們免了別人的」[036]，於她而言是一句太過屢弱無力的禱文。我要沉重地打擊你，在我名下欠債的人們，上帝啊，枯萎他們吧，碾碎他們吧。如果你依照我的心願行事，你將會得到我的崇拜，這是她自己建立起來的一座毫無虔敬之心的石塔，妄圖藉此爬上天堂[037]。

「你說完了嗎，亞瑟，或者你還有別的話要對我講？我覺得應該沒有別的了吧。你個子不大，肚子裡面倒是裝滿了事情！」

「母親，我還有一些話要講。它們夜以繼日地盤踞在我的頭腦裡面，這個樣子已經有很長時間了。說出這些話要比剛才那些難上許多。那些只關係到我自己，這些卻跟我們所有人都有關係。」

「我們所有人！誰是我們所有人？」

「妳，我，還有我死去的父親。」

她把兩隻手從書桌上拿下來，疊放在大腿上面，然後坐在那裡看起了爐火，臉上是一副古埃及雕像那種高深莫測的表情。

「妳對我父親的了解，要比我對他的了解深上無數多倍。他對我緘口不言的那些事情，卻會向妳流露。母親，妳要比他更加強大，所以是由妳指導他的行動的。在我還是一個小孩子的時候，我就像現在這樣對這一點心知肚明。我知道，他前往中國照顧那裡的生意，妳留下照顧這裡的生意是出於你的授意（不過我至今都不知道，你們是不是真的簽訂了分手協議）。我還知道，我要在妳身邊待到二十歲，然後再過去找他，這也是妳的意思。我在二十年後回憶起這些事情，不會冒犯到妳吧？」

「我正在等著聽你回憶它們的原因。」

亞瑟壓低嗓門，然後說（他顯然是違拗著自己的意願，懷著老大的不情願講出這些話的）：「我想問問妳，母親，妳有沒有懷疑過 —— 」

---

[036]　出自基督教主禱文，見《聖經新約－馬太福音》第 6 章 12 節。

[037]　指巴別塔，相關內容可見於《聖經舊約－創世紀》第 11 章 9 節。

聽到「懷疑」這個詞時，她扭過頭來把眼睛在亞瑟身上停留了一瞬功夫，同時面色陰沉地蹙緊了眉毛。然後，她又讓兩眼像之前那樣探索起了爐火。但是，那雙蹙緊的眉毛卻在眼睛上方凝固了起來，就像古埃及的那位雕塑家把它們的這個形狀開鑿在了那張堅硬的花崗岩面孔上，好讓它們世世代代都緊蹙下去。

　　「—— 他的某個祕密讓他心煩意亂 —— 或者說懊悔自責？妳有沒有在他的行為裡面看到過這種跡象，或者，有沒有跟他談論過它，再或者，有沒有聽他暗示過這樣一件事情？」

　　「我不明白你推斷你父親深受其苦的是種什麼祕密。」她先沉默了一陣功夫，然後答道：「你說得太雲山霧罩了。」

　　「有沒有這種可能，母親。」亞瑟把身子向前傾去，把跟他母親的距離拉近了一些，然後耳語出這些話來，接著又十分緊張地把一隻手放在了書桌上面：「有沒有這種可能，母親，他曾經很不幸地，有失公正地對待了某個人，但沒有做出補償？」

　　柯南老婦人十分憤怒地看著他，然後把輪椅裡面的身體向後仰去，讓他們之間的距離拉大了一些。但是，她沒有做出任何答覆。

　　「我深深地明白，母親，如果這種想法從未在任何時候閃現在妳的頭腦當中過，如今我就算是輕聲細語地把它說出來，也絕對會是一件有些殘酷和不大正常的事情，就算是在這場密談當中講出來的，也同樣如此。但我沒辦法擺脫它。時過境遷都沒辦法把它們消磨乾淨（我在打破沉默之前把這兩種辦法都嘗試過了）。請妳記住，之前我是跟父親待在一起的。請妳記住，他當著我的面把那個懷錶交給我保管，並且掙扎著對我說，他想把它當做一個信物寄給妳，還說妳會明白那裡面的含義。請妳記住，在他臨終之際，我親眼看著他用虛弱的手抓住一根鉛筆，想要寫幾個字給妳，但最終什麼都沒能寫出來。我越覺得這個模糊的懷疑太過牽強和殘忍，這些讓它具備了可能性的證據就會越加強烈地在我眼前呈現出來。看在上帝

分上，讓我們用敬虔聖潔的態度來查證一下，是不是有什麼錯誤等著我們去糾正。母親，除了妳之外，沒有任何人能夠幫得上這個忙。」

柯南老夫人繼續把輪椅裡面的身體朝後縮去，結果，仰到椅背後面的那部分體重驅使輪椅一點一點向後滑去，此情此景為她賦予這麼一個形象，一個面部表情十分激烈的鬼魅正在從柯南亞瑟身邊溜走。這時，她把左手臂伸了出來，接著屈起上臂把手背朝向了自己的臉，這樣一來，她的左手就擋在了他們兩人之間，然後，她就保持著這個姿勢定定地、緘口無言地看著他。

「在攫取金錢和進行冷酷無情的交易時 —— 母親，我已經開始這麼做了，我現在必須得說一說這些事情 —— 某個人可能受到了非常嚴重的欺騙、傷害乃至毀滅。在我出生之前，妳是所有這種機制的驅動力量。在超過二十年的時間裡面，妳強大的精神力量融入了我父親的所有交易當中。我認為，如果妳真的願意幫助我發現真相，妳是有能力幫我平息掉這些疑惑的。妳願意嗎，母親？」

他寄望於她會在這時候說點什麼，所以停下了話。但是，雖然她分成兩層的灰白頭髮有些顫動，可她堅定的雙唇卻穩穩地決然不動。

「如果能向那個人做出補償，如果能向那個人進行償還，就讓我們明明白白地說出來，然後進行它吧。不，母親，如果這件事情在我的能力範圍之內，就讓我一個人進行它吧。就我的親眼所見而言，金錢帶來的快樂是如此之少，就我所了解的情況而言，它給這幢房子，或者說它裡面的任何一個人所帶來的安寧也是如此之少，以致我比任何人都更加看輕它的價值。如果我始終都被下面這兩個懷疑糾纏著，覺得是它讓我父親的彌留之際籠罩上了悔恨的陰雲，還有它並非誠實正當地歸我所有，那麼，它就不能為我買來除了自責和痛苦之外的任何其他東西。」

在這間屋子那面裝有護壁板的牆上，懸垂著一根鈴繩，它距離那個檔櫃有兩到三碼遠的距離。這時，只見柯南老夫人猛地迅速運動起一隻腳來，把她的輪椅飛快地倒退至了它的旁邊，然後猛烈地拉起它來。在做上

面這些事情的過程當中，她的左手臂仍然保持著那個防禦姿勢，就好像柯南正在攻擊她，而她正在擋開他的打擊一樣。

一個女孩急急忙忙地進來了，顯然受了驚嚇。

「把老付叫來！」

那個女孩一眨眼就退出去了，接著，那個老頭子站在了門口：「什麼！你們已經錘子鉗子地幹上了，是這樣嗎？」他一邊說，一邊冷靜地撫摸著自己的臉蛋。「我就覺得你們會這樣，對這個局面有十足的把握。」

「老付！」那位母親說：「你看看我的兒子，你看看他！」

「好吧！我正在看著呢。」老付說。

她伸直了那條用來防禦打擊的手臂，然後，她一邊說著下面這些話，一邊指點著令她怒不可遏的對象。

「剛剛才回到家裡來，幾乎——還沒等他腳上的鞋乾透——他就向他的母親誹謗起了他父親的過往！讓他母親跟他一起當間諜，偵查他父親一輩子的買賣生涯！他還擔心，我們不憚艱辛、起早貪黑、殫精竭慮、孜孜矻矻、捨身忘我往這個家裡積攢起來的這些東西，統統都是劫掠而來，還問我為了補償和償還，應該把它們雙手奉送給哪些人！」

雖然她是在盛怒情緒當中講出這些話的，但是，她的音量卻遠遠沒有失去控制，以致它甚至比平常的音調都低了一些。而且，她的口齒也是相當清楚。

「補償！」她說：「是的，一點都沒錯！他剛剛才從國外公費旅遊回來，剛剛才從嬉遊縱樂的空虛生活中解脫出來，說起補償來當然容易了。但你讓他看看我吧，在這裡身陷囹圄之災，飽受羈縻之苦。我一聲不吭地忍受著，因為命中注定我會用這種方式補償我的罪過。補償！這個房間裡面難道沒有補償嗎？這十五年來難道沒有補償嗎？」

一直以來，她始終都是這樣跟威嚴崇高的上蒼做著這種公平交易，把她的德行一條一條地張貼出來，一絲不苟地用它們抵消她的罪過，再索取

她認為自己應得的那一份。她在此事當中能夠脫穎而出僅僅是因為，她在進行此事時表現出來一份不凡的魄力和氣度。每天都有成千上萬人在做著同一件事情，只是方式各自有別罷了。

「老付，把那本書給我！」

老頭子從桌子上面把書遞給了她。她把兩根指頭插在翻找出來的兩個頁面上，把書合了起來，然後朝著她的兒子舉起它，動作中滿是威脅的意味。

「亞瑟，在以前的日子裡，也就是這本解說《聖經》的參考書所講的那些日子，曾經有過一些虔敬同時受到上帝眷愛的人們，他們會為了不及你這些話這麼嚴重的原因，詛咒自己的兒子，詛咒他們和所有不信上帝的民族（如果這些人也持有跟你同樣的看法）被上帝和世人棄絕，被消滅，就連尚在母親懷中的嬰兒都不能例外。但是，我僅僅要跟你說上這麼一句，如果你再跟我提起這件事情，我會跟你斷絕母子關係，我會把你趕出這個家門，讓你連從小沒有母親的孩子都不如。我再也不會見你或者與聽你的消息。還有，如果雖然我提出了這些要求，但你仍然在我垂死之際走進這個昏暗的房間來看望我，那麼，當你走近我身邊的時候，我的身體會流出血來詛咒你 [038]，只要我能做到就一定會這樣。」

一來是因為這些威脅言辭那股酣暢淋漓的勁頭，二來是因為，它大抵可以算得上是某種宗教儀式（而事實上，它是一場駭人聽聞的惡行），所以柯南老夫人的怒氣被緩和了過來。接著，把書遞還給老頭子之後，她靜靜地坐在了那裡。

「現在，」劍利說：「你們能不能讓我問上一句（因為我被叫進來充當了第三者），這到底是怎麼一回事啊？但我要事先聲明，我可不想夾在你們中間多管閒事。」

「如果你想聽的話，」亞瑟發現該由他發言了，於是答道：「就讓我母親跟你說吧。就讓事情變成她說的那個樣子吧。我的話只是對我母親一個

---

[038]　舊時說法稱，若殺人犯靠近被害者屍體，屍體的五官七竅會自動流出血來。

人講的。」

「哦！」老頭子回應道：「讓你媽講啊？想聽的話就問你媽？好吧！但是你媽剛才說了，你現在在懷疑你爸。這麼做可不太孝順呀，亞瑟先生。你接下來還要懷疑誰呢？」

「夠了，」柯南老夫人說，她朝著劍利扭過臉，所以這話只是對著老頭子說的：「別再多說這件事情了。」

「那好，不過先等一下，等一下。」老頭子有股堅持不懈的氣勢。「我們來看看，現在是個什麼狀況。妳已經對亞瑟先生講過了嗎？他絕對不能在他父親的門口有冒犯的舉動，他沒有權利這麼做，也沒有理由這麼做？」

「現在告訴他也不晚。」

「啊！完全正確，」老頭子說，「妳現在要告訴他這些。妳之前沒對他講，要放到現在來講。是的，是的！這樣做是正確的！妳很清楚，我在妳和他父親之間夾了太過漫長的一段時間，以致就算他死了好像也沒什麼變化，好像我還是夾在你們倆中間。所以我要，同時，這也是出於公正起見，我要把下面這個要求明明白白地提出來。亞瑟，請你聽好了，你沒有權利不信任你的父親，也沒有理由這麼做。」

接著，劍利把雙手放到輪椅的椅背上面，一邊喃喃自語著什麼，一邊慢慢把女主人推回了文件櫃前面。「那個，」他站在她的身後，重新提起了話：「現在事情才剛剛進行到一半，如果我馬上走開的話，你們討論下一半的時候，很可能再起一場爭執，到時候我就得再這樣重新出場一次，為了防止這種情形出現，我想問一下，亞瑟已經告訴妳他對家族生意的打算了嗎？」

「他已經正式放棄了它。」

「沒有設置任何受益人，我猜是這樣，對吧？」

柯南老夫人用眼角餘光瞥視著他的兒子，後者現在正倚靠在一扇窗戶上面。他看到了母親的這個表情，於是說：「受益人當然是我的母親，她怎麼高興就怎麼來。」

「我曾經懷有這樣的期望，」柯南老夫人短暫沉默了一會兒，然後說：「我的兒子在他人生的盛年當中，會把嶄新的年輕活力融入家族生意當中，給它注入巨大的力量，最終帶來巨大的收益。如果在我的這個期望破滅之後，我還能有什麼高興的話，它只能從提拔一位忠誠的老僕而來。劍利，雖然船長已經棄船了，但你和我將會隨著它一起沉浮。」

劍利的眼睛立即閃閃發光起來，就像看見錢一樣，並突然向那個兒子投過去一束目光，那裡面的潛臺詞好像在說：「我可不會因為這件事欠下你的人情，你並沒有出過什麼力！」然後又開口對那位母親說，他非常感謝她，阿麗也非常感謝她，他永遠都不會拋棄她，阿麗也永遠不會拋棄她。說完用力把懷錶從口袋深處拽出來，並重又開口說道：「十一點了，您的牡蠣時間！」最後，他為這個變換的主題拉響了鈴鐺，但表情和儀態未見有任何變化。

但是，因為之前被兒子誤認為不知補償為何物，柯南老夫人決心要更加嚴苛地處置自己。於是，當她的牡蠣被端進來的時候，她拒絕食用它們。這些牡蠣看上去很是誘人，一共有八隻，在一個白色的盤子上面擺成了一個環形，盤子又放在一個托盤上面，托盤上蓋著雪白的餐巾，餐巾旁邊是一片塗了奶油的法國麵包卷，以及一個小巧的玻璃酒杯，裡面盛放著兌水葡萄酒。她抵擋住眾人的勸說，吩咐把它們端了下去。毫無疑問的是，她自然又把這番作為記到了她那本天書的功德條目下面。

這盤牡蠣點心的負責人並非阿麗，而是之前柯南老夫人發火的時候，拉鈴叫進來的那個女孩，也就是昨天晚上站在角落裡面那一個。現在，亞瑟得到了一個仔細觀察她的機會，他發現，她的迷你的身形，小巧的五官，還有瘦小簡樸的服裝，為她賦予了一副比她的實際年齡小上許多的外表。她已經是個女人了，二十二歲上下年紀，不會比這更小，不過，如果在大街上跟她打個照面的話，她可能會被誤認為僅僅比實際年齡的一半大上少許。這倒不是說她的臉顯得非常年幼，實際上，那上面的憂思神色甚至要多過她的最大

年齡段正常該有的那些，但是，她是如此小巧輕盈，如此無聲無息且羞怯內向，且對自己格格不入於這三位沉重的年長者這一處境如此了然於心，而結果是，她的形容動作全然像是一個極力克制著自己的孩子。

（家族老友付老爺子居中調停）

　　至於柯南老夫人這邊，對於這個受她供養的小扈從，她表現出這樣一種態度來，它在高人一等的恩賜和冷酷無情的壓制之間反覆無常地變化著，而這兩者之間的區別就像是，前者是從噴水壺裡灑出來的水，後者是用液壓機壓出來的水。甚至在這位母親用那個獨特的姿勢抵禦著她的兒子，然後猛烈拉鈴把她叫進來的那一刻，柯南老夫人的眼睛仍然立刻認出了這種態度的專屬施用對象，然後又把它們表現了出來。我們知道，最堅硬的金屬也有不同等級的硬度，黑色本身也有各種色階，所以，在柯南老夫人對一切人類和小杜麗的嚴厲舉止當中，也會包含著細微的變化。

　　接著，小杜麗起身到屋外做針線活去了。在一天當中如此之長，或者

說如此之短的一段時間裡，即從早上八點到晚上八點，小杜麗都受雇於柯南家的這幢大屋裡面。在前一個時間分秒不差的那一刻，小杜麗會準時出現，在後一個時間分秒不差的那一刻，小杜麗又會準時消失。然而，小杜麗在這兩個八點之間的那段時間是怎麼度過的，卻是一個難解的謎團。

小杜麗的身上還出現過另外一個道德現象。除了她的薪酬之外，她每日的勞動契約中還包括著三餐。她對跟別人一起進餐表現出一種非同尋常的強烈惡感來，只要有可能逃開的話，她就絕對不會這樣做。她總是這樣請求道，稱她正好有個工作要開個頭，或者哪個工作要收個尾。還有，她鐵定會策略謀劃單獨進餐這件事情，不過，她好像做得不是非常巧妙，因為她沒能騙到任何人。待到成功地實施了這個企圖，然後滿心快樂地把盤子拿到某個地方 —— 可能是坐下來把自己的大腿當成一面桌子，或者是一個箱子，或者是地上，也有可能像別人猜測的那樣，踮起腳尖站在壁爐臺旁邊 —— 十分節制地吃完之後，小杜麗一天當中最大的一樁愁事便告化解了。

想要看清小杜麗的面部容貌並非易事，因為她總是表現得十分畏縮，會躲在十分僻遠的牆角裡做針線，或者在樓梯上被碰到的時候十分受驚地逃開。不過，那看上去是一張蒼白而透明的臉龐，敏於反應和做出不同的表情，儘管五官稱不上漂亮，但那對柔和的淡褐色眼睛卻絕對是個例外。頭雅致優美地低著，小巧的身形坐在那裡，一雙敏捷的小手忙碌個不停，身上穿一套襤褸的衣衫 —— 它必須得非常非常的襤褸，才能顯出那副非常潔淨的模樣來 —— 這便是小杜麗做針線時的樣子。

那天，亞瑟依靠自己的眼睛和阿麗的講述，獲悉了上面這些有關小杜麗的細節情形，或者說籠統概述。如果阿麗擁有任何個人意志和行為方式，它們可能會呈現出不利於小杜麗的面貌來。但是，因為「那兩個聰明人」 —— 這是阿麗對那個吞噬了她的個性的二人組的永久稱謂 —— 一致同意要認可接受小杜麗，並且覺得這是一件理所當然的事情，所以，她除

了跟著照辦之外沒有任何其他選擇。類似地，如果那兩個聰明人一致同意正大光明毫不掩飾地殺掉小杜麗，然後要求阿麗在一旁為他們掌燈，她也會毫不遲疑地立即照辦。

阿麗是趁著為那位殘疾人士烤山鶉（同時還在烤牛肉和布丁）的空檔，向亞瑟透露了上面那些有關小杜麗的事情的。在這個過程當中，她接連不斷地把頭探出門外，然後又再縮回來，以此種方式抵禦防範著那兩個聰明人。付老婆子看上去擁有這樣一個十足強烈的熱望，即這個碩果僅存的亞瑟是可以跟那兩個聰明人鬥上一番的。

在那一天裡面，亞瑟還把整座房子都視察了一遍。結果，他發現它陰暗而了無生趣。那些荒涼的房間被經年累月地棄置不用，看上去像是陷入了一場沉鬱的昏睡，而且，這個世界上沒有任何事物能把它們喚醒過來。那些多餘的傢俱被亂糟糟地堆放著，更像是隱藏在這些房間裡面，而非裝飾著它們。整幢房子裡面不見一抹鮮活的色彩，雖然它也有過一些顏色，但已經跟著不復再見的陽光光束溜走很長時間了，而後者有可能是被吸收進花朵、蝶翼、鳥羽、寶石或者其他這一類東西裡面去了。從它的底樓到屋頂，找不出哪怕一塊平直的地板。煙塵在天花板上遮蔽塗抹出一些如此奇形怪狀的圖案，以致那些老婆子們簡直可以丟掉茶葉渣，轉而用它們來給人算命了。冰冷的爐膛不見一絲曾經被燒熱過的跡象，只有一堆一堆從煙囪裡面掉落下來的煤灰，每當門被打開的時候，它們便會旋轉著起舞，形成一些含滿灰塵的旋風。在曾經充當過客廳的一個房間裡面，裝著兩面品質粗劣的鏡子，有兩個看上去頗為淒涼的黑色人形小雕像隊伍，正在繞著兩個鏡框列隊行進，裡面的那些人都拿著黑色的花環，然而，就連這些人也都缺頭短腿的，其中的一個邱比特有些像殯儀工作人員，他繞著自己的腳轉了半圈，然後頭朝下掛在了那裡，另外一個則完全掉落了下去。柯南亞瑟的亡父用來辦公（這是他記憶當中對父親的最早印象）的那個房間幾乎一點都沒變，恍然讓人覺得，他的不見蹤跡的魂魄仍然在占據著它，就像他那位可見蹤跡的遺孀占據著樓

上的那個房間一樣，而且，付劍利好像也仍然夾在他們倆人當中調停斡旋著。他的陰暗悲傷的畫像無言地掛在牆上，看上去一副十分認真的模樣，兩眼專注地看著兒子，跟他行將離世之際看著他的樣子別無二致，似乎在十分急切地催促他，要他快點進行那件他剛剛嘗試過的事情。然而，對於從母親嘴裡掏點東西出來這一可能性，他現在已經沒了希望，至於透過其他途徑來平息他的疑惑，他在很久之前便已經放棄了指望。地下室裡面也跟樓上的臥房一個樣子，那些他熟記於心的東西都被歲月的侵蝕變換了容顏，但都保持著原來的位置沒動，比如那幾個被蜘蛛網纏繞得花白一片的空酒桶，還有那些讓毛茸茸的黴菌塞住了瓶頸的空酒瓶。另外，在那些被棄置的酒瓶架和從上方的庭院中斜射下來的灰白光線之間，還有一個存放著分類帳本的保險箱，它散發出來的那股腐敗黴味不禁讓人聯想道，在每天的半夜時分，總會有一些在夜間死而復生的管帳人前來翻閱結算它們。

The Room with the Portrait.

（掛著父親畫像的房間）

下午兩點整，烤牛肉和布丁被擺上了餐桌一頭的一塊皺縮的桌布上面（上菜時用的是悔罪餐那套程序），然後，亞瑟和付老爺子，即公司的新合夥人一起共進了午餐。付老爺子向他透露道，他母親現在已經恢復了平靜，所以他不必擔心，她絕對不會重提上午發生的事情了。「但你不能在你父親門口做這種以下犯上的事情，我的亞瑟。」劍利補充道：「永遠都不能，千萬不要這麼做！好了，我們再也不要提起這個話題了。」

　　午餐之前，付老爺子一直都在重新布置亞瑟父親的那間小辦公室，還抹了一頓灰塵，他這樣做好像是為了，對他榮升新職這件事情表示出敬重的態度。待飽食了烤牛肉，並且用刀背把盤子裡的滷汁全部撈起來吸了個乾乾淨淨，又鑽進食品儲藏室從一個小啤酒桶裡面喝了個飽之後，他重新開始收拾起辦公室來。酒足飯飽的他挽起襯衫袖口再次投入了勞動，而亞瑟呢，則在旁觀他工作的時候十分清晰地意識到，眼前這個老頭願意跟他溝通的程度完全等同於他父親的那張畫像，或者說那座墳墓。

　　「噯，阿麗，老婆子。」付老爺子說，當時她正在穿過大堂：「我剛才上樓的時候，你還沒把亞瑟先生的床鋪好。快點動彈起來，趕快。」

　　但是，亞瑟先生卻覺得這幢房子太過空洞和沉悶，而且，他懷疑此番留宿招待也像剛才那餐悔罪飯一樣，同樣是為了絕不姑息地把他母親的敵人置於形毀神滅之地，而且他自己也很有可能被包含在他們當中，而他自然是不願意為此提供協助的，所以他宣布，他打算在存放行李的那家咖啡館下榻。付老爺子仁慈地順從了蹦到頭腦裡面的下述念頭 —— 這下終於能夠擺脫他了，他母親則除了自己房間四堵牆之內的事情之外，對其他家庭事務一概持漠不關心態度，僅僅覺得他這樣做能為她省上一筆開支，所以，他很容易便實現了這個設想，並未造成新的冒犯。他們已經商定了每天的工作時間，屆時，他母親、付老爺子和他自己將會一起利用這些時間，對帳本和票據進行必要的查驗。最後，他懷著沮喪的心情離開了這個剛剛才找到的家。

　　但小杜麗呢？

　　如果把那位殘疾人士的養生牡蠣和山鶉餐考慮在內的話（柯南會用這段時間出去散步，為自己提提神），他們的工作時間是每天上午十點至下午六點，一共持續了兩個星期。在此期間，小杜麗有時在做針線，有時不做，還有時表現得像個謙卑的訪客似的，在他每天到達的時候，鐵定用這麼一副面貌來迎接他。在他留意她、看著她、看不見她或者猜想她的過程當中，他原先對於她的那份好奇心每天都在不斷增長當中。而且，緣於頭腦當中那個揮之不去的念頭，他甚至形成了這麼一個新的習慣，即跟他自己討論，她有無可能以某種方式跟那件事情關聯在一起。最終，他下定決心要監視小杜麗，更多了解她的詳細情狀。

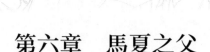

第六章　馬夏之父

三十年前，當你沿著南華克自治市那條主街朝南走的時候，在它左手邊比聖喬治教堂靠上幾扇門的地方，你會看到這座馬夏監獄。在此之前，它已經在那裡佇立了許多個年頭，在此之後，它還將在那裡待上數載功夫。如今，它已經消失不見了，但是，在沒有了它之後，這個世界也並沒壞到哪裡去。

從整體上來看，它是一座長方形的兵營式建築，被分割成了一座又一座的小房子，這些骯髒邋遢的房子背靠背站立著，所以它是沒有後屋的。它的四周是一個鋪著石頭的狹窄院落，院落又被高牆圈了起來，牆頭上又很合時宜地布滿了牆頭釘。它自身是一座為債務人而設的密封逼仄的監獄，而它的裡面還包含著，另外一座為走私犯而設的更加密封逼仄的監獄。那些違反了收入法的，或者沒能依法繳納貨物稅和關稅的人們，若是沒有能力支付罰款的話，便會在名義上被監禁於一扇鐵皮門後面，它的裡面便是方才所說的第二座監獄。這座監獄由一到兩間堅固的囚室和一條大約一碼半寬的死巷構成，這條死巷又構成了馬夏監獄那座非常狹小的撞球場的神祕盡頭處，在那裡面，債務人們會把他們的煩惱隨著手裡的球一起滾將出去。

那裡的監禁之所以變成了一種名義上的東西，這其中的原因在於，走私犯們的日子並不是在堅固的囚室和死巷裡面度過的。從實際上來講，那幾間囚室和那條死巷被外人們想得太過糟糕了一些，儘管從理論上來講，它們無論何時都是非常之好的東西。類似的情形可見於，當下那些根本無從談論其堅固的囚室，還有那些對任何規定都視而不見的死巷。因此，走私犯們的慣例生活場景是，他們跟牢門另一邊的債務人們打成了一片（後者是張開雙臂熱烈歡迎他們的），僅有的例外情形出現在章程規定的某些

時刻。其時，從某個政府部門前來的某人會進行某種形式的檢查活動，至於他到底在檢查什麼，不管他自己還是其他人，都無從知曉有關它的任何情況。在這些貨真價實絕不摻假的英國場合裡面，這些走私犯會佯裝走進那幾間堅固的囚室和那條死巷裡面，與此同時，上述某人會假裝進行他的檢查活動，而實際情況是，待他什麼都沒做地遊蕩了一番之後，他們立刻就從那裡面走了出來 ── 在我們這座公正緊湊的小島上面，它的大多數公共事務的管理模式，都可以在這個事例裡面得到完美的彰顯。

在這場講述的開頭部分，即太陽暴晒馬賽那天很久之前，有一個債務人被押進了馬夏監獄，而我的這場講述，將會跟他發生一些關聯。

那時，他是一位非常友善可親又非常無助的中年紳士，按理說很快就會被釋放出去。他肯定很快就會被放出去的，因為馬夏監獄從來不對一個並非真正的債務人關上它的閘門。他隨身帶進來一個行李箱，這令他甚至都有些懷疑，他是否有必要花費時間來打開它。他非常而完全地清楚知道 ── 據在閘上值守的獄卒說，牢裡的一干其他人等也是這麼想的 ── 他很快就會被放出去了。

他是個有些羞澀畏避的男人，長得煞是好看（但是有些娘娘腔），擁有一副溫和的嗓音、一腦袋捲曲的頭髮和一雙缺乏決斷的手 ── 在那些日子裡面，它們還戴著戒指 ── 在他初進這座監牢的半個小時裡面，它們往他抖索的嘴唇上面緊張不安地遊動了有一百多次。最讓他放心不下的是他的妻子。

「在你看來，先生。」他向獄卒發問道：「如果她明天上午來到大門口的話，會不會受到非常巨大的驚嚇？」

獄卒根據自身的經驗出發，認為有些人會這樣，有些不會。總體上來講，不會的要更多一些。「在你看來，她是個什麼樣的女人？」接著，他像哲學家那樣追索道：「她作何表現要取決於此。」

「她非常的嬌弱，又非常的少經歷練。」

「這就，」獄卒說：「有點不利於她了。」

「她太過欠缺單獨外出的經驗，」這位債務人說，「以致我都沒辦法想像，如果她步行過來的話，她該怎麼找到這裡。」

「可能，」獄卒說：「她會搭乘一輛出租馬車。」

「可能吧。」那幾根缺乏決斷的手指再次爬到了抖索的嘴唇上面：「我希望她會這樣做，但她不會想到的。」

「或者也有可能，」獄卒坐在他那張磨得油光可鑑的木頭板凳上面，向這個人提供著他的建議，那情形就像是，他在向一個他對其虛弱無助處境十分同情的小孩子提供著它們：「可能她會叫上她的兄弟，或者是她的姐妹，跟她一道過來。」

「她沒有兄弟姐妹。」

「那還有姪子和姪女，外甥和外甥女，堂兄弟姐妹和表兄弟姐妹，僕人，年輕女伴，水果店老闆——該死！隨便從他們當中找一個出來就行。」獄卒說，他事先已經表明了這麼一種態度，若是對方再次否決他的上述一系列建議，他是拒不接受的。

「我還擔心——我希望她這樣做不會違反這裡的規定——她會帶著孩子們一起過來。」

「孩子們？」獄卒應聲說：「還有什麼這裡的規定？哎呀，上帝怎麼把你造得像根呆鈍的球柱似的，我們這裡有一個專門為孩子們準備的運動場呢。你竟然擔心孩子們！我們這裡到處都是這些小東西！你一共有多少啊？」

「兩個。」這位債務人一邊說，一邊把他缺乏決斷的手再一次抬到了嘴唇上，然後轉身走進了監房裡面。

獄卒用眼睛追隨著他的背影。「還有一個你。」他自言自語道：「這樣你們就有三個人了。還有一個你妻子，我敢為這個押上一個克朗[039]，這

---

[039]　在英國舊時幣制中，1 克朗 (crown) 折合 5 先令 (shilling)，1 先令折合 12 便士 (pence)。

樣你們就有四個人了。還有一個正走在生出來的路上，我敢為這個押上半個克朗，這樣你們就有五個人了。我還敢再押上七個先令零六便士，賭你們裡面誰是最最無助的，他絕對是那個還沒生出來的寶寶，或者是你！」

債務人所作的猜測全都準確無誤。她在第二天帶著一個三歲的小男孩過來了，還有一個兩歲的小女孩，這樣一來，他之前那些話便全部都被證實了。

「你已經搞到一個房間了，對吧？」過了一兩周之後，獄卒向債務人發問道。

「是的，我已經搞到了一個非常好的房間。」

「有沒有什麼棍棍棒棒的要把它裝飾一下？」獄卒說。

「據我估計，今天下午搬家的會送幾件少不了的傢俱過來。」

「老婆和小東西們也要過來陪你嗎？」獄卒問。

「哎呀，是的，我們覺得，就算只有幾週時間，一家人也是不要分開為好。」

「就算只有幾週時間，這還用說嗎？」獄卒答道。說完，他再一次用眼睛追隨起債務人的背影來，等到它完全消失的時候，他前前後後把自己的腦袋點了有七次之多。

這位債務人牽涉其中的那些事情可以說是一團亂麻，它們跟一個合夥公司有關，而他對它的了解僅限於，他曾經給它投資過，除此之外對它一無所知，它們還跟一些涉及到轉讓和清算的法律事務有關，這裡那裡的到處都是產權轉讓證書，還懷疑有人在這裡非法優先支付了某些債權人，在那裡神神祕祕地偷偷轉移了資產。而且，在這個地球的表面之上，沒有任何一個人會比這位債務人本人更沒能力解釋清楚這堆亂麻裡面的任何一個條目，所以，在他的這椿案件裡面，是沒辦法找出來哪怕一丁點能夠說清道明的東西的。若是向他詢問備細，或者試圖在他的眾多回答當中找出條理來，再或者把他跟會計師和精明機智的執業律師（這些人都在無力償還

債務和申請破產的各種詭計花招這些方面博學多聞）關在一個小屋裡面，都等於把這樁案件的不可理解性又加上複利率計算了一番。經歷的這種場合越多，他那幾根缺乏決斷的手指便在抖索的嘴唇旁邊震顫得越為不見章法，到了最後，就連那些最為精明機智的執業律師，也都覺得這是一件毫無希望的工作，從而徹底放棄了他。

「還想出去？」獄卒說：「他是永遠出不去了，除非被債主抓住肩膀推揉出去。」

在那裡面待了五六個月之後，有一天上午，他上氣不接下氣地跑到了這位獄卒身邊，臉上一片蒼白，然後對後者說，他的妻子病了。

「任誰都知道她會這樣。」獄卒說。

「按照我們原本的打算。」他回應道：「她明天就要到鄉下的一處房子裡去了。我該怎麼辦！啊，仁慈的上帝呀，我該怎麼辦！」

「別攥住拳頭啃你那幾根手指了，純屬浪費時間。」務實的獄卒回應了他的籲請，同時抓住了他的手臂肘子：「只管跟我走就行。」

於是，獄卒領著他 —— 他從頭到腳都抖個不停，嘴裡不歇氣地自言自語道：「我該怎麼辦！」與此同時，他臉上的淚水浸透了那幾根缺乏決斷的手指 —— 上了這座監獄的一條公用樓梯，到了閣樓那層的一扇門前。接著，獄卒用鑰匙的把手叩響了它的門。

「進來吧！」裡面有個聲音大叫著說。

獄卒打開門，呈現出來一個散發著惡濁味道的簡陋小房間，還有兩個嗓音嘶啞、身形鼓脹但紅光滿面的大人物，他們正坐在一張立足不穩的桌子旁邊玩著抓四張 [040]，同時抽著菸袋，喝著白蘭地。

「醫生。」獄卒說：「這位紳士的妻子需要你的救治，一分鐘都耽擱不得！」

醫生的朋友屬於嗓音嘶啞、身形鼓脹、紅光滿面、邋遢不潔和沉溺於

---

[040]　一種紙牌遊戲，先得到規定四張紙牌者為贏。

抓四張、菸草及白蘭地這一系列形態的原級，而醫生本人則是它們的比較級，即更為嗓音嘶啞、身形鼓脹、紅光滿面和邋遢不潔，同時更為沉溺於抓四張、菸草和白蘭地。醫生的衣著襤褸到了令人驚訝的地步，穿著一件被狂風暴雨撕扯得破爛不堪，然後經過織補的水手夾克，手臂肘那裡已經磨穿了，而且顯然缺少了鈕扣（他以前在一艘客輪上工作過，是一位經驗豐富的外科醫生），以及一條凡俗之人能夠想見的至為骯髒的白褲子，和一雙滿是脂粉氣息的居家便鞋，與此同時，他的身上不見肉眼可辨的內衣褲。「要分娩呀？」醫生說：「我可是個男人啊！」說完這話，他從壁爐上面拿起一把梳子插進了頭髮裡面，令其變成了豎直狀態 —— 他這麼做好像是在梳洗打扮自己 —— 又從放著茶杯、茶盤和煤炭的那個碗櫥裡面，拿出來一個外觀至為寒酸的醫療箱（或者說盒子），然後把下巴裹進了一件圍在脖子上面的黴臭睡袍裡。就這樣，他把自己變成了一個十足駭人的醫生狀稻草人。

　　這位醫生和債務人沿著樓梯朝下跑去，然後朝著債務人的房間奔了過去，獄卒則返回了大閘那裡。監獄裡面的全體女士都獲悉了這條新聞，眼下都聚集在院子裡面。在她們當中，有些人已經捉住了債務人的那兩個孩子，正在十分熱情把他們帶離房間，另外一些正在從她們自己稀缺的存貨當中，向這家人借貸些微的慰藉，還有一些正在口若懸河滔滔不絕地感同身受於他們的處境。而那些擁有紳士品格的男性囚徒們則覺得，他們在這樣一件事情裡面處於劣勢地位，於是大部分都回到自己房間裡面去了，而且形容動作差不多帶了幾分鬼祟味道。眼下，他們當中有些人正在從敞開的視窗旁邊，朝著從樓下經過的醫生吹著口哨，以示他們的讚賞之情，另外一些紳士們雖然彼此相隔著幾層樓的間距，但仍然不妨礙他們互通聲息，正在一致對眾人的興奮難捺發著嘲諷鄙薄之意。

　　這一天是個炎炎夏日，眾多囚室都在禁錮著它們的高牆之間被烘焙炙烤著。在債務人那個逼仄的房間裡面，平時擔任清潔女工和送信人的班

姆夫人主動承擔起了捉蠅人和總護理這兩個職位，她並不是這裡的囚犯（雖然以前是），而是一個很受獄友歡迎的幫助他們跟外部世界溝通的媒介物。這個小房間的四堵牆壁和天花板全都黑壓壓地落滿了蒼蠅。幸好班姆夫人是長於急智的，常常發明出一些讓人意想不到的設備來，眼下，她一隻手裡拿著一片捲心菜葉子，為病人扇著涼，另一隻手在數個陶罐裡面為蒼蠅布置著糖醋陷阱，與此同時，她的嘴裡還發表著各種旨在鼓勵和祝賀的感言。總之，在眼下的這個場合裡面，她算得上是相當應景了。

　　「這些蒼蠅煩著你了，對不對，親愛的？」班姆夫人說：「但是，它們也有可能把你的注意力從生孩子上面轉移開，給你帶來一些好處。馬夏夾在埋場、食雜店、馬車房還有下水店中間，所以它的蒼蠅就變得非常大個兒了。它們可能是被派來幫助我們的，如果我們只朝這個方面想的話。你現在怎麼樣啊，親愛的？還沒好起來是嗎？不是，親愛的，不是我盼你好不起來，是你在好起來之前必須得受點苦，你也很清楚這一點，對吧？是的，這就對了！還有，你試著想一想，有一個可愛的小天使就要在這個大閘裡面生出來了！這難道不是很美好嗎，這難道不是一件能幫你快樂度過這一關的美好事情嗎？哎呀，這在我們這裡還是頭一遭呢，親愛的，我實在說不上來什麼時候有過這樣的事。還有，你也要喊出來呀！」為了更多地鼓舞起她的士氣，班姆夫人說：「就是你來著！竟然在陶罐裡面捕到了五十多隻蒼蠅！這足以讓你一舉成名了！而且樣樣事情都這麼順利！還有，要是這裡，」在門被打開的時候，班姆夫人這麼說道：「要是這裡沒有你那位親愛的紳士和哈吉醫生該如何是好！我覺得呀，現在我們可真的是萬事大吉了！」

　　這位醫生基本沒可能像個神靈似的，帶給病人絕對萬事大吉的感覺，從而給予他們莫大的鼓舞，實際情形是，他的那些診療手段從總體上而言尚有改進的空間，這樣講的依據在於他很快就拋出來這麼一條觀點：「我們盡可能往對了做就好，班姆夫人，這件事就跟一座失了火的房子差不

多，我們只能盡力去救。」還有，當他和班姆夫人面對著眼前這對可憐無助的母子時，他們所做的跟任何其他人平常所做的一般無二。哈吉醫生診治這個病例的獨特之處在於，他堅決要求班姆夫人按著他的命令來。其間的具體情形是這樣的：

「班姆夫人。」在開始診治不到二十分鐘之後，醫生說道：「出去拿點白蘭地進來，不然妳會倒下的。」

「謝謝你，先生，但我這邊不需要它們。」班姆夫人說。

「班姆夫人。」醫生回應道，「我正在對這位女士進行專業護理，請妳不要試著跟我進行任何討論。去外面拿點白蘭地進來，不然的話，我覺得妳快要垮掉了。」

「我聽你的就是了，先生。」班姆夫人一邊說，一邊立起身來：「但我認為，如果你自己也能喝上一點的話，你不會比現在壞到哪裡去，這是因為，你的健康狀況看上去非常欠佳，先生。」

「班姆夫人。」醫生回應道：「我怎麼樣不是妳該管的事，謝謝妳，但是，妳怎麼樣卻是我的職責所在。如果妳願意的話，千萬不要擔心我。妳需要做的事情是，按照妳聽到的命令去做，出去取來我讓妳去取的東西。」

班姆夫人服從了命令，接著，醫生在命令她服下她那份之後，自己也喝了一點。每過上一個小時，他就把這套治療方案重複上一次，對班姆夫人表現出一副非常鐵腕的姿態。三四個小時就這樣過去了，落在陷阱裡面的蒼蠅已經數以百計，最後，一個小生命在這一大群比它更小的死者當中誕生了出來，然而，它看上去並不比它們強壯多少。

「一個確確實實非常美麗的小女孩。」醫生說：「雖然很小，但形態完好。嗨，班姆夫人！你看上去很古怪啊！妳現在要離開這裡，夫人，然後再拿點白蘭地過來，不然的話，我們就要看見妳發瘋了。」

這個時候，在債務人那雙缺乏決斷的手上，它們戴著的那些戒指已經

開始脫落了，狀如樹葉從一株冬天的樹上凋零飄落。在小女孩出生的那天晚上，當他把某些東西叮噹作響地放進醫生油膩的巴掌裡面時，那兩隻手上已經一隻戒指都不剩了。在此事進行的同時，班姆夫人去附近的一個裝飾著三個金球的機構[041]出差去了，她在那裡算是一個非常知名的人物。

「謝謝你，」醫生說：「謝謝你。你這位優秀的夫人非常冷靜，表現得煞是迷人。」

「聽你這麼說讓我覺得非常快樂，同時也非常感謝。」債務人說：「但我未曾有過這樣的想法——」

「你覺得你竟然會有一個孩子出生在這樣一個地方，對吧？」醫生說。「呸，我呸你啊，先生，你知道這事具有多麼重大的意義嗎？這裡這些人的全部所求不過是，再多給他們一小點自由活動的空間（而你卻得了這麼重大的一份賞賜）。但是，我們也在這裡生活得非常安寧，我們在這裡不會受到糾纏滋擾。還有先生，在這裡不會有要債的把門環擂得山響，然後把你的心嚇得跳進喉嚨裡。在這裡不會有人過來打問，某某人在不在家，然後說他會站在門墊上面，一直等到他回來。也不會有人把要債的威脅信寫到這個地方來。這就是自由啊，先生，這就是自由啊！我曾經在國內國外，在行軍隊伍當中，在輪船上面做過今天這些事情，但我可以告訴你這麼一個事實：我從來沒像今天在這裡這樣，在這麼安寧的環境下做過這件事情。在其他那些地方，人們焦躁不安、憂心忡忡、匆促慌亂，不是著急這件事，就是著急那件事。但是先生，這裡是沒有這種事情的。我們已經經歷了那一切——我們已經見識過最壞的情形，我們已經觸底了，我們沒辦法再往下墜落了，然後我們發現了什麼？是安寧，它就是最適合用來形容這個地方的詞語，安寧。」進行完這番足見其耿耿忠誠的表白之後，這位身為一隻監獄老鳥、比平常溼上許多、口袋裡揣著一筆意外之財的醫生回到了他那個嗓音嘶啞、身形鼓脹、紅光滿面、邋遢不潔的，同時沉湎

---

[041] 三個金球是當鋪的傳統象徵物。

於抓四張、菸草和白蘭地的夥伴和老友身邊。

　　現在，這位負債人還非常顯著地區別於這位醫生，但是，他已經開始從跟這個圈子截然對立的那個地方，向著他們這個位置前進了。一開始的時候，他被監禁生活碾壓得痛苦萬端，可是，他很快就在這裡面找到了一份隱隱約約的寬慰。他確實處在大閘和鐵鎖之下，但是，這個大閘和鐵鎖在關住他的身體的同時，也把他的眾多煩惱遮罩在了它們的外面。如果他曾經是一個擁有堅定目標的人，能夠勇敢面對這些煩惱，然後跟它們鬥個你死我活，他現在可能已經掙破了囚禁著他的這張網，但也有可能掙破自己的心，但他並不是那樣的人，而是懶洋洋地滑進了這條光滑的下坡路，然後再也沒能朝上走上一步。

　　為了理清他涉身其中的那些困惑難解的事情（實際上，沒有任何東西能令它們變得清楚明白起來），前前後後一共有十來個人代理過他的這樁案件，但是，他們都沒有能力弄清楚，它們或者他本人是怎麼開始、發展和結束的，於是，它們再一次回到了他自己手上。從此之後，他不再為它們感到煩心了，與此同時，他覺得他這個悲慘的避難所變得比之前更顯安寧了。他取出行李箱裡面的東西已經是很久之前的事情了，現如今，他那兩個稍大的孩子已經開始有規律地在監獄院子裡玩耍了起來，至於那個小寶寶呢，則是所有人都知道她，而且都想在她身上找到一種類似於家長的感覺。

　　「哎呀，我越來越引你為傲了。」有一天，獄卒（此人現在已經變成了他的朋友）這麼說道：「你很快就要變成這裡資格最老的居民了。現如今，如果沒有你和你的家人的話，馬夏就會變得不像是馬夏了。」

　　獄卒引他為傲確係事實所在。在他轉身離開的時候，獄卒會用讚美的言辭向新進來的那些人介紹起他來。「你留意到那個人了嗎？」他會這麼說：「就是剛剛離開門房那個？」

　　新進來的某個人可能會答道，是的。

「如果他曾經是個普通人的話，那我可以這麼說，他被培養成了一位紳士。他受教育時花的那些錢海了去了，數都數不清。他還去典獄長家裡給他試過新鋼琴。當他彈起它的時候，照我的理解來看，那聲音就像是一點鐘的鐘聲似的 —— 美麗極了！至於語言這個方面 —— 他能說來不管任何東西。曾經有一個法國人跟他一起住在這裡，然而照我看來，他懂的法語比這個法國人還要多上一些。還有一個義大利人也跟他一起在這裡住過，而他在半分鐘都不到的時間裡面，就把這個義大利人說得沒辦法張嘴了。你也可以在其他監獄的大牆後面發現一些人物，我沒說你不能，但是，如果你想在我剛才提到的這幾個方面找到一位上手鋸工 [042] 的話，那你絕對只有馬夏可選。」

在他最小的孩子八歲那年，他妻子 —— 長期以來，她一直都在不斷地凋零萎謝著，這是因為她生來體格偏弱，而不是因為，她對居住地一事比他丈夫更為敏感在意 —— 去鄉下的一位窮苦朋友（一個老奶媽）家做客，然後死在了那裡。此事發生後，他一連兩個星期都把自己關在房間裡面，不肯出來見人，於是，其時正在破產法庭 [043] 裡忙活的一位律師文書給他寫來一封表示弔唁慰問的信，此信看上去像是一份租約似的，附有全體獄友的簽名。當他再次出現在眾人視野當中之後，他的頭髮比之前愈顯灰白了（自從入獄之後，他的頭髮很快就白了起來）。獄卒還留意到，他的雙手又像剛入獄時那樣，常常向他抖索的嘴唇上伸將過去。但是，他在一兩個月之後便很好地克服了這一點，與此同時，他的孩子們又像以往那樣，定時在院子裡玩耍了起來，但都穿著黑色的喪服。

然後，長期以來一直充當牢獄內外世界溝通媒介物的班姆夫人，也開始變得體力不支了起來，屢次被發現昏倒在走道上面，把籃子裡面的採買

---

[042]　「上手鋸工」在原文中是「top sawyer」，指鋸木時站在鋸坑外面的那位鋸工，該人執鋸之上端，報酬優於立於鋸坑中的下手鋸工；除這一根義外，該詞還可引申為「地位優越者」之意，此即該詞在文中的實指。

[043]　破產法庭 (Insolvent Court) 專事審理入獄債務人的案件，若債務人滿足了規定條件，便可以獲釋出獄。

物摔得四分五裂，還短缺了委託客戶九便士找零。於是，上述那位債務人的兒子取代了班姆夫人的職位，無所不知地承攬起了各種委託業務，就這樣，他一身兼具了來自監獄的牢房習性和來自街頭的江湖習氣。

時光荏苒流逝，獄卒的身體也開始凋零萎謝，他的胸脯鼓脹了起來，雙腿變得虛弱乏力，而且出現了氣短症狀。除此之外，他還抱怨說，那個磨得油光可鑑的木頭板凳已經是「他所不能及了」。他現在坐在一張鋪著墊子的扶手椅裡面，有時候甚至會一連數分鐘喘得嘶鳴有聲，令他都沒力氣轉動鑰匙了。在他被這些突發症狀打倒時，那位債務人常常過來替他撐鑰匙開鎖。

「你和我。」獄卒在一個冬天的雪夜裡這樣說道，其時門房裡面燃著一堆明亮的爐火，滿滿坐著一屋子人：「算是這裡資格最老的居民了。我比你早來了這裡不到七年時間，現在不會活得太久了。當我永遠離開這道閘門之後，你將會變成馬夏之父。」

次日，獄卒溜出了這個世界的那道閘門。他的那些話被人們牢記而且反覆傳誦著，除此之外，還有這麼一項傳統在一代又一代 —— 馬夏監獄的一代大約可被計為三個月時間 —— 的馬夏人之間向下傳承著，即那個衣衫襤褸、舉止柔和、一頭白髮的老年債務人擁有「馬夏之父」這一榮稱。

他自己也愈來愈以這個稱號為榮。倘若有哪個冒名頂替的騙子起來篡奪它，對於這種意欲剝奪這一稱號的各種附帶權力的企圖，他會忿恨不已地落下眼淚來。在他的內心裡面，開始懷起了誇大他在這個地方的居住年數的傾向，於是，眾人有了這麼一個人所皆知的共識，即你必須得從他的陳述當中扣除幾個年頭。一代又一代飛快更迭的債務人都說，他可是個十分虛榮的人呢。

所有新來者都會被引見給他。他對這套儀式的準確性認真到了一絲不苟的程度。雖然履行引薦職責的智者們往往會表現出過分繁冗的堂皇做派

和禮數，但是，他們尚且不能輕易滿足他內心當中的那份莊重感。他會在他自己那個寒酸的房間裡面接見他們（他不太喜歡在院子裡面進行這種引薦，因為它可以發生在任何一個人身上，顯得不太正式），期間會表現出一副彎腰屈背的仁慈姿態。他會對他們說，馬夏歡迎他們的到來。是的，他就是被稱為此地的父親的那個人。這個小世界十分仁慈地這樣稱呼他，而且他也確實如此，如果二十多個年頭的居住時間能夠賦予他對這一頭銜的所有權的話。一開始的時候，它看上去非常之小，但是，這個地方也有一些非常善良的夥伴 —— 當然是在一鍋雜燴當中 —— 必定只能是一鍋雜燴 —— 和非常不錯的氛圍。

另外一個並不顯得異樣的做法是，有一些信封會在夜間被塞到他的門下面，裡面裝著奉送給馬夏之父的一個半克朗硬幣，或者是兩個，時不時地，在隔上很長一段時間之後，甚至還會出現半個金鎊。裡面往往還寫著：「一個即將離開的大學生[044] 聊表其讚頌之情。」他把它們當做仰慕者對公眾人物的一份敬意，從而坦然接受了這些禮物。有些時候，這些來信者還會附上一些過分狎昵的化名，比如磚頭、皮老虎、老媼、寬邊氊帽、鋸蓋魚、拖把、燕尾服和命喪狗嘴的人等，他會覺得這是一種低級趣味，而且往往會有一些受傷的感覺。

在犯人刑滿獲釋之際，他還為他們建立了這樣一套慣例：由他陪伴某些擁有一定地位的大學生走到大門口，然後在那裡跟他們道別。這樣一來，上述那些告別信件在透露出熬出頭這個信號的同時，好像也在向他索取這項待遇似的。而事實上，在出獄之際那種迫不及待的心情下，他們當中有很多人是不堪其擾的。其時，待他們握過手之後，受到此種款待的那位大學生偶爾會停下腳步把某個東西包在一小塊紙裡，然後折回身喊道：「嗨！」

---

[044]　在西元 7 世紀，有黑話將倫敦的新門監獄稱為「大學」（college），狄更斯據此發展出了「大學生」（collegian）這一說法，用來謔稱馬夏監獄的犯人。

馬夏之父則會吃驚地回過頭來，然後，他會面帶微笑地說：「你叫我嗎？」

這時，那位大學生往往已經走到了他的身邊，於是，他會拿出父輩那套口吻補充道：「你忘掉什麼東西了嗎？我能為你做點什麼呢？」

「我忘了把這個東西，」大學生通常會這樣回應道：「留給馬夏之父了。」

「善良的先生。」他會迅速作答道：「他對你不勝感激之至。」到了最後，過去那隻缺乏決斷的手會穩穩當當地插在口袋裡面（在此之前，他會先繞著院子遛上兩到三圈，期間偷偷把這筆錢滑進這個口袋裡面），唯恐這筆交易在廣大大學生眼裡顯得太過明目張膽了一些。

有一天，他把整整一下午時間都花在了光榮送別相當大的一群大學生上面。然後，在這群大學生走出大門的同時，折身返回的他迎面碰到了一個人。此人屬於貧苦階層，是一個星期前被收監的，目的在於勒令他償還一小筆債款。而那天下午，他已經「清算完畢」，所以也在出獄途中。這人是個穿著工作服的泥水匠，隨同他一起向外走去的還有他的妻子，以及一個包裹。其時，他的興致相當高漲。

「上帝保佑你，先生。」他在擦身而過時說道。

「你也是。」馬夏之父仁厚地答道。

然後，他們繼續各走各的路。待到他們已經拉開相當長的一段距離之後，這個泥水匠卻突然喊道：「嗳！——先生！」然後折身來到了他的身邊。

「錢沒多少。」泥水匠說，同時把一小堆半便士的銅錢放進了他的手裡：「但心意是真的。」

截至目前，還從來沒有人用銅錢向馬夏之父表達過他的敬意。他的孩子們倒是經常收到銅錢，在他的十足默許之下，它們都流進了他家的公用錢袋裡面，然後用來買肉買酒（他自己也吃喝了它們）。但是，這個粗布

衣服上濺滿白色泥點子的傢伙竟然當面給他半便士的銅錢，這在他是前所未見的新鮮事情。

「你竟敢這樣！」他對這人說，同時軟弱地迸出了眼淚。

泥水匠把臉扭向牆壁，以免看到他流淚的樣子。這個舉動是如此之體貼，這人又是悔恨得如此鏤心刻骨，而且如此真誠地請求他的原諒，以致他只能答謝道：「我知道你是好意，別再說了。」

「願上帝保佑你的靈魂，先生。」這人仍然力陳道：「我真的是一片好心。我想，我會為你做很多事情，比剩下的所有人都多。」

「你會怎麼做？」他問道。

「在我出去之後，我還會回來看你。」

「再把那些錢給我。」另外那位急切地說：「我會把它們保存起來，絕對不會把它們花掉。我要為此感謝你，謝謝！我真的會再和你見面嗎？」

「如果我還能活上一個星期的話，你就肯定會。」

說完，他們握了握手，然後就告別了。那天晚上，幾位大學生坐在牢裡那座酒館的雅間裡面，訝異於他們的父親出了什麼事情。他在黑乎乎的放風場裡面走到了十分之晚的時候，而且看上去心情十分之低落。

第六章　馬夏之父

第七章　馬夏之子

　　當那個小寶寶呼吸過人世間的第一口空氣（但它很不幸地沾染了一些哈吉醫生的白蘭地味道）之後，她就開始在一代又一代馬夏大學生的手裡向下傳承了起來，跟那個關於馬夏之父的傳統一般無二。在她人生的早期階段，她之向下傳承具有不含任何抽象成分的實在意義，這是因為，親手照料這個在這所大學裡出生的孩子，差不多變成了每個新生的入門課程之一。

　　「按理說，」在她首次被示之於獄卒之際，後者這麼說道：「我應該擔任她的教父。」

　　那位債務人猶疑不決地思索了有一分鐘左右，然後說：「讓你真的擔任她的教父，你大概沒什麼意見吧？」

　　「唉！要是你沒意見的話，」獄卒答道：「我就沒意見。」

　　於是，她在一個星期天下午被施了洗禮。其時，擺脫職務羈絆的獄卒離開了牢裡的大閘，來到了聖喬治教堂的洗禮盤跟前，「像個好人似的」（他在回來之後如是講述道）代表她允諾、宣誓和棄絕了一些東西。

　　除了之前那份官方性質的權利，這又為獄卒賦予了一份對於這個孩子的新的所有權。在她學會走路和講話之後，他開始喜歡上了她，並且為她買來一張小扶手椅，把它放在了門房壁爐的圍欄旁邊。當他在閘上值班的時候，他喜歡有她陪在身邊，經常用一些便宜的玩具賄賂她，引誘她過來跟他說話。而這個孩子呢，也很快地喜歡上了獄卒這個人，會在一天當中的任何時間裡面，主動爬上門房的臺階來找他。當她在壁爐圍欄旁邊的小扶手椅裡面睡著之後，獄卒會把他的胸袋巾蓋在她身上。當她坐在椅子裡面為一個玩具娃娃（它很快就變得跟大閘外面的那些娃娃們不同了起來，同時十分嚇人地像極了她家的班姆夫人）穿脫衣服的時候，他會坐在他那張高凳的頂部用無限溫柔的眼光凝視她。目擊了這些變化之後，牢裡的大

學生們都說，這個單身漢獄卒已經被改造成了一個居家男人，連性格都變了。但是，獄卒在謝過他們之後說道：「不是這樣的，整體說起來，讓我看看別人家的孩子們就足夠了。」

　　這個小孩是在人生早期的哪個階段開始領悟到，並不是全世界的人都習慣被鎖在一個狹窄的院子裡面的，而且，它的四周還環繞著高牆，牆頭上還插滿了尖鐵釘，這是一個很難認定的問題。不過，她確實是在非常非常小的時候，便透過某種方式獲得了下述認知 —— 到了那扇用那把很大的鑰匙打開的門旁邊，她跟她父親緊緊拉著的手總是要鬆開的，還有，在她自己輕快的腳步可以自由地跨越它的同時，她父親的兩隻腳卻絕對不能越過那條界限。而且，這種認知可能還產生了這麼一種後果，就是當她尚且非常年幼的時候，她便開始用流露出憐憫和悲傷氣息的目光注視起了她的父親。

　　更確切地來講，在她人生的最初八年當中，當這個馬夏之子（同時也是馬夏之父的親生孩子）在門房裡面坐在她的獄卒朋友身邊時，據守著她家那個房間時，或者在監獄放風場裡面四處閒逛時，她用流露出憐憫和悲傷氣息的目光看著每一樣東西，不過，那裡面包含著某種僅僅針對她父親的類似於保護的成分。她用流露出憐憫和悲傷氣息的目光看著她任性妄為的姐姐，看著她無所事事的哥哥，看著那幾堵空白漠然的高牆，看著被它們關在裡面的黯淡人群，看著正在做遊戲的監獄兒童，他們興奮地喊叫和奔跑著，玩著捉迷藏，把內門的那道鐵柵欄當作他們的「家」。

　　在夏季，她會坐在門房裡面的壁爐圍欄旁邊，透過那扇安裝著鐵柵欄的窗戶，悶悶不樂而若有所思地仰望天空，直至她和她的朋友之間有一道道光柱升起，然後，她會從天空上移開目光，而透過這道光柵看起她的朋友來。

　　「妳正在想像著田野呢。」有一次，獄卒先觀察了她一會兒，然後說：「對嗎？」

　　「它們在哪裡呀？」她詢問道。

　　「呃，它們 —— 在那邊，親愛的。」獄卒模稜兩可地揮舞了一下手裡

的鑰匙，然後答道，「就在那邊。」

「有沒有人打開它們，再鎖上它們？它們會上鎖嗎？」

獄卒有了些不知所措的窘迫。「哎呀，」他說：「大致上來說是不會的。」

「它們非常美麗嗎，鮑勃？」她稱呼他為鮑勃，是出於他自己的特別請求和教導。

「可愛極了。長滿了各種花朵。有毛茛，有雛菊，還有 —— 」說到這裡獄卒遲疑了一下，他沒有多少花卉命名方面的知識：「 —— 還有蒲公英，還可以玩各式各樣的遊戲。」

「在那裡會不會非常開心呢，鮑勃？」

「開心極了，」獄卒說。

「爸爸去過那裡嗎？」

「吭！」獄卒清了清嗓子。「是的，他去過那裡，有時候會去。」

「他現在不能去那裡了，會不會覺得難過呢？」

「不 —— 不會特別難過吧。」獄卒說。

「其他人也不會難過嗎？」她問道，同時掃視了一眼放風場裡面無精打采的人們：「你能非常確定和肯定嗎，鮑勃？」

談話進行到這個艱難的節點之後，鮑勃就只能認輸了，其時，他會把話題轉移到太妃糖上面。每當他發現，他的小朋友把他逼進了一個有關政治、社會或者神學的死角，他總會拿太妃糖充當他的最後一根救命稻草。不過，這種談話也導致，這對看上去有些奇特的夥伴一起進行了眾多週日遠足旅行。他們會在隔週的週日下午十分莊重地從門房出發，前往某塊草地或者某條鄉間小路，它們都是獄卒在前一週裡面精心挑選出來的。到了那裡之後，她會採摘青草和花朵（準備把它們帶回家去），他則是坐在一旁抽他的菸袋。隨後，他們會去茶點攤子，或者是吃喝小蝦、麥酒和其他美味可口的東西，接著便手把手踏上歸途，除非她偶爾累得非常不善，在

這種時候，她會趴在他的肩膀上沉沉睡去。

　　在她早年間的這些日子裡面，獄卒平生第一次深入思索起了一個問題，它可能殺死了他太多腦細胞，竟然令他至死都沒能得出答案。此事起始於他決定，要把一小筆存款遺贈給他的教女，然後，他所苦思而不解的那個問題便出現了 —— 他該怎樣把它「拴」起來，只讓她一個人獲取它的收益呢？他在監獄大閘上的工作經驗令他十分敏銳地領悟出了這麼一個道理，企圖用某種方法把錢「拴」牢是極其困難的，而恰好相反的一個事實是，想要讓它鬆動起來卻是容易得讓人怵目驚心。於是，在一連數年裡面，每當有新的破產律師或者其他專業人士在牢裡進出，他一準會向他們提出這個像死結一樣難以解開的問題。

　　「假如，」他會把手裡的鑰匙按在那位專業人士的馬甲上面陳述他的案情：「假如有個人想把他的財產留給一位年輕女性，還想把它拴得牢牢的，讓其他人不管在什麼時候都沒辦法奪走它。換了是你的話，會把這筆財產怎樣拴起來？」

　　「在遺囑裡面明確遺贈給她。」這位專業人士會十分自得地答道。

　　「但是，請你注意一下這個情況。」獄卒說：「假如她有，比如說一個兄弟，比如說一個父親，再比如說一個丈夫，他們都有可能在她得到那筆財產時奪取它 —— 這該怎麼辦呢？」

　　「它會按照遺囑被遺贈給她，他們對它的法定所有權並不比你多上多少。」這時會有這樣的專業解答。

　　「稍等一下。」獄卒說：「假如她是個軟心腸，而他們又是能夠支配她的。這麼一來，你還能找出一部法律把它拴牢嗎？」

　　到了這種時候，就算是獄卒問到的專業知識最為精深的那個人物，往往也沒辦法找出這麼一部法律來，能夠打出一個足以應付這種情形的牢靠的結來。就這樣，獄卒終生都在苦思此事，然而，終究還是落了個未立遺囑而死的下場。

不過，他的離世是很久之後的事情了，當時他的教女已經過了十六歲生日。在她這一階段人生的前半段剛過完不久之後，她那種流露著憐憫和悲傷氣息的目光，看著她父親變成了一個鰥夫。從那個時候起，她好奇的眼神當中為他流露的那些保護成分開始有了實際的行動，於是，馬夏之子開始負擔起了一份之於馬夏之父的新的關係。

　　最初，這種年紀的一個小寶寶所能做的至多也就是，主動放棄壁爐圍欄旁邊那個快活的位置，跟他坐在一處，同時靜靜地看著他。漸漸地，她於他而言變成了一個必不可少的存在，他開始習慣有她陪在身邊，當她不在那裡的時候，他開始有了想念她的感覺。就這樣，她從這扇小門走出了童年時代，走進了一個充滿憂慮的世界。

　　在她人生的這個早期階段，她的流露著憐憫氣息的目光在她父親、姐姐、哥哥和這座監獄的身上看到了什麼，以及，上帝向她展現了糟糕現實當中的多大或者說多小一部分，都是隱藏在某個地方的未知數，有眾多謎團夾雜於其間。我們只要知道下述事實便已足夠，即她在某種靈感的刺激下，變得不再是他人的翻版，而是變成了這樣一個為他人任勞任怨的與眾不同的小東西。我剛才說了靈感是嗎？沒錯，我是說了。難道我們可以談論一個詩人和一個神父的靈感，而不可以談論這顆心在愛和奉獻精神這種靈感的刺激下，去投身於至為微賤的工作和生活當中嗎？

　　就這樣，馬夏之子在重重困境當中展開了她的婦人生活。沒有任何一個人世間的朋友能夠予她以援手，或者說得不到她所需要的那些幫助，只能依靠那股如此奇特地契合於她的精神力量；就那個未被鎖閉在監獄當中的自由世界而言，她對它的日常生活基調，還有它的成員們的生活習慣，都沒有哪怕一丁點了解；她出生和受教於其間的那個社會環境，就算跟高牆外面最不堪的環境相比，也仍然是不堪提及的；還有她打小從裡面飲水的那口井，它裡面的那些水含有一種它們所獨有的汙垢，以及它們那股不利健康和有失自然的味道。

　　不管遇到怎樣的挫敗和沮喪，不管他人對她的年幼和瘦小體格予以怎樣的嘲弄（可能他們並非居心不良，但於她卻是深深銘刻心底），不管她對自己的孩子身分和缺少力氣，甚至連搬抬這些事情都做不來有著怎樣謙遜的自知之明，不管經受了多少疲倦和無望，也不管暗地裡流了多少眼淚，她一直都在緩慢而艱難地向前跋涉著，直至被認可為一個有用的人，甚而至於是不可或缺的。接著，那個時刻便到來了：她在三個孩子當中居起了最為年長者這個位置，在所有事情當中都概莫能外，除了在優先享有某些權利時；她變成了這個破落家庭的領導人；她在自己的內心當中承擔起了它的諸多憂患和恥辱。

　　到了十三歲那年，她學會了讀寫和記帳，這即是說，她能夠用詞語和數字記下來，他們所需要的最低限度的生活必須品要花費多少錢，還有他們必須得少買多少東西。她曾經上過幾週監獄外面的夜校，每次都是抽出一點零碎的時間前去聽課，她還讓姐姐和哥哥斷斷續續地上了日校，時做時輟地持續了三到四年時間。在家裡，他們三個孩子不管哪個都不會受到任何訓示和教導，但她清楚地知道 —— 比任何人都知道得更為清楚 —— 一個心碎至甘於擔當馬夏之父的男人，已經不再有力量充任他自己的孩子們的父親。

　　除了上述這些匱乏不足的受教育手段之外，她還親手鋪就了一條學習途徑。有一次，在牢裡那群各式各樣的居民當中，出現了一位舞蹈教師。她姐姐非常渴望習得這位舞蹈教師的技藝，而且好像有一些那方面的品味。於是，時年十三歲的馬夏之子手裡拿著一個小手袋，向這位教師進行了毛遂自薦，然後提出了她謙恭的請求。

　　「如果你願意認識一下的話，我是這裡土生土長的，先生。」

　　「哦！你就是那個小女孩，對嗎？」說完，舞蹈教師仔細端詳起她小小的身量和仰著的臉龐來。

　　「是的，先生。」

「那麼，我能為你做點什麼呢？」舞蹈教師說。

「你不用為我做什麼，先生，謝謝你。」說話的同時，她急急忙忙地拉開了那個小手袋的束繩：「不過，在你住在這裡期間，如果你能大發善心便宜點教教我的姐姐——」

「孩子，我會教她的，一分錢都不收。」說完之後，舞蹈教師重新拉緊了那個手袋。在曾經對著破產法庭跳過舞的那些舞蹈教師當中，他是心地最善良的那一位，所以，他信守了自己的承諾。小杜麗的姐姐是如此好學，而這位舞蹈教師又有如此充裕的閒暇時間花在她身上，他選定了眾多債主當他的舞伴，然後領著他們跳起舞起來，繞著那幫委員們兜兜轉轉，期間時不時回過頭來做一下他的教師工作，這些事情一共花了他大約十週時間，到最後，她姐姐取得了堪稱神奇的進步。這位教師對此感到非常自豪，還非常想在他出獄之前，向眾多大學生當中的幾位好朋友展示一下成果，於是，在某個晴朗的早晨的六點鐘，監獄放風場裡面舉行了一場米奴哀舞 [045] 表演會，但對於這個用場來講，那些牢房的尺寸實在是太過逼仄了一些。而此事的結果是，這位舞蹈教師被徹底累癱了，這一來是因為，這種舞蹈涵蓋了如此之大的一塊地面，二來是因為，他需要如此盡心竭力地跳好那些舞步，並且還得演奏伴舞的小提琴。

因為這個成功的開端，在獲釋之後，這位舞蹈教師繼續教授著小杜麗的姐姐，與此同時，也讓那個可憐的孩子膽壯了起來，決定要故技重演一次。她密切地留心和等待了幾個月時間，想要尋找一位女縫工。在這個期限滿了之後，有一個做女帽的人入獄了。於是，她為了自己的緣故前去跟此人接洽了。

「請妳原諒，夫人。」在這個女帽師傅的門口，她膽怯地四下裡張望著，結果，她發現後者正在床上掉眼淚呢：「我是土生土長在這裡的。」

每個人都好像一入獄就聽說了她。這個女帽師傅在床上坐了起來，待

---

[045]　流行於 17 至 18 世紀的一種緩慢而莊嚴的小步舞，「米奴哀」係其英文名稱（minuet）的音譯。

擦乾眼淚之後，她說（口吻跟那個舞蹈教師別無二致）：「哦！妳就是那個孩子，對嗎？」

「是的，夫人。」

「很抱歉，我沒什麼東西給妳。」女帽師傅搖著頭說。

「我不是為這個來的，夫人。如果妳願意的話，我想跟你學習針線活。」

「有我這個先例擺在妳眼前，」女帽師傅回應道，「妳為什麼要學這個呢？它可沒給我帶來太多好處。」

「對於進了這裡面的人來說，好像沒有任何東西 —— 不管它是什麼 —— 給他們帶去了太多好處。」她十分直截了當地應答說：「但我就是想學它。」

「我擔心，你的身子骨有些太弱了，你自己應該很清楚，」女帽師傅反對道。

「我並不認為自己很弱，夫人。」

「還有，妳有些太過矮小了，而且是非常非常的矮小，妳自己應該很清楚。」女帽師傅仍然反對道。

「沒錯，我也擔心我實在是非常矮小，」馬夏之子回應道，接著，她開始為她自己這個不幸的缺陷抽噎啜泣了起來，它實在是太過經常成為她前進道路上的絆腳石了。女帽師傅並非一個孤僻或者硬心腸的人，僅僅是因為新近破產，所以才有了方才的表現。現在，她被感動了，於是滿心善意地手把手教起她來。她發現，小杜麗是所有學生當中最有耐心和最為認真的那一個，最後，她把她培養成了一個靈巧的女工。

跟小杜麗學習針線活處於同一過程的另一件事情是，馬夏之父經過逐步的培養，最終具備了一種新的高貴品格。他變得越像是馬夏監獄的父親，便越是依賴他這個動盪不安的家庭，同時也越想從他愁苦的文雅中造作出更高的地位來。半小時之前把某位大學生奉送的一枚半克朗硬幣揣進口袋的那隻手，在過上半個小時之後，會因為有人說他的兩個女兒在憑力

氣掙飯吃，而抹起順著他的面頰淌下來的眼淚。於是，除了其他種種日常負擔之外，馬夏之子還要無時不刻地承載著這麼一份負擔──千方百計維護住那個雅緻的謊言，即他們全家人都是一群無所事事的乞丐。

她的姐姐變成了一個舞女。她的家庭族群中還有一個已經廢掉的叔叔，廢他的人是他的哥哥，即馬夏之父，對於他所遭遇的那場大禍，他所知曉的情況並不比廢他那個人更多，他僅僅知道這是一種無可避免的定數，從而順從地接受了這個事實。現在，小杜麗的那份保護意識也轉移到了她的叔叔身上。他生性淡泊純樸，所以，當那場大禍降臨到他身上的時候，他並未對被廢這個事實表現出太過強烈的反應，只是在這個噩耗被宣示於他的那一刻，停下了洗漱自己的動作，而且，從那之後，他再未拾起過這份奢侈的享受。在日子還算不錯那時，他是一個水準非常平庸的業餘音樂愛好者，跟哥哥一起塌臺之後，他向一個劇院小樂團請求幫助，希望能在那裡面演奏一支跟他本人一樣髒汙的黑管。結果，他的姪女也成了這家劇院的舞女，而在她得到這個可憐的位置很長一段時間之前，他便已經是它的一件固定裝置了。他隨之接受了護送和守衛她這項任務，跟他接受一場疾病、一份遺產、一場盛宴、一頓飢餒別無二致，或者說除了肥皂之外的任何其他東西。

為了讓這個女孩能去賺那寥寥幾先令的週薪，馬夏之子必須跟馬夏之父走上一套繁縟的過場。

「父親，范妮接下來不會跟我們一起住了。她白天會在這裡待上很大一陣子，但她會跟叔叔住在外面。」

「你驚到我了。為什麼呀？」

「父親，我覺得是叔叔需要一個做伴的，這樣的話，就能有人聽他說話和照顧他了。」

「需要做伴的？他大部分時間都是在這裡度過的。還有，愛米，不管妳姐姐往後能做到什麼程度，妳對他的傾聽和照顧都要比她多上非常巨大

的一截。妳們都是在外面待個沒夠，妳們都是在外面待個沒夠。」

他這麼說旨在維護一套慣有的儀式和粉飾，即對於愛米白天是要出去工作的這一事實，他是一無所知的。

「但是，父親，我們總是樂意回家來的，不是嗎？至於范妮，可能除了給叔叔做伴和照顧他之外，不再老是住在這裡面對她自己也有好處。她跟我不一樣，不是出生在這裡面的，你很清楚這一點，父親。」

「好吧，愛米，好吧。雖然我不太能聽懂妳的話，但這也是人之常情。我猜，范妮是更喜歡待在外面的，就連妳也常常是這樣。所以，親愛的，妳和范妮還有妳叔叔，都可以有妳們自己的生活方式。很好，很好。我不會干涉你們的，不要擔心我這邊。」

而愛米最為艱難的一項工作是，把她哥哥弄到監獄外面，讓他不再繼續進行班姆夫人的中間人業務，同時讓他免於跟那些非常可疑的同伴們交流黑話切口（這是上面那兩種情況的必然後果）。十八歲的時候，他已經在從手到嘴、一小時一小時地、一便士一便士地懶洋洋度日，看樣子會一直這樣持續到八十歲。凡是進入這所監獄裡面的人們，他沒能從他們那裡得到過任何有益或者好的東西，而他妹妹呢？除了她的老朋友兼教父之外，沒能力找到任何其他人前來幫助他。

「親愛的鮑勃。」她說：「可憐的提普會變成什麼樣子呢？」他名叫愛德華，在進了這四堵高牆之後，原本的昵稱泰德已經轉變成提普[046]了。

對於可憐的提普會變成什麼樣子這件事情，獄卒擁有非常激烈的個人觀點，為了免於它們最終變成事實，他甚至探詢過提普，問他從這裡溜掉為祖國服役去怎麼樣，這當然只是一時的權宜之計，他還說。但是，提普在謝過他之後說道，他好像並不十分關心他的祖國。

「好吧，親愛的。」獄卒說：「是該讓他做點事情。比如，我試著把他弄進法律行業裡面去，行嗎？」

---

[046]　提普（Tip），在英文中含有「垃圾傾倒場」之意，與泰德（Ted）形近。

「鮑勃，你能這麼說真是太好了！」

現在，當那些專業人士們在馬夏進出時，獄卒手上有兩個問題需要提請他們幫助了。他如此孜孜不倦地向他們提出第二個請求，以致最終為提普謀到了一個每週坐在凳子上面掙十二先令的飯碗，地點是一位律師的辦公室，隸屬於一個名叫宮殿法庭的地方，後者司國家守護神一職，跟那座偉大的帕拉迪昂神像一般無二 [047]。其時，它是一長列永世長存的保障物之一，維繫著阿爾比昂 [048] 的安全和尊嚴，如今，此人的土地上已經不再聽聞它們的名號了。

提普在柯利弗德律師學院 [049] 煎熬了六個月時間。在這個期限滿了之後，有一天晚上，他雙手插在口袋裡面漫步回到了馬夏監獄，然後捎帶著對他妹妹說，他不會再回那裡去了。

「不會再回那裡去了？」可憐的、小小的、焦急的馬夏之子說，她始終都在為提普規劃著前程，一直把他放在她的諸多負擔的首位。

「我實在是煩透它了，」提普說：「所以跟它斷了。」

提普煩透了每一樣東西。除了在馬夏間混度日和接替班姆夫人的那些時間之外，他此生的第二位母親在她那位可託付的朋友的幫助之下，先後把他弄進過倉庫、商品菜園、啤酒花商行、律所（第二次）、拍賣行、啤酒廠、股票交易所、律所（第三次）、客運馬車售票處、貨運馬車售票處、律所（第四次）、雜貨店、威士忌酒廠、律所（第五次）、羊毛商行、乾貨店、比林斯門魚市場、外國水果商行和碼頭這些地方。但是，不管提普被弄到哪裡，他都會在煩透了之後離開那裡，然後宣稱道，他跟它斷了。不管去什麼地方，這個命中注定要失敗的提普，好像都會把監獄的四堵高牆帶在身邊，在那個

---

[047]　本句中的「宮殿法庭」（Palace Court）是「馬夏法庭」（Marshalsea Court）的另稱，「帕拉迪昂神像」（Palladium）指特洛伊衛城中的雅典娜木雕神像，據稱為特洛伊的安全所繫。

[048]　阿爾比昂（Albion），指英格蘭和不列顛，是詩歌中常用的說法，源出希臘人和羅馬人對此地的稱謂。

[049]　柯利弗德律師學院（Clifford's Inn），倫敦大法官庭（Chancery）屬下最古老的一所律師學院。

行業裡面豎起它們來，然後像他慣以為之的那樣，在它們造就的那個狹小藩籬之內跂拉著鞋毫無目標地馬虎度日，直至馬夏監獄那幾堵不可動搖的真實高牆不容分說地向他施展出它們的魔力，然後把他帶回那裡。

儘管如此，這個勇敢的小孩仍然一門心思要把她哥哥救出那個地方，所以，在他敲打出這些令人傷心的變故的同時，她努力一分一毛地賺夠了送他前往加拿大的船票錢。在他連什麼都不做都煩透了之後，接著想要跟它斷了的時候，他頗為體恤地同意了前往加拿大的提議。在她的內心裡面，既悲痛於跟他的分別，又欣喜於下述希望 —— 他最終能夠走上一條正道。

「上帝保佑你，親愛的提普。等你發了財之後，可別驕傲得不回來見我們呀。」

「沒問題！」提普說道，然後便走了。

但是，他沒能走完前往加拿大的全程，事實上，他連利物浦都沒能走出去。從倫敦坐船到了那個港口之後，他被一股十分強烈的力量逼迫著，想要跟那艘輪船斷了，於是，他決定步行走回倫敦。他成功地實施了這個打算。一個月之後，他破衣爛衫地出現在了他妹妹面前，腳上連鞋都沒有，而且面帶著一種更甚於以往任何時候的煩透了的神色。最後，在又接替了班姆夫人一陣子之後，他為自己找到了一份值得追求的事業，然後宣稱道：

「愛米，我得到了一個職位。」

「真的是這樣嗎，提普？」

「一點問題也沒有。我這下可妥了。你不必再為我著急了，老女孩。」

「它是個什麼職位，提普？」

「哦，你見過史林戈嗎？」

「不會是人們叫他販子的那個男人吧？」

「就是那個男人。他星期一就會出去了，然後他會給我一個工作。」

「他是販什麼的，提普？」

「販馬。一點問題也沒有！我這下可妥了，愛米。」

隨後，她有好幾個月沒能見著他的人影，而且只從他那裡得到過一次消息。那些年紀較長的大學生們小聲議論著這麼一則傳聞，說有人在莫菲爾茲看見他給假拍賣當托兒，把鍍銀的東西當實心銀器買下，然後十分慷慨豪放地用鈔票付款。但是，這則消息從未傳到她的耳朵裡面過。有一天傍晚，她正站在窗戶旁邊獨自一人做著工作，目的是為了利用起那些白白在牆上閒逛的暮光來，這時，他打開門走了進來。

　　她吻了他，並且歡迎他的到來，但是，她什麼都不敢問他。他看著她著急和膽怯的樣子，顯出來一些抱歉的神色。

　　「我擔心，愛米，妳這次會非常惱火。我拿性命擔保，我真的非常擔心！」

　　「我非常抱歉聽到你這麼說，提普。你又要回來了嗎？」

　　「呃——是的。」

　　「我這次本來也沒指望，你找的那份工作會有非常好的結果。比起我預計會有的反應來，我現在這點驚訝和遺憾並沒有多大，提普。」

　　「啊！不過，這還不是事情最糟的地方。」

　　「這還不是事情最糟的地方！」

　　「不要做出這麼害怕的樣子。是的，愛米，這還不是事情最糟的地方。我確實又回來了，這妳已經看到了，但是——不要做出這麼害怕的樣子——對於我這次的回來，我可以把它稱為一種新的回歸。我已經完全不在這裡的志願居住者名單上面了。我現在變成它的固定居住者之一了。」

　　「噢！別跟我說你變成一名囚犯了，提普！千萬別，千萬別！」

　　「呃，我也不想這麼說。」他用不情願的語調應答道：「但是，如果我不這麼說的話，你就弄不明白我的意思，你說我該怎麼辦呢？我因為四十英鎊掛零被關進來了。」

　　在所有這些年裡面，她第一次在憂患當中倒下去了。她把緊緊握住的兩隻拳頭舉在頭頂上方，嘴裡喊叫著說，如果他們的父親知道了這件事情

的話，肯定會因此丟掉性命的，接著，她倒在了提普毫無雅觀可言的雙腳旁邊。

比起提普把她弄醒過來，她想讓提普理解下述事實要難上許多，即如果馬夏之父知曉了這件事情的話，他會氣得神志失常起來。提普是理解不了這種事情的，他會覺得，這完全是他人的憑空想像。當她還有他的叔叔和大妹妹都竭力懇求於他之後，他才算是認可了這種可能性。他突然回歸馬夏監獄是不乏先例的，所以，在他父親那裡又如常進行了一番解釋。還有別的大學生們，他們對這場滿懷孝心的騙局比提普理解得更為深入，所以也都予以了它忠誠的支持。

這就是馬夏之子在二十二歲時生活和經歷。現在，她仍然對那個淒慘的放風場和那片監舍充滿眷戀之情，因為它們是她的生身之地和家之所在，她來來回回地穿行於其間，而女人的直覺告訴她，所有人都在對她指指點點。自從開始在監獄的高牆外面做工以來，她便發現，她必須得隱瞞自己的住址，以及，在那座自由的城市和這裡的那幾扇鐵大門（她這輩子從未在它們外面睡過覺）之間來去時，她必須得盡可能做得隱祕一些。她原來的膽怯模樣隨著這種隱瞞愈見增長了，而且，當她輕盈的步履和嬌小的身形在擾攘的街頭走過時，她會盡量避開它們。

除了對那些艱難而可憐的生活必須品擁有一些世俗的智慧之外，她對所有其他事情都一無所知。她不知道隔在她和父親之間的那團迷霧裡面有什麼，不知道這座監獄到底是怎麼回事，也不知道那條流經它的渾濁的生活之河會流向何方。

現在，在九月的一個沉悶夜晚，小杜麗正走在歸家途中，柯南亞瑟在不遠處觀察著她。只見她在倫敦橋的南端轉過身來，又把它走了一遍，接著再次朝橋南走了過去，待一直走到聖喬治教堂之後，她再一次突然轉過身來，走過幾道門之後，飛身掠進了馬夏監獄敞開著的外門和小庭院裡面。而以上的這一切，就是眼前這個小杜麗曾經的生活和歷史。

第八章　聞中風景

　　柯南亞瑟站在大街上等待著時機，想跟過路人打聽這是個什麼地方。他把幾個路人從他身邊放了過去，這是因為，他們的臉上看不出鼓勵他上前詢問的神色。接著，在他仍然站在街上躊躇不決之際，有個老頭迎著他的面走了上來，然後拐進了那個院子裡面。

　　他的腰身佝僂得非常嚴重，緩慢向前走去的同時，似乎在出神地思索著別的事情，這使得倫敦這些繁忙熙攘的通衢大道，於他而言變得不是非常安全了起來。他的衣著邋遢而寒酸，一件曾經是藍色的大衣被磨得露出了底料，向下直抵腳踝處，向上扣到了下巴那裡。在這件大衣的最上端，他的下巴在一個蒼白如鬼魅的天鵝絨衣領裡面消失不見了。在它的有生之年裡面，這個鬼魅原本是一塊堅硬的紅色絨布，但現在已經磨成了光禿的一片，在這個老頭的脖頸後面，它直戳戳地捅進了一堆灰色的亂髮和已然呈現出鐵鏽顏色的硬領圈（以及它的搭扣）當中，而被它頂起來的這後兩樣東西，又幾乎掀翻了他的帽子。這是一頂油膩膩的帽子，已經磨光了表面的絨毛，邊緣處有一些裂口和皺褶，它懸掛在他的兩隻眼睛上方，還從帽口的邊緣處探出來一截束起來的胸袋巾。他的褲子又鬆又長，他的鞋子粗笨而顯大，這令他走起路來拖拉不堪，像是一隻大象似的，不過，他的這副形態有多少是由步法造成的，又有多少是由拖在地上的衣料和皮革造成的，是沒有任何人能夠說得清楚的。在他的一條手臂下面，夾著一個軟遢遢的差不多快要報廢的盒子，裡面裝著一支看上去像是管樂器的東西。在同一邊的那隻手裡，他拿著一個顏色白棕相間的小紙包，裡面包著價值一便士的鼻菸。在柯南亞瑟看著他時，他正在從這個紙包裡面緩慢地捏出一撮來，然後給予了那隻顯出藍色的可憐的老鼻子一份長長的舒適和慰藉。

接著，他趕到這個正在穿過院落的老頭身後，碰了碰他的肩膀，向他發出了詢問。老頭停下腳步回首張望起來，他的眼睛是灰色的，看上去很是虛弱無力，而其中流露出來的那副神情又讓人覺得，他的思想方才停留在某個迢遙的所在，而且他的聽覺也有一些遲鈍。

「先生，請問，」亞瑟又把問題重複了一遍：「這是什麼地方？」

「唔！你說這個地方嗎？」老頭應答道，把手裡的那撮鼻菸停在了半途當中，然後指了指被問及的地方，但眼睛並沒去看它：「這是馬夏，先生。」

「是那座債務人監獄嗎？」

「是的，先生。」老頭說，他的神色顯示出，他覺得沒必要太過堅持那個稱謂：「就是那座債務人監獄。」

然後，他扭過身去，繼續朝前走了起來。

「請你原諒。」亞瑟說，並且又一次把他截停了下來：「你能允許我再問一個問題嗎？任何人都能進這裡來嗎？」

「任何人都能進來。」老頭答覆道，然後簡明地補充了這麼一句，但他加重的語氣顯示出，這話具有重要的含義：「但不是所有人都能出來。」

「我要再打擾一下。你對這個地方很熟嗎？」

「先生。」老頭應答道，同時捏緊了手裡那個包著鼻菸的小紙包，並且直視起審訊他的這個人來，就像這個問題傷害了他似的，「是挺熟的。」

「我還要麻煩你一下。我的好奇並非意在冒犯和不恭，而是有一個良好的出發點。你認識這裡那個叫杜麗的人嗎？」

「先生，我的名字，」老頭大為出人意料地答覆道：「就叫杜麗。」

亞瑟脫帽向他行了個禮，然後說：「請你賞臉讓我說上幾句。我完全沒料到你會向我宣告這麼一個事實，希望我接下來向你陳述的這些確鑿事實，能夠向你表達出充分的歉意，因為這麼唐突地對你講話實在是太過冒昧了。我最近才回到英國老家來，之前離開了很長一段時間。在我母親家

裡——城裡的柯南老夫人——我看見有個年輕女子在做針線，對於她的情況，我僅限於聽見有人叫她小杜麗，或者在談話當中這麼提起她。我真的對她很感興趣，十分強烈地想要多了解一些她的情況。在你來到這裡不到一分鐘之前，我看見她從那個門裡走進去了。」

老頭十分專注地看著他。「先生，你是個水手嗎？」他發問道，看到柯南搖頭作答之後，他好像有點失望。「不是水手啊？看著你被太陽晒黑的臉，我還以為你可能是個水手呢。你不是在鬧著玩吧，先生？」

「我十分鄭重地向你保證，我是認真的，同時十分鄭重地懇求你相信，我是認真的，而且是十足的認真。」

「先生，我對這個世界所知甚少。」另外那人應答道，他的聲音顯出了虛弱和顫抖來：「我只是個過客而已，就像日晷上面的影子一樣。我是不值得任何人花費時間來欺騙的，就算他成功了，這樣的勝利也實在是太過容易——和太過可憐，沒辦法帶給他任何滿足感。你剛才看見走進這裡的那個年輕女子是我哥哥的孩子。我哥哥叫杜麗威廉，我叫福德。既然你說，你在你母親家裡看到了她（我知道你母親對她很好），對她很感興趣，想要知道她在這裡做什麼，那麼就進來看看吧。」

他接著走了起來，亞瑟在一旁跟著他。

「我哥哥，」老頭在臺階上停下腳步，緩慢地把臉扭了過來，然後說：「已經在這裡住了很多年了。就連我們自己在外面碰到的很多事情，都瞞著不對他講，這裡面的原因我現在沒必要向你道明。請你行行好，不要說起我姪女做針線活的事情。請你行行好，除了我們現在講的這些話之外，不要說起任何別的事情。如果你能守住我們的這條界線，你就不會錯得太遠。好了！進來看看吧。」

亞瑟跟著他走進一個向下傾斜的入口，在它的盡頭處，他先聽到一聲鑰匙轉動的聲音，然後有一扇堅固的門朝裡打開了。這扇門裡面是一個門房，或者說一個前廳，穿過它之後，他們又依樣穿過了另一扇門和一道柵

欄，然後便進入了監獄內部。老頭始終都在前面慢騰騰地領著路，碰到在闡上值班的那位獄卒時，他遲緩、僵硬而佝僂地把身體朝他扭了過去，好像在向後者介紹他的同伴一樣。獄卒點了點頭，接著他的同伴便被放行了，沒被盤問進來找誰。

夜色昏黑一片。監獄放風場裡面的那些路燈，以及監獄窗戶裡面的那些蠟燭（它們在各種歪斜破舊的窗簾和百葉窗後面微弱地閃耀著點點光亮），都沒有讓它變得明亮起來的那份氣勢。一些人在放風場裡四處閒逛著，但更大的那部分人口全都待在屋裡。老頭沿著院子的右手邊向前走著，在第三或者第四個門洞那裡拐了進去，然後開始爬起了樓梯。「這裡是相當黑的，先生，不過沒有任何絆腳的東西。」

接著，在二樓的一扇門前停頓了片刻之後，老頭打開了它。他剛一擰開它的把手，那位新訪客便看到了小杜麗，也看到了她借單獨進餐之際存下如此之多食物的原因所在。

原來，她把那些她原本可以自己吃掉的肉都帶回家裡來了，現在正在爐火的烤架上面為她父親熱著它們。她父親穿著一件破舊的灰色袍子，戴著一頂黑色的小帽，正坐在桌子旁邊等著吃晚飯。他的面前鋪著一塊乾淨的桌布，上面擺著刀、叉、湯匙、鹽碟、胡椒盒、酒杯和白鑞麥酒罐。而且，這裡也並不缺少一些符合他個人獨特口味的調味品，比如一個紅辣椒小瓶子，和一小碟價值一便士的醬菜。

她很是吃了一驚，臉色旋即變得緋紅，然後又轉白了起來。而這位訪客呢，則用眼神懇請她打消疑慮，相信他是沒有惡意的，與此同時，他的一隻手也在情緒激動之下，做著一些出於同種目的的輕微的動作。

「我在外門旁邊，」她叔叔說：「發現了這位紳士——威廉，他是柯南先生，是愛米的一個朋友的兒子——他剛好路過這裡，想進來表達一下敬意，但有些猶豫要不要進來。這是我的哥哥，先生。」

「我希望，」亞瑟說，但他對該說些什麼一頭霧水：「我對您女兒的尊

敬之情，可以為我出現在您面前做出合理的解釋，先生。」

「柯南先生。」另外那人起身摘掉帽子放進了手掌裡面，然後就那麼舉著它，準備再把它戴回頭上，接著在嘴裡應答道：「你讓我感到不勝榮幸。我歡迎你的到來，先生。」說完深深地鞠了一躬：「福德，拿把椅子過來。請坐吧，柯南先生。」

把那頂黑色小帽戴回頭上時，他的形容動作跟摘下它時一般無二，然後便重新落了座。他的舉首投足中包含著一種奇妙的神態，顯出來一些寬厚仁慈和高人一等的氣派。這些都是他接待大學生時的慣常儀式。

「先生，歡迎你來到馬夏。我曾經歡迎過很多進入這幾堵高牆當中的紳士。可能你已經知道了 —— 我女兒愛米可能跟你提過 —— 我在這個地方被尊稱為父親。」

「我 —— 我已經對此有所了解了。」亞瑟急急忙忙地宣稱道。

「我敢說你已經知道了，我女兒愛米是在這裡出生的。她是一個善良的女孩，先生，一個親切的女孩，長期以來一直都是我的慰藉和支柱。愛米，親愛的，上菜吧。柯南先生肯定會諒解我們這些難登大雅的做法，在這裡只能將就一下了。我想不勝榮幸地問你一句，先生，你要不要賞臉 ——」

「謝謝你。」亞瑟應答道：「我一口都吃不下。」

在內心裡面，亞瑟非常驚奇和不解於眼前這個人的言行舉止，以及他竟然絲毫沒有察覺到，他女兒可能會對她的家庭狀況諱莫如深。

她倒滿他的酒杯，把桌子上面的所有小東西都放到了他能拿得到的地方，然後，在他開始吃起晚飯之後，她在他的身邊坐了下來。接著，她把一些麵包擺在自己面前，又用嘴唇碰了碰她的酒杯，顯然是在履行他們晚間的一套慣例做法。但是，亞瑟看到，她一副心煩意亂的模樣，沒有吃喝下去任何東西。她望向她父親的目光半是敬仰和自豪，半是為他感到羞恥，滿滿地充溢著忠誠和愛意。亞瑟覺得，這種目光照射進了他的內心最深處。

　　馬夏之父施予他弟弟的是一種高人一等的態度，在他面前表現為一個和藹可親而滿懷善意的人，一個尚未獲得封號的屈居於民間的傑出人物。「福德，」他說：「你和范妮今晚在你的寓所裡面吃了晚飯，這個我是知道的。但我還想問問，福德，你把范妮怎麼了，她人呢？」

　　「她正跟提普在路上走著呢。」

　　「提普——你可能已經知道了——是我的兒子，柯南先生。他有點野性難馴，很難安定下來，不過，他初涉世事的這個環境是相當——」說到這裡，他聳了聳他的肩膀，微微嘆了一口氣，接著四下環顧起眼前這個房間來：「——是有一點不盡人意的。這是你第一次拜訪這裡嗎，先生？」

　　「是第一次。」

　　「從你的童年時代算起，如果你來過這裡的話，基本是沒可能不被我知曉的。不管任何人——不管他有多麼自命不凡——多麼自命不凡都不行——來了這裡之後都要被帶來見我，例外情形是極少發生的。」

　　「有一天我哥哥被引薦了四五十人之多呢。」福德說，臉上微微流露出一絲自豪的神色。

　　「沒錯！」馬夏之父表示認可。「甚至還有超過那個數字的時候呢。在有一年的開庭期，那是一個晴朗的星期天，我有過規模相當巨大的一場接待會——相當的巨大。愛米，親愛的，我這半天一直都在回憶坎伯維爾那位紳士的名字，就是在去年聖誕週期間，那個討人喜歡的煤炭商人介紹給我的那一位，這個賣煤的在這裡羈押候審了六個月時間。」

　　「我記不起他的名字了，父親。」

　　「福德，你還記得他的名字嗎？」

　　福德懷疑，他甚至都沒有聽說過它。而且，沒有任何人會對下述事實存有疑問，若論有希望為這樣一個問題提供無論任何訊息的這件事情，福德應該是地球上面的最後一個人選。

「我指的是，」他哥哥說：「那位非常體貼地辦過那件漂亮事的紳士。啥！我呸！我竟然把這個名字忘了個一乾二淨。柯南先生，在我偶然提到這件漂亮和體貼事情的時候，你可能會有興趣了解一下，它是怎麼回事。」

「非常的有興趣。」亞瑟先把目光從那個體貼的小人兒 —— 她的頭開始往下低去，同時，一種有別於之前的、關懷且擔憂的神色偷偷爬上了她蒼白的面頰 —— 身上收了回來，然後說。

「它是如此慷慨，又展現了如此美好的一種感情，以致提起它幾乎變成了我的一份責任。我當時就說過，我會在每一個合適的場合提起它，而不去考慮被人當成神經病。一個 —— 非常好的 —— 一個 —— 掩蓋事實是沒有用處的 —— 你必須得知道，柯南先生，有時候真的會出現這樣的情形，來到這裡的那些人們想提供一些小小的 —— 證明 —— 送給這個地方的父親。」

她的一隻手按在她父親的手臂上，那裡面包含著竭力被克制住的無言的懇求，與此同時，她羞怯而畏縮的小身板扭向了另外一邊，這是一個非常非常令人悲傷的景象。

「有時候，」他繼續用柔和的聲音低聲說道，同時情緒有些激動了起來，所以會時不時地清理一下喉嚨，「有時候 —— 哼 —— 它會是這麼一種樣子，有時候是另外一種，但通常都是 —— 哈 —— 金錢。還有，我除了坦白承認之外沒有別的辦法，它往往都被我 —— 哼 —— 收下了。我現在提到的這位紳士，他的那一套自薦方法，柯南先生，非常地讓我感到滿意，他談起話來不僅非常彬彬有禮，而且含有巨大的 —— 嗯哼 —— 訊息量。」在整個過程當中，雖然他已經吃光了晚飯，但是，他的刀叉始終都在盤子裡面緊張不安地四處遊動著，就像還有一些晚飯擺在他面前似的。「我從他的談話中聽出來，他擁有一座花園，不過，他一開始很體貼地沒有提到它，因為花園這種東西 —— 哼 —— 我是沒辦法遊玩它們的。不過，因為我很是喜愛他那束非常漂亮的天竺葵 —— 的確是一束漂亮的天

竺葵——這是他從他的溫室裡面採來的，這事最終還是露餡了。見我很是留意它那濃郁豐富的顏色，他示意我注意包在它外面的一張紙，那上面寫著『送給馬夏之父』，然後，他就把這束花送給了我。不過，這些——哼——還不是事情的全部。他在告別時特別請求道，讓我在半個小時之內就拿掉那張紙。我——哈——我就照辦了，然後我發現，它的裡面裹著——嗯哼——兩個幾尼 [050]。我向你保證，柯南先生，我曾經收到過——哼——許許多多種證明，它們的價值也是多種多樣，而且，它們也總是——哈——很不幸地被我卻之不恭了。但是，我從來沒像收到這份特別的證明時——嗯哼——這麼高興過。」

接著，正當亞瑟講著他在這麼一個主題上面所能講出來的絕無僅有的那幾句話時，有一個鈴鐺開始響了起來，然後有腳步聲朝這扇門逼近過來。然後，在看到屋裡有陌生人之後，一個俏麗的女孩在門口停住了腳步，她的身段要遠遠好過小杜麗，發育也遠遠強似於她，不過，若把她們兩人放在一處觀察的話，她的臉會顯得年輕上許多。除了她之外，一個跟她一道前來的年輕男子也在那裡停了下來。

「柯南先生，這是范妮。這是我的大女兒和我的兒子，柯南先生。那個鈴聲是提醒訪客離開的信號，所以，她們過來跟我道晚安來了。不過，我們還是有許多時間的，還有許多時間。女孩們，柯南先生肯定會諒解妳們要處理的那些家務事。因為他知道，我在這裡只有這麼一間屋子，我敢說他肯定知道。」

「父親，我只是想從愛米這裡拿走我的乾淨衣服。」此地的第二位女孩說道。

「還有我的衣服。」提普說。

愛米在一件破舊的傢俱（它的上方是一個由數個抽屜組成的櫥櫃，下

---

[050]　幾尼（guinea），英國在 1663 年發行的一種金幣，價值 21 先令（1.05 英鎊），1817 年停止流通，被沙弗林金幣（sovereign，價值一英鎊）取代。此後，幾尼僅僅用來充當價值 1.05 英鎊的幣值單位。

方是一個床架）上面打開一隻抽屜，從裡面拿出來兩個小包裹，然後把它們遞給了她哥哥和她姐姐。「都縫補好了嗎？」柯南聽到她姐姐嘀咕著問道。愛米回答道，「是的。」柯南現在呈站立姿勢，正在趁機四處打量眼前這個房間。它的裸露的牆壁被漆成了綠色（顯然是生手所為），寒酸地裝點著幾幅版畫。它的窗戶上裝了窗簾，地板上鋪了地毯。除此之外，屋裡還有幾個架子和一些牆頭釘，以及其他此類便利設施，它們都是在年復一年的漫長歲月中慢慢積攢起來的。總之，它是一個狹窄逼仄的房間，裝飾方面很顯寒傖，而且，它的煙囪還在往屋子裡冒煙，或者說，壁爐頂部的那塊錫製隔板設置得相當多餘。不過，堅持不懈的辛勤操持使它看上去還算整潔，甚至可以說有些舒適溫馨的感覺 —— 儘管它是這麼一個所在。

在上述過程當中，那個鈴鐺一直都在響著，所以，那位叔叔急於離開此地。「快點，范妮，快點，范妮！」他說，並在一條手臂下面夾起了那個破舊的黑管盒子：「要關閘了，孩子，要關閘了。」

范妮跟她父親道過晚安之後，便翩翩然溜走了。在此之前，提普已經叮叮咚咚地跑下樓去了。「嗳，柯南先生。」在他拖著腳步跟在那兩人身後往外走的途中，那位叔叔扭回頭說，「要關閘了，先生，要關閘了。」

在跟隨他們離開之前，柯南先生尚有兩件事情待辦：頭一件是，在不傷害那個孩子的自尊心的前提之下，向馬夏之父提供一些證明；另外一件是，跟她說上一言半語，解釋一下他來到這裡的原因。

「請允許我，」馬夏之父說：「送你下樓。」

在此之前，小杜麗已經跟在其他人身後溜出去了，所以，屋子裡面現在只有他們兩人。「不為任何緣故。」這位來訪者急匆匆地說：「請允許我 ——」接著叮噹、叮噹、叮噹地響了三聲。

「柯南先生，」馬夏之父說：「我深深地，深深地 ——」但是，在合住他的手掌止住那串叮噹聲之後，來訪者已經飛速跑下樓去了。

他沒在下樓途中看到小杜麗，院子裡也沒有。他只看見，有兩三個落

在後面的人們正在急忙朝門房走去，於是他也跟了上去，而就在這時，他看到，她躲在從入口處數起的第一座房子的門洞裡面。於是，他迅速轉過身折返了回來。

「請原諒我。」他說：「在這裡才跟妳講話，也請原諒我竟然來到了這裡！我在今天晚上跟蹤了妳，我確實這麼做了，但我的目的是，想給妳和妳的家人一些幫助。妳清楚地知道，我和我母親是怎麼樣的關係，所以，我在她家跟妳表現得比較疏遠也就不值得驚訝了，因為我擔心，我會在無意當中讓她對妳嫉妒怨恨起來，或者在她無稽的猜測下對妳造成什麼傷害。在剛才那段很短的時間裡面，我在這裡目睹的一切大大增強了我的一個衷心的願望，它就是：我想跟妳交個朋友。如果我能奢望得到妳的信任的話，將會讓我免於遭受一份巨大的失望之情的打擊。」

她起初有些害怕，但是，在他對她講出那些話的過程當中，她好像得到了一些勇氣。

「你真是太好了，先生。你跟我說的這些話都非常的真誠。但我 —— 但我希望，你不是在監視我。」

在說出這些話的時候，她流露出來一些擔心她父親受到傷害的跡象來，柯南對此是深諳於心的，並油然產生了一份敬意，但沉默著什麼都沒說。

「柯南老夫人幫了我的大忙，如果不是她雇我的話，我真的不知道我們該怎麼辦。我擔心，要是我在背後議論她的話，就會變成一個忘恩負義的人。所以，我今晚不能再多說什麼了，先生。我深信，你是想善待我們一家人。謝謝你，謝謝你。」

「在我離開之前，請允許我問妳一個問題。妳認識我母親很久了嗎？」

「我想有兩年了吧，先生。鈴聲已經停了。」

「妳一開始是怎麼認識她的？是她派人來這裡找妳的嗎？」

「不是。她連我住在這裡都不知道。我們有一個朋友，我是說父親和我──一個貧窮的苦力，但他是我們最好的朋友──我寫了一份廣告，說我想找一份針線活來做，留的是他的地址，然後他把這份廣告在幾個不要廣告費的地方進行了展示，結果柯南老夫人就這樣發現了我，緊接著派人過來把我叫了過去。閘門要上鎖了，先生！」

這時，她的身體顫抖得非常厲害，情緒也非常激動，而他呢，在她的故事終於真相大白之後，深深沉浸在了對她的強烈同情和對這段往事的熱烈興趣當中，結果是，他根本就沒辦法立即拔腳跑開。但是，止息的鈴聲和安靜下來的監獄都在警告他馬上離去，於是，在匆促地說了幾句表示善意的話之後，他告別了她，她則悄悄溜回了她父親那裡。

但是，他最終還是逗留得太晚了一些。裡面那道大門已經鎖上了，連門房都關了。待稍稍敲了幾下但無果之後，他站在那裡揣起了這樣一個很難讓他歡喜起來的確信──他只能在這裡捱上一晚了。就在這時，從他背後傳過來一個搭訕的聲音。

「呃，被鎖住了是嗎？」那個聲音說：「你在明早之前沒辦法回家了。哦！是你呀，是你嗎，柯南先生？」

原來這個聲音是來自提普的，接著，他們站在監獄的放風場裡面面面相覷了起來，而雨也即興落了下來。

「你被鎖上了。」提普評論道：「下次必須得機靈一點了。」

「但你也被鎖進來了呀，」亞瑟說。

「我也覺得是這樣！」提普語帶譏刺地說：「大概是吧！但跟你不是一回事。我在這家店鋪上著班呢，也只有我妹妹才會認為，我們的老闆絕對不能知道這回事。反正我弄不明白這裡面的道理。」

「我能有片瓦遮頭嗎？」亞瑟問道。「我最好應該怎麼辦？」

「我們最好先找到愛米，這是當務之急。」提普說，不管遇到任何困難，丟給她都是理所當然的事情。

「比起帶給她那個麻煩，我寧願四處走上一整晚 —— 這費不了多少力氣。」

「如果你不介意掏錢買一張床鋪的話，你是沒必要那樣做的。如果你不介意掏錢的話，他們會在雅間的桌子上給你支張鋪，眼下只有這種條件。如果你願意跟我來的話，我會把你帶到那裡。」

在他們走過監獄放風場的途中，亞瑟仰臉朝他剛剛離開的那個房間的窗戶看了過去，那裡面仍然有一豆燈火在燃燒著。「沒錯，先生，」提普跟著他的視線望了上去，然後說，「那就是我老闆的房間。她會再跟他坐上一個小時，給他讀讀昨天的報紙，或者是這種類型的某個東西，然後，她會像個小鬼似的溜出來，接著無聲無息地消失掉。」

「我不明白你的意思。」

「老闆在樓上那個房間睡，她自己在門房旁邊有個住處。就是那邊的第一座房子，」說完，提普指向了她剛才躲藏的那個門洞。「第一座房子的閣樓，無敵天空視野。她為它花了兩倍的價錢，這麼多錢在外面能租到比它好上一倍的。不過，她願意日日夜夜地守在老闆身邊，可憐又可親的女孩呀。」

說話間，他們走到了監獄上端的那座酒館，在那裡，牢裡的大學生們剛從他們的夜間社交俱樂部散場不久。而這家俱樂部所在的那個一樓套間，便是提普剛才提到的雅間。它裡面的主席演講臺、錫鑞酒罐、酒杯、菸袋、菸灰和俱樂部會員們身上的那股味道，仍然還是這個熱鬧快活的機構在此番暫時休會之前所處的那種狀態。有鑑於雅間的氣溫之高和味道之濃重，所以可以說，它擁有供女士們飲用的格羅格酒的兩個必備特徵 [051]。但是，就此番類比的第三個特點而言（它是至關重要的一點），雅

---

[051]　「氣溫之高」在原文中對應著 hot，該詞在形容酒水味道時作「辣口」解，即是說，格羅格酒（用白蘭地、糖和檸檬勾兌而成的一種混合型酒精飲料）擁有辣口和味道濃重這兩個特點；至於文中所講的第三個特點，雖然原文中沒有明確道出，但根據上下文及格羅格酒的製法可以輕易推斷出，它指的是，格羅格酒的味道是包羅萬象而涵蓋十分廣泛的。

間卻顯出了它的弱勢來，因為它僅僅是一個被囚禁在高牆當中的套間。

　　眼前這位來自外部世界的訪客還未能熟知這裡的一切，所以自然把這裡的每一個人都當成了囚犯，比如酒館老闆、侍者、女侍、跑堂和所有其他人等。至於他們到底是或不是，尚且難以說出個究竟來，不過，他們全部都擁有一副贏弱乏力的外表。雅間的前廳裡面開著一個雜貨鋪，它的老闆兼營為外來紳士提供住宿這一業務，現在正在幫手為亞瑟鋪床。據他自己說，他之前是一個裁縫，還擁有一輛二馬四輪敞篷大馬車。他還誇口說，他曾經為這裡的大學生們打過一場官司，目的是為了維護他們的利益，因為他擁有這麼一個不甚明確而難以說清道明的想法，即這裡的典獄長截留了一份原本屬於大學生們的「基金」。他樂於相信這是一個千真萬確的事實，永遠都會向新入獄者和外來的陌生人坦承他這份模糊不清的怨憤之情，儘管他一輩子都沒辦法解釋清楚，他嘴裡的那份基金是個什麼東西，或者說，這個想法是如何在他心裡落地生根的。儘管如此，他還是毫無保留的確信，他自己在這份基金裡面擁有天經地義的一份，而且金額是每週三先令九便士，以及，在每週的星期一，他這個大學生都會被典獄長騙走這麼大一筆錢。顯而易見的是，他之所以要搭把手為亞瑟鋪床，就是為了不丟掉眼下這個陳述這椿公案的機會。在卸掉思想中的這份負擔，並公告了下述消息 —— 他要給報紙寫上一封信，把典獄長的真實面目揭露出來，他好像永遠都在這麼說，但從未見諸任何實際行動 —— 之後，他便和其他人雜七雜八地交談了起來。在這個群體的談話基調中，全都顯出了這麼一個傾向來，即他們認為，破產是人類的正常狀態，償還債務是偶然發作的一種疾病。

　　在這個奇特陌生的場景，以及這些不時地從他身邊掠過的奇特陌生的幽靈們當中，在一旁觀看著鋪床準備工作的柯南亞瑟覺得，他們好像變成了一個夢境的組成部分。與此同時，這裡的老會員提普心懷一份之於雅間的各種資源的虔敬熱愛之情，向亞瑟指點著由眾位大學生共同出資建立起

來的公用廚房，以相同手段維持運營著的熱水鍋爐，以及其他各種財產，而且，它們全都傾向於令人推斷出這麼一個結論，如果你想變得健康、富有和智慧起來，那你就來馬夏吧。

　　從長短這個角度來講，那兩張在一個牆角裡面被拼在一處的桌子變成了一個非常不錯的床鋪。然後，這位陌生人便被留給一堆溫莎椅、演講臺、啤酒味道、鋸末、菸袋的煙霧、痰盂和休憩了。但是，最後那一項卻如此、如此、如此之久地，難以在前面那些東西構成的這個環境中得以實現。這個地方的新奇、毫無準備地與它遭遇這一事實、被關鎖起來的感覺，以及對樓上那個房間和對那兩位兄弟的回憶，都令他沒辦法入眠，同時心裡有些鬱鬱不樂，但最要命的回憶卻來自於，那個畏縮的孩童軀體和她那張臉，他在那上面看到了經年累月缺吃少喝的痕跡，如果還沒達到十分短缺這個程度的話。

　　而且，他頭腦裡面的諸多遐思也跟這座監獄產生了各種至為奇特的關聯，或者說不管亂想到哪裡，它們總是跟它有關的一些東西。他清醒著躺在那裡，它們像夢魘一般從他的思想中飛馳而過。那些可能會死在這裡的人們會否事先備下棺材呢？如果會的話，它們會被存放在何處？它們是怎樣被保管著的？那些死在這座監獄裡面的人們會被埋在什麼地方？他們是怎樣被抬出去的？要履行一些什麼樣的手續？會不會有毫不留情的債主前來扣留這些死人？關於逃跑這個方面，這裡會有怎樣的逃跑機會呢？囚犯能否用繩子和抓鉤爬上那幾堵高牆？他該怎樣落在牆的另一邊？他能否降落在一個屋頂上面，然後偷偷跑下樓梯，接著從一扇門走出去，最後消失在人群當中？至於監獄裡面的火災，他在這裡睡覺的時候會不會有火災發生呢？

　　然而，這些不由自主迸發出來的聯想雖然非常之多，但終究只是一幅畫面的背景而已。而這幅畫又包含著三個人物形象：首先是他的父親，他待在家裡牆上的那幅肖像畫裡面，預言似的氤氳著一股陰暗的氛圍，臉上

掛著去世時的那副堅定表情；然後是他的母親，她舉著手臂抵擋著他的質疑；最後是小杜麗，她的一隻手放在那個落魄之人的手臂上面，低垂的頭別向他處。

如果他母親是出於一個她所熟知的由來已久的原因，方才對那個可憐的女孩溫情待之，他該如何自處？如果在審判日的偉大光芒的照耀之下，那個現在正在安享甜睡 —— 這是上帝的公正賞賜！ —— 的囚犯把他的失敗追根溯源至了她的頭上，他該如此自處？如果那兩位頭髮灰白的兄弟如今所遭遇的如此低賤的處境，跟他母親和他父親的某些行為存在著一些關聯，哪怕是十分微弱的關聯，他該如此自處？

接著，有一個想法疾速奔入了他的頭腦當中。在此地的這場漫長監禁，和她把自己圍於一方斗室的另一場漫長囚禁之間，他的母親是否求得了一份平衡？「我承認我是那人被投進監獄這件事情的幫凶，但我已經為此遭受了同樣的苦難。他在他的監牢中日漸腐朽，我在我自己的這一座裡面也同樣如此。我已經支付了這筆罰款。」

當所有其他思緒都淡出頭腦之後，上面這個想法攫住了他。當他睡著之後，她坐在輪椅裡面來到了他的面前，用這個義正辭嚴的理由抵擋著他的質疑。當他從睡中醒來，接著無緣無故地驚跳而起之後，下面這些話猶在他的耳朵裡面迴響著，就好像當他枕在枕頭上時，她的聲音慢條斯理地對他講著它們，最終攪醒了他的安眠一般：「他在他的監牢當中凋零萎謝了，我也在我自己的那間裡面凋零萎謝了。不可抵擋的公正已經達成，我在這件事情上面談何虧欠！」

第八章　閘中風景

第九章　小媽

　　晨曦並沒急著爬上這座監獄的圍牆，然後照進雅間的窗戶裡面。及至它真的到來之後，它呈現出來的是一副並不怎麼受人歡迎的面目，因為它不是獨自一人前來的，而是夾帶著一陣急雨。其時，二分點風暴 [052] 正在海上猛吹個不停，相應地，來源於它的東南風本著不偏不倚的精神，在迅疾飛馳的過程當中，甚至連狹窄逼仄的馬夏都不肯放過。在它從聖喬治教堂的尖頂上呼嘯而過，並且把周圍所有教士的斗篷都吹得團團起舞之際，它突然間猛地俯衝了下來，把南華克的濃煙灌進了這座監獄裡面，接著，它又猛地衝進了幾位正在點爐子的早起大學生的煙囪裡面，把他們嗆了個半死不活。

　　柯南亞瑟的那張床鋪位於一個相當私密的所在，相應地，小二在那個由眾大學生出資運營的鍋爐下面扒出昨天的爐火點著今天的，填滿水泵旁邊那個簡陋的裝水容器，用鋸末掃除公用大廳，以及其他一系列該等準備工作都對他的安眠影響甚微。儘管如此，他還是沒有什麼戀床懶起的傾向，相反地，他為早晨的到來感到衷心的喜悅。於是，儘管昨晚的睡眠時間可稱寥寥，他還是在一能分辨出周圍的東西之後，便馬上從雅間裡走了出來，然後在泥濘不堪的放風場裡面來來回回走了兩小時左右，直至大門被打開。

　　監獄裡面的那些牆壁彼此靠得非常之近，那些狂野不羈的烏雲又在它們的上空行走得非常之快，以致當他仰臉望向疾風勁吹的天空之時，竟然產生了一種在海輪上面暈船的感覺。被陣發的大風吹斜的雨線遮暗了監房的一側（即他昨晚拜訪過的那一側），但在牆根的避風處留了一條狹窄的乾燥地帶，這便是他上上下下走個不停的位置所在，他的腳邊是無以為家

---

[052]　指 3 月 20 日和 9 月 22 日左右的風暴，其時太陽位於地球赤道上方，白晝和夜晚等長，故名。

的茅草、灰塵和紙片，從那臺水泵中滴落下來的廢液，以及昨天丟出來的綠色菜葉。總之，他眼前的這幅生活景象至為枯槁破敗，絕對沒有進行觀瞻的必要。

就算偶爾想到那個把他帶到這裡來的小人兒，也沒辦法緩解他眼下的糟糕心情。可能在他看著其他地方的時候，她已經溜出了她那個門洞，然後溜進了她父親的那一個，總之，他沒能看到她的哪怕一線身影。至於她的哥哥，現在想看到他還為時過早了一些。雖然只見了他一次，但亞瑟已經非常清楚地知道，不管他在夜間占據的那個床鋪會有多麼邋遢難聞，他都會懶洋洋地難以割捨於它。所以，在來來回回走著等待開門的過程當中，柯南亞瑟並非在努力思索，眼下該去發現些什麼，而是著眼在了將來的事情上面。

最後，門房的那扇門終於開始轉動起來了，接著，牢頭站在臺階上面履行起了晨梳這道程序，為放他出去做著準備工作。隨後，他懷著宛如刑滿釋放的喜悅心情穿過了門房，重新站在了小小的外院裡面，即他昨晚跟福德交談的那個所在。

那裡已經有一隊人馬在零零星星地往裡走了，這些人的身分不難被認定出來，他們是此地的信使、掮客和差役，但同時又是一群毫無個性的庸碌之輩。他們當中的某些人在大門還沒開之前，便已經開始在雨中閒逛著等待起來了。另外那些人把到達時間掐得更加精確一些，現在正在朝門口走上前來，或者正在走進大門裡面，手裡拿著從雜貨店買來的白棕相間的潮溼紙包、麵包條、奶油塊、雞蛋、牛奶和類似的其他東西。這些衣衫襤褸的服務人員更增一分此地的襤褸樣貌，這些無力償還債務的貧困侍者更添一分此地的貧窮氣質，可稱是一道相當值得一觀的景象。那些磨得露出底料的大衣和褲子，那些散發著黴味的罩衣和披巾，那些被壓扁的禮帽和軟帽，那些靴子和鞋子，那些雨傘和手杖，即便在破爛集市上也是見所未見的。他們全都穿著其他男人和女人們丟棄掉的衣服，由補丁和彰顯著他

人特性的條條縷縷構建而成，不見絲毫切合他們自身個性的縫紉元素。他們的走路姿勢屬於一個不同的族類，總是遵循著這樣一套獨特的步態 —— 固執而鬼祟地繞過牆角，就像他們的目地永遠都是當鋪一般。當他們咳嗽起來的時候，咳出來的聲音屬於那些慣於被遺忘在門階上面，或者是吹著穿堂風的走道裡面的人們，這些人慣於等候某人對一些墨蹟黯淡的信件做出答覆，然而，對於這些手書的接受者而言，它們只能給他們帶來巨大的精神困擾，而不能有哪怕絲毫的滿足。當他們從這個陌生人身邊走過看著他的時候，他們使用的是一種含有借貸暗示的目光 —— 這目光飢餓而鋒利，同時也在猜測，他們有無能力飽食眼前的這餐梁肉，以及他有無可能代表著一份美麗的錢景。以收取傭金之名行乞討之實這個特徵佝僂在他們高聳的肩胛裡面，蹣跚在他們立足難穩的雙腿裡面，扣著、別著、補著、拖拉著他們的衣服，磨損著他們的扣眼，從他們裹在骯髒的碎布頭裡面的軀體上洩露了出來，從他們呼吸著酒精味道的嘴巴中噴薄而出。

他定定地站在監獄的外院裡面，這些人紛紛從他的身邊穿行而過。當他們當中的其中一個回過頭詢問他是否需要服務的時候，柯南亞瑟的腦子裡面閃現出來這麼一個念頭，他想在離開之前再跟小杜麗說上幾句話。她可能已經從最初的驚訝當中回過神來了，所以可以更加輕鬆地面對他了。他向這位一隻手裡拿著兩條紅色的鯡魚，手臂下面夾著一條麵包和一個鞋油刷子的兄弟會成員詢問道：「離此地最近的咖啡館在哪裡？」這個莫可名狀者用熱情的言辭答覆了他，接著帶著他走了大約一石之遙的路程，來到了街上的一座咖啡館裡面。

「你認識杜麗小姐嗎？」他的這位新客戶問道。

這位莫可名狀者認識兩位杜麗小姐，其中一位是出生在監獄裡面的 —— 他要找的就是這一位！就是這個嗎？這位莫可名狀者已經跟她相識經年了。至於另外那位杜麗小姐，這位莫可名狀者跟她和她叔叔住在同一幢房子裡面。

　　聽了他的這番話之後，他的這位客戶改變了一個半已成型的計畫──在這個咖啡館裡面等待她，除非這個莫可名狀者給他帶話說，小杜麗已經出門上街去了，他才會離開這裡。他委託這位莫可名狀者帶給她一條機密資訊，大意是，昨天晚上謁見她父親的那位訪客請她賞個臉，跟他在她叔叔家談上幾句。他從同一個消息來源處獲悉了前往那幢房子的詳盡指示，原來它距離此地非常之近。於是，他賞了這位莫可名狀者半個克朗（這讓後者覺得非常之滿意），把他打發走開了事。接著，他先急匆匆地在這家咖啡館吃了點東西，然後便全速朝那位黑管演奏者的住所飛奔而去了。

　　那座房子裡面的住戶十分之多，以致門框旁邊的鈴繩把手多得像是教堂管風琴上面的音栓似的。他對哪個才是那根黑管的「音栓」[053]滿心都是疑問，正在思考著這個問題的時候，有一顆羽毛球從大廳的視窗中飛了出來，落在了他的帽子上面。他隨後看到，那扇大廳窗戶安裝著百葉窗，百葉窗的窗格上寫著「柯立波學院」這幾個字，另外一行又寫著「夜間教學」。在這扇百葉窗的後面，站著一個個頭矮小的白面孔男孩，他的手裡拿著一片奶油麵包和一個板羽球球拍。那扇窗戶跟人行走道相接著，於是，他走上前去透過百葉窗朝裡面看了一陣，歸還了那顆羽毛球，然後向窗裡的人詢問了起來。

　　「你說杜麗嗎？」個頭矮小的白面孔男孩（實際上是柯立波少爺）說。「是杜麗先生吧？第三個鈴鐺，重重地拉上一下。」

　　柯立波先生的學生們好像把這座房子的街門當成了練習本，它的相當大一部分面積都布滿了潦草的鉛筆字跡。而「老杜麗」和「邋遢狄克」這兩個題詞（它們是被寫在一處的）的頻繁出現似乎暗示出，柯立波先生的學生們都頗想展示一下自己的個性。在那個可憐的老頭親自打開這扇門之

---

[053]　「音栓」在原文中對應著 stop，而 stop 同時可表「管樂器的指孔」一意，所以，「那根黑管的『音栓』」實指「那根黑管的指孔」，為 stop 的一語雙關用法。

前，亞瑟有充足的時間用來進行這些觀察。

「哈！」他花費了很長一段時間才記起了亞瑟，然後這麼說道：「你昨晚被鎖進去了嗎？」

「是的，杜麗先生。我一會兒想在你這裡見見你的姪女。」

「哦！」說出這個字之後，他深思熟慮了起來。「你想避開我哥哥嗎？這麼做是對的。你願意上樓等她嗎？」

「謝謝你。」

就像他聽到別人的話，或者自己說什麼時的反應那麼遲緩地轉過身子之後，他領著亞瑟走上了一條狹窄的樓梯。這座房子的通風狀況非常之差，散發著一股有損健康的惡濁味道。從樓道裡面的那些小窗戶望出去，可以看見其他房子的後窗，而它們跟它是一個樣子，也是些有損健康的地方。那些後窗直戳戳地伸出來一些杆棒或者繩子，上面懸掛著有礙觀瞻的內衣褲，那情形就像是，那些住戶們被狗咬出來一些羞於示人的傷口，正在偷竊衣服用以遮羞。在這座房子的陰面閣樓裡，有一個味道令人作嘔的房間，裡面擺放著一張簡易折疊床，它不久之前才被急匆匆地收了起來，使得床上的毯子像是一個正在燒水的茶壺，壺蓋被裡面的熱蒸汽頂了起來，另外還有一頓吃到一半的兩人份咖啡吐司麵包早餐，被凌亂不堪地擺在一張立足不穩的桌子上面。

房間裡面空無一人。琢磨了一番之後，老頭子獨自嘀咕道，范妮竟然溜掉了，然後便張羅著去隔壁的房間把她捉拿回來。而這位訪客隨後觀察到，她從裡面頂著門不肯打開，接著，當她叔叔試圖推開它的時候，她厲聲命令道「蠢貨，停手！」，並且暴露出來一副穿著鬆垮的長筒襪和法蘭絨內衣的模樣。亞瑟據此得出了下述結論，這位年輕女士其時還光著身子呢。而她叔叔看樣子沒有得出任何結論，他拖著腳重新走了回來，在自己的椅子上坐下，接著開始在爐火上烤他的手。而他這麼做並非因為真的凍手，或者說他無法清醒地意識到，它到底是凍還是不凍。

「你對我哥哥有什麼看法呢，先生？」過了一會兒之後，他才發覺自己正在烤手，於是止住了這個動作，然後探手至壁爐上面，把黑管盒子拿了下來，接著這麼問道。

「看到他那麼健康和快樂，」亞瑟被問了個茫然不知所措，因為他的思想其時正停留在眼前的這位弟弟身上，「讓我覺得非常高興。」

「哈！」老頭子喃喃自語道，「那是，那是，那是，那是！」

亞瑟很想知道，他取下那個黑管盒子有何目的。而事實上，他想取的東西根本就不是它。他在過了一會兒之後方才發現，它並不是那個也放在壁爐上面的裝著鼻菸的紙包。於是，他把它放了回去，把鼻菸拿了下來，接著捏出一撮讓自己舒服了一下。在捏取鼻菸的時候，他的動作像做任何其他事情時那麼虛弱、冗餘和緩慢，不過，在他眼角和嘴角那些衰老而疲憊的神經上面，還是漾起了點點滴滴快樂的波動。

「柯南先生，愛米這個人，你覺得她怎麼樣？」

「杜麗先生，我對她的全部所見所感都令我觸動至深。」

「要是沒有愛米的話，我哥哥會感到非常失落，」他應答道。「如果沒有愛米的話，我們所有人都會感到非常失落。愛米她是一個非常好的女孩，她在盡她那份職責。」

亞瑟覺得，他在這些褒獎意見裡面聽出了一股例行公事的腔調，同樣地，他昨天晚上也從馬夏之父那裡聽到過它，當時他心裡暗暗有些不滿和抗議。這並不是說，他們吝惜於給予她讚美和頌揚，或者說他們感覺不到她對他們的付出，而是他們都懶洋洋地習慣了她的存在，就像他們習慣了所有其他生存條件那樣。他還覺得，儘管他們每天都有辦法看到她跟每一個人以及他們自己的不同，但是他們認為，她的種種行為是她自身的必然需求，她之於他們的那份關係完全有賴於她自身的一種屬性，跟她的名字和年紀一般無二。他還覺得，他們並不把她看做監獄這種環境的一個昇華產物，而是把她看成了它的一個組成部分，他們都模模糊糊地覺得，她是

他們有權利期待的一個東西，而非別的什麼。

接著，她叔叔重新吃起了早餐。在他仔細咀嚼著麵包蘸咖啡結果把客人忘了個一乾二淨的時候，家裡的鈴鐺響了起來。他說，這是愛米來了，說完就下樓給她開門去了。而這位訪客則覺得，他汙跡斑斑的手、覆滿髒垢的臉和衰敗腐朽的殘軀，仍然鮮活地留存在他的腦海當中，就好像他仍然佝僂著身體坐在椅子裡一般。

她跟在他身後走了進來，還是像平時那樣穿著樸素的衣服，還是像平時那樣一副羞怯的模樣。她的雙唇微微開啟，好像她的心跳快似平常一般。

「愛米，柯南先生，」她叔叔說：「已經在這裡等著妳有一會兒了。」

「我冒昧讓人給妳捎了個信。」

「我收到那條消息了，先生。」

「妳今天上午要去我母親那裡嗎？我想不用吧，現在已經過了妳平時的上班時間了。」

「今天不去，先生。今天那裡用不著我。」

「妳能允許我跟妳一起走上幾步路嗎？不管妳要去哪個方向都可以。我可以在途中跟妳說說話，這樣就不用把妳耽擱在這裡了，我也不用再對這裡做更多的攪擾。」

她看上去有些窘迫，但嘴裡卻說，只要他願意就行。接著，他假裝忘記把自己的手杖放在哪裡了，給她留出一些時間把簡易床放好，對她姐姐不耐煩的敲牆聲做出回應，以及跟她叔叔說上一兩句熱絡話。待她做完這些事情之後，他便找到它了，然後他們就動身往樓下走去。她在前面帶路，他緊隨其後，她叔叔站在樓梯的頂頭處目送他們，不過，可能還沒等他們走到一樓，他就把他們忘得精光了。

此時正值柯立波先生的學生們的入校時間，看到他們之後，他們停下了用書包和書本互相拍打對方這項晨間娛樂活動，全都瞪大眼睛死盯著這

個前來看望邋遢狄克的陌生人。他們備受煎熬地啞口無言著，直至這位神祕訪客走到了一個安全距離之外。其時，他們突然就擲起了小石頭，嘴裡高聲號叫著，同時扭著含有侮辱潛臺詞的舞蹈動作。總之，不管在哪個方面，他們都用如此之多殘忍粗野的禮儀深埋了爭取和平的菸袋杆子[054]，以致如果柯立波先生是臉上塗抹著戰鬥油彩的柯立波部落酋長的話，他們這些部落居民很難有比眼下更加稱職的表現。

　　在這份敬意的刺激下，柯南亞瑟向著小杜麗挺出了他的手臂，後者順勢挎住了它。「你願意去鐵橋那裡走走嗎？」他說，「在那裡可以避開這條嘈雜的街道。」小杜麗答道，只要他願意就行，旋即冒昧提出了下述希望，即他「不會介意」柯立波先生手下的那些孩子們，因為她自己也在柯立波先生的夜校裡面受過教育，儘管它的教學品質不過爾爾。他應答道，他願意發自心底原諒柯立波先生手下的那些孩子們，然而，儘管他的這個意願十分美好，但他心下還是存了一些芥蒂。就這樣，柯立波在無意之間變成了他們的一位禮儀導師，自然而然地讓他們親近了起來，就這方面的功用而言，如果他們活在納波[055]所處的黃金盛世的話，就連這位從六駕馬車上面下來進行此項業務的禮儀大師，也是難以企及於他的。

　　那天，整整一個早上始終都在刮著大風，各條街道都是泥濘不堪，一派陰鬱慘澹的景象，不過，在他們朝著鐵橋走去時，天上並沒有落雨。那個小人兒在他眼裡顯得如此年輕，像是一個小孩子似的，這讓他在沒在對她講話的時候，會時不時地琢磨起她的究竟來。而極有可能的一個事實是，就像她在他眼裡顯得十分年輕那樣，他在她眼裡大概算是十分之老了。

　　「聽說你昨晚被鎖在了閘裡，遇到了很大的不便，我對此感到很是抱歉，先生。這真是太不走運了。」

---

[054]　舊時，北美印第安人在交涉時會遞菸袋杆子給對方吸食，作為示好之表示。

[055]　納波（Beau Nash, 1674～1762），英國喬治王朝時期的賭徒、時尚偶像及著名司儀，人稱「巴斯之王」；巴斯（Bath）是位於英格蘭西南部地區的一座城市，隸屬於今賓夕法尼亞州（Somerset）管轄。

他應答道，這不妨事的，況且他得到了一張非常不錯的床鋪。

「啊，你說的沒錯！」她馬上說。她認為牢裡咖啡館的那些床鋪堪稱絕佳。他留意到，她覺得那座咖啡館簡直就是一座富麗堂皇的大酒店，對其不吝任何美譽。

「我想那裡是非常昂貴的。」小杜麗說：「但是，我父親曾經對我說，從那裡可以買到非常漂亮的正餐，還有葡萄酒。」她怯生生地補充道。

「妳進過那裡面沒有？」

「啊沒有！只去廚房裡面取過熱水。」

一個人竟然會對那樣一個傑出所在，對那座馬夏大酒店的奢華做派心存敬畏，想想她生長在怎樣一個環境裡面吧！

「我昨天晚上問過妳，」柯南說，「妳是怎麼跟我母親結識的。在她派人去請妳之前，你曾經聽說過她的名字嗎？」

「沒有，先生。」

「妳覺得妳父親曾經聽說過沒有？」

「沒有，先生。」

接著，他的視線撞到了她抬起頭來望向他的兩隻眼睛，發現那裡面充溢著如此之多的驚奇神色，而且，當這場碰撞發生時，她還大大地嚇了一跳，馬上就把目光縮了回去。於是，他覺得自己有必要說上這麼幾句：

「我是有理由這麼問妳的，但我沒辦法很清楚地把它解釋給妳聽。不過，妳無論如何都絕對不要認為，這個理由會帶給妳哪怕一絲的驚嚇或者不安，而應該是恰恰相反。在妳看來，妳父親一輩子都沒有熟識過我家的姓氏，也就是柯南嗎？」

「沒有，先生。」

他從她講話的語調裡面感覺到，她正在張著嘴巴匆匆朝上瞥視他。因此，他看起了位於他前面的東西，而不是再次令她窘迫不安，進而讓她的心跳得甚至比現在還要快上許多。

就這樣，他們來到了鐵橋上面，比起方才那些沸反盈天的街道，它顯得安靜極了，像是一片開闊的田野。大風猛烈地刮著，夾雜在風中的疾雨嘩啦有聲地跟他們擦身而過，朝主幹道和人行走道上面的那些小水坑掠去，然後把它們沖刷進了橋下的河裡。烏雲在鉛灰色的天空中怒氣衝衝地向前疾走著，濃煙和霧氣跟在它們身後，同樣亦在疾走著，而河中暗色的浪潮，也在朝著同一個方向凶猛強力地飛跑個不休。在上帝的所有造物當中，小杜麗看上去是最微小、最安靜、最虛弱的那一個。

「讓我幫妳叫一輛出租馬車吧。」柯南說，然後差點就讓下面這句話脫口而出了：「可憐的孩子。」

她急忙謝絕了，聲稱雨天和晴天對她來說並無分別，她已經習慣在各式各樣的天氣裡面四處亂跑了。他知道事實確實是如此，因而心中憐憫更甚，腦海當中隨之浮現出這樣一幅畫面來：在夜裡，他身邊這個纖弱細瘦的小身板穿過那些潮溼、黑暗而喧囂的街道，朝著那樣一個棲居之處走去。

「你昨天晚上那麼真摯地對我說了那些話，先生，而且過後我又發現，你還那麼慷慨地施捨了我父親，所以我沒辦法抗拒你派人送來的消息，希望它只是讓我向你道個謝這麼簡單。不過，我來這裡最重要的原因是，我非常想對你說 —— 」說到這裡，她躊躇並且顫抖了起來，接著有淚水泛起在眼眶裡面，但並沒掉落下來。

「想對我說什麼呢？」

「我希望你不要誤解我的父親。先生，請你在評判他的時候，不要使用評判監獄大門外面那些人的標準。他已經在那裡關了太長時間了！我從來沒見過他在外面時的樣子，不過我能想到，自從被關進來之後，他在某些方面已經變得有些異樣了。」

「我絕對不會有失公正或者過分嚴苛地評判他，請相信我。」

「其實，」她的臉上換了一副略顯驕傲的神情，因為她顯然有些擔心，

眼前這位聽者會覺得她正在拋棄她的父親：「其實他沒有任何理由為他自己感到羞恥，或者說，我沒有任何理由為他感到羞恥。他只是在求得別人的理解。我只會代表他提出這麼一個要求，他的人生可以得到公正的記憶。他說過的所有話都是確鑿真實的。那些事情確實像他所說的那樣，全都真的發生過。他在那裡很受尊重。每一個入獄的人都樂於結識他。他比任何其他人都更受追捧。他遠比典獄長更受人們的惦念。」

如果驕傲這種東西曾經無辜過的話，那它絕對發生在小杜麗逐漸吹噓起她父親的這一刻。

「經常有人這麼說，他的儀態屬於一位真正的紳士，而且變成了非常引人注目的研究對象。在那個地方，我從來沒有見過像他那樣的儀態，不過大家都承認，他是優越於所有其他人的。人們之所以會送他禮物，自然是因為他們知道他很貧困，但同樣也有上述方面的原因。他可不能因為貧困而受到責備，可憐而親愛的人啊。有誰能在監獄裡面待上四分之一個世紀，然後又富足豐裕呢！」

她的言辭裡面飽含著怎樣的深情呀，她的竭力克制住的眼淚裡面湧動著怎樣的憐憫呀，她的身體裡面住著一個多麼偉大忠誠的靈魂呀，而這個給她父親身邊罩上虛假光環的燈盞，又是多麼的真摯呀！

「如果我曾經覺得有必要隱瞞我的家庭住址，這裡面的原因肯定不是我為他感到羞恥。上帝禁止我這樣做！我也不會像人們可能猜測的那樣，因為那個地方羞得無地自容。進了那裡面的人不一定都是壞人。我就認識很多因為運氣不好去了那裡的，一些善良、頑強、誠實的人們。他們差不多全都擁有一副真誠待人的好心腸。而且，我曾經在那裡度過了許多安寧舒適的時光，我曾經在那裡有過一個特別要好的朋友，在我還是一個非常小的小寶寶的時候，他曾經非常疼愛我，還有，我也曾經在那裡受教過、工作過、酣睡過，如果我忘記了這一切，那我就真是個忘恩負義的人了。還有，在經歷過上述這一切之後，如果我不對它懷有些微眷戀之情的話，

在我看來這差不多算得上是既殘忍又懦弱了。」

　　把她內心當中滿滿充溢著的忠誠感情傾訴一空之後，她又謙遜地說道，同時抬起眼睛求情似的望向她的新朋友眼裡：「我並沒打算說上這麼多，而且，除了眼前這次之外，我也從來沒有談過這個話題。不過，它好像把昨天晚上形成的錯誤印象多少糾正了一些。先生，我之前對你說過，我希望你沒有跟蹤過我。那現在呢，我還是不想有太多這個東西，除非你覺得 —— 更確切的意思是，我一點都不想要這個東西，除非我說得太過顛三倒四，讓你 —— 你幾乎沒辦法理解我的意思，而我有些擔心，實際情況可能正是如此。」

　　他十足真誠地對她說，實際情況並非如此。然後，他把自己插身於她跟激烈的風雨之間，盡他所能地給予了她最大的庇護。

　　「我覺得，」他說：「我現在可以多問一些有關妳父親的事情了。他有很多債主嗎？」

　　「哦！有很大一群呢。」

　　「我指的是起訴過他，然後讓他進了牢房的那些，有嗎？」

　　「哦是的！有很大一群呢。」

　　「妳能不能告訴我 —— 毫無疑問的一點是，如果妳不能的話，我還可以從其他地方獲取這方面的資訊 —— 他們當中影響力最大的是誰？」

　　稍微考慮了一會兒之後，小杜麗說，她在很久之前聽說過一個巴蒂先生，這是個大權在握的人物。他是一個高官，或者是一個董事，再或者是一個受託人，「又或者是一個別的什麼東西」。她認為，他住在格羅夫納廣場，或者是它附近那一帶。他是給政府辦事的 —— 在兜圈子辦事處位居要職。對於這位住在格羅夫納廣場，或者它附近那一帶的令人望而生畏的巴蒂先生，以及那個兜圈子辦事處，她好像自打幼年時期起，便對它們的巨大權勢敬畏有加，而現在，她僅僅是提及了一下這個人，便已經被他徹底壓垮了。

「如果我去見見這個巴蒂先生的話，」亞瑟心下默然琢磨道：「也沒有什麼壞處嘛。」

然而，他卻沒能把這個設想這麼安靜地呈送上去，而是遭遇了這麼一種情形 —— 小杜麗十分敏捷地截斷了他的話。「唉！」她先是面帶著一種千載難逢的，絕望但又溫和的神情搖了搖頭，然後說：「曾經有很多人想把我可憐的父親救出去，但你不知道，這個設想是完全沒有希望的。」

在眼下這一刻，她忘記了一貫的害羞面目，而是誠實地警告他，要遠離這一具他夢想要打撈上來的沉船殘骸，並且用篤定的眼神看起他來，然而，雖然它還聯合了她平靜的臉龐、瘦弱的身體、簡陋的衣著和激烈的風雨等一干幫手，但還是沒能動搖他幫助她的決心。

「就算這事具有可行性，」她說：「 —— 也絕對不能現在去做 —— 我父親該住在哪裡呢，或者說，他該怎麼生活呀？我已經想過很多次，如果這樣一個變化真的能夠來到的話，它會具備任何一種可能性，但就是不會真的有利於他。外面的人們不會像牢裡那些人那麼看得起他。他在外面沒辦法受到牢裡那種溫和的對待。從他自身的角度出發，他也沒辦法像在牢裡時那樣，那麼適應外面的生活。」

說到這裡，她的眼淚頭一次失去控制掉落了下來，她那兩隻又瘦又小的，在它們忙碌個不停的時候，他曾偷偷地觀察過的手，現在緊緊地握在了一起，同時還在顫抖不止。

「就連我在外面賺著一點小錢，范妮也在外面賺著一點小錢這種事情，讓他知道了都會給他帶來巨大的痛苦。你要知道，他非常擔心我們會這樣做，覺得自己被關在牢裡一點忙都幫不上。多麼多麼優秀的一個父親呀！」

他沒有立即開口說話，而是先等她這場小小的感情爆發平息下來。它很快就結束了。她沒有為自己考慮的習慣，也不習慣讓自己的感情流露給別人增添煩惱。所以，他只好從她身上移開目光，瞥視起了遠處堆疊在一

起的屋頂和煙囪，沉重地翻滾於其間的濃煙，泰晤士河上如雜草般叢生的桅杆，以及岸上如雜草般叢生的建築尖頂（在暴雨形成的灰色陰霾中，最後那兩樣東西不甚清晰地混同在了一處），直至她的情緒回復了平靜，就像她此前一直都在他母親家做針線似的。

「你會為你哥哥恢復自由之身感到高興吧？」

「啊，那肯定會非常非常高興，先生！」

「那好，我們至少可以對他懷有希望。你昨天晚上對我說，你有一個朋友，對吧？」

「他的名字叫做布羅。」小杜麗說。

「那麼這個布羅住在哪裡呢？」

「布羅住在瀝心庭。」小杜麗接著說，他「只是個泥水匠而已」，以此警告柯南，不要對布羅的社會地位做過高的期待。他住在瀝心庭的最後一座房子裡面，在一個小門洞上面寫著他的名字。

亞瑟把這個位址記了下來，又把他自己的地址寫給了她。現在，他已經做完了眼下想做的所有事情，只剩下這麼一個願望尚待完成 —— 讓她覺得他是可以依靠的，以及聽她親口做出一個類似於承諾的表示，說她會把它記在心裡。

「妳已經有了一個朋友！」把小筆記本收好之後，他這麼說道。「但是，在我送妳回去的時候 —— 妳現在要回去嗎？」

「啊是的！我直接就回家了。」

「在我送妳回去的時候，」「回家」這個詞讓他覺得有些刺耳，「請允許我對妳提出這麼一個要求，妳要說服妳自己相信，妳現在有了另外一個朋友。我不會進行任何表白，也不會再多說什麼。」

「你對我真是太好了，先生。我很確定，我不需要你多說什麼。」

接著，他們穿過一些陰暗慘澹的泥濘街道往回走去，置身於眾多破舊簡陋的店鋪當中，跟成群結隊的邋遢小販摩肩接踵著，對於一個貧困社區

而言，這些人是一道再尋常不過的風景。在這條近道上面，沒辦法找到任何一樣能令人的五官感到愉悅的東西。然而，對於柯南而言，有了這個小巧、苗條、體貼的小人兒挎在他的手臂上面之後，它便不再是一條尋常的走道了，即便他要穿越的仍然是尋常的雨水、汙泥和雜訊。雖然她對於他顯得如此年幼，他對於她又顯得如此年長，以及，在他們注定要交織的人生故事剛剛有了交集的這個階段，他們對於彼此尚是一個巨大的謎團，但是，這些隔膜因素在眼前這對朋友身上是無關緊要的，他已經開始設身處地地為她著想道：她出生和養育在這種環境當中，如今經過它們時卻表現出一種畏縮的姿態，可見她雖然熟知這一切，讓她置身於其間卻是一個錯位的安排；還有，她熟識生活的齷齪面目已久，卻仍然天真無邪；再有，她雖然慣於關懷照顧他人，自己卻青春年少，而且一副孩童模樣。

當他們走進債務人監獄所在的主街時，有個聲音大叫著說：「小媽，小媽！」小杜麗駐足回首觀望，只見一個怪模怪樣的興奮身形蹦跳著朝他們衝了過來，同時嘴裡仍然大叫著「小媽！」，結果摔倒在了地上，把一個大籃子裡面裝著的馬鈴薯散落在了泥漿裡面。

「唉，馬姬，」小杜麗說，「你可真是個笨手笨腳的孩子呀！」

馬姬並沒傷著自己，而是立刻從地上爬了起來，然後開始往起撿地上的馬鈴薯，小杜麗和柯南亞瑟見狀也上前施以援手。馬姬撿起來的馬鈴薯非常之少，泥巴倒是撿了一大堆，不過，它們最終還是全部搶救回來了，被重新放在了籃子裡面。然後，馬姬用她的披肩抹了一把她的泥臉，向柯南先生呈現出來一張差不多算是乾淨的面龐，讓他能夠清楚觀察她的長相。

她二十八歲上下年紀，長著大骨架大體格大手大腳和大眼睛，但是沒有頭髮。她的兩隻大眼清澈得幾乎看不到顏色的存在，它們似乎絕少受到光線的影響，呈現出一種有失自然的靜止狀態。她臉上的專注聆聽神情也讓她有了些盲人的樣子，但她並不真是瞎子，其中一隻眼睛尚且可堪使用。她的臉部並非極度醜陋，不過，這僅僅是一個微笑表情的補償後果，

那是一抹快活的微笑，它本身並無問題，是令人愉悅的，卻因為一成不變地掛在那裡變成了一個令人覺得可憐的東西。她的頭上戴著一頂巨大的白色襯帽，有許多厚布褶邊不停地呼扇拍動著，像在為馬姬的禿腦袋道歉一樣，與此同時，它們也讓她的破舊黑色軟帽非常難於停留在頭上，而是像吉普賽人的嬰孩那樣，懸掛在了她的脖頸上面。至於她那身可憐的穿扮的其他部分，則只有一個由出售針頭線腦鈕扣緞帶這些小玩意兒的雜貨商們組成的委員會方可報告完備，不過，它整體上來講像極了一堆海藻，在這裡那裡點綴著一片片巨大的茶葉。她的披肩尤其像足了一片茶葉，不過是被浸泡了很長時間那種。

　　柯南亞瑟望向小杜麗的表情像是在說：「我可以問問這是誰嗎？」在此之前，這個仍然在不停喊她小媽的馬姬，已經把小杜麗的一隻手捧在自己手裡愛撫了起來。現在，在讀懂亞瑟的表情之後，她用語言回答道（他們站在一個門洞下面，剛才那些馬鈴薯大多滾進了這裡面）：

　　「這是馬姬，先生。」

　　「馬姬，先生。」這位得到引薦的大人物應聲學舌道，然後又叫了一聲：「小媽！」

　　「她是我的老保姆 —— 」小杜麗說。

　　「老保姆。」馬姬又應聲學了一句。

　　「的孫女，她已經去世很長時間了。馬姬，你多大了？」

　　「十歲，媽媽。」馬姬說。

　　「你想像不出她有多麼善良，先生。」小杜麗的語氣中飽含著無限柔情。

　　「她有多麼善良。」馬姬應聲學舌道，不過，她用一種極富表現力的方式，把那個代詞的指代對象從她自己轉變成了她的小媽。

Little Mother

(小媽)

　　「或者說多麼聰明，」小杜麗說：「她跑腿辦事辦得跟別人一樣好。」馬姬聞之哈哈大笑了起來。「還像英格蘭銀行一樣可堪託付。」馬姬又是一陣哈哈大笑。「她完全能夠養活自己。完全，先生！」小杜麗放低音量用一種得意洋洋的語氣說。「真是這樣！」

　　「她有過一些什麼樣的過往呢？」柯南問道。

　　「你能想一下這個問題嗎，馬姬？」小杜麗把她的兩隻大手拉了過來，然後把它們合在一起拍打著說：「一位從幾千英里之外前來的紳士，他想要知道你的過往呢！」

　　「我的過往呀！」馬姬大叫著說：「小媽！」

　　「她這是在說我，」小杜麗相當困惑地說，「她非常依戀我。她的老祖母本來應該好好對待她的，實際上對她不怎麼好，她是這樣嗎，馬姬？」

　　馬姬搖了搖頭，用握起來的左手做出一個酒杯的形狀，從那裡面喝了一口，然後說，「杜松子酒 [056]。」接著，她動手打起了一個想像中的孩子，嘴裡又說：「掃帚把和撥火棍。」

　　「在馬姬十歲那年，」小杜麗一邊說一邊觀察著她的面部表情：「她發了一場高燒，先生，自從那以後，她就再也沒能長大了。」

　　「十歲那年。」馬姬說，然後點了點頭：「不過，那是一家多麼美好的醫院呀！非常的舒服，對嗎？啊，它真是太美好了。那個地方可真靜呀！」

　　「她以前從來沒像今天這麼安靜過，先生。」小杜麗扭臉朝向亞瑟片刻，同時低聲說：「一聽到這件事情就會跑開。」

　　「那裡有那麼好的床鋪！」馬姬大叫著說：「那麼好的檸檬汽水！那麼好的橘子！那麼麼美味的肉湯和葡萄酒！那麼好的雞肉！啊，難道它不是一個值得去停留一下的快樂地方嗎？」

---

[056]　杜松子酒（gin），一種香料型蒸餾酒，以糧食蒸餾酒為酒基，加杜松子、茴芹和葛縷子等香料調製而成。

「就這樣，馬姬盡可能地在那裡停留了下來。」小杜麗用的是之前那種講述小孩子故事的語氣，她這種語氣是專門為馬姬的耳朵設計的：「到了最後，當她不能再住在那裡的時候，她就出院了。然後，因為她再也沒能超過十歲，不管她活得多麼久 ——」

「不管她活得多麼久。」馬姬應聲學舌道。

「又因為她的身體機能非常虛弱，真的是非常虛弱，虛弱得一笑就停不下來 —— 這個毛病真的是非常可憐 ——」

（馬姬突然間變得極其嚴肅了起來。）

「她的祖母不知道該拿她怎麼辦，有好幾年時間，她對她非常不好。最後，隨著時間的推移，馬姬開始努力提升自己，她變得非常專心和非常勤奮了起來。漸漸地，她能聽憑自己的喜好進出家門了，並且能掙到足夠多的錢養活她自己，確實能養活她自己。這個呢，」小杜麗又把那兩隻大手合在一起拍打著說：「就是馬姬的過往，馬姬自己也是知道它們的！」

啊！但亞瑟還想了解得更加詳盡備細一些，儘管他才是頭一次聽到那一聲又一聲的小媽，頭一次看到愛撫那隻瘦削的小手的情景，頭一次目睹眼下蘊蓄在那對不見顏色的眼睛裡面的淚水，以及頭一次耳聞止息住那些憨笨大笑的抽噎聲。對於那個風雨嘯叫著從其間穿行而過的骯髒門洞，以及那個裝著沾滿泥巴的馬鈴薯（它們正在等著再次被撒出來，然後再撿起來）的籃子而言，當他在這些印象的映照下回首望向它們的時候，它們絕非是事實上的那副平庸模樣。絕對不是，絕對不是！

現在，他們走出了那個門洞，已經非常接近於此行的終點了。除了在終點之前的一個雜貨店的視窗那裡停下來，以便她把自己的學問展示上一番之外，沒有任何其他辦法能夠讓馬姬感到滿足。她基本可以把價格標籤全都讀出來，然後從裡面挑出一些有油水可撈的數字來，而且大部分時候都能做出正確的選擇。她還磕磕絆絆地讀了一些欲在花茶這個題目上面一爭長短的仁慈建議，比如請您試試我們的混合茶品吧，請您試試我們的家

製黑茶吧，請您試試我們的橙味白毫茶 [057] 吧等等，以及針對造假企業和假冒商品的各種警示，那種情形就像是，一個步履蹣跚的人跌跌撞撞地在這些條目當中艱難行走著，途中還絆了一些很大的趔趄。在馬姬獲得勝利之後，亞瑟看到，快樂讓小杜麗的臉上泛起了一抹玫瑰色的紅暈。他當時覺得，他在眼下完全可以把這家雜貨店的櫥窗當成一本藏書來讀，一直讀到風雨疲憊地止息下來。

最後，監獄的外院接納了他們，他在那裡向小杜麗道了再見。她還是一如既往的嬌小，然而，當這位小媽在她的大孩子的陪伴之下，走進門房的那個門洞裡面時，她看上去比往常更加顯小了起來。

接著，那個鳥籠的門打開了。再接著，當那隻成長於監禁環境當中的小鳥馴順地振翼而入之後，他看到那扇門重新被關了起來。再再接著，他獨身一人離開了那裡。

---

[057]　南亞斯里蘭卡、印度等地用茶樹嫩葉製成的一種高級紅茶。

第十章　本章包含著政府運作的整套學問

兜圈子辦事處是政府下轄的最為重要的一個部門，而且每個人都對此心照不宣地心知肚明。不管在什麼時候，若是得不到兜圈子辦事處默認首肯的話，任何種類的公共事務都是不可能被辦成的。在公共事務這張餐桌上面，它在染指最大那張餡餅的同時，亦不會放過最小的那塊果餡糕點。若是沒有兜圈子辦事處明確授意的話，欲行最為簡單的正確之舉，也像欲止最為簡單的錯誤之舉那樣，都是不可能做到的事情。若有另外一樁火藥爆炸陰謀 [058] 在點火前半小時被識破，在兜圈子辦事處組建成立半打委員會，記上半蒲式耳 [059] 會議記錄，出具好幾麻袋正式備忘錄並寫上滿滿一家用地窖文法不通的信件之前，沒有任何人可以合乎法度地前去拯救國會於危亡之際。

早在那條涉及到治理國家這門艱難技藝的卓越不凡的原則，被明確披露給眾政治家的時候，這個璨若明星的機構便已經出現在我們這片土地之上了。接著，研習這條光彩奪目的祕訣，以及令其具有深遠影響的光芒照遍一應官方程序，便成了所有事情裡面的重中之重。不管去做任何事情，兜圈子辦事處和其他一應政府部門事先都已經對這條名叫無為而治的原則深有會心了。

仰仗於這份精妙的領悟能力，能夠一成不變緊抓住它不放的圓熟手腕，以及時時刻刻以它為行事準繩的天才頭腦，兜圈子辦事處已經榮升至了冠絕眾多政府部門這樣一種地位，而社會整體狀況也上升成這樣的形態──與它的內在精髓保持高度一致。

一個確鑿無疑的事實是，對於圍繞在兜圈子辦事處周邊的一應政府部

---

[058]　前一樁火藥爆炸陰謀指古伊・方克斯（Guy Fawkes）欲在 1605 年炸毀英國國會大廈一事，他在點燃火藥前被捕，最後在次年被處決。

[059]　蒲式耳（bushel），一個容量單位，約 36 公升。

門和職業政治家們來說，如何才能無為而治可稱是他們的偉大研究課題和目標。另外一個確鑿無疑的事實是，對於每一位新上任的首相和每一屆新上臺的政府而言，他們上任和上臺之際的初衷是，彰顯並支持必須有所作為這一理念，然而，一經上任和上臺之後，他們立即便把全副才能投入進了研究無為而治這條祕訣上面。還有一個確鑿無疑的事實是，從某屆大選結束的那一刻起，每一位當選的議員立即開始謀劃起了如何才能無為而治這件事情，而在此前，他們要嘛在演講臺上對無為這種行徑大發憤怒的慷慨陳詞，要嘛強烈要求對立陣營中那位令人尊敬的紳士的眾位支持者們立即告訴他們（若是不說立即當做罪狀加以揭發檢舉），他為何如此無為，要嘛言之鑿鑿地聲稱，他們絕對會有所作為，要嘛信誓旦旦地承諾，他們肯定會有所作為。再有一個確鑿無疑的事實是，在整個會期期間，國會兩院的所有辯論都無一例外傾向於這樣的結論：不吝花費大量時間謹慎考量如何才能無為而治。再再一個確鑿無疑的事實是，每屆會期開幕之際的皇室演講實質上說的是：「眾位大人和紳士們，你們有一樁相當重大的工作尚待完成，請你們退回各自的房間裡面，去分頭討論如何才能無為而治。」最後一個確鑿無疑的事實是，每屆會期閉幕之際的皇室演講實質上說的是：「眾位大人和紳士們，在這艱辛勞苦的數月當中，你們一直都在竭盡忠誠，並滿懷愛國熱情地考量如何才能無為而治，而現在，你們已經得出了這個問題的答案，所以，在上帝庇佑我們有所收成（自然而非政治方面的）之際，我要於此遣散你們。」所有這一切都是確鑿無疑的事實，而兜圈子辦事處的作為卻要更甚於此。

　　日復一日地，兜圈子辦事處像臺機器似的維持著這個車輪的運轉，此車輪神奇而無所不能，突顯出一份巨大的政治才華，名字叫做無為而治。除此之外，對於那些想要有所作為而有失明智謹慎的，或者在某個令人驚訝的意外事件當中，好像遙遙有點想要有所作為的危險苗頭的公僕們，兜圈子辦事處會用一份議事錄、一份備忘錄或者一封指示函熄滅他們的這份

熱情。出於上述原因，兜圈子辦事處當中蘊藏著的這條事關國家效率的指導思想，逐漸跟每一樣事物都產生了一些關聯。機械技師們、研究大自然規律的哲人們、士兵們、水手們、請願者們、申訴者們、身負冤情之人、想要阻止冤情之人、欲要昭雪冤情之人、營私舞弊之輩、身受營私舞弊之苦之輩、無法得到公正褒獎之人、無法得到適當懲處之輩，統統都被兜圈子辦事處這張大裁紙[060]捲起來包在了裡面。

眾多人們迷失在了兜圈子辦事處當中。那些行差踏錯，或者說欲要造福大眾的倒楣蛋們（實際上，比起操起這份注定要烹製出冤屈這道苦味的英國食譜來，他們一開始的行差踏錯算是要好上許多了），他們先在長時間的痛苦等待中安全通過了一些政府部門，接著，按照一種不成文的規矩，他們要在這個部門裡面遭受欺凌，在那個部門裡面飽嘗欺騙，再被另外某個部門避之唯恐不及，及至最後，他們被引薦到了兜圈子辦事處，然而就再也沒能重見天日了。在那裡，有一干委員會踞坐在他們的頭上，有眾多書記員記錄著他們的言行，有一群委員跟他們磨牙鬥嘴，還有一批辦事員登記、錄入、標記然後勾銷他們，再然後，他們就煙消雲散了。總之，這個國家的所有事務都要經過兜圈子辦事處，唯一的例外情形是，從未被驅除出它的體外的那一件，而它的名字叫做汙穢和不潔[061]。

有些時候，會有一些憤怒的意見向兜圈子辦事處展開攻擊。有些時候，會有一些蠱惑民心的政客在國會兩院中對它發出質疑，甚而至於在兩院發起一些針對或者威脅到它的行動，這些人是如此淺陋無知，以致於竟然認為，政府治理國家的真正食譜應該是如何有所作為。然後，那位於他而言守衛兜圈子辦事處屬義不容辭之責的高貴的大人，或者說正義的紳士閣下，便會在口袋裡面揣上一個橘子正式出遊訪問，去應對眼下的危局。接著，他會出現在鬧事的那一院裡面，一巴掌拍在桌子上面，作勢跟執掌

---

[060]　大裁（foolscap），一種書寫印刷紙規格，在英制中為 13.5 乘以 17 英寸。

[061]　事見《聖經新約－馬可福音》第 5 章。據該章經文記載，耶穌將拉格森人身體中的汙鬼驅除出去，令它們與豬群為伍。

該院的那位可敬紳士拳腳相向。再接著，他會在那裡告訴這位可敬的紳士，在這件事情上面，兜圈子辦事處不僅是無可指摘的，還是值得讚揚的，而且可以被稱頌至上達於天的地步。再再接著，他會在那裡告訴這位可敬的紳士，雖然兜圈子辦事處是一貫而且全然正確的，但它從來沒像在這件事情上面這麼正確過。再再再接著，他會在那裡告訴這位可敬的紳士，如果他能讓兜圈子辦事處落個清淨，並且永遠不再提起這件事情，那麼，這將有利於他的榮耀、聲譽、正確趣味和清明理智，並將進一步完善他那本半吊子常識詞典。最後，他會用一隻眼睛盯住坐在該院圍欄 [062] 下方的一位專門教授兜圈子辦事處學問的教練（或者說填鴨老師）用兜圈子辦事處的套路把這件事情闡釋一番，從而徹底擊垮這位可敬的紳士。而且，雖然以下兩種情形 —— 要嘛是兜圈子辦事處沒有任何話可講，但終究還是瞎講了一通，要嘛是它有些話可講，但這位高貴的大人，或者說正義的紳士閣下搞砸了它的一半內容，又忘掉了另外一半 —— 當中的一種時有出現，但兜圈子辦事處總能得到與人方便的多數票額，然後毫無瑕疵地獲得席位。

　　由於長期進行這種活動，這個部門變成了一個十分完美的政治家養育所，致使數位位居兜圈子辦事處要職的面目莊嚴的大人，完全經由奉行無為而治這條仕途之道，而收穫了絕非凡間俗物的辦事奇才這一美譽。至於這座廟裡的那些小長老和更小的沙彌們，上述行徑令他們分化成了兩個派別，在下至低等信差的一干人眾當中，他們要嘛認為兜圈子辦事處是一個天賦大權的機構，擁有絕對而無可置疑的權利，可以為所欲為，要嘛暗中對它全無信仰，認為它是一個罪惡昭彰的討厭東西。

　　巴家幫忙管理兜圈子辦事處已經有些年頭了。更確切地說，巴蒂這一支脈裡面的成員們全都認為，他們被天賦了這方面的權利，然後，一旦有

---

[062]　指英國國會兩院中的圍欄，欄外的座位供非國會議員在議事時使用，但他們不可跨越這道圍欄進入正式席位當中。

其他家族對此多置口舌，他們便會怒不可遏起來。巴家是一個地位非常之高的家族，同時還是一個非常龐大的家族。巴家的成員們遍布於各個政府部門，占據著各式各樣的公職。至於到底是這個國家在巴家名下負有義務，還是巴家在這個國家名下負有義務，有關這個問題，尚且無法達成非常一致的意見，因為巴家的人們有他們自己的看法，國家又有它的看法。

在眼下討論的這個時期，當某個無賴在報紙上面對那位高貴或者說正義的閣下大肆加以抨擊，從而令他在馬鞍上面略略有些不安的時候，巴蒂先生總會對這位領導著兜圈子辦事處的政治家加以一番指教，或者說對他進行一番填鴨教育。而在這位巴蒂先生的臉上，來源於純正血統的紅潤氣色絕對要多過來源於金錢的那些。身為巴家的一員，他在兜圈子辦事處裡面擁有一個足夠舒適的職位，與此同時，一件理所當然的事情是，身為巴家一員的他也把他的兒子小巴安排進了兜圈子辦事處裡面。不過，他還是跟司家的一個支系通了婚，這個司家跟他們巴家一樣，同樣也被授予了更加優良的東西，即血統而非房產或者個人財產。他的這段婚姻產出了四個後嗣，即小巴和三位年輕小姐。而小巴和這三位年輕小姐，以及巴蒂夫人（娘家姓司那個）和他自己的貴族需求又催生了這麼一個後果出來，即巴蒂先生發現，兩個季度發餉日之間的間隔要比他的期望長上許多，對於這種狀況，他總是將其歸咎於這個國家的慳吝作風。

某日，柯南亞瑟先生在兜圈子辦事處第五次打聽起巴蒂先生來。在前幾次裡面，他曾先後在一間大堂、一個玻璃容器、一間等候室和一個防火通道（它似乎是這個部門的通風管道）裡面等候過那位紳士。而眼下這次不像前幾次那樣，巴蒂先生沒在為領導該部門的那個高貴奇才授課，而是沒來上班。不過，被部門裡面的人們稱為光芒稍遜的一顆新星的小巴，卻在兜圈子辦事處的地平線上遙遙可見呢。

於是，他表達了想要跟小巴探討一番的願望。然後，他發現，這位年輕紳士正把脊梁骨抵在他父親的壁爐臺上面，在他父親的爐火上烤他的腿

肚子呢。這是一個舒適的房間，跟其他位高權重的官員的房間一樣，也被裝潢得一派富麗堂皇。它的厚地毯、皮質書桌、皮質邊桌、流露著威嚴氣息的安樂椅和爐前小地毯、屏風、撕碎的紙片、急件公文箱（有眾多小標籤從它們當中探出頭來，像是一些小藥瓶似的），以及彌漫於室內的皮革和紅木味道，和一種整體上的欲要事事無為的哄騙氛圍，全都展示著那位不在場的老巴的威嚴氣勢。

在場的這位巴家人用一隻手拿著柯南先生的名片，顯出一副相當年輕的面貌來，而他那副小小的絡腮鬍鬚，可能算得上是柯南平生所見當中最為鬆軟的那一副了。在他羽翼未豐的下巴上面，長著一個非常毛茸茸的下巴頦，這令他看上去像是一隻羽毛只長全一半的雛鳥。而某位同情心旺盛的觀察者可能會急切主張道，如果他不烤腿肚子的話，是一定會被凍死的。他的脖頸上蕩悠著一個高級單片眼鏡，但運氣欠佳的是，他眼睛四周的軌道太過平坦，一對小眼皮又是太過綿軟，所以，當他戴上它的時候，總是沒辦法把它卡進眼眶裡面，而是連續不斷地看它滾落下來砸在馬甲鈕扣上面，再聽它發出令他非常心神不寧的啪嚓聲。

「噯，我說！你聽好了！我父親不在這裡，而且今天一天都不會來了，」小巴說：「你要辦的事情我能處理得了嗎？」

（啪嚓！單片眼鏡掉下來了。小巴很是嚇了一跳，然後周身上下尋找起它來，但最終沒能找到。）

「你真是太好了。」柯南亞瑟說：「不過，我想見一下老巴先生。」

「不過我說！你聽好了！你要知道，你沒做任何預約就過來了。」小巴說。

（這時，他找到了那個單片眼鏡，然後又把它戴了上去。）

「是沒做預約。」柯南亞瑟說：「可我正想做一個呢。」

「不過我說！你聽好了！你辦的是公事嗎？」小巴發問道。

（啪嚓！單片眼鏡又掉下來了。因為小巴正在起勁地搜尋它，所以柯

南覺得，馬上作答是沒有用處的。）

「它是，」小巴留意到了這位訪客的棕色面龐，然後說：「關於 —— 噸位 —— 或者其他這一類事情的嗎？」

（說到這裡，他暫時停下來等待對方答覆，同時用一隻手撐開右眼，用一種絕對會讓眼睛發炎的手法把他的眼鏡卡了進去，結果，鏡片後面的那隻眼睛開始非常嚇人地審視起亞瑟來。）

「不是。」亞瑟說：「它跟噸位沒什麼關係。」

「那麼你聽好了。它是私人事務嗎？」

「我真的沒辦法確定這一點。它跟杜麗先生有關。」

「你聽好了，我來告訴你怎麼辦！如果你要辦那種事情的話，你最好去我家拜訪一下。格羅夫納廣場，馬廄街，二十四號。我父親得了輕微的痛風症，因為這個原因只好待在家裡。」

（因為在佩戴眼鏡的方法上面沒能得到正確的指導，所以，小巴戴著單片眼鏡的那隻眼顯然變瞎了，但他羞於對這個令他疼痛不已的操作再做任何變更。）

「謝謝你，我現在就去拜訪那裡。早安。」聽到亞瑟這麼說，小巴看上去有些狼狽，因為他完全沒有料到他真的會去。

「你非常確定，」當他走到門口之後，小巴在他身後說，看上去極不情願放棄之前那個堪稱巧妙的商業構想：「它跟噸位沒什麼關係嗎？」

「非常確定。」

亞瑟懷揣著這一確鑿的信念，同時還有點好奇地想要知道，如果它跟噸位有什麼關係的話，可能會發生些什麼事情；他就這樣從兜圈子辦事處退了出去，然後繼續進行起他的打聽之旅來。

格羅夫納廣場的馬廄街絕非格羅夫納廣場本身的那副模樣，僅僅是離它非常近而已。這是一條狀貌甚為醜陋的小街，頂頭處是一堵死牆，街上遍布著馬廄和糞堆，以及一些馬車房。馬車房的閣樓裡面住著馬車夫的家

人，而他們又極其熱衷於晾曬衣服和用微型鐵藝柵欄裝飾窗臺這兩件事情。在這條死巷的頂頭處，住著那個時尚社區（指格羅夫納廣場）的首席煙囪打掃工，除此之外，這個角落裡面還有一家在清早和傍晚時分顯得格外熱鬧的店鋪，其時，人們會來這裡購買瓶裝酒和廚房材料。當那些木偶戲班子的班主們去別的地方吃飯時，他們會把行頭靠在馬廄街的那堵死牆上，與此同時，這個位置還是附近那些狗的約定會面地點。此外，在馬廄街的入口那裡，還有兩到三座通風狀況不佳的小房子，因為距離較近，所以它們算得上是附近那個時尚社區的幾個卑賤扈從，緣於這一顯赫身分，它們的房租都是非常高昂的。每當這幾個嚇人的小籠子的其中之一欲要出租時（但這種情況是極少出現的，因為它們總是顯得供不應求），房產仲介都會把它宣揚成倫敦最具貴族氣息地帶的一座紳士居所，唯有時尚圈子裡面的菁英人士方可入住。

如果這個狹窄邊角地帶裡面的一座紳士居所並非是巴家高貴血統的必然需求，那麼，巴家的這個支脈原本可以有一個相當廣泛的選擇空間，比如說差不多有一萬座房子可供他們選擇，換句話說就是，他們只需花上現在三分之一的價錢，就可以得到五十倍於現在的居住條件。而實際情形是，在發覺他的紳士居所極其不便和極其昂貴之後，身為一名公僕的老巴先生總會把它擺在這個國家的家門口進行展示，將其援引為這個國家的慳吝作風的又一個例證。

現在，柯南亞瑟來到了一座好像被擠扁了的房子跟前，它的正面呈凸肚形態，因年久失修而顯得歪歪扭扭，幾扇小窗戶陰暗而慘澹，除此之外，樓體上還有一小塊暗色區域，像是一個潮溼的馬甲口袋。結果，他發現，這裡正是格羅夫納廣場馬廄街二十四號。就味道方面而言，這座房子聞起來像是一瓶從馬廄裡面精餾出來的濃縮物，而在男僕把門打開的那一刻，像是它的瓶塞被拔了出來。

這位男僕之於格羅夫納廣場的那些男僕，就像這座房子之於格羅夫納

廣場的那些房子一般。雖然他的儀態是令人讚賞的，但是，他的儀態屬於一種偏僻的旁門左道。他的絢麗做派並非沒有摻雜著髒汙和邋遢，而他的面孔和動作的連貫性，都因為他那間逼仄的備餐室而受到了一些損害。當他把瓶塞拔出來，然後把瓶子遞到柯南先生的鼻子跟前時，他的臉上顯出了土黃之色和虛軟之態。

「請行個方便把這張名片遞給巴蒂先生，然後對他說，我剛剛見過小巴先生，他建議我拜訪一下這裡。」

這口袋上面綴著許多巨大的鈕扣，鈕扣上面又刻著巴家的紋章，結果看上去像是巴家的保險櫃似的，正在口袋裡揣著金銀餐具和各色珠寶四處走動個不停的男僕先把他的名片端詳了片刻，然後說道：「進來吧。」這道命令是需要判斷一下眼前的形勢再去執行的，否則的話，他會一頭撞開內堂的門，然後在一片漆黑中昏昏然地從廚房的樓梯上滑落下去。不過，這位訪客最終還是安全地站在了內堂的門墊上面。

那位男僕仍然還是那句「進來吧。」，於是，這位訪客便跟著他走了進去。在內堂的門被打開的那一刻，似乎有另一個瓶子被遞到了他的鼻子跟前，然後有另一個瓶塞被拔了出來。眼前的第二個小瓶子似乎裝著儲備食品的濃縮液，以及備餐室洗碗池裡面的那些渣滓。在一條狹窄的走廊裡面，他們先是經歷了一場小規模的衝突，而它的致因是，男僕滿懷自信地打開了一間陰暗的餐廳的門，結果他驚愕地發現，那裡面竟然有一個人，把他嚇得失魂落魄地後退到了這位訪客身上。此事之後，這位訪客被關進一間逼仄的後堂等候通知。在那裡，他馬上便獲得了同時品味上述那兩瓶佳釀的良機，用它們給自己提了提神之後，他朝窗外望了出去，見在距離窗口僅僅三英尺遠的地方，便有別處的一堵後牆把視線遮了個嚴嚴實實，接著，他開始在心裡暗自揣測道，巴家的這夥人依仗他們滿溢著拍馬味道的自由意志，選擇住在這樣一些小籠子裡面，不知道每週的死者登記簿裡面，他們家會有多少人入冊。

　　然後，男僕通報說，老巴先生願意接見他。又問他願不願意上樓去？他自然是願意的，跟著就這麼做了。再然後，他發現老巴先生坐在樓上的客廳裡面，一條腿擱在小凳上面，或者說，他目睹了以圖像化形式對無為原則所作的一番明確展示。

　　老巴先生來自一個更好的時代，其時，這個國家還不像如今這麼慳吝，兜圈子辦事處也不像如今這麼頻頻受到糾纏。他在自己的脖頸上面纏繞了一層又一層的白色領巾，就像用一層又一層的各色檔把國家的脖頸纏住了一般。他的腕帶和衣領顯出一種壓迫感，他的聲音和舉止含有一種壓迫感。他身上掛著一根巨大的錶鏈和一串圖章，穿著一件直扣得有失方便的大衣，一件直扣得失於不便的馬甲，一條油光水滑的褲子，和一雙堅硬的靴子。他豪奢華美、龐大厚重、氣勢逼人、耽於空談而浮誇到了無以復加的地步。在他一生的所有日子裡面，他都好像坐在那裡讓羅湯馬爵士[063]為他繪製著肖像。

　　「柯南先生是嗎？」老巴先生說。「請坐。」

　　於是，柯南先生坐了下去。

　　「我想，你大概，」老巴先生說，「去迂迴——」他把它讀得像是一個大約擁有二十五個音節的單字：「——辦事處拜訪過我。」

　　「我確實冒昧那樣做過。」

　　老巴先生把脖頸莊重地拗了一下，那樣子就像在說：「我不否認這麼做的確是冒昧之舉，現在請你再冒昧一次，讓我了解一下你所為何事。」

　　「請允許我陳述下述事實，我之前在中國待了一些年頭，回到家鄉之後變成了一個十足的陌生人，在我現在要打聽的這件事情裡面，不包含我的任何個人動機和利益。」

　　老巴先生在桌子上面敲擊著他的手指頭，而他的樣子像是，正坐在那裡讓一位陌生的新畫師為他畫著像，而且，他好像對這位訪客說道：「如

---

[063]　羅湯馬爵士（Sir Thomas Lawrence, 1769～1830），英國著名肖像畫家。

果你能行個方便把我現在這副崇高表情記錄下來的話,我會不勝感激之至。」

「在馬夏監獄裡面,我發現了一位名叫杜麗的債務人,他已經被關在那裡很多年了。我希望調查一下他那些撲朔迷離的往事,以期確定一下,在過了這麼長時間之後,我們有無可能把他的淒慘狀況改善一下。有人對我提及到,在他的眾多債權人當中,巴蒂先生是極具影響力的一位。我聽到的這個說法正確嗎?」

兜圈子辦事處的眾多原則之一是,無論出於任何原因,都絕對不能給出直截了當的回答。於是,老巴先生說:「可能是吧。」

「我可以過問一下嗎?你是代表著王上,還是只代表個人?」

「先生,兜圈子辦事處,」老巴先生答覆道:「有可能建議 —— 只是有可能 —— 我沒辦法給出確定的結論 —— 執行某項索賠判決,進而強制執行此人之前所屬的一家商號或者合資公司的破產資產。這個問題有可能是在進行官方程序的過程當中,被提交給兜圈子辦事處進行考量的。」

「那麼,我假設事實就是這樣。」

「兜圈子辦事處,」老巴先生說:「不為任何一位紳士的假設負責。」

「那我可以問一下嗎?我怎樣才能獲取有關此事真實狀況的官方資訊?」

「任何一位 —— 民眾,」老巴先生說,他極不情願提及這個費解的群體,一向把他們當作天敵看待:「都有資格向兜圈子辦事處提請他們的願望。至於進行此事時需要遵守的那些程序,你向該部的適當科室提出申請後便可獲知了。」

「哪個才是適當科室?」

「我必須請你 ——」老巴先生應答道,然後拉響了鈴鐺:「轉詢該部本身,然後得出這個問題的正式答案。」

「請原諒,我想說 ——」

「該部是面向 —— 民眾的。」在說到這個其含義有失禮數的詞語時，老巴先生總會停頓上一下，「如果 —— 民眾能夠按照官方規定接近它的話。但是，如果 —— 民眾沒能按照官方規定接近它，那麼 —— 民眾就要受責。」

老巴先生朝他嚴厲地鞠了一躬，那副模樣像是把一個受到傷害的名門望族，一個受到傷害的達官顯貴，以及一個受到傷害的謙謙君子這三種身分合為了一體。他也朝著老巴先生鞠了一躬，然後便被那個虛軟的男僕關在門外，重新站在了馬廄街上面。

落到這般田地之後，他決定繼續堅持下去，於是再次拔腳朝著兜圈子辦事處而去，想試試能在那裡得到什麼補償。就這樣，他重新回到了兜圈子辦事處，再一次把他的名片呈遞給了小巴，代為傳遞的那位信差正在大堂隔斷後面的爐火旁邊吃著肉汁馬鈴薯泥，對他再次歸來著實惱火透頂。

接著，他被再次放進去出現在了小巴面前，他發現，那位年輕紳士現在正在烤著兩個膝蓋，同時哈欠連天地把他的無聊時光朝下午四點捱去。

「我說！你聽好了！你這股纏人勁兒實在是煩死人了。」小巴扭頭對他說。

「我想了解一下 ——」

「你聽好了！我用靈魂起誓，你絕對不能走進這個地方說你想知道，你得搞清楚這一點，」小巴抗議道，然後扭過身子戴上了單片眼鏡。

「我想了解一下。」柯南亞瑟說，他事先已經下定決心，要死抱住一個短句不撒手：「一個名叫杜麗的債務囚犯的索賠案件的真實確切情形。」

「我說！你聽好了！你這步子真的跨得太大了一些，你得搞清楚這一點。天哪，你連預約都沒做。」小巴說，他的口氣好像顯示出，事態正在變得漸趨嚴重起來。

「我想了解一下。」亞瑟說，然後又把他的案件名稱重複了一遍。

小巴開始瞪起他來，直瞪得單片眼鏡都掉了下來，然後，他再次戴好

它重新瞪起他來，直瞪得它又一次掉落了下來：「你沒有權利採取這種行動。」隨後，他至為虛弱地說：「你聽好了！你想怎麼樣？你之前對我說，你連它是不是公事都不清楚。」

「我現在已經確定了，它是一樁公事。」這位請願者應答道：「還有我想了解一下——」然後又把他那個單調的問題重複了一遍。

它在這個巴家後輩身上產生的後果是，令他毫無招架之力地重複道：「你聽好了！我用靈魂起誓，你絕對不能走進這個地方說你想知道，你得搞清楚這一點！」柯南亞瑟對此作出的反應是，用跟之前一模一樣的詞彙和語調，又把他的問題重複了一遍。這個巴家後輩又一次做出的反應是，把他自己變成了一道有關失敗和無助的美妙景觀。

「好吧，我來告訴你它是怎麼回事。你聽好了！你最好去祕書科問一下。」他最後說，然後有些鬼祟地走到鈴鐺旁邊拉響了它。「詹金，」他對先前吃馬鈴薯泥的那位信差說：「伍布先生！」

柯南亞瑟覺得，他之前已經投入了一場猛攻兜圈子辦事處的戰鬥當中，現在必須堅持下去，於是跟著那位信差來到了這幢建築物的另一層。在那裡，那位公務人員把伍布先生的房間指給了他。進了那個科室之後，他發現有兩位紳士面對面坐在一張大而舒適的桌子旁邊，其中一位正在用胸袋巾擦拭槍管，另外一位用裁紙刀往麵包上面塗著果醬。

「伍布先生在嗎？」這位請願者詢問道。

兩位紳士都瞥了他一眼，似乎對他那份篤定自信頗為詫異。

「於是，他去了。」擦拭槍管的那位紳士說，這是一位極其從容不迫的談話者：「他姪子那裡，還把那隻狗也帶上了火車。一隻無法估量的狗。被裝進狗籠時朝車站的行李工飛撲了過去，被從那裡面取出來時又朝車上的警衛飛撲了過去。他往一個穀倉裡面招呼了五六個人，還有一大批老鼠，然後放開這隻狗去抓老鼠，並且給他計時。待發現這隻狗的抓鼠能力相當巨大之後，他發起了一場抓鼠比賽，在這隻狗身上下了重注。等到舉

辦比賽的時候，有個挨刀的傢伙被收買了，先生，他把那隻狗給灌醉了，結果狗的主人被贏了個精光。」

「伍布先生在嗎？」這位請願者詢問道。

忙著塗抹果醬的那位紳士頭也不抬地應答道：「他是怎麼稱呼這隻狗的？」

「叫他小可愛，」另外那位紳士說，「還說這隻狗活脫脫像是他的老姑，他現在又對這個老人家有所圖謀了。發現他被灌醉的時候跟她尤其像。」

「伍布先生在嗎？」這位請願者說。

兩位紳士全都大笑了起來，而且把這笑聲保持了一段時間。擦拭槍管的那位紳士現在仔細端詳檢查起它來，一副心滿意足的神態，然後，他把它交給了另外那一位，待他的上述觀點得到認定之後，他把它放進了面前的盒子裡面，接著取出槍托擦了起來，嘴裡還飄出來一陣柔和的口哨聲。

「伍布先生在嗎？」這位請願者說。

「什麼事呀？」吃得滿滿一嘴的伍布先生說。

「我想了解一下 —— 」柯南亞瑟再次機械地陳述了他想了解的那件事情。

「沒辦法提供什麼資訊給你。」伍布先生發表著他的高見，而他的心思顯然還在午餐上面。「從來沒聽說過這件事。跟這件事完全沒有任何關係。最好去問一下柯立夫先生，隔壁那條樓道的左數第二扇門。」

「可能他也會給出同樣的答案。」

「非常可能。不了解有關這件事的任何情況。」伍布先生說。

於是，這位請願者便轉身離開了，待到他已經離開那個房間之後，那位擦槍紳士大聲喊叫道：「先生！喂！」

他再次朝屋裡望了進去。

「請你把門帶上。你放進來一股非常糟糕的氣味！」

他僅僅走了幾步路，便來到了隔壁那條樓道的左數第二扇門前。接著，他在那個房間裡面看到了三位紳士，一號沒在做什麼特定的事情，二號也沒在做什麼特定的事情，三號亦沒在做什麼特定的事情。不過，他們似乎要比該部門的其他人等更加直接地憂思於社稷，因為那些人都在切實有效地執行該部那條偉大的指導原則，而他們的辦公室裡面卻有一個看上去頗為令人生畏的內室，它是一個擁有兩扇門的套房，兜圈子辦事處的眾位賢哲們好像正在那裡面開會，並有規模相當可觀的檔案從那裡面被送出來，同時有規模相當可觀的檔案被送進那裡面去，而且，檔案的進出幾乎都是源源不斷的。在那個套房裡面，四號紳士積極活躍地擔當著內外溝通的媒介。

　　「我想了解一下 ——」柯南亞瑟說，又像手搖風琴那樣把他的案件名稱陳述了一遍。因為一號讓他去轉詢二號，二號又讓他去轉詢三號，所以，在他們全都讓他去轉詢四號之前，他已經把這個案件的名稱陳述了有三遍之多，而現在，他又對著四號把它陳述了一遍。

　　四號是一個性情快活、容貌佼好、穿著得體而討人喜歡的年輕人 —— 他也是巴家的一員，不過屬於這個家族富於生機的那一方陣營 —— 他用灑脫的口氣說：「喔！我認為，你最好別拿這件事來煩你自己了。」

　　「別拿這件事來煩我自己？」

　　「不是！我只是建議你，別拿這件事來煩你自己。」

　　這是一個太過新穎的觀點，以致柯南亞瑟有些茫然不知所措，不知道該怎麼接受它。

　　「如果你想的話，你也可以去做。我可以給你很多表格去填寫。這裡有很多這種東西。如果你想要的話，你可以得到半打這種東西。不過，你是絕對沒辦法把它進行下去的。」四號說。

　　「難道它會是這麼沒有希望的一件工作嗎？請原諒，我在英國算是個生人。」

「我不是說這件工作本身沒有希望。」四號應答道，臉上掛著坦率的微笑。「我不是在對這件工作發表看法，我只是在發表一份有關你的看法。我認為，你不會把這件事繼續進行下去。不過，如果你想的話，你當然也是可以繼續的。我猜測，此案可能涉及到履約失敗，或者這一類的某個其他問題，對嗎？」

「我真的不知道。」

「好吧！這個你是可以查出來的。到時候，你會查出來這份合約在哪個科室放著，然後你就可以在那裡查出來此事的全部真相了。」

「請你原諒，我想問一下，我怎樣才能查出來呢？」

「呃，你就 —— 你就只管去問吧，直到他們告訴你。到時候，你得先向另外一個科室（你可以按照官方規定查出來，它是哪個科室）提出申請，請它許可你向我們這個科室提出申請。如果你得到這份許可了（等上一陣子之後，你就可以得到它了），你的調查申請得先在另外那個科室登記備案，再發送至我們這個科室進行登記，再發回那個科室進行簽署，最後發回本科室進行會簽，然後，你的調查申請就正式排上那個科室的工作日程了。要想知道這些程序都走到哪一步了，你得在這兩個科室裡面多多提問，直至他們告訴你。」

「但是，這肯定不是解決問題的辦法呀。」柯南亞瑟忍不住這麼說道。

這個輕盈靈動的巴家小輩被大大地逗樂了，因為眼前這個人竟然單純得在某一刻裡面認為，它真的是解決問題的辦法。這個明燈在手的巴家小輩洞若觀火般地清楚知道，它絕非解決問題的辦法所在。這個行動敏捷的巴家小輩已經在這個部門裡爬到了私人祕書這個位置上面，這令他可以隨時把送到嘴邊的那些小肥肉咬上一口，他洞悉無遺地明白，這個部門是政治外交機器中的一個騙人戲法，旨在協助富人擋開窮人。總之，這個鋒頭勁健的巴家小輩有可能會變成一位政治家，也有可能在這一行當裡面嶄露出頭角。

「當事情正式提上那個科室的工作日程之後，不管它是什麼事情，」這位明亮耀眼的巴家小輩繼續說：「你就可以隨時到那個科室觀察它的動向了。當它正式提上我們這個科室的工作日程之後，你必須隨時到本科室留意它的動向。我們必須左左右右地來回倒換它，我們把它倒換到哪裡，你就得到哪裡瞻仰它。當它回到我們手裡之後，你最好過來把我們瞻仰上一番。當它在哪裡卡住了之後，你必須得把它搖上一搖。當你給另外一個科室去信詢問它的動向，然後再給我們這個科室來信詢問它的動向，但都沒能聽到什麼令你滿意的消息之後，呃，那你最好 —— 接著再寫。」

柯南亞瑟看上去非常疑惑不解。「不過，因為你的以禮相待，」他說：「我無論如何都是很感激你的。」

「這沒什麼，」這位風度迷人的巴家小輩答覆道。「試著這樣去做一下，看看你是否受得了。如果你受不了的話，你有權隨時放棄它。你最好拿上一大堆表格再走。給上他一堆表格！」向二號發出這個指示之後，這個熠熠生輝的巴家小輩從一號和三號那裡接過來滿滿一把新的檔案，然後拿著它們走進裡面那個聖殿，向主宰著兜圈子辦事處的眾神們進貢去了。

柯南亞瑟十足沮喪地把那些表格裝進口袋裡面，然後沿著那條漫長的石頭走廊走了下去，接著又走下了那條漫長的石頭樓梯。走到臨街的那扇雙開式彈簧門跟前之後，有兩個人正要從這扇門走出去，當他正在這兩人身後並不是非常耐心地等待著的時候，從他們當中的其中一個那裡，傳到了他耳朵裡面一陣令他頗感熟悉的聲音。他朝講話的那個人望了過去，認出來他是米格先生。米格先生的臉漲得通紅一片 —— 要比趕路造成的那種紅色更甚一籌 —— 手裡揪著一個矮身量男人的衣領，嘴裡說道：「給我出來，你這個無賴，給我出來！」

這實在是一番太過令他意想不到的言談，而米格先生猛地撞開那扇彈簧門，跟那個看上去不像會得罪人的矮個男人一起出現在大街上面，又是一幅太過令他意想不到的畫面，以致把柯南驚得一時間呆立住動彈不得，

跟那個守門人交換著驚奇的眼神。不過，他還是很快就跟了上去，看見米格先生正在跟他的敵人一起沿著街道往下走去。他很快就趕上了這位昔時的旅伴，然後碰了他的脊背一下。看清來者是何人之後，米格先生朝他轉過來的那張暴怒的面孔變得柔和了一些，接著友好地向他伸出一隻手來。

「你好嗎？」米格先生說：「過得怎麼樣？我剛剛才從國外回來。很高興能夠見到你。」

「見到你也令我不勝欣喜之至。」

「謝謝，謝謝！」

「米格夫人和你女兒呢 —— ？」

「都好得不能再好了，」米格先生說：「我唯一的希望是，在你碰到我的時候，我在冷靜這個方面能夠表現得更加迷人一些。」

雖然當天的天氣絕對稱不上炎熱，但米格先生卻像被加熱著似的，結果引起了眾多路人的注意。而且，當他把脊背靠在一個欄杆上面，摘下帽子和領巾熱烈地擦起他熱氣騰騰的腦袋和臉，以及紅彤彤的耳朵和脖頸，而絲毫不顧及眾人看法的時候，這種情形變得尤其顯著了起來。

「喲！」重新穿戴好之後，米格先生說。「這下舒服了，我現在覺得涼快多了。」

「你剛才看上去有些激動呢，米格先生，出什麼事了？」

「稍等一下，我一會兒再告訴你。你有空去公園裡面散個步嗎？」

「你想散多久都可以。」

「那麼跟我來吧。這下你可以好好看看他了。」這時，柯南碰巧也把眼睛轉到了那位方才被米格先生憤怒地揪著領子的冒犯者身上。「他可是個值得一看的東西呢，這個傢伙呀。」

實際上，不管是身量還是穿著方面，他都沒有太多值得去看的東西。他只是一個矮小方正、面相務實的男人，頭髮已經有些灰白，臉和額頭上面因為憂思而刻上了深刻的皺紋，看上去像是刻在硬木上面一般。他穿著

得體但多少有些褪色的黑色衣服，貌似一位精通某項手藝的智者。當他們兩人談論他的時候，他在手裡顛倒轉動著一個眼鏡盒子，而他對大拇指的那份靈活運用，除了在一隻慣於使用工具的手上之外，絕對不會在其他地方覓得蹤跡。

「你要跟緊我們啊。」米格先生用威脅的口吻說：「我很快就要介紹你了。喂，聽見了吧！」

在他們朝最近那條路往公園走去的途中，柯南暗自在心裡納罕道，這個不知道他姓甚名誰的人能犯下什麼罪行呢，他可是在極其溫和地服從著各種命令呀。他的外表一點都不會讓人懷疑，他可能會被發現對米格先生的胸袋巾有所圖謀，也不見任何喜好吵鬧或者具備暴力傾向的模樣。他是一個安靜、樸素而堅定的男人，沒有任何逃跑的企圖，看上去有一點沮喪，但既不感到羞恥，也不追悔莫及。如果他是一個刑事罪犯的話，那他絕對是一個積習難改的擅長偽裝者。但是，如果他並未犯下過錯的話，米格先生為什麼要在兜圈子辦事處揪住他的衣領呢？他還領悟到這樣一個事實，即這個男人不僅在他自己心裡是一個難解的謎題，在米格先生心裡同樣如此。這是因為，在前往公園途中，他們所進行的談話無論如何都不能很好地維持下去，米格先生的眼睛總會折返到此人身上，即便在談論一些跟他風馬牛不相及的事情時都是如此。

最後，等他們來到樹林裡面之後，米格先生突然停下腳步說：

「柯南先生，你能賞臉看一下這個人嗎？他姓道義，名叫道義丹尼。你不願意猜測此人是一個聲名狼藉的無賴，對嗎？」

「我肯定不會這麼猜測。」在此人也在場的前提下，這實在是一個叫人難堪的問題。

「不對，你是不願意這麼猜測。我知道你不願意。你也不願意猜測他是一個反社會者，對嗎？」

「不願意。」

「當然不願意了。但他就是這樣一個人，是一個反社會者。他到底犯了什麼罪過呢？是謀殺、過失殺人、縱火、偽造、欺詐、入室行竊、攔路搶劫、偷竊、陰謀策劃和詐騙這些嗎？你會選哪一個呢？」

「我不會選。」柯南亞瑟應答道，他看到，道義丹尼的臉上浮現出一抹輕微的笑意來，「它們當中的任何一個。」

「你說對了，」米格先生說。「但他是個擅長發明創造的人，而且試圖用他這份心靈手巧為國家服務。先生，這馬上就把他變成了一個反社會者。」

亞瑟望向當事人本身，見他只是把頭搖個不停。

「這個道義，」米格先生說，「是一個鐵匠兼工程師。他並沒有多麼出名，但被公認為一個非常心靈手巧的人。十二年前，他完成了一項對他的國家和同胞都具有重大意義的發明創造（包含一個非常奇特的機密程序）。我不想說這項發明花費了他多少金錢，或者說他把多少青春年華用在了這上面，我要說的只有，他在十二年前令它達到了盡善盡美的完成狀態。是十二年前嗎？」米格先生對道義說。「他是全世界最令人惱火的那個人，從來沒見他抱怨過什麼！」

「是的，要比十二年還多上許多呢。」

「多上許多？」米格先生說。「我看你是想說糟上許多吧。好吧，柯南先生。接著，他就找政府說道去了。在他一向政府說道的那一刻，他就變成了一個反社會者！先生。」米格先生說，大有令他自己再次變得非常激動起來的危險苗頭，「他不再是一個清白無辜的公民了，而是變成了一個罪犯。從那一刻起，他開始被當成一個做下了罪大惡極之事的人對待了起來。他開始被避之唯恐不及，被有意拖延，被怒斥威嚇，被嗤笑嘲諷，被這個家室高貴的年輕或年長紳士，推到那個家室高貴的年輕或年長紳士手裡，然後再一次被搪塞敷衍。他開始對自己的時間，或者是自己的財產沒有了任何權利，變成了一個徹頭徹尾的法外之人，可以被合法地用任何方

式加以處置，也可以用一切想得到的辦法對他進行消耗折磨。」

有了這個上午的種種經歷之後，這些事情並不像米格先生所猜測的那麼難以令人相信。

「道義，不要光站在那裡轉你那個眼鏡盒子了。」米格先生大叫著說：「把你向我供認的那些事情對柯南先生說。」

「毫無疑問的是，他們讓我產生了這麼一種感覺。」這位發明家說：「就像我犯下了某項罪行似的。在各式各樣的部門裡面上竄下跳著巴結討好的時候，我受到的那些對待總是或多或少地讓我覺得，那是一項非常嚴重的罪行。為了讓我自己能支撐下去，我屢次三番地發現，我必須得說服自己相信，我真的沒有做過什麼會讓我自己被寫進《新門監獄重犯錄》[064]裡面去的壞事，而是僅僅想要實現一項巨大的節約和一項巨大的改進。」

「你瞧！」米格先生說。「我沒有信口胡謅吧！現在，在我向你講述這件事情的其他情形的時候，你就能相信我的話了。」

拉開這道序幕之後，米格先生開始講起了這個故事，實際上，這是一個前面已經講過的煩人故事，一個我們所有人都對其心知肚明的不言而喻的故事。他說，經歷了無休止的面呈和去信，以及數不清的傲慢、無視和羞辱之後，我的老爺大人們出具了一份編號為三千四百七十二的會議記錄，批准這位罪犯自費對他的這項發明進行一些試驗。接著，他在一個六人委員會面前進行了這些試驗，在這六個人當中，有兩位史前委員因為太過眼瞎而沒辦法看到它，其他兩位史前委員因為太過耳聾而沒辦法聽到它，另外一位史前委員因為太過腿瘸而沒辦法靠近它，最後那位史前委員因為太過固執而不願意觀看它。接著又拖延了更多個年頭，經歷了更多傲慢、無視和羞辱。再接著，我的老爺大人們又出具了一份編號為五千一百零三的會議記錄，然後據此記錄把此事交托給了兜圈子辦事處。就這樣，兜圈子辦事處在兜兜轉轉了這麼多年之後，最終接手了此事，看那情形彷

---

[064]　指 1773 ～ 1826 年期間出版發行的一個系列叢書，記載了新門監獄各色著名罪犯的生平事蹟。

佛像是，它是一樁昨天才出現的嶄新事務，而它在此前從未聽說過它。接著，它把這樁事務蒙在一張溼毯子裡面，進行了蒙混化、變質化和踢皮球化處理。期間，種種傲慢、無視和羞辱像經過一張乘法表那樣實現了成倍增長。再接著，此事被提交到了三個巴家人和一個司家人手裡，他們都對它一無所知，而且，有關它的任何東西都沒辦法被敲打進他們的腦袋裡面，到了最後，他們厭煩了它，報稱它不具備實際進行的可能性。接著，兜圈子辦事處在一份編號為八千七百四十的會議記錄中述稱，「對於我的老爺大人們已達成的決議，未發現任何加以逆轉的理由。」被提醒我的老爺大人們未曾達成任何決議之後，兜圈子辦事處將此事擱置了起來。再接著，就在眼前的這個上午，兜圈子辦事處的頭頭跟他們進行了一次最終晤談，其時，這顆黃銅腦袋 [065] 言稱，從總體上審視了一番，在各種情形下考量了一通，又從各個角度觀察了一遍之後，他形成了這樣一個意見：有關這件事情，可以從以下兩條路當中選出一條來走，換言之就是，要嘛永遠丟開它不要再提，要嘛把上面那些事情重新再來一遍。

「事情到了這步田地之後，」米格先生說：「作為一個務實的人，當時也在晤談現場的我立即揪住了道義的領子，對他說我清清楚楚地知道，他是一個聲名狼藉的無賴，是一個蓄意擾亂政府安寧的叛國者，然後拖著他離開了那裡。我之所以在走出辦事處大門的時候仍然揪著他的領子，是為了讓那個守門人知道，我是一個務實的人，非常欣賞官方對他們這種人做出的評價。然後我們就到這裡來了！」

如果那個輕盈靈動的巴家小輩也在晤談現場，他可能會坦率地告訴他們：兜圈子辦事處已經圓滿履行了它的職責；他們巴家人必須要做的事情是，盡可能長久地緊緊巴住這條國家大船不放；要是有人修整這條船，為

---

[065]　此處的「黃銅腦袋」（Brazen Head）關聯於前文中的「兜圈子辦事處的頭頭」（Head of the Circumlocution Office），而「黃銅腦袋」又點出下面這個傳奇故事：哲學家羅格・貝肯（Roger Bacon, 1220～1292）製作了一顆能夠預言未來的銅製頭顱，結果有一個僕人不小心打破了它。所以，它在此處暗含如下意指：兜圈子辦事處的頭頭像那顆黃銅腦袋似的，不具備自己的思想和頭腦，屬於人造之物，而且非常容易受到外界的影響。

它減重或者對它進行清理，這樣做等於要把他們敲下船去，而他們只要被敲下去一次就再也上不來了；還有，如果這條被他們緊緊巴著的船快要沉了，那是這條船該關心的事情，而輪不到他們來瞎操心。

「你瞧！」米格先生說，「你現在已經知道了有關道義的所有事情。不過還有一件事情除外，就是甚至直到現在，你都聽不到他抱怨什麼，對於這一點，我必須得承認，它並沒有提升我的思想境界。」

「你肯定擁有巨大的忍耐力。」柯南亞瑟有些驚奇地看著他，然後說，「還有巨大的自制力。」

「沒有，」他應答道，「據我所知，我身上的這種東西並不比另外某個人更多。」

「不過，你肯定要比我多上一些，我敢拿上帝起誓！」米格先生大叫著說。

道義微笑了起來，同時對柯南說，「你要知道，我對這些事情的經驗並非始於我自身。在我的前進道路上，我會時不時地聽說一些這種事情。我的遭遇並非一個獨特的個例。可能有另外一百個把他們自己置於同等境地的人們，受到了比我更差的對待 —— 我還想說，可能所有這樣的人們都比我更加不幸。」

「我說不上來，如果我自己碰到這種情況的話，能不能這樣安慰自己。不過，你能這樣做讓我感到非常高興。」

「你是真的理解我呀！我不是說，」他用一種堅定而縝密的語氣答覆道，同時望向他眼前的極遠處，就像他的灰色眼睛在丈量它們似的：「它能對一個人的辛勞和希望做出什麼補償，不過，知道我可以藉此自我安慰，對我來說算得上是一種寬慰吧。」

他的語調是安靜而從容不迫的，而且聲音不高，它常常可見於，總是非常精確地考量調整事情的手藝人身上。這是他身上的一個獨特標籤，同屬此類的還有，他那根動作起來非常靈活的大拇指，以及他不時把帽子推

到腦後的那個獨特動作，其時，他像是在凝視並琢磨著一件製作到一半的手工藝品。

「我覺得失望嗎？」在樹林裡面，他一邊夾在他們兩人中間走著，一邊繼續說道。「是的，毫無疑問我覺得挺失望的。我覺得受傷嗎？是的，毫無疑問我覺得受到傷害了。但這只是正常現象。當我說起，那些把他們自己置於同等境地的人們大多受到了同樣的對待，我的意思是 ──」

「它屬於英國特色。」米格先生說。

「喔！我當然有它屬於英國特色這個意思。當他們把自己的發明帶到外國時，情況就非常不同了。這就是那麼多人選擇出國的原因所在。」

確切無疑的一點是，米格先生再一次變得非常激動了起來。

「我最主要的意思是，不管我是哪個意思，這都是我們的政府的常規做法，它是慣於如此為之的。你可曾聽說過，有哪個規劃人或者發明家未曾發現，它幾乎是完全沒辦法打交道的，或者，有哪個這樣的人未曾被它打擊或虐待過？」

「我沒辦法說曾經聽說過這種事情。」

「你可曾聽聞過，它在以前採用過什麼有用的東西嗎？可曾聽聞過，它樹立過什麼有用的榜樣嗎？」

「我要比在場的任何一位朋友都年長許多。」米格先生說：「我現在要這樣回答這個問題，從來沒有過。」

「但據我估計，我們三人全都聽聞過，」這位發明家說：「它的眾多如下事蹟，比如下定決心跟其他國家拉開一英里又一英里，一年又一年的巨大差距，再比如，堅持不懈地去使用一些已經被取代日久的東西，甚至在那些更好的東西已經廣為人知而且被普遍採用之後都是如此。」

他們全都對此表示贊同。

「好了，那麼，」道義嘆了一口氣，然後說，「因為我知道，這樣一塊金屬在這樣一個溫度當中，還有這樣一個物體在這樣一個壓力之下會作何

表現，所以，我也可以知道（只要我稍加考慮的話），這些老爺大人和紳士們肯定會怎樣處理這樣一樁事務（比如我的那一樁）。我現在有一個腦袋立在兩個肩膀上面，它的裡面還裝滿了記憶，所以，對於我落入了前驅者們的窠臼當中這一事實，我是沒有權利表示驚訝的。我本應該不去打擾它的。我已經有太多前車之鑑了，我對此非常確定。」

　　說完這席話之後，他把那個眼鏡盒子收了起來，接著對亞瑟說，「柯南先生，如果我不抱怨的話，我就可以擁有感激之情。我可以向你保證，對於我們這位共同的朋友，我是懷有這種感情的。在許許多多個日子裡面，他用許許多多種方式，給予了我莫大的支持。」

　　「廢話連篇外加胡言亂語。」米格先生說。

　　接著，道義丹尼緘口不言了起來，亞瑟忍不住瞥了他一眼。儘管他發乎於天性當中的高貴和對事業的那份尊重之情，而戒絕了無甚意義的嘀咕抱怨，但外人還是一眼就能看出來，他因為長期為之的艱苦努力，而變得更加衰老、貧窮但也更加堅定了起來。亞瑟還忍不住思忖道，如果眼前這個人能從那些大發善心執掌了一個國家的事務，而事先已經習得了無為這門絕技的紳士們那裡獲授一課，那該是何等有幸的事情。

　　激動同時也十分沮喪了大約五分鐘之後，米格先生開始冷靜和放晴了起來。

　　「好了，好了！」他說。「我們在這裡板著臉，並不會讓這種狀況有所改善。丹，你想去哪裡呀？」

　　「我要回廠裡去了。」丹說。

　　「呃，那麼，我們全都回廠裡去吧，或者說都朝那個方向散散步。」米格先生快活地應答道：「我想，柯南先生不會因為他的工廠位於瀝心庭而卻步。」

　　「瀝心庭呀！」柯南說。「我正想到那裡去呢。」

　　「那就再好不過了。」米格先生大叫著說：「開步走吧！」

　　當他們走開之後，這個小隊裡面肯定有一個人，也有可能多於一個人在想，對於一個跟我的老爺大人們和巴家那些人有過公務往來的人而言，瀝心庭並非一個有失恰當的目的地，與此同時，他或者他們可能還懷有這麼一個憂慮，要是她把兜圈子辦事處的那套把戲玩得太過火的話，在這樣或那樣一個極不令人愉快的日子裡面，不列顛娜 [066] 本人也有可能去瀝心庭裡面為她自己尋找起住所來。

---

[066]　不列顛娜（Britannia），一個頭戴鋼盔、手持盾牌和三叉戟的女性形象，係舊時大英帝國的象徵。

第十一章　鬆綁

在一個沉悶的暮秋傍晚，夜色正在索恩河[067]上空往起合攏著。河流像是一塊放在一個陰暗所在的髒汙鏡子，費力地映照著天空中的雲朵。低矮的河岸不時在這裡或那裡朝後仰去，好像半是好奇，半是害怕看見它們自己在水裡的陰暗模樣。在夕照怒射的天邊，夏龍周邊廣袤平坦的原野壓縮成了長而寬的一條平滑帶狀物，偶爾會有一排楊樹讓它顯出一些參差不齊來。索恩河的岸上一派潮溼、陰鬱而荒涼的景象，夜色正在迅速濃重起來。

一個男人緩緩朝夏龍方向走去，他是這片景象當中唯一可見的人形。就算該隱[068]那副避世孤立的模樣，也差不多就是如此了。他的背上負著一個破舊的羊皮背包，手裡握著一根剛從某棵樹上砍削下來的，樣子甚為粗陋的，剝了皮的樹棍，身上濺滿爛泥，腳看上去有些疼痛，鞋和綁腿都已經踩踏得失卻了原有的形狀，頭髮和鬍子有失修剪，肩上披著的斗篷和身上穿著的衣服全都浸得溼漉漉的。他忍受著疼痛艱難向前跛行著，天上的雲好像不忍看他那副可憐模樣，所以匆匆背他而去了，但尖嘯的風和抖顫的青草卻像是故意雪上加霜似的，迎頭朝他撲了上來，還有河裡低沉神祕的擊水聲，它們似在向他低語，至於這個秋夜整體上那種有失安寧的狀況，則好像是受了他的攪擾所致。

他東瞅一下，西瞅一下，滿心慍怒但又盡顯畏縮之態。有時候，他會停下腳步扭頭四顧起來，把四面八方的情況都觀察一番。然後，他會再次跛行起來，一邊艱難行走，一邊喃喃自語道：

「你這塊走不到頭的平原快點見鬼去吧！你們這些像刀子一樣割人的

---

[067]　索恩河（Saone），法國東部的一條河流，向南流至里昂（Lyons）後匯入羅納河（Rhone）。

[068]　該隱（Cain），人類始祖亞當和夏娃的長子，殺其弟亞伯，被上帝判罰在大地上流離失所，事見《聖經舊約－創世紀》。

石頭快點見鬼去吧！你這把人包裹起來，凍得人打抖的陰沉黑夜快點見鬼去吧！我恨你們！」

如果他能做到的話，他原本會以皺眉怒視這種方式，讓他的仇恨把它們統統拜訪一遍。又緩慢而費力地朝前走了一截之後，他再次把腳步停了下來，然後眺望起遠處來。

「我，又餓，又渴，又累！但你們這些蠢蛋呢，卻在點著燈的那個地方，在爐火旁邊吃喝著，或者烤著火！我真希望你們被我搶了個精光，我會還給你們的，我的孩子們！」

不過，雖然他朝著這座城鎮咬牙切齒，還朝著它張牙舞爪地揮舞拳頭，但它的距離並未因此而有所縮減。最後，當他的雙腳踏上了它犬牙交錯的走道，同時站在那裡環首四顧的時候，這個男人甚至比之前更餓、更渴和更累了。

這座小鎮所擁有的東西包括：一家帶有門洞的酒店，從那裡面飄出來一股烹製食物的油煙味道；一家咖啡館，它的幾扇窗戶透出亮光來，還傳來了多米諾骨牌的清脆聲響；一家染坊，它的門柱上面纏著好幾條紅布；一家擺著耳環和祭壇貢品的銀飾店；一間菸草店，有一群生機勃發的士兵顧客從它的裡面走了出來，嘴裡都叼著菸袋；以及這座鎮子的惡劣味道，陰溝裡面存積的雨水和垃圾，照到馬路對過的黯淡街燈，和四輪驛遞大馬車，它的上面堆積著小山一樣的行李，六匹灰馬的尾巴被拴在了一起，眼下正在朝著馬車售票處走去。然而，對於這位經濟拮据的旅客來講，視野範圍內卻沒有一家適合他的廉價小酒館，所以，他只好轉過那個堆滿圓白菜葉子的黑暗街角去別處尋找，接著在公共水箱附近四處閒逛了起來，在那裡，眾多婦女尚未完成她們的汲水工作。隨後，在跟前的一條後街上面，他找到了那家名叫「破曉」的小酒館。它的窗戶拉上了窗簾，似乎遮住了破曉的光芒，不過，它看上去還算明亮和溫暖，而且，它還用清晰易辨的文字（附帶著適當的圖形裝飾，圖形內容是桌球的球杆和球）公告道：

你可以在「破曉」裡面打桌球；這個地方可以為你提供飲食和住宿，不管你是騎馬來的，還是步行而至；以及，它存有優質葡萄酒、餐後甜酒和白蘭地。於是，眼前的這個男人轉動了「破曉」的門把手，然後跛著腳走了進去。

進門之後，他朝著屋裡的幾個男人，碰了碰帽檐拉得很低的褐色帽子。在那些人當中，有兩個正在一張小桌子旁邊玩多米諾骨牌，另外三或四個圍爐而坐，一邊談話一邊抽著菸，擺在房間中央的桌球案子其時無人使用，還有「破曉」的老闆娘，她坐在一張小櫃檯後面做著針線活，被數個顏色渾濁的糖漿瓶子、數個蛋糕籃子和鉛製酒流子圍在當中。

走到房間角落處的一張位於火爐後面的空著的小桌子旁邊之後，他把背包和斗篷放在了地上。接著，當他做完上述事情立起身來的時候，發現老闆娘已經站在他的身邊了。

「我今晚可以在這裡住宿嗎，夫人？」

「絕對可以！」老闆娘用唱歌一般的歡快高調門兒說。

「很好。我可以在這裡吃個正餐——或者晚飯嗎？不知道你們這裡是怎麼稱呼它的。」

「啊，絕對可以呀！」老闆娘像之前那樣大叫著說。

「那麼，夫人，如果妳願意的話，請你盡快給我送點吃的過來，再馬上拿點葡萄酒過來。我快累死了。」

「天氣實在是太壞了，先生。」老闆娘說。

「這天氣簡直受了詛咒。」

「還有路也太遠了一些。」

「路也受了詛咒。」

他嘶啞的嗓音讓他沒能再多說什麼，於是，他把頭靠在兩隻手上稍作休息，直至一瓶葡萄酒被從櫃檯那裡端了過來。把一隻平底小玻璃杯倒滿又喝乾兩次，又把一個擺在他面前的巨大長條麵包（一起擺上來的還有桌

布和餐巾、湯盆、鹽、胡椒和油）吃掉一頭之後，他把坐在身下的長凳當成臥榻，背靠著牆角休息了起來，接著，他開始嚼起一塊麵包皮來，等待他的正餐被擺上桌來。

每當店裡有陌生人進來時，火爐旁邊的那群人總是免不了暫時中止一下談話，並且暫時把彼此的注意力從對方身上轉移開一下。現在，這道程序已經結束了，即是說，那幾位已經停止了瞥視他的動作，重新把話談了起來。

「他們為什麼會說，」他們當中的其中一位說，他已經把一個故事講到了尾聲處：「他們為什麼會說那個惡魔被鬆綁了，這就是真正的原因所在。」講話者是個高個子瑞士人，在此地的教堂裡面工作，所以，他為這場討論注入了一些教堂應有的權威味道 —— 而他們討論的主題人物是個惡魔，令這種情形變得尤其顯著了起來。

在此之前，老闆娘把招待這位新客人的工作交代給了她的丈夫（他在「破曉」擔任廚師一職），現在已經在櫃檯後面重新做起針線活來了。她是個伶俐、整潔而聰明的小個子女人，手裡有大量便帽和大量長筒襪要做，所以，有那麼好幾次，她以一邊大笑一邊點頭這種方式參與著他們的談話，但並沒從手裡的工作上抬起頭來。

「啊呀，要是這麼說的話，我的上帝呀，」她說：「當從里昂開來的那條船帶來那個消息，說那個惡魔真的在馬賽被鬆了綁的時候，就讓有些捕蒼蠅吃的小鳥把它吞掉吧。至於我呢？不，我可不要吞它。」

「夫人，妳一向都是對的。」高個子瑞士人應答道：「毫無疑問的是，妳肯定對那個人憤恨不已，對吧夫人？」

「啊呀，要是這麼說的話，是的沒錯！」老闆娘從她的工作上抬起眼睛來，把它們瞪得非常巨大，然後又把頭歪向一側，接著嘴裡大叫著說：「那是自然，是的沒錯。」

「他是個壞東西。」

「他是個邪惡的壞蛋！」老闆娘說：「太應該把他關在大牢裡面了，但僥倖被他逃脫了。這樣一來，事情就糟糕許多了。」

「等等，夫人！我們再來看看，」瑞士人應答道，同時不斷掉動著咬在雙唇之間的雪茄，顯然是要開始爭辯了：「這件事也可以這麼說，是他的不幸的命運導致的。他也可以說是環境的產物。一個永遠都存在的可能性是，不管過去還是現在，他心裡總還是有一些良知的，前提條件是，你要確實知道該怎麼把它找出來。夫仁慈之道昔至哲之理有云——」

對於他使用這個聽起來有些嚇人的說辭，爐邊小團體的其他一干人等立即小聲發了反對的質疑。甚至連玩著多米諾骨牌的那兩人，都從他們的遊戲上抬起眼睛朝這邊瞥了過來，似在抗議有關仁慈之道的至哲之理竟然堂而皇之跑進了「破曉」裡面。

「你跟你的那些仁慈之道，快給我停止吧。」面帶微笑的老闆娘用更甚方才的力道點著頭，同時嘴裡大聲說：「然後你給我聽好了。我是一個女人，我對什麼關於仁慈之道的至哲之理一無所知。但我知道，我在這個地球的表面上，在我生活的這個世界上眼見目睹了什麼。我來告訴你這些事實吧，我的朋友，有些人（很不幸的是，男人和女人都包含在內）的內心裡面是沒有任何良知的——一點都沒有，有些人必須不打任何折扣地去憎惡他，有些人必須得被當做人類的敵人，有些人沒有一點人心，必須像對待野獸那樣徹底消滅他，然後把他清理出去。我希望，他們只是少數，但是，我確實親眼見過（在我所生活的這個世界上，甚至在這個小小的『破曉』裡面）這樣的人。而我不加懷疑的是，眼下所說的這個人——不管他們是怎樣稱呼他的，我忘掉他的名字了——就是他們當中的一員。」

老闆娘這場生機勃勃的演講在「破曉」裡面受到了極大的認同和讚賞，但是，那些和藹可親的粉飾太平者們可就不會這麼認為了，因為他們慣於維護被她無理指摘的那個群體，而且，相較之下此種行徑更具大不列

顛特色。

「我給你打包票！如果你這些有關仁慈之道的至哲之理，」這時，老
闆娘的丈夫端著陌生人點的湯出現在了一個側門旁邊，於是，她放下手裡
的工作，起身從他手裡把湯接了過來，然後嘴裡說：「不管誰跟這種人有
了關係，不管是口頭上的，還是書面性質的，然後讓這個人處於了他們的
支配之下，那麼，你必須得帶著你這一套離開『破曉』，因為它連一個法
蘇 [069] 都不值。」

當她把這份湯放在那位已經變成了坐姿的客人面前的時候，他毫不遮
掩地直視著她的臉，與此同時，他的髭鬚開始向上彎去，鼻子開始向下位
移而去。

「好吧！」前一位談話者說：「現在我們回到正題上面去，把所有這些
問題都拋開，紳士們。人們之所以會說，在馬賽那個惡魔被鬆綁了，是因
為這個人被判了無罪釋放。這就是這個說法開始流傳起來的原因，以及它
含義何在，除此之外沒有別的意思。」

「他們叫他什麼來著？」老闆娘說：「是畢勞，對吧？」

「夫人，是李高。」高個子瑞士人應答道。

「沒錯！是李高！」

給那位旅客上完那份湯之後，接著又上了一盤肉，之後又上了一盤蔬
菜。他吃光了擺在他面前的所有東西，喝光了那瓶葡萄酒，又點了一杯蘭
姆酒，然後就著咖啡吸起了菸卷。待酒足飯飽之後，他開始變得盛氣凌人
了起來，在搭腔「破曉」裡面的眾人的閒談時，表現出來一副高人一等的
施捨姿態，就像他的實際狀況遠勝於他的外表似的。

眾人可能還有其他事情要辦，或者他們真的感到了自己的鄙陋之處，
總之，不管真實情況如何，他們最終逐漸散去了，又因為沒有其他人頂替
他們的位置，所以就只剩了他們這位新施主一人獨占著「破曉」。店老闆

---

[069]　法蘇（sou），法國舊時幣值單位，折 1/20 法郎（franc），常用來指代價值微不足道之物。

在廚房裡面叮叮噹噹地忙著，老闆娘靜靜地做著她的工作，至於這位酒足飯飽的旅客，則是坐在火爐的旁邊，一邊抽菸一邊烤著襤褸不堪的雙足。

「請原諒，夫人 —— 那個畢勞。」

「先生，是李高。」

「再請妳原諒，夫人，這個李高 —— 好像惹妳不高興了，這是怎麼回事呀？」

在此之前，這位老闆娘時而在內心裡面忖度道，這是一個英俊的男人，時而又覺得這是一個面目猙獰的男人，而現在，看著他向下位移的鼻子和向上彎去的髭鬚，她開始強烈地傾向於得出後一個結論。她說，李高是個罪犯，殺了自己的老婆。

「是嗎，是嗎？真是要命呀，那確定是個罪犯無疑了。不過，妳是怎麼知道這件事的呀？」

「全世界都知道啊。」

「哈！但他逃脫法律制裁了對嗎？」

「先生，法律沒辦法非常確定地給他定罪。儘管法律是這麼說的，但是，全世界都知道他確實做了這回事。人們都對此洞若觀火，所以恨不得把他撕成碎片。」

「這麼說來，大家跟自己老婆的關係都是無比和諧了？」這位客人說。「哈哈！」

「破曉」的老闆娘又一次朝他看了過去，差不多完全確認了她的後一個結論。不過，他卻有一隻可稱美麗的手，現在正在翻來覆去大肆炫耀它呢。於是，她又開始覺得，儘管存在前述種種事實，他終究算不上一個面目猙獰的人。

「夫人，妳剛才提過這件事了嗎 —— 或者說，那些紳士們提過這件事了嗎 —— 他現在怎麼樣了？」

老闆娘搖了搖頭。在她跟別人交談的過程當中，這是她頭一次沒用點

頭這種形式表現自己活潑迷人的堅決氣質，而是讓外在動作跟嘴裡的言語保持了一致的節拍。她述稱道：「破曉」裡面的人們曾經根據報紙上的報導，說他是為了自身安全故意躲進了牢裡。不過，他現在逃脫了應得的懲罰，情況要比那樣更糟。

接著，這位客人一邊抽著最後一支菸，一邊坐在那裡看著低頭工作的她。如果她看到了他其時的面部表情的話，完全可以敲定內心裡面的那個疑問，或者說，在他面目英俊還是猙獰這個問題上面，完全可以得出一個最終結論。但是，當她抬起眼睛來的時候，那副表情已經不見了。她只是看到，那人正在用手理著他蓬亂的髭鬚。

「夫人，可以帶我去看一下床鋪嗎？」

先生，非常樂意之至。喂，老公！我老公會領著他上樓去。那裡有一個旅客正在睡覺，他很早便上床就寢了，看樣子是徹底累垮了，不過，那是一個很大的房間，裡面擺著兩張床，其實它的空間足夠擺上二十來張。「破曉」的老闆娘喊喊喳喳地如此解釋道，朝著那扇側門喊道，「喂，老公！」

我老公最後應答道，「我來了，老婆！」然後戴著廚師帽現出了身形，接著點起來一支蠟燭，領著這位旅客走上了一條陡峭而狹窄的樓梯。這位旅客拿起他的斗篷和背包，向老闆娘道了晚安，還不忘用恭維的語氣說上一句，希望明天能夠再次見到她。那是一個巨大的房間，毛糙的地板尚未刨光，頭頂上面的椽子也還沒有抹泥，對過的兩頭各放著一個床架。在這裡，我老公放下了手裡舉著的蠟燭，接著，在睨視了一眼俯身在背包上面的客人之後，他用粗啞的嗓音向後者指示道，「右面那張床！」然後便撇下那人讓他自行歇息去了。不管這位店老闆是一位優秀還是拙劣的面相學家，他都已經完全打定了主意，認定這位客人是個面目猙獰的傢伙。

這位客人鄙夷地看著為他備下的潔淨而粗陋的寢具，接著，在床邊那把燈心草莖椅子上坐下之後，他從口袋裡面掏出錢來，拿在手裡數了起

來：「人必須得吃飯吶。」他喃喃自語道，「但我的天呀，我明天就得靠別人吃飯了！」

　　他坐在那裡沉思著，手掌裡面機械而無意識地掂著那些錢的重量，與此同時，另外那張床上的那位旅客發出來一陣接一陣的深沉呼吸聲，它們十足整齊地敲擊在他的耳鼓上面，最終把他的目光吸引到了那個方向上面。那人把自己蓋了個嚴嚴實實，而且頭旁邊的那道白色簾子也被拉了起來，所以，他是只聞其聲，而未見其人。不過，因為在另外那位脫掉他破損的鞋子和綁腿時，他那深沉而整齊的呼吸聲仍在繼續，接著，在另外那位把他的大衣和領巾脫下來放在一旁的時候，它們還是在響個不停，所以，它們最終十分強烈地激起了那人的好奇心，而且引發了他這麼一個衝動 —— 看上一眼那位熟睡者的面容。

　　於是，醒著的這位旅客偷偷朝睡著的那位旅客的床鋪走近了一點，接著又走近了一點，又再近了一點，直至站在了它的近旁。然而，甚至直到那個時候，他都沒辦法看到他的面孔，因為那人用被子蒙住了它。那整齊的呼吸聲仍然在繼續，他把他光滑白淨的手（那隻手偷偷摸摸離他而去的時候，看上去十足一副叛徒模樣！）伸向那張被子，把它輕輕掀了起來。

　　「你可嚇我個靈魂出竅！」他趔趄著向後跌去，然後嘴裡耳語道，「這是賈瓦啊！」

　　這個熟睡中的小個子義大利人可能被床邊這個偷偷摸摸的人吵到了，他停下了先前那種整齊的呼吸聲，接著，在又深又長地吸了一口氣又吐出來之後，他睜開了眼睛。最初，它們雖然是睜著的，但並未真的清醒過來。有那麼幾秒鐘時間，他躺在那裡靜靜地看著這位昔時的獄友，然後，他突兀地發出來一聲驚和嚇兼而有之的喊叫，從被窩裡面一躍而出。

　　「噓！怎麼了？別出聲！是我呀，你還認識我嗎？」另外那人壓低嗓門說。

　　但是，巴普莊 —— 他把眼睛瞪得老大，呢喃出一連串祈禱聲和喊叫

聲，戰慄著後退到牆角裡面迅速穿上了褲子，又把上衣的兩隻袖子縮在了脖子上面——卻確切無疑地展現出來這麼一種願望，想要奪門而逃，而非重認舊友。見此情狀之後，他昔日的監獄同志後退到門上面，用兩隻肩膀抵住了它。

「賈瓦！醒醒啊，孩子！擦亮你的眼睛看著我。不要用以前那個名字稱呼我——不要用那個——叫我雷哥，叫雷哥呀！」

把兩隻眼睛瞪得眥眥欲裂的巴普莊做了一連串那個具有民族特色的動作，即反手把右手食指搖晃了許許多多次，就像他下定了這樣一個決心，要事先否決掉另外那人這輩子可能提出來的所有建議。

「賈瓦！把你的手給我。你現在認識這位名叫雷哥的紳士了。來跟一位紳士握個手啊！」

巴普莊服從了這個熟悉的聲調，它同時包含著施捨和威權這兩種元素。於是，尚且立足未穩的他走上前去，把他自己的手放在了他的恩人手裡。雷哥老先生大笑了起來，接著，把它捏了繼而又揚了一下之後，他讓它從自己手裡抽了出去。

「這麼說你——」巴普莊結結巴巴地說。

「沒被剃掉是嗎？沒有。你看這裡！」雷哥把他的腦袋旋轉了一下，嘴裡大叫著說，「跟你自己的一樣牢固呢。」

微微戰慄的巴普莊環首四顧起眼前這個房間來，似在回憶他身在何處。他的恩人趁此機會扭動了門上的鑰匙，然後坐到了自己床上。

「你聽好了！」他手裡舉起他的鞋和綁腿，嘴裡說：「你肯定會這麼說，對於一位紳士來講，這樣的裝飾有些太過寒酸。沒關係，你將會看到，我會多麼快地把這個狀況彌補過來。過來坐下。找到你的老位置！」

巴普莊看上去絕無心下安寧這種心境，他在地板上面的桌子旁邊坐了下去，兩隻眼睛始終盯在他的恩人身上。

「這下好了！」雷哥大叫著說。「嘿，現在可以這麼說，我們又回到那

個地獄一樣的小洞裡面了，對不對？你出來多久了？」

「比你晚兩天出來的，主人。」

「你是怎麼來的這裡？」

「他們警告我不能留在當地，所以我馬上離開了那座城市，從那之後我就坐著船到處走開了。我在亞維農、鬼神橋和里昂做過一些零碎事情，還在羅納河上和索恩河上做過。」說話的同時，他用一隻黝黑的手在地板上面迅速繪製著地圖，把這些地方都畫了出來。

「你現在要去哪裡？」

「主人，你問我要去哪裡嗎？」

「對呀！」

巴普莊看上去想要迴避這個問題，但是不知道該怎麼辦。「酒神巴克斯呀！」他最後說，好像是受到逼迫之後無奈承認了這一點：「我有時候會有前往巴黎的想法，但也可能去英格蘭。」

「買瓦。我這是悄悄跟你講一句，我也要去巴黎，也有可能去英格蘭。我們一起走吧。」

那個小個子點了點頭，又露齒笑了一下。不過，他似乎並不非常確信，這是一個非常合他心意的安排。

「我們一起走吧，」雷哥重複道：「你將會看到，我很快就會強迫別人承認我的紳士身分，而且你將會從中獲利。這件事敲定了嗎？我們是不是一家人？」

「喔，那是當然，那是當然！」小個子說。

「那麼，在我睡覺之前，你還會聽到 —— 我只說六個字，因為我實在是太睏了 —— 你該怎麼稱呼我，我，是你的雷哥。記住這個名字，而不是另外那個。」

「奧特羅，奧特羅！不是李 ——」還沒等巴普莊說完那個名字，他的同志便把一隻手卡到了他的下巴下面，然後十分凶惡地讓他閉了嘴。

「該死的！你在做什麼？你是想讓我被人們踐踏被用石頭砸嗎？還是你想被人們踐踏被用石頭砸？你一定會的。你是不是在想，他們會來攻擊我，卻會放過我的同監好友，別想這種美事好嗎？千萬別這麼想！」

當他鬆開好友那個被他緊緊卡住的下巴時，他臉上的那副表情令他的好友推斷出來這麼一個結論——如果事情真的發展到了被石頭砸和被人踐踏這個地步的話，那麼，雷哥老先生肯定會勒令他發布公告聲稱，他保證會全額承擔起這份待遇，從而給予他一個變得聲名卓著起來的機會。他記得非常清楚，雷哥老先生是一位多麼世界化的紳士，以及他對這種華而不實的虛名染指是如何之少。

「我這個人啊，」雷哥老先生說：「自從上次跟你告別之後，可被這個社會給冤枉苦了。你知道我是個敏感又勇武的人，而且生性喜好支配。但社會是怎樣尊重我這些優秀品格的呢？在大街上面走過時，人們對著我尖聲喊叫。同樣是在大街上面走過時，還得有衛兵保護我的安全，不讓男人們靠近我，但他們防備的尤其是女人，她們會拿著隨手拎起來的任何一種武器朝著我飛撲過來。為了安全起見，我得待在監獄裡面，而且囚禁我的地址是嚴格保密的，唯恐我會被從那裡撕扯出去，然後被數百人圍毆致死。我是在深夜時分被馬車拉出馬賽的，而且直到離開那裡好幾里格[070]遠之後，才從稻草裡面被扒了出來。同樣為了安全起見，我是不能靠近我的房子的。自從那天之後，我就在口袋裡面揣起一筆堪與乞丐媲美的微小資產，步行走過極其令人作嘔的爛泥，經歷各種極其令人憎惡的惡劣天氣，直至把腳都走瘸了——你看看它們吧！這些就是社會強加在我身上的諸般恥辱，而我是怎樣一個人呢，我擁有方才提過的那些優秀品格，而且你清楚地知道，我是確實擁有它們的。不過，社會將會為此付出代價。」

在說出上面這些話的時候，他始終都把嘴巴湊在同伴的耳朵旁邊，並且用一隻手擋著它。

---

[070]　里格（league），舊時的一種長度單位，1 里格約折合 5 公里左右。

「就連在這裡，」他用相同的姿勢繼續說：「就連在這個寒酸的小酒鋪裡面，社會都在繼續追逐我。那位夫人譭謗我，她的客人們也譭謗我。而我這位紳士呢，也是擁有打死他們的手段和才能的！不過，對於社會加諸我的這些冤屈，我現在都把它們珍藏在我這顆心裡了。」

巴普莊專注地聆聽著這個壓低了的粗啞嗓門，對於他的這些話，他會時不時地應和道：「那是當然，那是當然！」與此同時，他還會緊閉著眼睛上下顛動他的腦袋，好像那些話裡面包含著，一位至為坦率的直言不諱者所能陳述出來的最為清楚無誤的社會惡行。

「把我的鞋放在那裡，」雷哥繼續說，「把我的斗篷掛在門邊晾著。接住帽子。」在每一道指示甫一發出之後，他便迅速予以了執行。「這就是社會要打發我睡進去的那張床，對嗎？哈哈！好極了！」

接著，他直挺挺地躺到了床上，並且用一條破爛的胸袋巾把他那顆邪惡的腦袋綑紮了起來。現在，他的整個身體只剩了這顆邪惡的腦袋露在被子外面。見此情狀之後，巴普莊相當強烈地想起了那件差點就發生的事情。若是它真的發生了，那抹髭鬚就不會像現在這樣向上彎去了，那個鼻子也就不會像現在這樣向下位移了。

「我又一次被從命運的骰盒裡面搖了出來，然後變成了你的同伴，對嗎？老天呀！這對你來說可是一件天大的好事。你將會從中獲利。我現在需要長長地睡上一覺，早上也不要叫醒我。」

巴普莊答覆道，他願意睡上多長時間都可以，接著，在給他道過晚安之後，又熄滅了蠟燭。有人可能會猜測到，這個義大利人的下一道程序將會是脫掉衣服，但實際上，他所做的恰恰與此相反，即從頭到腳把自己穿扮了起來，只有鞋子除外。做完此事之後，他躺下去扯了一些東西蓋在身上，但他的上衣仍然綰在脖子上面，準備就這樣捱過這個夜晚。

當他驚醒之後，這間酒館的教父先生，即大自然裡面的那個破曉正在朝它的這個同名物裡面探頭探腦地窺視著。他立起身來，把鞋子拿在手裡，極

其小心地扭動了門上的鑰匙，然後偷偷摸摸地下了樓。在那裡，除了咖啡、葡萄酒、菸草和糖漿的氣味之外，尚無任何活動起來的東西，而那位夫人的那張小櫃檯，則顯得十足嚇人可怖。不過，他昨晚已經在那裡向那位夫人付了他那份小小的帳單，而現在他又不想見到任何人 —— 更確切地說應該是，除了穿上鞋子負上背包開門跑掉之外，他不想碰到任何事情。

　　他成功地實現了上述目標。當他打開門的時候，沒有任何動作或聲音被別人聽到，也沒見那顆拴著破爛胸袋巾的邪惡腦袋從樓上的窗戶裡向外張望。當太陽的整個圓盤都被托舉到了平坦的地平線上，接著把一條狹長而泥濘，兩旁還栽著狀甚乏味的小樹的石板路晒得冒火的時候，有一個黑點沿著它向前移動著，還在那些流火的雨水小潭之間濺起了陣陣水花。這個黑點便是正在從恩人身邊逃開的賈瓦巴普莊。

（逃離）

第十二章　瀝心庭

瀝心庭位於倫敦區劃範圍當中，但它坐落在一條破舊的鄉間公路 [071] 邊上。這條公路通往倫敦的一個著名郊區地帶，在作家兼演員威廉·莎士比亞生活的那個時代，那裡曾經是皇家狩獵行宮的所在地，然而，如今那裡已經不見任何體育消遣活動了，只能碰到一些以人類為目標的獵人。不管在外觀面貌還是運數方面，今天的瀝心庭都已經大大地變了模樣，但還殘餘著些許舊時的恢弘氣象。比如那兩三個非常龐大的煙囪，以及那幾個巨大而陰暗的房間，它們逃脫了被隔牆分割得失卻了舊時模樣這一後果，為這座庭院賦予了一種性格。它的居民們都是窮人，這些人在它已然凋零的榮耀中建起了他們的安身所在，猶如沙漠裡的阿拉伯人在金字塔掉落下來的石頭當中支搭帳篷一般。不過，這個庭院裡面還濃烈地彌漫著一股家庭溫情氣息，這令它具備了另外一種性格。

可能是源於一股壯志凌雲的豪情吧，總之倫敦這座城市膨脹得越來越大了起來，這使得瀝心庭周圍的地面好像升高了許多似的，結果，如果你想進入它的話，得先沿著一截臺階往下走（這截臺階並非它原始入口的組成部分），而如果你想從它裡面走出來的話，得先穿過一個低矮的門洞，然後進入一些狀如迷宮的破爛街道，它們會繞啊繞地逶迤上升回地面。在這個大院的這一頭，以及那個門洞的上方，便是道義丹尼的工廠，它常常像一顆流著血的鐵心那樣，沉重地搏動著，發著金屬相擊的錚錚聲響。

至於瀝心庭這個名字的緣起，大院裡面的意見呈分化態勢。較為務實的住戶恪守著一個跟一場謀殺案有關的傳統說法，而較為溫和，同時想像力較為豐富的那些居民們（包括那個柔黃性別的全體成員），則忠誠地堅守著一個傳奇故事，稱舊時有一位年輕的小姐，因為忠貞於自己的真愛，

---

[071]　指席奧鮑爾茲公路（Theobalds Road），通向赫特福德郡（Hertfordshire）的席奧鮑爾茲，英王詹姆斯一世曾在那裡建過一座狩獵行宮。

拒絕嫁給她父親為她選定的那個求婚者，結果被她殘忍的父親嚴密地囚禁在了房間裡面。這個故事還說，這位年輕小姐常常出現在上了鐵柵子的窗戶後面，呢喃地哼唱著一首吐露相思之情的情歌，它的副歌疊句為「瀝血之心，瀝血之心，瀝至血盡」，並且就這麼一直唱到了身死。而謀殺派質疑道，副歌這段臭不可聞的歌詞實際上係一名繡工所作，該人是一名老處女兼浪漫主義者，至今仍然住在這個院裡。不過，有鑑於所有受人喜愛的傳奇故事必然都是跟感情有關的，以及比起殺人來，更多的人會選擇墮入情網 —— 不管我們壞到了何種地步，它都有希望一直成為我們無法逃脫的天命，直至世界末日 —— 所以「瀝血之心，瀝血之心，瀝至血盡」這個故事最終占了絕對多數的上風。而不管哪一派，他們都不願意傾聽那些博學的古文物收藏家們的意見，這些人在街坊四鄰中宣稱，據紋章學方面的考證，瀝血之心原本是一個古老家族的紋章的圖案，而這處房產原本歸這個家族所有。同時，考慮到他們年復一年轉動的那個計時沙漏裝填著最土最粗的沙子，所以，那些瀝血之心們有足夠的理由反對，不能再把閃耀於其間的最後一丁點金色詩意的光芒也給剝奪掉[072]。

　　眼下，道義丹尼、米格先生和柯南下了那截臺階，走進了這個大院裡面。在穿過院子的過程當中，他們看到，在院子每一側的門跟門之間，全都滿滿當當地裝飾著瘦孩子照料胖孩子這幅畫面，最後，他們來到了它的對面一頭，即那個矮門洞那裡。在這個地方，柯南亞瑟停下他的腳步，四處張望起了泥水匠布羅的住所來。按照倫敦人的一條慣例，道義丹尼從未見或聽到過此人的名字。

　　不過，正如小杜麗之前所說的那樣，這個名字是十分顯眼的，他很快便在一個濺著石灰的門洞上看到了它，這個門洞位於一個角落裡，布羅在

---

[072]　此句中「最土最粗的沙子」在原文中是 the earthiest and coarsest sand，其中的 earthiest 係 earthy 的最高級形式，該詞還可作「世俗的，俗氣的」解，同時 coarse 也可以作「粗俗的」解，所以這句話的隱含之意為瀝心庭裡面的時光已經是世俗氣息非常濃重的了，所以，他們有理由要求保留最後一點詩意的光芒。

那裡面存放著一架梯子和一兩個桶。她之前還描述過，他住在瀝心庭的最後一幢房子裡面，這是一座相當大的房子，被出租給了各式各樣的房客，不過，布羅卻頗為聰穎巧妙地在他的名字下面畫了一隻手，暗示他住在這座房子的起居室裡面，換句話說就是，他用那隻手的食指把所有打聽他的人都指引到了這個房間裡面，另外，這位畫家還在這根食指上面繪製了一隻戒指，和一個外型至為高雅畫工至為精緻的指甲。

跟米格先生約定好下一次的見面時間後，柯南跟他的同伴們分了手，獨自一人走進了那個入口通道，然後用指關節叩響了那間起居室的門。很快地，一個懷裡抱著孩子的女人為他開了門，同時用空著的那隻手匆匆整理著上身的衣服。此人便是布羅夫人，而剛才那個哺乳期女人特有的動作則是，布羅夫人在醒著的大部分時間裡面的慣例動作。

布羅先生在家嗎？「喔，沒騙你，先生。」布羅夫人說，這是一個頗為客氣的女人：「他出門找工作去了。」

「沒騙你」是布羅夫人的一條口頭禪，即是說，她在任何情形下都會盡可能少去騙你，但她在這麼作答時也是耍了一個花槍的，即她是隨時有可能去騙你的。

「如果我等他的話，妳覺得他會很快回來嗎？」

「我也正在盼他回來呢。」布羅夫人說：「這半個小時以來，每一分鐘都在盼著他。進來吧，先生。」

於是，亞瑟走進了眼前這間相當昏暗和逼仄，但在高度方面可稱巍峨的起居室，然後坐進了為他擺好的一把椅子裡面。

「不騙你，先生，我留意到它了。」布羅夫人說：「並且因此覺得你是個好人。」

他有些恍惚不知所以，不知道她是什麼意思，於是用表情把這種疑問傳達了出去，想要引出她的解釋來。

「沒有很多人會來窮人住的地方，他們也不覺得值得花費時間朝他們

抬抬帽子。」布羅夫人說。「不過，人們其實還是想著它的，要比人們認為的多多了。」

　　如此微小的一點善意和禮貌竟然會被看成是稀有之舉，這讓柯南心裡有了些不舒服的感覺，他應答了這麼一句，就這些嗎？然後便彎下腰去捏另外一個孩子（他正坐在地板上面盯著他看呢）的臉蛋，並且向布羅夫人發問道，這個漂亮小子幾歲了？

　　「剛剛過了四歲，先生。」布羅夫人說。「他是一個漂亮的小傢伙，對吧，先生？但這個卻是個病團子。」她一邊說話，一邊溫柔地哄著臂彎裡面的那個孩子。「你不會介意我問一下吧，你這次過來是不是碰巧有一份工作需要人做，先生，你會嗎？」布羅夫人熱切而憂愁地問道。

　　在提出這個問題的時候，她看上去是如此焦心如焚，以致如果他擁有不管任何住房的話，他都情願把它抹上一英尺厚的石灰，而不願意回答一個不字。但他只能答了一個不字，然後他看到，她的臉上出現了一片失望的陰影，與此同時，她止住嘴裡的一聲嘆息，朝著低弱的爐火看了起來。他還看到，布羅夫人其實是一個年輕的女人，但是，因為貧窮的緣故，她自身和她身上的那些東西都顯出了一些邋遢來，而且，貧窮和孩子這兩股力量一起猛力拖拽著她，結果在它們的齊心協力之下，她的臉上已經被拽出了一些皺紋。

　　「在我看來，」布羅夫人說，「這些工作都像在地下祕密進行著似的，而且它們真的是這樣。」（布羅夫人於此所作的這句評論僅僅針對抹灰行業本身，並未刻意指涉兜圈子辦事處和巴家那些人。）

　　「找工作有這麼難嗎？」柯南亞瑟問道。

　　「布羅覺得真有這麼難，」她應答道。「他的運氣非常不好，現在真的是倒楣透了。」

　　不止現在，他過去也真的倒楣透了。他是人生道路上的眾多倒楣徒步旅人之一，他們被一些並非肉眼可見的雞眼殘酷地折磨著，使得他們甚至

沒可能跟上那些跛腳競爭者們的步子。

作為一個積極肯做、行事高效、心地善良而且並不固執的人，布羅像預期當中那樣，很順利地踏上了命定的人生道路，然而，它卻是崎嶇難行的一條。人們找他工作這種情況出現得如此稀少，他的才能為人所需又是如此例外的情形，以致他那一團霧水的頭腦怎麼都想不明白這到底是怎麼回事。因此，他只是逆來順受地接受著這種狀況，跌進各式各樣的困境當中，又從它們裡面跌出來，到了最後，生活裡面的這些跌撞磕碰讓他變得非常鼻青臉腫了起來。

「我能確定，這並不是因為沒去認真找工作，」布羅夫人說，然後又抬起眉毛在爐柵的鐵棒之間尋找起這個問題的解決方案來了，「也不是因為找到工作以後沒去好好做它們。從來沒有任何一個人聽我丈夫對工作發過牢騷。」

總之，透過這樣或那樣的途徑，瀝心庭裡面的人們普遍遭遇了這種不幸處境。時不時地，這裡的人們會發起一些針對工作稀缺的公開抗議活動，令人同情地四處遊說申訴 —— 但某些人對他們的這種做法極其惱火，就像他們對此事擁有完全處置權一般，而且只能按他們自己那一套進行處置 —— 但是，儘管瀝心庭的積極肯做堪比不列顛的任何一個大院，但是，它的狀況從來沒有因為這種抗議而有所改善過。長期以來，那個古老顯赫的巴家一直都在忙著維護他們那條偉大的原則，從而沒有餘暇看覷這件事情，更確切地說應該是，這件事情跟他們的下述主業沒有任何關係，即時時刻刻密切留心於，在領導能力方面超越所有其他古老顯赫的家族（司家除外）。

正當布羅夫人如此這般談論著她自己那位不在家的老爺時，她的老爺回來了。這是一個面皮光滑、膚色鮮潤的男人，長著茶色腮鬚，三十上下年紀。他還長著一對長腿，膝蓋處靈活易彎，臉上顯出一副蠢相，法蘭絨夾克上面濺著白色的石灰。

「這就是布羅，先生。」

「我來這裡是為了，」柯南站起身說：「請你賞個臉跟我小談一下杜麗家的事情。」

布羅對他的來意生出了疑心，似乎嗅出了債主的味道。他說：「喔，可以！好的。」但他此前並不知道，關於那家人他能為任何一位紳士提供什麼有用的消息。那麼，現在你想問點什麼呢？

「我對你的了解，」柯南微笑著說：「要超過你的想像。」

布羅對此評述道（他沒有回應那個微笑），但是他跟柯南一樣，也還沒有得到結識眼前這位紳士的榮幸。

「不是的，」亞瑟說：「我已經透過別人聽說了你熱心幫助別人的事蹟，不過那算得上一個最佳權威人士，也就是小杜麗。我指的是，」他進一步解釋道，「杜麗小姐。」

「那你是柯南先生，對嗎？噢！我聽說過你，先生。」

「我也聽說過你。」亞瑟說。

「請你再次落座，先生，並且相信你自己在這裡是受歡迎的。喔，沒錯。」布羅拉過一張椅子，然後把那個較大的孩子拎起來放在了膝蓋上面，這樣一來，在跟這位地位在他之上的陌生人談話時，他便擁有了一個道德方面的加分項和平衡物：「我自己也在馬夏那道大閘的犯人那頭待過，我們就是那樣認識杜麗小姐的。我跟我的妻子，我們都跟杜麗小姐非常熟識。」

「還很親密呢！」布羅夫人叫道。更確切地說應該是，她對這個相識懷有的自豪感實在是太過強烈了，以致當她把杜麗小姐他爸無力償還的那份債款的金額誇大到一個相當巨大的數字時，她竟然在這個大院裡面激起了一些痛苦的妒意。她宣稱，她自己能認識這樣傑出的人物，讓那些瀝血之心們暗中感到惱恨不已。

「我是首先認識的她爸。接著，在認識了他之後，你得明白這一

點 ── 呃 ── 我才認識了她。」布羅冗繁地贅述道。

「我明白。」

「啊！那個儀態！那個優雅！那個紳士風度，而且他還在馬夏監獄裡面結了籽兒！喔，可能你還不知道。」布羅壓低嗓門說，對他本應該可憐或者鄙視的一樣東西反倒滿懷著仰慕之情，「不知道杜麗小姐和她姐姐不敢讓他知道，她們為了生活在外面做著工呢。真的不敢！」布羅說，說完先用荒唐可笑的得意神色看了他妻子一眼，接著環顧起整個房間來。「不敢讓他知道這件事，她們不敢！」

「我不會因為這件事去仰慕他。」柯南安靜地評論道：「反而很為他感到難過。」他的這句評語似乎第一次讓布羅暗暗感到，這可能終究算不上一個非常優秀的性格特點。接著，在把它沉思了片刻之後，他便丟開了這件事情。

「至於我自己，」他重新開口說道：「杜麗先生對我絕對算得上非常和藹可親，我非常確定這一點，而且達到了我可能想到的最大程度。考慮到我們之間的不同和差距，這種感覺就越發強烈了。不過，我們現在談論的是杜麗小姐。」

「沒錯。請問，你是怎樣把她介紹到我母親家裡的？」

布羅先生從腮鬚裡面揀出一小塊石灰來，把它放在兩片嘴唇之間，然後像舔糖球那樣用舌頭舐弄起它來。接著，他又作思考狀，發現自己沒辦法勝任清晰明瞭地解釋此事這項工作之後，他向妻子求助道：「沙莉，這件事你也講得了，老婆子。」

「有一天下午，」沙莉一邊說一邊哄著小寶寶，把它在懷裡擺來擺去，當它的小手試圖弄亂身上的睡衣時，她把自己的下巴抵在了那隻手上：「杜麗小姐來了我們這裡，拿著一小塊寫了字的紙。她對我們說，她想找份針線活來做，然後又問我們，如果她把我們這裡的地址留在廣告上面的話，我們會不會覺得有什麼不方便的地方。（布羅低聲跟著說，不方便的

地方，就像在教堂裡面跟著牧師念經一樣。）我和布羅說，不會，杜麗小姐，沒有什麼不忙方便的地方（布羅又跟著說，不方便的地方），於是，她就把它寫在那上面了。然後，我跟布羅又說了這麼一句，呵，杜麗小姐！（布羅又跟著說，呵，杜麗小姐。）你有沒有想過把它重抄上三四回，然後把它貼在不止一個地方給人們看看？沒有，杜麗小姐說，我沒想過，不過我會這麼做的。於是，她就把它重抄了幾遍，就在這張桌子上面，那字寫得甜死個人，然後布羅，他把它拿到他做工的地方，當時正好在那裡找到一份工作（布羅又跟著說，正好在那裡找到一份工作），接著又把它拿給了大院的房東，透過這個人，柯南老夫人第一次碰巧雇到了杜麗小姐。」布羅又跟著說，雇到了杜麗小姐，與此同時，已經講完的布羅夫人在吻那隻小手的時候，又作勢去咬它的手指頭。

「大院的房東，」柯南亞瑟說，「是──」

「他叫賈思彼，他叫這個。」布羅說：「還有潘可思，他是收房租的。這個，」布羅先生補充道，其時，他嘴裡的話仍然停留在這個主題上面，但他頭腦裡面那些慢騰騰的思緒似乎沒有什麼明確的目標，不知道把他帶到了什麼地方，「這就是他們的情況，你可以相信我也可以不信，隨你自己怎麼去想。」

「是嗎？」柯南應答道，現在輪到他思索起來了。「賈思彼先生呀！他也是我很久之前的一個老相識！」

布羅先生沒能找到評論這個事實的門路，所以就什麼都沒說。而且，他也確實沒有任何理由對此產生哪怕一丁點興趣，於是，柯南便把話題轉移到此行的目的上來了，即讓布羅充當促成提普獲釋一事的中間人，而且，此事要盡可能少地傷及那個年輕人的自力更生性和自主精神，這個提法的前提條件是，假設他擁有哪怕一點這種特質的話，然而，毫無疑問的一點是，這在他身上絕對可稱一個非常宏大的假設。布羅已經從被告嘴裡得知了此案的案由，他向亞瑟透露道：原告是一個「馬騙子」，即是

說，他並非一位唱詩班成員 [073]，而是一個賣馬的販子，而他（指布羅）的看法是，把原告開出來的一鎊價錢給上十先令「就能把這件事漂亮地了結了」，再多給就是浪費金錢了。接著，委託人（指亞瑟）和中間人很快就上了一輛馬車，然後一起來到了高霍爾本街上的一個馬市，那裡正有一匹優秀得引人側目的灰色閹馬作價二十英鎊現鈔向人兜售著，而實際上，它最低也能值上七十五幾尼（這還沒算上為了改善他的體態，強令他吞服的那些藥劑）。他遭遇此番命運是因為，他在上周馱著切爾滕納姆的巴博瑞上尉夫人時驚了一次，就嚇唬人這方面而言，這位夫人確鑿是比不上這匹馬的，所以，她心懷起一份十足的惡意，執意要用那個荒唐的價錢把他賣掉，換句話說就是，想要把他白白送人。布羅獨自一人進了馬市，把他的委託人留在了外面。接著，他發現有一位紳士身穿一條土黃色緊身短褲，頭戴一頂相當破舊的帽子，手執一根略微彎曲的手杖，脖子裡面圍著一條藍色領巾（此人是格洛斯特郡的馬龍上尉，跟巴博瑞上尉有些私交）。其時，此人碰巧正在那裡向一些真正的馬伯樂們，和一些循著廣告的指引前來此地一觀的好東西的撿漏者們，熱情友好地介紹這匹優秀得惹人側目的灰色閹馬的上述情況。而且，這位紳士碰巧也是提普一案的原告，他讓布羅先生轉詢他的律師，拒絕跟布羅先生交涉此事，甚至都不能忍受他出現在馬市的院子裡面，除非他手裡拿著一張面值二十英鎊的鈔票，只有在那種情況之下，這位紳士才會表現出一些願意談判的姿態，或者說才有可能跟他說上幾句話。

　　得到這個提點之後，布羅先生離開馬市跟他的委託人交流了一番，旋即便拿著要求的那份憑證返了回去。然後，馬龍上尉說道，「那麼，你得多長時間才能把剩下那二十鎊湊齊呢？那麼，我給上你一個月時間吧。」當這個提議沒能令對方感到滿意之後，馬龍上尉說道，「那麼，我來告訴

---

[073]　「馬騙子」在原文中對應著 chaunter，該詞既可表「慣於欺詐的馬販子」一意，又可指「教堂的唱詩班成員」。

203

你我打算讓你怎麼做。你可以給我一張為期四個月的有效匯票，可以拿到銀行兌現那種，用它來支付剩下那二十鎊！」當這個提議又沒能令對方滿意之後，馬龍上尉說道，「那麼，好吧，這是我可以指給你的最後一條路了。你再給我十鎊現鈔就行，然後我就簽字把這件事徹底了結了。」當這個提議還是沒能令對方滿意之後，馬龍上尉說道，「那麼，我來告訴你怎麼辦吧，這麼一做就妥了。他之前把我給坑苦了，但是，你只要再給上我五鎊現鈔外加一瓶葡萄酒，我就可以把他放了。如果你覺得行，你就說行，如果你不願意接受它，那就拉倒算了。」當這個提議再一次沒能令對方滿意之後，馬龍上尉最終說道，「那麼，把那二十鎊拿過來吧！」在拿到最初的這個報價之後，他出具了一張全額收據，然後釋放了那名囚犯。

「布羅先生，」亞瑟說：「如果你願意的話，我要委託你保守我的一個祕密。如果你能讓那個年輕人得知，他現在自由了，並且告訴他，你受雇於某個你不能隨意透露名字的人，幫他了結了那份債務。如果你能做到這樣的話，你就不僅幫了我一個忙，也會幫他一個忙，還有他妹妹一個。」

「先生，只要有最後那個理由。」布羅說：「就已經相當充分了。我會悉心垂顧你的願望。」

「如果你想說的話，你可以這麼說，有一個朋友促成了他的獲釋。這個朋友希望，為了他妹妹的緣故，好像也沒有什麼別的人會在乎他，他會妥善利用這份自由。」

「先生，我將會悉心垂顧你的願望。」

「還有，憑著你對這家人的深入了解，如果你能大發善心無拘無束地跟我溝通一下，同時向我指出，你覺得我可以用什麼辦法不顯唐突地真正幫到小杜麗，我將會覺得，我在你名下欠了一份人情。」

「先生，請不要這麼說。」布羅應答道：「對我來講這同樣也是一件樂事和一 —— 對我來講這同樣也是一件樂事和一 ——」努力了兩次都沒能給那件樂事找到一個平衡物之後，布羅先生明智地丟開了它。接著，他收

下了柯南先生的名片和一筆適當的賞金。

　　他很想立即完成他被委託的這項任務，他的委託人也正好做同樣想法。於是，他的委託人提出，他會把他送到馬夏監獄的大門口，然後，他們便駕著馬車過了黑衣修士橋，一直朝那個方向而去了。在途中，從他的新朋友嘴裡面，亞瑟打探出來一份對於瀝心庭的內部生活的混亂概述。那裡的所有人都在艱難度日，布羅先生說，而且是非比尋常的艱難，這是板上釘釘的確鑿事實。呃，他沒能力講出來它是怎麼回事，可能每個人都能講出來它是怎麼回事，但他就是不清楚其中的究竟，他所知曉的全部事實是，它就是這樣一副模樣。當一個人的脊背和肚子都覺得，他是一個窮人，那麼，這個人便可以非常清楚地知道（布羅先生是堅決相信這一點的），他確實是這樣或者那樣的一個窮人，不過，就像你沒辦法把牛肉聊進他的肚子裡面一樣，你也沒辦法把這份貧窮從他身上給聊走。然後你得知道這一點，有些境況稍好的人會說，而且在這種人裡面有很多人自己的生活水準已經達到標準了，如果沒有超出去的話，反正他曾經聽他們這麼說過，這個大院裡面的人們是一些「賓吃卯糧的浪費家」（這是一個深受眾人喜愛的說法）。例如，如果他們看見有個人帶著他的老婆孩子坐在一輛篷車裡面去了漢普頓皇宮（可能一年裡面只有這麼一回），他們會說：「喂！我以前還以為你很窮呢，我的浪費家朋友！」啊，上帝呀，這對於一個男人來講是多麼殘忍呀！一個男人碰到這種情況該怎麼辦呢？他不能在傷心之餘發起瘋來，而且，就算他真的這麼做了，你也不會因此變得好過起來。在布羅先生看來，你只會因此變得更糟。不過，你似乎總想促使一個男人在傷心之餘發起瘋來。你總是在忙活這件事情──如果你的右手沒有這麼做的話，還有你的左手呢。這個大院裡面的人們在做些什麼呢？呃，你把他們瞧上一眼就會明白了。在那裡，那些女孩和她們的母親在忙著縫紉，或者黏鞋，或者裁剪，或者做馬甲，日以繼夜夜以繼日地做個不停，但儘管如此，他們除了勉強活命之外還是別無所得──而且常

常連勉強活命都難以做到。那裡的人們幾乎從事著你能叫得出來的所有行業，他們全都急需工作，但全都找不到它。在那裡，有些老人在工作了一輩子之後，會被關進濟貧院裡面，伙食、住宿和其他各種待遇全都遠遠劣於那些──布羅先生嘴裡說出來的是製造商們（manufacturers），但他實際上想說的好像是犯罪分子們（malefactors）。呃，你都不知道該朝哪裡翻個身，才能得到哪怕一丁點舒服的感受。至於誰該因為這種狀況受責，布羅先生不知道誰該因為這種狀況受責。他可以告訴你誰在受苦，但他沒辦法告訴你這種錯誤是誰造成的。求解這個問題並非他的職責所在，而且，就算他真的找到了這個問題的答案，又有誰會在乎他說了些什麼呢？他僅僅知道，負責此事的那些人沒能把它糾正過來，而靠它自己是沒辦法走上正軌的。整體說來，他的一個缺乏邏輯的觀點是，如果你沒辦法為他做任何事情的話，你最好不要為了做什麼事情再從他身上索取任何東西。就他截至目前認識到的那些事情而言，這大概就是從它們得出的最終結論。

　　就這樣，布羅用溫和的憤憤不平之聲，冗長而笨拙地把他居於其間的那份貌似一團亂麻的地產，翻來覆去覆去翻來地倒騰個沒完，狀如一位盲人試圖找出它的線頭或線尾，直至他們抵達監獄大門口才停下。在那裡，他撇下他的委託人走進去了，接著，在駕車離開的途中，他的委託人暗自在心下納罕道，如果在兜圈子辦事處裡面旅行上一兩天的話，不知道還會碰到幾千個布羅呢？他們演奏著同一基調的各色變奏曲，而那個煌煌機構卻對它們充耳不聞。

第十三章　年高德劭

　　在此前的談話當中，布羅對賈思彼作了一些提及，在柯南的頭腦裡面，它們重新點燃了那堆悶燃著他的強烈好奇心的餘燼，在他剛回倫敦的那天晚上，付老婆子曾經把它扇過一通。賈福蘿是他少年時期的心上人，同時又是那個木頭腦袋老克托（一些跟他有過生意往來，對他有失敬意的鬼怪們至今仍然會偶爾這麼談起他，長期以往的熟識和了解令他們形成了這個約定俗成的說法）賈思彼的女兒和唯一一個孩子。他因週租房而發家致富，並因此名聲大噪了起來，還從一些看上去無甚指望的窮街陋巷的石頭裡面榨出了大量油水。

　　經過數日的打探和調查，柯南亞瑟確信，馬夏之父一案確實是十足無望的，於是，他便滿心悲傷地放棄了幫助他重獲自由的念頭。而且，在小杜麗的過往經歷這個方面，眼下他也沒指望能打聽出什麼進展來，但他和自己爭辯道，就他了解的情況而言，如果他重拾這個老相識的話，可能會對那個可憐的孩子有所幫助。幾乎沒有必要補充的一點是，就算沒有小杜麗的存在，他也鐵定會出現在賈思彼先生的門口。我們都知道，在行事動機這個問題上面，我們全部都是欺騙自己的好手，換句話說就是，人們普遍都會自欺欺人，但唯一騙不了的是，那個藏在我們內心深處的真實自我。

　　一天下午，他出現在了賈思彼先生所在那條街的一個街角處，其時，他懷揣著這麼一個令他自己甚感舒心的想法，覺得他現在仍然在幫助小杜麗，而且心裡也確實是這麼想的，但實際上，他卻在做著一件跟小杜麗毫無關聯的事情。賈思彼先生住在跟格雷律師學院路相連的一條街上，它從那條通衢大道上拐了出去，原本打算先一頭扎進山谷裡面，再向上通到本頓維爾山的山頂處，但是，它在跑了二十碼之後就累得上氣不接下氣了，

然後就定定地站在了那裡，再也沒有動彈過。如今，那個地方已經不見這條短街了，但它曾經在那裡存在過許多個年頭，像條田壟似的望著眼前那座補綴著一些果實寥寥的花園，還像出麻疹似的遍布著眾多消夏別墅的荒山，恨不得立馬竄到它的上面去。

「像我母親那一座一樣，」在穿過街道走向它的門口時，柯南心裡思忖道：「這座房子也變化甚微，差不多跟它一樣死氣沉沉。不過，這種相似性僅限於外部。我知道，它的裡面是那種古板枯燥的靜謐。剛剛才走到這裡，我就好像已經聞見罐子裡面那些乾玫瑰花葉子和乾薰衣草花的味道了。」

叩響那個形狀古舊但鋥光發亮的黃銅門環之後，有一個女僕出來給他開了門，這時，那些已然萎謝的花香實實在在地跟他打起了招呼，就像在冬天的氣息當中，微弱地包含著一些有關逝去的春天的記憶似的。接著，他步入了那座嚴肅、緘默而閉塞的房子 —— 有人可能會覺得，它的這種窒息氛圍是由那些東方式的啞僕 [074] 造就的 —— 再接著，那扇重新關上的門似乎把聲音和生機都關在了外面。它的傢俱大氣而莊嚴，擁有貴格教派的沉默氣質 [075]，而且全都保管得很好，呈現著一種經常使用而閒置甚少的東西所具有的討喜外貌（從一個人類到一張木頭板凳，莫不如是）。在樓梯上面的某個地方，有一臺莊嚴的座鐘在那裡滴答作響著，在同一個方向，還有一隻甚少開口唱歌的小鳥不斷啄著鳥籠，好像他也在滴滴答答地走著一般。除此之外，還有客廳裡面的爐火在爐柵裡面炸出了陣陣滴答聲。在客廳的爐前地面上，只能看到一個人形，在他的口袋裡面，有一塊吵鬧的懷錶亦在大聲滴答著。

女僕太過柔和地把「柯南先生」這幾個字滴答出了她的口外，以致那人都沒能聽到她的聲音。結果，被女僕關在了門後面的柯南也沒能引起那

---

[074]　舊時的土耳其貴族會割去僕人的舌頭，令其無法說話。

[075]　貴格教（Quaker），基督教的一個分支教派，以長時間的默禱為其特色。

人的注意。那是一個上了年紀的男人的身形，當壁爐的火光在他那對平滑的眉毛上面搖曳著閃閃爍爍時，它們似乎也要絞擰在一起發出滴答聲來了。他坐在一張扶手椅裡面，腳上的百衲鞋放在小地毯上面，同時把兩根大拇指徐緩地相互環繞著轉動個不停。這人便是老克托買思彼先生 —— 柯南僅僅瞥了一眼就把他給認出來了 —— 就像他那些堅固的傢俱那樣，二十多年的光陰未能給他帶來什麼改變，同時，就像他那些放在陶瓷罐子裡面的乾玫瑰花葉子和乾薰衣草花那樣，四季的更迭也對他影響甚微。

在這個處處都是艱難險阻的世界上，可能從來沒有一個人像他這樣，會令一位畫家如此難於僅僅憑藉著想像力，就繪製出他孩童時候的模樣來。不過，在他的人生過程當中，他的變化可稱甚是微小。在他坐於其間的那個房間裡面，面朝他擺著一幅一個男童的肖像畫，任何一個見過他的人都能認出來，這個孩子便是十歲時候的老克托買思彼老爺。畫裡的孩子在手裡拿著一把乾草耙子，用以偽裝自己的身分，儘管無論在任何時候，他對於此物的興趣和使用，都跟對一個潛水鐘 [076] 一般無二，而且，他還把自己的一條腿壓在身下，坐在一條紫羅蘭花堤上面，老成持重地凝視著一間鄉村教堂的尖頂。可是，雖然他進行了如此種種的裝扮，但仍然不妨礙人們會馬上認出他來，因為他擁有跟眼下一模一樣的光滑臉龐和額頭，一模一樣的平靜的藍眼睛，以及一模一樣的寧靜神情。不過，理所當然的一個事實是，眼前這位老人那個閃閃發光的，而且因為閃爍得如此燁耀生輝，而顯得非常龐大了起來的禿腦袋，以及他那些長在腦袋兩側和後腦勺上面，狀如一匹柔絲和一塊編織而成的玻璃，而且因為從未被修剪過，所以顯出來一副仁慈樣貌的灰色長髮，是沒辦法在畫裡面的孩子身上覓得蹤跡的。儘管如此，在這個拿著乾草耙子的六翼天使 [077] 身上，還是能清楚認出來眼前這位穿著百衲鞋的年高德劭者的雛形的。

---

[076]　潛水鐘指內充空氣，供人坐於其中進行水下作業的鐘，此鐘的使用領域非常狹窄。

[077]　六翼天使（Seraph），據稱是守護上帝王座的六位天使之一，又稱熾天使。

　　年高德劭是很多人樂於授予他的一個名號。附近的各色老嫗們常常稱他為這個世界的最後一位年高德劭者。瞧他那副灰白、遲緩、安寧、淡泊而額頭如此鼓脹的模樣，年高德劭簡直就是一個為他量身打造的詞語。他曾在大街上被搭訕過，然後對方滿懷敬意地請求，請他為畫家和雕塑家們充當年高德劭者的模特兒，但實際上，他們這種太過胡攪蠻纏的做派會讓人覺得，記錄一位年高德劭者的種種特點，或者說創造一位年高德劭者這項重任，似乎並不是美術行業的這些從業者們能夠承擔得起來的 [078]。男男女女的慈善家們都曾問過他是誰，接著，在被告知他是「老克托賈思彼，巴蒂德西老爺的前倫敦事務代理人」之後，他們都會失望之情溢於言表地狂呼道，「喔！唉，長著那麼一顆腦袋，他怎麼就沒能成為他那個種族的救世主呢？喔！唉，長著那麼一顆腦袋，他怎麼就沒能成為孤兒們的父親，或者缺少關愛者的朋友呢？」但事實上，儘管長了那麼一顆腦袋，但他一直都是公認的房產大亨老克托賈思彼，以及，儘管長了那麼一顆腦袋，但他如今卻在一間緘默無聲的客廳裡面安然獨坐著。更確切的說法應該是，若你期望安然坐在那裡的那個人並沒長著那樣一顆腦袋的話，那你便可稱不明事理之尤了。

　　柯南亞瑟動了動身子，試圖引起他的注意，接著，那兩道灰色的眉毛朝他扭了過來。

　　「打擾一下，」柯南說：「我擔心你沒有聽到通報我的聲音，對吧？」

　　「沒有，先生，我沒聽到。你想見我嗎，先生？」

　　「我希望向你呈獻我的一番敬意。」

　　最後那幾個詞語似乎讓賈思彼先生鴻毛之輕那般地微微失望了一下，他之前可能預備聽到，這位訪客希望向他呈獻一些別的東西。「先生，我是否有幸 ──」他接著說，「如果你願意的話請找張椅子坐下吧 ──

---

[078]　這句話的潛在意思可能是，年高德劭者是一種崇高的存在，而描繪或者創作他的重任，是品格低下者無力去承擔的。

我是否有幸了解一下 —— ？啊！沒錯，是的，我也覺得我能得到這份榮幸！我相信，我了解的下面這些情況並沒出錯？我認為，我正在和一位剛從國外回來的紳士講話（付老爺子向我透露過此事），對嗎？」

「他正是你眼前的這位訪客。」

「真的啊！是柯南先生嗎？」

「不會是別人，賈思彼先生。」

「柯南先生，很高興見到你。你別來無恙吧？」

柯南覺得，他沒必要花費時間向眼前這個人解釋，在差不多四分之一個世紀的時間裡面，他的身體和精神都經歷了一些微小的動盪。於是，他泛泛作答道，他的境遇從未有過向好的改善，也未遇到過什麼與此相若的情形。接著，他跟「那樣一顆腦袋」的所有人握了握手，在此過程當中，它的年高德劭的光芒澤被了他的整個身心。

「我們都老了，柯南先生。」老克托賈思彼說。

「我們 —— 反正沒變得年輕起來。」柯南說。發了這條睿智的評論之後，他感覺到，他眼下並沒閃耀出什麼智慧的光彩，同時心下開始意識到，他現在有些緊張。

「還有，你那位令人尊敬的父親，」賈思彼先生說：「也斯人不再了！聽聞此事後我甚是悲慟，柯南先生，我甚是悲慟啊。」

亞瑟按照慣例答覆道，他對他不勝感激之至。

「曾經有一段時間，」賈思彼先生又說：「你父母跟我的關係不怎麼友好融洽。當時，我們之間存在一些家事方面的微小芥蒂。你那位令人尊敬的母親有可能很是嫉妒她自己的兒子，我現在講到的她的兒子，指的就是你的值得尊敬的一己之身，你的值得尊敬的一己之身。」

現在，他的光滑的臉上出現了一片容光煥發的表情，像是籬壁上面掛了一顆成熟的果實。接著，他的容光煥發的面龐，他的那樣一顆腦袋，以及他的藍眼睛，似乎都在向外散發一種稀有的智慧和美德。同樣地，他的

面部表情上似乎也滿載著善良仁厚的因數。沒有誰能夠確切說得出來，那份智慧存在於何處，那份美德存在於何處，以及那份善良仁厚存在於何處，但它們好像就在他周身上下的某處存在著。

「不過，那些日子，」賈思彼先生繼續說：「都已經逝去不再了，逝去不再了。現在，我偶爾會有幸拜訪一下你那位令人尊敬的母親，瞻仰一下她承受艱難歷練時的堅強勇毅風采，堅強勇毅風采。」

發出上面那些得到二次重申的慨嘆的其中之一時，坐在椅子上面的賈思彼先生把他的兩隻手交叉放於身前，頭歪向一側，臉上掛著一抹柔和的微笑，好像他的思緒當中存在一件太過深邃美好的事物，而至於無法訴諸言辭似的。同時，他也好像克制住了把它說出口去的那份衝動，唯恐他會因為過分得意而一飛沖天。因此，他的和緩而不顯激烈的性情，更加傾向於讓一切盡在不言中。

「我聽說，在這些拜訪的某一次當中，你非常好心地，」當這個機會在他面前漂過時，亞瑟一把抓住了它，然後說：「把小杜麗介紹給了我母親。」

「小 —— 杜麗嗎？她應該是我的一個小房客向我提起的那位女縫工吧？是的，是的。叫杜麗是嗎？確實是叫這個名字。啊，是的，是的！你管叫她小杜麗嗎？」

這個方向是沒路可走的。從這裡切下去什麼都沒能找到，它沒能通到更遠的地方去。

「我女兒福蘿，」賈思彼先生說：「你可能已經聽說了，柯南先生，她在幾年之前結婚和成家立業了。但她可謂是命運多舛，剛剛結婚幾個月之後，就失去了她的丈夫。她現在又跟我住在一起了。如果你允許我告訴她你在這裡的話，她將會非常樂於見你一面。」

「我完全同意。」柯南應答道。「如果你之前出於善意的考慮，認為我不願意見她，那我可以告訴你，相比之下我更加傾向於答應你的這個請求。」

聞聽此言之後，賈思彼先生穿著百衲鞋的雙腳立即站了起來，然後邁著緩慢沉重的步伐（因為他生就一副大象的體格）朝門那裡走了過去。他身著一件寬邊深綠色長大衣，一條深綠色褲子，以及一件深綠色馬甲。年高德劭者們一般不會穿著深綠色的細平布[079]，但是，他的這些衣服卻顯出一股年高德劭的味道來。

接著，幾乎還沒等他完全離開房間，然後讓屋裡的滴答聲重新變得清晰可聞起來，便有一隻俐落的手擰動了房子正門上面的一隻彈簧鎖的鑰匙，接著打開又關上了它。片刻之後，一個俐落而急切的小個子黑皮膚男人走進了亞瑟所在的房間裡面，他的行進速度是如此之快，以致在他尚未停下腳步之前，便距離柯南不足一英尺之遙了。

「嘿！」他說。

柯南發現，他沒理由不跟著這個人也說上一聲「嘿！」

「出什麼事了？」小個子黑皮膚男人說。

「我沒聽說這裡出了任何事情。」柯南應答道。

「賈思彼先生哪裡去了？」小個子黑皮膚男人環首四顧著，嘴裡問道。

「如果你要找他的話，他很快就會回這裡來了。」

「我是要找他啊！」小個子黑皮膚男人說。「難道你不是嗎？」

這個問題從柯南那裡引出了三言兩語的解釋，在他講說這些話的期間，小個子黑皮膚男人屏住呼吸看著他。他身穿黑色和已經褪成鐵灰色的衣服，長著一對深黑色的黑豆眼，黑色的小下巴上面長滿粗短的鬍渣，鐵絲狀的黑色頭髮像叉齒一樣爹滿了整個腦袋。他的面龐要嘛生來就非常邋遢，要嘛是人為令它變得非常髒汙了起來，但也可能是天然和人為的複合產物。他的兩手髒汙不堪，破碎的指甲也是髒汙不堪，好像剛從煤堆裡面爬出來一樣。他的頭上汗涔涔一片，時而吭吭地朝外噴吐著鼻息，時而嗤嗤地吸著鼻子，呼哧呼哧地喘個不停，像是一臺正在工作當中的小型蒸汽發動機。

---

[079] 用棉或絲綢等原料織成的一種密實布料。

「喔！」聽柯南講完他來到這裡的緣由之後，這人說道。「非常好。就應該那麼做。如果他一會兒問起潘可思的話，你能不能行個好對他說，潘可思已經到這裡來了？」言畢，他便吭嗤呼哧地從另外一扇門駛出去了。

在少時身在家鄉的那些日子裡面，關於眼下描述的這最後一位年高德劭者，亞瑟曾經有過一些大膽的懷疑，它們不知道怎樣就跑到了他的感覺中樞皮層上面，具體過程已經忘掉了，而現在，這些疑問又漂浮在了他眼前的空氣裡面，讓他再一次感覺到了彼時的那種懷疑，再一次看到了那些道德疵點和汙斑。透過這些媒介物，老克托賈思彼在他眼裡變成了一個空有客棧指示牌而無客棧之實的徒有其表者，即是說，在他尚無任何地方為人安排住宿，且沒有任何東西能夠令人對他感恩戴德的時候，他便誠邀人們來他這裡休息，並準備領受人們對他的感恩戴德。亞瑟還知道，這些汙斑裡面的某一個甚至把老克托描繪成了一個狡獪多端的騙子，在「那樣一個腦袋」裡面駐泊著眾多非分的圖謀。

同時，其他那些疵點還顯示出，他是一個笨重、自私而隨波逐流的笨蛋，在笨拙而有失靈便地跟其他一干人等擠撞推搡的過程當中，他在某次被絆倒時偶然發現，要想舒適而光榮地過完這一生，他只有下面這一條路可走，即緊緊閉住嘴巴，把腦袋上面的那塊禿頂擦個鋥亮，讓殘餘的那些頭髮自由生長而不去修剪它們。然後，他就懷揣起一份正當的詭詐，緊緊抓住這個想法不放，始終嚴格恪守著這一行事準繩。

換個說法便是，他之所以能夠當上巴蒂德西老爺的倫敦事務代理人，並不是因為他擁有哪怕一丁點商業才能，而是因為他看上去善良仁厚到了無以復加的地步，以致沒有哪怕一個人會覺得，這樣一個人會低價變賣委託人的資產，或者透過它們假公濟私，還有，他現在之所以能從他那些劣質透頂而從未被人質疑過的出租屋裡面賺取到大量金錢，且其金額之巨超過了任何一位腦門兒稍小或者禿頂亮度稍遜的人可能賺到的數額，也是出於類似的原因。整體來說就是，它們道出了下述兩個事實（在那間滴答作

響的客廳裡面，柯南獨自一人思忖道）：在選擇他們的模範和榜樣時，很多人的做法都跟方才提及的那些畫家們一般無二；以及，有鑑於在皇家藝術院裡面，某個身為一名偷狗賊的邪惡的老惡棍每年都會因為他的眼睫毛或者下巴或者兩條腿入選，用他們的形象來展現一干基準美德（但對於那些對人的性格極具觀察力的學生們來講，這種做法卻在他們的心裡種下了一大片迷惑扎人的荊棘），所以，在社會生活這個大型展覽之上，那些外在的附屬之物常常會堂而皇之地取代更具價值的內在性格，而得到人們的認可和接受。

眼下，在回憶完上述這些事情，並且把潘可思也放進了它們的行列當中之後，柯南亞瑟形成了這樣一些尚不非常篤定的看法：這個最後一位年高德劭者確如之前所述，是一個隨波逐流的笨蛋，他平生僅僅抱定著一個念頭，一門心思要把他頭上的那塊禿頂保持在鋥亮狀態；以及，這個龐大笨拙的年高德劭者跟泰晤士河裡面那些巨大到行動不便的大船非常相似，我們有時候能夠看到，當那些大船雖然表現出一副十足的領航架勢，卻只能跟隨著潮汐艱難前進，甚至會把自己弄到船尾往前船身打橫這種狀態，可以說這是屬於它們自己的一種格調，也可以隨便用什麼其他說法來形容它們的時候，突然就會有一艘燒煤的蒸汽小拖輪朝著它們猛衝過來，接著便拖起它們忙不迭地走開了，類似地，那位年高德劭者就是被吭嗤呼哧的潘可思拖著前進的，現在正亦步亦趨地跟在那艘髒兮兮的小船後面。

隨後，賈思彼先生偕同其女福蘿歸來了，令他的這些思索畫上了句號。而柯南的眼睛甫一落到他舊日的熱戀對象身上，那個理想當中的形象便劈哩啪啦地碎成了一攤。

在執著於一個舊念時，大多數男人都會有過分主觀的嫌疑。當那個念頭不是非常接近於現實情形，然後在兩下相較之下顯出令人震驚的巨大差異時，這並非是人之見異思遷的又一個證據，而是恰恰相反。這便是柯南眼下的境遇。在少年時代，他曾經熱烈地愛慕過眼前這個女人，並且把一

應閉鎖在心房裡面的深情和幻想都堆積在了她的身上。在他自己那個像沙漠一樣荒蕪不毛的家裡，這些感情財富就像魯賓遜·克盧梭的錢一樣，是沒辦法跟任何人進行交換的，只能閒置在黑暗當中慢慢生鏽，直至他把它們一股腦傾倒在了她的身上。過了那個令人難以忘懷的時期之後，儘管他已經徹底把她逐出了跟當前和將來有關的一應規劃和設想之外，就好像她已經死去了一樣（而且就他所知，她真的很有可能已經這樣了[080]），直至回到倫敦的那天晚上，才重新想起了她來，但是，他一直都在內心裡面珍藏著過去那些美好的想像，令它們的樣貌維持不變，讓它們仍然處於過去那個神聖的位置上面。而現在，不管說一千還是道一萬，冷靜步入客廳的最後一位年高德劭者都等於在對他說：「請你行行好快點丟掉它們吧，然後跳上去踩上幾腳。這才是真的福蘿。」

　　福蘿的個子還像之前那麼高拔，但已經在橫向上也拓展得非常廣闊了，還有點氣短的跡象，不過這個問題還算不上嚴重。如果說在他出國那時，福蘿是一朵清新的百合的話，那麼，她現在已經變成一朵濃豔的牡丹了，不過這個問題也算不上嚴重。之前的福蘿嘴裡所說的每一句話，心裡所轉的每一個念頭，都是十足的可愛迷人，而現在，它們已經變得囉嗦冗長又荒謬可笑了，這個問題可就有點嚴重了。很久之前的福蘿一副恃寵而驕和不諳世故的天真模樣，現在的福蘿是鐵了心要變成恃寵而驕和不諳世故的天真模樣，而這個問題已經嚴重到了十足要命的地步。

　　這才是真的福蘿啊！

　　「我確信。」福蘿咯咯笑著說，同時歪過腦袋拙劣模仿著她的少女做派，狀如如果她生老病死於典雅的古代社會的話，一個戴著面具的殯葬業者出現在了她自己的葬禮之上[081]，「我是沒臉來見柯南先生了，我現在是

---

[080]　這句話的潛在意思是，根據亞瑟對少女時代那個福蘿的了解，福蘿真的有可能為情殞命，而他這種一廂情願的想像與隨後見到的實際情況形成了巨大的反差，達成了一種強烈的諷刺效果。

[081]　在古羅馬時代，職業殯儀業者會佩戴面具出席亡者的葬禮，此處暗喻福蘿在追懷悼念往日的自己。

一個十足嚇人的怪物，我知道，他會發現我變得可怕極了，我真的已經是一個老女人了，發現了這個真相會讓人驚愕不已，真的非常令人驚愕！」

他請她相信，她跟預期當中的樣子一般無二，還有，時間在他自己身上也沒有駐足不前。

「噢！但是對於一位紳士來講，情形就完全不同了，真的！你看上去好得令人驚訝呢！所以你沒有權利說這種話，但同時，對於我來講你得知道 —— 噢！」福蘿大叫著說，同時伴隨了一聲不高的尖叫，「我是相當可怕的！」

那位年高德劭者顯然尚未弄清，他自己在正在上演的這場戲裡扮演著什麼角色，所以只是臉蛋紅撲撲地站在那裡，上面掛著空茫的寧靜神情。

「但如果我們談到沒什麼變化這個話題的話，」福蘿說，不管談論什麼話題，她絕對不會在發表上一通高論之後便告完全停止，而是會再三挑起別的話頭，「你看爸爸，難道爸爸不是還跟你走時候一模一樣嗎，對於爸爸來講，讓他自己的孩子因為他感到難為情難道不是相當殘忍和不太正常的一件事情嗎？如果我們再繼續這樣過上更長一段時間的話，那些不認識我們的人，將會開始覺得我是爸爸的媽媽了！」

看你現在那副嬌嫩的少女模樣，那絕對是很久之後的事情了，亞瑟心下琢磨道。

「噢！柯南先生，你真是所有生物裡面最不誠實的那一個。」福蘿說：「我已經領悟到了，你還沒有丟掉你那套奉承別人的老把戲，你一裝出一副由衷感嘆[082]的模樣，就是又在要你這套老把戲了，你得知道這一點 —— 我一點那個意思都沒有 —— 噢我不知道我是什麼意思！」說到這裡，福蘿慌亂地竊笑了起來，然後給了他滿是少女風情的一瞥。

現在，那位年高德劭者好像開始意識到，他在這齣戲裡面的戲份是盡

---

[082]　「由衷感嘆」在原文中對應著 so sentimentally struck，而 sentimentally 除了可以解釋為「跟感情有關地」之外，還可表「多情地」一意，福蘿在後文中的「我一點那個意思都沒有」即針對它的這個釋義而發。

可能快地離開戲臺，於是，他便起身來到了潘可思方才駛出去的那扇門邊，然後呼叫起了那艘拖輪的名字。待從遠處的某個小碼頭那裡收到回應之後，他很快便被拖得不見了蹤影。

「但你絕對不能想著要走。」福蘿說，在此之前，亞瑟突然泛起來一股極其荒唐的恐懼感，又不知道該怎麼辦，於是在慌亂之間看了一眼手裡的帽子：「你絕對不能這麼鐵石心腸，竟然想著要走，亞瑟 —— 我的意思是亞瑟先生 —— 或者我猜柯南先生要更合適一些 —— 但我確定我不知道我正在說些什麼 —— 對於那段已經永遠逝去的、親愛的老時光，你連一個字都沒提，不過當我想到它的時候，我敢說不去談論它們方為上策，而且極有可能的一種情形是，你有一些更加合你心意的事情要做，那麼請你允許我成為全世界最後一個干擾它的人吧，儘管曾經有過那麼一段時光，但我又開始胡說起來了。」

在她提及的那段日子裡面，福蘿有無可能就是這樣一個喋喋不休的人？在彼時將他俘虜的那種強大魅力當中，是否存在著跟她眼下這種雜亂無章的滔滔不絕相類似的任何東西？

「說真的我曾經小小地懷疑過。」福蘿說道，她以令人訝異的飛快速度繼續說了下去，而且，除了逗號（就連它們都是少之又少）之外，不為她的強健談鋒添加任何間隔符號，「你已經和某個中國小姐結婚了，在中國做了那麼長時間，生意自然想要安定和拓展，你在那裡的關係網沒有任何事情能比你向一位中國小姐求婚來得更加自然，而且我確定沒有任何事情能比這位中國小姐接受你的求婚並且覺得她會跟你過得非常幸福來得更加自然，我僅僅希望她不是佛教的異教徒。」

「我並沒有，」亞瑟應答道，他不由自主地微笑了起來，「娶任何一位小姐為妻，福蘿。」

「噢善良仁慈的老天爺呀！我希望你這麼長時間一直單身過活並不是為了我的緣故！」福蘿竊笑著說：「但你當然不會是因為這個至於你為什麼

這樣做，請不要作答，我不知道我正在胡扯些什麼，噢請你給我講一些有關中國小姐的事情她們的眼睛是不是真的又細又長它們常常讓我想起玩牌時用到的珍珠母魚還有她們真的在背上拖著尾巴嗎或者說也編著辮子或者僅僅男人才會這樣，當她們把頭髮從額頭那裡緊緊往後梳攏的時候她們不會傷到自己嗎，還有她們為什麼要在橋上寺廟上帽子上和各種東西上插滿小鈴鐺呢或者她們並不真會這樣做？」說完，福蘿又給了他充滿少女風情的一瞥。旋即，她又繼續說了起來，好像對方已經答覆了她方才的提問。

「這麼說這些全是真的了她們真的會這樣做啊！善良仁慈的亞瑟呀！──請原諒我的失禮──養成習慣了──柯南先生要遠比這個合適許多──那是怎樣一個國家呀你竟然在那裡住了那麼長時間，還有那麼多燈籠和雨傘它的氣候該是多麼的陰沉和潮溼啊而且鐵定無疑實際上就是這樣，那兩個行業絕對能賺到非常多的錢因為在那個地方每個人都隨身帶著它們而且把它們掛得到處都是，還有那些小鞋那些從嬰兒時候起就被撐歪的腳這真的是太驚人了，你是怎樣一個旅行家呀！」

在一種有些荒唐的悲苦情緒當中，柯南收受了另外一個充滿少女風情的瞥視，但一點都不知道它緣何而至。

「親愛又親愛的人呀，」福蘿說：「只要一想起家鄉這邊的那些變化，亞瑟──沒辦法克服它，它顯得這麼自然而然，但柯南先生要遠比它合適許多──我指的是自從你開始熟知中國的風俗和語言以來的那些變化說到中國的語言我相信你已經說得跟本地人差不多了如果不是更好的話因為你一直都是一個機靈又聰明的人儘管那門語言是超級難的這是毫無疑問的，我確信光是茶葉箱上的那些字就足以殺死我了如果我試著學習它們的話我提到的那個變化亞瑟──我又這麼叫了，它顯得這麼自然而然，但十分極其的不合適──是沒有任何一個人能夠予以置信的，因為連我自己都想像不到這個豐夫人的時候有誰能夠想到它呢！」

「這個豐？」亞瑟問道，在福蘿這些洋洋灑灑的談吐當中，當她不管

如何怪模怪樣地提到他們年少時候的那層關係時，都會在語調當中流露出來某種熱絡的感覺，而這是令他頗受觸動的。「它是你的夫家姓嗎？」

「你說豐嗎？噢是的它是不是一個很可怕的姓呢，不過當豐先生向我求婚的時候他一共求了七次最後我十分帥氣地答應了他我必須得說上這麼一句當時他說他差不多一直這樣默默叫了我十二個月，雖然他得不到接應但他還是忍不住這麼叫，傑出的男人，完全不像你但絕對是個傑出的男人！」

有那麼一刻，福蘿竟然把自己聊到了喘不上氣來的地步。但僅僅是一刻功夫，因為當她把胸袋巾的一個小角抬到眼睛上邊，以此表達了對已逝豐先生的亡魂的一份敬意之後，她又把這口氣給喘勻了，接著再次神侃了起來。

「沒有任何人能夠對此置喙，亞瑟 —— 柯南先生 —— 也就是說你在這種時過境遷的情形下對我保持一份鄭重的友誼是非常正確的更確切地說你沒辦法跟我產生任何其他關係，我認為哪怕一點都不能你應該知道這一點，但我還是忍不住回想起來曾經有那麼一段時間諸事都跟現在大不相同。」

「我的親愛的豐夫人，」亞瑟開口說道，他再一次被那種親熱的語調打動了。

「噢不要用那個齷齪醜陋的名字，叫福蘿！」

「福蘿。我向妳保證，福蘿，我很高興能夠再次見到妳，同時發現，就像我自己一樣，妳也沒有忘記我們以前那些愚蠢的幻想，當時，我們年少輕狂而且滿懷希望，覺得前途一片大好。」

「你看上去並不怎麼高興。」福蘿噘著嘴說：「你對這次相遇表現得非常冷靜泰然，不過不管怎麼樣我都知道我讓你失望了，我猜那些中國小姐們 —— 或者說滿清女子們如果你這麼稱呼她們的話 —— 就是這種情形的致因或者有可能我自己就是致因，這完全是一回事。」

「不是，不是！」柯南請求道：「不要再說這個了。」

「噢我肯定不說你知道。」福蘿用篤定的語調說：「有什麼胡話不能說，我知道我不是你想要的那種類型，而且知道得非常清楚。」

在疾速說出這些話語的過程當中，她藉由一個比平素聰明許多的女人的敏銳感悟能力，而把上面那個事實發掘了出來。儘管如此，她有失連貫而極為不合情理地，馬不停蹄把他們丟棄日久的少男少女時光編織進眼前這場晤談的做法，還是令柯南覺得有些頭暈目眩。

　　「我想，」福蘿說道，在事先未做哪怕最為輕微的提示的前提之下，她為他們的談話賦予了一股情侶爭吵的味道，而這令柯南覺得大為驚恐，「發表一段評論，我想澄清一個事實，當你媽媽跟我爸爸把這件事擺上檯面的時候我被叫到了樓下那個不大的早餐室裡面在那裡他們大眼瞪小眼地看著對方你媽媽的陽傘放在兩人中間他們坐在兩把椅子上面像兩頭發瘋的公牛似的你說我能怎麼辦呢？」

　　「我的親愛的豐夫人。」柯南竭力勸說道：「這些事情都已經時日久遠而且了結日久了，是不是還值得鄭重其事地花費時間去——」

　　「亞瑟。」福蘿應答道：「當我現在有機會這麼做的時候我不能被整個中國社會指責為負心之人但不給自己正名，而且你必須得非常清楚地意識到曾經有一封《保羅和弗吉妮亞》[083]式的情書必須得到回應哪怕是不置任何評論或說明的回應，我不是說在你也像我一樣被監視著的情況下你能寫信給我但是哪怕你僅僅在信封上面貼上一張紅色的封緘紙我也能知道它的意思是你去了北京南京或者是第三個地方，人們光著腳丫子那裡。」

　　「我親愛的豐夫人，我沒有責怪妳的意思，我絕對不會責怪妳的。我們當時都太年幼、太不自主和太過無助了，所以除了接受分離這個結局之外，是別無任何其他辦法的——請妳想一想那都是多久以前的事情了。」亞瑟溫和地抗議道。

　　「我還想，」福蘿繼續往下說道，她的強健談鋒未見任何減弱的跡象：「再發表一段評論，我還想再澄清一個事實，在五天時間裡面我一直因為哭得太多傷風感冒著而且一直待在那間背陰的客廳裡面——那間客廳仍

---

[083]　《保羅和弗吉妮亞》，18世紀的一本著名浪漫愛情小說。

然還在一樓仍然還在這幢房子的背陰面它可以證實我的這些話 —— 當那段消沉的時間過去之後接下來的幾年我都是在平靜中度過的然後豐先生在我們雙方的一個朋友家裡結識了我們，他對我殷勤備至他第二天就來我家做客了他很快就開始一週有三個晚上泡在我家並且開始送些小東西過來跟我們一起吃晚飯，豐先生身上的那種東西不能叫做愛情它應該叫做仰慕，豐先生求婚時得到了我爸爸的完全首肯你說我還能怎麼辦呢？」

「除了像妳所做的那樣之外，」亞瑟用至為歡快的欣然語氣說：「妳什麼都做不了。請允許一個老朋友向妳保證，他完全確信妳的做法非常正確。」

「我還想，」福蘿繼續往下說去，期間用一個揮手動作表達了對平庸生活的棄絕態度，「發表最後一段評論，我還想澄清最後一個事實，曾經有過一個時期那是在豐先生首次向我大獻殷勤之前我是不可能記錯它的，不過它已經過去了而且再也回不來了，親愛的柯南先生你不再被一根金鏈子拴著了你自由了我相信你是可以幸福的，這是爸爸來了他總是這麼煩人總是在別人不想見他的時候伸著鼻子到處亂嗅。」

說完這些話，並且急匆匆地朝亞瑟打了一個滿含著膽怯的警告意味的手勢 —— 柯南的眼睛曾經非常熟識這個手勢 —— 之後，可憐的福蘿把自己丟在了身後很遠很遠之處的十八歲那裡，然後徹底終止了眼下的這場神侃。

或者更確切地說應該是，她把自己的一半丟在了身後的十八歲那裡，而把剩下的那一半嫁接到了已故豐先生的遺孀身上。就這樣，她令自己變成了一條放射著道德光輝的美人魚，而她昔時的那位少年戀人，則心懷著一種古怪的感覺在一旁注視著她，在這種感覺裡面，他的悲傷感和滑稽感奇特地混合在了一起。

比如，福蘿覺得她和柯南之間似乎存在著一種至為令人激動的祕密默契，似乎那一長溜一路延伸至蘇格蘭的四輪驛馬車隊伍中的第一輛，已經

在那一刻拐過街角不見了蹤影 [084]，似乎在那張家庭大傘的「庇蔭」之下，在那位年高德劭者的真誠「祝福」當中，還有在全人類的一致「認可」[085] 之下，她尚且不能，或者說有些不太情願跟他一起步入那座堂區教堂。福蘿還好像在極度痛苦地打出那些神祕手勢，借此表達著對戀情被識破的巨大恐懼的同時，卻在靈魂上享受著巨大的慰藉和歡愉。而從柯南的角度來講，他眼見已故豐先生的遺孀把她自己和他放在過去的位置上面，接著把過去那套把戲統統重演了一遍 —— 如今，昔日的那個舞臺已經落滿了塵土，布景已經褪色，那兩位年輕的演員已經死去，樂池已經空空如也，燈光也已熄滅 —— 自我陶醉於這種至為神奇的娛樂當中，而他自己卻是每一分鐘都在變得比之前更加頭暈腦脹起來。然而，看她對他記憶當中那些曾經相當自然美麗的東西，進行完這場怪誕至有些醜陋的重演之後，他卻沒辦法不覺得，它們確實在他眼前重新活過來了，還有，它們的裡面也是包含著一些溫柔的往日情懷的。

那位年高德劭者堅持要他留下來吃晚飯，福蘿朝他打著「快點答應！」的手勢。柯南卻如此希望，他能得到一些比留下來吃晚飯更多的東西，即是說，他如此強烈地希望，他能找到昔日的那個福蘿，或者說從未存在過的那一個，結果是，他對令他大失所望的福蘿差不多產生了一些羞恥的感覺，而他又覺得，對於他自己這種有失恰當的想法，他能做出的一個至為微不足道的補償便是，讓自己順從這家人的意願。因此，他決定留下來跟他們共進晚餐。

潘可思也要跟他們一起用餐。在六點差一刻的時候，潘可思從他那個小碼頭噴吐著蒸汽航行了出來，然後直奔那位年高德劭者而來，其時，後者碰巧正在呆頭呆腦地穿越瀝心庭的一片爛帳水域。於是，潘可思立即把纜繩拴在了他的身上，然後把他拉了出來。

---

[084]　在 1856 年之前，16 ～ 21 歲的年輕戀人在蘇格蘭結婚不需得到父母許可，所以蘇格蘭一度成為年輕情侶私奔的天堂。

[085]　此句中的庇蔭、祝福和認可均為反語用法。

「那個瀝心庭呀！」潘可思吭嗞呼哧地說：「那可是一筆麻煩多多的資產。雖然收益不算差，但在那裡收房租實在是太難了。你在那個地方碰到的那些麻煩，會超過你的所有資產帶給你的那些。」

就像在大多數旁觀者眼裡，被拖著的那艘大船才是這種拖船組合的動力源頭，人們通常都會覺得，不管潘可思說了什麼話，其實都是出於那位年高德劭者的授意，等於後者在講說它們。

「真的嗎？！」柯南應答道，於他而言，僅僅是那顆光可鑑人的腦袋所散射出來的一絲微光，便已經如此有效地令他形成了上述印象，以致他這話的目標對象是那艘大船，而非那條拖輪。「那裡的人們真有這麼窮嗎？」

「你得知道，你不能說，」潘可思噴吐著鼻息說，在講話期間，他把一隻髒汙的手從褪色的鐵灰色衣袋裡面抽出來咬起了指甲（如果他還能找到什麼指甲的話），並且把他的黑豆眼轉向了他的雇主，「他們窮還是不窮。他們說他們很窮，但問題是他們全都這麼說。要是有個人說他很富有，那你一般可以確定，他肯定沒什麼錢。另外，就算他們真的很窮，你也是幫不上什麼忙的。如果你收不到房租的話，你自己也會變成窮鬼。」

「千真萬確。」亞瑟說。

「你不會朝倫敦的所有窮人開放你的房子。」潘可思接著說：「你不會免費為他們提供住宿。你不會大開門戶讓他們免費住進來。這不是你知不知道這回事情的問題，是你不會這麼做。」

賈思彼先生搖起了他的腦袋，臉上是一貫的寧靜和仁慈神色。

「如果有個人用每週半克朗的價格朝你租了一個房間，等那周過去之後你卻沒有拿到那半克朗，你得對那個人說，那你為什麼要租我的房間呢？如果你沒辦法弄到那樣東西的話，你為什麼要把另外那樣弄到手呢？你用你的錢做什麼去了？你拿著它作何打算？你在忙些什麼？這就是你應該對這種人說的話，如果你不說它們的話，就會碰到更倒楣的事情！」說到這裡，潘可思先生狠狠地吹了一下鼻腔區域，結果弄出來一陣奇特而四座皆驚的噪音，

不過，除了這個聲學方面的後果之外，這一行為並未伴隨任何其他惡果。

「我相信，你在這裡的東部和東北部地區肯定有一定面積的這種資產吧？」柯南說，他有些疑惑，這話該講給二人裡面的哪一位去聽。

「噢，那面積相當可觀呢！」潘可思說。「你不用專注於東部和東北部地區，隨便指這個地方任何一個方位都行。你追求的是明智的投資和快速回報。你只管在能夠得到回報的地方努力撈它就行。面對著大好形勢你用不著裝什麼優雅 —— 用不著這樣。」

在這位年高德劭者，或者說酋長 [086] 的帳篷裡面，除了上述三位之外，還存在著第四個人形物體，此人可以說是在座眾人當中最為獨到別致一位，她也列席了這頓晚餐。這是一個十足驚人的小個子老太婆，臉上的模樣像是一個光會瞪眼的木頭玩具娃娃，因為太過便宜而欠缺了其他表情，還有一頂堅硬的黃色假髮高低不平地棲息在她的頭頂上面，好像擁有這個娃娃的孩子隨手在它的上面鑿了一枚釘子，所以它僅僅是勉強掛在頭上的。這位小個子老太婆身上的另一個引人注目之處是，上面所說的那個孩子好像用某樣湯匙狀的鈍物破壞了她臉上的兩三處地方，即是說，在她的面孔上面，尤其是鼻尖那裡，呈現出來了幾個凹坑，好像都是用那個鈍物的舀鬥部位剜出來的。在這位小個子老太婆身上，還有另外一個更加引人注目的地方，即她是沒有名字的，只是被叫做豐姑媽。

她是在下述情形下突然出現在這位訪客的視野當中的：當第一道菜被端上桌來的時候，福蘿說，可能柯南先生還沒有聽說，豐先生給她留了一筆遺產？柯南在答話中暗示道，他希望豐先生把他的大部分（如果不是全部的話）凡俗之物都贈與了為他所仰慕不已的妻子；福蘿接著說，噢是的，不過她不是說豐先生留了一份慷慨漂亮的遺囑，而是說他給她留了與遺囑無關的另外一份遺產，那就是他的姑母；然後，她就走出房間取那份

---

[086]　年高德劭者的原文是 patriarch，該詞亦可作「部落酋長」解，而下文中的「帳篷」也呼應了這一含義。

遺產去了，而等她返回來之後，便相當得意洋洋地引薦了「豐姑媽」。

在豐姑媽的身上，這位陌生訪客發現的最為重要的特徵是，她擁有一副極度嚴厲且陰森可怖的不苟言笑做派。有些時候，她也會打破這副固有姿態，用一種低沉而充滿警告意味的聲音發上幾句評論，它們跟別人所說的任何一句話都扯不上任何關係，也沒辦法追溯出與其存在關聯的任何東西，結果只能讓眾人在困惑之餘感到膽寒不已。她插入的這些評述都源於她自己的某套話語體系，可以說有其獨具匠心之處，甚至可以說是深奧而微妙的，但是，破解它們的那把鑰匙卻是無處可尋。

這餐晚飯的烹飪是頗見功力的，而且上菜也整齊有序，它們始於一些湯、一些煎鰡魚、一奶油碟蝦醬和一盤馬鈴薯，而這裡面的原因在於，在這位年高德劭者家裡，每一樣東西都是有助於安安靜靜地消化食物的。席間的談話主題仍然是收取房租這件事情。在把席間眾人惡毒地凝視了有十分鐘之後，豐姑媽拋出來這麼一句嚇人的言論：

「當我們住在亨利的時候，巴尼斯的公鵝被流動補鍋匠偷走了。」

潘可思先生英勇地點了點頭，然後說，「你說的沒錯，夫人。」不過，這句神祕的交談在柯南身上產生的後果卻是，他被徹底嚇得懵頭轉向了。而且，還有另外一件事情也為這位老太太賦予了一些獨特的恐怖氣息。它就是，儘管她始終都在瞪著眼睛，但她絕對不會承認看到了哪個人。當時，這位禮貌而體貼的陌生人意欲詢問一下，她想不想來上一點那盤馬鈴薯，然而，他這個上述意圖昭然若揭的舉動卻毫無希望地失陷在了她的漠然當中，你說他還能怎麼辦呢？沒有誰敢說，「豐姑媽，您能允許我打擾一下嗎？」每個人都跟柯南一樣，遠遠地躲開了那把匙羹，並在飽受驚嚇之餘感到困惑不已。

當時桌上有羊肉、牛排和一個蘋果餡餅 —— 沒有任何一樣東西能跟公鵝產生哪怕至為牽強的一絲連繫 —— 接著，這頓晚飯被繼續進行了下去，但已經有了些食不知味的黯淡景況了。昔日，柯南曾經坐在這張桌子旁邊無

暇他顧，眼裡只有一個福蘿，而現在，他對福蘿的首要關注在於，不由自主地觀察她非常鍾情於波爾多葡萄酒的模樣，觀察她把愁緒和著海量雪麗酒喝下去的模樣，同時也觀察著下面這個事實，即如果他之前覺得她有些超重嫌疑的話，那麼，他現在可以肯定，這條論斷是擁有相當充分的事實依據的。一直以來，那位全世界的最後一位年高德劭者始終都是一位擁有龐大胃口的老饕，現在，這個正在給另外某個人加料的好人十足慈善仁厚地獨自處理掉了數量巨大的固態食物。另外那人便是潘可思先生，他總是一副匆忙奔命的模樣，吃飯期間都要不時看上一眼放在身邊的一個髒兮兮的小筆記本，那裡面可能包含著那些逾期不繳房租者們的名字，他打算在進餐期間把他們查找出來，用來充當此餐的甜點，還有，他吃東西的模樣跟給他這條船加煤一般無二，總是伴隨著巨大的雜訊，把大量食物撒得到處都是，偶爾還會有一兩聲吭嗤呼哧聲，就像他差不多準備要噴著蒸汽開走了。

在整個晚餐期間，福蘿都把她當前對於吃喝的胃口，跟她以往對於浪漫愛情的胃口完美地結合在了一起，然而，她訴諸的那種方式卻讓柯南都不敢從盤子上面抬起他的眼睛來了，因為每當望向她的時候，都沒辦法不從她那裡收到一些包含著某種神祕的意味，或者是警告的頻頻瞥視，就像他們共同參與著一個陰謀似的。豐姑媽緘口無言地坐在那裡，在無視他的存在的同時，臉上還流露出一股至為激烈的痛恨意味來，此種情形一直持續到撤下桌布把盛酒瓶擺了上來。其時，她發表了另外一條評論，像敲鐘似的突然插進了他們的談話當中，而沒去詢問任何人的意見。

福蘿剛剛說完，「柯南先生，你能幫我給豐姑媽倒杯葡萄酒嗎？」那位女士便馬上宣稱道：

「倫敦橋附近的那座紀念碑是在倫敦大火 [087] 之後建起來的，倫敦大火不是燒掉你叔叔喬治的作坊的那場火。」

---

[087] 指 1666 年 9 月的倫敦特大火災，這場大火整整持續了五天時間，波及範圍達 400 餘英畝，共燒毀數萬間民房；前文中的紀念碑指倫敦大火紀念碑，於 1677 年落成，位於倫敦橋的北橋頭處。

潘可思先生又像之前那樣鼓起勇氣說，「是的，夫人！你說的沒錯！」不過，豐姑媽好像被想像出來的某條反駁，或者說其他敵意對待深深地激怒了，所以，她沒有故態重萌沉默起來，而是又再發表了下面這條宣言：

「我討厭傻瓜！」

雖然就這則感想本身來講，它差不多像所羅門王的箴言那麼睿智[088]，但是，在直接把它瞄準那位訪客的腦袋的時候，她卻為它賦予了一種如此致傷和針對個人的特性，以致把豐姑媽領出這個房間變成了勢在必行之舉。福蘿默聲不響地這樣做了，豐姑媽也未表現出任何抗拒姿態，但她在往外走的路上詢問道，「那他到這裡做什麼？」言語中流露出一股無可通融的強烈敵意。

等到福蘿回來之後，她解釋稱，她的這筆遺產其實是一個比表面上更為聰明的老太太，不過有時候會有些古怪，而且「常常產生厭惡情緒」。就此人的這些特點而言，福蘿似乎對它們驕傲有加，而非是別的什麼。因為福蘿的敦厚本性為此情此景灑下了一抹溫暖的光澤，所以柯南沒再挑剔在老太太的身上，是哪些錯處和缺陷引發了這種情景。現在，他已經從由她引發的那種恐怖情狀當中解脫出來了。接著，他們又默默地喝了一兩杯葡萄酒。喝完之後，他預料到潘可思很快就會起航，而那位年高德劭者也要睡覺去了，所以，他拿必須去他母親那裡一趟作為藉口，詢問潘可思先生要從哪個方向走？

「朝城區那邊，先生。」潘可思說。

「我們可以一起走嗎？」亞瑟說。

「非常樂意。」潘可思又說。

與此同時，福蘿也在他耳朵旁邊疾速嘀咕著一些零零碎碎的隻言片語，她說曾經有過那麼一段時光但現在那段日子已經變成一條張著大嘴的鴻溝了那條金鏈子也不再拴著他了又說她非常尊敬記憶當中的豐先生所以

---

[088]　指《聖經舊約》中的《箴言》篇，據傳為所羅門王所作。

明天下午一點半一定會回家還說命運女神的那些旨意已經沒辦法召回了與此同時她覺得最不具可能性的一件事情莫過於他會在下午四點整去格雷律師學院花園西北側的那條路上散個步。在分別之際，他試著落落大方地朝眼前的這個福蘿 —— 不是已經消失的那個福蘿，也不是那條美人魚 —— 伸出他的手去，但福蘿不願意握它，或者說沒有能力握它，因為她已經完全沒有讓她自己和他還有過往告別的那份力氣了。最後，他十分痛苦地離開了那幢房子，而且比之前任何時候都要更加頭暈目眩，結果，若非他十分走運地有那條拖輪在前面引路的話，在最初的那一刻鐘裡面，他完全是有可能胡亂漂流到任何地方去的。

Mr. F's Aunt is conducted into retirement.

（豐姑媽被帶離宴席）

接著，在涼爽而且沒有福蘿存在的空氣裡面，他開始慢慢地恢復了神志，然後發現，潘可思正在全速前進，一邊走一邊啃咬著他那些所剩無幾的指甲牧草的頭部，不時還會噴上一個響鼻。這些再加上插在口袋裡面的一隻

手，還有頭上那頂反戴著的劣質帽子，便是沉思當中的潘可思的外部情狀。

「真是個清新的夜晚啊！」亞瑟說。

「沒錯，的確是相當清新。」潘可思表示同意。「我膽敢說上這麼一句，你作為一個陌生人，對這裡的天氣的感受能力卻在我之上。真的，我找不到時間去感受它。」

「你的生活有這麼忙碌嗎？」

「是的，我總是有些事情要去查詢，或者有些事情要去料理。但我喜歡辦事。」潘可思說，同時把腳步加快了一些。「你說人生來是為了什麼呢？」

「不為任何其他事情嗎？」柯南說。

潘可思反問道，「別的什麼？」在一個已經堆積得滿滿當當的空間裡面，在柯南的人生已負荷著的一堆重物上面，這個問題又給它們增加了另外一份分量，結果他什麼都沒說。

「我也拿這個問題問過我們那些週租房客，」潘可思說。「他們當中有些人會對著我拉長臉，然後說，我們就是像你看見的這麼窮，大爺，我們永遠都在艱難辛勤地苦捱著牛馬不如的賤役，在眼睛睜著的每一分鐘裡面都是如此。我對他們說，你們生來還有別的事可做嗎？這話馬上讓他們閉了嘴。他們對此無言以對。你們生來還有別的事情可做嗎？這麼一句就把這件事給搞定了。」

「啊，唉，唉，唉！」柯南嘆息道。

「我現在站在這裡。」潘可思說，他在繼續跟他的週租房客們爭辯著。「你們覺得我認為我自己還有別的事情可做嗎？什麼都沒有。他們早早地把我從床上吵起來，讓我運轉起來，給我很短一點時間吃飯，就像你們囫圇吞掉屬於我的飯時用掉的那麼一點時間，然後再讓我工作起來。他們一直讓我工作個不停，我會一直讓你們工作個不停，你們再讓別人一直工作個不停。在一個商業國家裡面，這就是你們為人當盡的本分。」

待他們默聲不響地又往前走了一小截之後，柯南說，「你對任何事情都沒什麼趣味嗎，潘可思先生？」

　　「趣味是什麼？」潘可思乾巴巴地回了這麼一句。

　　「那我們叫它愛好吧。」

　　「我是有賺錢這個愛好的，先生。」潘可思說，「但你得指點我怎麼賺才行。」說完他再次吹動鼻腔發出了那個聲音，這讓他的同伴頭一次意識到，原來他的大笑聲就是這個樣子的。他在所有方面都是一個特立獨行的人，也算不上非常誠實，但是，在他噴出那些像是帶著火星的煤渣一樣的各色人生信條時，他那副短促、有力而迅疾的做派卻不像是在戲謔什麼，而是像臺機器似的，機械而周而復始地重複著這個操作。

　　「我猜，你不是一個經常讀書的人吧？」柯南說。

　　「除了信函和帳單之外，從來不讀任何東西。除了跟家族事務有關的各種廣告之外，從來不會收集任何東西。如果那能算得上一種趣味的話，我是有那種趣味的。你不是康沃爾郡柯南家族的成員吧，柯南先生？」

　　「我從來沒聽人這麼說過。」

　　「我知道你不是。我問過你母親，先生。她是個非常有性格的人，不會讓任何一個機會從她身邊溜走。」

　　「你覺得我是康沃爾郡柯南家族的人嗎？」

　　「你應該多打聽一些對你自己有利的事情。」

　　「沒錯！我已經有一陣子很少聽到對我自己有利的事情了。」

　　「康沃爾郡現在有一筆無主的資產等人認領，康沃爾郡柯南家的人只要過問一下就能得到它，但沒人去領。」潘可思說，同時從他的胸袋裡面掏出了筆記本，接著又把它裝了回去。「我要在這裡轉彎了。祝你晚安。」

　　「晚安！」柯南說。但是，還沒等他說完這句話，這艘突然減了重量，不再受拖曳物牽掣的拖輪便已經噴著蒸汽走遠了。

　　此前，他們已經穿過了史密斯菲爾德廣場，現在，柯南被孑然一身地

留在了巴比肯街的街角處。實際上，他並不打算在那天晚上出現在他母親
那個淒涼的房間裡面，此外，就算他此時置身於荒野當中，也不會產生更
加強烈的沮喪感和被遺棄感。接著，他慢騰騰地拐到了奧德蓋特街上，沿
著它朝聖保羅區走了下去，打算到那裡的一條通衢大道上感受一下它的光
明和生機。正在他一邊行走一邊苦苦思索著什麼的時候，在他行走的那條
人行道上面，有一夥人成群結隊地朝他走了過來。於是，他閃到一邊去，
背靠一家商店的牆根站定，為他們騰開了一條通道。當他們走到他身邊的
時候，他發現，這些人聚集在一個被幾個人扛在肩膀上面的東西周圍。接
著，他很快便看到，那是一臺匆促之間用百葉窗或者類似東西製成的擔
架，而躺在它上面的那具人形軀體，人群裡面零零碎碎的談話片段，某人
手裡拿著的一個沾滿泥巴的包裹，以及另外一個人拿著的一頂沾滿泥巴的
帽子，則向他透露了這麼一條資訊，此前不久剛剛發生了一場意外事故。
在那臺擔架從他身邊走過不到五六步遠的時候，它在一盞路燈下面停了下
來，把它負載著的那個東西重新調整了一番。其時，圍攏著它的人群也跟
著停了下來，而柯南發現，他自己被裹進了這個隊伍的中間部位處。

「這是出了意外要上醫院去嗎？」他向身邊的一個老人發問道，後者
正站在那裡搖著他的腦袋，意在邀請別人上前跟他搭話。

「是的，」那人說道，「是被它們那些郵車弄成這樣的。它們應該被起
訴然後罰款，它們那些郵車。它們在蘭德巷和伍德街上用每小時十二或者
十四英里的速度飆車，它們那些郵車就喜歡這麼做。唯一堪稱奇蹟的是，
竟然沒有更多的人死在它們這些郵車的輪子下面。」

「我希望，這個人還沒死吧？」

「我不知道呀，」那人說道，「如果他還沒死的話，那並不是因為它們
那些郵車不想這麼做。」在講話這人抱著手臂舒適泰然地向任何一位願意
聽他說話的旁觀者貶低它們那些郵車的同時，還有另外幾個全然傾向於受
害者一方的聲音也在予他以支援。其中一個聲音對柯南說，「先生，它們

是一大社會公害，它們那些郵車——」；另外一個聲音說：「昨天晚上，我看見它們當中的一輛只差半英寸就撞上了一個小男孩。」；還有一個聲音說：「先生，我看見它們當中的一輛從一隻貓身上碾了過去——那也有可能是你自己的老媽。」；而且，所有聲音都暗含著這麼一個意思，如果他碰巧擁有什麼社會影響力的話，它最好的用途莫過於打擊消滅它們那些郵車。

「唔，就算是一個土生土長的英國人，他每天晚上為了從它們那些郵車手裡逃出一條命去，都有可能把命搭進去。」一開始那個老頭兒雄辯道，「這還是他能清楚地知道，它們會在什麼時候從哪個轉角衝出來，把他的手臂腿一條一條地卸下來。更別說一個對這些事情一無所知的可憐的外國人了，你還能指望他怎麼樣呢！」

「這是個外國人嗎？」柯南說，同時探著身子向前張望了起來。接著，有一陣眾說紛紜的答覆聲響了起來，比如「先生，是個法國人」，「先生，是個葡萄牙人」，「先生，是個荷蘭人」，「先生，是個普魯士人」等等，以及其他各種相互牴觸的證詞，在這些聲音中間，他聽到有個微弱的，混雜著義大利語和法語兩種語言的聲音在討水喝。聽完之後，眾人交頭接耳地議論道，「唉，這個可憐的傢伙，他說他是絕對捱不過這一關了，這沒什麼好奇怪的！」柯南說，他能聽懂這個可憐人所說的話，請求人們讓他到前面去。於是，他馬上便被人們推搡到了最前線，讓他去跟那人對話。

「首先，他想要一些水，」他說，然後朝人群裡張望了起來。（很快就有十來個好心人散開找水去了。）「朋友，你傷得很重嗎？」他用義大利語朝擔架上的那個男人發問道。

「是的，先生，是的，是的，是的，我傷到腿了，我傷到腿了。儘管我的處境非常險惡，但是，聽到這熟悉的音樂聲還是讓我欣喜非常。」

「你是個旅客嗎？待著別動！你看水來了！讓我來餵你一些。」

之前，他們把擔架放在了一堆鋪路用的石頭上面。結果，它距離地面的那個高度恰好十分方便，使得柯南在彎下腰之後，可以很輕鬆地用一隻手抬起那人的頭，再用另一隻手握住玻璃杯送到他的嘴唇旁邊。這是一個身材短小、肌肉發達的棕色皮膚男人，長著黑色的頭髮和白色的牙齒，臉上有一股呼之欲出的活潑氣息，兩隻耳朵上面都戴著耳環。

「好了。你是個旅客嗎？」

「沒錯，先生。」

「以前沒來過這座城市是嗎？」

「沒錯，沒錯，完全沒來過。我是在今天這個倒楣的晚上才到的。」

「從哪個國家來的？」

「馬賽。」

「喔，我去過那裡！我也是從那裡來的！在這裡我跟你一樣，差不多也是個陌生人，儘管我是在這裡出生的，我剛從馬賽回來不久。不要這麼垂頭喪氣的。」當他擦了擦那人的臉然後直起身來，又把手伸到他不斷扭動的身體那裡，溫和地理了理蓋著它的那件大衣之後，那張臉滿是乞求神色地朝上仰望著他。「在你得到妥善照料之前，我是不會丟下你不管的。勇敢一點！再過上半個小時，你就會好上許多了。」

「唉！奧特羅，奧特羅！」那個可憐的小個子男人喊叫著說，用的是一種虛弱而不大相信的音調。接著，當他們再次抬起他來的時候，他搭在擔架外面的右手在空中反手搖動起了食指。

柯南亞瑟轉過身來，跟在擔架旁邊朝前走去，並且時不時地說上一句幫他打氣的話，就這樣一直陪著他來到了附近的聖巴塞羅繆醫院。除了抬擔架的那幾個人和他自己之外，剩下的人都被攔在了醫院門外，接著，那個受傷的男人很快就被冷靜而有條不紊地放在了一張桌子上面，接受了一位外科醫生的認真檢查，該人的行動也像災星那麼迅速，馬上就出現在了受傷那人的面前。「他差不多一個英語單字都聽不懂，」柯南說，「他傷得

嚴重嗎？」

「我們先來全面了解一下傷情。」外科醫生說，接著繼續進行起他的檢查工作來，動作當中流露出一股得心應手的欣然氣息，「然後再開口發聲。」

先後用一根手指、兩根手指、一隻手和兩隻手把那條腿試驗了一番，又前前後後、抬高放低、左左右右地檢查了一通，再就各種問題向一同會診的另外一位紳士發表了一些樂觀的看法之後，那位外科醫生最後拍了拍病人的肩膀，嘴裡說，「他不會有什麼問題的，他會恢復得非常良好。雖然這是一個非常艱難的過程，但我們不想讓他現在就跟他的腿兩下分離。」待柯南把這些話翻譯給那位病人之後，滿心感激之情的後者出於他感情外露的秉性，把這位翻譯的手和那位外科醫生的手輪番親吻了數遍。

「我猜這傷應該挺嚴重的，對吧？」柯南說。

「是 —— 是的。」外科醫生答覆道，像一位畫家凝視著畫架上的作品那樣，他沉思的臉龐上有欣喜的神色流淌於其間。「是的，挺嚴重的。膝蓋上面複合型骨折，下面還有一處脫臼，但它們都傷得非常漂亮。」說完，他又在病人的肩膀上友好地拍了一下，就像他真的覺得，他確實是一個非常善良的人，竟然把他的腿斷成了這樣一副令骨科科學家興致盎然的模樣，完全配得上無論給予他任何褒揚。

「他講法語是嗎？」外科醫生說。

「喔是的，他是講法語的。」

「那麼，他在這裡不會茫然不知所措的。 —— 你只需要像個勇敢的傢伙似的，承受上那麼一丁點疼痛，我的朋友，只需要千恩萬謝地感激，所有問題都得到了盡可能完美的解決，」用英語說完開頭那一句之後，他又用法語向病人補充道：「然後你就可以再次走路了，而且俐落得堪稱奇蹟。現在，我們來看看還有別的問題沒有，看看我們的肋骨如何。」

檢查結果表明，我們的身體不存在任何其他問題，我們的肋骨也是完

好無損。柯南在那裡一直待到這位醫生嫻熟而俐落地進行完一切可能進行的檢查——這是因為，那個在這片異國土地上漫遊的可憐人十足令他動容地懇求他施予這份恩惠——又在病人被適時轉移進去的病床旁邊，一直逗留到了他進入小睡狀態當中。甚至在到了那個時候之後，他還在他的名片上面給病人寫了幾句話，承諾他會在明天過來看他，又囑託醫院的工作人員在他醒來之後交給他。

這些事情占據了他如此之多的時間，以致當他走出醫院大門的時候，教堂已經敲響了晚間十一點的鐘聲。之前，他已經在考文特花園區租下一處臨時居所，所以，他走起那條經由斯諾希爾路和霍爾本路的近道，朝著那個區域走了過去。

進行完方才那場關懷和同情之旅後，再次變得孑然一身的柯南自然而然地進入了一種滿懷心事的狀態當中。同樣自然的一件事情是，在邊走邊想的十分鐘裡面，他是沒辦法不想起福蘿來的。而福蘿又必然會讓他進一步想起，他的遍布歧途而鮮見快樂的人生道路。

回到他的居所之後，他在快熄滅的爐火前面坐了下來，然後像之前站在小時候那間臥室的窗戶旁邊，望向窗外黑壓壓的煙囪叢林時那樣，再次把凝視的目光（這次凝視的是爐火）回轉到了他那條黑暗的時光通道上面，看它怎樣從久遠的過去通向了他眼下的人生舞臺。它是如此迢遙漫長，如此荒蕪不毛，又如此空洞無物。它的裡面沒有童年而言，除了一段記憶之外，也沒有青春可言，而且，就在眼下的這一天裡面，那段記憶也被證明只是他自己愚蠢的一廂情願。

換了另外一個人來講，這可能只是一件戔戔細事，然而，於他而言卻可稱為莫大的不幸。這麼說是因為，在他記憶當中那些嚴厲苛酷的東西都被證明確實是事實——不管看上去還是觸摸起來，它們都頑固執拗地保持著原狀，即是說，它們那副不可戰勝的冷酷面目未見絲毫緩和——之後，他的一份關於過往經歷的溫柔記憶卻沒辦法承受住同樣的考驗，而告

之於煙消雲散了。在之前睜著眼睛做夢的那個晚上，他已經預料到了這一點，但他當時並無這種巨大的不幸感，而他現在卻是扎扎實實體會到它了。

他屬於這種睜著眼睛做夢的夢想家，因為他的天性當中深深地根植著這樣一個信念，對他自己生活當中所欠缺的一應溫柔美好之物都抱有深信不疑的態度。於是，雖然他被養育於一個嗇嚴厲的生意人家，但在這種美好夢想的搭救之下，卻長成了一個擁有高貴靈魂的慷慨之士；雖然他養育於一種冷漠苛酷的環境當中，但在這種美好夢想的搭救之下，卻擁有了一顆溫暖而滿懷同情的心靈；以及，雖然養育於一條黑暗而膽大妄為得令人難以去追隨的，竟敢把按照造物主的形象塑造人這一天經地義的過程，顛倒成了按照罪人的形象去塑造造物主的教義之下，但在這種美好夢想的搭救之下，他最終變得不去妄加評判，謙卑的姿態中飽含著慈悲，心中充滿希望和仁愛。

而且，這個美好夢想也把解救出了那種抽抽搭搭的軟弱做派和殘忍冷酷的自私作風，後面這種人往往會抱定這樣一種態度，覺得這樣的快樂和這樣的美德未曾進入過他們自己的人生小路，或者說未曾充分地福澤於他們，所以他們便認定，它們不在造物的宏大規畫當中，即便在它們嶄露頭角之際，也會把它們貶低得一文不值。從柯南的角度來講，他的思想當中確實是包含著失望這一成分的，但是，他的思想卻是一種分外堅定和健康的思想，跟上述這種有損健康的氣息是格格不入的。即使把他的身體滯留在黑暗當中，他的思想也會升上高空與光明為伍，然後，他會看著它為他人撒播光明，並為它歡呼喝彩。

因此，他現在坐在快熄滅的爐火前面，滿心悲傷地思忖著這個夜晚之前的種種人生遭際，不過，他並未在相形之下，對他人的人生坦途憤憤不平乃至加以詛咒。至於他在一路上失去了如此之多的東西，而且如此難於找到這樣的個人，能夠陪伴他走過低迷崎嶇的人生旅途並為他打氣鼓動，

則只是讓他有些痛惜惆悵罷了。他眼看著火焰已經熄滅，餘燼也已消退，而且殘灰也已經掉落下來破碎了的爐火，心裡思忖道：「我也很快就會經歷這種變化，然後逝去不再！」

就回顧他的人生這個過程而言，它跟從一棵結滿花朵和果實的綠樹上爬下有些相似，當他踩著那些枝條往下爬的時候，會看見它們上面的那些花朵和果實，一個接一個地枯萎和掉落下去。

「從我壓抑痛苦的幼年時光起，到接下來那個嚴厲刻板而難覓愛意的家庭，再到我遠走他鄉、經年流亡、回歸故里、受到我母親的『歡迎』還有接下來跟她進行的那些交往，直至今天跟可憐的福蘿共度的這個下午，」柯南亞瑟說，「我可曾找到過什麼嗎？」

這時，他的門被輕柔地打開了，接著，下面這幾個字眼先是把他驚動了一下，然後像在回答那個問題似的，飄進了他的耳朵裡面：

「小杜麗。」

第十四章　小杜麗的聚會

　　柯南亞瑟匆促地立起身來，看見她正站在門口。眼下，我所講述的這段歷史必須透過小杜麗的眼睛來進行呈現，而它們看到的第一個畫面是——站在那裡的柯南。

　　接著，小杜麗朝一個昏暗的房間裡望了進去，在她看來它可稱空間廣大，而且裝飾得富麗堂皇。她曾經以為，考文特花園是一個具有宮廷氣派的地方，坐落著眾多聞名遐邇的咖啡館，還有穿著金邊大衣的佩劍紳士在那裡爭吵和決鬥；她從未以為，考文特花園是一個揮金如土的地方，到了冬天的時候，那裡的一朵花、一磅鳳梨或者一品脫豌豆都可以賣上好幾個幾尼；她還以為，考文特花園是一個雅致的地方，那裡有一座氣勢恢宏的大劇院，它向那些錦衣華服的淑女紳士們展現著種種神奇美麗的景致，然而，可憐的范妮和她可憐的叔叔卻永遠沒可能觸及它的哪怕一根毫毛；她也以為，考文特花園是擁有一些荒涼氣息的，在它的那些拱道裡面，那些她剛從他們中間走出來不久的，衣衫襤褸而境況淒慘的孩子們，像是一群群小老鼠似的，偷偷摸摸地東躲西藏著苟且度日，以動物下水和腐肉為食，擠成一堆聊以取暖，還被追逐得四下裡逃竄著（巴家的那些老爺們，你們可得留心這些或老或小的耗子呀，因為它們正在上帝面前堂而皇之地咬齧我們的地基，欲把我們的屋宇傾圮在我們的頭上！）；她亦以為，考文特花園是一個被各色事物充斥得滿滿當當的熱鬧地方，在那裡，往昔及當下的各種神祕事蹟和浪漫傳奇，豐饒富足和食不果腹，美麗妖嬈和醜陋怪誕，鄉間的田園和城市的陰溝，芳香撲鼻和臭氣熏天，都統統混同於一處——緣於上述這些雜蕪的既定印象，當它們從門口怯生生地看著它時，在小杜麗的眼睛裡面，這個房間顯得比它的真實模樣更加昏暗模糊了起來。

一開始坐在椅子裡面面朝著熄滅的爐火，然後扭過身子來好奇地看著她的那個人，便是她要尋找的那位紳士。這位棕色皮膚的莊重紳士微笑得如此沁人心脾，舉止又是如此坦蕩體貼，不過，在他的那副認真做派裡面，有一些東西讓她想起了他的母親，但他們二人之間卻存在這麼一個天壤之別，即前者是認真地對人溫柔以待，後者卻是認真地以嚴苛面目示人。現在，他用慣有的專注和詢問神色注視著小杜麗，在此之前，她總會在這種注視之下垂下眼皮去，這次也仍然沒有例外。

「可憐的孩子！怎麼半夜跑到這裡來了？」

「先生，我剛才說的那聲小杜麗，是為了讓你有個心理準備。因為我知道，你肯定會非常吃驚的。」

「妳一個人來的嗎？」

「不是，先生，有馬姬陪著我呢。」

覺得對她的名字進行的這番呈報為她的出現做了足夠的鋪墊之後，馬姬從門外的樓梯平臺處閃了出來，同時展示出一副嘴巴咧得老大的粲然笑容。不過，她旋即便把這份感情流露壓制了下去，然後開始堅定不移地以嚴肅面目示人。

「妳看我的爐子已經熄滅了。」柯南說。「可妳又 —— 」他原本想說「穿得這麼單薄」，但考慮到這會觸及到她的貧窮境況，於是截住話頭改口說道，「可天氣又這麼寒冷。」

把他先前坐著的那把椅子又往爐柵跟前挪了挪之後，他讓她坐進了那裡面，接著，他急匆匆地找來木柴和煤炭，把它們堆在一處，生了一堆明亮的爐火起來。

「孩子，妳的腳像是石頭似的。」在單膝跪地進行點火工作期間，他不期然間碰了它一下，「把它再往火跟前放一放。」小杜麗慌忙對他表示感激，並且說已經相當暖和了，已經非常暖和了！當他感覺到，她在藏起她單薄破舊的鞋子時，心下頓覺大痛。

小杜麗並非為她寒酸的鞋子感到羞恥。他熟知她的過往經歷，所以她不會有這種想法。小杜麗是在擔心，如果他看到它們的話，他可能會因此責怪她的父親，也就是說他可能會這麼想，「為什麼他今天還能坦然吃他的晚飯，卻聽任這個小東西走在那些冰冷的石頭上面？」她並不認為這是一種公正的想法，只是根據經驗得知，在某些時候，這種謬見會自發出現在人們的頭腦裡面。在她看來，這種謬見是她父親的不幸處境的致因之一。

　　「在我講其他事情之前，」小杜麗開口說道，其時，她坐在那堆有些虛弱暗淡的爐火前面，重新抬起眼睛望向了那張集關注、憐憫和保護等諸多內容為一體的和諧面孔，她覺得，那張臉是一個級別遠高於她的神祕事物，而且差不多快要超出她的想像能力範圍之外了，「我可以跟你說點事嗎，先生？」

　　「可以，孩子。」

　　在他頻頻稱她為孩子的時候，有一絲微微可見的痛苦陰影降落到了她的身上。她訝異於他竟然察覺到了它，或者說竟然會對這樣一個戔戔細物付諸思量，但是，他卻直截了當地說：

　　「我想找一個親切點的詞語來稱呼妳，但實在想不出來別的叫法。因為妳剛才稱呼自己的時候，用的是在我母親家裡的那個名字，也因為我每次想到妳的時候，都會用它來稱呼妳，所以，就讓我叫妳小杜麗吧。」

　　「謝謝你，先生，我對它的喜愛之情勝過了任何其他名字。」

　　「小杜麗。」

　　「小媽。」馬姬（她之前一直都在睡覺）插了這麼一句，意在對上述稱呼做出更正。

　　「這完全是一回事，馬姬。」小杜麗應對道，「完全是一回事。」

　　「這完全是一回事嗎，媽媽？」

　　「絕對是一回事。」

馬姬聞之大笑了起來，接著馬上便鼾聲再起了。在小杜麗看來和聽來，這個有些粗鄙的身形和有些粗鄙的聲音，卻是極盡可能地為她所樂見喜聞。當那位莊重的棕色皮膚紳士再次把目光降落到她臉上之時，那上面滿滿地遍布著因為她的這個大孩子而產生出來的熠熠自豪之光。她很想知道，當他看著馬姬和她自己的時候，他在想些什麼。她還在心下思忖道，他會是一個多麼優秀的父親，還有，他會怎樣伴隨著那樣一種目光，去開解和呵護他的女兒。

「先生，我想告訴你的是，」小杜麗說：「我哥哥重獲自由了。」

亞瑟與聞這一消息之後感到不勝欣喜之至，同時希望他能有所作為。

「先生，我還想告訴你的是，」小杜麗說，與此同時，她的整個身體和她的聲音全都抖顫了起來：「我並不知道是哪位慷慨之士讓他解脫了牢獄之災 —— 也絕對不能去打聽，絕對不會被告知，同時絕對不能滿懷感激之情地去感謝那位紳士！」

他可能並不需要感謝，柯南說。而且很有可能的一種情形是，他自己也是滿懷感激之情（而且這種感激並非無因而至），感激他有能力有機會幫她一點小忙，而實際上，她是絕對有資格領受上一個比它更大的忙的。

「先生，我再想告訴你的是，」小杜麗說，她的抖顫呈現出了愈演愈烈之勢：「如果我知道他是誰的話，我將要，我將會告訴他，他絕對絕對不會知道，我是多麼感戴他的善意，還有我善良的父親，他也會多麼感戴他的善意。先生，我再再想告訴你的是，如果我知道他是誰的話，我將要 —— 但我不知道他是誰而且我是絕對不會知道的 —— 我深知這一點！ —— 我將會告訴他，從此以後，在沒向上帝乞求保佑他獎賞他之前，我是絕對不會躺倒睡覺的。還有如果我知道他是誰的話，我將要，我將會雙膝跪倒在他的面前，拉過他的手來親吻它並且請求他不要把它抽走，而是讓它停留在那裡 —— 啊！哪怕只停留上片刻也好 —— 好讓我感激的淚水滴落在它的上面，因為我沒有能力給予他任何其他感謝！」

在此之前，小杜麗已經把他的一隻手拉到了她的嘴唇旁邊，而且作勢要向他下跪，但他用輕柔的動作阻止了她，然後重新把她按到了椅子裡面。實際上，她的眼睛，還有她的聲調，都已經表達出了遠比她所認為的更加衷忱的謝意。而他在說出下面這些話的時候，也失卻了平素的冷靜做派，「好了，小杜麗，好了，好了，好了！接下來我們這麼假設一下，妳已經知道這個人是誰了，然後妳會做出上面那些舉動，而且全都已經做過了。現在妳來告訴我，我跟這個人完全沒有干係——除了是一個請妳相信他的朋友之外，我什麼都不是——妳為什麼會在貪夜出行，是什麼讓妳三更半夜的時候，在街道上迢遙跋涉，我的矮小瘦弱的，」這時，「孩子」一詞又一次湧到了他的唇邊，「小杜麗！」

「今天晚上，馬姬和我準備，」她答道，同時暗暗地克制了自己的感情波動，這已經可稱是，她長期以來的一個習慣之舉了，「去我姐姐工作的那家劇院。」

「喔！難道它不是一個很靜的地方嗎？」馬姬突然插了這麼一句，她似乎擁有這麼一種能力，可以在她自己選定的無論任何時間睡去或者醒來。「差不多像一家醫院那麼好。只是那裡沒有雞肉而已。」

說到這裡，她抖了抖身子，然後再次睡了過去。

「我們去那裡的原因是，」小杜麗邊說邊打量著她的這個負擔，「我有時候想要了解一下，親自過去了解，我姐姐在那裡做得好不好，想要在她和我叔叔都不知道的時候，看看她在那裡的樣子，用我自己的眼睛親自去看。說真的，我絕少有機會這麼做，因為當我不外出做工的時候，我要陪著我父親，甚至當我外出做工的時候，我都要趕緊回家陪他。不過，今晚我假裝要去參加一個聚會。」

在她供認這些實情的時候，她怯生生地，躊躇不決地抬起眼睛望向了柯南的面孔，然後清楚無誤地讀懂了它所流露出來的那條資訊，於是這麼作答道：

「噢不，當然沒有！我這輩子從來沒有參加過聚會。」

接著，她在他專注的目光之下稍稍停頓了一會兒，然後說，「我希望這麼做不會給他們帶來什麼傷害。要是不去假裝我還稍微有點用的話，我這個人是沒辦法有任何用處的。」

她有些擔心，他會在心裡責備她，怪她竟然會在他們對此毫不知情，或者說對她不懷絲毫感戴之心，反倒是有可能認為她無視他們的感受，而對她指摘怨恨起來的前提之下，而如此千方百計地為他們圖謀策劃，為他們煞費思量，對他們關注備至。但是，柯南心裡實際上想的是，這個瘦弱的身體和它的堅定的目標，它的單薄破舊的鞋子，它的幾難蔽體的衣服，還有它假想出來的那些娛樂和享受。他問她，那場假想出來的聚會在哪裡舉辦？在她工作的一個地方，小杜麗紅著臉答道。在此之前，她幾乎沒怎麼談及過它，只是為了讓她父親放心，而說過隻言片語。但她父親並不認為，它會是一場氣派堂皇的聚會 —— 更確切的說法是，他會假想它是這樣一場聚會。說完這話之後，她瞥了一眼被她穿在身上的那條披肩。

「這是我有生以來第一次，」小杜麗說，「在晚上走出家門。倫敦看上去是如此龐大，如此貧瘠，又如此荒涼。」在小杜麗的眼睛裡面，在黑暗的天幕之下，它所展現出來的那副廣袤模樣是有其駭人之處的，所以，當她說出上面那些話時，身子不由自主地打了一個激靈。

「但是先生，」她補充道，再次暗暗地克制了感情的波動，「我不是因為這個才來麻煩你的。我姐姐交了一個女性朋友，這是我今晚走出家門的首要原因，她跟我說了一些有關她的情況，讓我變得憂心如焚了起來。離開家裡之後，我繞道（有意這樣做的）來到了你住的地方，看見那扇窗戶還亮著燈光 ——」

她不是頭一回這樣做了。不，絕對不是頭一回了。在今晚之外的其他幾個夜晚裡面，小杜麗就來觀看過這扇窗戶，覺得它從外面看起來像是一顆遙遠的星辰似的。疲憊而煩惱的她拖著沉重的步履，專門繞路過來瞻望

它，對窗戶裡面那位曾經以朋友和保護人的身分跟她談過幾次話的莊重黑臉紳士浮想聯翩個不止。

「要是你獨自一人在家而我又上了樓的話，」小杜麗說，「我認為我想說的有三件事情。第一件是，其實我已經試著講過它了，但我絕對不能 —— 也絕對不會 ——」

「噓，噓！這件事已經做完了，已經處理掉了。我們來跳到第二件上面吧，」柯南用一個微笑笑走了她心裡的激動不安，又把爐火往旺裡捅了捅，把桌子上面的葡萄酒、蛋糕和水果往她那邊推了推，嘴裡這麼說道。

「我認為，」小杜麗說，「—— 這就是第二件事情，先生 —— 我認為柯南老夫人絕對已經發現我的祕密了，絕對知道我從哪裡來又要往哪裡去，我指的是我的住址。」

「不會吧！」柯南迅速應答了這麼一句。短暫思索之後，他問她為何作此猜測。

「我認為，」小杜麗應答道，「付老爺子絕對在監視我。」

柯南把目光轉到爐火上面，蹙著眉頭再次思索了起來，然後再次問道，她為何作此猜測？

「我碰到過他兩次。兩次都在家附近。兩次都是晚上，都是在我回家路上。兩次我都覺得（儘管這極有可能是我的錯覺），他看上去不太像碰巧碰到我的樣子。」

「他說什麼沒有？」

「沒有，他只是點了點頭，又把它歪到了一邊。」

「他那腦袋真是見鬼了！」柯南沉吟著說，眼睛仍然盯著爐火，「它總是歪在一邊的。」

接著，他醒過了神來，勸她喝點葡萄酒，或者吃點東西，但此事進行起來卻是非常之困難，因為她十分膽怯而且害羞。然後，他又沉吟著說：

「不過，我母親對妳的態度變了沒有？」

「喔，一點都沒變。她還跟之前一模一樣。我很想知道，我是不是最好把我的經歷講給她聽。我很想知道我是不是可以這樣做 —— 我的意思是，你是不是願意讓我告訴她這些。我很想知道，」小杜麗說，同時，她看著他的目光裡面飽含著懇求的意味，然後，當他也看起她來的時候，她逐漸把自己的目光收了回去，「你是不是願意給我提提建議，讓我知道我該怎麼辦。」

「小杜麗，」柯南說，此時，在他們兩人之間，這個短語已經具有了一百個溫柔的含義，具體是什麼要視不同的語調和它的上下文而定，「什麼也不要做。我會跟我的那位老朋友，就是阿麗夫人談談。什麼也不用做，小杜麗 —— 除了用擺在這裡的那些東西給妳自己補充補充體力。我求妳多少吃點吧。」

「謝謝你，我不餓。也不，」當他輕柔地把酒杯朝她推過去的時候，小杜麗又說，「也不渴。 —— 我想，馬姬可能會想要吃上一些。」

「我們過一會兒讓她找些口袋把這裡的這些東西全都裝上，」柯南說，「不過，在我們叫醒她之前，妳還有第三件事情要講。」

「是的。我講的事情不會冒犯到你吧，先生？」

「我可以毫無保留地對此作出承諾。」

「它聽起來會有些奇怪的感覺。我差不多不知道該怎麼講它。請不要因為它覺得我不可理喻或者忘恩負義。」小杜麗說，那種激動不安的情緒又在她身上出現了，而且愈演愈烈了起來。

「不會，不會，不會。我能確定，它會是正常而且正確的。我也不擔心，我會對它做出錯誤的解讀，不管它是什麼。」

「謝謝你。你要再去牢裡看我父親是嗎？」

「是的。」

「你之前非常善良體貼地給他寫了一封短箋，說你要在明天過去是嗎？」

「喔，那沒什麼的！是的。」

「你能不能猜到，」小杜麗說，同時把她的兩隻小手緊緊地交疊在了一起，還用百分百的認真神色看著他，就像她的靈魂在篤定地透過眼睛向外觀瞧一樣，「我要請你別做什麼事情？」

「我認為可以。不過我可能猜得不對。」

「不，你沒有猜錯，」小杜麗搖著頭說。「如果我們真的非常非常需要它的話，也就是說，已經到了沒有它就活不下去的地步，我會求你把它給我們的。」

「我會的 —— 我會的。」

「不要鼓勵他問你要錢。如果他真的跟你要了，不要理會他。不要把錢給他。挽救他或者說讓他免於遭受那種腐蝕，然後你就可以對他有個更好的評價！」

柯南說，但他的口齒並不是非常清楚，因為他看到，她的焦急的眼睛裡面有淚光在閃動，然後說在他這裡，她的願望會被奉若神諭。

「你並不知道他是個什麼人，」她說，「你並不知道他的真面目是什麼模樣。親愛的，光是憑你在那裡突然見了他一面，而不是像我一樣逐漸了解他，你怎麼能夠知道呢！你對我們實在是太好了，那種善意是如此體貼而又如此真摯，以致我希望，他在你的眼睛裡面能有一個良好的形象，比任何其他人看到的都要更好。我沒辦法承受下面這個想法，」小杜麗用雙手遮蓋著臉上的淚水，嘴裡喊叫著說，「我沒辦法承受這個想法，你，全世界只有一個你，你只看到他在落魄時候的那些樣子。」

「請妳，」柯南說，「不要這麼難過。請妳，請妳，小杜麗呀！這個我現在已經非常清楚了。」

「謝謝你，先生！謝謝你！我曾經竭力克制不把這些話說出口來，我曾經夜以繼日地琢磨著這件事，但是，當我確切知道你要再去牢裡的時候，我下定決心要把它們說出來。這不是因為我為他感到羞恥，」她迅速

擦乾了眼裡的淚水，「而是因為，我比任何一個人都要更加了解他，而且以他為榮。」

卸下這個重擔之後，小杜麗十分緊張地急著要走。這時，馬姬已經徹底醒來了，正在貪饞地眺望著桌子上面的水果和蛋糕，嘴裡還發出一些飽含期待的竊笑聲。見此情狀之後，大權在握的柯南先給她倒了一杯葡萄酒讓她喝著，藉此十分巧妙地轉移了她的注意力，馬姬則喝得一連串地大聲嘔摸著嘴巴，而且每喝完一口都會用手撫著氣管，凸著眼珠上氣不接下氣地說，「噢！這難道不是很美味嗎！這難道不是很熱情好客嗎！」待她喝完葡萄酒並且發表完這些高度讚揚意見之後，柯南命令她把桌子上面的所有吃食全都裝進她那個絕對不會跟她分開的籃子裡面，還讓她當心不要有任何殘留。而馬姬在進行此事時表現出來的那份樂此不疲的態度，還有她的小媽在看到她的快樂模樣時表現出來的那份欣喜之情，都讓剛剛結束的那場談話所造就的氛圍朝一個至為利好的方向轉變了過去。

「但是，等你回去時大門早就鎖上了。」柯南突然想起了這件事情，嘴裡說。「你準備去哪裡？」

「我要去馬姬的住處，」小杜麗答道。「我會非常安全，也會得到非常好的照顧。」

「我必須陪著妳們前往那裡，」柯南說，「我不能讓妳們獨自過去。」

「不用，請你讓我們自己過去吧。請答應我們吧！」小杜麗乞求道。

她提出此項請求的態度是如此之認真，以致柯南慎重考慮道，他或許不該強行干涉她的行動，而且，因為他十分清楚，馬姬的住處絕對是最為暗無天日的那一類，所以這種感覺愈發強烈了起來。「來吧，馬姬，」小杜麗歡快地說，「我們自己會做得很好的，我們在這個時間也是認得路的，對吧馬姬？」

「是的，是的，小媽，我們是認得路的。」馬姬竊笑著說。然後她們便離開了。走到門口之後，小杜麗轉過身說，「上帝保佑你！」說出這句話

的時候，她的語調非常輕柔，但也可能比教堂唱詩班全班成員的聲音都要洪亮，這誰又能說得清楚呢！

　　一直等到她們走過那條街的那個轉角之後，柯南亞瑟才遠遠地跟了上去。在他的心裡，沒有任何想要第二次侵犯小杜麗的隱私的想法，只是想親眼看見，她安全地回到了她所熟悉的那一帶地區，求個心下安寧。她的那個負擔物曳足前行著，在此人投下的陰影裡面，她像隻小鳥似的輕快地向前飛掠著。她看上去是如此之嬌小，同時，在陰冷潮溼的天氣的映襯之下，她又顯得如此之纖弱無助，以致在對她滿懷同情（除了同情之外，他還始終把她當作一個跟這個粗暴鄙俗的世界有所區別的孩子）之餘，他還覺得，自己似乎十分樂意把她抱在懷裡，然後就那樣攜帶著她一路走到此行的終點處。

　　最後，她終於走進了馬夏所在的那條通衢大道，接著，他看見她們放慢了腳步，很快又拐到了一條輔街上面。他停住腳步琢磨道，他沒有權利走得更遠了，於是就慢慢地背離她們而去了。他當時絲毫沒有懷疑過，在早晨到來之前，她們會有無家可歸的風險，而且，他是在很久很久之後才知道這件事。

　　但實際上，當她倆在一處通體不見一星燈火的破舊居所旁邊停住腳步，接著在門口沒有聽到任何聲響之後，小杜麗說，「你看，馬姬，這裡對妳來說是一個很好的住處，所以我們絕對不能做出冒犯的舉動。結果就是，我們接下來只能把門敲上兩遍，而且都不會敲得很重。要是我們這樣做沒辦法叫醒他們的話，那我們就必須到處蹓躂著等待天亮了。」

　　第一次，小杜麗小心翼翼地敲了一下，然後開始側耳諦聽。第二次，小杜麗又小心翼翼地敲了一下，然後又開始側耳諦聽。但整幢房子上下仍然關得密不透風，而且仍然一片靜謐無聲。「馬姬，我們必須得盡力打起精神來了，親愛的。我們必須得耐心著點，慢慢等待天明了。」

　　接著，當她們再次走進那條主街，又聽見附近的大鐘都敲出了一點半

的鐘聲的時候，漆黑的夜空中正在刮著溼漉漉的冷風。「只要再過上五個半小時，」小杜麗說，「我們就可以回家了。」而接下來的一個自然而然的舉動是，她們談論起了有關家的話題，又決定走過去看看它（因為它離得非常近）。於是，她們就來到了那扇關著的大門旁邊，接著透過鐵柵欄窺視起裡面的院子來。「我希望，他現在熟睡正酣。」小杜麗吻了吻其中一根鐵棒，然後說，「而且沒有想念我。」

這扇大門是如此的熟悉親切，又像極了一個夥伴，於是，她們便把馬姬的籃子放到一個角落裡面充當座位，在那上面坐了下去，緊緊倚靠在一處稍事休息。當街道空無一人且寂靜無聲的時候，小杜麗不會感到害怕，但是，當她聽到遠處響起了腳步聲，或者看到街燈投下的光亮當中有個黑影在移動的時候，她會在大吃一驚之餘耳語道，「馬姬，我看到一個人，快走！」馬姬會多少有些不耐煩地醒轉過來，接著，在到處蹓躂上一小會兒之後，她們會再次返回那裡。

只要吃東西這項活動還有些新鮮感而且有其樂趣可言，馬姬的士氣便可稱相當高昂。但是，待到那個階段過去之後，她開始對寒冷叫苦不迭了起來，並且一邊打抖一邊小聲啜泣個不停。「很快就會過去了，親愛的，」小杜麗耐心地勸說道。「喔！妳當然一點問題都沒有，小媽。」馬姬應答道，「但我是個可憐的小東西，才十歲這麼大一點。」最後，到了午夜時分，整條街道都變得萬籟俱寂了起來，小杜麗把那顆沉重的大腦袋按在自己的胸脯上面，想要哄著她入睡。就這樣，這個從某種程度上來講，可以說是孤身一人的她，坐在大門旁邊舉首仰望起了群星，看著一片片雲彩瘋瘋癲癲地從她們的上空馳驟而過 —— 這可稱是小杜麗這場聚會當中的舞蹈表演。

「如果這真的是一場聚會該有多好！」坐在那裡期間，她一度這樣想道。「如果它明亮溫暖而又漂亮，是在我們自己的房子裡面舉行的，我那個可憐而親愛的人是它的主人，而且從來沒在這些高牆裡面待過，那該有多好！還有，如果柯南先生是我們的客人之一，我們正在和著歡快的

音樂跳舞，全都表現得前所未見的快樂和輕鬆，那該有多好！我很想知道——」接著，有一條似乎由種種奇觀構建而成的長廊在她眼前鋪展了開來，但她又懵懵懂懂地不知所以。她就這樣恍恍惚惚地坐在那裡舉首仰望著星星，直至馬姬再次叫起苦來，說她想要起身走走。

　　三點過去了，三點半也過去了。在此之前，她們已經去倫敦橋上遛了一趟，已經聆聽了河裡的激流衝擊在障礙物上面的聲音，已經透過暗色的水蒸氣，滿心畏懼地向下觀望了河面，已經看見了河面上星星點點的光斑，那是橋上的路燈在水上的反光，它們像惡魔的眼睛一樣，閃閃地發著微光，又因為它們那種罪惡和淒慘的氣息，而擁有了一種可怕的魅惑力。除此之外，她們還畏畏縮縮地從一些蜷曲著身體躺在角落裡面的流浪漢身邊走了過去，還飛跑著逃離了一些醉鬼，還從一些鬼祟行事的人們身邊驚跳了開來，那些人要嘛在一些偏僻街道的轉角處相互吹著口哨（或者唱歌），要嘛會在突然之間飛跑起來。不過，不管在什麼地方，二人當中的領導人和嚮導，即小杜麗都會假裝出一副依附且依賴於馬姬的模樣，這是破天荒第一次地，讓她為自己的年幼外貌感到竊喜不已了起來。而且，當她們在一條小路上面碰到一群吵吵嚷嚷又偷偷摸摸的人們時，有一個聲音不止一次向其他人喊道：「讓這個女人和這個小孩子過去！」

　　就這樣，這個女人和這個小孩子從那群人中間穿行了過去，繼續往前走了起來，然後，從眾多教堂尖頂處傳來了五點的鐘聲。接著，當她倆正在慢步朝東走去，而且已經開始搜尋第一縷蒼白的曙光的時候，有個女人從她們身後趕了上來。

　　「妳要對這個孩子做什麼？」她對馬姬說。

　　她年紀尚輕——實際上是太過年輕了一些，本不應該出現在眼下這個場合裡面，但天曉得是怎麼回事！——看上去既不醜陋也不面目可憎。她說起話來有些粗魯，但從物理層面上來講，她的聲音並不難聽刺耳，而且，在它的音調裡面，甚至還包含著一些音樂般美妙的東西。

「妳又想對妳自己做什麼呢？」因為找不到一個更好的答覆，所以馬姬這樣反詰了一句。

「雖然我沒有告訴妳，但妳難道沒長眼睛嗎？」

「我能看到，但我還是不知道。」馬姬說。

「準備自殺呢。現在我已經回答了妳的問題，該妳回答我了。妳想對這個孩子做什麼？」

那個被想當然的孩子低垂著她的頭，把身子緊挨在馬姬身邊。

「可憐的東西！」那個女人說。「妳是沒有感情嗎，所以妳才在這個時間，讓她待在這些凍死人的街道上面？妳是沒有眼睛嗎，所以妳才看不見她是多麼的纖細瘦弱？妳是沒有知覺嗎（妳看上去好像沒有太多這個東西），所以妳才會不對這隻冰冷而顫抖的小手心懷更多的憐憫？」

在此之前，她已經跨過街道走到了她們這一邊，並且把那隻手夾在她自己的兩隻手當中搓揉摩擦了起來。「親愛的，吻一下這個可憐而迷惘的人吧。」她低下頭說：「然後告訴我她要把妳帶到哪裡去。」

這時，小杜麗把臉扭向了她。

「喔！我的天呀！」她一下子把臉縮了回去，嘴裡說：「原來你是個女人啊！」

「不要在意那個！」小杜麗說，並且把那兩隻突然鬆開她的手抓了一隻過來。「我可沒有害怕妳。」

「那妳最好能怕起我來，」她答道。「妳沒有母親嗎？」

「沒有。」

「也沒有父親嗎？」

「不是，有一位非常可親的父親。」

「那回家找他去吧，並且對我懼怕起來。讓我走吧。晚安！」

「我必須先對妳表達一下謝意，還有，讓我對妳說上幾句話吧，就像我真的是個小孩似的。」

「妳沒辦法做到這一點，」那女人說。「妳是個好心又天真的人，但你已經沒辦法用孩子的眼睛來看待我了。要不是我以為妳是個孩子的話，我是絕對不會碰妳的。」接著，在發了一聲奇特而瘋狂的喊叫之後，這人便揚長而去了。

當時，天空當中尚未有白晝的身影，但是，白晝已經出現在了街道上發著回聲的石頭裡面，出現在了運貨馬車、手推車和公共馬車身上，出現在了前去從事各種工作的工人身上，出現在了一早開門營業的商店裡面，出現在了市場旁邊的車輛身上，出現在了河畔的騷動擾攘裡面。除此之外，正在降臨的白晝還出現在了突然亮起來的燈光裡面，它們的色彩要比夜晚時分黯淡微弱上一些，還有，正在降臨的白晝也出現在了漸趨鮮明起來的空氣，和將死去的如鬼魅般蒼白失色的夜色裡面。

隨後，她們再次回到了大門那裡，而且打算一直等到開門為止，但是，當時的空氣實在太過潮溼陰冷，所以，為了保暖起見，小杜麗只好領著睡得迷迷糊糊的馬姬四處走動了起來。在走過聖喬治教堂旁邊時，她看到那裡亮著燈光，而且門也開著，所以，她爬上臺階朝裡面望了進去。

「那邊是誰？」一個身形胖大的老頭喊叫著說，他正在往頭上戴一頂睡帽，似乎欲去地窖裡面就寢一般。

「不是什麼不同尋常的人物，先生。」小杜麗說。

「站住！」那人喊道。「讓我們看看妳的樣子！」

聞聽此言之後，正在往外走的小杜麗把身子扭了過來，然後把她自己和受她照管的那人呈現在了他的面前。

「我是這麼想的，」他說，「我認識妳。」

「當我來這裡做禮拜時，」小杜麗說，她也認出了這個教堂敲鐘人，或者是教區執事，或者是教堂司事[089]，或者是別的什麼，「我們見過很多次面。」

---

[089]　指教堂裡面擔任管理教堂、敲鐘和挖掘墓穴等工作的人員。

「不止那樣，妳要知道，我們的出生登記簿裡面還登記著妳的名字，你算是我們的一件奇珍異寶呢。」

「真的呀！」小杜麗說。

「那當然了。因為妳是馬夏—— 順便問一句，妳怎麼這麼早就出來了？」

「我們昨晚被鎖在外面了，正在等著進去呢。」

「妳像是在講笑話似的！還有足足一個小時要等呢！來法器室裡面吧。你能在法器室裡面烤烤火，它是為畫師們生起來的。我正在等著畫師們呢，否則我就不會在這裡了，妳儘管放心，肯定讓妳烤上火。如果把它烤得舒舒服服的在我們的權力範圍之內，我們是絕對不會讓這件奇珍異寶受凍的。這邊走。」

從他那副親切的樣子來看，這是一個非常善良的老人。把法器室裡面的爐火捅旺之後，他又在放著登記簿的架子上搜尋了起來，想要找到其中的某一冊。「妳瞧，妳在這裡，」他把那一冊從架子上取了下來，然後開始翻起它來。「妳可以在這裡找到妳自己，清清楚楚地在這裡呢。愛米，杜麗威廉和杜麗范妮的女兒，出生於聖喬治教區的馬夏監獄。還有，我們一直都對大家說，自從出生那天之後，妳一直都住在那裡，沒有少過哪怕一個白天或者黑夜。這是真的嗎？」

「千真萬確，直到昨晚才破了例。」

「老天爺呀！」不過，在他用仰慕的目光凝視著仔細審視她的時候，又有別的某些東西進入了他的心裡，於是他說，「不過，看到妳這副虛弱疲憊的樣子，讓我覺得很是難過。稍微休息一下吧。我會從禮拜堂裡面拿一些墊子出來，妳和妳的朋友可以在爐火前面躺著休息一下。不用擔心大門開了之後不能及時跟妳父親相會，我會叫妳的。」

接著，他很快就把幾張墊子拿了進來，然後像播種那樣把它們撒在了地上。

「妳瞧，妳又到這裡來了，而且這次是活生生的真人。喔！不要把感謝這種事情放在心上。我自己也有幾個女兒呢。儘管她們不是出生在馬夏監獄裡面，但是，如果我也做了妳父親那種工作，照著我那副胡作非為的做派，她們也很有可能會落得這個下場。稍等一下。我必須得在墊子下面放個東西，讓妳把頭枕上去。這裡有本葬禮登記簿。這個東西剛剛好！我們已經把班姆夫人記進這個冊子裡面了。不過，對於大多數人來講，這些冊子最有趣的地方在於，不是誰在它們的裡面，而是誰不在裡面，誰快要被登記進來了，還有什麼時候被登記進來，妳要知道這一點。這可是個有趣的問題呢。」

折回頭躊躇滿志地看了看他方才即興製造出來的那顆枕頭之後，老頭離開了法器室，撇下她們進行那為時一小時的休憩。眼下，馬姬已經在打鼾了，小杜麗也很快進入了熟睡狀態，她頭枕著那本封緘起來的命運祕笈，但是，她的夢鄉並沒因為它的那些神祕的空白頁面而有所擾攘。

這便是小杜麗的聚會，它的內容是一座可恥、荒蕪、拙劣而穢跡昭彰的偉大都城，是一個潮溼、陰冷、時間遲滯而流雲飛奔的淒涼長夜。接著，在一個雨天早晨所顯露出來的第一抹灰濛濛的霧氣當中，筋疲力竭的小杜麗從這場聚會上返回了家裡。

（小杜麗的聚會）

第十五章　付老婆子復發一夢

　　就城裡那座周身上下都裹滿煤灰，且沉重地倚靠在那些也跟它一起日漸腐朽和破舊的支架上面的，已然式微的老房子而言，它從未有過片刻的健康或者快樂時光，同時對降臨到它身上的無論任何遭遇都來者不拒。如果陽光曾經觸及過它的話，那它僅僅只是一縷光線而已，而且不到半個小時便消逝不見了，如果月光曾經在它身上棲息過的話，也只是在它那件淒涼的斗篷上面增添了幾個補丁而已，讓它顯得更加悲苦了一些。當夜色中的煙霧不多而足夠清朗的時候，星星肯定會冷冷地注視著它，此外，一應惡劣氣候都會侍立在它的左右，且其忠誠程度可謂罕見。當雨水、冰雹、霜凍和融雪在其他地方已經消失罄盡之際，你卻可以發現，它們在那個悲淒的院落裡面久久逗留著不肯離去。至於雪這方面而言，你可以看到它在那裡停留上數週時間，在它已經從黃色變成黑色很長時間之後，仍然還在緩慢流逝著它那些挾裹在髒泥濁水中的生命。除了它們之外，這個地方沒有任何其他追隨者可言。至於街頭上的嘈雜市聲，那些隆隆的車輪聲僅僅會在路過它的時候突然衝進門道裡面，接著又猛衝而出。在聆聽它們的時候，女管家阿麗會覺得自己像個聾子似的，只有在那電光火石般的一剎那裡面方可恢復聽覺。口哨聲、唱歌聲、談話聲和大笑聲，以及一應令人愉悅的人類聲音，在這個地方都會有同樣的表現，即它們都會在一瞬間裡面跳過這條小溝，然後繼續走它們的路。

　　在柯南老夫人的房間裡面，它的時時變動著的爐火和蠟燭光線構成了這個死氣沉沉的單調之地的最大變數。在她的那兩扇長而窄的窗戶上面，爐火會在沉沉鬱鬱地映照閃爍上一整天之後，接著再沉沉鬱鬱地映照閃爍上整整一晚。在一些鮮有發生的例外情形裡面，它會熾烈地火光燭天起來，而她本人亦是如此，但在大多數時間裡面，它都會像她一樣，呈現出

一副壓抑的姿態來，平穩而緩慢地銷蝕折損著自己的生命。然而，在那些短暫冬日的很多個時辰裡面，外面還是午後尚早之際，但這座房子裡面已經是暮色濃重了，其時，她自己坐在輪椅裡面的模樣，付老爺子扛著歪脖子的形象，以及女管家阿麗來來回回忙活的樣子，都會把它們時時變化的扭曲影像投射在門道上方的牆壁上面，而它們懸停在那裡的那副樣子，活像是一盞巨大的走馬燈所呈現出來的圖像。到了那位為斗室所困的殘疾人在夜間安歇之際，這些圖像會逐漸消失掉，但女管家阿麗四處飛掠的巨大陰影會繼續存在下去，直至像個旅行中的巫婆似的，突然在空氣中消失不見。然後，那盞孤燈會一成不變地燃燒下去，直至在破曉之前變得蒼白失色起來，其時，女管家阿麗會從她巫婆式的睡眠當中醒轉過來，把她的陰影降落到它的上面，最後一口氣把它吹得光消焰滅。

　　如果這間小病室裡面的那堆爐火實際上是一堆烽火，其功用是為了召喚某人，而且他是這個世界上最不可能的那個人，前往那個無可迴避的所在的話，這種說法真可稱之為聞所未聞。如果這間小病室裡面的那盞燈實際上是一盞監視之燈，它每天晚上孜孜不倦地不停燃燒，是為了監視某件注定之事的最終發生的話，這種說法也可謂之日鮮有聽聞！[090] 在那些行走於日光或者星光之下的，攀爬著揚塵的山丘或者跋涉著無垠的曠野的，以及橫跨大陸或者遠涉重洋的，但都來來去去得如此奇特的浩瀚廣漠的人世旅客當中，有哪些會在彼此相遇之後如此愛恨痴纏？在這個廣大群體當中，有誰能夠做到不對這趟旅途的終點懷有任何疑慮，從而篤定安然地走向彼處？

　　時間將會向我們展示出這些問題的答案。實際上，不管欲要前往的是哪種目的地，比如榮耀之地和恥辱之地，將軍之位和鼓手之位，西敏寺裡面的貴族雕像和深海腹地處溺亡水手的吊床，主教之冠和濟貧院的床位，上議院議長的羊毛坐墊和罪犯的處決絞架，以及王座和斷頭機等，所有旅

---

[090]　　這個排比句式的潛臺詞應該是，柯南老夫人的最終宿命是難逃一死，而這種說法跟大眾所喜聞樂見的樂觀基調是不相符合的，所以說它是「聞所未聞」和「鮮有聽聞」的。同時，這句話也流露出了作者在年歲已高後的一種悲涼心境。

客都是走在同一條人生大道上面的，但它又分出了多至堪稱神奇的無數歧路，唯有時間才會向我們展示出，每位旅客最終會走到哪一條上面去。

在一個冬日下午的黃昏時分，一整天都昏昏沉沉的付老婆子做了這樣一個夢：

她記得，她當時正在廚房裡面一邊燒水（準備泡茶）一邊烤火，把罩衣的下擺撩了上去，雙腳擱在壁爐的圍欄上面，她的面前是一堆已經坍塌了下去的爐火，它位於爐膛的中央部位處，兩邊各有一條冰冷的黑色深溝。她記得，正在她如此這般坐在那裡思索著，對於某些人來講，生活是否真的不是一項相當沉悶乏味的發明創造的時候，突然被從身後傳來的一陣嘈雜聲嚇了一跳。她記得，上週她也受過一次類似的驚嚇，還有，那陣嘈雜聲聽上去十分神祕，由一陣窸窸窣窣聲再加上三四個快速的敲擊聲構建而成，像是一串疾速的腳步聲似的，與此同時，有一股震盪或者說顫抖波及到了她的心臟上面，就好像那串腳步聲震動了地板，甚至好像是，有一隻駭人的手在觸摸著她。她記得，此情此景令她內心裡面素來有之的一個恐懼重新甦醒了過來，覺得這幢房子可能被鬼纏上了，還有，她好像飛也似的跑上了廚房的樓梯（但她說不上來自己是怎樣起的身），想要離她的同伴近上一些。

女管家阿麗還記得：一走進大堂裡面，她便看到，她的甘為人臣的夫主的辦公室大敞著門，但房間裡面卻是空無一人；接著，她朝街門旁邊的那間小等候室走了過去，想要透過那扇像是被手撕開了一個口子的窗戶看看，在這座被鬼纏上的房子的外面或者說另外一邊，還有哪些活生生的東西存在，好為自己突突跳個不停的心臟探個究竟；結果她看到，在門道上方的那堵牆壁上面，那兩個聰明人在樓上談話的身影赫然呈現在那裡；接著，她把鞋拿在手裡朝樓上走去，而她這樣做的目的在於，部分上是為了離那兩個有能力敵對大多數鬼怪的聰明人近上一些，部分上是為了聽聽他們在談些什麼。

　　然後付老婆子夢到，她站在那扇恰好半開著的門後面極其清楚地聽到，她丈夫把下面這句膽大包天的話說了出來：

　　「妳不要跟我胡說八道了，」付老爺子說。「我不會接受它們的。」

　　「老付，」柯南老夫人應答道，她還是平常那副堅決低沉的嗓音，「你的身體裡面有一隻名叫憤怒的魔鬼，要防範著它呀。」

　　「我不在乎我的身體裡面有一隻還是一打這個東西，」付老爺子說，他的語調強有力地暗示出，那個較大的數位似乎更加合乎他內心當中的標準。「如果那裡有五十隻這個東西的話，它們全都會說，妳不要跟我胡說八道了，我是不會接受它們的 —— 我會逼著它們這麼說的，不管它們喜歡還是不喜歡。」

　　「我到底做了什麼，你這個暴怒的罪人？」她堅決的聲音如此發問道。

　　「做了什麼！」付老爺子說。「倒下來想壓死我唄。」

　　「如果你的意思是，我對你的某些做法提出了抗議 —— 」

　　「不要把那些並非我本意的詞語硬塞進我的嘴裡，」劍利說，同時用一種根深蒂固而刀槍難入的頑韌作風，死守著他那個比喻修辭手法，「我的意思是妳想倒下來壓死我。」

　　「我對你的某些做法提出了抗議，」她再次開口解釋道，「那是因為 —— 」

　　「我不接受這個說法！」劍利喊叫著說。「妳是想倒下來壓死我。」

　　「好吧，你這個性情惡劣的罪人，我想倒下來壓死你（強迫她採用了他的這個措辭之後，劍利得意地竊笑了一聲），但那是因為，那天上午你毫無必要地對亞瑟講了一些有著言外之意的話。我是有權對此提出異議的，因為它差不多違反了我們的保密協議。雖然你並不是有意這麼做 —— 」

　　「我不接受這個說法！」好像在有意找碴的劍利插嘴說，把那句旨在讓步求和的話重新丟了回去。「我是有意那麼做的。」

「我想我必須得讓你自說自話去了，如果你想這麼做的話，」像是有些憤怒地停頓了片刻之後，柯南老夫人如此答覆道：「我正在對著一個魯莽又固執，而且下定決心不聽我說話的老頭子講話，這是什麼用都沒有的。」

「喔，我也不能接受這個說法，」劍利說。「我並沒有這樣的決心。我剛才告訴妳，我是有意那麼做的。妳想知道我為什麼有意那麼做嗎，妳這個魯莽又固執的老太婆？」

「說了這麼多，你不過是想用我自己的話回敬我而已，」她憤慨地竭力做著鬥爭，嘴裡這麼說道。「好吧，願聞其詳。」

「那好，那是因為，因為妳沒能把他父親身上的那些事情跟他說清楚，但妳原本應該這麼做的。也是因為，在妳因為自己的某些行為火冒三丈之前，因為妳不 ——」

「停止吧，老付！」她用闒然變了聲調的嗓音大叫著說，「你說得有點太多了。」

老頭子似乎也做同樣想法。待又停頓了片刻之後，他先在房間裡面換了個位置站著，然後用溫和了一些的聲音重新開口說道：

「我來告訴妳這是為什麼。這是因為，在把妳自己的那份攬到身上之前，我認為，妳應該先把亞瑟父親的那一份也攬過來。亞瑟的父親！我對亞瑟的父親並無任何特別的偏愛。當我在這幢房子裡面侍候亞瑟父親的叔叔時，亞瑟父親的地位並不比我高上許多 —— 從他口袋裡面的錢數來看，他甚至比我還要窮上一些 —— 當時他叔叔把我立為繼承人的機會跟他是同樣多的。他是在大廳裡面挨餓，我是在廚房裡面挨餓，這就是我們地位的主要差別所在，還有，除了一截非常陡峭的樓梯之外，我們之間並沒有更多的間隔之物。在那些日子裡面，我從來都沒有喜歡過他，我也不記得在任何時候特別喜歡過他。他是個缺乏決心又優柔寡斷的傢伙，除了他那條孤兒的苦命之外，他所有的一切都在小時候被嚇死了。後來當他把

妳，一個他叔叔為他指定的妻子帶回家也就是這裡的時候，我不需要看上妳兩遍就可以知道（你在那時候是個漂亮的女人）當家做主的是誰。從那以後，妳就靠自己的力量立足了。現在也立足在自己的力量之上吧。不要再壓榨那個死人了。」

「我沒有 —— 沿用你剛才那個稱呼 —— 壓榨那個死人呀。」

「但妳是有過這個打算的，如果我能服從妳的話，」劍利咆哮著說，「這就是妳為什麼想要倒下來壓死我的原因所在。妳現在也沒辦法忘記，我當時沒有服從妳。我還覺得，妳肯定非常訝異於，我竟然會認為值得花費時間還亞瑟父親一個公道，對吧？嘿？不管妳回答不回答都沒有關係，因為我知道妳肯定是那樣，妳自己也知道妳是那樣。來吧，接下來我會告訴妳，事情怎麼變成了這個樣子。拿脾氣這個方面來說，我可能是有一點古怪的，但我就是這樣的脾氣 —— 我不能讓任何人完全遂了他們的心願。妳是個堅定的女人，還是一個聰明的女人，當妳看著擺在前方道路上的目標時，沒有任何東西能夠讓妳偏離這個方向。誰能比我更清楚地了解這一點呢？」

「沒有任何東西能夠讓我偏離這個方向，老付，前提條件是我覺得它是一個正當合理的目標。請把這個加上。」

「妳覺得它是一個正當合理的目標？我剛才說過，妳是整個地球表面上最為堅定的那個女人（或者我的潛臺詞是這個意思），如果妳下定了決心，要讓妳的哪個目標變得正當合理起來的話，妳當然能讓它變成這樣了。」

「罪人啊！我所說的正當合理，是用這些權威典籍作為依據的，」她用嚴厲的強調語氣喊叫著說，而且，她接下來發出的一些聲音似乎顯示出，她很想把她的手臂死命砸在桌子上面。

「不要把這件事情放在心上，」劍利冷靜地應答道，「我們目前先不要深入探討這個問題。不管它到底是怎麼一回事，總之妳堅定地推進著你的

目標，讓不管什麼東西都在它們面前俯首稱臣。喔，我可不會在它們面前俯首稱臣。我之前一直盡忠於妳，為妳效勞，現在又依附於妳。但我不能同意，也不會同意，不管過去還是將來，我都絕對不會同意消失在妳的光環裡面。吞噬所有其他人吧，而且歡迎妳這麼做。我的脾氣的獨特之處在於，夫人，我是不會被人活生生吞掉的。」

　　一個可能存在的情形是，他們最初達成共識的主要原因便在於此。或者說，在看見付老爺子身上存在這麼強勢的性格之後，柯南老夫人可能才覺得，她是值得花費時間跟他結成同盟的。

　　「這個話題已經說得足夠多了，而且是太夠了。」她沮喪地說。

　　「除非妳又想倒下來壓死我。」孜孜以求的老付應對道，「要是那樣的話，妳就必須等著再把它聽上一遍了。」

　　然後，女管家阿麗夢到，她的夫主的身形開始在房間裡面上上下下走動了起來，像在冷卻他的怒氣一般。她還夢到，她接下去跑開了，但是，因為當她站在黑暗的大堂裡面側耳諦聽並且不停顫抖的時候，她的夫主並沒有走出來，所以，像之前那次似的，她再一次在鬼魂和好奇心的雙重驅使之下，偷偷摸摸地爬上了樓梯，然後又一次彎腰屈背地藏在了那扇門外。

　　「老付，請妳把蠟燭點上。」當時，柯南老夫人正在講著這句話，顯然想要把他拉回他們平素的格調氛圍當中。「差不多快到晚茶時間了。小杜麗正在趕過來呢，她會發現我摸黑坐著。」

　　付老爺子俐落地點著了蠟燭，接著，在把它放到桌子上面的過程當中，他說：

　　「妳想對小杜麗做什麼？她要永遠來這裡工作嗎？要永遠來這裡喝茶嗎？要在這裡前前後後地往來不絕，就像我剛才說過的那樣，她要永遠這樣嗎？」

　　「像我這樣一個身患殘疾的可憐蟲，你怎麼能跟她奢談『永遠』呢？我

們不是都像地上的青草一樣被割倒了嗎[091]，我不是很多年前就被那把大鐮刀割斷了嗎，從那之後，我一直躺在這裡，等著被收進穀倉裡面，不是這樣嗎？」

「沒錯，沒錯！但是，自從妳躺在這裡 —— 離死還遠著呢 —— 跟它是完全不沾邊的 —— 以後，有數量相當龐大的孩子和年輕人，時值花季的女人，正當壯年的男人，或者是別的什麼，他們都被割倒然後運走了，可妳仍然在這裡，而且妳瞧，儘管發生了上述種種物是人非，但妳卻沒有太大變化。妳的日子還有我的可能還長著呢。當我說永遠的時候，我實際上指的是，雖然我並不是什麼詩人，是我們這輩子。」付老爺子十足平靜地作此解釋道，然後平靜地等待著回音。

「只要小杜麗一直都這樣安靜而且勤快，一直需要我能夠給予她的微薄幫助，而且配得上這樣的幫助，我認為，只要她能做到這樣，除非她主動退出不做了，她是會一直來我這裡的，前提條件是閻王能饒我不死。」

「除了這些之外就沒有別的了嗎？」老付說，然後抽打了一下他自己的嘴和下巴。

「除了這些之外還應該有別的什麼？除了這些之外還能有別的什麼？」她用一種嚴厲又好奇的語氣遽然發問道。

付老婆子夢到，在一到兩分鐘時間裡面，他們一直在看著對方，中間立著那根蠟燭。她還夢到，她不知所以地從中獲取了這麼一個印象，他們堅定不移地看著彼此的那副模樣，就像是在互相較勁一般。

「柯南夫人，妳是否碰巧知道，」隨後，阿麗的甘為人臣的夫主先把嗓門壓低了許多，然後發問道，而且，看他臉上的那副豐富表情，是非常不相匹配於這個問題的簡單所指的，「她住在哪裡？」

「不知道。」

---

[091]　柯南老夫人在此處援引指涉了《聖經舊約－詩篇》第 90 章 5 ～ 6 節，「你叫他們如水沖去，他們如睡一覺。早晨他們如生長的草，早晨發芽生長，晚上割下枯乾。」

「你想——那麼，妳想知道嗎？」劍利說，他的神態就像是，之前已經跳到了對方身上，現在又猛地朝她一撲。

「如果我想知道的話，我早就已經知道了。難道我隨便哪一天不能問她嗎？」

「這麼說妳是不想知道了？」

「不想。」

付老爺子先意味深長地吐出一口氣，然後用之前那種強調語氣說，「因為我碰巧——記住這一點！——發現了這一點。」

「不管她住在哪裡，」柯南老夫人說，她冷硬的聲音沒有流露出任何柔和的跡象，並且一字一頓分得清清楚楚，就像正在從一些相互獨立的小金屬片上面往外讀著它們，而且是一個接一個拿起它們來的，「她都把這件事情當成一個祕密來對待，她會一直對我保守著這個祕密。」

「儘管如此，可能妳更情願不去知道這個事實，無論如何都不願意，對嗎？」劍利說。他是拐著彎說出這句話來的，就像這些從他嘴裡吐出來的詞語，也是他那副歪脖子形象似的。

「老付，」他的女主人和搭檔說，說到這裡時，她突然間爆發出一股能量來，令阿麗很是吃了一驚，「你為什麼要刺激我呢？看看這個房間吧。在我被關在這裡隔絕了一切予人以喜樂的變遷的同時，我也被斷絕了，與聞某些我更願意不去知道的事情的途徑，如果這算得上是我長期以來受制於這個逼仄的囚籠而得到的一點補償的話——我並沒在抱怨身受這種折磨，你知道我是絕對不會抱怨它的——如果這算得上是，我長期以來受制於這個逼仄的囚籠而得到的一點補償的話，為何你，全體世人裡面只有一個你，連這點寬慰都不肯給我呢？」

「我沒有不肯給妳呀。」劍利應答道。

「那就不要再多說什麼了。不要再多說什麼了。讓小杜麗對我保守著她的祕密，還有你也得對我保守著它。讓她不受監視和不受盤問地在這裡

來來去去吧。讓我接著受苦，也讓我得到一些解脫和安慰。這個要求很過分嗎，所以你才會像一個邪靈似的這樣折磨我嗎？」

「我只是問妳一個問題，僅此而已。」

「我已經回答過它了。既然這樣的話，那你就不要再多說什麼了。不要再多說什麼了。」這時，地板上面傳來了輪椅駛過的聲音，然後阿麗的鈴鐺被急匆匆地拉響了。

此刻，阿麗對她丈夫的懼怕遠遠超過了廚房裡面的神祕聲響，於是，她用竭盡一己所能的既輕且快的動作溜之大吉了，差不多像之前跑上去時那麼迅速地下了廚房的樓梯，重新在爐火前面落了座，又把罩衣的下擺撩了上去，最後把圍裙甩到頭上把它蓋了起來。然後鈴鐺又響了一次，接著又是一次，並且接連不斷地就那麼響了下去。面對著此番不依不饒的召喚，阿麗不管不顧地仍然頭頂圍裙坐在那裡，同時平復著急促的呼吸。

最後，付老爺子曳足走下樓梯進了大堂裡面，而且一路上都在喃喃自語，與此同時，他還會不時喊上一聲「阿麗老婆子！」當他蹣跚著腳步走下廚房樓梯，手裡舉著蠟燭側身走近她的時候，阿麗仍然保持著頭頂圍裙的姿勢，他見狀一把扯掉她的圍裙喚醒了她。

「喔！是劍利呀！」醒過來的阿麗喊叫著說。「你可把我嚇了一大跳！」

「妳之前一直在幹嘛呢，老婆子？」劍利詢問道。「上面拉鈴叫了妳五十多次了！」

「喔！劍利呀，」女管家阿麗說，「我之前一直在做夢呢！」

回想起她前次在這方面的光輝成就之後，付老爺子把蠟燭舉到了她的腦袋旁邊，就像他想把她點著用來給廚房照明一樣。

「妳不知道現在是她的晚茶時間嗎？」他面帶著一個猙獰的粲然咧嘴大笑，嘴裡質問道，然後把女管家阿麗坐著的椅子的其中一條腿踢了一腳。

（付老爺子和付老婆子）

「劍利呀！是晚茶時間了嗎？我不知道有什麼東西上了我的身。但是劍利，在我上──從夢裡醒來之前，我受了一場特別可怕的驚嚇，所以我認為，肯定是它在作怪。」

「喲！你個瞌睡蟲！」劍利說，「妳在說什麼呢？」

「非常奇怪的一個聲音，劍利，還有一個東西非常奇異地動來動去。就在這個廚房裡面──就在這裡。」

劍利舉起蠟燭看了看發黑的頂棚，又放低燈盞看了看潮溼的石頭地面，然後手拿燈盞轉過身去，環顧著看起了布滿星星點點的汙漬的牆壁。

「耗子，貓，水，或者可能是汙水。」劍利說。

女管家阿麗搖著頭否決了他的每一種假設。「不是，劍利，我之前就感覺到它了。我在樓上感到過它，有一次是在樓梯上面，當時是個晚上，我正在從她的房間往我們的房間走著──一陣窸窸窣窣的聲音，還像有

人在我身後抖抖索索地摸我。」

「阿麗，我的老婆子。」劍利先把鼻子趨前至那位女士的嘴唇旁邊，想要探測一下她是不是喝了高度數烈酒，然後面目猙獰地說，「如果妳不能相當俐落地把茶準備好，老婆子，

妳馬上就會感受到一陣窸窸窣窣聲和一頓觸摸，它們將會讓妳飛到這間廚房的另外一頭。」

在這則美好預言的激勵之下，付老婆子馬上忙活了起來，急忙上樓去了柯南老夫人的房間。儘管如此，她現在已經懷起了這樣一個篤定的確信，覺得這幢陰暗的房子絕對有些古怪。自從那時候起，她從未在天光逝去之後安寧過片刻時間，也從未在摸著黑上下樓梯的時候，未曾不把圍裙蓋在頭上，唯恐會看見某些可怕的東西。

這些對鬼怪的恐懼擔憂和她的那些奇特夢境所帶來的後果是，付老婆子在那天晚上進入了一種著魔狀態，而我們眼下進行的這場講述直到很久之後方才發現，她的這一狀況出現了有所好轉的跡象。緣於她新近經歷的這些事情以及由此而生的那些感悟，都呈現出了一副模糊含混和雲山霧罩的面目，所以，就像她身邊的每一樣事物在她眼裡都顯得神祕難解那樣，她自己也開始在他人的眼裡顯得神祕難解了起來，而且，她開始變得難以為任何人所說清道明，其情狀如同，這幢房子和它裡面的每一樣東西都難以為她自己所說清道明那樣。

當一陣通報小杜麗到來的柔和敲門聲出現在那扇門上的時候，她尚未完全準備好柯南老夫人的晚茶。接著，女管家阿麗在一旁觀看起了小杜麗在大堂裡面脫掉她的樸素軟帽的情形，還有付老爺子默不作聲地摩挲刮擦他的上下兩顎同時凝視她的模樣，在此過程當中，她還期待著某個將會把她嚇得五神[092]出竅，或者把他們三個人全都擊為碎片的神奇後果的出現。

晚茶過後，那扇門上又傳來了另一陣敲門聲，它這次通報的是亞瑟的

---

[092]　舊時指一個人的常識、想像力、幻想力、判斷力及記憶力。

到來。女管家阿麗下樓把他放了進來，而他一進門就說，「阿麗，我很高興幫我開門的是妳。我想問你一個問題。」阿麗立即答覆道，「看在仁慈的上帝分上，不要問我無論任何問題，亞瑟！我現在已經被嚇掉了半條命，又夢掉了另外半條。不要問我無論任何問題！我不知道哪是哪，或者啥是啥！」—— 接著便立即從他身邊逃開了，並且再也沒有去過他的跟前。

　　女管家阿麗對閱讀活動不存任何趣味，而且，如果她想做做針線活的話，在她那間光線暗淡的房間裡面，也沒有充足的光線可供她進行此事。於是，如今的每天晚上，她都坐在那個昏暗的，在柯南亞瑟第一次回家的那天晚上，她從其間片刻現身過的角落裡面，頭腦當中擁塞著成群結隊且瘋狂混亂的各種猜想和懷疑，它們事關她的女主人、她的丈夫和這幢房子裡面的那個聲音。當她例行參與那項凶殘但虔誠的宗教儀式時，這些猜想會把女管家阿麗的目光渙散至那扇門上，好像她在心裡盼望著，在那些昭告著勝利和榮耀的時刻裡面，會有某個黑暗的身形出現在那裡，然後把他們這個教派陷於不利之地。

　　至於其他方面，阿麗從未為了引起那兩個聰明人的關注，而說或做過任何惹人側目的事情，但也有一些例外情形，它們通常發生在就寢之前那些安靜的時刻裡面，其時，她會突然從她那個昏暗的角落裡面猛衝而出，然後面帶著驚恐的神色，向正在柯南老夫人桌子旁邊讀報紙的付老爺子耳語道：

　　「那邊，劍利！你聽！那是什麼聲音？」

　　然後那個聲音（如果真的有過任何聲音的話）就會消失不見了，再然後，付老爺子會撲到她身上咆哮道，就像她剛才出其不意地把他打倒了一樣，「阿麗，老婆子，妳必須得吃上一劑藥了，老婆子，好好吃上一劑！因為妳又在做夢了！」

第十五章　付老婆子復發一夢

第十六章　無人之過

　　現在，重會米格先生一家人的時間已經到來了，於是，遵照著他跟米格先生在瀝心庭的院子裡面締結而成的那份合約，柯南在某個星期天把臉扭向了特威南姆區那個方向，這是因為，米格先生在那裡擁有他自己的一座鄉間別墅。天氣晴朗未雨，再者，對於他這個睽違家鄉日久的人而言，任何一條英國公路都具有莫大的吸引力，所以，把手提箱送到公共馬車上面之後，他便開始步行朝著目的地出發而去了。步行現在變成了他的一個新的樂趣所在，而在遙遠的異鄉時，它卻很難為他的生活增添什麼色彩。

　　為了享受一下在漢普斯蒂德荒野上漫步的樂趣，他決定走經由富勒姆和本特尼的那條路。那裡是一派天空明媚和陽光普照的景象。當他發覺，自己已經在前往特威南姆的路上走出了十分之遠的一段距離時，他同時還發覺，他也朝著一些虛幻而相較之下少了些實感的目的地走出不少路程了。更準確的說法是，一走到這條於身心健康均有益處的路上，這些看不見摸不著的東西便會迅速出現在他的眼前。對於一個獨自行走在鄉間地帶的人而言，想要不去沉思一些事情是殊為不易的。儘管他一直都在朝人生的盡頭處走去，但他尚有大量懸而未決的主題有待思索。

　　首先，那裡有一個絕少離開他的頭腦的主題，或者說一個問題，即在此後的人生道路上面，他該去做些什麼，該致力於何種職業，最好朝哪個方向去探索尋找它。他遠遠稱不上富有，每過去猶豫不決而停滯不前的一天，對他那份遺產的焦急心情便會增加一分。在他頻頻考慮如何令這份遺產實現增長，或者如何把它妥善保存起來的同時，他也頻繁而反覆地遭受著這麼一份滋擾，擔心某人對他這份天經地義的遺產懷有一份不知饜足的非分覬覦之心。就算光是單單思索這一個主題，也足以窮盡他距離最長的漫步而無解，而事實上，那裡還有另外一個主題，它就是他跟他母親的關

係，這份關係現在處於一種平和安寧但絕對稱不上信任的基礎之上，而他又要每週跟她會面數次，所以絕對可稱苦不堪言。小杜麗是眾主題當中列於首位和經久不變的那一個，這是因為，他的生活環境再結合上她自己的那些人生故事，令這個小傢伙變成了唯一一個可以跟他締結起一條一方面是天真無邪的依賴，另一方面是滿懷真情的保護的紐帶的人，同時，這又是一條集同情、尊敬、無私的關注、感激和憐憫等眾多內容為一體的紐帶。想起她的時候，他會在心裡把她當成他的養女，想用一隻救死扶傷之手把她父親搭救出牢房，想給這個可憐的馬夏之子帶去一份安息，他還覺得，唯有徹底改變她的生活方式，鋪平她崎嶇不平的人生道路，並給她一個真正的家這種變化，才能令他變成他自己所希望的那種朋友形象。如果說他的頭腦裡面還有最後一個主題的話，那麼它是朝著特威南姆那個方向的，它的形態是如此之含糊不明，以致相對於實實在在漂浮在他眼前的上述主題而言，它差不多像是彌漫在它們當中的一種無處不在的氛圍。

當他穿過了漢普斯蒂德荒野，接著正在把它拋在身後的時候，他發現，有個身影已經在他前面走了好一陣子了。然後，在他繼續逼近它的過程當中，他覺得他是認識這個身影的。他的這一印象來源於，它的頭部樣貌中的某些東西，還有在它邁著十足健壯的步伐向前走去的過程當中，它的那個出神思索的動作。但是，當那個男人 —— 它是一個男人的身影 —— 把帽子推到後腦勺上面，然後停下腳步思索起面前的某個東西的時候，他開始確切地知道了，它是道義丹尼。

「你好嗎，道義先生？」柯南趕到了他的身邊，然後說。「很高興能夠再次見到你，也很高興是在一個比兜圈子辦事處更加健康的地方見到了你。」

「啊！是米格先生的朋友呀！」那名公眾之敵從他正在想像的某樣多用工具中醒過神來，嘴裡大叫了這麼一聲，接著伸出一隻手來。「我也很高興能夠見到你，先生。如果我記不起你的名字來了，你能原諒我嗎？」

「這個容易。它也不是什麼名人的名字，我並不是巴家人。」

「不是，不是，」丹尼大笑著說。「我現在想起來了，它應該是柯南。你好嗎，柯南先生？」

「我心裡有些希望，」在他們一起往前走的過程當中，亞瑟說，「我們可能是往同一個地方去的，道義先生。」

「你是指特威南姆嗎？」丹尼應答道。「我很高興聽到你這麼說。」

他們很快就變得相當親密了起來，用各式各樣的談話把他們的路途變得輕快了不少。這個心靈手巧的重犯是個非常謙遜和理智極佳的人，而且，儘管他是一個十分樸實的人，但因為慣於把一些富有原創性的大膽設想和耐心細緻的執行能力良好地結合起來，所以，他無論如何都不是一個平庸之輩。一開始的時候，亞瑟有些難於讓他講述自己的故事，對於亞瑟朝那個方向所做的一些挑逗，他總是予以搪塞和敷衍，僅僅簡略地承認道，喔是的，他以前做過這個，他以前做過那個，還有這個東西是他製作出來的，另外那個東西是他最早發現的，不過這些都是他的本職工作，你得明白，他的本職工作就是這個，以及其他云云。直至當他逐漸確定，他的同伴真的對他的講述很感興趣，他才坦率地迎合順從了後者的意願。而他的講述顯示出，他是北方一個鄉村鐵匠的兒子，最初被他寡居的母親送到一位鎖匠那裡當了學徒，在鎖匠那裡，他「發明了一些小東西出來」，它們不僅讓他從那份師徒契約中解脫了出來，還為他帶來了一份額外的禮物，這份禮物幫他實現了內心裡面的一個熱烈願望，讓他跟一位在職工程師締結了另一份師徒契約，接著，他開始在這個人手下艱苦地勞動，艱苦地學習，並艱苦地生活，就這樣一連過了七年時間。待他的這份契約期滿之後，他又在「那家工廠裡面工作」了七到八年時間，期間按週領取薪水。然後他去了克萊德河沿岸地區[093]，在那裡，他又在理論和實踐兩個

---

[093]　克萊德河（Clyde），蘇格蘭境內的一條河流，位於該河沿岸的格拉斯哥（Glasgow）是蘇格蘭的造船工業中心，在那裡，許多英國工程師都受雇於歐洲和俄國的製造專案。

方面，把自己的知識研究、磨練、錘打和提升了六七年時間。此外，他還在那裡收到了一份前往里昂的邀約，而他最終接受了它。接著，他又在里昂受雇去了德國，到了德國之後，他又收到了一份前往聖彼德堡的邀約，結果，他在後一個地方工作得非常之出色──從來沒有過比在那裡時更好的表現。然而，他卻出於人之常情，更加偏愛於自己的祖國，想在這裡贏得聲譽和成功，想要為它竭盡自己的一己所能，而不是為其他地方作此貢獻。就這樣，他最終還是回家來了。就這樣，他在家鄉創建了自己的事業，開始發明創造了，開始不斷前進了，直至在接連不斷地苦苦請求和竭誠服務了十幾年之後，他的名字被登記進了大不列顛名下的榮譽協會和兜圈子辦事處名下的被嚴詞拒絕者協會，並獲頒了大不列顛授予的道德勳章和巴司兩大家族授予的非道德行為勳章。

「你肯定非常懊悔，」柯南說，「曾經有過那樣的想法，道義先生。」

「沒錯，先生，從某種程度上來講這麼說是沒錯的。但一個人的使命是什麼呢？如果他不幸鼓搗出來一些對這個國家有用的東西，他必須得朝著它所指引的那個方向走下去。」

「就此放手不管不是更好一些嗎？」柯南說。

「他沒辦法這麼做，」道義一邊說一邊搖了搖頭，臉上掛著一抹深思的笑容。「他腦袋裡面想的不是怎麼埋葬它。他腦袋裡面想的是怎麼讓它派上用場。你是為了把它進行或者說鬥爭到底而活著的。每個人都應該為了他人生當中的某項發現鬥爭到底。」

「那就是說，」亞瑟說，同時愈來愈加仰慕他這位安靜的夥伴，「你甚至直到現在還沒有氣餒？」

「如果我真的這樣了，那我也沒有權利作此表現，」另外那位應答道。「這件事不管過去還是現在，都是亙古不變的真理。」

當他們默聲不響地又走了一小截路之後，柯南突然想轉變一下眼下這場談話的目的所在，但又不想轉變得過於突兀，於是，他向道義先生發問

道，他是否有事業夥伴幫他分擔一些麻煩事情呢？

「沒有，」他應答道，「目前還沒有。剛開業時我是有的，而且他是一個好人。但他去世已經有些年頭了，在我剛失去他那時，我還不能輕易適應跟另外一個人共事這個想法，所以自掏腰包買下了他的股份，從那以後一直獨自撐持著門面。而且，這裡面還有另外一件事情，」他把腳步停留了片刻，眼睛裡面包含著一抹快活的大笑神色，並且把握起來的右手放在了柯南的手臂上面，同時十分靈活地運動著它的那根大拇指，其柔韌程度堪稱卓爾不群，然後說道，「沒有任何一位發明家可以是一個稱職的商人，你得知道這一點。」

「不會吧？」柯南說。

「嗐，反正那些商人們是這麼說的，」他回答道，同時重新行走了起來，並伴之以毫無保留的大笑聲。「我不知道為什麼我們這些可憐的東西會被認為缺少常識，但人們普遍覺得這是一個理所當然的事實。甚至連我人世間最好的朋友，也就是我們那位住在那邊的卓越友人，」道義一邊說，一邊朝著特威南姆的方向點了點頭，「都向我提供了某種保護，你可能還不知道吧，他可是一個自顧都十分不暇的人呢！」

柯南亞瑟不禁跟他一起快活地大笑了起來，因為他心領神會到了這項描述的真實性。

「所以，如果僅僅從我目前的觀點出發，同時為了宣揚我的發明創造的名聲起見，」道義丹尼摘下帽子用一隻手抹了抹額頭，嘴裡說，「我覺得我的這個夥伴必須是一個商人，絕對不能負有任何發明方面的罪咎。我認為，他並不會發現，我在管理商業事務時是非常疏怠或者說混亂的，但這話應該由他來說 —— 不管他是誰 —— 而不是由我。」

「那麼，你現在還沒有選定他嗎？」

「沒呢，先生，還沒呢。我才剛剛下定了找一個的決心而已。事實上，現在要做的事情比以前更多了，而且，隨著年歲的增長，光是機器這

攤子事情就夠我忙活半天了。帳目和通信帶來的那些事情，還有去國外出差旅行（這事必須得找個負責人出面進行），我自己沒辦法做完所有這些事情。如果我能在今天和星期一上午之間，在我的——我的護士和保護人那裡找到半個小時的空餘時間，我會跟他詳細商議一下談判這件事情的最佳方式，」道義說，這時，他的眼睛裡面再次浮起了大笑的神色。「他在商業方面是一個睿智聰慧的人物，曾經在這上面有過一段優秀的學徒生涯。」

此後，他們又談論了很多不同的話題，直至最終抵達了這趟旅途的終點。有一種平靜而不顯盛氣凌人的自我認同氣質始終可見於道義丹尼身上，即是說，他相當冷靜清醒地知道，儘管那片宗族海洋中存在許多巴家那樣的人們，但真理永遠都是真理，而且是完全的真理，不會多出什麼，也不會缺少什麼，甚至當這片海洋變為乾枯之時也還是如此。而且，這種氣質裡面還包含著一種高貴的氣息，但不是高官顯爵們身上的那種。

因為他非常熟悉米格先生的這幢房子，所以，他領著亞瑟走上了一條能夠對它進行最為全方位觀察的最佳路線，經由此路抵達了那裡。它是一個雖然有點古怪，但並未因此而有所減色的迷人地方，坐落在河邊的一條路上，正好就是米格一家人應該擁有的那種居所。它位於一個花園裡面，在眼下的五月間，它那副鮮嫩嬌美模樣跟寶兒在她的人生五月天裡面的樣子可有一比，而它被眾多英挺高拔的樹木和綿延橫陳的常綠植物守護著的景象，也跟米格夫婦守護著寶兒的情形不相上下。它是從一座古老的磚構建築改造出來的，後者的其中一部分已經被完全拆除，另外那部分被改建成了眼前的這座鄉間別墅，所以，它有一些老而彌堅的地方代表著米格夫婦，一些年輕美好而非常俏麗的地方代表著寶兒。除此之外，它甚至還有一個後來擴建的地方可以代表塔珂，那是一座依傍著它建造起來的溫室，髒成深色的玻璃和較為透明的那個部分都看不出來是何色調，後者在太陽的光線下面發著閃電一樣的光亮，時而像是狂暴的一團火，時而像是絕無

害處的溫柔水滴。在它的視野範圍之內，還有一條平靜的河流和位於其上的一條渡船，它們好像對這裡的所有居民宣告著如下訓示：不管你們年輕還是老邁，激情澎湃還是淡泊平靜，焦躁苦惱還是心滿意足，這條河流都在萬古如斯地流動個不休；任憑你們的心跳鼓脹出怎樣有失和諧的刺耳聲音，渡船船頭處的細小漣漪都在經年不改地演奏著同一個曲調；年復一年地，這條渡船的航次永遠都是那麼幾趟，這條河流的速度永遠都是那麼幾裡，這邊有些燈心草，那邊有些百合花，總之，在這條平穩流逝著的水路上面，沒有任何一樣有失確定或平靜的東西，而與此同時，走在荏苒光陰之路上的你，卻是如此反覆無常和心緒煩亂。

幾乎還沒等大門上的鈴鐺被拉響，米格先生就出來迎接他們了。幾乎還沒等米格先生走出門來，米格夫人就走出來了。幾乎還沒等米格夫人走出門來，寶兒就走出來了。幾乎還沒等寶兒走出門來，塔珂就走出來了。總之，從來沒有哪兩位訪客受到過比此番更加熱情好客的迎接。

「柯南先生，你瞧，」米格先生說，「我們被關在這個箱子裡面了，局限在自己家這個狹小範圍之內，就好像我們再也不會伸開腿腳——即是說旅行——了。不太像馬賽，對吧？這裡是沒有阿龍馬松的！」

「哦，但它別有另外一種美麗風味呢！」柯南環首四顧著，嘴裡說道。

「不過，請上帝保佑我吧！」米格先生饒有興味地搓揉著兩隻手，嘴裡大叫了這麼一句，「接受那場檢疫可以說是一件非比尋常的快樂事情，不是嗎？你知道嗎，我經常希望能回到那裡呢！我們那時有個第一流的團隊。」

這是米格先生的一個一成不變的習慣，旅行期間事事抱怨個不停，等到不旅行了又總想回去。

「如果現在是夏天就好了，」米格先生說，「我的這個願望是因你而發的，是為了讓你看到這個地方的最佳樣貌，因為那些小鳥們，那時候你差不多沒辦法聽見自己的聲音。身為一些務實的人們，我們絕不允許任何人

驚嚇這些小鳥，那些鳥們也是一些務實的人，它們會成千上萬地集結在我們周圍。見到你令我們甚感欣喜，柯南，如果你允許我這樣做的話，我會丟掉先生這個稱謂，我衷心向你保證，我們真的十分欣喜。」

「自從我們上次散著步向下眺望地中海以來，我從未收到過如此令人愉悅的問候，」柯南說，這時，他想起了在他自己的房間裡面，小杜麗跟他說過的那些話，於是忠實地補充道，「只有一次例外。」

「喔！」米格先生應答道。「有些像在瞭望臺上放哨，我說那一回，不是嗎？我並不想要一個軍政府，但我不介意有時候在這一帶來點阿龍馬松 —— 只要來一點就好。這裡真是靜死人了。」

為他的隱居生活的幽靜特徵發表了這篇頌詞，並附加了一個令人心生疑竇的搖頭動作後，米格先生帶路走進了眼前的這幢房子裡面。它的大小剛好夠他們一家人居住，沒有多餘的空間，內部也像外部那麼漂亮秀氣，而且布置得極為妥帖舒適。從覆蓋著的畫框和傢俱，以及包裹著的懸吊物品當中，可以覓得一些這家人那個遷居習慣的跡象。不過，他們在離開期間仍然保留著這樁別墅，好像他們隨時會在後天歸來一樣這個做法，顯然又是米格先生的古怪念頭之一。至於他在各次旅行期間收集來的那些物品，則可稱一個涉獵範圍相當廣大的大雜燴，甚至令這幢房子看起來像是一位和藹可親的考薩爾[094]的居所。它們包括：義大利中部地區的古物，實際上是由仿古文物製造行業中的優秀現代企業製作而成；來自埃及的木乃伊片段，但也有可能是伯明罕[095]的產品；來自威尼斯的剛朵拉[096]模型；來自瑞士的鄉村模型；赫庫蘭尼姆和龐貝古城[097]的棋盤狀步道磚碎片，狀如石化的小牛肉碎塊；墳墓當中的遺骸和維蘇威火山的火山岩；西班牙

---

[094]　地中海海域中的一個著名海盜，因拜倫（Byron）的詩作而變得廣為人知。
[095]　伯明罕（Birmingham），著名的假冒及仿製物品出產地。
[096]　剛朵拉，威尼斯特有的一種人工小划艇，在當地的水上交通中被廣泛使用，其船身細長，船頭船尾翹起。
[097]　赫庫蘭尼姆（Herculaneum）和龐貝（Pompeii）均為古羅馬時代的古城，西元 79 年維蘇威火山噴發將其埋沒，後於 18 世紀被發現。

的扇子，斯培西亞[098]的草帽，摩爾人的拖鞋，托斯卡納人的髮夾，卡拉拉[099]的雕塑，特拉斯塔威裡尼的披巾，熱那亞的天鵝絨和細工飾品，那不勒斯的珊瑚，羅馬的多彩浮雕寶石，日內瓦的珠寶，阿拉伯的燈籠，整串都被教皇本人開過光的玫瑰經念珠[100]，以及不可計數的其他各種廢舊物品。它們還包括為數甚眾的各個地方的風景畫，有的畫得挺像，有的不怎麼像；以及一間不大的畫像陳列室，裡面供奉著幾位方方正正黏黏糊糊的古老聖人，這些人的肌肉看上去像是鞭繩，頭髮跟海神尼普頓[101]有的一拼，而且都刷了一層清漆。這令這裡的每一位聖人都兼具了捕蠅器的功用，就是如今老百姓所說的那種活捉蒼蠅紙。對於這些畫像藏品，米格先生講起來用的是一種稀鬆平常的口吻。他說，除了能夠取悅他的那些之外，他並不懂得如何評判它們的好壞，他以極低的價格把它們撿了回來，但人們都認為，它們的品質相當優秀。曾經有一位無論如何都應該懂一些這種知識的內行人說，那幅《智者閱讀圖》（它畫的是一位分外油膩的老年紳士，身上披著一床毯子，用一條天鵝絨質地的袖口流蘇充當著下巴上的鬍鬚，渾身上下還罩著一張遍布裂口的網狀物，像是一張十分油酥的餡餅皮似的）是圭爾奇諾的一件優秀作品。米格先生接著說，至於塞巴斯蒂安·德爾·皮埃姆波那幅，就得靠你自己去判斷了，如果這並非他的後期風格的話，那麼問題就來了，它到底是誰畫的呀？提香[102]的那幅或許是真品或許不是，有可能他只是碰過它一兩指頭而已。道義丹尼說，他可能連一兩指頭都沒有碰過，但米格先生相當抗拒聽信這則評論意見。

　　展示過他的所有戰利品之後，米格先生把他們帶進了屬於他自己所有的一個雅間裡面。這個房間俯瞰著草坪，布置得部分上像是一間穿衣室，

---

[098]　斯培西亞（Spezia），今義大利西北部地區的港口城市。

[099]　卡拉拉（Carrara），今義大利中西部城市，盛產優質白色大理石。

[100]　玫瑰經是羅馬天主教徒的一種虔修方式，指一邊背誦祈禱文，一邊數算念珠。

[101]　即希臘神話中的海神波塞冬，多被描繪成頭髮長而濃密的形象。

[102]　圭爾奇諾（Guercino, 1591～1666），塞巴斯蒂安·德爾·皮埃姆波（Sebastian Del Piembo, 1485～1547）和提香（Titian, 1487～1576）均為歐洲文藝復興時期的著名義大利畫家。

部分上像是一間辦公室，在其中的一張有些像是櫃檯的長桌上面，擺著一架黃銅製作的天平，和一個專門用來舀錢的勺子。

「你瞧，它們現在擺到這裡來了，」米格先生說。「在這兩個東西後面站了三十五個年頭之後，歲月流逝啊，我不想再在那裡瞎晃蕩了，就像我現在不想再 —— 待在家裡了一樣。在我跟那家銀行永別的時候，我要來了它們，然後隨身帶走了它們。我必須馬上向你提及這件事情，要不然你可能會猜測道，就像那首講述二十四隻黑鳥的詩歌裡面的那個國王那樣，我這是坐在帳房裡面數錢呢，寶兒就是這麼說我來著。」

但是，柯南的眼睛卻有些跑題，它們遊移到了牆上的一幅自然而不顯做作的畫像上面，那上面畫著兩個手臂交纏在一起的嬌俏小女孩。「你猜對了，柯南，」米格先生壓低嗓門說。「她倆都在這裡呢。它是在大約十七年以前畫成的。我常常對孩子他媽說，她們那時候還是兩個小寶寶呢。」

「她們的名字是？」亞瑟說。

「啊呀，我竟把這個給忘了！除了寶兒之外，你還從來沒聽我提起過任何其他名字呢。寶兒的名字是蜜妮，她姐姐叫莉蓮。」

「你知不知道，柯南先生，她們當中的其中一個畫的是我？」寶兒本人這樣發問道，她現在站在房間的門道裡面。

「我可能有過這樣的想法，她們兩個畫的都是你，兩人至今仍然非常像你。更確切的說法是，」柯南把目光從那位美麗的原型人物身上轉移到畫上又收了回來，然後說，「我甚至直到現在都說不上來，哪一個不是你的肖像。」

「聽見沒有，孩子他媽？」米格先生向他的妻子叫嚷著說，後者緊跟在她的女兒身後。「永遠都是這個樣子，柯南，沒有哪個人能夠判斷出來。你左邊那個孩子是寶兒。」

這幅畫碰巧位於一面梳妝鏡近旁。當亞瑟再次望向它的時候，他藉由那面鏡子的映照看到，從門外路過的時候，塔珂停下腳步聽起了裡面的動

靜，然後憤慨又鄙夷地蹙著眉頭走開了，而這副表情令她那張漂亮的臉霎時變得醜陋了起來。

「但別愣著呀！」米格先生說。「你剛才走了很遠的路，應該很願意把你的靴子脫掉。至於這個丹尼嘛，我猜他從來沒想過要脫掉靴子，除非我們剛才向他展示了一個脫靴器。」

「我為什麼不願意脫呢？」丹尼這麼發問道，同時朝柯南意味深長地微笑著。

「喔！因為你有如此之多的東西等著去思考，」米格先生拍了拍他的肩膀，嘴裡應答道，就好像不管怎麼樣，他都絕對不能不對他的這個過錯加以揭露似的。「那些圖樣，還有那些輪子，還有那些齒輪，還有那些杠杆，還有那些螺絲，還有那些氣缸，還有別的一千種各式各樣的東西。」

「在我那行裡面，」有些被逗樂了的丹尼說，「多數裡面通常是包含著少數的。但是沒關係，沒關係！只要你覺得高興，我就跟著高興。」

坐在自己房間裡面烤火時，柯南忍不住猜測道，在這個誠實、多情而熱心的米格先生心裡，是否存在著那枚一躍長成了兜圈子辦事處這棵參天大樹的芥菜籽兒 [103] 的微末成分呢？而他產生這一猜測的緣由是，米格先生好像對道義丹尼懷有一種奇特而籠統的優越感，而且，這種感覺好像並非因為道義的任何個人性格而生，而是完全建立在這樣一個事實上面，即他是一名創造者，是一個竄出了由多數人踏出來的既定軌道的人。這件事情原本可能會一直占據著他的頭腦，直至在一個小時之後下樓吃晚飯，而事實上，還有另外一個問題等著他去考慮呢。這個問題盤踞在他的頭腦裡面已經為時甚久了，甚至在馬賽接受檢疫之前便在那裡了，而現在，它又再次歸來了，而且非常急迫地要求他的頭腦給出答覆。這個問題的確切內容是：他是否允許自己愛上寶兒？

---

[103]　典出《聖經新約－馬太福音》第 13 章 31～32 節，這部分經文述稱，「天國好像一粒芥菜種，有人拿去種在地裡。這原本是百種裡最小的，等到長起來，卻比各樣的菜都大，且成了樹，天上的飛鳥來宿在它的枝上。」

　　他的年紀兩倍於她。他把相互交搭著的兩條腿互換了一下位置，試著重新計算了一遍，但沒能得出一個小上一些的結論。他的年紀兩倍於她。好吧！可他的外表還顯年輕，身體狀況和力氣也都年輕，而且心性還是年輕人的心性。男人在四十歲年紀絕對算不上老，在抵達人生的這個階段之前，有很多男人都不具備結婚的條件，或者說沒有結婚。但從另一個方面來講，問題並不在於他怎麼看待這一點，而在於她怎麼看待它。

　　他相信，米格先生很樂意對他心懷一份成熟男人式的敬意，他還知道，他也對米格先生和他善良的妻子懷有一份誠實的尊敬之情。他能預料到，對於這個被他們喜愛到如此程度的漂亮而唯一的孩子而言，要他們把她交出來送給無論怎樣一位丈夫，都將對他們的感情構成巨大的考驗，而且，對此他們可能尚無或者說從未有過勇氣加以直視。不過，她愈是漂亮、討喜而迷人，他們便愈是接近面臨這個處境和這一必然後果，而且一直以來都在不斷接近的過程當中。如此說來的話，為何他就不能像別人一樣拾得這個便宜呢？

　　待他想到這裡之後，他的頭腦裡面又一次響起了之前那個聲音，問題並不在於他是怎麼看待它的，而在於她是怎麼看待它的。

　　柯南亞瑟是個寡言內向的人，覺得自己身上缺點良多，於是，當他在心裡竭力頌揚漂亮的蜜妮的眾多優點時，同時也在竭力貶抑自己的諸般缺點，而這樣想的結果是，當他把自己釘在這個位置上面之後，他的希望開始背離他而去了。接著，在他做好了吃晚飯的準備時，他也得出了上述那個問題的最終結論，即他是不會允許自己愛上寶兒的。

　　席間僅有五人，圍一張圓形餐桌而坐，其間的氣氛可稱真的是非常其樂融融。他們有如此之多的地方和人可以搬出來加以回憶，又都如此無拘無束和興致盎然（道義丹尼要嘛像個自得其樂的看牌人那樣作壁上觀，要嘛在他的某個妙點子恰好切合了談話主題的時候，而積極地參與進來），所以，就算他們再聚上二十來次，他們對彼此的了解也不會比現在更加深入了。

「還有韋德小姐，」待眾人回憶了一些同行旅伴之後，米格先生說。「有誰見過韋德小姐嗎？」

「我見過，」塔珂說。

當她抬起她那雙黑眼睛給出這個出人意料的回答時，她正在彎著腰幫她的小主人往身上穿一件小斗篷，在此之前，她奉後者的命令把它取了出來。

「塔兒！」她的小主人失聲驚叫道。「你見過韋德小姐？—— 在哪裡？」

「在這裡，小姐，」塔珂說。

「怎麼見的？」

柯南看到，塔珂有些不耐煩地瞥了問話人一眼，她的這個動作像在作答道，「用我的眼睛呀！」但是，她說出口的答覆卻僅僅是，「我在教堂附近跟她見了面。」

「我倒是很想知道一下，她在那裡做什麼呢？」米格先生說。「肯定不是去做禮拜的，我是這麼認為的。」

「她先給我寫了信。」塔珂說。

「喔，塔兒！」她的主人低聲呢喃道，「把妳的手拿開。我覺得好像有另外某個人在觸摸我呢！」

她是迅速而不由自主地說出這話來的，但有一半是說著玩的，其任性和討人憎嫌的做派無非就是一個受寵的孩子慣以為之的那種，而且在下一秒鐘便大笑了起來。但塔珂緊緊地閉住了飽滿的雙唇，並把雙臂在胸脯上交抱了起來。

「先生，你想不想知道，」她眼睛看著米格先生，嘴裡說，「韋德小姐在信裡給我寫了些什麼？」

「好吧，塔珂，」米格先生應答道，「既然你問了我這個問題，而且在座的眾人都是自家朋友，所以，如果你想這麼做的話，你可能願意稍微把

它提及一下，不妨事的。」

「在我們旅行那時，她知道你住在哪裡，」塔珂說，「而且，她看見我不是非常 —— 不是非常 ——」

「塔珂，你是想說她看見你脾氣不是非常溫順吧？」米格先生提議道，同時朝著那雙黑眼睛搖了搖腦袋，動作裡面包含著一股不動聲色的警告意味。「稍微花點時間 —— 數上二十五個數，塔珂。」

她再次把雙唇緊閉了起來，然後長而深地吸了一口氣。

「就這樣，她寫信對我說，如果我什麼時候覺得受到傷害了，」她低頭看了看她的小主人，「或者發覺自己有了這種擔心，」她又低頭看了後者一眼，「我可以去找她，會在那裡得到體貼的對待。還要我好好想一想這件事情，然後去教堂旁邊跟她談話。於是，我就去那裡跟她說了謝謝。」

「塔兒，」她的小主人把一隻手舉起來越過肩膀朝後伸去，好讓另外那人可以握住它，同時嘴裡說道，「在我們上次告別的時候，韋德小姐差不多嚇了我一大跳，所以對於這麼一個事實，我差不多都不願意想到它，她現在竟然會在我毫不知情的前提之下，離我如此之近。塔兒呀！」

塔兒動彈不得地呆立在那裡，但這種情狀僅僅維持了瞬間功夫。

「嘿？」米格先生旋即大叫道。「再給我數上二十五個數，塔珂。」

她可能先默數了十來個數，然後低下頭去吻了吻那隻撫摸她的手。但是，當那隻手觸到塔珂的漂亮卷髮，又順勢拍了拍她的臉頰時，塔珂卻選擇了抽身離去。

「唵這個，」米格先生用右手轉了一下餐桌上面的圓轉檯，把糖朝他自己轉了過來，然後說，「這個女孩呀，如果不是跟著一些務實的人們的話，她可能會在迷失之後走上自毀的道路。孩子他媽和我都知道，這種經驗完全來自於我們的務實作風，有那麼很多次，這個女孩的整個性情都好像摜巴起來了，不願意看到我們這樣寵著寶兒。她是沒有父親和母親寵她的，可憐的傢伙！我都不願意去想，這個滿心都是暴怒和不從的不幸的孩

子，當她在某個禮拜天聽到第五誡[104]之後，心裡會作何感想。我總是想要喊上這麼一嗓子，塔珂，來做個禮拜吧，數上二十五個數。」

除了面前這位啞僕[105]之外，米格先生還有另外兩位不是啞巴的僕人，她們的身分是客廳侍女，都長著玫瑰色的臉蛋和明亮的眼睛，係眾餐桌飾物當中的一個具有高度裝飾性的組成部分。「你瞧，這又有何不可呢？」米格先生順著這個話頭說道。「就像我常常對孩子他媽說的那樣，如果你不管怎樣總算還有些貨色的話，為何不把某些俏東西拿來飽飽眼福呢？」

而最終讓這個家庭變得完整無缺起來的，是一位名叫蒂琪的夫人。在他們一家三口在家時，她身兼廚娘和管家二職，當他們一家三口離開時，她便僅僅擔任管家一職。令米格先生頗感遺憾的是，因為她的工作性質，蒂琪夫人是沒辦法在眼下現身的，但他心存這樣一個希望，能在明天把她介紹給這位新客。她是這幢鄉間別墅的一個重要組成部分，他說，他的一干朋友們全都認識她。在客廳的一個角落裡面，還掛著她的畫像。在他們離開的時候，她一準會穿戴起這幅肖像畫裡面所描繪的那件絲質禮服和那排烏黑發亮的鬈狀假髮（在廚房裡面工作時，她的頭髮是一種發紅的灰色），然後移步前往早餐室，把她的眼鏡夾在巴肯醫生的那本《家庭醫學》的特定兩頁中間，接著便一整天坐在百葉窗旁邊朝外張望個不停，直至他們返家方止。據人們猜測，還沒有誰能夠發明出這麼一套辭令，可以勸說蒂琪夫人放棄她在百葉窗旁邊的那個崗位（不管他們離開多長時間），或者令她免除了巴肯醫生的陪護。然而，米格先生卻毫無保留地絕對相信，對於那位博學的執業醫師的那本嘔心瀝血之作，她這輩子絕對沒有查閱過哪怕一個字詞。

晚上，他們打了一盤老式橋牌。寶兒要嘛坐在他父親身邊看牌，要嘛時不時地跑到鋼琴旁邊管自唱起歌來。她是一個被寵壞了的孩子，但是，

---

[104]　此處指涉的是《聖經舊約－出埃及記》第 20 章中耶和華曉諭以色列子民的「十誡」，其中第五誡為「當孝敬父母，使你的日子在耶和華你神所賜你的地上得以長久」。

[105]　指前文中的「圓轉檯」，這是一種餐桌取食裝置，英文名稱為 dumb waiter，直譯為「啞僕」。

她如何還能有其他選擇呢？有誰能夠跟這樣一個漂亮而又順從的可人兒長期共處，而不屈從於她那種極其討人喜愛的魅力之下呢？又有誰能夠在這幢房子裡面度過一個夜晚，而不因為她在這個房間裡面展示出來的極其優雅迷人的儀態而愛上她呢？儘管他方才在樓上得出了那個最終結論，但這些就是柯南眼下的所思所想。

在打牌期間，他竟然出了一次違規藏牌失誤 [106]。「哎呀，我的好先生，你這是在想什麼呢？」和他搭檔的米格先生詫異地問他。「請原諒，我什麼也沒想，」柯南應答道。「下次還是想點什麼吧，那才算是個親愛的好傢伙，」米格先生說。而寶兒則大笑著說，她認為他一直都在想著韋德小姐。「為什麼會是韋德小姐呢，寶兒？」她父親問道。「喔，沒錯！」柯南亞瑟說。寶兒聞言臉上有些變了顏色，起身去了鋼琴旁邊。

當他們散場準備就寢時，亞瑟聽見道義向他的主人詢問道，他是否能在明天早晨的早餐之前，為他騰出半個小時談上一談？主人答覆說非常樂意，接著，亞瑟又在他們身後逗留了片刻，期間醞釀好了他自己要接住那個話題所說的話。

「米格先生，」只剩了他們倆人之後，他說，「你還記不記得你建議我直接上倫敦那件事情？」

「歷歷在目呢。」

「當時你還給了我另外一條很好的建議，我那時候正在對它求之若渴，還記得嗎？」

「我不會說它值得了什麼，」米格先生答道，「但我當然記得，我們可是相處得非常融洽和推心置腹呢。」

「我已經依照你的建議行事了，擺脫了一份令我在許多方面都感到痛苦不堪的工作，接下來，我希望能把我自己和我所擁有的資財，奉獻給另外一份事業。」

---

[106]　指牌手在有能力跟牌的時候，卻打出了另外一種花色的牌。

「很好！但你不能操之過急，」米格先生說。

「嗯，我在今天來這裡的路上發現，你的朋友，也就是道義先生正在尋找一個事業夥伴 —— 不是合夥鑽研他那些機械知識，而是合夥想些路子和辦法，把由它們衍生出來的商業機會好好利用起來。」

「正是如此，」米格先生說，他的雙手插在口袋裡面，臉上是素來有之的那種屬於天平和金勺兒這一範疇的商業表情。

「在我們交談的過程當中，道義先生偶然提及到，在尋找這樣一位夥伴這件事情上面，他想聽取一下你的寶貴意見。如果你能認為，儘管存在諸多差異，但我們的目標和機遇是趨於一致的，可能你會願意向他提點一下，讓他知道我很想填充他身邊的這個職位。我當然還得聲明一下，我對各種細節是不甚清楚的，它們可能對雙方都不太合適。」

「沒錯，沒錯，」米格先生說，臉上掛著屬於天平和金勺兒這一範疇的審慎表情。

「不過，它們大概只是一些數字和帳目問題 —— 」

「正是如此，正是如此，」米格先生說，他現在換了一副屬於天平和金勺兒這個範疇的算術家般的篤定神情。

「—— 如果道義先生做出了回應，而且你也表示贊成的話，那我將會很高興地投入到這件事情裡面來。因此，要是眼下你能允許我把它託付在你的手裡，我將會對你感激不盡。」

「柯南，我很樂意接受這份委託，」米格先生說。「而你身為一位商人，理所當然會對某些事情祕而不宣，我在沒辦法預料到它們的前提之下，可以斗膽對你說上這麼一句，我認為這件事情是可以產生出一些成果來的。還有一件事情你可以放一百個心，丹尼是一個誠實的人。」

「我對這一點是非常確定的，所以才能很快就下定決心跟你攤牌了。」

「你要知道，你必須得引導他，你必須得為他掌舵，你必須得為為他指路，他是那種喜歡胡思亂想的人，」米格先生這樣說道，但他的所指顯

然只是，他是一個發明新東西和開闢新道路的人，「但他誠實得像太陽一樣，就這樣晚安吧！」

回到自己的房間之後，柯南又在爐火前面坐了下去，然後心下打定這麼一個主意：他會高高興興地去接受，他已經下定決心不去愛上寶兒這一事實。她是那麼漂亮，那麼親切，又那麼容易接受任何對她的溫和性情和天真心靈而發的真誠讚美，且那麼容易讓那個激於心中的強烈快樂而作此表露的男人，變成全世界男人當中最幸運和最遭人嫉妒的那一個，而結果是，他真的對自己之前得出的那個結論感到非常高興。

但是，這些也可以是得出一個相反結論的原因，所以，他又在頭腦裡面循著這個主題稍微思考了一會兒。但他這樣做可能是為了，再給自己的那個結論多提供一些理由。

「假設有一個男人，」他的思緒這樣運轉道，「他達到法定成人年齡[107]已經有二十來年了，因為兒時的成長環境，他變成了一個缺乏自信的人，又因為生活的主要基調，他變成了一個有些莊重古板的人，他還清楚地知道，因為長期身處遙遠的異國，身邊沒有任何能夠給予他溫暖的東西，所以，他沒有別人身上那些令他羨慕不已的迷人氣質，除此之外，他也沒有貼心的姐妹可以介紹給她，沒有情投意合的家庭可以供她進入，他在這片土地上只是一個異鄉來客，他既沒有財產，也沒有任何其他辦法，可以用來彌補這些缺陷，在他的一身當中，除了一顆真誠的愛心，和一份想要行正確之舉的籠統意願之外，別無任何其他長處。假設有這樣一個男人走進了這幢房子裡面，然後拜倒在了這個迷人女孩的魅力之下，並且想要說服自己，他是有希望最終贏得她的青睞的。試想一下，這將會是一個多麼巨大的過錯呀！」

接著，他輕柔地打開窗戶，向外眺望起了那條安寧靜謐的河流。年復一年地，那條渡船的航次永遠都是那麼幾趟，那條河流的流速永遠都是那

---

[107]　英國的法定成人年齡為 21 歲。

麼幾裡，這裡有些燈心草，那裡有些百合花，沒有任何有失確定或者平靜的東西。

　　而他的內心裡面為何會有惱怒或者疼痛的感覺呢？他實在想不出來這會是他自己的過錯，這也不是任何其他人，或者說位於他認知範圍之內的任何其他人的過錯。它們為何會來煩擾他呢？然而，它們已經確鑿煩擾到他了。然後他思索道 —— 試問有誰不會在某些時候思索上片刻呢？ —— 最好的應對之策可能是，讓自己的生命也像那條河流似的，單調劃一地流逝而去，既漠無所感於痛苦，也漠無所感於快樂，以此種方式求得內心的和解。

第十六章　無人之過

第十七章　無人之敵

　　早飯之前，亞瑟移步外出四處遊覽了一番。因為當天早晨天氣晴朗，再加上他手頭有一個小時可供支配，所以他搭乘那條渡船過了河，然後沿著一條掩映在草地裡面的人行小道漫步了起來。返回河邊的纖道^[108]那裡時，他發現渡船停在河的另一邊，有一位紳士先是向它發出了招呼，然後開始等待被它載過河去。

　　這位紳士看上去剛剛三十歲左右年紀，穿著很是入時，一副生機勃發的快活模樣，身材屬於結實類型，臉龐是濃重的深色調。待亞瑟沿著河邊的臺階下到水邊之後，這位懶洋洋的紳士迅速瞥了他一眼，然後便重新操起了之前正在進行的工作──百無聊賴地用腳把小石頭拋進河裡。當他用腳後跟把那些石頭踢出原本的位置，然後劃拉進規定的發射位置時，柯南覺得，他的動作裡面包含著一些殘忍的東西。當一個人進行某些微不足道的小事時，大多數人都會或多或少地從中得到一些類似的印象，比如當那人採摘一朵花，清除一個障礙物，或者是毀掉一個沒有知覺的其他東西時。

　　從這位紳士的臉上可以看出，他正全神貫注於眼下的事情，所以沒有留意到身邊的一隻紐芬蘭犬，後者正在專心地注視著他，同時也注視著每一塊石子兒，觀看著在收到他主人的指示之後，它們那副輪流著急急忙忙躍入水中的模樣。然而，還沒等他自己收到任何指示，那條渡船便划過來了，接著，當它靠岸之後，主人抓住他的頸圈領著他走進了船裡。

　　「今天早晨不能游泳，」那人對那隻狗說。「你不能在女士們面前那樣做，滴滴答答的滿身都是水。臥下。」

　　柯南跟在那人和那隻狗身後走進了船裡，然後落了座。那隻狗已經按

---

[108]　纖道指供縴夫拉縴時行走的小道，位於河流兩側。

照命令臥下了，那個男人卻保持著站立姿勢，兩隻手插在口袋裡面，巍峨地聳峙在柯南和他的視野中間。渡船一經觸到另外一邊河岸，那人和狗便輕捷地跳出了船外，然後就走開了。柯南很高興終於擺脫了他們。

當他步上那條通到花園大門附近的小徑時，教堂的鐘聲敲出了預定的早餐時間。接著，他甫一拉響門鈴，牆內便有一陣低沉嘹亮的猙獰狗吠聲朝他猛撲了過來。

「我昨晚沒聽見有狗呀，」柯南心想。接著，那兩位玫瑰臉蛋女僕的其中之一給他打開了花園的大門，而在園中的草坪上面，則赫然呈現出了那隻紐芬蘭犬和那個男人。

「紳士們，蜜妮小姐還沒下來呢，」當他們在園中某處聚集起來之後，那位臉色緋紅的女工說道。然後，他又對狗的主人說，「先生，這是柯南先生，」接著便步履輕盈地走開了。

「這實在是夠奇怪的，柯南先生，我們竟然已經見過一面了，」那個男人說。聞聽此言之後，那隻狗立即便啞口息聲了。「請允許我自我介紹一下 ── 高文恆瑞。這是個秀美的地方，而且今天早上看上去美得堪稱神奇！」

此人舉止隨和聲音悅耳，但柯南仍然覺得，若非他已經下定了避免愛上寶兒的最終決心，他肯定會對這位高文恆瑞心懷惡感。

「我想，你還是這裡的生客吧？」當亞瑟把這個地方盛讚了一頓之後，高文說。

「非常之生呢。我是昨天下午才結識它的。」

「啊呀！這當然還不是它的最佳面貌。在他們上次離開之前的那個春天，它看上去迷人極了。我真希望你見過它在那時候的樣子。」

若非頻頻召來那個決定平復理智，柯南很可能會對這番客套應答道，他希望那人能去埃特納火山 [109] 口上觀光一番。

---

[109]　埃特納火山（Mount Etna），位於今義大利西西里島東北部地區，係歐洲海拔最高的活火山。

「在過去三年裡面，我曾經有幸目睹過它在眾多不同情形之下的面貌，可以說它是 —— 一個天堂。」

將其稱為天堂是他的一個機敏而巧妙的非分之舉，仍然還是多虧了那個智慧的決定，否則的話，他的這個舉動至少會被入以此罪。這麼說的原因在於，他稱它為天堂只是因為，他先看見她走了過來，然後順勢把她說成了一位天使（故意讓她聽見的），這個該死的東西！

（渡口）

而且啊呀！她看上去是怎樣的笑顏逐開，又是怎樣的欣喜萬分呀！她是怎樣愛撫著那隻狗，那隻狗又是怎樣熟識她呀！她臉上的熠熠光彩，她的激動不安的神態舉止，她的低垂的眼睛，還有她的躊躇不決的快樂表情裡面，都是怎樣的意蘊萬千呀！而柯南何時見過她的這副面目呢？他也從來沒有過任何原因，可能、可以、願意或者應該看見她的這副面目，或者說，他從來都沒有寄望於，他會獨自一人看見她的這副面目，但還有更加

無望的一個事實是 ── 他又何曾知道她會作此表現呢？[110]

　　她揀了一個離他們不遠的地方站定了腳步。發表完那通關於天堂的談話之後，這個高文向她走上前去，然後握住了她的手。那隻狗也把巨大的爪子搭在了她的手臂上面，還用腦袋抵住了她的寶貴的胸脯。她朗聲大笑著，對他們發表著歡迎致辭，又十分親熱地招待起那隻狗來，準確地說應該是，實在是有些太過親熱了 ── 換句話說就是，她可能猜測道，還有一個對她心懷愛慕之情的第三者在一旁觀看著呢。

　　現在，她從那裡抽身出來，朝柯南走了過來，然後把她自己的手放進他的手裡，向他道了早安，而且，她優雅的動作中似乎流露出來這麼一種意向 ── 她願意挽著他的手臂被護送進房子裡面。對此，高文並未表示異議。不對，正確的說法應該是，他知道他的位置是非常安全的。

　　當他們三個人（如果算上那隻狗的話，一共是四個人，而他在這個小團體裡面是最不受待見的二號人物）一起走進房間準備吃早餐時，米格先生快活的臉上掠過了一道陰影。而這道陰影，連同米格夫人在看到它之後顯現出來的少許不安，都沒能逃過柯南的眼睛。

　　「好吧，高文，」米格先生說，他甚至還把一聲嘆息強行抑制了下去，「你今天早上跟這個世界相處得如何啊？」

　　「先生，還跟平時一個樣。獅子和我下定決心，不會浪費掉每週例行拜訪的哪怕一分鐘時間，所以很早就起床了，然後從金斯頓趕了過來，它是我眼下的大本營，我正在那裡畫著一兩幅素描。」接著，他又講述了在渡口處跟柯南先生相遇，然後一起過河的情形。

　　「恆瑞，高文夫人安好嗎？」米格夫人說。（柯南變得十分專注了起來。）

　　「我母親的情況非常不錯，謝謝你。（柯南變得心不在焉了起來。）我不揣冒昧想在你家今天的晚宴上增加一個人，我希望這樣做不會給你和米

---

[110]　這句話的潛臺詞是，柯南亞瑟之前對寶兒毫無了解，遑論對她的前述表現有所期待。

格先生帶來什麼不便。我實在沒辦法從中脫身了，」他把臉扭向了後者，同時嘴裡解釋道。「這個年輕傢伙寫信向我毛遂自薦，然後，因為他有很好的人脈關係，所以我認為，你大概不會反對我把他轉移到你們這裡。」

「這個年輕傢伙是誰呀？」米格先生發問道，語氣中流露出一股奇特的沾沾自喜來。

「他是巴家的一員。巴蒂的兒子，名叫巴科倫，在他父親任職的辦事處工作。我至少可以向你們保證，你家這條河流不會因為他的來訪受到損害，他是燒不起什麼火來的[111]。」

「是嗎，是嗎？」米格先生說。「他是個巴家人嗎？我們對那個家族是有一些了解的，對吧，丹？不過，憑著聖喬治起誓，他們可是位於這個譜系的最頂端呢！讓我來看看，這個年輕傢伙能跟德西勳爵攀上點什麼關係？勳爵老爺在一七九七年娶了畢傑瑪小姐，後者是十五代司伯爵三婚的二女兒——不對！我在這裡犯了一個錯誤！那是薩拉弗小姐——傑瑪小姐是司伯爵跟尊敬的杜科倫小姐二婚後生下的長女。很好。唔，這個年輕傢伙的父親娶了一個司家人，他的爺爺娶了自己的堂妹，即是說巴家人娶了巴家人。而娶了自家人的那位老爺子的父親，娶的是喬家人。——高文，我有點追溯得太過久遠了，我想弄清楚的是，這個年輕傢伙跟德西勳爵是什麼關係。」

「這件事一句話就能說清。他父親是德西勳爵的姪子。」

「德西——勳爵——的——姪子。」米格先生閉住眼睛舒暢至極地重複著高文的話，而結果是，任誰都找不到任何東西，能把他的注意力從這張香味馥郁的家譜圖中吸引出來。「高文，我敢拿聖喬治起誓，你是對的。他正是這樣。」

「最終結果是，德西勳爵是他的叔／伯祖。」

「但是再等一下！」米格先生嘴裡說，同時因為一項新發現而睜開了

---

[111] 源出於一句英國諺語，「他沒辦法讓泰晤士河著起火來」，暗喻一個人缺乏活力和想像力。

眼睛。「那麼從他母親那邊算起來的話，司小姐就是他的姑婆了。」

「她當然是了。」

「是嗎，是嗎，是嗎？」米格先生興致盎然地說。「真的嗎，真的嗎？我們會很高興見到他的。我們將會竭盡卑微的一己所能，盡力好好招待他的。我希望，我們無論如何都是不會餓著他的。」

在這場對話剛開始的時候，柯南曾經期待過，就像他上次揪住道義的領子衝出兜圈子辦事處那樣，米格先生這次也會來上一場巨大而於人無害的感情爆發。但是，他這位善良的朋友卻擁有這麼一個我們無需跑到下一條街上便能找到的俯首即是的缺陷，而且，就算在兜圈子辦事處有過那麼多的痛苦經歷，它們也沒辦法長期壓制住它那種想要在他身體裡面復活的衝動。於是，柯南抬眼望向道義，但道義事先已經對這一點心知肚明了，只是低頭看著他的盤子，沒有做出任何表示，也沒有說上哪怕一個字眼。

「我對你深表感激，」高文這麼說道，他意在結束眼下這個話題。「科倫是一頭大蠢驢，但同時也是有史以來最可愛和最好的傢伙！」

從他早餐期間的談話來看，似乎這個高文認識的每一個人不是或大或小的一頭蠢驢，便是或大或小的一名無賴，但儘管如此，他們同時也是有史以來最可愛戴且至為迷人、純樸、真摯、和善、可愛的好傢伙。而高文恆瑞不管在何種前提之下都能一成不變得出這個結論的那個過程，用他自己的話來說就是，「我聲稱，我一直以來都在用一種特別細緻的手法，詳細記錄著每一個人的情況，所以他們每個人都有一筆事關善惡的詳細小帳。我是嚴格本著良心來做這件事情的，所以，我可以很高興地告訴你們，我發現他們當中最沒有價值的那一個，同時也是那個最為可愛的老傢伙，與此同時，這種工作態度也讓我有資格發布這樣一份令人快慰的報告，就是說在一個誠實的人和一個惡棍之間，他們的區別要比你通常認為的小上許多。」而他這項令人振奮的發現的結果恰好就是，在他似乎一絲不苟地在大多數人身上努力尋找美善的時候，他實際上是貶抑了美善，而

褒揚了醜惡。不過，這只是他這種行為絕無僅有的一個令人不快或者說有些危險的特點而已。

　　然而，它似乎沒能像巴家的譜系那樣，給米格先生帶來那麼巨大的滿足感。在那天早晨之前，柯南從未看見他的臉上浮現過那片陰雲，而眼下，這片陰雲又頻頻令它變得沮喪悲哀了起來，與此同時，在他妻子那張標緻的臉上，也在看到他作此表現之後浮現出了不安的陰影。不止一兩次地，當寶兒愛撫那隻狗時，柯南覺得她父親似乎很不高興看到她做此舉動，而且，有那麼一次，當高文站在那隻狗的另一側，同時還彎下腦袋跟她湊得很近的時候，亞瑟在恍惚中看到，在急急忙忙走出房間的米格先生的眼中，似乎有淚光在閃動。而以下這些事情，它們既有可能是確鑿的事實，也有可能是他進一步的想像或幻覺：對於上述這些戔戔細事，寶兒本人也並不是沒有感覺到；她試圖動用比平素更加細膩體貼的關懷，去向她的善良的父親表達，她有多麼地愛他；還有，因了上述這個緣故，她在眾人前往教堂和從那裡返回的時候，都故意落在其他人後面，以此獲得了挽住他的手臂的機會。而柯南能夠信誓旦旦做出保證的事實只有這麼一個：當他隨後獨自在花園裡面散步時，他在剎那間瞥見，她在她父親的房間裡面至為溫柔地緊緊摟抱著她的父母，同時在她父親的肩膀上潸然淚下。

　　到了下午時，天開始下起了雨來，他們只好待在房子裡面仔細研究米格先生的藏品，同時用閒談打發著時間。談起自己的時候，這個高文話多得如泉噴湧，而且，那些即興湧現的言辭每每令人捧腹不已。他做的似乎是美術行當，好像還在羅馬待過一段時間，不管怎樣，他的身上都有一種一知半解和漫不經心的業餘風格，看得出來，不管是對美術行當的奉獻精神，還是專業造詣，他都是半吊子水準，而對於柯南這種人來講，這種工作態度是他所不能完全理解的。

　　當他們站在一起朝窗戶外面瞭望時，他決定請求道義丹尼為他答疑解惑。

「你認識高文先生嗎？」他低聲說。

「我以前在這裡見過他。他們在家的時候，他每個星期天都會過來。」

「聽他的話音，我推測他是個畫家是吧？」

「所謂的畫家吧。」道義丹尼有些粗魯不敬地說。

「怎麼個所謂的畫家？」柯南微笑著問道。

「嗐，他悠閒從容地邁著蓓爾美爾街[112]式的步態逛進了美術圈子裡面。」道義說，「而且我懷疑，這門手藝是否願意被他這麼冷淡地操持起來。」

　　進行過一系列詢問之後，柯南發現：高文家是巴家的一個非常遙遠的分支；高文的父親原來在海外的一家使館供職，後來從這裡或那裡的一個無足輕重的委員職位上退了職，結果，他卻手裡攥著剛領到的退休金死在了工作崗位上面，高貴地把它守護到了最後一刻。有鑑於這份傑出卓越的社會服務履歷，其時掌權的一個巴家人向國王建議，每年向那位遺孀發放兩或三百英鎊撫恤金，而接下來掌權的那位巴家人，又在此基礎上增添了漢普頓宮[113]裡面的一個背陰而了無生趣的套間，如今，那位老夫人仍舊住在那裡，每天跟其他幾位老婦人（實際上是有男有女）一起譴責著時代的墮落腐化。她的兒子，即高文恆瑞從他的父親，即那位委員那裡繼承了那筆非常成問題的生活補助金，或者說一筆非常微小的溫飽資產，而至於難以令生活安定下來，而且，因為政府部門的職位恰好相當稀缺，又因為在他的成人早期，他的才智單單集中在農業這個領域當中（他把它用在了耕種培育野燕麥上面），所以他的這種不安定狀況愈見顯著了起來。最後，他宣稱要成為一名畫家，這部分上是因為，他一直以來都擁有這份不務正業的技能和癖好，部分上是為了，讓不給他飯碗的那位巴氏家族中的

---

[112]　蓓爾美爾街位於倫敦的聖詹姆斯街（St. James Street）和秣市街（Haymarket Street）之間，街上多見供紳士消遣之用的各色俱樂部，故其間行人多作閒散漫步之態。

[113]　位於泰晤士河北岸的一座英國王室宮殿，舊時領取皇家撫恤金的人員多居住於此。

核心人物感到痛心。於是便發生了接下來的一連串事情：首先是，有幾位身分顯赫的老婦人受到了極其巨大的驚嚇和震動；然後，他的一些作品集在夜間被頻頻傳看了起來，並被某些人狂喜地宣稱，它們是十足完美的克勞德作品，是十足完美的古皮[114]作品，還是十足完美的奇才之作；再然後，德西勳爵買了他的畫，並在某天突然召集辦事處頭目及理事會一起用餐，席間，他挺著他那副堪稱壯觀的莊重作派說道：「在我看來，那件作品裡面真的有些相當巨大的優點呢，你們知道嗎？」簡言之就是，這個地位煊赫的大人物毫無保留而費盡心思地想要把他帶進時尚圈子裡面。然而，不知道怎麼回事，它最終卻告於了全盤失敗。那些心懷偏見的公眾站出來堅決反對起了這件事情。他們鐵了心不去瞻仰德西勳爵的那幅畫。他們鐵了心相信，除了他們自己的那個之外，在每一個服務型行業裡面，一個人要想在其中立足，必須得靠起早貪黑、全心全意而鞠躬盡瘁地努力工作。所以，高文先生現在就像那具絕非默罕默德的，也非任何其他人的破爛棺材[115]那樣，懸空在以下兩個處境之間進退兩難：一方面對他已經離開的那個地方滿懷敵意和嫉妒，另一方面，對他沒辦法抵達的那個地方同樣滿懷敵意和嫉妒。

這些便是，在那個下著雨的星期日下午和之後，柯南對高文做出的一系列發現的主要內容。

大約在預定的晚餐時間一個小時左右之後，小巴出現了，陪伴著他的還是那副單片眼鏡。為了向他的家庭友人表示敬意，米格先生當天開除了那兩位俏麗的客廳女僕，然後用兩個黯淡無光的男子頂替了她們的職位。在看到亞瑟之後，小巴變得極其詭異和倉皇失措了起來，不由自主地獨自呢喃道，「你聽好了！拿我的靈魂起誓，你得知道！」過了好一會兒方才恢復了理智。

---

[114] 指克勞德·洛倫（Claude Lorraine, 1600 ～ 1682）和阿爾伯特·古皮（Albert Guyp, 1620 ～ 1691），二人均為著名風景畫家

[115] 據傳，默罕默德的棺木漂浮在他的墳墓上方。

　　而且，甚至直到那個時候，他都不失任何時機地把他的朋友拉到窗戶旁邊，然後帶著在他整體上的那種虛弱氣質裡面，算得上是一個組成部分的鼻音說：

　　「我想對你說，高文。我說。你聽好了。那個傢伙是誰？」

　　「我們主人的一個朋友，跟我什麼關係都沒有。」

　　「你得知道，他是個極其凶殘的激進分子。」小巴說。

　　「是嗎？你怎麼知道的？」

　　「呃上帝呀，先生，他有一天用極其可怕的方式猛烈攻擊了我們的工作人員。去我們的地方猛攻了我父親，而且嚴重到了必須把他轟走的程度，接著又回到我們的辦事處猛攻了我。你聽好了，你絕對沒有見過這樣一個傢伙。」

　　「他想做什麼？」

　　「呃上帝呀，先生，」小巴應答道，「你得知道，他竟然說他想知道！跑遍了我們辦事處 —— 事先沒做預約 —— 不停地說他想知道！」

　　若非適時到來的晚餐時間帶來的那份緩解，在進行上述披露的時候，小巴憤慨而好奇地瞪視著柯南的動作肯定會撕裂自己的眼眶。米格先生懇求由他帶著米格夫人入席，而在此前，他還極其關切地想要知道，他的叔／伯祖和姑婆現今狀況如何。接著，當小巴坐在了米格夫人的右手邊時，米格先生的那副滿足神情恍然像是，他的整個家族都坐在了那裡。

　　前一天那些發乎自然的迷人之處已經消失不見了。晚宴席間的眾多食客們也像晚宴本身那樣，溫吞、寡淡而煮得過於軟爛了一些 —— 這一切都緣於眼前這個可憐、矮小而愚鈍的小巴。他在任何時候都訥於言談，而在眼下這個場合當中，他又新添了一個可以獨獨追溯到柯南身上的弱點，並因此受害匪淺，即是說，他現在面臨著一個迫切而持續的必然需求，必須得望向柯南，這使他的單片眼鏡要嘛掉進了他的湯裡，要嘛掉進了他的葡萄酒杯裡，或者也可能是米格夫人的盤子裡，再或者像一根鈴繩似的掛

到了他的背上，有那麼好幾次，它都是被那兩個灰暗男性侍者的其中一位有失優雅地扔回胸前來的。因為頻頻失去這個工具，且它鐵了心不想卡進他的眼眶裡面，所以他的心氣開始衰退了，與此同時，在每看上一眼神祕莫測的柯南之後，他的智力也會愈加減弱上幾分，就這樣，他數次把勺子送到了眼睛上面，作此遭遇的還有叉子和餐桌設施中的其他各種異物。發現自己的這些錯誤之後，他的困境出現了嚴重惡化趨勢，然而，對於望向柯南這一必然需求，卻從未因為這些錯誤而得以緩解過。而且，無論柯南在什麼時候開口說話，這個命中注定要倒楣的年輕人都會明確無疑地被下面這種恐懼感攫住身心，即你得知道，他正在憑藉著某種狡猾的手段，而再次降臨到想要知道些什麼這個位置上面。

因此，可以進行質疑的一個問題是，除了米格先生之外，是否有任何其他人非常享受眼下這個場合。不過，米格先生確實是全身心沉浸在小巴帶來的巨大快樂當中的。就像那個裝著金水的長頸瓶在往外倒水時變成了一眼湧泉 [116] 那樣，米格先生現在好像覺得，巴家的這塊小香料也為他的餐桌帶來了他的整個宗族譜系所具有的馥郁香氣。有它在場的時候，他的坦率、優雅和真誠等一系列優秀品格都變得蒼白失色了起來，他不再那麼無拘無束，不再那麼真實自然，他在努力追求一些不屬於自己所有的東西，他變得不再是他自己了。米格先生身上的這個特點是多麼的奇特啊，我們在哪裡可以找到如此這般的另外一個事例呢？

最後，這個潮溼的星期天在一個潮溼的夜晚走向了尾聲，小巴乘坐出租馬車回家去了，嘴裡還虛弱無力地抽著菸卷，那個不受待見的高文是步行離開的，還有那隻同樣不受待見的狗從旁陪伴著他。寶兒一整天都在友好地招待著柯南，態度極盡和藹可親之能事，但自打早餐時候起，柯南好像就有點寡言緘默起來了 —— 換句話說就是，如果他在心裡愛著她的話，那他就肯定會作此表現。

---

[116]　典出《天方夜譚》第五卷中的「兩個嫉妒妹妹的姐姐的故事」。

當他回到自己的房間，然後再次坐進爐火前面的那把椅子裡面之後，手裡舉著蠟燭的道義先生敲響了房門，問他打算明天幾點和怎樣返家？商定了這個問題之後，他跟道義先生談了這個高文幾句 —— 如果他把高文先生當作情敵的話，那麼，這個人應該已經在他的頭腦裡面奔突起漫天的煙塵了。

「那些情況對一位畫家來講並不是什麼美好的景色 [117] 吧？」柯南說。

「不是。」道義應答道。

道義先生一手舉著房間的燭臺，一手插在口袋裡面站在那裡，眼睛用勁盯著蠟燭的火焰，臉上那抹篤定而安寧的神色表明他已經領悟到，他們接下來還要談上一些什麼。

「我認為，從他早上來了之後，我們的那位好朋友就發生了一點變化，有些沒精打采了起來，對嗎？」柯南說。

「是的。」道義應答道。

「但他女兒沒變吧？」柯南說。

「沒有。」道義說。

然後雙方都停頓了一會兒。接著，仍然盯著蠟燭火焰的道義先生慢吞吞地重新開口說：

「事實是，他兩次帶著女兒出國，是希望這樣做能把她和高文先生分開。他有點覺得，她的身上存在著喜歡他這種傾向，同時他又對這樣一椿婚姻的前景抱有十分痛苦的懷疑（我非常同意他的判斷，我敢說你也一樣）。」

「他們 ——」說到這裡柯南哽住了喉頭，接著咳嗽了起來，最終徹底停下了話頭。

「我聽著呢，你可能是感冒了。」道義丹尼嘴裡說，但眼睛並沒有望向他。

---

[117] 「景色」在原文中對應著 prospects，該詞亦可表「前景」之意，暗指高文在米格先生家的前景不容樂觀，係該詞的詞義雙關用法。

「他們之間肯定已經有了婚約，對吧？」柯南用輕鬆的語氣說道。

「沒有，就我所知肯定沒有。男方曾經提過這個要求，但最終一無所獲。在他們最近回來之後，我們的朋友答應了每週拜訪一次這個要求，但這已經是極限了。蜜妮是不會欺騙她父母的。你跟他們一起旅行過，我認為你肯定知道，他們一家人之間的那根紐帶有多麼堅固，甚至在這輩子結束之後都不會斷掉。至於蜜妮小姐和高文先生之間的所有關係，我毫不懷疑我們都已經看在眼裡了。」

「啊呀！我們也看夠了！」亞瑟大叫著說。

接著，他向亞瑟道了晚安，而他的語調像是，一個人在聽到一聲志在哀悼，但可能還說不上是絕望的驚叫聲之後，試圖要把一些鼓勵和希望熔進發出那聲驚叫的那個人的頭腦裡面去。身為想入非非幫的一名成員，這種語調可能算是道義的古怪行徑之一，然而，在他聽到柯南說出那種話之後，他又如何能夠不讓柯南聽到它呢？

雨沉重地降落在屋頂上面，輕快地敲打在地面之上，同時還在眾多常綠植物和光禿禿的樹枝之間滴落個不休。雨在沉重而沉悶地下個不停。這是一個流淚不止的夜晚。

如果柯南未曾下定決心禁止自己愛上寶兒，如果他犯下那個過錯而愛上了她，如果他一點一點地說服自己，把他天性當中的所有真誠，把他的整副希望，以及他的更趨成熟的性格當中的一應財富，全都押在了那個點數上面，如果他在這樣做過之後發現，他輸掉了一切；那麼，他將會在那個晚上淒慘得無以言表。而實際情況是 ——

實際情況是，只有雨在沉重而沉悶地下個不停。

第十七章　無人之敵

第十八章　小杜麗的愛慕者

　　在二十二歲生日到來之際，小杜麗發現，她已經擁有了一位愛慕者。即便是在滿目土黃之色的馬夏，那位永遠年輕的弓箭手也會時不時地從一把發了黴的弓上，射出幾支光禿禿的羽箭來，然後便會有一兩個大學生倒在他的箭下。

　　不過，小杜麗的愛慕者卻並非一位大學生。他是一名獄卒的多愁善感的兒子。他父親希望，在他工作年限期滿之後，將一把未曾受到玷汙的鑰匙留給他來繼承，而且，從他幼年時候起，他便開始教他熟悉起了他的官位的諸般職責，以及一份為他們家族保留住這道監獄大閘的雄心壯志。在這份繼承物尚且待定之際，他協助其母在馬販子街街角附近經營著一份足以讓他家過上溫飽生活的菸草生意（他父親是馬販子街監獄的一名非寄宿獄卒），一般來說，在那所大學的四堵高牆裡面，這家店鋪總是能擁有一份可稱乾淨俐落的業務關係的。

　　一年又一年的光陰荏苒而逝，當他的愛慕對象常常在門房的壁爐圍欄旁邊坐在那把小扶手椅上面的時候，這位比她大上一歲的小莊（姓齊）便已經開始用飽含仰慕之情的驚奇眼神緊盯著她不放了。在監獄院子裡面跟她玩耍時，他最喜歡的遊戲是，假裝把她鎖在牆角裡面，再假裝用貨真價實的親吻換得她的釋放。當他長高到能夠透過主門大閘的鑰匙孔偷偷窺視她的時候，他為他父親制定了眾多不同的午晚餐時間，為的是這餐飯能在大閘外面進行，其時，他會站在那裡大睜著一隻眼睛，透過那個涼風習習的透視孔洞盡情窺視起她來，有時候甚至會因此被凍到傷風感冒。

　　如果在他少年時代那些不再那麼天真爛漫的日子，即少年們常常穿著不綁鞋帶的靴子，常常快樂得忘了飢餓的那些日子裡面，小莊的誠實作風曾經有過鬆懈的話，那他也很快就把鞋帶重新綁了起來，同時也把那份鬆

動了的誠實作風重新緊固了起來。十九歲時，在她生日那天，他的一隻手在正對她住處的那片院牆上面，用粉筆題寫了「從仙女群中降落的甜蜜乳嬰，歡迎你！」二十三歲時，在每個星期天到來之際，同一隻手都會抖抖顫顫地向馬夏之父，或者說他的靈魂女王之父奉上雪茄。

小莊是個身材矮小的人，還長著兩條相當細弱的腿和一頭非常稀疏的淺色頭髮。而且，他的某隻眼睛（可能就是透過鑰匙孔行過偷窺之舉的那一隻）也呈現出了虛弱之態，看上去要比另外那隻大上一些，就像它沒辦法收攏住自己一樣。同樣地，小莊看上去一副文弱模樣，但他擁有偉大的靈魂。他滿懷詩意，爽朗健談，且忠誠可靠。

雖然在他的靈魂統治者面前，小莊顯得太過謙卑而難以樂觀起來，但是，他是對他的戀慕對象進行過明明暗暗的全面考量的。將其窮根究底出一些極其快樂的光明結局之後，他並不自誇地在其中發現了一種適配性。比如若是諸事遂願而他們喜結了連理的話，那她身為馬夏之子和他身為馬夏大閘看守便具有一種適配性。再比如當他成為一名寄宿獄卒之後，她會正式繼承到那個她已經租賃了如此之久的房間，這裡面包含著一股合乎社會規範的美麗得體味道。而那個房間在踮起腳尖之後是可以望到牢牆外面的，若是再用花格子種上一些紅豆，再養上一隻金絲雀之類的東西，它將會變成一個十足完美的涼亭，這裡面又包含了一個十分迷人的構思。然後最重要的是，從辯證的角度上來講，在大閘裡面生活甚至還能品出一股賞心悅目的優美味道來，這是因為：在這裡，除了被它關進來的那一部分之外，整個世俗世界都可以被關在門外；在這裡，世俗世界的諸般煩惱和滋擾只能透過傳言來與聞，也就是說，只能是前來這座破產神廟朝聖的人們所描述的那個樣子；而且，在這裡還上有涼亭，下有寓所。有賴於上述種種有利因素，在這裡，他們可以沿著時間的溪流緩緩滑下，經營一種田園牧歌式的快樂家庭生活。最後，用一塊墓碑為這幅畫面作結之後，小莊的眼裡流出了傷感的淚水。這塊想像當中的墓碑位於隔壁那片緊靠著牢牆而

設的教堂墓地裡面，上面題寫著下面這些感人至深的銘文：「謹以此碑紀念齊莊，此人在毗鄰之馬夏監獄任牢頭一職六十載，及眾牢頭之首領五十載，卒於一八八六年十二月三十一日，平生廣受敬重，享年八十有三。亦紀念為此人所摯愛，同時亦摯愛此人的愛米，此女為此人之妻，娘家姓氏杜麗，於此人離世之後未及殘喘二日，終卒於上述馬夏監獄，誠可謂生於斯，長於斯，亦死於斯。」

齊家父母並非不知道他們兒子的這份戀情，更準確地說應該是，在幾次有些例外的情形當中，它曾經令小莊陷入了這樣一種情緒當中，竟然不由自主地對著顧客們大動肝火，從而損害了他家的生意，但接下來，他們卻努力從這個狀況中得出了一些他們想要的結論來。齊夫人是個精明謹慎的女人，她想讓丈夫注意到，拿他們家小莊在大闆裡面的前途這方面來講，肯定會因為跟杜麗小姐的聯姻而向好發展，因為她本人在那所大學裡面是極受尊敬的，甚至好像對那個地方擁有某種所有權似的。齊夫人還想讓丈夫注意到，如果說從一方面來說，他們的小莊擁有可靠的收入和職位，那麼從另一方面來講，小杜麗也擁有不俗的家世，還有，她（指齊夫人）的意見是，兩個一半合在一起就變圓滿了。然後，齊夫人又從身為一名母親，而非一名外交家的角度上希望她丈夫記得，他們家小莊從來就沒有十分強壯結實過，如今他的這份愛情讓他感到十分苦惱和揪心，雖說目前還沒對他自己造成什麼傷害，但如果遭到挫折的話，沒有人能肯定不會出現這種狀況。這些論點十足有力地影響了齊先生的看法，於是，在很多個星期天的早上，這個寡言的男人都向他的孩子贈送了一種被他稱之為「吉祥話」的東西，此舉的具體意思是，他認為，他向幸運女神奉送的那些稱讚，已經為他兒子在那天表白愛意然後大獲成功鋪平了道路。但是，小莊卻從來沒能鼓起勇氣進行這種表白，他在這一天裡面的主要表現是：先興沖沖地返回菸店，然後飛撲向他的顧客們。

這件事情也像任何其他事情那樣，小杜麗本人是最後才被加以關注考

慮的。在獲悉此事之後，她的哥哥和姐姐開始以它作為依據，大肆宣揚起了那套有關他家高貴出身的可憐而拙劣的古老鬼話，並藉此獲取了某種地位。她姐姐主張他家高貴出身的具體辦法是，當那位可憐的求愛者為求能夠看上他的心愛之人一眼，而在監獄旁邊遊蕩時，毫不留情地予其以強烈的藐視。至於提普，他是這麼主張他家還有他自己的高貴出身的：先以貴族兄弟的身分出現在那個小撞球場裡面，然後開始高深莫測地吹擂一段有關抓住某人後脖頸子的舊聞，而且他的言辭之間還流露出來這樣一種隱約可見的可能性──此事是某位不知名的紳士對某個不提也罷的小傻瓜所行的英雄壯舉。而且，在杜麗家的一干成員當中，並非只有這兩人對此事進行了開發利用。不對，不對。馬夏之父當然應該是對此事毫不知情的，因為他的可憐的尊嚴沒辦法看到如此低賤的東西。但他會在星期天接受雪茄，而且是樂於收到它們的，有些時候，他甚至會屈尊跟那位捐贈者（他在彼時是自豪且滿懷希望的）在放風場裡面來回走上一會兒，溫厚仁慈地在他的陪伴之下吸上一支。此外，他也會用相形之下毫不減色的樂意和屈尊態度，去接受老齊獻來的殷勤，即是說，當他在後者的某個輪值時段裡面走進門房時，後者會把他的扶手椅和報紙讓給他享用，或者，後者甚至會對他說，如果他想在天黑之後的不管什麼時候悄悄走進前院看看街上的話，他是不會受到太多阻攔的。而如果他對後面這份客套並未加以利用的話，那只能是因為他已經喪失了這份胃口，這麼說的依據在於，他會對所有其他好處照單全收，還會時不時地這麼說道，「一個極有教養的人，這個老齊，非常的殷勤，還非常的尊敬他人。小齊也是這樣，對於這裡頭的人們的身分地位，真的差不多可以這樣來形容他，說他對它們擁有一種堪稱微妙靈敏的領悟能力。真是一個嘉言懿行之家呀，齊家的這兩位。他們的行為甚得我意。」

　　在上述這些日子裡面，忠誠的小莊一直都用崇敬的眼光看覷著這家人。他從未想過要對他們的裝腔作勢加以質疑，而是對他們大肆炫耀的那

個慘兮兮的馬波俊波 [118] 尊敬有加。至於是否對來自她哥哥的公然侮辱心懷怨恨這一點，他覺得對那位神聖的紳士鼓唇弄舌或者舉手還擊是一種有失虔敬的行為，儘管拿他天生的性格來講，它並不屬於至為溫和隱忍的那一種。他為他的高貴心靈會做出這種冒犯之舉感到難過，甚至會覺得，他的這種行為與其高貴氣質或許並非是不相匹配的，轉而勸解安撫起了那個勇武豪俠的人兒。她父親是一位身逢不幸的紳士，一位擁有美好心靈和尊貴儀態的紳士，他對他是深為敬重的。他覺得她姐姐多少有些自負和驕傲，但卻是一位才藝斐然的年輕小姐，她的種種表現只是沒辦法忘記過去而已。而這個可憐的年輕傢伙敬重和所愛的只是她這個人這一事實，則為小杜麗的自身價值和與眾不同提供了一份發乎於人之本能的煌然佐證。

位於馬販子街街角處的那家菸草店是一座鄉間住宅，總共只有一層，但它卻享有這麼一個益處，即能夠聞到從馬販子街監獄的幾個放風場裡面飄過來的味道，同時占據著這麼一個優勢，即在那個討人喜歡的機構的牆根下面，恰好有一條僻靜小路與之相通。緣於它太過謙遜樸素的性質，這家店鋪沒能樹立起一個真人尺寸的高地人招牌 [119]，不過，它在門柱的擱板上面放了一個小的，它的樣子有些像是一個折翼天使，但它似乎發現，從今以後它必須得開始喜歡上蘇格蘭短裙了。

有一個星期天，在吃過燒烤早午餐之後，小莊從那個如此裝飾的店門走了出來，欲去辦理他的那份例行週日差事。他當然不是空手前往的，而是隨身攜帶著他的雪茄供品。他的穿扮頗為整潔，上身是一件紫紅色外套，上有一個巨大的黑色天鵝絨衣領，其尺寸已然達到了他的身材所能承載的極限；外套裡面是一件絲質馬甲，上面裝飾著富麗的金色枝狀花紋；脖子上圍著一條在眼下極為流行的樸素頸巾，上面繪製著一座地面呈暗黃色的苑圍，上有數只淡紫色野雞；褲腿的側面裝飾著非常顯眼的條紋，致

---

[118]　馬波俊波，非洲某些土著部落所信奉的神衹，相傳會在部落居民違規（比如婦女通姦）後行懲罰之舉，而實際上，馬波俊波只是由部落中的男性居民扮演出來的。

[119]　英國的菸草店招牌多為蘇格蘭高地人人偶。

使每一條腿都變成了一把三弦琴；最後是頭上那頂隆重的帽子，它非常之高，又非常之硬。當精明而審慎的齊夫人意識到，除了上述這番裝扮之外，她的小莊還戴了一副白色兒童手套，手拿一根狀如小型指路牌，頂端有一個象牙色手狀物，率領他走向了他欲前往的那個地方的手杖時，以及當她看到，他穿著這套笨重的行軍裝備在街角處向右拐了過去時，她向其時正好在家的齊先生評論道，她認為她明白這是刮的哪股風了。

那天下午，牢裡的大學生們正在招待數量相當龐大的一批訪客，他們的父親出於收受禮物之便，而據守著自己的房間。至於小杜麗的愛慕者這邊，當他在院子裡面巡遊了一番之後，便急不可耐地上了樓，然後用指關節敲響了馬夏之父的房門。

「進來，進來！」一個聽上去頗有地位但又十分親切的聲音說。這是那位父親的聲音，即她的父親，同時也是馬夏的父親。他端坐在房間裡面，頭上還是那頂黑色天鵝絨小帽，手裡拿著報紙，桌子上面有無心之間擺在那裡的三先令六便士，桌旁有兩把擺得整整齊齊的椅子。即是說，召見新人的一應事項已經悉數準備妥當了。

「啊呀，小莊！你好嗎，你好嗎？」

「還不錯，我要謝謝你的關心，先生。我希望你也一樣。」

「是的，齊莊，是的。沒有什麼可以抱怨的事情。」

「先生，我冒昧給你 ——」

「呃？」聽到這裡之後，馬夏之父把眉毛揚起到了始終高聳的狀態，同時變換了一副和藹可親地幾欲發作的面貌，接著又笑容可掬地心不在焉了起來。

「—— 帶了幾支雪茄過來，先生。」

「喔！（在眼下的這一刻，他又表現出來一種有些過分的驚訝反應。）謝謝你，小莊，謝謝你。不過說真的，我擔心我有些太過 —— 不是這樣嗎？那好，我就不再多說什麼了。小莊，如果你願意的話，請把它們放在

壁爐臺上面吧。然後請坐，請坐。你在這裡不是什麼陌生人，小莊。」

「謝謝你，先生，我知道 —— 愛米，」說到這裡，小莊用左手團團轉起了他那頂巨大的帽子，令它看上去像是一個緩緩轉動著的老鼠籠子，「愛米小姐也很好吧，先生？」

「是的，小莊，是的，她很好，不過現在出去了。」

「是嗎，先生？」

「是的，小莊。愛米小姐出去透氣了。我家的這些年輕人們都很喜歡往外跑。不過，在他們的這個人生階段，這是情理中事，小莊。」

「確實如此，我知道，先生。」

「透氣去了，透氣去了，是的。」這時，他在桌子上面溫和地敲打著他的幾根手指，同時把目光向上投擲到了窗戶那裡。「愛米去鐵橋上透氣去了。她最近變得十分偏愛起了那座鐵橋，好像去那裡散步的興致超過了任何其他地方。」說到這裡，他把話頭拉回了談話上面。「我認為，你父親現在沒在工作吧，對不對小莊？」

「不在，先生，他等等才會去工作，要到下午。」說完，小莊又把那個巨大的帽子轉了一下，然後立起身說道，「我擔心，我必須得跟你說日安了，先生。」

「這麼快就走嗎？日安，小莊。不用，不用。」他的語氣中流露出一股至為顯著的屈尊紆貴氣息，「不要在意你的手套，小莊。戴著它跟我握手就行。你在這裡不是什麼陌生人，你得知道這一點。」

接著，對他的此番仁慈接待頗感心滿意足的小莊開始沿著樓梯往下走去，在下樓的途中，他碰到了幾位大學生，他們正在把一些訪客帶上樓去進行引薦。就在這個時候，杜麗先生碰巧把身體探出了樓梯的扶手，同時口齒異常清晰地大喊道，「非常感謝你那些小小的證明，小莊！」

小杜麗的愛慕者很快就來到了鐵橋那裡，並按照通行費告示牌上的要求繳納了一個便士，然後便走上橋去，四下裡尋找起了那個為他所爛熟於

心且深為眷愛的身形。一開始的時候，他有些擔心她不在那裡，但是，當他朝米德塞克斯那一頭走去的時候，他看見，她正定定地站在橋上望著河水。她正在凝神思索當中，而他則有些好奇地想要知道，她這是在想什麼呢。她望著的那個方向層層疊疊地堆積著大量城區的屋頂和煙囪，在眼下這個時候，它們不像週末那麼濃煙彌漫，另外，遠處還有一些桅杆和建築的尖頂。於是他心想，她可能正在想著它們呢。

而小杜麗的這場沉思是如此之長久，又如此之全神貫注，以至於，儘管她的愛慕者靜靜地在那裡站了他自認為很長的一段時間，而且已經退後又再上前地折騰了兩三個來回，但她仍然站在那裡不見行動。於是，他最終下定決心主動走上前去，假裝在路過時碰巧遇到了她，然後跟她搭了話。這個地方很是安靜，現在正是跟她講話的絕佳時機，否則就再也沒有機會了。

他移步走上前去，但她似乎沒能聽到他的腳步聲，直至他走到她的近旁。當他說出「杜麗小姐！」時，她被驚得朝身後跌了出去，臉上是一副恐懼和有些像是厭惡的表情，這讓他感到說不出來的傷心。在此之前，她是經常躲著他的，更準確地說應該是，很長很長時間以來，她一直都是躲著他的。當她看見他朝她走過來的時候，她會如此經常地轉身溜掉，這讓運氣欠佳的小莊很難認為這種情形是事出偶然。但他希望，這其中的原因是她在害羞，她生性內向孤僻，她事先已經知悉了他的心事，或者是除了厭惡之外的任何其他原因。而現在，她臉上一瞬出現的那個表情像是在說，「全世界這麼多人怎麼偏偏是你呢！我寧願看到地球上的無論哪個人，就是不想看到你！」

但它只是轉瞬即逝的一個表情，因為她很快就止住了它，然後用她柔和微小的聲音說，「喔，莊先生！是你嗎？」但她心裡仍然還是之前的感覺，同時，他也是方才那種五味雜陳之感，於是，他們便都站在那裡困惑地看起了對方。

「愛米小姐，我擔心剛才跟妳說話打擾到妳了。」

「是的，的確如此。我 —— 我是獨自一人過來的，我自己認為是這樣的。」

「愛米小姐，我之所以不揣冒昧也來這條路上散步，是因為當我剛才拜訪他的時候，杜麗先生湊巧提到，妳 —— 」

但她突然用一種心碎的語氣低聲呢喃道「喔父親，父親！」，然後把臉扭到了另外一邊，這讓他比之前更加傷心了起來。

「愛米小姐，我希望，我提到杜麗先生沒有給妳帶來什麼不安的感覺。我向妳保證，我發現他的狀況非常良好，精神狀態也是絕佳，甚至還向我施予了更勝於往常的仁慈，比如他非常仁慈地對我說，我在那裡不是什麼陌生人，還在其他一應方面也處處讓我不勝愉悅滿意之至。」

令她的愛慕者感到無法言表的驚愕的是，小杜麗竟然用雙手捂住了別過去的臉，然後站在那裡輕輕搖晃了起來，似在承受著非常巨大的痛苦一般，同時，她的嘴裡又再呢喃道，「喔父親，你怎麼能這樣呢！喔親愛的親愛的父親，你怎麼能怎麼能這樣做呢！」

那個可憐的傢伙站在那裡凝視著她，內心裡面滿溢著同情之感，但對是何原因造成了如此狀況相當不明就裡，直至她掏出手帕捂在仍然別在一邊的臉上，接著又急匆匆地拔腳便走。起初，他仍然紋絲不動地站在那裡，然後急忙跟在她身後追了上去。

「愛米小姐，求求妳！妳能行個方便稍微停一下嗎？愛米小姐，如果不行的話，還是讓我走好了。如果我不得不認為，是我把妳逼成這樣的，那我一定會瘋掉的。」

他的顫抖的聲音和並非假裝出來的真誠讓小杜麗停了下來。「喔，我不知道該怎麼辦，」她喊叫著說，「我不知道該怎麼辦！」

對於小莊來講，他以前從未見她失去過她那份安靜的自制力，從她還是一個嬰孩那時候起，她便一直都是一副如此可靠和克己的模樣，而現

在，她的巨大的悲慟，還有必須把他自己視為此種狀況的致因這一事實，都讓他感到震動不已，結果，他渾身上下都發起了抖來，從他頭上那頂巨大的帽子，到他腳下的人行步道，莫不如是。他覺得，他必須得做上一番解釋了。他可能被誤解了，她可能覺得，他想要做，或者說已經做了某件他以前想都沒有想過的事情。他請求她聽他解釋一下，還說要是能夠如此的話，算是她給予了他一份莫大的恩惠。

「愛米小姐，我非常清楚地知道，妳的家庭是遠勝於我的家庭的，想要隱瞞這一點只是徒勞之舉。在我曾經聽說過的齊家人裡面，從來沒有出現過哪怕一位紳士，對於一個如此影響攸關的主題，我絕對不會卑劣地予以虛假陳述。愛米小姐，我非常清楚地知道，妳的擁有高貴心靈的哥哥，同樣還有妳充滿生機又勇敢堅毅的姐姐，他們都是高高在上地蔑視拒斥我的。而我必須得做的是，尊敬他們，期望獲得他們的友誼，從我所在的低下地位瞻仰顯赫尊榮的他們——因為不管是被人當成菸草店，還是被人當成監獄大門，我都深知它們是低賤的——並永遠敬祝他們安康快樂。」

在這個可憐的傢伙身上，確乎是有著一種真誠的品格的，此外，還有他的堅硬的帽子和柔軟的內心（儘管他的頭腦也有可能挺「軟」[120] 的）形成的那種強烈對比，它們都十足令人動容。小杜麗懇求他別再貶低他自己和他的地位，而且最重要的一點是，要他別再認為，她覺得自己是優越於他的。這令他感到了少許寬慰。

「愛米小姐，」然後他結結巴巴地說，「我長期以來——對我來說算得上是很多年了——年復一年啊——一直懷有一個衷心的希望，想要跟你說上幾句話。我可以把它們說出來嗎？」

小杜麗不由自主地再次從他身邊驚跳了開去，而且，她的臉上又再復現了之前那種表情的些許陰影。待把它壓制下去之後，她拔腳快速走過了

---

[120]　此處的「軟」在原文中對應著 soft，而 soft 又可作「愚蠢、糊塗」解，為一語雙關用法。

橋的中央部位，未對他的問題作出任何答覆。

「我可以嗎 ── 愛米小姐，我只是謙卑地問你這麼一個問題 ── 我可以把它們說出來嗎？我已經如此不幸地給你帶來了這些痛苦，但我可以在神聖的上帝面前起誓，我絕無這樣的企圖！所以，我也就不怕把它們說出來了，但必須事先得到你的許可。我可以孤獨淒慘地過活，我可以獨自黯然心碎，但對於那個我願意跳過那道欄杆帶給她半秒鐘歡愉的人，我為什麼也要讓她同樣淒慘和黯然心碎呢？那並不是什麼大不了的事情，給我兩個便士我就會做。」

雖然他的意氣消沉的做派和絢麗奪目的外表可能讓他顯得有些滑稽可笑，但是，他的那份細膩體貼卻讓他變得令人尊敬了起來。小杜麗由此獲悉了接下來該做的事情。

「齊莊，如果你同意的話，」她用顫抖但不失平靜的聲音應答道，「我指的是你如此體貼入微地問我，你能否再說上幾句這個問題 ── 如果你同意的話，我的答案是不能。」

「絕對不能嗎，愛米小姐？」

「不能，如果你同意的話。絕對不能。」

「喔上帝呀！」小莊喘著氣呼號道。

「但你可能反而願意讓我對你說上幾句。我的這幾句話發自肺腑，而且它們的意思再清楚明白不過。小莊，當你想到我們的時候 ── 我指的是我哥哥，還有我姐姐，還有我 ── 請不要覺得我們跟別人有什麼不一樣，因為無論我們曾經是什麼模樣（我對此知之甚少），我們早就已經不是那樣了，也絕對沒辦法再變成那樣了。如果你能那樣而不是像現在這樣做的話，不管對你自己，還是對於別人而言，都會是一件莫大的好事。」

小莊淒然堅稱，他會努力把這些話記在心裡，會十分高興地去做她所希望的無論任何事情。

「至於我自己，」小杜麗又說：「你要盡你所能少去想我，越少越好。

如果你終究還是要想我的話，小莊，你就這樣去想吧，想我是一個你眼見著在監獄裡面長大的孩子，無時不刻都有一整套責任壓在她的身上，想我是一個虛弱、孤僻、無依而甘願受苦的女孩子。我特別想要你記住的是，當我走出那個大門的時候，我就是孤苦無依的孑然一身了。」

他願意努力去做她所希望的任何事情，但愛米小姐為何這麼想讓他記住這個呢？

「這是因為我知道，」小杜麗應答道，「這樣一來我就可以託付你不要忘了今天，也不要再對我多費口舌[121]。你是一個如此慷慨大度的人，以致我知道，我是可以將此事託付於你的，而且我不止現在這樣想，將來也會一直這麼想。接下來，我馬上就會向你表明，我是完全信賴你的。我喜歡我們現在正在此處談話的這個地方，更甚於我所知道的任何其他地方，」她臉上那抹輕微的陰影早已經消退不見了，但她的愛慕者卻覺得，他好像看見，它在眼前這一刻又再歸來了，「而且，我可能會經常出現在這裡。但我知道，我只需要把這些話說給你聽，就可以完全放心，你以後絕對不會再來這裡找我。總之我是 —— 完全放心的！」

她是可以放心這一點的，小莊說。他雖然是一條悲慘的惡棍，可於他而言，她的話卻是勝似法律的。

「那麼再見吧，莊，」小杜麗說。「還有我希望，你有朝一日會擁有一位優秀的妻子，會成為一個快樂的男人。我確信你是應該得到快樂的，而且你肯定會快樂的，莊。」

當她嘴裡說著這些話，同時向他伸出手去的時候，揣在金枝馬甲 —— 如果一定要把事實披露出來的話，那它只是一件廉價的現成貨 —— 下面的那顆心漲得像是一顆紳士的心那般大小了，但是，這個可憐、平庸且矮小的傢伙卻沒有足夠的重量去容納它，所以忍不住迸出了眼淚。

---

[121]　小杜麗這句話的潛臺詞是，她是一個孤苦無依的女孩子，小莊不應該再像今天這樣冒犯騷擾她。

「喔，別哭呀，」小杜麗悲憫地說。「別這樣，別這樣！再見了，莊。願上帝保佑你！」

「再見了，愛米小姐！再見！」

就這樣，他最終離她而去了，但他在離開前看到，她在一個座位的角落處坐了下去，然後不僅把她的一隻小手放在了旁邊那面粗礪的牆上，而且把臉也貼了上去，就好像她的頭很是沉重，頭裡面的思想很是悲傷似的。

而以下這段文字則是，對諸多人類規劃之謬誤屬性所作的一份頗為感人的闡釋：只見在那位愛慕者的頭上，他那頂大帽子被拉下去蓋住了他的眼睛，天鵝絨大領子被立了起來，就好像天上在下著雨一樣，紫紅色外套被緊緊扣住，藏起了裡面的金枝馬甲，還有那根小指揮杖，它不可抵擋地指向了歸家的方向；又見他沿著那些環境至為惡劣的偏僻街巷偷偷摸摸地走著，而且邊走邊為聖喬治教堂墓地裡面的那塊墓碑編寫了下面這則新的銘文：

「齊莊之塵世遺骸葬於此處，其人平生庸碌無一可足掛齒之事，約於一八二六年歲末因心碎而卒，臨終竭盡餘喘惟求將愛米二字題於其骨灰之上，此願已由其痛至錐心之雙親囑人照辦。」

第十八章　小杜麗的愛慕者

第十九章　馬夏之父的兩三份人際關係

　　眼下，在那所大學的校園裡面，杜麗威廉和杜麗福德兩兄弟正在來來回回地走動著，但當然是在貴族區域或者說水泵那一頭，因為馬夏之父一直嚴防自己走到窮人那一頭，嚴防跟他的孩子們混同在一起，對於這一點而言，他把它看成是一件攸關他的莊重身分的頭等大事，例外情形僅會出現在每個星期天的上午、耶誕節當天和其他節慶場合裡面。他非常嚴格地恪守著這個時間表，其時，他會把手放在那些初來乍到者的頭上，用一種具有高度教化意義的慈祥做派保佑這些新近才破產的人們。總之，當他們一起在大學校園裡面來回走動時，這兄弟二人可稱是一道令人難忘的風景。自由人福德顯得如此謙卑、佝僂、枯萎而失色，而籠中人威廉卻是如此尊貴和優越，且如此仁慈地對待著地位低他一等的弟弟，以致如果不論其他方面，而只從這方面來講的話，這兄弟二人堪稱是一幅令人稱奇的景象。

　　他們來回走動於校園當中的這個時候，適逢小杜麗跟她的愛慕者在鐵橋上會晤的那個星期天的傍晚時分。其時，當天那些莊嚴隆重但頗令他煩心的事務已經結束了，接待室在此前門庭若市，進行了數場新人引見活動，那無意之間留在桌上的三先令六便士，已經在無意之間增長到了十二先令，而眼下，馬夏之父吸了一口雪茄為自己提了提神。當他來回走動的時候，他會隨和地放慢自己的腳步，以遷就他弟弟的拖遝步伐，而且，他並不因為自己的地位高其弟一等而傲慢待之，而是體貼入微地忍讓著那個可憐人兒，從他的雙唇之間噴薄而出然後有志越過紮著牆頭釘的高牆的每一小口煙霧，都包含著對孱弱不堪的後者的巨大容忍。從這些方面來看，他也可稱是一道神奇的風景。

　　其弟福德雙目晦暗、手爪痙攣、身形佝僂且迷茫無措，他順從地在其

兄身邊曳足而行，甘心接受著其兄的慷慨施捨，狀如在這個他已經迷失於其間的迷宮世界裡面，順從地去接受著每一份或好或壞的際遇。在他的手裡，仍然拿著平常那個捰成螺旋形狀的白棕小紙包，並會時不時從中旋出一小撮鼻菸來。顫顫巍巍地吸過它之後，他會用不無仰慕的眼神瞥瞥他的兄長，再把兩隻手背在身後，曳足追至他的身邊像之前那樣行走起來，直至他再吸另外一撮鼻菸，或者站定腳步四下裡打量起來 —— 這或許是突然想念起他的黑管來了。

其時已值暮色四合之際，所以，大學裡的眾訪客們正處於不斷消散的過程當中。不過，校園裡面仍然顯得很是滿滿當當，這是因為，為了把他們的朋友送別至門房那裡，大學生們基本上是傾巢而出了。

當這兄弟二人在校園裡面踱步時，籠中人威廉忙不迭地四下裡接受著各種招呼致意，並且會親切地抬抬頭上的帽子予之以回應，此外，他還神態煞是迷人地保護著福德，防止他撞到人群上面，或者被別人擠到牆上。在這裡，大學生們全都不大容易對外界事物產生反應，但是，從他們各式各樣的好奇反應來看，就連他們也在這兄弟二人身上發現了一道可稱神奇的風景。

「福德，你今晚有點打不起精神來，」馬夏之父說。「出什麼事了嗎？」

「你說出事嗎？」他瞪大眼睛看了他片刻，然後又把頭和眼睛重新垂了下去。「沒有，威廉，沒有，什麼事都沒有。」

「如果你能聽人勸告，稍微收拾收拾自己的話，福德 —— 」

「是的，是的！」老頭子急匆匆地說。「但我不能，我不能。別說這個了，這方面已經徹底玩兒完了。」

這時，馬夏之父迅速瞥了一眼一個從他們身邊走過的大學生，此人跟他很是要好，而且，若是此人處於他的位置之上，此人肯定會說，「這是一個虛弱的老人，但他是我的兄弟，先生，是我的兄弟，這種發乎於天

性的聲音是多麼的強勁有力！」可是，他卻急忙拽住他弟弟磨光露底的袖子，駕馭著他離開了水泵的把手那裡。事實上，對於杜麗先生而言，想令他的形象臻於完美，成為一個兄弟般的導師、哲人和朋友並非難事，只要他能駕馭著他弟弟離開有損於他的那些東西，而不是存心去糟踐他即可。

（杜麗兩兄弟）

「威廉，我覺得，」受到他深情眷顧的那人說，「我有點累了，想回家睡覺去了。」

「親愛的福德，」另外那人應答道，「不要讓我耽擱了你，不要為我犧牲了你的癖好。」

「時間已經晚了，再加上天氣又熱，還有歲數也大了，我猜，」福德說，「是它們讓我變得虛弱起來了。」

「親愛的福德，」馬夏之父應答道，「你認為你對自己的生活足夠認真嗎？你認為你的生活習慣也同樣是精確和井井有條的嗎 —— 比如說像我

的那樣,我可以這麼說嗎?不要又回到我剛剛提過的那個小怪癖裡面了,我懷疑你呼吸的新鮮空氣和進行的身體鍛鍊是否足夠,福德。這裡就有散步的廣場,它隨時都可以為你效勞。你為什麼不能比現在更有規律地利用起它來呢?」

「嘻!」另外那人嘆息道。「是的,是的,是的,是的。」

「但光說是的是的是沒有用的,親愛的福德,」溫和而睿智的馬夏之父緊追不捨地說,「除非你確實按照你那個贊同意見採取了行動。福德,你可以想一想我這個例子。我可以說有點榜樣的意思。形勢之必須和時間教會了我應該怎麼做。在一天裡面的某個固定的時間,你會發現,我或者在這個廣場上散步,或者待在自己的房間裡面,或者待在門房裡,或者在讀報,或者在接待訪客,或者在吃喝。在很多年的時間裡面,我給愛米留下了這樣一種印象,我是必須準點吃飯的,我們可以拿這一點為例。愛米是在這種習慣裡面長大的,對它們的重要性了然於心,而你肯定知道,她現在是一個多麼優秀的女孩。」

但他弟弟還是那副迷糊樣子,仍然拖著沉重的腳步往前走去,僅僅再次嘆息道,「嘻!是的,是的,是的,是的,」除此之外再無任何其他反應。

「親愛的傢伙,」馬夏之父說,同時把一隻手放在了他的肩膀上面,欲要和緩地振作起他的精神來,而之所以是和緩地,是緣於他的虛弱,這個可憐而親愛的傢伙,「你之前已經那麼說過了,它並不能表達出太多的意思,福德,儘管它原本的含義是很多的。我希望我能叫醒你,善良的福德,你是需要被叫醒的。」

「是的,威廉,是的,這是毫無疑問的,」另外那人應答道,同時抬起他昏暗的眼睛望向了他的臉龐。「但我不像你啊。」

馬夏之父聳了聳肩膀,借此表達了一種謙遜的自貶姿態,然後嘴裡說,「喔!你是可以像我的,親愛的福德,你可以的,如果你想的話!」

實際上，他是多虧了性格當中那個名叫寬宏大量的長處，才克制住沒往已經墮落的弟弟身上再踏上一隻腳去。

其時，各個角落裡面有眾多離別戲碼正在上演著，這算是每週日晚上的一個例行節目。這裡或者那裡，隨處都會有一個可憐的，可能是一位妻子或者母親的女人，在暗處跟一位新入校的大學生相伴哭泣著。以前，馬夏之父自己也在這個時間裡面，在這個校園的各處陰影裡面，跟他可憐的妻子一起哭泣過。但那是很多年以前的事情了，現在，他像是一個已經從暈船當中恢復了過來的長途輪船乘客那樣，十分不耐煩那些上一個港口才上船的新乘客們的屄頭模樣。他一般會對此表示抗議，然後表明他的下述觀點，稱那些不哭就沒辦法過日子的人們是沒有權利待在那裡的。而且，如果沒有訴諸言辭的話，他總會透過待人的禮儀這個途徑來證明一下，他對這些擾亂了整體和諧氛圍的行為深感不快。另外，他的這套理論已經深入人心如此耳，以致在聽說了他的大名之後，那些欲行該等違法之舉的少年犯們往往都會退縮回去。

在這個星期日夜晚，他面帶有容乃大和從寬發落的表情陪伴其弟朝大門口走了過去，其時他脾氣溫和，且十分仁厚地願意對那些眼淚視而不見。在門房的那盞汽燈下面，有幾位大學生正在就著它熾烈的燈光晒著日光浴，還有幾位正在跟他們的訪客告別，而另外那幾位沒有訪客的，他們要嘛從旁觀看著大門鑰匙在鎖孔裡面頻繁地扭動，要嘛彼此之間或者跟老齊交談著什麼。理所當然的一點是，馬夏之父的到來引起了一陣轟動，只見看門的老齊用大閘鑰匙碰了碰自己的帽子（但是持續的時間非常短暫），然後希望馬夏之父覺得自己還算過得去。

「謝謝你，老齊，我這邊相當不錯，你呢？」

老齊低沉地咆哮道，「喔！我挺好的。」當他心情有些鬱悶的時候，他總會這樣答謝針對他的身體狀況的問候。

「老齊，小莊今天拜訪了我。還有，他看上去非常的時髦，我是說真

的呢。」

老齊也聽說這回事了，但老齊必須得坦白承認，他希望這孩子沒在那上面花掉很多錢。因為它能給他帶來什麼呢？它只能給他帶來煩惱，而他不用花一分錢就能隨便在哪裡找到那玩意兒。

「怎麼個煩惱法，老齊？」那位慈祥的父親問道。

「沒什麼大不了的，」老齊應答道。「別放在心上。福德先生這是要出去嗎？」

「是的，老齊，我弟弟要回家睡覺去了。他有些累，身體也不是非常好。當心呐，福德，當心呐。晚安，親愛的福德！」

跟他哥哥握了手，又朝門房裡面的那幾位碰了碰他那頂油膩的帽子之後，福德慢吞吞地拖著腳步，走出了老齊為他打開的那扇門。接著，馬夏之父展示了他身為一位上級領導的親切擔憂之情，即希望他不要受到什麼傷害。他具體是這麼表現的：

「老齊，請你行行好讓門多開上片刻，好讓我看著他走出過道下了臺階。當心呐，福德！（他的身體非常虛弱。）看著樓梯！（他是個非常不專心的人。）過馬路時當心點，福德。（我真的不願意去想，他會在大街上面隨意亂逛，他是極有可能被車軋到的。）」

說完這些話之後，他把他的關懷轉移到了聚集在門房裡面的那群人身上，臉上還是方才那副不安和懷疑，以及身為保護人的焦急模樣。他如此清楚明白地向他們指出，他弟弟沒能被鎖在這道大閘裡面殊為憾事，以致類似的觀點很快就在這群大學生當中流傳了起來。

但他並未以不夠資格的認可態度去接受它，而是恰恰相反 —— 他說，不是的，紳士們，不是的，請他們不要誤解他的意思。他弟弟已經折損得非常嚴重了，這是毫無疑問的，於他自己（指馬夏之父）而言，知道他在高牆裡面安生度日會讓他心下安寧許多。然而，必須要牢記的一點是，要想在這個地方經年累月地生存下去，是需要把某些品格 —— 他不

是說什麼高尚的品格，只是一些普通的品格而已 —— 確切地說是道德品格 —— 以某種方式給結合起來的。那麼，他弟弟福德擁有那些以那種特有方式給結合起來的道德品格嗎？紳士們，他是一個至為卓越優秀的人，一個至為溫和、親切和可敬的人，而且像孩童那樣單純，但是，雖然他不能適應大多數其他地方，可他一定就能適應這個地方嗎？不能，他自信滿滿地說，不能！他還說，除了眼下這種志願訪客的身分之外，上帝禁止福德以任何其他身分出現在這裡！那些前往這所大學，然後在這裡待了很長一段時間的紳士們，不管他們是誰，都必須得擁有堅強的性格，才能經受得住大量考驗，同時也才能取得巨大的成績。而為他所愛護的弟弟福德是這種人嗎？不是。在他們眼裡，他是一個被生活壓垮的人，甚至可以說這就是實際情況。他不具備那種能屈能伸的力量，同時性格也不夠靈活，所以沒辦法長期待在這樣一個地方，也沒辦法在此過程當中維護住他的自尊，並時刻意識到他自己的紳士身分。還有，福德也欠缺下述這種力量（如果他可以使用這個說法的話），他不能在那些微小但體貼的關注和 —— 和 —— 證明（他會在這種環境中收到的那些）當中看到人性的善良，還有那種讓整個社區裡面的大學生都變得生機勃發了起來的美好精神，同時，他也不能在這種情形下覺得，這樣做並不有辱於他自己的人格，或者說並不會令他的紳士身分有所貶值。紳士們，願上帝保佑你們！

用上面這場布道昇華和提高了門房裡面的這場聚會之後，他折身走進了土黃色的放風場裡面，然後頭頂著他那份寒酸破爛的尊嚴，走過了穿衣室裡面那個沒有外套可穿的大學生，走過了那個沒有鞋子可穿只能穿著沙灘涼鞋的大學生，走過了那個之前從事水果蔬菜零售行業、穿著燈芯絨短褲而凡事無所掛懷的粗壯大學生，也走過了那個之前擔當辦公室文員、穿著沒有扣子的喪服而心中渺無希望的瘦弱大學生，然後走上了他那道寒酸破爛的樓梯，最後走進了他那個寒酸破爛的房間。

在那裡，晚餐的桌子已經擺放妥當，他的灰色的舊袍子已經搭在了爐

火旁邊的椅背上面。他女兒先把祈禱書裝進了口袋裡面 —— 她之前在祈求上帝憐憫所有犯人和囚徒嗎？ —— 然後立起身來向他表示歡迎。

這麼說，叔叔已經回家去了？當她給他換過外套，然後又把他的黑色天鵝絨小帽遞給他的時候，她這麼問道。是的，叔叔已經回家去了。那她父親散步散得開心嗎？喔，不是很開心，愛米，不是很開心。不開心嗎？他是不是覺得不太舒服呀？

接著，她站在他身後俯身靠在了他的椅子上面，動作裡面滿滿地都是愛意，他則把眼睛低垂下去望著爐火。這時，有一絲像是羞恥之感的不安情緒偷偷爬上了他的面頰。當他於須臾之後開口講話的時候，用的是一種有失連貫而突顯著尷尬的語氣。

「老齊有點不大對勁，我 —— 吭！ —— 我不知道具體是什麼事情。他今晚 —— 哈！ —— 一點都沒有了平常那副熱心和殷勤周到的模樣。這 —— 吭！ —— 這只是一件小事，但它讓我有些不安，親愛的。我沒可能忘記，」說到這裡，他翻來覆去地轉動起兩隻手來，並且仔細看著它們，「那個 —— 吭！ —— 那個拿我過著的這種生活來說，我很不幸地要依靠這些人獲取某些東西，每一天的每個小時都是這樣。」

這時，她的手臂搭在他的肩膀上面，但是，在他講話的時候，她卻沒去看他的臉，而是低下頭朝另一個方向望了出去。

「我 —— 吭！ —— 我想不出到，愛米，哪裡冒犯到老齊了。他一般來講總是那麼 —— 那麼的殷勤周到和畢恭畢敬。可今晚，他卻對我相當 —— 相當粗魯無禮。那裡的其他人也是這樣！喔，仁慈的上帝呀！如果我失去了老齊和他的那些兄弟同僚們的支持和認可，我會在這裡餓死的。」

在他講話的過程當中，他像閥門一樣開合著自己的兩隻手，從始至終都對那點羞恥感存在著十分清醒的意識，以致於，雖然他對自己的講話意圖洞若觀火，但卻畏畏縮縮地躲閃個不停。

「我 —— 哈！ —— 我想不出來這是因為什麼。我確定，我想不出

來它的根源在哪裡。這裡以前有過一個叫詹森的人，一個名叫詹森的獄卒（我認為你已經記不起他來了，親愛的，你那時候年紀還太小），那個 —— 吭！ —— 那個他有一個 —— 兄弟，那個這個 —— 弟弟向一個人表白了自己的心意 —— 反正是愛上了，但可能還沒到表白心意的地步 —— 可能只是仰慕 —— 滿懷尊敬之情地仰慕著 —— 我們當中某個人的 —— 一個 —— 不是女兒，是一個妹妹。這是一位聲名相當顯赫的大學生，我可以這麼跟你說，非常非常的顯赫。他名叫馬丁上尉，他問了我這麼一個問題，他女兒 —— 妹妹 —— 是否有必要因為對那個弟弟太過 —— 哈！ —— 太過直白 —— 而擔上冒犯到那位獄卒哥哥的風險。馬丁上尉是一位紳士和一個極有聲望的人，所以我要求他先把他 —— 他自己的看法告訴我。然後馬丁上尉（他在軍隊裡是極受尊重的）毫不猶豫地說，在他看來他應該要求他 —— 吭！ —— 妹妹不要太過明確地回應那個年輕人，要跟他裝糊塗，然後她可以引誘他 —— 我有點懷疑引誘他是不是馬丁上尉的原話，更確切地說應該是，我認為他說的是，看在她父親 —— 應該是哥哥 —— 的分上 —— 去忍受他。我覺得，我說出這些話是因為沒辦法解釋老齊的行為，但說到這二者之間的關聯，我沒覺得有什麼關聯 —— 」

他的聲音漸漸低下去然後消失了，就像她聽到這些話之後感到十分痛苦，而她又沒辦法承受它們似的，接著，她的一隻手慢慢而悄悄地爬到了他的嘴唇上面。有那麼片刻，一陣死般的沉默和寂靜橫亙在他們二人之間，其時，他在椅子裡面保持著畏縮姿態，她的一條手臂環繞在他的脖子上面，她的頭低垂在他的肩膀之上。

這時，他的晚飯正煮在爐火上的一隻燉鍋裡面。接著，她離開他身邊把它放到了桌子上。而他在平常的座位上落了座，她也坐了她的，然後他就開始吃飯了。到目前為止，他們兩人誰都沒把對方看上一眼。一點又一點地，他漸漸開始發作起來了，比如大聲放下刀叉，猛地拿起某樣東西，

像對待仇人那樣狠咬他的麵包，或者以類似的其他方式表示，他現在正心情欠佳。最後，他推開盤子大聲講出了下面這些話，其做派與之前判若兩人，可稱包含著一種至為奇特的不相協調性。

「我有飯吃還是餓死有什麼要緊呢？像我這種已經枯萎凋零了的人生，不管現在還是下周結束，又或者是明年，都有什麼要緊呢？我對任何人來說有什麼價值可言嗎？一個依靠施捨救濟和殘羹冷炙為生的可憐囚犯，一條卑劣可恥的可憐蟲！」

「父親，父親！」當他立起身來的時候，她雙膝跪倒在了他的面前，然後朝他舉起了她的雙手。

「愛米，」他繼續壓低嗓門說道，身體劇烈地顫抖著，同時十分狂熱激動地看著她，就像他已經發了瘋一般。「我要告訴妳，如果妳能像妳母親那樣看著我的話，妳就不會相信，妳眼前的這個人僅僅是妳透過這個籠子的柵欄看到的那個人。我曾經年輕過，我曾經有本事過，我曾經英俊過，我曾經獨立過 —— 孩子，我敢拿上帝起誓，我以前真的是那樣！ —— 而且人們苦苦尋覓著巴結我，還嫉妒我。他們嫉妒我啊！」

「親愛的父親！」她試著按下他那條在空中揮舞著的顫抖的手臂，但他竭力抵擋著，並且把她的手撥到了一邊。

「如果我有哪怕一幅我在那些日子裡面的畫像，儘管這種東西從來都畫得拙劣不堪，妳肯定會為它感到自豪的，妳會為它感到自豪的！但我沒有這種東西。那麼，就讓我成為一個前車之鑑吧！讓任何人都不要忘了，」他叫嚷著說，同時形容枯槁地四下裡張望著，「至少要留下他在成功和受尊敬時期的那幅小像，讓他的孩子們可以循著這條線索追溯他的過往。除非當我死了的時候，我的臉一下子退化成了那種死去日久的模樣 —— 他們說會有這種事情發生，我不知道是不是真的 —— 讓我的孩子們永遠都沒辦法進行這種追溯了。」

「父親啊，父親啊！」

「喔，鄙視我吧，鄙視我吧！把妳的眼睛從我身上挪開，讓妳的耳朵不要聽我說話，並且阻止我，為我臉紅，朝我喊叫吧 —— 甚至連妳都會這樣，愛米！來吧，來吧！我都會這樣對我自己呢！我現在是個冷酷麻木的人了，我已經墮落得太過低劣了，早就連這個都不在乎了。」

「親愛的父親，可敬愛的父親，我的最心愛的人！」說出這話的時候，她用兩條手臂緊緊摟抱著他，然後，她把他重新按進了椅子裡面，又用手抓住那條舉起來的手臂，試著讓它環繞住她的脖子。

「讓它放在那裡吧，父親。看著我，父親，吻我，父親！請你哪怕想上我片刻，父親！」

但他仍然還是那副激動且狂熱的模樣，不過，它正在漸漸坍塌成一陣蹩腳拙劣的嘀咕。

「可我在這裡還是受些尊敬的。我已經有了一套對付它的理論。我並沒被完全踩在腳底下。出去問問誰是這個地方的頭號人物，他們會告訴妳那是妳父親。出去問問有誰絕對不會受到小看，有誰總是被待之以禮，他們會說，妳的父親。出去問問比起從那個大門走出去的任何一場來，這裡的哪場葬禮會惹起更多的談論，而且有可能激起更大的悲痛，他們會說是妳父親那一場（它肯定會在這裡舉行的，我知道它不會發生在任何其他地方）。那好，我不說了。愛米！愛米！妳父親真的是任誰都瞧不起嗎？真的沒有任何東西給予他補償嗎？除了他的墮落和腐朽之外，他會沒有任何值得妳記住的東西嗎？當他走了之後，這個可憐的被棄之人走了之後，妳能對他沒有絲毫感情嗎？」

接著，他又對自己湧起來一股傷感的憐憫情緒，並因此迸出了眼淚來，到了最後，她只好把他摟在懷裡照料起他來，讓他灰白的腦袋倚在她的面頰上面，而他則順勢對自己的不幸際遇大放悲聲了起來。須臾之後，他更改了這場追悼活動的主題人物，也就是在她摟著他的時候，他十指交錯緊扣住雙手大叫著說，喔愛米，她的孤苦無依的沒娘孩兒呀！喔那些他眼見她為他仔

細操持的日子呀！然後他恢復了自我，看上去十分虛弱地對她說，如果她對他那個已經消失了的人格形象有所認識，她肯定會比現在多愛他許多的，還有，他會把她嫁給一位以她是他的女兒這一事實為榮的紳士，還有（說到這裡他再次哭了起來），她會首先騎馬走在她父親身邊，還有，圍觀的人群（而他的實際所指是，那些給了他口袋裡那十二先令的人們）肯定會心懷著滿腔的敬意，慢慢走在那些被他們踢踏起了大量灰塵的路上。

就這樣，他時而自吹自擂上一番，時而又悲觀絕望起來，但不管在哪種感情激發當中，他都是一個身上附著著牢房的腐朽味道，且監獄的不純潔氣質已經深入了他的靈魂肌理的囚徒。而在此過程當中，他也把他的墮落面目一覽無餘地展露給了他那對他滿懷深情的孩子。除了她之外，沒有任何其他人詳細地見識過，他在這種自慚形穢狀態下的表現。而對於那些在他們自己的房間裡面嘲笑著他在門房裡面的那場演講的大學生們而言，那個星期天晚上在他們那間名為馬夏的晦暗難解的畫廊裡面展出的這幅情勢如此嚴重的畫作，對他們卻是相干甚微的。

歷史上曾經有過一個古典的女兒 [122] —— 只是可能有過 —— 她曾經在監獄裡面悉心照料過她的父親，其情狀跟她母親小時候照料她一般無二。而小杜麗雖然隸屬於早已喪失了英雄氣概的現代人大家族，而且是個徹頭徹尾的英國人，但是，當她在自己天真無邪的心胸上安慰她父親那顆慘遭蹂躪的心靈，並且用一道在他遭受飢饉的年月裡面始終未見乾涸和退落的愛及忠誠之魔泉灌溉它時，她所做的卻要比前者多上許多。

她安撫勸慰著他，還說要是她曾經有過，或者說好像有過未盡本分的時候，她要請求他的原諒。她還告訴他，上帝肯定知道，就算他是命運的寵兒而且整個世界都肯接納認可他，她對他的尊敬之情也不會比現在更多。在他流乾了眼淚，不再虛弱地啜泣個不停，已經擺脫了那點羞恥感，

---

[122]　指錫拉丘茲（Syracuse）的埃文德國王（King Evander）之女幼發拉希婭（Euphrasia），據傳，在其父入獄期間，她曾以乳汁哺育之。

且恢復了平常的儀態之後，她把剩下的那些晚飯重新做了一遍，然後坐在他身邊高高興興地看他吃喝了起來。現在，他又像平常那樣戴著他的黑色天鵝絨小帽，穿著他的灰袍子端坐在那裡，且再度恢復了那種寬宏大量的氣度，如果在這個時候，有個大學生探頭探腦地進來向他求教的話，他會表現得像是那位偉大而道德高尚的切斯菲爾勳爵[123]，或者是馬夏監獄的一位道德規程導師。

為了占據住他的注意力，她跟他談起了他的衣服來。他十分高興地說，是的，沒錯，他極其想要穿上她提到的那些襯衫，因為手頭這些都已經穿破了，而且都不是量身裁剪的，一點都不適合他。待話多起來而且思路也合理地流動起來之後，他又請她注意掛在門後面的那件大衣，他對此評論道，如果馬夏之父穿著這件手臂肘子已經磨穿的破爛貨走到他那些已經開始喜歡上襤褸做派的孩子們中間，他會為他們樹立起一個對穿著打扮漠不關心的榜樣。對於他的鞋子的鞋跟，他談論時使用的也是打趣的口吻，但在領巾這個主題上面，他卻變得嚴肅了起來，其時，他向她保證道，他覺得等到她能買得起它的時候，她一定會給他買上一條新的。

在他安安靜靜抽完一支雪茄的過程當中，她鋪好了他的床鋪，把那個小房間整理得井井有條，做好了讓他安歇的準備。而他因為之前的那番感情爆發，所以這時候感到很是疲倦，於是，他起身離開了椅子，祝願上帝能夠保佑她，又跟她道了晚安。在上述整個過程當中，他一次也沒有想到過她的衣服、她的鞋子和她的任何需求。事實上，在整個地球表面之上，恐怕除了她自己之外，沒有任何其他人會如此漠然於她的個人需要。

他反反覆覆地吻了她很多遍，同時說，「願上帝保佑妳，親愛的，晚安，寶貝！」

但是，因為之前目睹的種種情狀，她的溫柔的心靈上留下了深刻的創

---

[123]　切斯菲爾勳爵（Lord Chesterfield, 1694～1773），英國政治家和作家，此人著有一部內容老於世故的《與子書》（*Letters to His Son*），此書為狄更斯所不喜。

傷，於是，在推己及人之後，她很不願意把他孤身一人留在屋裡，唯恐他會再度悲痛和絕望起來。「親愛的父親，我不累，等到你睡下之後，請允許我馬上回來吧，讓我坐在你旁邊陪著你。」

他向她發問道，她是不是覺得孤單？滿臉都是身為一名保護者的神色。

「是的，父親。」

「那妳無論如何都要回來，親愛的。」

「我會非常安靜的，父親。」

「不要考慮我，寶貝，」他說，以此授予了她仁慈而完全的許可。「無論如何都要回來。」

當她回來的時候，他看上去好像正在打盹一樣，於是，她用十分輕柔的動作把將熄的爐火堆攏了起來，唯恐會吵醒他。但他還是在不期然間聽到了她的動靜，然後大聲問誰在那裡？

「除了愛米沒有別人，父親。」

「愛米，好孩子，過來這邊，我想和妳說句話。」接著，他在他低矮的床鋪上微微抬起了身子，與此同時，她在床邊跪了下去，引首朝他靠近了過去，接著又把他的手放進了她的兩隻手當中。啊！在那一刻裡面，不管身為某人的父親，還是作為馬夏之父，他都覺得自己內心裡面強大極了。

「親愛的，妳在這裡過著一種艱難的生活。沒有同伴，沒有娛樂，卻有許多憂思顧慮，我很擔心呢。」

「不要那麼想，親愛的，我從來沒有那樣過。」

「愛米，妳得知道我的處境。我沒能力為妳做太多事情，但我有能力為妳做的一切事情，我都已經做過了。」

「是的，親愛的父親，」她迅速應對道，然後又吻了他一下。「我知道，我知道。」

「現在是我在這裡度過的第二十三個年頭了，」他說，同時呼吸裡面突

然哽塞了一下，但與其說那是一聲抽噎，不如說那是一聲難以抑制的自我讚許，一種貴族身分意識的瞬間發作。「我能為我的孩子們做的就只有這件事情了 —— 我已經把它做過了。愛米，親愛的，迄今為止妳是三兄妹裡面最受我疼愛的那一個，在我心裡妳是被放在首位的 —— 而且無論我為妳做過任何事情，我都做得心甘情願而沒有任何怨尤。」

只有掌握了所有心靈和一切神祕事物的破解之法的那種智慧，才能夠確切地知道，一個人能夠把自己欺騙到何種程度，這種情形在那些像眼前的這個人這樣，被生活打敗的人身上表現得尤為顯著。就眼下的這個例子而言，只消來看一看，當他把他墮落的人生作為某種財產贈予他那為他殫精竭慮、被他的神祕面目壓迫得不堪重負且他如今的生活全賴她的愛心所賜的孩子之後，他那副雙眼溼潤著莊嚴而安詳地躺下就寢的模樣，便足以窺見其中的究竟了。

那個孩子沒有產生任何疑問，沒對自己提出任何問題，因為她太過自足於眼前的這種際遇，以致她沒能看到，他的頭上實際上箍著一個光環呢。在哄著他睡覺的時候，她對他的稱謂只有可憐的寶貝，善良的寶貝，最真誠的人，最和善的人和最親愛的人這些。

整整一個晚上，她沒有離開過他半步。就像她對他犯下了一個她的柔情幾乎無法予其以補救的過錯那樣，在他睡著了之後，她坐在他的身邊守候著他，還時不時地屏住呼吸吻他一下，或者輕聲用一些可愛的名字呼喚他。除此之外，為了不讓自己擋住壁爐裡面微弱的火光，她還時不時地站起身來閃到一邊，接著，當火光落到他睡中的臉上時，她會一邊看著他一邊暗自猜測道，他現在的樣子跟他成功和快樂時的模樣可有任何相似之處嗎？或者是此前那副令她銘刻心頭的面目，二者可有任何相似之處嗎？想到這裡時，她會覺得他再次回到了那個駭人的時刻裡面，又變成了那個樣子。在回想到那一刻時，她跪倒在他的床邊祈禱說，「噢！請饒恕他一命吧！噢！請把他留給我吧！噢！請不要把我可愛的、日久天長受苦的、命

運多舛的、已經面目全非的最最親愛的父親放在眼裡吧！」

　　直到晨光姍姍來遲司起了保護和鼓勵他的職責，她才給了他最後一個吻，然後離開了那個小房間。當她躡足走下樓梯接著穿過空無一人的放風場，然後又偷偷爬進了她自己那間高高在上的閣樓之後，在牆外邊的明朗晨曦當中，尚無煙霧繚繞的屋頂和遠處的群山都呈現著一副清晰可見的面目。輕輕打開窗戶又沿著放風場朝東望過去之後，她看到，眾多牆頭釘的尖梢上都被鍍上了一抹紅色，接著，它們又在一路燃燒著竄上天宇的太陽上面繪上了一些陰沉沉的紫色圖案。那些牆頭釘從未顯得如此鋒利冷酷過，那些柵欄從未如此沉重過，牢裡的空間也從未如此陰暗和逼仄過。接著，她想到了滾滾河流上的日出，遼闊海洋上的日出，富饒平原上的日出，廣袤森林上的日出，在那裡，群鳥正在甦醒過來，樹木正在窸窣有聲。然後，她朝下望進了那座太陽已經升上它的頭頂，她父親已經在其間度過了二十三年人生的活死人之墓，隨即突然迸發出一陣悲傷和憐憫雜糅的情愫，同時嘴裡說道：「不，不，我這輩子從來沒有見過他！」

第二十章　出入上流社會

　　如果小莊有意且有力量撰文嘲諷一下貴族家庭的傲慢作風的話，對於他那位摯愛的家人們而言，他是沒必要進行報復性的歪曲闡釋的。他將會發現，這種東西滿滿當當地存在於那位勇武豪俠的哥哥和那位嬌美優雅的姐姐身上，這二人如此深入地浸淫於各種卑劣行徑當中，同時又對他們的高貴家聲擁有如此清醒的意識，而且，他們還如此樂於求告或借貸於至為貧困之人，或者分食任何人的麵包、花費任何人的錢財、啜飲任何人的杯中之物，並且會在喝完之後把杯子摔得粉碎。如果小莊著墨於他們家族的那個擁有高貴出身的骷髏頭惡鬼，描繪刻畫他們如何一成不變地招呼它出來驚嚇那些施恩於他們的人，以及他們生活裡面的其他各種醜陋事實，他一定會成為一位擁有第一流水準的諷刺作家。

　　提普現在變身成了一名撞球室記分員，以此種方式對他的自由人身分進行了充滿希望的利用。至於他是如何獲釋的這個問題，他卻予以了自己如此微小的煩擾，以致柯南幾乎沒必要勞心費力地向布羅先生交代有關此事的種種。無論是誰向他表示了這份敬意，他都非常樂意在應答上幾句恭維話之後對其坦然受之，然後將此事告終。就這樣，他輕而易舉地從那扇大門走了出來，然後變成了一名撞球室記分員，現在，他會身穿一件新市場賽馬場的綠色騎手大衣（大衣本身是二手貨，但裝了一個閃閃發亮的新領子和幾粒明晃晃的新扣子），偶爾回去看看那個小撞球場，捎帶著把大學生們的啤酒喝上幾口。

　　在這位紳士鬆懈散漫的性格當中，包含著這麼一個堅固不變的成分，即他很是敬重和仰慕他妹妹愛米。然而，他卻從未在這種感情的誘使之下，讓她少受上哪怕一刻不安的滋擾，或者讓他為了她的緣故，而去身受任何約束或不便。但是，雖然他的這份愛意上面附著著這塊馬夏式汙漬，

但他確實是愛著她的。而與其位於同一隊伍的另一份馬夏式風味，則可以在下述事實裡面覓得一些端倪，即他在明確領悟到她為其父奉獻了整個人生的同時，卻對她也為他做過很多事情不存絲毫認識。

　　至於這位生機勃勃的年輕人和他妹妹是從什麼時候開始有計劃有步驟地亮出他家的那個骷髏頭來驚嚇這些大學生的，我的這場講述沒辦法給出確切的答案。可能是在他們開始在這所大學裡面吃施粥那個時期的前後吧。能夠確定的有以下兩點：他們越是潦倒困頓，那顆骷髏頭便越會自命不凡地從墳墓裡面現出身來；還有，每當有什麼特別可鄙的事情正在進行當中，總是少不了這顆骷髏頭跑出來十分嚇人地炫耀上一番。

　　星期一上午，小杜麗的外出時間比計畫中晚了一些，因為她父親睡到很晚才起，而她要等他起來才能給他準備早餐和收拾房間。不過，因為她那天不必出去工作，所以陪著他待了很長時間，直至在馬姬的幫助之下把他身邊的方方面面都收拾妥帖，又目送他開始了前往咖啡館讀報的，距離約有二十碼的晨間散步為止。然後，她便戴上軟帽出去了，一心想要再快一點。當她穿過門房的時候，那裡面的閒談又像平常那樣暫告停止了，一個星期六晚上才入校的大學生從一位資歷更老的大學生的手臂肘子那裡收到了如下提示，「快看，她來了！」

　　她此番出門是想跟她姐姐見個面，但是，當她繞道趕到柯立波學院之後，她卻發現，她姐姐和她叔叔都已經去了他們受雇的劇院。因為她沿途便想到了這種可能性，而且已經拿定了若是遇到這種情況便追到劇院去的主意，所以，她又接著朝那裡出發而去了，所幸它位於泰晤士河的同一側，路程並不是非常遙遠。

　　小杜麗對各家劇院的所在幾乎一無所知，其程度差不多等同於，她不知道各個金礦該怎麼走一樣。最後，她在旁人的指點之下，走到了一扇看上去有些鬼鬼祟祟的門前，它的周身上下籠罩著一股頗為奇特的徹夜未眠氣息，似乎很為它自己感到羞恥，所以才藏身於一條小巷當中。當她躊躇

不決地朝它靠上前去的時候，進入她視野裡面的是五六位鬍子刮得光光溜溜的紳士，結果他們進一步加重了她的猶豫之感。這幾個人正懶洋洋地靠站在那扇門的周遭四處，頭上的帽子呈現著一種非常古怪的姿態，看上去並非跟她家的那些大學生們全無相似之處。得益於這種相似性，她打消了對他們的疑慮，上前詢問他們該怎麼找到杜麗小姐。他們見狀為她騰開了地方，讓她從那扇門走進了一間黑乎乎的大堂裡面 —— 比起任何其他東西來，它更像是一盞巨大的燈在熄滅之後的那副陰森模樣 —— 在那裡，她能聽到遠處的音樂演奏聲，和跳舞時腳步踏地的聲音。一個因為缺乏通風而身上長了藍色黴斑的男人，正坐在角落裡面的一個洞裡看著這個黑乎乎的地方，其情狀像是一隻躲在那裡的蜘蛛。然後這個男人告訴她，一有哪位女士或者紳士經過這裡，他就會讓他們把信送給杜麗小姐。結果，從此處走過的第一位女士手裡拿著一卷一半藏在手筒裡面一半露在外面的樂譜，腳步極其顛簸失穩，以致於讓人覺得，給她戴上鐐銬讓她穩固下來可能算得上是一樁仁慈之舉。不過，因為這個人性格非常和善，並且對她說，「跟我來吧，我很快就會為你找到杜麗小姐的」，所以小杜麗還是跟她一道走了。接著，她每在黑暗裡面邁上一步，便離那些音樂演奏聲和跳舞的腳步聲更近了一些。

最後，她們走進了一個滿是塵土而狀如迷宮的地方，在那裡面，有很多人正在摩肩接踵地顛簸跌絆著，還有各種說不上用途來的梁柱、隔板、磚牆、繩索和滾柱亂作一堆，以及混雜在一處的燈光和日光，因此，她倆好像走到了一個宇宙模型的背面之上。接著，小杜麗被孤身一人留在了那裡，時時刻刻都有某個人撞到她的身上來，而等她聽到她姐姐的聲音時，她是十足的如墜雲霧裡。

「哎呀，仁慈的老天爺呀，是什麼風把妳刮到這裡來了，愛米？」

「我想見見妳，親愛的范妮。因為我明天一整天都要外出，再加上我知道，妳今天一白天都在這裡，所以我想 —— 」

　　「但是愛米，妳竟然會跟在我後面追過來！這我可絕對沒有想到！」
她姐姐一邊用並不非常熱忱的歡迎語調說著這番話，一邊把她引到了這座
迷宮的一個更為開闊的部分，在那裡，有各色金色桌椅被堆積在一處，還
有很多年輕小姐們坐在她們能夠找到的不管什麼東西上面，同時嘰嘰喳喳
地交談著什麼。這些年輕小姐們全都有一副需要用鐐銬加以穩固的模樣，
同時還十分奇特地一邊嘰嘰喳喳著，一邊四下裡張望個不停。

　　就在這對姐妹到達這個地方的時候，一個嗓音單調乾瘦頭戴蘇格蘭便
帽的小夥子把頭探過左邊的一根門柱，嘴裡說道，「小點聲，小姐們！」
然後便消失不見了。須臾功夫之後，一位生機勃勃頭上長著濃密黑髮的紳
士也把頭探過右邊的一根門柱四下裡看了看，接著嘴裡說道，「小點聲，
寶貝們！」然後也消失不見了。

　　「妳竟然會出現在一群專業舞者當中，愛米，這真的是我最不可能產
生的一個想法！」她姐姐說。「哎呀，妳到底是怎麼來到這裡的？」

　　「我不知道。那位告訴妳我在這裡的小姐人特別好，是她把我帶進來
的。」

　　「像妳這種默不作聲的小東西呀！你們能一路鑽到無論什麼地方去，
我真是這麼覺得。我可做不來這樣，愛米，儘管我對這個世界的了解要比
妳多上許多。」

　　這個家庭的慣例之一是，明文規定她只是一個光知道家裡那些事情的
平凡小人兒，而不具備其他人擁有的那些偉大而睿智的經驗。這則家庭謊
言意在言之鑿鑿地抹殺她的諸般功勞，而沒去給予它們過多的關注。

　　「好吧！那妳有些什麼想法呢，愛米？妳肯定有一些跟我有關的想法
吧？」范妮說。說出這話的時候，她的樣子讓人覺得，她這個比她小上兩
三歲的妹妹像是她滿懷嫉妒之心的奶奶似的。

　　「沒什麼大事，范妮，不過因為妳告訴我，有位女士給了你那個鐲
子——」

這時，那個嗓音單調乾癟的小夥子又把他的頭探過了左邊的那根門柱，接著嘴裡說道，「注意了，小姐們！」然後又消失不見了。而那位長著一腦袋黑頭髮的活潑紳士也同樣突然地把頭探過了右邊的那根門柱，接著嘴裡說道，「注意了，寶貝們！」然後也消失不見了。那些年輕小姐們聞之全都站起了身來，並開始朝身後抖起了裙襬。

（杜麗小姐和小杜麗）

「好吧，愛米，」范妮嘴裡說道，手裡也做著其他人的那套動作，「妳想說什麼呢？」

「因為妳告訴我，范妮，有一位女士給了妳那個你拿給我看的鐲子，所以，我出於對妳的考慮，心裡有些不甚安穩，更確切地說應該是，我想多了解一點這件事情，如果你願意多向我透露一些的話。」

「上場了，小姐們！」頭戴蘇格蘭便帽的小夥子說。「上場了，寶貝們！」長著一腦袋黑頭髮的紳士說。接著，她們所有人都在一瞬間便消失

不見了，然後音樂聲和舞步聲再次傳入了耳中。

　　小杜麗坐在一把金色的椅子裡面，被這些接二連三的干擾弄得十分頭暈目眩了起來。她姐姐和剩下那些人已經上臺很長一段時間了，在她們離開期間，有一個聲音接連不斷地穿透音樂喊叫著說，「一、二、三、四、五、六──走！一、二、三、四、五、六──走！穩住，寶貝們！一、二、三、四、五、六──走！」最後，那個聲音停了下來，她們隨之返回了後臺，都多少有點累得上氣不接下氣，接著，她們開始用披巾把自己包裹起來，做好了上街回家的準備。「稍微等一下，愛米，我們等她們走了再走。」范妮耳語道。很快地，後臺上面只剩了她們兩人，在此期間沒有什麼大事發生，只是那個小夥子把頭探過之前的那根門柱四下裡看著說，「所有人都在明天十一點就位，小姐們！」還有那位長著一腦袋黑頭髮的紳士把頭探過之前的那根門柱四下裡看著說，「所有人都在明天十一點就位，寶貝們！」而且兩人的神態都還是慣常那副模樣。

　　只剩了她們兩人之後，有個東西被捲了起來，或者說透過其他方式被清理開了，然後，她們面前出現了一個巨大而空曠的井狀物。接著，范妮朝它的深處望了下去，同時嘴裡說，「上來吧，叔叔！」當她的眼睛習慣了那裡面的黑暗之後，小杜麗模模糊糊的辨認出來，她叔叔正孤身一人站在那口井底部的一個朦朧難辨的角落裡面，手臂下面夾著那個破爛不堪的樂器盒子。

　　這位老人的狀貌給人一種這樣的感覺，遠處那些展露著一線天空的的樓座高窗像是代表著他曾經較為美好的命運，然後，他開始從那裡向下滑落了起來，直至逐漸下沉到了這口井的底部。在很多年裡面，他一直都在那個地方每週演奏六個晚上，但從未有人見他從樂譜上面抬起過眼睛，同時，大家還自信滿滿地認定，他也從來沒有看過舞臺上面的哪怕一場演出。那個地方流傳著很多有關他的傳奇故事，比如他竟然認不出來那些聲名如日中天的男女主演們，再比如有一位低等喜劇演員為了跟人打賭，曾

經一連五十個晚上用最激烈的動作朝他扮著鬼臉，但他卻沒有展示出哪怕一丁點有所感覺的跡象。木匠們講笑說，他會連自己死掉也感覺不到，而常去樂池那邊的人們則認為，他的整個人生，不管白天還是黑夜，不管星期天還是其他日子，統統都是在演奏的樂章裡面度過的。有那麼幾次，他們在樂池的欄杆後面朝他舉起鼻菸來試驗他，對於此番殷勤對待，他總會回應以一個瞬間猛醒的神情，而且，那裡面還微微包含著一點以往的紳士風度的影子。除了此事以及為他的黑管寫就的那些樂章之外，他從未在任何場合參與過任何其他正在進行的事情。至於私人生活，因為那裡面沒有黑管的位置，所以他壓根不會對它有所參與。有人說他窮得叮噹響，也有人說他是一個富有的慳吝鬼，但他從來都是不置一詞，從來不會抬起他低垂的腦袋，也從來不會從地上抬起缺乏彈性的腳改變他曳足而行的步態。至於眼下，雖然他正在等待姪女的召喚，但直等她喊了三四聲方才聽到。而且，他也絲毫沒對結果有兩個而不是一個姪女出現表現出驚訝的樣子來，只是用顫抖的聲音說，「來了，來了！」然後便在某條散發著地窖味道的地下通道裡面躬身朝前爬了起來。

「這麼說起來的話，愛米，」她姐姐說，其時，他們三人一起從那扇自知不同於他們而滿臉羞慚之色的門走了出去，期間，那位叔叔本能地抓住了愛米的手臂，把她當成了自己的依靠，「這麼說起來的話，愛米，妳是對我有一些好奇之心了？」

她嬌俏美麗而善於洞察人心，且行為做派相當之招搖。除此之外，她屈尊紆貴拋開自己高其妹一等的巨大魅力和處世經驗，而在幾乎平等的條件下與其對話的高尚作風，又可以從中覓得大量其高貴門第的蹤跡。

「范妮，我關心而且擔心跟妳有關的任何事情。」

「妳老是這樣，妳老是這樣，妳是所有愛米裡面最好的那一個。不管什麼時候，只要我稍微有點出格舉動，我都敢肯定，妳一定會覺得在我這個位置上面是一件多麼可怕的事情，然後會自覺高我一等。如果其他人不

是那麼平庸的話，」馬夏之父的女兒說，「我才懶得跟妳理論呢。他們當中沒有誰像我們這樣虎落平陽過。他們都是在自己原本的位置上面，只是些平庸之輩。」

小杜麗溫和地看著講話的人，沒有去打斷她的話。范妮掏出她的手帕來，然後相當憤怒地抹了抹自己的眼睛。「妳得知道，愛米，我不是出生在妳出生的那個地方的，可能這一點讓我們有了些不一樣。親愛的孩子，等到我們擺脫叔叔之後，妳會知道一切的。我們等一會兒把他丟在那家飯店裡面，他會在那裡吃他的午餐。」

接著，她們繼續跟他一起朝前走去，直至走到了一條骯髒街道上面的一扇骯髒櫥窗跟前，而它差不多被熱肉、熱蔬菜和熱布丁的蒸汽騰成了不透明的樣子。不過，他們還是瞥見了一條烤豬腿，並且被下面這些東西饞出了眼淚來：滿滿一金屬槽放著撒爾維亞香葉和洋蔥的肉鹵，一塊油膩的烤牛肉和冒著泡的約克郡布丁（它們在一個與前者類似的容器裡面沸騰著），一塊用快刀切成且裝了填料的裡脊牛排，一條正在以固定的步速滋滋往外冒油的火腿，一淺槽因其自身的黏稠屬性而黏成了一團的燒馬鈴薯，一或兩束已經煮熟的青菜，以及其他各種扎實有料的美食。櫥窗的裡面是幾塊木頭隔板，在它們的後面，那些覺得用胃袋帶走午餐比用手方便許多的顧客們，正在各自往那裡面裝填著買來的吃食。在他們叔姪二人正在仔細審視這些東西的時候，范妮打開了她的束口網袋，從那個寶庫裡面掏出一個先令朝她叔叔遞了過去。在起先的那一小會兒裡面，那位叔叔並沒有看著它，但他很快便測度到了此舉的用意，於是口裡暗自呢喃道，「午餐嗎？哈！好的，好的，好的！」接著慢騰騰地離開她們身邊，進入那片濃霧消失不見了。

「愛米，妳現在，」她姐姐說，「跟我來吧，如果妳還沒累得走不到卡文迪什廣場哈利街的話。」

她擲出這個顯赫地址時的那副神態，以及把她那頂薄得像塊紗布似

的，談不上有什麼實際用途的新軟帽朝後一扔的那個動作，都令她妹妹感到驚奇不已，但她什麼都沒問，只是表達了樂意前往哈利街的意願。於是，她倆的腳步便朝那個方向而去了。

抵達那個堪稱壯觀的目的地之後，范妮把其間的一座最為氣派的房子指給她看，然後上前敲響了街門，詢問莫德夫人是否在家。那位給她開門的制服男僕雖然頭上撲著髮粉[124]，而且給他充當助手的那兩位制服男僕同樣也撲著髮粉，但他不僅承認莫德夫人在家，還請范妮移步入內。范妮帶著她妹妹走了進去，又前有髮粉領路後有髮粉斷後地上了樓，最後被留在了一間空間廣大的半圓形客廳裡面。它只是這座房子的數個客廳之一，其間有一隻鸚鵡待在一個金色籠子的外面，用它的喙部把自己吊在那裡，讓它的兩條布滿鱗片的腿在空中晃蕩著，除此之外，它還另外表演了許多稀奇古怪的倒立姿勢。這種獨特表現也曾見諸於另一些長著完全不同的羽毛的鳥們身上，而它們喜歡的是，在金線上面爬上爬下。

這個房間的豪華富麗程度超過了小杜麗平生有過的任何想像，而且，不管在任何人的眼睛裡面，它都將是豪華富麗和奢侈靡費的。她十分驚異地看著她姐姐，而且原本想問她一個問題來著，但是，范妮卻用一個蹙眉動作向她發出了警告，同時用手指了指一個掛著門簾的，跟另外一個房間相通著的入口。須臾之後，那條門簾便抖動起來了，接著，那位用一隻疊珠纍翠的手把它撩起來的女士走了進來，同時把它丟在了身後。

從她天生的那隻手上來看，這位女士已經不再年輕鮮嫩了，但從她婢女的手上來看，她卻仍然是年輕鮮嫩的。她長著大而漠無所感的英氣眼睛，黑而漠無所感的英氣頭髮，以及一個寬而漠無所感的英氣胸脯，同時在一應其他方面都被塑造成了臻於極致的模樣。此外，她可能是因為感冒，也可能是因為那玩意兒挺配她的臉型，總之，她繞著頭的四圍勒著下巴戴了一條做工富麗的白色頭帶。如果動用起一個有失端莊而有些狎昵的

---

[124]　在 1790 年代對其徵稅之後，髮粉變得不再流行，僅可見於大富之家的僕人身上。

詞語來，說曾經有過一個漠無所感的英氣下巴看上去好像確鑿沒被男人的手「撫弄」過的話，那它肯定就是眼前這個被鑲著花邊的馬籠頭羈勒得如此緊密的下巴。

「莫德夫人，」范妮說。「這是我妹妹，夫人。」

「我很高興能夠見到妳的妹妹，杜麗小姐，但我不記得妳有一個妹妹。」

「我沒跟妳提過我有。」范妮說。

「沒錯！」莫德夫人彎了彎她的小指，那樣子好像在說，「我聽清妳的話了，我知道妳沒提過！」一般來講，她的手部動作都是用左手來做的，因為她的兩隻手不是十分匹配的一對，左手要比右手白和豐滿上許多。然後她補充道，「請坐。」隨即在一個用緋紅和金色兩種座墊鋪成的巢，即一張位於那隻鸚鵡附近的軟墊椅子裡面，把自己調整成了一副溫暖舒適的姿勢。

「也是專業舞女嗎？」莫德夫人透過一隻單片眼鏡觀察著小杜麗，同時嘴裡說道。

范妮回答說不是。「的確不是。」莫德夫人說，接著把單片眼鏡放了下去。「沒有專業舞女的那種神態。非常討人喜歡，但不是專業舞女那種。」

「夫人，我妹妹。」范妮說，這時，她的身上很是獨特地混雜著尊重和勇敢兩種成分，「一直求我告訴她，就是姐妹之間說的那種知心話，我是怎麼有幸結識到妳的。然後因為我說好要再來拜訪妳一次，所以我認為，我可以冒昧把她帶來一起見妳，到時候妳可能會把其中的緣由告於她知曉。我希望她能知道，而妳又是有可能告訴她的。」

「你覺得，在妳妹妹這個年紀 ——」莫德夫人暗示道。「她要比她看上去的樣子大上許多，」范妮說，「差不多跟我一樣大呢。」

「上流社會這個東西，」莫德夫人說，同時又把她的小指頭彎了一下，「實在是太難向年輕人解釋清楚了，更確切地說應該是，實在太難向大多

數人把它解釋清楚，所以我很高興聽到妳說，她的年紀已經那麼大了。我希望上流社會不是這麼獨斷專行，我希望它不是這麼強人所難 —— 波德，安靜點！」

此前，那隻鸚鵡發出了一聲至為刺耳的尖叫聲，好像它自己的名字就是上流社會一樣，而它這樣做是在宣揚它強行勒索世人的權利。

「不過，」莫德夫人重新開口說，「我們必須接受它既有的樣子。我們知道，它是空洞無物、墨守成規、庸俗世故和非常令人震驚的，但是，除非我們是熱帶海洋上的那些野蠻人，我十分迷醉於讓自己成為他們的一員這個想法 —— 我聽說那是一種極其快樂的生活，而且那裡的氣候可稱完美，除非我們是那些人，不然就必須顧及上流社會的存在。這是人類的共同命運。莫德先生是一個涉獵領域極其寬泛的商人，他的生意範圍可稱極其廣大，而且，他的財富和影響力也是非常巨大的，但就連他 —— 波德，安靜點！」

那隻鸚鵡又發出了一聲尖叫，但這次的這聲卻擁有如此豐富的表意功能，以致能把莫德夫人沒說完的那句話補充完整，令她沒必要再說出它的下半句來。

「因為妳姐姐請求我，只要講述一下那些對她的聲譽大有裨益的往事，」她再次開口說道，但這次的說話對象變成了小杜麗，「便可以結束掉我們的這場相識，所以，我是沒辦法對她的這個要求提出異議的，我對此感到相當確定。我有一個年紀在二十二三上下的兒子，因為我在極其年輕的時候就結了頭一次婚。」

范妮把雙唇緊緊地抿了起來，然後有些得意洋洋地看著她妹妹。

「一個二十二三年紀的兒子。他多少有些沉溺酒色，這是上流社會的年輕男士習慣擁有的一種東西，而且他非常容易動感情。他的這個厄運可能是得自遺傳吧。我自己就非常容易動感情，這是天生的。所有生物裡面最脆弱的那一個。你可以在一瞬間裡面就撥動我的心弦。」

　　她冷冰冰地說著上面這些話，以及其他每一句話，像是一個用冰雪製成的女人，而且，除了少數的零星幾次之外，她把眼前的那對姐妹忘了個一乾二淨。至於她的實際說話對象，顯然是某個名叫上流社會的抽象人物，同樣地，因為此人的緣故，她還會偶爾調整一下自己的衣服，或者是位於軟墊椅子上面的身體的姿勢。

　　「所以說他是非常容易動感情的。我敢說，如果我們生活在自然狀態當中的話，這是算不上什麼厄運的，但我們並非生活在自然狀態當中。毫無疑問的一點是，這是一個非常令人悲痛的弱點，我尤其這麼覺得，因為我從天性上來講還是一個孩子，對此有著切身的體會，我是沒辦法才把它展露出來的，但事實就是如此。上流社會壓迫著我們，也統治著我們──波德，安靜點！」

　　此前，那隻鸚鵡用它彎曲的喙部扭彎了籠子的好幾根柵欄，又用黑色的舌頭把它們舐弄了一番，接著突然爆發出來一陣猛烈的大笑聲。

　　「像你這樣一個擁有清明的理智、廣闊的歷練和良好教養的人，我非常沒必要對你說，」莫德夫人在她那個用緋紅和金黃兩種顏色構成的巢裡說，而且，為了恢復對她的說話對象的記憶，她還戴上了那副單片眼鏡，「在某些時候，舞臺對這種性格的年輕男士擁有一種強烈的魅惑力。我在這裡所講的舞臺，指的是它上面的那些女性演員。因此，當我聽說我兒子好像被一個舞女迷住了之後，我知道它在上流社會裡面通常意味著什麼，然後我被告知說，她是歌劇院的一名舞女，也就是出入上流社會的年輕男士通常會流連忘返的那種地方。」

　　現在，她一邊彼此搓揉撫弄著自己的兩隻白手，一邊觀察起眼前的那對姐妹來。在此過程當中，她手指上面的眾多戒指相互摩擦個不停，發著吱吱呀呀的刺耳聲響。

　　「就像妳姐姐將會告訴妳的那樣，當我看到那家劇院的實際模樣時，我在大吃一驚之餘感到非常的痛苦。但是，當我發現妳姐姐透過拒絕我兒

子的追求，但我必須得補充這麼一句，她用的是一種讓人料想不到的手段，結果把他引誘到了向她求婚的地步時，我的心情陷入了一種至為深刻的劇痛當中 —— 那種銳利的疼痛。」

這時，她用手指描畫起了左眉的輪廓，讓它回到了正常位置上面。

「在一種只有一位母親 —— 這可是一位出入上流社會的母親 —— 才能感受到的精神渙散狀態當中，我決定親自前往那家劇院，然後向那位舞女陳述我的觀點。就這樣，我把自己毛遂自薦給了妳姐姐。接著我頗為驚訝地發現，她在許多方面都不同於我的預期，當然了，它們不過是她在見到我的時候，故意裝出來的一些樣子罷了 —— 我該怎麼描述它們呢？ —— 她身上的一點家族宣言嗎？」莫德夫人微笑著說。

「夫人，我當時告訴妳，」有些變了臉色的范妮說，「雖然妳看到我處於那種情境當中，但我的實際素養是遠遠高於其他人等的，所以我認為，我的家庭跟妳兒子那個是同樣優秀的，我還告訴妳，我有一個哥哥，他也知道眼下這件事情，而且他跟我持有相同的看法，並不認為這樣一場聯姻帶有任何沾光的嫌疑。」

「杜麗小姐，」莫德夫人先是透過單片眼鏡凜若寒霜地看了她一陣子，然後說，「這恰好是我按照妳的要求，馬上就要告訴妳妹妹的那些話。非常感謝妳如此準確地把它們回憶了起來，然後先我一步講出了它們。然後我馬上，」這時，她把說話對象換成了小杜麗，「因為我是個容易衝動的人，馬上就從我的手臂上面褪下一隻鐲子來，請求妳姐姐允許我，讓我把它套在她的手臂上面。我想用這種方式表示，我是樂意在存有該等共識的前提之下，去探討那個主題事項的。」（而千真萬確的一個事實是，這位女士在前來會晤的路上買了那件豔俗的便宜貨，而且，她們兩人都心知肚明地知道，此舉是旨在賄賂的。）

「我當時還告訴妳，莫德夫人，」范妮說，「我們可能是不幸的，但我們並不平庸。」

「我認為，妳回憶得一字不漏，杜麗小姐。」莫德夫人認可道。

「莫德夫人，我還告訴過妳，」范妮說，「如果妳要跟我講什麼妳兒子的社會地位高我一等之類的話，那就只存在下面這些可能性，一是你十分自欺欺人地假設我出身寒微，二是我父親過去的地位要比他更為卓越高貴，而且深受所有人的認可愛戴，而且，就算在他如今出入的那個社會（至於它是怎麼回事，只有我自己知道得最為清楚）裡面，他也還是這樣。」

「非常正確，」莫德夫人應答道。「妳擁有至為令人仰慕的記憶力。」

「謝謝妳，夫人。妳可能願意大發一下善心，把剩下的那些事情也告訴我妹妹吧。」

「可講的東西已經非常之少了。」莫德夫人一邊說，一邊審視著自己的胸脯寬度，好像它必須得有那個尺寸，才能容納得下她那顆對一切都漠無所感的偉大心靈，「但它們跟妳姐姐的聲譽是攸關與共的。然後，我向妳姐姐指出了這件事情的那種再清楚不過的實際情況，還有，我們出入的那個社會是絕無可能認同她所出入的那個社會的，儘管它是很迷人的，我對這一點是毫不置疑的，還有，對於她給予如此之高評價的那個家族，她最終卻把它置於了巨大的劣勢地位當中，因為我們發現，我們不得不用輕蔑的眼光去鄙視它，另外，從上流社會的立場上來講，我們還得被迫懷起一份巨大的憎惡之情，盡可能地去躲避它。總之就是，我向妳姐姐身上那份令人讚許的驕傲發起了呼籲[125]。」

「如果妳願意的話，莫德夫人，也讓我妹妹知道一下，」范妮噘著嘴說，她的臉上露出了不悅的神色，還把她那頂薄紗狀的軟帽朝後扔了一下，「我已經有幸讓妳兒子知道，我希望，到時候我是沒有無論任何話可以說給他聽的。」

「好吧，杜麗小姐，」莫德夫人表示同意，「我原本在這以前就會提起

---

[125]　莫德夫人這句話的潛臺詞是，她想請范妮身上的驕傲性格多少受點委屈，來遷就一下她身為上流社會中人的難處，但其實際用意仍然在於，譏刺范妮身分地位之卑下。

這一點的。而我那時候沒有想起它可能是因為，我當時光顧著擔心下面這一點了，就是他可能會纏著妳不放，而妳可能會有些話說給他聽。我那時還打算向妳妹妹提及下面這一點來著 —— 我要再次提請那位並非專業舞女的杜麗小姐的注意 —— 若是真的締結了這樁婚姻，我的兒子將會一無所有，將會變成一個徹頭徹尾的乞丐。（我提及此事只是把它當做這場講述的一個組成部分，一個事實而已，並不認為妳姐姐會對它產生什麼反應，但它會讓人覺得，她不大精明，而且差點就違法了，我們人為製造出來的這個體系，就是由這兩種東西構成的。）最終，在妳姐姐發表了一些高論並且表現了一些高風亮節之後，我們達成了下面這個完全一致的意見，認為這件事情是不會產生什麼危險後果的。而且，妳姐姐還如此與人方便地許可，允許我讓我的裁縫贈送她一兩件禮品，以表示我對她的讚賞之情。」

小杜麗看上去有些難過，然後滿臉煩惱神色地瞥了她姐姐一眼。

「另外，」莫德夫人說，「妳姐姐還同樣與人方便地向我承諾，保證我能高高興興地擺脫這件事情，保證這會是我們的最後一次會面，還有，我們將會在最為其樂融融的氛圍中兩下裡告別。那麼，在這個告別的時刻裡面，」莫德夫人離開她的巢穴補充道，同時往范妮的手裡放了一個什麼東西，「杜麗小姐將會允許我攜帶著最為美好的祝願，愚拙地向妳道上一聲永不再見。」

姐妹倆聞聲同時立起身來，然後，她們三個人全都站在了那隻鸚鵡的籠子旁邊。其時，他正在撕扯著滿滿一爪子餅乾（撕出來馬上吐掉），還像在嘲諷她們似的，爪子不動光用身體跳著一種含有濃重自負炫耀味道的舞蹈，接著突然把自己倒掛了起來，並且在他那隻凶殘的利喙和黑色的舌頭的協助之下，繞著鳥籠的周邊一圈又一圈地追尋起自己的臭跡來了。

「杜麗小姐，我要帶著最美好的祝願向妳道上一聲再見，」莫德夫人

說。「如果我們只是前往那個千年王國[126]，或者是類似的其他地方，我這是給妳們舉個例子來說明一下，我會樂於結識很多迷人而天才橫溢的人們，但我實際上是沒辦法進入那裡面去的。對我來說，一個原始一些的社會算得上是無上的美味。我在上課時聽過一首詩，它是關於那個可憐的印第安人的，說他的頭腦如何如何來著[127]！如果有幾千個出入上流社會的人必須得前往印第安地區然後變成那裡的人，我會馬上把我的名字登記上去，但實際上，我們這些出入上流社會的人是沒辦法像印第安人那樣過活的，真是何其不幸啊 —— 早安！」

接著，她們前有髮粉領路後有髮粉斷後地走下了樓梯，那位姐姐顯得桀驁不馴，那位妹妹卻顯得謙遜有禮，再接著，她們被關上的街門擋進了潔淨而不見粉塵蹤跡的卡文迪什廣場哈利街。

「怎麼？」在兩人都默不作聲地走了一小段路之後，范妮開口說。「妳沒有任何話可講嗎，愛米？」

「喔，我不知道該說什麼！」她回答道，顯得十分痛苦似的。「妳不喜歡這位年輕男士嗎，范妮？」

「喜歡他？他差不多是個白痴。」

「非常抱歉 —— 不要因為我的話感到傷心 —— 但是，因為妳問我有什麼話要講，那麼我想說，范妮，你竟然能忍受這位女士給妳任何東西，我對此感到非常非常的難過。」

「妳這個小傻瓜！」她姐姐應答道，同時猛烈地拉著她的手臂，甚而拉得讓她抖動了起來。「妳一點心都沒長嗎？但妳恰好就是這個樣子！妳沒有自尊，沒有能讓妳體面起來的驕傲，這就像是，妳竟然會允許一個像小齊那樣讓人鄙視的東西跟著你四處亂跑。」她在這裡使用了鄙薄味道至

---

[126]　指《聖經－啟示錄》所載的世界末日之前的一千年，其時，基督將親自為王治理世界。

[127]　指英國詩人蒲柏（1688 ～ 1744）所作的《論世人》（*Essay On Man*），文中所指涉的詩句原文是，「看哪！那個可憐的印第安人，他那未經訓導的頭腦／在雲霧之中看到了上帝，也在風中聽到了他。」

為濃重的強調語氣，「妳會任由妳的家人被人踐踏，然後永遠翻不了身。」

「不要那麼說，親愛的范妮，我為他們做了我力所能及的事情。」

「妳為他們做了妳力所能及的事情！」范妮一邊學舌道，一邊拉著她走得飛快。「妳會讓這樣一個女人，就是妳剛才看見的那個，如果妳多少有點經驗的話，就會知道她是一個極盡虛偽和傲慢之能事的女人 —— 妳會讓她把腳踏在妳的家人身上，然後為此感謝她嗎？」

「不會，范妮，我確定我不會。」

「那就讓她為了這個掏錢啊，妳這個沒能耐的小東西。妳還能讓她做點別的什麼嗎？讓她為了這個掏些錢出來，妳這個愚蠢的孩子，然後用那些錢為妳的家人掙點面子！」

接著，她們一路無話地返回了范妮和她叔叔的住處。到達那裡之後，她們發現，那個老人正在房間的一個角落裡面練習著他的黑管，舉止之間流露著一股至為悲傷憂鬱的味道。接下來，范妮有一頓由排骨、黑啤酒和茶混搭而成的雜合餐要做，於是，她義憤填膺地假裝為自己做起了這餐飯來，而實際上，是她妹妹在默聲不響地著實進行著這件事情。到了最後，當范妮坐下來吃喝起它們的時候，她把餐桌上面的用具扔得到處都是，還對她的麵包大發脾氣，像極了她父親在昨天晚上的表現。

「如果妳因為我是一個舞女，」她說，同時迸出了激動的淚水來，「而要鄙視我的話，那妳為什麼還要把我推到這條路上呢？這是妳一手造成的。你讓我在這位莫德夫人面前把腰彎得快要趴在地上了，還讓她想說什麼就說，想做什麼就做，把我們所有人都貶得一文不值，而且是當著我的面把這些話告訴我的。這都是因為我是一個舞女！」

「喔范妮！」

「還有提普也是，可憐的傢伙！她隨著自己的喜好去貶低他，沒有任何克制和保留 —— 據我猜測，這是因為他在律所、碼頭和其他各式各樣的地方工作過。哎呀，這也是妳一手造成的，愛米。但是，妳至少可以附

和一下我為他辯解的那些話呀。」

在上述過程當中，那位叔叔始終都在角落裡面十分悲傷憂鬱地吹奏著黑管，時而會讓它少許離開嘴唇片刻，在此期間，他會停下吹奏凝視著她倆，似乎含含混混地意識到，剛才有人說了一些什麼。

「還有妳父親，妳那可憐的父親，愛米。因為他身陷囹圄不得自由，不能站出來為自己辯解，所以妳竟然讓這種人隨意辱罵他，還不去給予她任何懲罰。如果妳因為經常外出做工的緣故，對這種事情沒有什麼感覺的話，那妳至少可以站在他的立場上體會一下呀，我覺得，妳應該知道他這麼長時間以來過著什麼樣的生活。」

可憐的小杜麗覺得，這頓不公的奚落相當銳利地刺傷了她的感情，而且，關於昨天晚上的種種記憶又再為它增添了一個倒鉤。她沒做任何答覆，只是把她的椅子從桌子旁邊轉到了面朝爐火的方向。至於那位叔叔，他先是再次暫停了一會兒，然後吹出來一個淒涼的嗚咽之聲，以此展開了新一輪的演奏。

在她那股激烈的憤怒尚未耗盡之前，范妮始終都在朝茶杯和麵包撒著她烈焰沖天的怒氣，並且聲稱，她是全世界最可憐的女孩，還說她希望自己死了倒是乾淨。

那個階段過去之後，她的哭訴變得具備了追悔莫及的屬性，接著，她站起來用兩條手臂摟住了她的妹妹。小杜麗竭力勸阻她別再多說什麼，但她卻應答道，她就是想說，她必須得說！於是，她開始一遍又一遍地反覆說道，「我要請求妳的原諒，愛米，」以及「寬恕我吧，愛米。」而且，其情狀之激烈程度差不多堪比，之前說出那些讓她後悔的話來時的樣子。

「但是真的，真的愛米。」當肩並肩坐著的她倆散發出一股和諧的姐妹氣息之後，她重新開口說，「我希望，同時我也認為，如果妳對上流社會多點了解的話，妳會用不同的眼光看待這件事情。」

「大概可以吧，范妮。」溫和的小杜麗這麼說道。

「妳得知道，愛米，在妳居家過活並且像退隱似的封閉在那裡的時候，」她姐姐繼續說道，並且逐漸開始以恩人自居了起來，「我卻在外奔波，比妳更多地在上流社會裡面出入走動，並且慢慢變得自尊和活潑了起來——不過大概有點超過了應有的樣子！」

小杜麗應答道，「是的，喔是的！」

「在妳琢磨吃食或者衣服的時候，妳得知道，我卻在為這一大家子著想。那個，事實難道不是這樣嗎，愛米？」

小杜麗再次點頭表示「是的。」但是，雖然她滿臉都是快活的神色，可內心裡面卻並非如此。

「尤其是因為我們知道，」范妮說，「在那個妳一直以來都如此忠誠於它的地方，肯定有一種獨屬於它的調性，讓它跟上流社會中的那些地方變得不大一樣了起來。所以，請妳再吻我一次吧，親愛的愛米，然後我們將會一致同意，我們誰都沒錯，還有你是一個恬靜平和、居家而且愛家的好女孩。」

在這場談話進行期間，那根黑管始終都在至為哀憐地悲悼著什麼，但是現在，它卻被范妮發布的上班公告打斷了。而她下達這份公告的具體方式是，先合上了他的那片樂譜，然後把黑管從他的嘴裡抽了出去。

在門口跟他們分開之後，小杜麗急匆匆地趕回了馬夏監獄。在那裡，暮色要比在其他地方降臨得更快一些，而在那天傍晚，走進它的裡面像是走進了一條深溝似的。但是，雖然牢牆的暗影覆蓋了周圍的每一樣事物，可當她打開那個昏暗房間的房門時，在那個朝她扭過來的穿戴著灰色舊袍子和黑色天鵝絨小帽的身形上面，卻不見有任何陰影的蹤跡。

「為何我的身上也沒有呢？」手裡還抓著那扇門的小杜麗暗自思忖道。「看來范妮的話並非全無道理呀。」

第二十一章　莫德先生的病症

在那座莊嚴的宅邸，即位於卡文迪什廣場哈利街的莫宅上面，只能看到街對面那些同樣莊嚴的宅邸的堂皇正牆所投下的陰影。就像那個不對任何人例外開恩的上流社會那樣，沿哈利街相對坐落的這兩排房屋也都用非常嚴屬冷酷的面目彼此以待著。更確切地說應該是，就這個方面而言，那些華廈是何其相似於它們的眾多居民，這些人在相對坐落的兩排餐桌旁邊排成了整齊的兩列，身處他們自身的崇高人格所投下的陰影當中，用一種跟那些房屋相類似的呆鈍神色，瞪視著位於街道另一面的人們。

所有人都清楚地知道，那兩排以此街為立身之本的對坐而食的人們將會如何相似於那條街道。那二十幢房屋面無表情而整齊劃一，它們都會用同樣的方式被敲響街門或拉響門鈴，都要走上幾級同樣乏味的臺階方可趨於門前，都用同樣圖案的欄杆抵擋著外界的侵犯，都有同樣難以致用的防火通道，和同樣有失便利的排水管道（位於它們的頂部），以及無一例外均可被估以高價的一應其他設施 —— 試問有誰未曾就著這些東西下過飯呢？還有那幢看上去沉悶無趣而有失修繕的房子，它偶爾會呈現出一扇凸肚窗來，用拉毛法粉刷而成，正面被修葺一新，同時，它只有一些位於轉角部位處的尖角形狀的房間，百葉窗永遠都關著，菱形紋章[128]永遠都顯眼地掛著，那位收藏家曾經因為它位於理想地段當中而拜訪了它，結果卻發現房子裡面空無一人 —— 試問又有誰沒把這些東西當成過下飯菜呢？這是一幢沒有任何人願意買它，只能被折價出售的房子 —— 試問有誰不知她的大名呢？結果，那位失意的紳士為了活命買下了這座花裡胡哨的房子，但它卻一點都不適合他 —— 試問有誰不認識這座觀者杳來的居所呢？

---

[128]　表明屋主已經亡故的一種紋章圖案。

　　然而，卡文迪什廣場哈利街對莫德夫婦的了解卻不止於知道這個層面。哈利街曾經有過一些它不大樂意去知道的入侵者，但在莫德夫婦名下，它卻樂顛顛地把他們抬舉到了尊敬有加的位置上面。總之，上流社會是知道莫德夫婦的，上流社會還說了，「讓我們許可他們吧，讓我們認識他們吧。」

　　莫德先生家資巨萬，生意大得驚人，可稱是一位能點萬物成金，只是沒長那對驢耳朵的米達斯[129]。他擅長一應領域，從銀行業到建築業無一不精。他自然是身在國會的，他肯定是住在市中心的。他是這個機構的主席，那個協會的受託人，或者又是另外某個團體的主管。最位高權重的那個人慣於對提出計畫的人們說，「那個，有誰支持你這麼做嗎？莫德支持你嗎？」然後，如果他給出了否定的答覆，這人便會說道，「那我連看都不會看你一眼了。」

　　十五年前，這個為命運所眷顧的偉大人物為那個寬闊的胸脯提供了一個由緋紅和金黃兩種顏色構建而成的巢窠。而這個胸脯之所以如此寬闊，是因為只有一個如此廣大的空間，方可讓該人那顆漠無所感的偉大心靈容身於其間，同時，它並非是一個可供安歇棲息於其上的胸脯，但用來懸掛珠寶卻堪稱一流。莫德先生需要某個東西供他懸掛珠寶之用，所以，他出於這個目的把它買了下來。司托和莫蒂[130]的婚姻可能也是基於同一設想吧。

　　就像他的所有其他設想那樣，這一個也被證明是穩妥而合理的，並且最終大獲了成功。結果，那些珠寶至為鮮明地展示出了莫德先生的大富身分，而那個在上流社會中出入走動，同時將這些珠寶炫示於其上的胸脯也贏得了廣泛的仰慕之情。上流社會對此表示了首肯，莫德先生隨之感到滿足不已。他可稱是所有人當中最無人生趣味的那一個，他的所有事情都是

---

[129]　希臘神話中的弗裡吉亞國王，具有點石成金的本領，又因在音樂比賽中讚賞牧神潘而開罪於太陽神阿波羅，令後者賜其驢耳。

[130]　司托和莫蒂是倫敦新邦街（New Bond Street）的一對時尚珠寶商人。

為上流社會而做的，與此同時，雖然他功成名就且煞費諸般苦心，但自身的收穫卻是竭盡可能的稀少。

　　換句話說就是，他可能已經得到了想要的一切，不然的話，他肯定會假以潑天的豪富將其盡收囊中。但是，他的欲望卻在於無論上流社會想要什麼，都去竭盡可能地滿足它，在於把上流社會的一應需求或計畫統統包攬於一己之身，以此充當對其獻祭的供品。他不會在人群裡面熠熠生輝，也不會大肆談論自己，反之，他是個性情內斂之人，長著一顆寬闊、前傾而機警的腦袋，臉頰上面的那兩坨獨特暗紅色塊不見鮮活而盡顯陳腐之態，此外，他的兩個袖口周圍還多少流動著一點惶惶不安的氣息，好像它們是他的兩位親信，現在出於某些理由，必須趕忙幫他把兩隻手藏起來似的。他說，他在小事上面是一個非常隨和活潑的人，對個人和上流社會之間的信賴關係持有一種簡單的看法，十分強調這種信賴的重要性，堅持認為在所有事情裡面，每個人都應該竭盡所能地向上流社會展示他的敬重之心。對於前句中所講的那個上流社會，如果它指的是前來參加他的晚宴，並出席莫德夫人的招待會和音樂會的那些來自上流社會的老爺們的話，那他似乎很難在其中得到太大的樂趣，每到這些上流社會的老爺們大駕光臨，他大多數情況下都是靠牆站著，或者躲起來不肯露面。還有，當他外出覲見他們歸來，而不是他們來他家找他之後，他會顯出一些疲累的樣子來，大多數情況下都是倒頭便睡。儘管如此，他始終都在努力培育這份關係，始終都在彼處積極走動出入著，也始終都用至為慷慨的做派在他們身上大把撒著鈔票。

　　莫德夫人的首任丈夫是一位上校，在此人的扶持幫助之下，她的胸脯決定跟北美洲的冰雪一較高下，而結果，她在皎白方面略遜一籌，但在冰冷方面卻絲毫未落下風。莫德夫人跟這位上校所生的那個兒子是她的唯一一個孩子。他生就一副木頭大腦袋加高肩膀的體格，整體上看起來更像是一個身形腫脹的男童，而非一個年輕力壯之人。他的身上甚少表現出理

智的跡象，以致他的同伴之間流傳著這樣一篇掌故，說當他在新布倫瑞克省的聖約翰城降生時，那裡正肆虐著一場漫天遍野的嚴重霜凍，於是他的腦子隨之被凍上了，而且從那之後再也沒有消融過。還有另外一篇掌故述稱，因為一名保姆的怠忽職守，嬰兒時期的他曾經從一扇高窗裡面頭朝下掉出去過，而且，一些可靠的目擊證人還說，那顆腦袋瓜鐵定是被摔出裂縫來了。一種可能存在的情形是，這兩種說法都屬於對下述事實的追本溯源，即這位年輕紳士（他的名字富含表意功能，叫做小秀才）十分執迷於向各式各樣沒被他看上的年輕女士們拋出求婚的戲碼，並且對被他求過婚的前赴後繼的年輕女士們一成不變地置以下述評論，稱她是「一個美麗的姑娘 —— 學問也不錯 —— 而且周身上下沒什麼太大的不可理喻之處。」

　　倘若換了另外一個人，一位各項才能稟賦都如此有限的繼子可能會變成他的負擔，但是，莫德先生自己並不需要繼子，他只是想為上流社會找個繼子而已。於是，小秀才先生進了步兵團，頻繁出入於各種賽會、各種娛樂場所和各種聚會，變成了遠近聞名的紅人，結果讓上流社會對它的這位繼子頗感滿意了起來。莫德先生可能會覺得，這已經是一個可稱圓滿的快樂結局了，但他不知道的是，小秀才先生在他上任父親手裡可是一個更為靡費的貨色。總之，出於上流社會的顏面計，他是絕對不會以便宜價格買來小秀才先生的，不過，就算是目前這個價格，也可以算是達到他的這個要求了。

　　在小杜麗在她父親身邊為他縫製新襯衫的那個晚上，哈利街的莫宅舉辦了一場晚宴。出席晚宴的賓客包括來自宮廷和市中心的權貴要人，來自上下兩院的權貴要人，來自法官律師兩界的權貴要人，以及宗教界、財政部、皇家近衛騎兵團和海軍部的各位權貴要人 —— 即驅趕著我們一路向前，偶爾也會伸出腳絆我們一個跟頭的一應權貴要人們。

　　「我聽說，」主教大人對近衛騎兵團長說，「莫德先生又有另外一個大動作了。他們說一共有十萬英鎊呢。」

　　近衛騎兵團長聽到的消息是二十萬鎊。

財政部長聽到的是三十萬。

律師先生把玩著他那副循循善誘的雙片眼鏡，稱除了可能是四十萬之外，他什麼都不清楚。這是那些令人愉悅的計算和組合的其中之一，至於它們的結果，則是難於進行估計的。同時，它也例證了莫德先生那種無所不包的，跟他已成慣例的鴻運高照和天性使然的勇敢無畏密切連繫著的掌控能力，而且，就算在整整一個時代裡面，這種人也是見不著幾個的。不過牛嗥兄弟[131]也在這裡呢，他經手過那樁銀行大案，大概可以多告訴我們一些內情。牛嗥兄弟對這場新的勝利作何看法呢？

牛嗥兄弟正要過去給大胸脯鞠躬，所以只顧得上在經過時捎帶著告訴他們，據他聽到的那則看樣子非常可靠的消息，說（而且從頭到尾都是這麼說的）是這次的金額有半個一百萬之多呢。

海軍部長說，莫德先生是個堪稱神奇的人物。財政部長稱，他是這個國家的新權勢人物，能把整個下院都買回家去。主教大人則聲稱，他樂於這麼認為，這筆財富是流進一位慣於維護社會利益的紳士的金庫裡面了。

在這種場合裡面，莫德先生自己常常是遲到的，這是因為，當其他人在眼下這天裡面把他們的侏儒人格抖落一空的時候，他卻仍然羈絆在規模巨大的生意裡面難得脫身。就眼前這場而言，他是最晚到達的那一位。財政部長見狀說，莫德先生稍稍被工作懲罰了一下。主教大人複又聲稱，他樂於認為，這筆財富是流進一位對工作逆來順受的紳士的金庫裡面了。

還有那些髮粉！因為侍者的頭上撲了太多髮粉，所以它為這場晚宴平添了另外一股風味。那些粉狀顆粒物進入了菜肴裡面，所以，上流社會老爺們的肉食竟然被調劑出了一種高等僕人的味道。莫德先生還把他那位隔絕在衣裙裡面的伯爵夫人帶了下來，她身處一件龐大裙裝的中心部位處，像是一條菜心之於一棵生長過度的圓白菜。而且，如果下面這個如此低俗

---

[131] 英語原文為 Brother Bellows，指口才上佳的辯護律師。為突顯原文的諧謔氣息，故按照字面意思譯出。

的明喻能夠被認可的話，那麼，那件大裙子走下樓梯的樣子像是一個「綠葉中人」[132] 被織滿了富麗的凸形花紋，沒人能知道是個什麼樣子的小人兒在負荷著它往前挪動。

在這場晚宴上面，上流社會的那些老爺們可謂是應有盡有，不管是他們能想到的，還是他們想不到的，統統都被招呼了上來。不管它想看、想吃、想喝什麼，統統都能遂心如願。可是，我只能說但願他們是樂在其中的吧，這是因為，倘若把莫德先生在這場盛宴中消耗的那一份計價的話，大概只能值上十八個便士。可莫德夫人是華美富麗的。男管家是這一天裡面第二華美富麗的人物。他是在座眾人當中最為寶相莊嚴的那一位。他不做任何事情，可他從旁觀看的那副模樣卻是少有人能夠做出來的。他是莫德先生送給上流社會的最後一份禮物。莫德先生自己並不想擁有他，甚至在這位偉大人物看著他的時候，還被看出了一份驚慌失措來。可不知饜足的上流社會卻是想要擁有他的 —— 而且已經得到他了。

在這場招待活動的一個例行階段，那位不見首尾的伯爵夫人履行完畢了身為綠葉中人的使命，然後，有一隊美人魚貫進入了客廳，為她們收尾的變成了之前的那位大胸脯。財政部長說，真是朱諾再世。主教大人稱，恍若猶滴重生 [133]。

律師先生跟近衛騎兵團長探討起了有關宮廷軍隊的話題。牛嗥兄弟和法官大人也來加入了他們。其他權貴要人們則捉對交談了起來。莫德先生默聲不響地坐在那裡，眼睛盯著桌布。有時候，某位權貴要人會過來跟他搭話，試著讓他自己正在探討的話題朝他流淌過去，可莫德先生甚少對此給予關注，或者說，除了從他自己的計算中醒過神來為那人遞上葡萄酒之外，甚少做其他表示。

---

[132]　「綠葉中人」的英語原文為 Jack-in-the-Green，係英國五朔節（May Day）時的一項傳統儀式，當天掃煙囪工人結伴遊行，伴之以一個用青枝綠葉編織而成的框架，內有一個孩童邊走邊舞，該名孩童被稱為 Jack-in-the-Green。

[133]　朱諾（Juno），希臘神話中眾神之王宙斯之妻，猶滴（Judith）為傳說中的一位古猶太寡婦，相傳曾誅殺亞述大將霍洛福尼斯（Holofernes），而救全城百姓。

當他們立起身來之後，很多權貴要人都有話私下說給莫德先生聽，所以，他在餐具櫃旁邊舉辦了一場小型接待會。接著，每有一人從門口走出去，他便在那份名單的一個名字上面打上一個對勾。

　　財政部長希望，他可以冒昧祝願英格蘭那些舉世聞名的資本家和商界王子的其中之一事業再上新臺階，在此之前，他已經把這則富於原創性的祝福語反覆盤算了好幾個來回，所以張口就把它說了出來。財政部長接著又說，推廣這些人的輝煌成就就是擴大這個國家的成功和財源，而且，他還讓莫德先生明白了這麼一件事情，他在這個話題上面油然滋生出了一股強烈的愛國之情。

　　「謝謝你，大人。」莫德先生說，「謝謝你。我十分自豪地接受你的祝願，並且因為你的認可感到無比歡欣。」

　　「喔，我並未毫無保留地表示認可，親愛的莫德先生。這是因為，」笑瞇瞇的財政部長拉住他的手臂令他轉到了餐具櫃那個方向，然後用戲謔的口吻說，「你從來都不覺得，值得花費時間來到我們當中幫我們一下。」

　　莫德先生感到十分榮幸，如果——

　　「不，不。」財政部長說，「一個因為務實精神和前瞻眼光而聲名顯赫的人是不應該從這個角度處置看待此事的。如果我們哪天偶然獲得了對各種事情的控制權，從而可以十分快樂地向一個如此卓越的人物提議道——提議他來到我們中間，把他的影響力、知識和身分所具有的重大價值交付於我們手中的話，那麼，當我們向他作此提議的時候，我們只能把它當作他的一項責任來提出。實際上，這是他在上流社會名下虧欠的一份責任。」

　　莫德先生宣稱，上流社會像是他的眼珠子一樣，它的要求是凌駕於任何其他考慮之上的。財政部長聞言移步他往了，接著又有律師先生走上前來。

　　律師先生帶著他那副在陪審團面前旁敲側擊兼帶低眉順眼的做派，先用手指頭碰了碰他那副循循善誘的雙片眼鏡，然後說出了下面這番話來：

有那麼一位把萬惡之源轉變成了萬善之源的偉大轉換者，在很長一段時期裡面，就連在我們這個商業國家的年度收入上面，該人都撒下了一片可稱熠熠閃亮的光彩，而現在，如果他向該人提及了──如果他以被我們這些律師學究氣地稱為法院臨時法律顧問這樣一種身分，而並無私心地提及了一個偶然被他獲悉的事實，他希望他的這種冒昧行為可以得到諒解。此前，他被要求仔細審查一份可稱非常廣大的地產的所有權，這份地產位於某個東方國家──實際上，他這麼說是在撒謊，因為莫德先生知道，我們這些律師都喜歡丁是丁卯是卯，這份地產實際上位於兩個東方國家的交界地區。接下來要說的是，它的所有權可稱非常之正當合法，然後這份地產將會被某個對──金錢（又是陪審團面前的低眉順眼狀貌，又是循循善誘的雙片眼鏡）擁有掌控能力的人以非常顯著的有利條件購得。律師先生也是在那天才得知此事的，聽說之後他忽然就這麼想到，「我今晚有幸要跟我尊敬的好朋友莫德先生一起吃飯，等到只剩下我們兩人的時候，我會向他提及這個絕佳的機會。」這項購置不僅會帶來巨大的法律和政治權益，而且包含著差不多六份教會饋贈，它們都能產出巨大的年度收益。那個，律師先生也清楚地知道，莫德先生現在已經不再感到迷茫了，甚至連如何配置他的資產，如何充分使用他活躍而旺盛的腦力都是成竹在胸了，但他想冒昧提示這麼一句，他的頭腦裡面蹦了這樣一個問題出來，即一個理應得到如此高位，兼帶著響滿歐羅巴的巨大聲名的人，他坐擁這些影響力是否真的並非有賴於──我們不會說有賴於我本人，但我們會說有賴於上流社會？還有，他是否真的不該為了──我們不會說為了我本人，或者為了我的小團體，但我們會說為了上流社會的──利益而積極使用它們？

　　莫德先生再次表白道，他會完全忠誠於那個他一刻不停加以考量的目標，律師先生聞言戴上他循循善誘的雙片眼鏡，走上了那截氣勢宏偉的樓梯。然後，又有主教大人無心之間朝餐具櫃這個方向出溜了過來。

接著，主教大人突然想要評論上這麼一句，說可以肯定的一點是，比起讓它們彙集在那位英明睿智之人的點金妙手之下，這個世界的諸多商品幾乎沒辦法流向更為令人愉悅的其他管道，還有，在他們僅僅知道財富的合法價值的同時（說到這裡時，主教大人竭力想讓自己顯出一副相當貧困的樣子來），此人還知道，若是得到明智的管理和正當的分配，它們將對我們廣大教友的福利產生重要影響。

莫德先生謙遜地表示，他確信主教大人指的不是他，接著又自相矛盾地表達了他對主教大人給予如此褒獎的高度感激之情。

然後，主教大人用輕快愉悅的姿勢把他形態優美的右腿往外邁出去一點，那樣子像是在說，「別在意這件穿在外面的圍裙[134]，它只是個形式而已！」接著把下面這個實打實的問題拋向了他的好友：

他的好友是否想到過，上流社會可能並非不合情理地希望，某個他的事業受到如此護佑，且其堪稱顯赫的光輝榜樣對它具有如此之大影響力的人可能願意朝某座教堂撒點小錢，或者以此種方式幫上非洲一把？

莫德先生表示，這個問題將會引起他莫大的關注，接著，主教大人又拋了另外一個實打實的問題出來：

他的好友是否對額外受惠貴人聯合委員會的活動無論大小多少有那麼一點興趣，還有，他是否想到過，朝那個地方撒上一點小錢可能算得上是優美地實施了一個偉大的構想？

莫德先生做出了與上類似的答覆，主教大人則解釋了他作此詢問的原因。

上流社會殷切指望著他的好友這種人去做這種事情，即是說，並不是他指望著他們，而是上流社會在指望他們。這就像是，並不是我們的委員會需要這些受到額外眷顧的貴人們的資助，而是上流社會處於一種至為痛苦的不安心境當中，直至得到他們的資助方可得以緩解。他請他的好友放

---

[134]　神職人員一般身穿長及腳踝部位的長袍，此處的「圍裙」係戲謔說法。

上一百個心，對於他的好友無論何時何地都對上流社會的最大利益關懷備至這件事情，他是最清楚不過的，他還覺得，當他祝願他繼續生意興隆，繼續財源廣進，且繼續萬事如意的時候，他就是在顧及著上述那種利益，同時也表達著上流社會的切身感受。

　　然後，主教大人拔腳走上了樓梯，漸漸地，其他人也開始跟在他後面朝那裡浮游而去，直至樓下變得空無一人了起來，僅留莫德先生在那裡形影相弔。在一直盯著桌布，直盯到男管家的靈魂裡面燒灼出一股高貴的怨憤之情後，那位紳士也慢騰騰地步入他人後塵朝樓上而去了，而現在，在那截宏偉樓梯的那股人流裡面，他卻變得不再具備任何重要性了。莫德夫人表現得毫不拘束，把最好的珠寶掛上胸脯供眾人觀瞻；至於上流社會老爺，它已經得到了此行意欲獲取的那些東西；而莫德先生呢，他坐在一個角落裡面啜飲了大約價值兩便士的茶水，所得已經遠遠超過了他的所需。

　　在這天晚上的眾多權貴要人當中，還有一位他認識列席的所有人，同時列席的所有人也都認識他的內科醫生。進門的時候，他看到莫德先生正坐在一個角落裡面啜飲著他的茶水，於是上前碰了碰他的手臂。

　　莫德先生先是吃了一驚，然後說，「喔！是你呀！」

　　「今天多少好點沒有？」

　　「沒有，」莫德先生說，「一點都沒好。」

　　「很可惜今天上午沒能給你看看。請明天過來吧，或者讓我過來找你。」

　　「好的！」他答覆道，「我會在明天駕車路過時進去的。」

　　在這場簡單的談話進行期間，律師先生和主教大人二人都在一旁觀看著，接著，當莫德先生被人群捲走時，他們就上述談話向這位內科醫師發表了一些評論。律師先生說，人的精神壓力都有一個臨界點，沒有誰能夠越過它而不出狀況，還有，這個臨界點因為各人的腦部紋理和體質特點而異，他此前碰巧在幾位博學的兄弟身上注意到了這個現象，不過，只要這

個耐受臨界點被越過了哪怕一線之微，心情憂鬱和消化不良症狀就會尾隨而至。他援引這個觀點並非意在入侵神聖而神祕的醫學領域，不過（又是陪審團面前的低眉順眼狀貌，又是循循善誘的雙片眼鏡），莫德先生的病情是不是就是這樣呢？主教大人接著說，在他年輕那時的一個短暫時期當中，他曾經養成了在星期六寫作布道文稿的習慣，對於教會裡面的年輕孩子們來說，這是一個應該竭力避免的不良習慣，當時，他頻頻感覺到心情憂鬱，據他自己猜測，這種情形是由用腦過度導致的，不過，當他寓居於其處的那個善良女人把一顆新下雞蛋的蛋黃打散在一杯沒有任何雜質的雪麗酒裡面，然後又加了一些肉豆蔻和砂糖之後，卻對他的這個病症發揮了堪比符咒的功效。他這麼說並非意在向這一偉大治療藝術領域當中的一位知識如此深邃的教授的頭腦當中灌輸一個如此簡陋的救助方案，而是想冒昧地詢問一下，因為精密複雜的計算所導致的神經緊張，或者說人的精神世界是否真的不能（站在人的立場上來說）憑藉一種溫和但味道濃郁的興奮劑恢復至原有的調性？

「是的。」那位內科醫師說，「是的，你們說的都沒錯。但我也可以告訴你們，我沒辦法在莫德先生身上找出任何毛病來。他的體質像是一頭犀牛，胃口像是一隻鴕鳥，精神的專注程度又堪比牡蠣。至於神經方面，莫德先生性情冷靜，不是那種敏感的人，我可以這麼跟你說，他差不多像阿基里斯 [135] 那麼無懈可擊。你們可能會覺得奇怪，這樣一個人怎麼會沒由來覺得不舒服呢，但是，就連我也沒辦法在他身上找出任何毛病來。他可能患有某種隱藏極深的玄妙病症，但我不敢肯定，我能說的僅僅是，我目前還沒有發現它的存在。」

但是，莫德先生的病症沒在大胸脯身上投下任何陰影，後者正在忙著展示各種華貴寶石，忙著跟與她相類似的眾多豪奢珠寶展臺爭奇鬥艷；莫

---

[135]　阿基里斯，特洛伊戰爭中希臘一方的第一猛將，幼年時曾被其母浸入冥河當中，而致全身上下刀槍不侵，唯彼時其母握持的腳跟處未被冥河水所浸，成為其唯一弱點，後被特洛伊王子帕里斯射中此處而死。

德先生的病症也沒在年輕的小秀才先生身上投下任何陰影，他在各個房間裡面徘徊不去，一門心思尋找著一位周身上下沒有什麼不可理喻之處，同時又十足夠不上他的擇偶標準的年輕女士；同時，莫德先生的病症也沒在其殖民團隊悉數到場的巴家和司家人，以及任何其他賓客身上投下任何陰影。甚而至於，當莫德先生在人群裡面四處遊走著接受致意的時候，那道陰影在他自己身上也變得十分微弱了起來。

　　仍然是莫德先生的病症問題。我現在想說的是，上流社會跟他在一應其他事情上面相互勾連得如此緊密，以至於很難想像，他的這個病症（如果真有的話）會是他獨自一人的事情。他真的患有那個隱藏極深的玄妙病症嗎，有哪位醫生最終把它找出來了嗎？請耐心等待。在給出答案之前，馬夏高牆的陰影卻著實帶來了黑暗的影響，在太陽運行在天宇當中的任何一個階段裡面，我們都可以在杜麗一家人身上看到它的存在。

第二十二章　難解之謎

　　隨著拜訪次數的增多，柯南先生在馬夏之父那裡的受歡迎程度並未出現相同比率的上升。據估計，他對那個事關重大的證明問題的愚鈍反應並未在那位父親的心裡激起任何仰慕之情，而是極有可能給那個敏感區域帶去了一些冒犯，而且被認為，這是他在紳士的感受能力這一方面存在的一個確鑿缺陷。在此之前，馬夏之父發自於一份天性當中的信任之情，而傾向於認為柯南先生是擁有一顆體貼他人的心靈的，但是現在，他卻發現他幾乎是不具備這份可貴品格的，於是，在一片失望陰影的遮蓋之下，這位父親對那位紳士的看法開始變得黯然失色了起來。這位父親甚至還在他的家人圈子裡面說，他擔心柯南先生並非一個天性高貴之人。他又說，從身為這所大學的領導人和代表這個公共身分出發，當柯南先生前來呈現他的敬意之時，他是樂意接受它的，但是，他並不覺得私下能跟他融洽相處。他還覺得，柯南先生身上似乎缺少了某些東西，但他並不知道那到底是什麼。儘管如此，在表面上的以禮相待方面，這位父親做得並無差錯，而且，實際情況甚至是恰恰相反，即是說他在柯南先生面前更顯殷勤了起來。這可能是因為，他的心裡還懷有這樣一種希望，覺得這個不夠聰明和主動的人儘管沒再像之前那樣未經要求便呈上了證明，但是，他的天性裡面仍然有可能包含著一位敏於回饋的紳士這樣一種成分，從而再度主動做出回應。

　　與此同時，柯南在下述三重身分的加持之下，很快就變成了那裡的一位名人訪客，即一位首次在那裡露面便被鎖了進去的外來紳士，一位對馬夏之父的諸多往事詢問備細而且懷有將他打救出去這一驚人想法的外來紳士，以及一位對馬夏之子很感興趣的外來紳士。當老齊在閘上值守時，他並未對來自這位獄吏的殷勤對待感到驚訝，因為他並沒覺得，老齊的禮貌

舉止跟其他牢頭的那些有太大不同。但是，有一天下午，老齊一下子把他驚了個措手不及，並且藉此從他的同伴們當中鮮明地突顯了出來。

在此之前，老齊對他擁有的那份清潔門房的權力進行了某種巧妙運用，設法把在那裡面閒逛的眾多大學生們全都清理了出去，所以，欲要走出那座監獄的柯南發現，他正在門房裡面孤身一人當班值守著。

「（以私人身分）請你原諒，先生。」老齊用機密的語氣說，「你待會兒可能要從哪條路上走？」

「我要去橋那邊。」他看到，有些訝異的老齊把鑰匙放在嘴唇上面呆呆地站著，活脫脫一幅用來解說「沉默」這個詞語的寓意畫。

「（以私人身分）再請你原諒，先生。」老齊說，「你能繞道去馬販子街一趟嗎？你能想辦法抽空去這個地址看一眼嗎？」說話的同時，老齊遞給他一張小卡片，這是一張為「純哈瓦那雪茄、孟加拉方頭雪茄和臻味古巴菸草進口商，以及精選鼻菸經銷商等等，即齊家菸草公司」的客戶們印製的名片。

「（以私人身分）這跟菸草生意沒關係。」老齊說。「實際上，它是跟我妻子有關的。她想跟你說句話，先生，說的是關於 —— 沒錯。」老齊嘴裡說道，同時用點頭回應了柯南的會意表情，「是關於她的事。」

「我會專門過去見你妻子的，馬上就去。」

「謝謝你，先生。感激不盡。估計耽擱不了你十分鐘。請找齊夫人！」此時，老齊已經把柯南放出了大閘，所以，他現在透過外面那道門上的一個可以從裡面拽開的，供他在需要時審查訪客之用的小窗洞，把這些指示小心翼翼喊給了柯南。

接著，手裡拿著名片的柯南亞瑟開始朝其上陳列的那個位址出發而去，然後很快便到達了那裡。它是一家規模非常之小的企業，其間有一個妝容得體的女人正坐在櫃檯後面做著針線活。此外，這家零售商店的存貨還包括一些裝著菸草的小罐子，一些裝著雪茄的小盒子，一小批各色菸斗，一兩個裝著鼻菸的小罐子，和一個狀如鞋拔用來把它們取出來的小工具。

亞瑟報上自己的姓名，陳述了在老齊的懇請之下承諾前來拜訪的情由。又說在他看來，老齊讓他過來是為了跟小杜麗有關的事情。齊夫人聞言馬上就把手裡的工作擱在一邊，從櫃檯後面的座位上立起身來，接著萬分痛惜地搖起了頭來。

「你現在就可以看到他，」她說，「如果你願意屈尊瞅上一眼的話。」

說完這兩句神祕兮兮的話之後，她領著這位訪客走進了店鋪後面的一間小客廳裡面，它有一扇小窗俯瞰著一個非常窄小而了無生趣的後院。在這個院子裡面，一些洗好的被單和桌布想要在一兩條晾衣繩上面風乾自己，但只能以徒勞作結，因為這個地方不甚通風，然後，在這些如鳥翼般扇動拍打著的對象中間，有一位滿面愁容的短身材年輕男人正坐在一把椅子裡面，他其時的情狀就像是，最後一名生還的海員坐在溼漉漉的甲板上面，全無了把船帆收卷起來的力氣。

「我家小莊。」齊夫人說。

並非懷著長舌婦那種興趣的柯南發問道，他這是在那裡做什麼呢？

「這是他有能力做出的唯一改變，」齊夫人說，接著重新搖起了頭來。「他不願意出門，當後院裡面沒晾著這些麻布的時候，甚至連那裡都不想進去，但是，當這些麻布把鄰居們的眼睛擋住之後，他在那裡一坐就是好幾個小時。好幾個小時啊他會坐上。還說他覺得那裡像是一片果園似的！」說到這裡，齊夫人再次搖起她的頭來，又像母親通常會做的那樣，撩起圍裙擦了擦自己的眼睛，然後重新領著這位訪客走進了經營菸草業務的那片區域。

「請坐吧，先生，」齊夫人說。「杜麗小姐就是我家小莊的病根兒，先生。他正在為她感到心碎呢，我希望能冒昧問上這麼一句，當它爆裂成碎片的時候，他父母該怎麼把它修補完整呢？」

齊夫人是個面目怡人的女人，並因其豐富的感情和不俗的談吐在馬販子街備受人們的尊敬。眼下，她先是安之若素地道出了這番話來，但馬上

就再次恢復了搖頭和抹淚的舉動。

「先生，」她接著說，「你認識她家的人，對她家的人感興趣，並且能對她家的人產生一些影響。如果你能幫著美言幾句促成了這兩個年輕人的好事，那就讓我為了我家小莊的緣故，同時也是為了他們兩人的緣故，來懇求你去這麼做吧。」

「在我認識她以來這段不長的時間裡面，」亞瑟有些茫然地應答道，「我一直都習慣把小杜麗 —— 我一直都習慣把小杜麗放在另一個角度下面加以考量，它完全不同於你現在向我呈現的這個角度，所以你真的讓我吃了非常大的一驚。她認識你兒子嗎？」

「他們是一起長大的，先生。」齊夫人說。「青梅竹馬呢。」

「她知道你兒子愛慕著她嗎？」

「喔！願上帝保佑你吧，先生。」齊夫人說，語調裡面夾帶著一些得意洋洋的抖音，「當她在禮拜天看到他的時候，她絕對沒辦法不知道他的那份心思。如果說旁的東西沒把它表露出來的話，單憑那根手杖也早就把它表露無遺了。像小莊這樣的年輕人們，他們用象牙小手指路是不會沒有任何目的的。我自己最早是怎麼知道這回事的呢？就是透過這個。」

「你得知道，可能杜麗小姐的感覺不像你這麼靈敏呢。」

「那她也是知道這回事的，先生，」齊夫人說，「紅嘴白牙說過了。」

「你確定嗎？」

「先生，」齊夫人說，「我確定和肯定得就像我在這座房子裡面一樣。我親眼看著我兒子走了出去，當時我就在這座房子裡面，我又親眼看著我兒子返了回來，當時我就在這座房子裡面，我知道他做過那回事了！」藉由上述那些翔實的細節和重複句式，齊夫人的這句話獲得了一種堪稱驚人的強調力度。

「我可以問你這麼一句嗎，他是怎麼進入那種讓你感到如此不安的消沉狀態裡面去的？」

「那件事，」齊夫人說，「發生在我拿這兩隻眼睛看見小莊返回這座房子的同一天裡面。從那之後，他就再也沒有一個人待在這座房子裡面過，從那以後，他就表現出來一副以前從來沒有過的模樣，從我和他父親在七年之前，以季付房客這樣一種身分，搬進這座房子的那一刻起，他從來沒有那樣過！」藉由齊夫人那種獨特的遣詞造句能力，她的這番話竟然獲得了一種類似於一份宣誓書的效果。

「我可以冒昧詢問一下嗎，你自己是怎麼看待此事的？」

「你可以的，」齊夫人說，「我會倍感榮幸地向你講述它們，且言辭之真確猶如我現在立於其間的這家店鋪一樣。我家小莊是個眾人交口稱讚，而且眾人都予以他美好祝願的孩子。他還是孩子那時就跟她在一起玩了，在她小時候經常玩耍的那個放風場裡面。他從那時候起就認識她了。那個星期天下午在這個客廳裡面吃過飯之後，他就出去見她了，至於他們倆人有約還是沒約，我不敢佯裝知情。然後他向她求了婚。她的哥哥和姐姐都自視甚高，都看不上我家小莊。她父親的眼睛裡面只有他自己，不願意跟任何人一起分享她。在這些情狀之下，她向我家小莊答覆道，『不行，小莊，我不能跟你在一起，我不能有不管什麼樣子的丈夫，我從來都沒打算成為一名妻子，我打算永遠充當一個犧牲品，所以再見吧，希望你能找到另外一個配得上你的人，然後忘掉我吧！』就這樣，她注定要永遠充當他們的奴隸，其實他們是不配讓她永遠充當他們的奴隸的。就這樣，我家小莊開始覺得，除了在這些麻布中間受凍之外，除了在那個院子，就是我剛才指給你看的那個院子裡面展示一個回家投入母親懷抱的破碎殘骸之外，人生已經沒有任何樂趣可言！」說到這裡，這個善良的女人指了指那扇可以窺見其子鬱鬱不樂地坐在那片了無聲息的果園裡面的小窗，然後再次做起了搖頭和抹淚那套動作，接著又向他祈求道，為了那兩個年輕人的共同利益，請他施加影響力讓這些淒涼悲慘的事情朝光明的方向逆轉吧。

在闡述此事的諸般情形時，她的表現是如此之自信，而且，它們又如

此難以否認地建立於下述前提之下，即小杜麗和她家之間的關係勾連得可稱如此緊密，以致柯南沒辦法很有把握地予其以否決。從他自己的角度來講，他在小杜麗身上傾注了一份如此獨特的興趣──一份令她脫離了她身邊那些平庸粗鄙事物的興趣，雖然它也是因為這些東西而生的──以致每當他想到，她會愛上後院裡面的那個小齊，或者是這種類型的任何其他人，他就會覺得失望和不快，甚而至於感到痛苦。從另一方面來講，他也在據理勸說自己，就算她真的愛上了他，也還跟沒愛上他的時候一樣善良，一樣真摯，還有，把她想像成一種落入凡塵俗世的仙女，而讓她跟她的唯一一個熟人都變得隔膜起來，只是他自己思想當中的一個缺陷，而且是一個不那麼善良的缺陷。但是，她那副幼小而難以捉摸的相貌，她那種羞怯的舉止，她的敏感嗓音和眼睛裡面流露出來的那股魅力，還有她身上的其他很多方面（令他產生了除了她本人之外的其他興趣的那些），和她跟周圍那些人的強烈差異，仍然跟剛被提出來的那個請求顯得不那麼協調，而且是下定決心不去跟它協調。

反覆琢磨過這些事情之後──更確切地說應該是，在齊夫人尚在講述的時候，他便在琢磨著它們了──他對這位值得敬重的齊夫人說，她大可以放下心來，他會在任何時候不遺餘力地去促成杜麗小姐的幸福生活，也會幫她實現她內心裡面的諸般願望，但前提條件是，他得有能力這麼做，而且能夠得知她那些願望的內容。與此同時，他也警告她不要耽於幻想和表面現象，責令她嚴格保守祕密，免得引起杜麗小姐的不快。此外，他還專門叮囑建議她，要努力得到她兒子的信任，這樣一來方可完全確定此事的真正情形。齊夫人覺得後面那條警告有些多餘，但她說她會努力那樣做的。她隨即再次搖起了頭來，好像未能如期得到充分的慰藉，此前對這場會面所抱的預期太過天真了一點似的，儘管如此，她還是向他表示了感謝，畢竟他如此好心地花費了這麼一番工夫。然後，他們像好朋友似的分了手，亞瑟隨即移步離開了菸店。

因為街道上面熙熙攘攘的人群不斷擠撞著他頭腦裡面的那群東西，然後製造了一場莫大的混亂出來，所以，他避而不走倫敦橋，而是拐到岔路上面，朝較為安靜的鐵橋那邊走了過去。接著，差不多還沒等他的腳步踏上它的橋面，他就看見小杜麗正走在他的前頭。當天的天氣很是舒適怡人，空中吹著一陣輕柔的微風，她看樣子是趁那個空當到那裡透氣去的，因為他是在不到一個小時之前，才在她父親的房間裡面跟她告別的。

　　對於他那個在沒有旁人在場的時候，仔細觀察她的臉龐和舉止的願望，眼下可稱是一個再合適不過的時機。於是他加快了腳步，但是，還沒等他追到她的身邊，她就把頭扭了過來。

　　「我嚇到妳了嗎？」他問。

　　「我覺得我能聽出這個腳步聲來。」她囁嚅著答道。

　　「這麼說妳是聽出它來了，小杜麗？因為妳沒辦法預料到它是我的腳步聲。」

　　「我沒在盼望[136] 誰的腳步聲。但是，當我聽到一個腳步聲的時候，我覺得它 —— 聽起來像是你的。」

　　「妳還要往遠走嗎？」

　　「不了，先生，我只是走到這裡稍微換換腦子。」

　　於是，他們就並肩行走了起來，她也恢復了對他的信賴模樣。接著，她先是四下裡張望了一番，然後舉目望向了他的臉，同時嘴裡說道：

　　「這真是太奇怪了，你可能沒辦法理解。我有時候會有這樣一種感覺，好像來這裡散步的時候，差不多完全沒有任何感覺似的。」

　　「完全沒有任何感覺？」

　　「來這裡看著這條河，還有如此廣大的天空，如此眾多的其他事物，如此這般的萬物變遷。但你得知道，當我隨後回到那裡之後，會發現他仍

---

[136]　在英語原文中，此處的「盼望」和前一句中的「預料」對應的是同一個詞 expect，這個歧義用法令它在中文中出現了銜接上的不連貫性，但在原文中不存在這種狀況。

然被關在那個地方。」

「啊沒錯！但妳必須記得，當妳回去之後，這些東西的那種能夠令他振奮起來的精神氣息和影響，也被妳隨身帶回去了。」

「是嗎？希望能夠如此吧！但我擔心你太耽於幻想了，先生，也把我想得太過強大了。如果你在牢裡的話，我能把這種慰藉帶給你嗎？」

「是的，小杜麗，我確定妳能。」

這時，她嘴唇上面泛起了一陣顫抖，她的臉上掠過了一抹轉瞬即逝的不安陰影，而他則從中收集到了下面這條資訊，即她的心思還放在她父親身上。於是，他讓自己默聲不響了一陣子功夫，好讓她重新平靜下來。此時，這個在他的手臂上面微微顫抖著的小杜麗要比任何時候都更不協調於齊夫人嘴裡的那套說法，但卻並非無法調和於從他內心裡面萌生出來的一個新的幻想，即除了小莊之外，還有另外一個人跟她保持著一段無望──這仍然還是一種幻想──一段無望而難以企及的距離。

等到他們轉身之後，柯南說，馬姬也到這裡來了！小杜麗從地上抬起眼睛，很是吃了一驚，然後他們便面對面地遭遇馬姬了，後者在看到他們之後猛地停了下來。在此之前，她一直都在快步疾走著，而且是如此的全神貫注和疲於奔命，以致在他們轉過身面朝著她之前，她一直沒能認出他們來。現在，她在一瞬間裡面覺得良心甚是不安，連她手裡的那個籃子也表現出了這種傾向。

「馬姬，妳答應我要待在父親身邊的。」

「我想那樣啊，小媽，只是他不讓我那樣。如果他抓住然後打發我出去那我就必須得去。如果他抓住然後說，『馬姬，你拿著這封信快去快回，如果回信是好消息的話，你會得到六個便士。』那我就必須得接受它。老天，小媽，一個十歲的可憐東西還能怎麼樣呢？而且如果提普先生──如果我往外走的時候他碰巧在往裡走，然後如果他說，『妳這是要去哪裡，馬姬？』然後如果我說，『我要到某某地方去，』然後如果他說，

『我也要試一下，』然後如果他走進聖喬治教堂寫了一封信，然後如果他把它交給我然後說，『拿著這封信去同一個地方，如果回信是好消息我會給妳一個先令，』這可不是我的錯，媽！」

亞瑟從小杜麗低垂的眼神中看出來，她已經料到了這些信是寫給誰的。

「我要到某某地方去。那裡！那就是我正在去的地方。」馬姬又說。「我要到某某地方去。它不是妳那裡，小媽，它跟妳一點關係都沒有——但妳得知道，它是妳那裡。」馬姬對著亞瑟說。「你最好快點回來，某某地方，然後讓我帶著接著把它們交到你手裡。」

「我們不用非去那個地方不可，馬姬。在這裡把它們給我就行，」柯南壓低嗓門說。

「好吧，那麼，你到路對面來，」馬姬用非常洪亮的耳語聲答覆道。「小媽不能知道有關它的任何情況，她也絕對不會知道有關它的任何情況，如果你只是待在某某地方的話，而不是到處打擾別人和亂逛的話。這不是我的錯。我必須照著吩咐做事。他們應該為吩咐我這樣做感到羞恥。」

柯南穿過路面到了另外一邊，然後急匆匆地打開了那兩封信。那位父親寫來的那封說，在他至為出乎意料地發覺，竟然有一筆他自信肯定能收到的來自市中心的匯款拂逆了他的意願，而令他身陷於這一新奇狀況當中之後，他提起了他的鋼筆，這是因為他囿於已被監禁二十三載（此處加了兩條底線）這一令人不快的狀況，而無法親身前往接洽，不然的話，他是肯定會這樣做的——他提起了他的鋼筆，懇請柯南先生預先墊付他三鎊十先令，同時請他允許，讓他隨信附上此筆款項的借據。他兒子那封則述稱，他知道柯南先生肯定會令人感激地聽他陳請下述狀況，他已經歷經波折獲得了一個高度令人滿意的職位，同時他的人生的一應其他方面也都全勝在望，但是，因為他的雇主暫時無法支付截止目前這一天的拖欠薪資（在該等情形下，上述老闆還向他那份慷慨的寬容之心發出了請求，還相

信他的這位同類身上絕對不會欠缺這一素質），再加上一位損友的欺騙行徑和目前的高昂物價，共同致使他淪落到了瀕於毀滅的境地，除非他能在當天傍晚的六點差一刻之前籌集到一筆八英鎊的款項；對於這筆款項，柯南先生將會高興地獲悉，他已經仰仗著幾位對他的篤誠正直品格懷有莫大信賴的好友的生機勃發的敏捷作風，而籌集到了其中的絕大部分，僅剩一點微不足道的餘款尚無著落，此項餘款計有一鎊十七先令四便士，而且，他所告貸（為期一個月）的這筆餘款將會按照通行利率產生利息方面的收益。

對於這兩封來信，柯南用鉛筆和便攜筆記本就地進行了答覆，為那位父親寄去了他所求告的東西，同時向其子奉上了一份因為無法遵守他的所求而產生的歉意。接著，他委託馬姬帶著他的這些答覆返回牢裡，並且給了她一個先令，如若不然的話，她的那份增補業務最終告於失敗將會令她失望地丟掉這麼一筆收益。

當他跟小杜麗再度會合之後，他們開始像之前那樣走動了起來，但她旋即說道：

「我認為我該走了，我該回家去了。」

「不要因為我回應那些來信，」柯南說，「覺得難受了。沒多少錢的，你很清楚它們會寫些什麼，沒多少錢的。」

「但我不敢，」她應答道，「離開他，不敢離開他們當中的任何哪個人。我一走他們就會作怪 —— 但他們不是故意這樣的 —— 就連馬姬也是這樣。」

「她承擔的這份差事是非常無辜的，可憐的東西。毫無疑問的一點是，她之所以要瞞著妳，是因為她覺得，瞞著妳只會讓你少些不安。」

「是的，希望如此吧，希望如此吧。但我得回家去了！剛剛在幾天以前，我姐姐告訴我說，我已經太過習慣待在監獄裡面了，所以我身上有了它的格調和性格。事實肯定就是這樣的。當我看著眼前這些東西的時候，

我確定它肯定是這樣的。我的地盤在那裡，我最好待在那裡。我來這裡也是全無感覺，在那裡還可以多少做點事情。再見吧！讓我待在家裡要遠遠好過到這裡來！」

把這些話傾瀉出來的過程當中，她表現出一副極度痛苦的模樣來，就像它們突然迸裂了她那顆壓抑的心臟，然後濺射出來了一般，這使得在一旁看著和聽著她的柯南很難抑制住自己的眼淚，結果它們奪眶流了出來。

「孩子，別再把它叫做妳的家了！」他懇求道。「每次聽到妳把它叫做家的時候，我都感到心痛不已。」

「但它就是我的家呀！我還能把別的地方叫做家嗎？我為什麼要忘掉它呢，哪怕是一秒鐘的時間？」

「親愛的小杜麗，雖然妳在外面工作時表現得那麼優秀和誠實，但妳從來沒有忘記過它。」

「希望沒有吧，喔！希望沒有吧！但我最好還是待在那裡，在那裡我會好上許多，盡責上許多，也快樂上許多。請你不要跟著我，讓我一個人回去吧。再見！願上帝保佑你！謝謝你，謝謝你！」

他覺得最好能尊重她的請求，所以，在她纖弱的身形迅速離他遠去的時候，他站著沒動地方。當它匆忙慌亂地走出他的視線之後，他扭過臉看著河水，站在那裡思索了起來。

不管在任何時候，當她發現這些信的真相之後，她肯定會感到非常痛苦，但會有剛才那麼痛苦，而且會是那麼一副難以控制的模樣嗎？

肯定不會的。

當她看著她父親遮掩在破爛寒酸的偽裝之下行乞的時候，當她請求他不要給她父親錢的時候，她確實是非常痛苦的，但不像是剛才那種。眼下，有某種東西令她變得格外而強烈地敏感了起來。那麼，確實是有某個人跟她保持著一段無望而難以企及的距離嗎？還是他的這種懷疑僅僅來源於，他覺得自己像是這座橋下面那些擾攘忙亂的河水，難以企及這條河在

另外那個高處的表現，在那裡，它在那條渡船的船頭處經年不改地演奏著同一個曲調，它永遠都以一小時那麼多裡的速度平靜流逝著，這裡有些燈心草，那裡有些百合花，沒有任何一樣有失確定或安寧的東西，是這樣嗎？

　　在那裡，他把他那個可憐的孩子，即小杜麗想了很長一段時間，在回家的路上，他也在想著她，在那天的入夜時分，他還在想著她，甚至直到次日的白晝到來，他仍然在想著她。而他可憐的孩子小杜麗亦在馬夏高牆投下的陰影裡面想著他 —— 而且想得過分忠誠了一些，啊，過分忠誠了一些！

第二十三章　機器開始運轉

在柯南委託他進行的與道義丹尼協商談判這件事情上面，米格先生十分俐落地行動了起來，很快就把它納入了他的工作日程裡面，然後在某天上午九點鐘造訪了柯南，並報告了他的進展。

「你對他的良好評價讓道義甚是感激，」他用這樣一句開場白展開了眼下這份工作，「他最大的願望莫過於，你能親自查看一下跟那些發明有關的各種事務，並完全徹底地理解它們。他已經把鎖著所有帳本和票據的那些鑰匙交給了我 —— 它們正在這個口袋裡叮叮噹噹響著呢 —— 他下給我的唯一一道命令是，『想辦法讓柯南先生了解到我所了解的不管什麼事情，在這個方面讓他跟我處於一種完全對等的地位。如果忙亂了一頓到頭來什麼收穫都沒有，他也會尊重我對他的這份信任。除非我確定這個屬於起始階段的目標已經達成，否則我不會跟他建立任何關係。』這個，你也看見了，」米格先生說，「你可以把道義丹尼了解個透徹。」

「一種非常令人尊敬的性格。」

「喔沒錯，確實是這樣！毫無疑問是這樣的。古怪，但非常令人尊敬。不過可真的是非常古怪啊。那個，你會相信嗎？柯南先生。」米格先生說，語氣裡面包含著一種對他這位怪僻朋友的強烈喜愛之情，「在那個用他的名字命名的大院裡面，我可是耗了整整一個上午呢 ——」

「是瀝心庭嗎？」

「我在瀝心庭耗了整整一個上午，才說動他無論如何多少嘗試一下這件事情，你能相信嗎？」

「那是怎麼回事啊？」

「我的朋友，你還問那是怎麼回事？我一說你有意參與到這事裡面來，他就撂挑子不做了。」

「因為我的原因擱挑子嗎？」

「柯南，我一提你的名字他就說，『那是絕對不行的！』他那麼說是什麼意思？我這樣問他。沒什麼意思，米格，但那是絕對不行的。為什麼它就絕對不行呢？你幾乎沒辦法相信，柯南，」米格先生說，然後管自大笑了起來，「但事情之所以有了一個絕對不行的結論，是因為你跟他一起往特威南姆走的那天，你們進行過一場友好的談話，他在談話過程當中提到，他打算再找一個合夥人，但他當時卻認為，你是無意於此事的，而且認為，你的這種立場堅如磐石和絕難動搖得像是聖保羅大教堂一樣。『有鑑於，』他說，『如果我當時就打著他現在提議的這副算盤的話，柯南先生現在可能會覺得，在一開始那場無拘無束的談話裡面，我就懷有居心不良和處心積慮的動機。對此我是沒辦法承受的，』他說，『我的自尊真的沒辦法承受這個。』」

「我要是在場的話，馬上就會質疑 ——」

「你當然會了，」米格先生插話道，「而且我也是這樣對他說的。但我花了一個上午才翻過了那堵牆，而且我懷疑，除了我自己之外（他素來便是喜歡我的），是否有任何其他人能讓他的腿跨過它去。好了，柯南。在解決了這個業務方面的障礙之後，他又提出來這樣一個條件，在他跟你重啟合作之前，我得仔細審閱他的帳目，然後形成我自己的意見。『從整體上來說，你的意見是贊成還是反對？』他說。『贊成，』我說。『那麼，』他說，『我的好朋友，你現在可以想辦法讓柯南先生形成他的意見了。為了讓他能不受偏見干擾和完全自由地進行此事，我會離開倫敦一個星期。』然後他就走了，」米格先生說，「那就是這件事情所達成的意味深長的結局。」

「我必須得說，」柯南說，「我真的對他評價甚高，因為他的這份坦率和他的 ——」

「和他的那份古怪吧，」米格先生插了這麼一句。「換了我會這麼覺得！」

它並非完全吻合已經到了柯南嘴邊的那個詞，但他忍住沒去打斷他這位快活的朋友。

　　「那個現在，」米格先生補充道，「你可以在你認為適當的前提之下，盡快開始審查跟那些發明有關的事務了。我已經向他保證，會在你需要解釋的時候為你解釋，但我會嚴格恪守不偏不倚的立場，不會跨越雷池哪怕一步。」

　　那天上午，他們在瀝心庭裡面發起了一場大搜查活動。在道義先生的業務管理之道裡面，是包含著一些小小的可稱獨闢蹊徑的地方的，經驗豐富之人一眼便可看出，可是，雖然它們稱不上重大，卻差不多總是包含著某種巧妙的化繁為簡策略，或者是某條通往目的地的簡明道路。雖然他的很多帳單都處於拖欠狀態，而且，他亟需協助以擴大業務規模也是足夠清楚的事實，但是，他多年以來的工作成果都得到了清楚明白的陳列闡述，都能輕易加以查證確認。他沒有出於延宕調查這一目的做過任何手腳，一應事物都穿戴著絕不摻假的工作衣飾，都處於某種粗陋但誠實的狀態當中。在那裡面，還有很多出自他本人之手的計算結果和各色條目，都被直言不諱地書寫了出來，雖然它們不具光潔靚麗的精美外表，卻總是簡潔明瞭和直指要害。亞瑟突然想到，一場製作得比它更為精心和更為迷人眼目的業務展覽 —— 比如兜圈子辦事處製作出來的那些記錄，它們可能就是這樣 —— 在實用性方面可能要遠遠遜色於它，同時可能有意被製作出了一副遠比它更為不明就裡的模樣。

　　堅定不移地勤奮工作了三四天之後，他開始對有必要了解的一應事實都了然於胸了起來。米格先生從頭到尾都陪伴在他的左右，隨時準備用那盞明亮的，也屬於天平和金勺這一範疇當中的小安全燈為他照亮任何晦暗不明之處。在購買這家商號一半股份的公平出價這件事情上面，當他們倆人商定出一個數額之後，米格先生開封了道義丹尼留下的一份文件，在那裡面，丹尼注明了他對公司的估價，而結果表明，它甚至比他們商定的那

個數額還要低上一些。就這樣，當丹尼回到倫敦之後，他發現此事已經被極盡圓滿地敲定了。

「那個柯南先生，我現在可以公開宣稱，」他一邊十分熱誠地跟柯南握著手，一邊說道，「如果我曾經在尋找合夥人的時候有些高不成低不就的話，那我現在相信，我沒辦法再找到一位更加合我心意的人選了。」

「我想說的也一樣，」柯南說。

「我要對你們說一句話。」米格先生補充道，「你們可稱是一對絕配。柯南，你可以用你的常識讓他受些控制，丹，你只要專心發明創造就好，用你那個——」

「用我那個缺乏常識的頭腦嗎？」丹尼向他提議道，臉上掛著平靜的微笑。

「如果你喜歡的話，你可以這麼稱呼它——你們倆人將會成為對方的得力助手。而我作為一個務實的人，我要在這裡宣布，我會成為你們倆人的得力助手。」

股份購買事宜不到一個月便告完結了。它讓柯南擁有的私人財產縮減至了不到數百英鎊這一地步，但是，它也為他開啟了一份充滿活力而大有希望的職業生涯。在此番開張大吉之際，這三位好友共聚了一餐，工廠裡面的工人們因此享受了休假待遇，然後也偕同他們的老婆孩子一起聚了餐，甚而至於，整個瀝心庭裡面的住戶們也都因此享受到了加餐待遇，院子裡面飄滿了肉味。然而，總共還不到兩個月之後，瀝心庭便再次變得短吃缺喝了起來，這場款待也隨之被人們忘到了爪哇國外，而且，除了寫著「道義柯南公司」這幾個大字的門柱銘牌上面的那些油漆之外，這家合夥公司似乎已經不見了任何新鮮氣象，甚至連柯南自己都覺得，他在腦袋裡面盤算這家公司的事情已經有些年頭可數了。

他為自己保留了一間不大的帳房，供他在工作時使用，這個小房間通體用木頭和玻璃搭建而成，位於一個長而低矮的車間的盡頭處。這個車間滿

滿當當地充斥著各種工作臺、臺虎鉗、工具、皮帶和轉輪，當這些東西搭上齒輪在蒸汽發動機的驅動之下運轉起來之後，它們那副瘋狂轉動的模樣就像是，它們眼下承擔著一項自殺任務，目標是把這間商號磨成粉末，同時把這家工廠撕成碎片。這個車間的天花板和地板上各有一扇活板門，分別與位於其上和其下的兩個車間相通，結果，在這個整體上呈透視狀的景觀當中，這兩個孔洞製造了一條粗壯的光柱出來，它讓柯南想起了孩提時候看過的一本圖畫書，在那裡面，類似的光線充當了亞伯那場殺人命案 [137] 的目擊證人。車間裡面的諸般噪音被完全關在了這間帳房外面，混同成了一陣繁忙而低沉的哼哼聲，然後又有定期響起的叮噹聲和錘擊聲點綴於其上。工作臺上面飛舞著大量鋼鐵銼屑，它們不僅把那些堅忍的工人包裹成了黝黑的模樣，還像氣泡似的從鋪板的每一個縫隙裡面冒了出去。這個車間透過一條梯凳與位於它下方的一個外院相通著，而後者又在瀝心庭的周邊承擔著庇護這塊大磨石的職責，而這塊磨石的功用又在於，要把其間的那些工具都打磨得鋒利起來。在柯南眼裡，所有這一切立即便具有了一種既虛幻又務實的氣息，於他而言，這是一個很受歡迎的變化。當他從他的第一份工作，也就是把一大堆業務檔案整理至完美狀態上面頻頻抬起眼睛之際，在他瞥向這些東西的目光裡面，還包含著一股為他這份新事業而生的欣喜之情。

當他有一天這樣抬起眼睛時，他驚訝地看到，有一頂軟帽正在吃力地從那條梯凳上爬將上來。在這個詭異的幽靈後面，還跟著另外一頂軟帽。他隨後領悟到，頭一頂軟帽是戴在豐姑媽頭上的，第二頂戴在福蘿頭上，她好像正在相當吃力地推動著她的那筆遺產，以令她在那條陡峭的坡道上奮勇向上。

儘管看到這幾位訪客並未讓他十足欣喜若狂起來，柯南還是毫不遲疑地打開了帳房的門，令她們擺脫了在車間裡面遭遇的諸般困境。其時，豐姑媽已經在某個障礙物上面絆了一跤，正在用她隨身攜帶的一個像是石頭

---

[137]　指人類始祖亞當的長子該隱殺害其弟亞伯一事，事見《聖經舊約－創世紀》。

那般堅硬的收口網袋，威嚇著被她當成了活人的蒸汽發動機，這使得柯南的上述救助措施顯得更為必要了起來。

「仁慈的老天爺呀，亞瑟──我該叫柯南先生呢，這樣會合適上許多──我們上到這個地方的那頓爬呀但是過一會兒還得再下去一回因為沒有防火通道豐姑媽在梯子上滑倒了渾身是傷可你也像那些機器和鑄件似的只管在腦子裡轉你的念頭但絕對不會告訴我們一聲！」

就這樣，福蘿把自己說得上氣不接下氣了起來。與此同時，豐姑媽用雨傘搓揉著她的腳背，並用報仇心切的眼神怒目而視著。

「真是狠心到極點了自從那天以後從來沒有回來看看我們，不過我家當然沒辦法指望有什麼吸引人的東西你肯定是找到更加合你心意的了，那是相當肯定的事情，她好看嗎眼睛是深藍色的還是純黑色的我很想知道一下呢，不是我指望她在所有方面除了是我的鮮明對照以外還能有任何別的可能性因為我是個讓人失望的人這一點我知道得再清楚不過了所以你對她一心一意是相當正確的別管我說的這些話亞瑟千萬別放在心上連我自己都不知道我這是怎麼了仁慈的老天爺呀！」

這時，亞瑟已經在帳房裡面為她倆擺好了椅子。在她的那把裡面落了座之後，福蘿又把前次的那種眼神投擲到他的身上來了。

「再來想一想道義柯南公司，還有道義能夠是個什麼樣的人，」福蘿說，「毫無疑問是個可愛的男人可能已經結婚了還可能有一個女兒，那他真是這樣嗎？這樣一來就可以理解這個合夥公司把它看得明明白白了，但不要跟我講和它有關的任何事情因為我知道我是沒有權利去問這個問題的雖然我們之間曾經鍛成過一條金鏈，不過已經啪嚓一聲斷了而且斷得非常合適。」

福蘿輕柔地把自己的手放到了他的上面，然後又給了他充滿少女風情的一瞥。

「親愛的亞瑟──習慣的力量，不管從哪方面來講柯南先生都顯得更加體貼和更加適合眼下的狀況──我必須請你原諒我冒昧造成了這次侵

犯但是我認為我可以仰仗一下已經永遠逝去而且絕無可能再度開花的往日時光所以就跟豐姑媽一起前來登門道賀了並且給予你最美好的祝願，比在中國時強太多了這是不容否認的路近多了只是高了些！」

「我非常高興能見到妳。」柯南說，「而且我非常感謝妳，福蘿，因為妳的這份好心和牽掛。」

（工廠的兩位來客）

「實際情況要更甚於我能用嘴說出來的這些不管我說了些什麼，」福蘿應答道，「因為在你能真正記住我或者在任何類似的事情發生之前我可能已經為你死掉然後被埋了二十來次了而且毫無疑問還可能存在任何其他遭遇但儘管如此我還要發表最後一條評論，我還要澄清最後一個事實——」

「親愛的豐夫人。」亞瑟用警告的語氣抗議道。

「噢！不要叫那個讓人討厭的名字，叫福蘿！」

「福蘿，妳值得再次進行這種澄清給自己帶來一大堆煩惱嗎？我向妳保證，它們是沒有任何必要的。我非常確信這一點 —— 我是徹頭徹尾的確信。」

這時，他們的注意力轉移到了另外一個方向上面，起因是豐姑媽發表了下面這條來勢洶洶而令人生畏的聲明：

「多佛路上有許多里程碑！」

她朝整個人類投擲出來的這枚飛彈包含著如此致命的敵意，以致柯南相當迷茫於該如何保衛自己，而且，在她如此清楚地向他表現出這份極度的憎惡之前，這位可敬女士的大駕光臨已經令他的頭腦迷惑不堪了，所以，他眼下的這份迷茫便愈見其深重了。他除了倉皇失措地看著她之外別無任何他法，而她則坐在那裡噴吐著飽含仇恨和鄙視的鼻息，同時用遼遠的目光瞪視著幾里格遠以外的地方。然而，福蘿卻欣然接納了這句評論，好像它具有至為貼切和怡人的屬性一般。她用讚許的語調大聲評述道，豐姑媽可是個思想非常豐富的人呢。在這句褒獎抑或她自己烈焰沖天的憤慨的激勵之下，那位卓越的女性隨之補充道，「如果他行的話就讓他去過過招吧！」接著，她又把那個像石頭一樣堅硬的網袋，即她那個具有化石般外表的尺寸巨大的附件用僵硬的動作移動了一下，指出柯南就是上述瘋狂叫囂所指向的那個不幸目標。

「我接下來要說的是，」福蘿重又開口說道，「我想發表最後一條評論我想澄清最後一個事實，豐姑媽和我過去是不會侵占業務時間的豐先生也是經過商的儘管是葡萄酒行業但仍然是商業同樣是商業你可以隨你喜歡怎麼稱呼它可商人的那些習慣卻是完全一模一樣的我自己親眼見證過豐先生總是在下午六點差十分的時候把他的拖鞋脫在門口的擦鞋墊上面在早上八點差十分的時候把靴子放回爐子的圍欄裡面不管天氣晴陰這個時間是一律不變的 [138] —— 所以我們也不會侵占你的時間沒有這個動機我們的動機是

---

[138]　福蘿在此處應該是混淆顛倒了上下午的兩個時間點，把豐先生的上班時間（把拖鞋脫在門墊

善意的希望它也能得到善意的接納亞瑟，柯南先生要合適上許多，甚至應該是道義柯南公司它可能更加達意一些。」

「請不要說任何道歉的話，」亞瑟懇求道。「你在我這裡不管什麼時候都是受歡迎的。」

「你能這麼說真的是非常禮貌亞瑟——不到這個詞說出嘴記不起柯南來，這是在那些永遠逝去的時光中養成的習慣，而且如此真確的一個事實是在睡眠的鎖鏈縛住人們的平靜夜晚裡面，那些深情的記憶常常會讓往日的光芒籠罩在人們的身邊——非常禮貌但我擔心禮貌得有點言過其實了，因為你進入機械行業竟然沒給爸爸寫上一句話或者送上一張卡片——我不會說我自己儘管曾經有過那麼一段時間但那已經過去了而嚴酷的現實現在已經我的老天爺呀千萬別放在心上——你必須得承認這跟過去不怎麼相像。」

在眼下的這場談話裡面，福蘿嘴裡那些原本就寥寥無幾的逗號甚至也逃去無蹤了，其語言之支離破碎和談鋒之奔放恣肆要遠甚於上次交談。

「但說真的，」她急匆匆地繼續說道，「除了它之外你沒辦法指望任何其他東西還有為什麼要去指望它們呢，如果沒辦法指望的話為何還要指望呢，我絕對不是在指責你或者是任何其他人。當你媽媽和我爸爸把我們擔心得要死然後割斷那個金罐[139]的時候——我的意思是那條金色紐帶我敢說你是知道我的意思的但如果你不知道的話你就沒有失去過許多關心的東西也是同樣之少我要冒昧補充這麼一句——當他們割斷那根把我們綁在一起的金色紐帶然後把我們扔到沙發上面一陣陣哭得快要斷氣了的時候至少我自己是這樣的所有事情都改變了接著在我跟豐先生牽手的時候我對這

上）說成了下午五點五十，下班時間（把靴子放回火爐圍欄裡面）說成了上午七點五十。

[139]　「金罐」（golden bowl），典出《聖經舊約—傳道書》第 12 章 6 節，「銀鏈折斷，金罐破裂，瓶子在泉旁損壞，水輪在井口破爛。」福蘿在此處故意把「金色紐帶」（golden bond）說成「金罐」是因為，想要借有關金罐的那個典故來表達這麼一層意思，一些往日的美好事物已經被破壞掉了，而她在後文中又說，如果亞瑟不知道她的意思的話，就沒有失去過許多關心的東西也很少，即緣於此。

件事的結果早就心知肚明了但他卻是如此而非常的不安而且心情如此低落以致他在心煩意亂之下提到了泰晤士河如果不是藥劑師手裡的某種油[140]的話我只好盡力應對了這種局面。」

「我的好福蘿，我們上次已經談妥這事了，現在一切都很好呀。」

「完全清楚的一點是是你自己在這麼想，」福蘿應答道，「因為你可以非常冷靜地去接受它，如果我不知道這是一種中國作風的話那我猜它應該屬於南北極地區，但你是對的親愛的柯南先生我沒辦法責備你可是說到道義柯南公司這一帶都是爸爸的資產我們是從潘可思那裡聽說它的我確信如果不是他的話我們絕對不會聽到有關它的哪怕一個字。」

「不，不，別那麼說。」

「在我知道它你也知道它而且沒辦法否認它的前提之下，什麼別那麼說你這是胡說什麼呢亞瑟 —— 道義柯南公司 —— 對我來說它比柯南先生更舒服一些和少了些難堪的感覺。」

「但我絕對是否認它的，福蘿，我原本很快就會對你們進行一次友好的造訪。」

「啊！」福蘿使勁擺了她的腦袋一下，嘴裡說道。「我敢說你會！」然後又像之前那樣看了他一眼。「但是當潘可思告訴我們的時候我下定了這麼一個決心豐姑媽跟我要過來拜訪一下其實真正的原因是當爸爸 —— 這件事發生在潘可思告訴我們之前 —— 偶然向我提到她的名字並且說你對她很感興趣的時候我立即說道仁慈的老天爺呀要是我們這裡有任何事情要做的話那為什麼不讓她來做呢而不是拿到外面去做。」

「妳說的這個她，」柯南評述道，他此時覺得相當的一頭霧水，「你是指豐先生的 ——」

「我的老天爺呀，亞瑟 —— 對於滿心都是舊日記憶的我來說道義柯南公司真的更讓人舒服一些 —— 可有誰聽說過豐姑媽做針線活而且做日結

---

[140]　可能指與油（oil）發音相近的硫酸鹽（vitriol）或者杏仁化合物（almonds），均為毒藥。

散工嗎？」

「做日結散工！妳這是在說小杜麗嗎？」

「喔！是的，那是當然。」福蘿應答道，「在我曾經聽說過的所有最為奇特的名字裡面它是最最奇特的那一個，像是鄉下的一個收稅柵，或者是一隻受人喜愛的小馬或者一隻小狗或者一隻小鳥或者是來自種子商店的某個東西它被栽進花園或者花盆裡面之後會長出來很多斑點。」

「這就是說，福蘿。」亞瑟說，他突然就對眼下的這場談話產生了興趣，「賈思彼先生十分好心地向妳提到了小杜麗，對嗎？他說了些什麼？」

「喔你知道爸爸是個什麼樣子，」福蘿回答說，「他漂漂亮亮地坐在那裡一圈又一圈地轉他那兩根大拇指的樣子有多麼讓人惱火如果有人盯住他看的話直會看得頭暈起來，當我們談起你 —— 我不知道是誰提起這個話頭的亞瑟（道義柯南公司）但我確定不是我，至少我希望不是但你真的必須得原諒我關於那一點我還得再坦白另外一些東西 —— 的時候他說。」

「肯定會的。」亞瑟說。「無論如何都會。」

「你倒真是非常樂意啊，」福蘿嘟著嘴說，然後她突然停下了話頭，臉上掛著一副讓人想一探究竟的窘迫表情，「但我必須得承認，爸爸說你十分認真地談起了她然後我說了已經告訴過你的那些話沒別的了。」

「沒別的了嗎？」亞瑟說，他稍微有點失望。

「除了當潘可思告訴我們你已經開始了這攤生意並且非常艱難地說服我們相信那真的就是你的時候我對豐姑媽說那我們就要過去問問你當我家有需要的時候讓她去那裡工作是不是能讓各個方面都感到滿意我知道她經常去你媽媽家做工我還知道你媽媽有一副非常容易動怒的脾氣亞瑟 —— 道義柯南公司 —— 否則的話我是絕對不會嫁給豐先生的而是有可能在眼下這一刻裡面哎呀我又開始胡說起來了。」

「福蘿，妳能想到這一點真的是太好心了。」

　　可憐的福蘿回答道，她很高興他能這麼認為，在這裡，她使用的是一種簡簡單單的，比她那些極盡少女風情的瞥視更令她顯得美好動人的誠實語氣。她的話語中飽含著一顆真摯的心靈，以致柯南願意花上一大筆錢買下此時此地的那個舊日的她，而把那條嫁接著半個小福蘿的美人魚永遠丟在身後。

　　「福蘿，我認為，」他說，「妳能向小杜麗提供的這份工作，還有妳能向她展示的這份善意——」

　　「沒錯而且我樂意之至。」福蘿迅速插嘴道。

　　「我是確信這一點的——我想說它們將會給予她一份巨大的援助和支援。我覺得我沒有權利告訴妳我了解的那些有關她的情況，因為那是一些不能外洩的私房話，而且諸般情形都令我只能緘口不言。但我對這個小人兒很感興趣，對她懷有一份我沒辦法向妳言明的尊敬之情。她的生活充斥著妳幾乎想像不到的磨練和奉獻，還有靜默的美德。就算只是想到她的時候，我都幾乎是沒辦法不動感情的，更遑論談起她的時候了。就讓那種感情代表我能告訴妳的那些話吧，同時讓我不勝感激地把她託付在妳的友好看顧之下。」

　　接著，他又一次坦蕩地朝可憐的福蘿伸出了他的手去，而可憐的福蘿則又一次沒辦法坦蕩地接受它，而是覺得這種正大光明的行為不具任何價值，必須為它賦予過去那副私通和神祕的面目。於是，當她接住它的時候，竟然用她的披巾的一角蓋住了它，而在她自己對此大感快慰之餘，他卻陷入了十足的驚恐當中。然後，當她望向這間帳房用玻璃建成的正面，看見有兩個人形正在逼近它的時候，她用飽含著無窮興味的聲音大叫著說，「爸爸來了！噓，亞瑟，看在上帝分上幫幫忙吧！」接著，她跟跟蹌蹌地回到了自己的椅子裡面，十足驚人地模仿出一副幾欲昏厥的模樣，並伴之以令人望而生畏的驚訝反應和少女式的激動不安。

　　與此同時，那位年高德劭者臉上掛著一副空洞而毫無意義的喜笑顏開

表情，跟在潘可思身後朝著帳房這邊走了過來。潘可思為他打開門，把他拖了進來，然後便退進一個牆角，也就是他自己的錨地裡面了。

「我從福蘿那裡聽說到，」年高德劭者說，臉上掛著仁慈的微笑，「她這個時候要過來拜訪一下，過來拜訪一下。然後等到我自己出了門之後，我覺得我也應該過來一趟，覺得我也應該過來一趟。」

憑藉著他的藍色的眼睛、閃閃發光的禿頂和白色的長髮，他為這份本身並無任何深邃之處的聲明熔入了一份面目慈祥的智慧，而它又使這份聲明變得十足令人印象深刻了起來，似乎值得被羅列進那些由最優秀的人們所發表的最為高貴的感想當中。還有，當他坐在為他端上來的椅子裡面對柯南說出「柯南先生，你這是剛剛開張嗎？祝你生意興隆，先生，祝你生意興隆！」這些話的時候，他像是剛剛行使了一些仁慈的神跡似的。

「先生，豐夫人正在對我說，」進行完答謝之後，柯南這麼說道，而與此同時，已故豐先生的遺孀對他做著手勢，抗議他使用那個令人尊敬的名字，「她希望能偶然僱傭一下那位由你推薦給我母親的年輕女縫工，我正在為了這個感謝她呢。」

聞聽此言之後，年高德劭者笨拙而緩慢地把頭朝潘可思那邊扭了過去，他的助手見狀把正在專心研讀著的筆記本收了起來，然後重新拖著他走了起來。

「你得知道，你並沒有推薦她，」潘可思說，「你怎麼能這樣做呢？你對她一無所知，你是不會推薦她的。只不過是有人向你提起了那個名字，然後你把它傳遞了一下而已。那就是你所做過的事情。」

「好吧！」柯南說。「因為她當之無愧於任何推薦，所以提到她就等於是推薦了她。」

「你現在為她表現得很好感到高興，」潘可思說，「但如果她表現孬了，那也不是你的錯。現在光榮並沒有落到你的頭上，如果換成是責難，那也跟你沒什麼關係。你沒為她做過任何擔保，你對她一無所知。」

「這麼說來的話，你是不認識，」亞瑟斗膽隨便提了這麼一個問題，「她的任何一位家人了？」

「認識她的家人？」潘可思應答道。「你怎麼能夠認識她的家人呢？你從來沒有聽說過他們。你沒辦法認識從來沒有聽說過的人，對嗎？你不該覺得認識他們！」

在此過程當中，年高德劭者一直坐在那裡靜謐地微笑著，同時視情勢需要點或搖上一下他的腦袋。

「至於通常意義上的那種介紹人，」潘可思說，「你得知道介紹人是個什麼意思。它完全是胡說八道，那就是它的意思！看看你這個院子裡面的那些房客們。如果你允許他們的話，他們都會成為彼此的介紹人。允許他們這樣做會有什麼好處嗎？把一個人換成兩個人，不會帶來任何令人滿意的後果。一個就已經足夠了。一個交不起房租的人找來另一個交不起房租的人為他擔保他會交租。這就像一個裝著兩條木頭假腿的人找來另一個裝著兩條木頭假腿的人為他擔保他長了兩條真腿。這不會讓他們當中的任何一個變得有能力去參加競走比賽。還有如果你不想要這種東西的話，四條木頭腿會比兩條更讓你煩心。」噴出他自己嘴裡的那股蒸汽之後，潘可思結束了眼下的演講。

接下來是一陣暫態的靜默，豐姑媽旋即便打破了它。自從發表完上一句公開評論之後，此人一直都像倔強症病人那樣直挺挺地坐在那裡。眼下，她正在經歷一陣猛烈的抽搐，想對那位不受接納者的神經造成一些驚嚇，接著，她用十足致命的敵意口吻發表了這麼一條意見：

「你沒辦法用一個沒有任何內容的黃銅疙瘩製作出頭和腦子來。你喬治叔叔活著時你做不來這樣，等他死了以後你的機會就更少啦。」

潘可思用平常那副平靜模樣迅速作答道，「沒錯，夫人！願上帝保佑我吧！聽你這麼說我真的是很吃驚呢。」儘管柯南的頭腦裡面有他自己的思想在駐守著，但是，豐姑媽的這則講話還是讓這一小群人有些心情憂鬱

了起來，這首先是因為，一個沒可能遮掩的事實是，柯南那顆與人秋毫無犯的腦袋，或者說那座理智的殿堂便是此番貶低蔑視的目標所指，二來是因為，在與此類似的一應場合當中，誰也不知道被提到的那位喬治叔叔是誰人的叔叔，或者說那個稱號下面到底牽涉著一個什麼樣的幽魂。

雖然福蘿因此說道，豐姑媽「今天可是非常活躍呢，可她認為她們最好還是快走為妙」，但是，在講到她的這份遺產時，她還是不無某種自誇和得意的態度。但結果表明，豐姑媽竟然活躍到了這樣一種地步，以致用一副令人始料未及的憤慨姿態接納了這則提議，宣稱她是不會走的，然後又用幾句頗具傷害效應的言論補充了下述觀點，即如果「他」—— 顯然是在指柯南 —— 想要擺脫她的話，「那就讓他把她丟到窗戶外面吧，」接著又十分迫切地表達了她想要目睹「他」履行這一儀式的殷切願望。

對於潘可思先生而言，他的各種應對之策似乎是和年高德劭號水域當中的緊急狀況一樣多的，於是，在眼下的這個進退兩難之際，他先迅速戴上了他的帽子，偷偷溜到了帳房門外，接著又在片刻之後重新溜了進來，而且臉上掛著一副人為製造出來的新鮮表情，就像他之前在鄉下待了好幾個星期似的。「喔，願上帝保佑我吧，夫人！」潘可思先生說，並且在大驚失色之餘搓揉起了自己的頭髮，「那是你嗎？你好嗎，夫人？你今天看上去真是迷人極了！我很高興能夠見到你。請賞臉攙住我吧，夫人，我們一起出去散他個小步去，只有你跟我，如果你能賞臉陪伴我的話。」就這樣，他護送著豐姑媽走下了帳房的那道私人樓梯，神情氣色極盡勇邁豪俠和得意洋洋之能事。然後，年高德劭的賈思彼先生面帶一副此舉係他本人所為的表情立起身來，溫和地跟在他後面走了出去，只留下他的女兒在起身追隨之際動用起一番凌亂的耳語來，向她的前任情人評論道（對此她甚是樂在其中的），他們已經倒乾了人生這杯茶，只剩了一些茶渣在裡面，接著又進一步神祕地暗示道，這些渣滓的最底下可還藏著一個已經故去的豐先生呢。

　　再次變得子然一身之後，柯南又開始為那些關於他母親和小杜麗的疑惑所困了，接著反覆思量起了那些素來有之的想法和疑問。於是，在他的頭腦裡面，它們跟那些他正在機械地進行著的工作混成了一團，而這時，他的帳簿上面出現了一道陰影，他隨之抬起眼睛追尋起了它的根源來。這個根源是潘可思先生。只見他的帽子被掀在了兩隻耳朵的耳背上面，那種情形就像是，他那些鐵絲一樣的堅硬頭髮像彈簧那樣飛躍起來掀掉了它似的，與此同時，他的兩隻烏黑的黑豆眼發著探詢神色的銳利光芒，右手的數根手指被含在了嘴裡，以待它們的指甲遭受嘴巴的咬齧，插在口袋裡面的左手手指則充當著另一輪該等作為的儲備力量，就這樣，潘可思先生透過玻璃把他的身影投在了帳簿和票據上面。

　　潘可思先生像詢問打探者慣以為之的那樣略略動了動他的腦袋，然後發問道，他可以再進來一次嗎？柯南用一個點頭動作給出了肯定的答覆。於是潘可思先生便一路開了進來，先是沿著桌子行進，然後把兩條手臂靠在它的上面站穩了身子，接著便一噴一吸地展開了以下談話。

　　「我希望，豐姑媽被安撫住了吧？」柯南說。

　　「都妥了，先生。」潘可思說。

　　「我實在是倒楣透了，竟然在這位女士的心裡激起了一股強烈的敵意，」柯南說。「你知道這是為什麼嗎？」

　　「她還能知道為什麼嗎？」潘可思說。

　　「我覺得不能。」

　　「我也覺得不能。」潘可思說。

　　說完，他掏出來他的筆記本打開又合上，把它丟進放在他身旁桌子上的帽子裡面，接著又看起了躺在帽子底部的它來，而且，整個過程當中始終面帶著一種莊重的思考神色。

　　「柯南先生。」他隨後開口說道，「我想打聽點事情，先生。」

　　「跟這家商號有關嗎？」柯南發問道。

「不是。」潘可思說。

「那跟什麼有關呢，潘可思先生？換句話說就是，假設你是想打聽我身上的東西吧。」

「是的，先生，是的，我是想打聽你身上的東西，」潘可思說，「要是我可以說服你，讓你把它講出來的話。A、B、C、D、DA、DI、DO。字典裡面是這麼個次序。杜麗（Dorrit）。它就是那個名字，先生。」

說完，潘可思又噴吐出來一陣獨屬於他的那種噪音，然後埋頭咬起了右手的指甲。柯南則上上下下仔細打量起他來，他也隨之看起了柯南。

「我不明白你是什麼意思，潘可思先生。」

「那就是我想打聽的那個人的名字。」

「那麼你想知道些什麼呢？」

「你能和你願意告訴我的無論任何事情。」在卸下這份貨物，即對他的願望所作的這一番包羅萬象的概述時，那條名叫潘可思先生的船上並非沒有伴隨著一些艱苦的勞作。

「你這是一次獨特的拜訪，潘可思先生。你帶著這樣一個目標前來找我，讓我覺得相當的不同尋常。」

「它可能是十分的不同尋常，」潘可思應答道。「它也可能確實偏離了常道，但只是生意。簡單說就是，它是一筆生意。我是個生意人嘛。在眼前的這個世界裡面，除了緊緊咬住我的生意之外，我還有什麼事情可做呢？沒事可做。」

柯南隨之又像之前那樣懷疑道，眼前這個冰冷而堅硬的人物是不是在非常認真地跟他說話？同時再一次專注地打量起了他的臉龐來。它還是像之前那樣，長滿了粗硬的鬍渣並且髒汙邋遢，也還像之前那樣急切而敏銳，與此同時，在它所潛藏的一應因素當中，他沒有辦法看到，有任何東西不管怎樣流露了一些潛在的嘲弄意味出來，而在此前，他的耳朵好像覺得，他的聲音裡面是包含著這種成分的。

「那個，」潘可思說，「這樁生意它是獨立存在的，不歸我主人所有。」

「你提到的主人是指賈思彼先生嗎？」

潘可思點了點頭。「他就是我的主人。下面我來假設一下。假設我是在我主人那裡聽到那個名字的 —— 柯南先生想要幫助的那個年輕人的名字。假設那個名字是布羅在這個大院裡面首先講給我主人聽的。假設我去找了布羅。假設我想跟布羅打聽一些消息，我是把這件事當成生意來做的。假設這個布羅雖然拖了我主人六週房租，結果卻拒絕了我。假設布羅夫人也拒絕了我。假設他們都讓我去找柯南先生。這就是我的假設。」

「沒了嗎？」

「沒了，先生。」潘可思應答道，「假設我來找他來了，假設我來到你這裡來了。」

只見這個忙碌的潘可思頂著滿滿一腦袋向上奓起的叉齒似的頭髮，伴隨著非常生硬短促的呼吸聲向後退了一步，如果用拖船這個比喻來講的話，就是朝船尾方向轉了半圈，像是要給他那個邋遢的船身亮個全相似的，然後再次順潮行駛了起來，並把他敏捷的瞥視輪流投向了他裝著筆記本的帽子和柯南的臉部。

「潘可思先生，我不會侵占屬於你的那片神祕領地，我會盡我所能把話說得明白易懂。我要問你兩個問題，第一個是 ——」

「好啊！」潘可思說，同時舉起了他那根點綴著破碎指甲的髒汙食指。「我知道！你想問『你的動機是什麼？』對嗎？」

「沒錯。」

「動機嘛，」潘可思說，「它是好的。跟我主人丁點關係沒有，現在還沒辦法說，現在說起來會顯得有些荒唐，但它是好的。想要幫助一個年輕人，名字叫杜麗，」潘可思說，同時仍然舉著食指以示警告。「你最好能承認我的動機是好的。」

「第二也是最後一個，你想知道些什麼？」

在這個問題還沒被完全提出來之前，潘可思先生便從帽子裡面撈起了他的筆記本，然後小心翼翼地把它扣進了衣服內側的一個胸袋裡面，在此過程當中，他始終都在直勾勾地盯著柯南。接著，在暫停下眼睛的動作又噴了一個鼻息之後，他這樣答覆道，「我想知道無論任何類型的小道消息。」

在這艘對那艘龐大笨拙的大船賈思彼號可謂十分不可或缺的，氣喘吁吁的蒸汽小拖輪侍立在一旁密切注意著他的時候，柯南忍不住微笑了起來，因為它的那副樣子就像是，它正在伺機衝殺進來，想在他還沒能對它的這個策略做出反應之前，便從他身上把它需要的那些東西劫掠一空。不過，在潘可思先生的那副急切模樣裡面，也有一些東西激起了他很多好奇的遐想。稍作考慮之後，他決定向潘可思先生提供一些他有權向他透露的基本資訊，因為他十分清楚地知道，若是在眼下的這場探索活動中遭遇了失敗，潘可思先生是肯定會透過其他途徑得到它們的。

因此，他首先要求潘可思先生記住他之前主動做出的聲明，即他的主人是不會參與到這個披露事項裡面來的，以及他自己在此事裡面的動機是良好的，聽到這裡之後，那位黑炭似的小個子紳士至為熱情澎湃地把這兩條聲明又重申了一遍，然後，他開誠布公地告訴他，對於杜麗家的家世譜系或者之前的住處，他是沒有資訊可供奉告的，還有，他對這家人的了解沒辦法超過以下事實，即他家現在好像縮減到了五口人這個規模，即是說一共有兩個兄弟，其中之一是單身漢，另外那個是一位鰥夫，帶著三個孩子。對於他們全家人的年齡，他竭力做了盡可能接近的猜測，然後把它們公告給了潘可思先生。最後，他向潘可思先生描述了馬夏之父這一身分，以及他被賦予那個角色所經歷的時事變遷。對於上述這些內容，潘可思先生全都高度全神貫注地加以了聆聽，而且在興致越來越為高漲的同時，吞吐鼻息的模樣也越來越具有了鮮明的預兆意味。他似乎從這場講述最為令人心痛的那個部分當中，獲取到了至為令他愉悅的重大線索，而且尤其對

杜麗威廉被長期監禁的那部分講述感到著迷不已。

「到了最後，潘可思先生。」亞瑟說，「我不得不再說上這麼一句。除卻個人關心這一因素之外，我有理由盡我所能少講杜麗一家人的事情，尤其是在我母親家裡（聽到這裡之後，潘可思先生點了點頭），同時有理由盡我所能多了解他家的事情。你是一個非常用心的商人 —— 對嗎？」

他提出這個問題是因為，潘可思先生突然用非同尋常的力量噴了一個響鼻。

「它什麼意思都沒有。」潘可思說。

「一個像你這麼用心的商人肯定十分清楚，一份公平的協議應該是什麼樣子的。我想跟你締結一份公平的協議，這樣一來的話，你就應該在你有能力那樣做的時候，提點我關於杜麗家的事情，就像我剛才提點你那樣。我事先沒有制訂一些條款出來，可能會讓你對我的商業習慣做出不是非常讚賞的評價。」柯南繼續說道，「但我更願意讓它們建立在攸關榮譽這個基礎之上。我曾經見識過很多建立在嚴苛條款之上的生意，以致於跟你說實話吧，潘可思先生，我有些厭倦它們了。」

潘可思先生聞之大笑了起來。「就讓它成為一份協議吧，先生。」他說。「你將會發現，我能嚴格遵守它。」

說完那話之後，他站在那裡看了柯南一小會兒功夫，同時咬遍了兩隻手上的十個指甲，顯而易見的一個事實是，他利用這段時間記牢了剛才被告知的那些事情，並且趁著有助記憶的那些東西還在手邊的時候，把它們在腦子裡面反覆複習了好幾個來回。「那就這麼著吧，」他最後說，「接下來我要祝你日安了，因為今天是大院裡面的收租日。但我要順便說一句，有個掛著一根棍子的瘸腿外國人。」

「沒錯，沒錯。你有時候也會接收經人介紹的房客，我沒的說錯吧？」柯南說。

「如果他有能力支付房租的話，先生。」潘可思應答道。「把你能夠得

到的一切東西都抓到手裡，再把別人不能強逼你放棄的東西牢牢守住，這就是商業。那個拄著棍子的瘸腿外國人想在院裡找間閣樓來住，他有能力支付它嗎？」

「我是有這個能力的，」柯南說，「我會為他負責的。」

「那就行了。我在瀝心庭裡面必須要有這麼一樣東西，」潘可思說，同時在筆記本裡面把此事記錄了下來，「那就是擔保。我需要我的擔保，你瞧。趕緊掏錢，要不就把你的東西交出來！這就是那個院子裡面的口號。那個瘸腿外國人說，是你打發他過來的，但他也可以說，這種話想扯多遠都可以，說是蒙兀兒大帝^[141]打發他過來的。我想他之前進過醫院，對吧？」

「是的，他遇到一場交通意外然後住了院，他是剛剛才出院的。」

「先生，按照我的所見，把這個人送進醫院等於是把他變成乞丐了，對嗎？」潘可思說，然後又把那個令人聞之驚心的聲音噴吐了一次。

「我也看見了。」柯南冷冷地說。

潘可思先生早就做好了開動的準備，聽柯南說完這話之後，他在一瞬間裡面便鼓足了蒸汽，並且未發任何其他信號，也未做任何其他表示便噴著蒸汽駛下了那條梯凳，然後開進了瀝心庭裡面，其用時之短暫恍然讓人覺得，他好像還沒有完全走出那間帳房一樣。

在那個白天剩餘的時間裡面，因為有面目猙獰的潘可思巡航遊弋於其間，瀝心庭一直處於極度的驚恐狀態當中。他就房租問題大聲斥責它的住客們，把他們逼得節節後退，不斷向他們索取他的擔保，抑或輕吟淺唱出讓他們搬家或者是沒收財產的公告，把那些違約者們追得到處亂竄，先在他的身前拍出一道恐懼的前浪，然後又讓它湮沒在了他的餘波裡面。成群結夥的人們身受一種致命吸引力的驅使，潛伏在據說他正在那裡面的無論哪座房子外面，偷聽他對其間住戶們所作論述的隻言片語，當有傳言說他正在下樓的時候，這些人往往來不及及時散開，結果他會提前出現在他們

---

[141]　印度蒙兀兒蒙古族王朝的統治者，該族在 16 世紀征服了印度，其統治直至 1857 年方告結束。

當中，接著開始向他們索要拖欠的房租，令他們呆立在原地動彈不得。在那天白天剩餘的時間裡面，潘可思先生的「他們在忙些什麼」和「他們拿著它作何打算」響徹了整個大院。潘可思先生不願意聽抱歉對不起，不願意聽牢騷抱怨，不願意聽維修費用之類的鬼話，不願意聽除了無條件支付現款之外的任何其他事由。他汗出如注，他氣喘如牛，他朝著料想不到的方向四處奔突，他每時每刻都在變得更加狂熱和更顯髒汙起來，就這樣，他最終把大院裡面的這股潮水衝擊到了一種至為躁動和渾濁的狀態當中。而且，當他在樓梯頂頭處冒著濃煙消失在天際線裡面整整兩個小時之後，它仍然未能恢復成平靜如初的模樣。

那天晚上，大院的幾個例行碰頭地點舉辦了幾場小型集會，與會者們一致認定，潘可思先生是一個難以相處的人，還有，像是賈思彼先生那樣的一位紳士，竟然會把他的房租交到這樣一個人手裡，而從未知曉過他的真實面目，這是多麼地讓人遺憾呀，可現實就是這個樣子的。這是因為，這些瀝血之心們說，如果一位紳士長了那樣一腦袋頭髮和它們那樣的兩隻眼睛，然後又把他的租金掌握進了他自己手裡的話，那就不會有這樣的擔憂和磨難了，事情將會變得大為不同。

在那天晚上的同一個時刻裡面，那位年高德劭者 —— 在那場掠奪開始之前的午前時分，他曾在大院裡面靜悄悄地漂流了一遭，而他此舉的意圖顯然在於，憑藉他閃閃發光的凸腦門兒和絲般順滑的頭髮，激發起眾人對他的由衷信任之情 —— 在同一個時刻裡面，在他自己家裡，那位在一千個小偷裡面穩坐第一把交椅的騙子，正陷身於他那艘精疲力竭的小拖輪的小船閘裡面，他一邊沉重掙扎著，一邊仍然沒忘了轉動他的兩根大拇指，同時嘴裡說道：

「你今天的工作真是糟透了，潘可思，今天的工作真是糟透了。在我看來，先生，同時為了對我自己公平起見，這也是我必須強力表明的一個態度，你本應該刮到多上許多的錢，多上許多的錢。」

第二十四章　關於命運的兩場講述

　　同一天晚上，小杜麗接受了布羅先生的一場造訪。進門之後，後者先用一連串十分惹人側目的咳嗽聲傳達了下述意見，即在她的縫工工作這個問題上面，他父親算是充分闡釋了「沒有哪個瞎子是一點都看不見的」這條格言，以此暗示他想跟她私下談談，接著在房間門外的公共樓梯上謁見了她。

　　「我那裡今天來了一位女士，杜麗小姐。」布羅低聲咆哮道，「還有另外一位陪伴著她，那是個老潑婦，我真懷疑是不是見過這樣的人。她扯掉一個人的腦袋的那套手段呀，我的天呀！」

　　一開始的時候，溫和的布羅尚未能把他的思緒從豐姑媽身上完全剝離開來。「這是因為，」他對自己的這種表現頗感抱歉，「我可以向你保證，她屬於最為刁鑽刻薄的那一種人。」

　　最後，在花費了巨大的努力之後，他終於從這個主題上面充分脫離了出來，然後評述道：

　　「但眼下她既不在這裡也不在那裡。另外那位女士，她是賈思彼先生的女兒，如果賈思彼先生算不上好人的話，那就沒有更好的人了，但是，這並不是被潘可思先生的錯誤襯托出來的。因為對於潘可思來說，他只是做事罷了，他真的只是在做事，他確實只是在做事！」

　　像他平常那樣，布羅先生說起話來還是有些晦澀難懂，但其煌煌道德之心卻是非常之昭彰顯著。

　　「她到我們那裡是為了，」他繼續說，「是為了留下下面這些話，她說如果杜麗小姐願意移步前往那張卡片的話 —— 它是那是賈思彼先生家，潘可思在那座房子的背面有一間辦公室，他真的只是在那裡做事罷了，這是*毋庸置信*的 [142] —— 她會樂於雇傭她。她還特別強雕（調），她是柯南

---

[142]　此處的原文為 beyond belief，布羅的本意應該是想說 beyond doubt，即「毋庸置疑」。

先生的一位親密老友，希望能用行動證明，她自己也是他的朋友的一位有些用處的朋友。它們就是她留下來的話。因為想要知道杜麗小姐明天上午能不能過去，所以我說，小姐，我會過去見你然後打聽一下，再在今晚去她那裡看看，跟她說能去，或者如果你明天由（有）事的話，什麼時候能去。」

「我明天可以過去，謝謝你。」小杜麗說。「你能這麼做實在是太好心了，不過你一直都是個好心人。」

謙虛地拒絕了這樁美德之後，布羅先生打開門向她發出了重新入內的請求，接著跟在她後頭走了進去，並且過分赤裸地假裝出來一副根本沒有出去過的樣子，而他這樣做的目的可能在於，想讓她父親不要產生太大的疑心。然而，那位隨和又無知無覺的老人卻壓根沒有留心此事。布羅跟他小談了一會兒，在這場談話裡面，布羅把之前身為大學生時的下屬感和如今的被優待感共冶在了一爐裡面，至於後面那種感覺的來源，是因為他這個來自外部世界的卑賤之人被抬舉到了朋友的位置上面，而他能再次獲得朋友這個頭銜則是因為，他隸屬於泥瓦匠這一低下社會階層[143]。待到談完之後，布羅便作別而去了。在離開監獄之前，他又在那裡面遊覽了一番，懷著老住戶那種五味雜陳的心情觀看了一場撞柱比賽，另外，他還有一些私人的原因讓他相信，他可能是命定要重回這裡來的。

第二天一大早，把家裡的事情鄭重託付給馬姬之後，小杜麗便朝著那位年高德劭者，或者說老酋長的帳篷出發而去了。儘管那會讓她花費上一個便士，但她還是取道了鐵橋那條路，在那截旅途當中，她走得要比任何其他路段都更加緩慢。最後，在八點差五分的時候，她的手放在了年高德劭者的那個她剛剛能夠夠到的門環上面。

她把豐夫人的名片交給了為她開門的那個年輕女人，但那個年輕女人

---

[143]　這句話的潛臺詞是，布羅的低下地位正好迎合了馬夏之父的降尊紆貴喜好，所以才被當做朋友看待。

卻告訴她，「福蘿小姐」── 在回到她父親的屋頂下面之後，福蘿重新為自己賦予了這個之前住在這裡時的稱號 ── 還沒有起床，但如果她願意的話，可以先移步前往福蘿小姐的起居室，在那裡面小坐一下。於是，她如荷重負似的移步前往了福蘿小姐的起居室，那裡已經熨帖舒適地擺好了早餐的餐桌，上有兩人份的早餐，以及為另外某個人準備的一個托盤。消失了片刻之後，那個年輕女人返回來說道，如果她願意的話，可以找把椅子在爐火旁邊坐下，也可以脫掉軟帽像在自己家裡一樣。但小杜麗卻顯得十分窘迫，不習慣在這種場合裡面讓自己表現得賓至如歸，覺得不知道該怎麼辦才好。於是，當福蘿在半小時之後急匆匆地走進來時，她仍然戴著軟帽坐在離門口不遠的地方。

福蘿十分抱歉讓她久等，然後又說仁慈的老天爺呀為什麼她會坐在那裡受凍而她原本指望她會坐在爐火旁邊讀著報紙，這麼說是不是那個沒長心的女孩沒把她的話傳到，她是不是真的一直戴著軟帽沒有摘掉，看在仁慈的上帝分上請允許福蘿把它摘掉吧！用全世界最為熱切的動作摘掉它之後，福蘿如此訝異於顯露出來的那張臉，以致失聲說道，「啊，你是一個多麼美好的小東西呀，親愛的！」然後像所有婦人當中的最溫柔者那樣，用自己的兩隻手捧住了她的臉。

這是她在一瞬間裡面展現出來的語言和行動。小杜麗幾乎還沒來得及去想，這個人是如何的和善，福蘿便重任在身似的朝早餐桌那裡猛衝了過去。

「真的非常抱歉我偏偏會在這個早上碰巧遲到因為我原本的打算和願望是當妳進來的時候我已經做好了見妳的準備並且對你說任何一個能讓柯南亞瑟產生一半這麼多興趣的人也絕對會讓我產生興趣來我還想說我要給予妳至為誠摯的歡迎而且感到多麼的高興呀，但事實是她們竟然一下也沒有叫我讓我仍然在那裡不停打鼾我敢說如果我知曉了實情而且如果妳既不喜歡冷雞也不喜歡煮熱火腿的話很多人都不喜歡它們我敢說只有猶太人喜

歡它們而他們又是些良心少得可憐的這個東西是我們必須都要加以尊敬的但我必須得說上這麼一句我希望當他們以假充真把假貨賣給我們的時候他們也能有跟別人一樣強健的良心至於那些假貨它們是絕對值不了過後會讓我非常惱火的那個價錢的。」福蘿說。

小杜麗先感謝了她，然後羞澀地說，奶油麵包和茶是她的慣例 ——

「喔別胡說親愛的孩子我絕對不允許聽到妳那麼說，」福蘿說，然後用至為魯莽的動作旋開了一個保溫茶壺，結果當她低頭去看茶壺裡面時，被從那裡面濺出來的水迷了眼睛，使得她眨眼不止。「妳得知道如果妳允許我不揣冒昧那麼說的話妳是用朋友和夥伴這個身分到我這裡來的要是妳能用任何其他身分來我這裡的話我絕對會為我自己感到羞恥不已，另外柯南亞瑟還這麼說 —— 妳累了吧親愛的。」

「沒有，夫人。」

「妳的臉色變得這麼蒼白妳肯定在早餐以前走了太遠的路我敢說妳住得非常遠本應該搭馬車過來的，」福蘿說，「親愛的能有什麼辦法讓妳覺得好受點嗎？」

「我真的很好，夫人。我要再再一次感謝妳，但我真的很好。」

「那麼我要請求妳立即喝上一些茶，」福蘿說，「再把這個雞翅膀和這點火腿吃了，不用管我或者等我，因為我每天都要親自端著這個托盤到豐姑媽的房裡去她是坐在床上吃早餐的還是一位迷人的老年女士而且非常聰明。門後面有豐先生的畫像像倒是非常像但額頭太大了一些還有那根和大理石地面還有欄杆連在一起的柱子和那座高山我從來沒見他靠近過它也沒有這種可能性他是做葡萄酒行業的，一個傑出的人物但根本不是那種傑出法。」

小杜麗瞥了一眼那幅畫像，非常吃力地追隨著她對那件藝術品的介紹。

「豐先生對我可以說是忠誠至極以至於絕對不能聽到說我走出了他的

視線之外，」福蘿說，「但我當然沒辦法保證要是在我還是新娘的時候他沒有突然就撒手人寰的話那種狀況會持續多久，一個值得尊敬的人但沒什麼詩情畫意一篇充滿男子氣概的記敘文但並非浪漫愛情故事。」

小杜麗又瞥了那幅畫像一眼。那位畫家為它畫了一個碩大的頭部，從智力這個角度來講，把它放在莎士比亞身上恐怕都有頭重腳輕之嫌。

「然而，那些浪漫愛情，」福蘿繼續說道，她正在忙著整理豐姑媽的麵包片，「就像在豐先生向我求婚的時候我坦白告訴他的那樣還有妳聽了可能會大吃一驚他一共向我求了七次婚呢一次在出租馬車上一次在船上一次在教堂包廂裡面一次在坦布里奇韋爾斯的一頭驢身上剩下那幾次是跪下來求的，那些浪漫愛情已經在屬於柯南亞瑟的早年歲月中逃跑得不見蹤影了，我們的父母把我們硬生生撕扯開了我們都變了石頭冷酷的現實篡奪了愛情的寶座，豐先生曾經非常令人敬重地說他非常清楚這事甚至跟著有些喜歡上了這種調調他就這樣說了這種話做了這種裁決妳瞧親愛的這就是人生啊儘管我們還沒有碎成一攤但已經被壓彎了腰，請好好吃個早餐吧我要端著托盤進去了。」

說完她便消失不見了，留下小杜麗一人苦苦思索著她那些破言碎語的含義。她很快就返回來了，然後開始吃起了她自己的早餐，而且整個用餐過程當中都在談論個不休。

「妳瞧親愛的，」福蘿量了一兩匙羹聞起來像是白蘭地的棕色液體，把它們加進了她的茶裡，同時嘴裡說道，「我必須得小心遵守醫生的指示儘管它的味道絕對算不上可口這個可憐人兒呀看來這病是絕對好不了了年輕時候因為由著自己在隔壁那個房間裡面哭得太多得了血栓病這件事發生在跟亞瑟分手那時，妳認識他很長時間了嗎？」

甫一明白過來她被問了這個問題——這件事是必須花費一些時間的，因為她這位新任女施主疾速飛奔起來的步伐把她遠遠丟在了後面——之後，小杜麗馬上作答道，自打柯南先生回國之後，她就認識

他了。

「妳當然沒辦法在那之前認識他除非妳也在中國或者跟他通過信但這兩種情況都是不可能的，」福蘿應答道，「因為外出遊歷的人們通常都會或多或少被晒成桃木那種顏色但妳根本就不是那個樣子至於通信能寫些什麼呢？非常確定的是除了茶葉之外你們沒事可寫，所以應該是在他母親家第一次見到他的但這是真的嗎，非常英明堅定但嚴厲得嚇人 —— 應該是那個戴著鐵面罩的男人[144]的媽才對。」

「柯南老夫人對我很好。」小杜麗說。

「真的嗎？我確定我是高興聽到這話的因為在亞瑟的媽媽這個問題上面我的感情自然樂於對她形成一個比之前更好的看法，儘管當我難以避免地說個不停的時候她像坐在馬車裡面的命運女神那樣瞪著我的時候在想些什麼 —— 這個比喻很是讓人震驚真的 —— 她是個殘廢這不是她的錯 —— 我是絕對難以得知或者能夠想像出來的。」

「我可以在哪裡找點工作來做嗎，夫人？」小杜麗羞怯地四下裡張望著，嘴裡發問道，「行嗎？」

「你這個勤勞的小仙女。」福蘿在另外一杯茶裡添加了醫生為她規定的另外一劑處方，同時應答道，「妳不需要有哪怕最輕微的一點匆忙我們最好能夠這麼開場先拿我們那位共同的朋友說說話 —— 對我來說這是一個太過冷酷的說法至少能有這個程度但我真的沒有那個意思，換成那位共同的朋友就是非常合適的表達方式了 —— 而不是僅僅透過那些常規手續那樣會讓我而不是讓妳變得像是那個被狐狸咬了的斯巴達男孩[145]，關於這件事我希望妳能體諒我一下我從小受到的教育就是在那些有可能盲打誤撞碰到一起的各種煩人孩子裡面那個孩子是最煩人的那一個。」

這時，小杜麗的臉色變得非常蒼白了起來，只見她重新坐下去聽了起

---

[144] 指在法國巴士底獄被關押了三十年而身分未獲確認的一位囚犯，該人最終在 1703 年亡故。

[145] 典出古希臘作家普魯塔克（Plutarch，約 46 ～約 120）講述的一則寓言故事，稱一個斯巴達男孩偷了一隻狐狸藏於衣襟之下，後被該狐剖腹破肚而不發一聲。

來。「我最好能趁這段時間做點工作，不行嗎？」她發問道。「我工作的時候也能留神聽妳講話。如果可以的話，我更想這麼做。」

她的認真模樣非常明確地表達了如下資訊，手裡沒工作會讓她覺得相當不安，於是福蘿答覆道，「好吧親愛的不管妳想怎樣都可以。」然後拿了一個裝著白色手帕的籃子出來。小杜麗欣然把它置於自己身邊，拿出來她的便攜針線盒，又給針把線穿好，然後便開始縫紉了起來。

「妳的手指是多麼靈巧呀！」福蘿說，「但妳確定妳沒事嗎？」

「喔是的，當然了！」

福蘿聞言把雙足放在了火爐圍欄上面，把自己安頓成了一副舒服的架勢，做好了盡情披露一段美好愛情故事的準備。接著，她時而一驚一乍，時而撥浪鼓一般甩動著腦袋，時而用最具感情表露效果的方式長吁短嘆個不停，時而對兩隻眉毛進行一番豐富的運用，偶或但並不經常地，也會瞥上一眼那張埋頭工作的平靜面龐。

「妳必須得知道，親愛的，」福蘿說，「但我一點都不懷疑妳已經知道了這不但是因為我大致上已經把這件事捅出去了還因為我覺得在說出他那些火辣辣的名字的時候這件事像印章似的蓋在了我的眉毛上面它就是在我被介紹給已故的豐先生之前我已經跟柯南亞瑟訂婚了 —— 公開場合應該叫柯南先生這種時候有所保留還是有必要的在這裡可以叫亞瑟 —— 我們在所有方面都是跟對方共為一體的那是人生的清晨那是天堂的狂喜那是狂熱的迷亂那是這一類的不管什麼東西而且是最高級別的那種，被撕扯成兩片之後我們變成了石頭在這種身分下面亞瑟去了中國我變成了已故豐先生的石像新娘。」

福蘿用一種低沉的聲音道出了這些話語，並且在其間享受到了莫大的快樂。

「想要描摹。」她接著說，「那天早晨的各種感受也就是身體裡面的所有東西都變了大理石那天當時豐姑媽也坐在一輛玻璃馬車裡面跟過來了理

所當然的一點是那車肯定是一輛可恥的破爛貨要不然絕對不會從這幢房子走出兩條街就壞掉了最後豐姑媽像一一五那天[146]的那人那樣坐在一把燈心草椅子裡面返回了家裡我自己是不會去嘗試那玩意兒的，只消講一下在樓下餐廳裡面進行的那場空洞無物的早餐就足夠了當時爸爸吃了太多醃大馬哈魚結果一連病了好幾個星期豐先生和我遊覽了歐洲大陸去了加萊[147]在那裡的碼頭上面人們因為我們打了起來一直打到我們被分開但那次還不是永別它還沒有到來呢。」

這位石像新娘幾乎沒顧得上停下來喘上一口氣，便接著說了下去，她的言談之間附帶著至為巨大的沾沾自喜神色，至於她那種東拉西扯的說話方式，有時候算得上是血肉中與生俱來的一種東西。

「接下來我要給那段夢幻一樣的生活蒙上一塊紗布了，豐先生精神健旺胃口也很好他喜歡烹飪他覺得那裡的葡萄酒有點稀薄但味道很好總之一切都很好，接著我們返回了緊挨著這裡的『倫敦港區小高斯林街三十號』然後安頓了下來，在那以前我們還沒有完全發現那位女傭在偷賣備用床墊裡面的鴨毛結果豐先生和那一團團向上飛起的羽毛[148]一起翱翔到另外一個地界裡面去了。」

他的遺孀先朝他的畫像瞥了一眼，然後搖了搖頭，接著又擦起了眼睛。

「我滿懷崇敬之情地緬懷著豐先生覺得他是一個值得尊敬之人同時還是一個至為寵溺妻子的丈夫，只需要說一聲蘆筍它就擺上桌了或者稍微暗示一下你想喝點精美的小東西它就會像變魔術似的被裝在一個一品脫瓶子裡面出現雖然算不上狂喜但是挺舒服的，然後我返回了爸爸的屋頂下面在那裡與世

---

[146]　指英國的一一五火藥爆炸陰謀紀念日，又稱古伊方克斯紀念日（Guy Fawkes' Day），紀念在1605 年 11 月 5 日，國會爆炸案主謀古伊方克斯被捕。

[147]　加萊（Calais），法國海岸線上的一座港口城市，與英國的多佛（Dover）隔英吉利海峽（English Channel）相望。

[148]　「一團團向上飛升的羽毛」在原文中對應著 Gout flying upwards，其中 gout 既可表「一團羽毛」之意，又可指「痛風症」，在此處可能為一語雙關用法，暗指豐先生因痛風病去世。

隔絕地過活了幾年時間要是算不上快樂的話直到有一天爸爸穩穩當當又跟跟蹌蹌地走進來說柯南亞瑟在樓下等我我下樓之後看到了他不要問我我在他那裡發現了什麼狀況我只能說他仍然沒有結婚仍然沒有任何變化！」

現在，在用一條裹屍布把自己裹起來的時候，福蘿表現出來一股隱祕兼帶神祕的勁頭，它可能會讓任何其他手指停頓下來，唯獨在她旁邊忙著工作的那幾根靈巧手指沒有理會它，仍然在忙活個不停，同時，那顆忙碌的小腦瓜也低倒在它們的上面，密切注視著手裡的針腳。

「不要問我。」福蘿接著說，「我是不是仍然愛著他或者他是不是仍然愛著我或者我們的結局將會如何和何時會有結局，我們讓一些虎視眈眈的眼睛包圍著可能注定只能兩下裡懷念彼此了可能永遠沒辦法再進一步重新結合了不能讓一個字眼一個呼吸一個眼神出賣掉我們一切都得處於保密狀態就像墳墓那樣不能有什麼好奇之心所以甚至當我僅僅相對來說對亞瑟冷淡了一些亞瑟也僅僅相對來說對我冷淡了一些的時候我們也是因為一些致命的原因才這樣做的但要是我們明白它們的話這樣就足夠了噓！」

說出這些話的時候，福蘿的語氣裡面夾帶著一股如此不可抵擋的激烈感情，就像她真的相信它們一樣。無需過多置疑的是，當她把自己完全激發進道德美人魚那種狀態裡面時，她是確乎相信她在該種狀態中所說的無論任何東西的。

「噓！」福蘿重又說道，「我現在已經把一切都告訴妳了，我們之間已經建立起信任關係了，為了亞瑟的緣故我將會永遠是妳的一位好朋友親愛的女孩同時妳也可以用亞瑟的名義永遠把我當成靠山。」

那幾根靈巧的手指把手裡的工作放在了一旁，那個小小的身形立將起來吻了她的手一下。「妳的嘴唇非常冰冷。」福蘿說，這時，她改換成了天生的那副善心樣貌，這一變化讓她的形象出現了巨大的改觀。「今天別工作了。我確定妳不太舒服我確定妳不太結實。」

「我只是覺得有點承受不起妳的這份善心，還有柯南先生的那份，他

好心把我託付給了一個他認識和相愛了這麼日久天長的人。」

「好吧真的親愛的，」福蘿說，當她留給自己一些思考時間的時候，她會堅決表現出一種始終誠懇待人的傾向，「現在還是不要再說這件事為好，因為雖然存在妳說的那些情況，但我還是沒辦法再說下去了，不過這個不重要，躺下休息一會兒吧！」

「我的身體一直都很好呢，足以應付我想做的那些事情，我很快就會好起來了。」小杜麗應答道，臉上掛著一抹虛弱的微笑。「對你的感激之情把我給壓倒了，這就是事實的全部。要是我能在窗戶旁邊待上片刻的話，我很快就會恢復過來了。」

福蘿打開一扇窗戶，讓她坐進了它旁邊的一把椅子裡面，然後很體貼地退回了她之前的位置上。那天是個有風的天氣，吹拂在小杜麗臉上的空氣很快就讓它變得鮮亮了起來。過了短短數分鐘之後，她就重新返回籃子那裡工作了起來，她靈巧的手指也又變得靈巧如初了。

她一邊靜悄悄地進行著她的工作，一邊向福蘿發問道，柯南先生有沒有告訴她她住在什麼地方？待福蘿給出否定的回答之後，小杜麗說，她理解他為何會這麼謹慎，但她同時確定，他會准許她把她的祕密透露給福蘿，又說如果能得到福蘿允許的話，她現在就會進行此事。得到一個含有鼓勵意味的答覆之後，她把她的人生故事壓縮成了有關她自己的寥寥數語，以及有關她父親的一篇熱烈頌文。福蘿則全盤理解了它們，她天然生就一副善解人意的心腸，而且理解得沒有任何失當之處。

午餐時間到來之後，福蘿讓她這位新門客挽住自己的手臂，領著她來到樓下，然後把她介紹給了已經在餐廳裡面等待開餐的年高德劭者和潘可思先生。（豐姑媽暫時在她自己的房間裡面稍事修整。）在這這幾位紳士那裡，她受到了因為他們的性格而各自有別的接待：那位年高德劭者對她說，他很高興見到她，很高興見到她，似乎在這幾句話裡面向她布施了不可估量的功德；潘可思先生噴了一個深受他自己鍾愛的鼻息，算是對她打了招呼。

在那個嶄新的場合裡面，她無論遇到什麼事情都會感到窘迫不堪，尤其是福蘿堅持要她喝上一杯葡萄酒，還要她吃上一些擺在那裡的最好的東西。然而，她的拘謹仍然因為潘可思先生出現了大幅飆升。一開始的時候，那位紳士的行為舉止讓她覺得，他可能是一個攝取他人肖像的人，因為他那麼專注地盯著她看個不停，又那麼頻繁地瞥視著那個放在他身邊的小筆記本。然而，當她看到他並未繪製素描，而且所談論的話題只有生意之後，她開始懷疑起來，他可能代表著她父親的某位債權人，那個便攜本子裡面可能記錄著他父親的待還款額。被從這個視角加以考量之後，潘可思先生的鼻息流露出來了一股傷害和不耐煩的氣息，而且，他愈來愈洪亮的噴氣聲每一聲都變成了催著還錢的信號。

但在眼前的這段故事裡面，雖然潘可思先生身上表現出來一些流於異常而且跟周圍環境不太協調的行為，可小杜麗卻又一次沒有被這些表面現象所蒙蔽。離開餐桌半小時之後，她正獨自一人坐在那裡工作；福蘿已經在隔壁那個房間裡面「躺下了」，跟這場退隱同時發生的是，一股某種飲品的味道開始在這座房子裡面彌漫了開來；年高德劭者正在餐廳裡面酣睡著，他的臉上蓋上一張黃色的胸袋巾，他的樂善好施的嘴巴長得老大。在這個安靜的時刻裡面，潘可思先生用輕柔的動作出現在了她的眼前，並溫文爾雅地朝她點了點頭。

「覺得有點悶嗎，杜麗小姐？」潘可思低聲詢問道。

「沒有，謝謝你，先生。」小杜麗說。

「妳很忙，這我曉得。」潘可思先生說，同時一寸一寸地偷偷朝房間裡面挪動著。「這是些什麼東西呢，杜麗小姐？」

「手帕。」

「不過真的是嗎？」潘可思說。「我可不這麼覺得。」但他一眼也沒看它們，而是直勾勾地盯著小杜麗。「妳可能有些好奇我是什麼人。我可以告訴妳嗎？我是個算命先生。」

小杜麗現在開始覺得，他可能是個瘋子。

「我的身體和靈魂都屬於我的主人。」潘可思說，「妳剛才已經見過我的主人了，他也在樓下吃了午飯。但我有時候也會做點別的東西，這是要祕密進行的，非常祕密的，杜麗小姐。」

小杜麗狐疑地看著他，目光裡面不無驚慌的成分。「我希望妳能讓我看一下你的手掌，」潘可思說。「我想把它看上一眼。希望我沒有煩到妳。」

而實際上，他已經十足地煩到她了，以致她一點都不希望他會出現在那裡，但她還是把手裡的工作擱到了大腿上面，然後把套著頂針的左手伸了出去。

「經年累月的辛苦操勞，對嗎？」潘可思用他粗鈍的食指碰了碰它，嘴裡輕聲說道。「但我們生來還有其他事情可做嗎？沒有。哈囉！」這時，他朝掌紋裡面望了進去。「這個裝著柵欄的是什麼？它是一所大學！還有這個穿戴著灰袍子和黑色天鵝絨小帽的是什麼？它是一位父親！還有這個拿著黑管的是什麼？它是一位叔叔！還有這個穿著舞鞋的是什麼？它是一個姐姐！還有這個無所事事地到處亂竄的是什麼？它是一個哥哥！還有這個為他們所有人著想的是什麼？喔，這是妳呀，杜麗小姐！」

當她好奇地抬頭望向他的面孔時，她的眼睛跟他的不期而遇了，然後她覺得，儘管他的目光很是鋒利，但比起她在午餐時所認為的那樣，他實際上要更加明朗和溫和一些。接著，他的眼睛很快便再次落到她的手上去了，她確證或者更正這個印象的機會也便隨之溜走了。

「現在能確定的一點是，」潘可思低聲呢喃道，同時用他笨拙的手指劃著她手上的一條掌紋，「躲在這個角落裡面的這個人絕對是我，不然那就見鬼了！我在這裡想要做些什麼呢？我的後面有些什麼呢？」

他把他的手指慢慢向下挪動到了手腕那裡，然後繞過了手腕，作勢要看手的背面，以探尋他的後面到底有些什麼。

「它有什麼妨害嗎？」小杜麗微笑著問道。

「一點也沒有！」潘可思說。「妳覺得它有什麼價值嗎？」

「這個我該問你才是，我又不是算命的。」

「沒錯。」潘可思說。「它有什麼價值嗎？妳會活著看到的，杜麗小姐。」

慢慢放開小杜麗的手之後，他把十根手指全都插進了他那些叉齒狀的頭髮裡面，令它們極具預兆意味地全都在他頭上聳立了起來，然後慢慢地把剛才的話重複了一遍，「記住我的話，杜麗小姐，妳會活著看到的。」

她忍不住表示，如果他僅僅了解了她的這些情況就有了這個結論，那她實在是吃驚匪淺。

「啊！正是那樣！」潘可思一邊指著她一邊說。「杜麗小姐，永遠不要那樣！」

現在，她的驚訝更甚於之前，而且受到了一點驚嚇，接著用眼神請求他，把最後那句給她話解釋一下。

「不要那樣。」潘可思說，同時非常嚴肅地模仿出一套驚訝的表情和動作，而且，它們還顯出了一副怪誕得近乎於醜陋的模樣，但好像並非有意為之。「不要那麼做。在看到我的時候絕對不要那麼做，無論在什麼時候，無論在什麼地點。不要在意我，不要提到我，看都別看一眼。我們能這樣約定嗎，杜麗小姐？」

「我幾乎不知道應該說些什麼，」震驚萬分的小杜麗應答道。「為什麼呀？」

「因為我是個算命先生，潘可思是個吉普賽人。我還沒把妳的命運完全說給妳聽呢，杜麗小姐，在那隻小手的那個跟我相對的那個位置上面，還有很多東西可講呢。我已經告訴過妳，妳會活著看到的。我們能這樣約定嗎，杜麗小姐？」

「約定我 —— 不 —— 會 ——」

「離開這裡以後不會注意到我，除非我先注意到妳。當我來來去去的時

413

候不要留意我。這是非常容易的。我不是失蹤人口，我不是俊俏漢子，我不是誰的好夥伴，我只是我主人的錢鑼子。你不需要多做什麼，只要這麼想就好，『啊！那個算命的吉普賽人潘可思 —— 他會在某一天告訴我剩下的那些命運 —— 我會活著聽到它們的，』我們能這樣約定嗎，杜麗小姐？」

「是 —— 是的，」被他搞得迷惑不堪的小杜麗結結巴巴地說，「我覺得可以，如果沒有什麼妨害的話。」

「很好！」這時，潘可思瞥了一眼隔壁那個房間的牆壁，然後弓下腰說。「誠信之輩，一流女人，但粗枝大葉了一些而且是個多話之人，杜麗小姐。」說完這話之後，他把自己的兩隻手搓揉了一番，好像這場會晤令他感到非常滿意一般，接著，他噴著鼻息走到了門口那裡，並再次朝小杜麗溫文爾雅地點了點頭，最後離開了那個房間。

如果她這位新相識身上的奇特行為，和她莫名其妙涉身於上述奇特條約已令小杜麗的困惑達到了難以計量的程度的話，那麼，接下來發生的那些事情也沒能讓她的這種困惑有所減輕。從潘可思的角度來講，除了在賈思彼先生家裡緊緊抓住每一個機會意味深長地朝她瞥視個不停且大噴鼻息之外 —— 在他做過此後的那些事情之後，這已經算不上什麼出格之舉了 —— 他還開始滲透進了她的日常生活的每一個角落。她總會在大街上面看到他。當她前往賈思彼先生家裡時，他總會出現在那裡。當她前往柯南老夫人家裡時，他會找出五花八門的藉口也去往哪裡，好像要讓她始終停留在他的視野裡面一樣。離賈府午宴結束還不到一週的時候，她便在某天晚上驚訝地發現，他出現在了馬夏的門房裡面，正在跟當值的獄卒交談，而且怎麼看都像是那人的一位相知已久的夥伴。接下來，她又大吃一驚地發現，他像在門房裡面那樣似的，毫不拘束地出現在了牢裡；又大吃一驚地聽到，他正在向出席她父親週日接待會的訪客們介紹自己；又大吃一驚地看到，他跟他的一位大學生朋友挽著手臂在放風場裡面四處閒逛著；又經由流言蜚語大吃一驚地獲悉，某天晚上，他在雅間舉辦的一場俱

樂部集會上大大地出了一個風頭，向那個機構的眾位成員們發表了一場演講，演唱了一首歌曲，還用五加侖麥芽酒款待了與會眾人 —— 而且，此份報告還發了瘋似的又增補了一蒲式耳蝦子。還有，在布羅先生忠誠地造訪馬夏之父之際，他無意中充當了這些怪象的目擊證人，而說起這些怪象給他帶來的那些影響，它們給小杜麗留下了僅次於這些怪象本身所引發的印象。它們好像給他嘴裡塞了東西並把他約束了起來，結果他只剩下瞪大眼睛卻說不出一句話來，只是偶爾會虛弱地呢喃上這麼一句，瀝心庭上下絕對不會相信這是潘可思，但他從未多說過別的什麼，也沒有過別的表示，甚至對小杜麗都沒有。最後，潘可思先生竟然不知道怎樣結識了提普，然後在某個星期天挽著那位紳士的手臂去那所大學裡面閒逛了一圈，從而令他的這套迷魂陣達到了頂點。從始至終，他從來沒有留意過小杜麗，除了有那麼一或兩次，他碰巧走到了她的身邊，而且跟前一個旁人都沒有，其時，他在經過她身邊時友好地看了她一眼，並噴了一個包含著鼓勵意味的鼻息，同時嘴裡說道，「吉普賽人潘可思 —— 正在算命呢。」

小杜麗還像往常那樣工作和操勞著，同時對這一切感到好奇不已，但她自打非常幼小的時候起，便習慣把很多比這更加沉重的負擔埋藏在心裡，所以此番也把這份好奇心埋藏了起來。但是，已經有一個變化偷偷襲上了她那顆堅忍的心臟，還偷偷地不斷加強著這種改變。每過上一天，她都要比前一天更加畏避孤僻上一些。於她自己而言，能夠不被注意地進出監獄，同時能在其他地方被忘記和忽視掉，變成了她最大的願望。

與此同時，在不至於荒廢掉職責的前提之下，她也樂於盡可能多地退卻到自己的房間裡面去，即那個跟她纖弱的少女模樣和性格達成了奇特協調的房間。在那些她在外面沒工作可做，而且有眾訪客前來跟父親打牌的下午時分（這種時候是用不著她的，她最好能夠走開），她會飛快掠過放風場，爬上通向她房間的那幾十級樓梯，然後在窗戶旁邊坐將下來。當小杜麗坐在那裡沉思冥想的時候，高牆上的牆頭釘組合成了許多不同的圖

案，那些堅固的鐵器把自己編織成了許多輕巧的形狀，還有許多金色的光斑落在了它們的鐵鏽上面。當她透過奪眶而出的淚水望向它們時，有時會有一些新的鋸齒形狀跳躍進那個殘忍的圖案裡面去。但她仍然會保持著那個美麗或者說堅硬的形象，其樂陶陶地孤身一人朝外望去，她的目光時而望向它們的上空，時而望著它們的下方，時而又從它們的中間貫穿而過，但不管她看到了什麼東西，都會有牢牆牆頭釘的那副難以抹殺的形象附著於其上，或者說被打上它們的這個烙印。

　　小杜麗的房間是一間閣樓，一間不折不扣的馬夏閣樓。它原本甚是醜陋，但被收拾得十分漂亮，它甚少裝飾，僅有整潔和新鮮空氣予這一弱點於抵消，這是因為，無論什麼時候，只要她有能力購買一些裝飾物品，它們總是無一例外地進入了她父親的房間裡面。儘管如此，對於這個地方，她還是表現出了與日俱增的愛意，獨自一人在其間小坐變成了她最為鍾愛的休息方式。

　　而且，此情此狀已然達到了下述程度，即在潘可思大擺迷魂陣的某天下午，當她在窗邊閒坐然後聽到馬姬熟悉的腳步聲走上樓來的時候，她覺得自己受到了極大的打擾，十分擔心會被召喚而去。聽著馬姬的腳步越走越高越來越近，她開始顫抖和站立不穩了起來，而當馬姬最終出現在她面前的時候，她是拼盡全力才開口跟她講起了話來。

　　「小媽，」馬姬氣喘吁吁地說，「請妳必須下去見他一面，他來這裡了。」

　　「誰呀，馬姬？」

　　「還能有誰，當然是柯南先生了。他在妳父親房間裡面呢，他對我說，馬姬，妳能行行好嗎，上去跟她說只有我一個人？」

　　「我身體不太舒服，馬姬。我最好還是不去了。我要去躺一會兒。瞧！我現在已經躺下了，想讓頭舒服一些。說我滿懷感激之情地問候他，但妳發現我是現在這個樣子，不然的話我肯定會下去。」

　　「好吧，但這樣做不是非常禮貌，小媽。」馬姬瞪大眼睛說，「把妳的

臉扭開不去看人，也是一樣！」

馬姬非常敏感於他人的冷落，且極具發明杜撰一些這種東西出來的天才頭腦。「用妳的兩隻手摀住臉，也一樣！」她繼續說道。「如果妳忍受不了一個可憐東西的醜樣，妳最好馬上這樣告訴她，但不要像剛才那樣排斥她，傷害她的感情還讓她那顆十歲的心碎成了片片，可憐的東西！」

「我是想讓頭舒服一些，馬姬。」

「好吧，如果哭起來能讓頭舒服一些的話，小媽，那讓我也哭一哭吧。不要把那些眼淚都讓妳自己一個人霸占掉。」馬姬極力規勸道，「那可不是不貪心的人應該有的樣子。」說完立即嚎啕大哭了起來。

對於小杜麗來講，想要誘使馬姬帶著這份歉意回去覆命是需要花費一些周章的，但她最終還是成功實現了上述企圖，因為她承諾說，如果馬姬能把她的全部才能都集中在這份差事上面，而且能讓她的小主人再獨自待上一個小時的話，那她就會給她講個故事，而聽故事算得上是馬姬素來有之的一大樂事。與此同時，此番成功還要歸功於下面這個因素，即馬姬存在著這樣一種擔憂，覺得自己的好脾氣可能被丟在這道樓梯的底部那裡了。於是，馬姬便動身離開了，而且，為了讓那條口信保留在記憶裡面，一路上都在不停念叨著它，接著，到了指定的時間之後，她又重新回到了閣樓裡面。

「我可以告訴妳，他非常的難過，」馬姬宣稱道，「而且想要派一個醫生過來。還有他明天會再過來一趟，聽說了妳的頭不舒服之後他肯定，反正我是不覺得，他能在今晚睡個好覺了，小媽。喔我天！妳不是正在哭著嗎！」

「我認為我確實哭了一點，馬姬。」

「一點！喔！」

「但現在已經完全結束了 —— 永遠結束了，馬姬。而且我的頭好了很多，也變涼了一些，我現在覺得非常舒服。我很高興剛才沒有下樓。」

她那個瞪著眼睛的大孩子聞言抱住了她，接著，在撫弄完她的頭髮，又用冷水給她敷了額頭和眼睛（她那雙笨拙的手十分嫻熟於這份職責）之

後，她再次摟住了她，並熱烈狂喜於她那變得亮麗起來的容顏，最後把她安置在了窗戶旁邊的那把椅子上面。接著，馬姬用一種絕無必要的暴烈動作，把那個充當她的聽故事專座的箱子拖了過來，面朝那把椅子坐在了它的上面。等到摟抱住自己的兩隻膝蓋之後，把眼睛瞪得老大的馬姬說道，並在語氣中流露著一股貪婪的故事胃口：

「好了，小媽，給我們講個好聽的吧！」

「它該講點什麼好呢，馬姬？」

「喔，給我們講個公主吧，」馬姬說，「讓她是個正式的公主。妳得知道，要那種絕對難以置信的！」

小杜麗先思考了片刻，其時，她的臉被落日的餘暉染成了紅色，上面還掛著一抹相當悲傷的微笑，然後開口講道：

「馬姬，從前有一個傑出的國王，他擁有他能想到的所有東西，還有遠比這些更多的其他東西。他擁有金銀珠寶，和各式各樣的其他財富。他擁有宮殿，他還擁有 ——」

「醫院。」馬姬插話道，兩手仍然摟抱著膝蓋。「讓他擁有醫院吧，因為它們是那麼的舒服。醫院裡面有許多雞肉。」

「是的，他擁有很多那種東西，他也擁有很多各式各樣的其他東西。」

「比說說很多烤馬鈴薯，」馬姬說。

「應有盡有。」

「天！」馬姬竊笑道，同時用力摟了一下膝蓋。「那不是美極了嗎！」

「這個國王有一個女兒，她是人們見過的最有智慧和最漂亮的一位公主。在她的孩提時代，她在老師們教授她之前，就自行理解了所有功課，當她長大以後，她變成了這個世界的珍奇瑰寶。接下來，在這位公主居住的那座宮殿附近，有一座農舍，那裡面住著一個可憐的小個子女人，她子然一身地孤零零過活著。」

「一個老女人。」馬姬說，同時假裝興致盎然地咂摸著嘴唇。

「不對，不是一個老女人，反而非常年輕。」

「我很好奇她怎麼不覺得害怕，」馬姬說。「請接著講吧。」

「這位公主幾乎每天都會路過這座農舍，無論什麼時候，當她坐在漂亮的馬車裡面路過它時，都能看到那個可憐的小女人正坐在紡車旁邊紡紗，接著她看著那個小女人，那個小女人也看著她。就這樣，有一天在離那座農舍不遠的地方，她讓馬車夫把車停了下來，下車走到門口張望了起來，結果還是像往常那樣，那個小女人正坐在紡車旁邊紡著紗，接著她盯著公主看了起來，公主也盯著她看了起來。」

「像是兩個人都想把對方瞪輸掉呢。」馬姬說。「請接著講吧，小媽。」

「這位公主是一位非常神奇的公主，她擁有知曉他人祕密的能力，所以她對那個小女人說，你為什麼要把它保存在那裡？這話直接向她表明，公主知道她為什麼要子然一身地孤零零過活，為什麼每天都要坐在紡車跟前紡紗。於是她跪倒在了公主的腳邊，請求她千萬不要洩露她的祕密。公主見狀說道，我絕對不會洩露你的祕密，但讓我看看它吧。於是，小女人合上了農舍窗戶上面的遮板，又閂好了門，她從頭到腳都抖個不停，擔心有人會懷疑她，接著，她打開一個非常隱祕的地方，向公主展示了一個影子。」

「天！」馬姬說。

「它是很久以前某個過路人的影子，某個已經走到了遙不可及的遠處，絕對絕對不會再返回來的人的影子。它看上去很是明亮，當這個小女人向公主展示它時，她把它當成了一筆非常非常巨大的財寶，全心為它感到驕傲。考慮了片刻之後，這位公主對小女人說，你每天都在守護著這個東西嗎？她垂下眼睛小聲說，是的。然後這位公主說，提點我一下這是為什麼。另外那人對此作答道，從來沒有哪個人肯這麼善良和好心地從那條路上經過，那就是她一開始這麼做的原因。她接著又說，沒有誰會掛念這個影子，它也不會損害影響到誰，還有那個人已經接著走他的路，去找那些盼望著他的人們了 ——」

The Story of the Princess

（公主的故事）

「那麼那個人是個男人嗎？」馬姬插嘴說。

小杜麗羞澀地說是的，她認為是這樣，然後重新講了起來：

「——已經接著走他的路，去找那些盼望著他的人們了，這個紀念物不是從任何人那裡偷竊或者奪取到的。公主答道，啊！但是當農舍塌掉之後，它會被發現的。小女人對她說不會的，當那個時間到了之後，它會安靜地沉到她自己的墳墓裡面去，絕對不會被發現。」

「很好，那當然了！」馬姬說。「請接著講吧。」

「公主聽到這話之後感到非常吃驚，就像你猜測的那樣，馬姬。」

（「她確實很有可能這樣。」馬姬說。）

「於是她決定監視這個小女人，看看將會發生什麼。她每天都坐著漂亮的馬車從農舍門口路過，總能看到小女人孤身一人在紡車旁邊紡紗，每到這種時候，她都會盯著小女人看上一會兒，小女人也會盯著她看上一會兒。最終有一天，那架紡車停下來了，那個小女人不見了。公主打聽紡車為何停了下來，還有小女人去了哪裡，結果她被告知，紡車停下來是因為沒有人去轉動它了，那個小女人死掉了。」

（「他們應該把她送到醫院裡面去。」馬姬說，「然後她就會挺過這一關了。」）

「在因為失去小女人稍稍哭了一陣之後，公主擦乾眼睛在之前停下馬車的地方下了車，然後去農舍門口張望了起來。現在那裡沒有誰在看著她了，她也沒有了去看的對象，所以她馬上走進去搜尋起了那個被珍藏的影子。但不管在任何地方，它都沒有一點有跡可尋的跡象，然後她明白過來，那個小女人跟她說的是實話，它不會給任何人帶來任何麻煩，它已經安靜地沉到她自己的墳墓裡面去了，然後跟她一起安息了。」

「講完了，馬姬。」

當小杜麗這樣宣告了故事的結尾之後，那抹紅色的落日餘暉非常明亮地映耀在她的臉上，所以她伸出一隻手去，想要遮擋住它。

「她變老沒有？」馬姬問。

「你說那個小女人嗎？」

「對呀！」

「我不知道，」小杜麗說。「但如果她一直都是那麼老的話，事情也是完全一樣的。」

「真會一樣嗎！」馬姬說。「好吧，但我猜會吧。」接著又坐在那裡瞪視和回味了起來。

她就那樣瞪大眼睛一直坐在那裡，而且實在是坐了太過長久的一段時間，以致於到了最後，為了把她從箱子上面吸引起來，小杜麗立起身來朝窗戶外面望了出去。接著，當她向下瞥進放風場裡面時，她看到潘可思走了進來，並且在路過她這邊的時候，斜起眼睛朝上睨視了一眼。

「他是誰呀，小媽？」馬姬說。在此之前，她已經來到窗戶旁邊跟小杜麗站在了一處，當時正倚靠在後者的肩膀上面。「我經常見他在這裡進進出出。」

「我聽到人們叫他算命先生，」小杜麗說。「但我懷疑，他甚至都沒有能力算出來，很多人過去和眼下的命運是什麼樣的。

「沒能力算出來那位公主的命運嗎？」馬姬說。

小杜麗搖了搖頭，她正在用沉思冥想的目光望著那條黑乎乎的監獄深谷。

「也算不出來那個小女人的嗎？」馬姬說。

「算不出來。」小杜麗說，並有那抹落日餘暉非常明亮地映耀著她。「我們還是離開窗戶這裡吧。」

第二十五章　同謀者及其他人等

潘可思先生的私人居所位於本頓維爾，在那裡，他寓居在一位身為專業人士的紳士，但其紳士風範極其有限的人的三樓上面，該人在街門裡面另設了一扇裝有一根彈簧的內門，此門會像陷阱那樣咔噠一聲突然彈開，另外，他還在氣窗上面寫著：魯格，業務總代，會計師，兼營收帳。

這幅因其嚴厲的簡約面目而顯得十分威嚴的畫卷照亮了位於房前的一個條形小花園，它毗連著一條顯得十分焦渴的主街，在那裡，一些全世界最為風塵僕僕的樹葉低垂著它們淒涼的腦袋，過著一種行將窒息的悲慘生活。一位寫作教授占據著這座房子的二樓，他用一些玻璃鏡框裝點了花園的欄杆，讓它們富於生機了起來。那些鏡框裡面裝載著一些優選案例，展示了在領受他的六堂課之前，他的那些學生們是什麼樣子，彼時，他那些幼小的家庭成員們全都把桌子搖得山響，然後在學習了他的六堂課之後，他們變成了什麼樣子，此時，他的這些家人們已經被管得服服帖帖了。潘可思先生的租屋只包括一間通風良好的臥室，他跟他的房東魯格先生一致同意並立約規定，在支付過一筆其額度已得明確界定的款項，並且在用餐前正式發出口頭公告之後，他可以自由選擇在後廳裡面跟魯格先生及魯格小姐，也就是前者的女兒共用他們的週日早餐、午餐、下午茶或晚餐，可以是這些肴饌或飲食裡面的每一道菜、任意一道菜或者全部。

魯格小姐是一位小有資財的女士，而此筆資財以及她在附近一帶的顯赫名聲的緣起為，一個住在附近的中年麵包師傅在她心上狠捅了一刀並把她的感情撕了個七零八落，此事發生之後，在魯格先生的推動之下，她發覺有必要將其訴諸法律，以彌補她因為對方悔婚所遭受的損害。結果，在這場訴訟當中，麵包師傅遭受到了魯格小姐的這位代理律師對其進行的令其感到無地自容的譴責，被責令足額支付二十幾尼，其中每個因他而得的

諢名大約作價十八便士，而且，在相應的損害賠償訴訟當中，他也以敗訴告終，甚至直到今天，仍然會時不時遭到本頓維爾這位年輕小姐的依法勒索。但是，魯格小姐因為有莊嚴的法律光環加身，而且把她的賠償金投資進了公眾保證金領域，所以頗得眾人的體恤看顧。

　　在數年時間裡面，每到了星期天的時候，潘可思先生通常都會在魯格先生和魯格小姐的陪同之下共進午餐，此外，他還會每週享受兩頓（或者是大致如此的其他頻次）由麵包、荷蘭乾酪和黑啤酒構成的晚點心。這個魯格先生長著一張白色粉團大臉，好像那上面的所有血色已經被抽乾日久了，頭上是一堆參差不齊的黃毛，看上去像是一把破爛不堪的爐膛掃帚，而這位魯格小姐滿臉都是南京紫花棉布那種樣式的，看上去跟襯衫鈕扣有些相像的小點子，一腦袋黃頭髮也是雜草叢生，而非豐美茂盛。潘可思先生是為數甚少的幾位魯格小姐不憚與其結婚的男人之一，而他令自己得以心下安寧的那套論據包含著以下兩個層次：首先是「那種事情不會發生兩次」，其次是「他是不值得她那麼著的」。憑藉著這件雙層鎧甲加強了防禦之後，潘可思先生便可以放心地對著魯格小姐噴吐出一些令她感到舒坦不已的言辭來了。

　　在此之前，除了睡覺行當裡面的那些事情之外，潘可思先生甚少或者說根本不會在本頓維爾的這個地盤裡面處理工作方面的事務。但是，如今已經變身為算命先生的他，常常會在三更半夜之際，跟魯格先生一起關在後者那間位於前廳的小辦公室裡面密談個沒完，而且，甚至在過了那個有失恰當的時間之後，仍然會在自己的臥室裡面燒著油脂蠟燭[149] 不眠不休。雖然他在他主人名下承擔的錢鑭子職責並未有丁點減輕，雖然比起長滿硬刺的荊棘從來，那件工作並非更像在一個玫瑰花圃裡面不停翻掘，但仍然有一個新的旁枝接連不斷地在他的鑱頭下面冒了出來。當他在晚上解

---

[149]　「油脂蠟燭」在原文中對應著 tallow，其詞形近似於表「符籙（道士或巫師在紙上所畫的一種圖形，舊稱具有驅役鬼神消辟邪病之功效）」之意的 talisman，暗喻潘可思的算命先生身分。

開年高德劭者的船纜之後，他並沒有回港休息，而是拖起了另外一條匿名的船來，在另外的水域裡面重新勞作了起來。

　　從結識老齊進展到被介紹給他那位和藹可親的妻子和鬱鬱不樂的兒子，這可能只是輕而易舉的事情，但不管它是否真的輕而易舉，總之潘可思先生很快就實現了它。首次在那所大學裡面露面一到兩個星期之後，他便在那家菸草店的中心地帶處紮下了巢穴，並專門為了博得小齊的好感，而展開了遊說。他的這份努力獲得了如此巨大的成功，以致誘使那位苦苦守望的牧羊人離開了他的果園，然後又引誘他承擔了幾件神祕兮兮的差事。於是，重任在身的小齊開始時不時地或長或短消失上一段時間，而把這些時間總計之後，竟然有了兩或三天之久。精明的齊夫人自然對這項變化大感驚奇，她原本覺得，這樣做非常有損於門柱上面的那個高地人典型形象，想要對其表示強烈抗議，但礙於下述兩個強有力的原因沒有發作：第一是，她的小莊開始甦醒過來了，並且對店裡的生意產生了強烈的興趣，而她認為這種變化是拜上述開端的推動所賜，她還覺得，這種變化有利於恢復他萎靡不振的精神；另外一個原因是，潘可思先生私下跟她達成協議，會為了占用她兒子的時間向她付錢，而且價格非常可觀，高達每天七先令六便士。這個提案是由他自己提出來的，且被表達得相當凝練，「如果妳的小莊實在是軟弱得可以，夫人，結果沒辦法接受它，但是說到妳自己，是不應該因為這個也變成那樣的，妳明白不？再說，這件事只有我們兩人知道，夫人，生意就是生意，眼下就是這樣！」

　　至於老齊對這些事情作何想法，以及他對它們的了解到底有多少，是絕無辦法從他本人那裡獲悉分毫的。我在此前已經說過，他是一個寡言少語的人，而我在這裡還可以評述上這麼一句，他已經把一個鎖起所有東西來的職業習慣，浸淫到了自己的性情當中。他像鎖住馬夏裡面的那些債務人們那樣，也把他自己小心地鎖了起來，甚至連他那個插起門來吃飯的慣例，可能也是這個統一整體的一部分，但毫無疑問的是，在所有其他事情

裡面，他像守著馬夏監獄的大門那樣，也對自己的嘴巴守口如瓶。他絕對不會沒有情由地張開它。當它必須得放點什麼出來的時候，他也只是把它張開一個小縫，而且，在讓它張得剛夠完成任務之後，便會馬上再次鎖住它。甚而至於，就像當他在馬夏的大門口看到，有一位訪客正從放風場裡面走下來的時候，他會讓另外一位想要出去的訪客再稍等上片刻，從而只需為這兩個人擰上一次鑰匙，好為自己省掉一些麻煩那樣，當他意識到有另外一句話正在奔向唇邊的時候，他常常會把正要說出來的那句保留下來，最後把這兩句話一起說出口去。至於在他臉上找到破解他內心想法的線索這件事情，其辨識之難易程度等同於，用馬夏監獄的鑰匙去追索被它鎖起來的那些人們的性格和經歷過往。

在潘可思先生的日程表裡面，他因為心有所感而邀請任何人去本頓維爾共進午餐是一件難覓先例的事情。但是，他卻邀請了小莊去那裡吃飯，甚至還讓他領受了魯格小姐那種因為代價太過高昂，而顯得危險重重的魅惑。這場盛宴被定在一個星期天舉行，為了應對這個場合，魯格小姐親手往一條羊腿裡面裝填了牡蠣，然後把它送到一位燒烤師傅那裡去加工——不是烤麵包那個，而是位於她家對面的另外一家企業。除此之外，她還供應了橘子、蘋果和各色堅果。而且，為了博得這位訪客的歡心，在星期六的晚上，潘可思先生也往家裡帶了一些蘭姆酒回來。

這些予人以舒適享受的儲備物並非這場接待的主要部分。它的最大特點是，一種事先定好的親密家庭氣氛和家人之間的同心同德狀貌。當小莊在下午一點半現身的時候，他的手裡沒拿象牙手柄的手杖，也沒穿繡著金色樹枝的馬甲，而且被一些堪稱災難的烏雲掩住了陽光般的明媚笑靨，隨後，潘可思先生把他介紹給了兩人都是一頭黃毛的魯格父女，稱他便是那位他經常提及的深愛著杜麗小姐的年輕人。

「先生，」魯格先生說，他在用咬文嚼字這種特別的方式挑戰對方的情聖身分，「我很高興能夠結識你，它給我帶來了一份可稱顯赫的滿足感。

你的感情令你榮耀加身。你還年輕，希望你的這份感情永遠不會死去！如果我自己的感情有一天死掉了，先生，」魯格先生說，他是一個健談之人，被認為擁有一份相當出色的口才，「如果我自己的感情有一天死掉了，我會在我的遺囑裡面留上五十英鎊，把它交給那個願意結果掉我的性命的人。」

這時，魯格小姐沉重地嘆息了一聲。

「這是我的女兒，先生，」魯格先生說。「愛霞，你對這位年輕人的一往情深並不陌生。先生，我女兒經受過很多考驗，」——魯格先生本來可以使用那個詞語的單數形式，令其更具針對性一些——「她是能夠體會到你的感受的。」

小莊幾乎有些承受不來這份感人肺腑的問候，隨之表白了他的這種感受。

「先生，你讓我感到嫉妒的地方是，」魯格先生說，「請允許我拿掉你的帽子——我們的掛鉤相當稀少——我會把它放到角落裡面，沒有任何人的鐵蹄將會踐踏進那裡——先生，你讓我感到嫉妒的地方是，你自身那份可稱奢侈的感情。我屬於這麼一個行業，在那裡面，這種奢侈有時候是為我們所拒絕的。」

小莊在表示完謝意後答覆道，他唯一的希望是，他做了一些正確的事情，以及一些能夠表明他全心熱愛著杜麗小姐的事情。他想讓自己表現得無私一點，他希望他確實做到了。他想在能力範圍之內做一些對杜麗小姐有益的事情，完全把自己置於度外，他也希望他確實做到了。他只能做非常微小的一些事情，但他希望自己確實做到了。

「先生，」魯格先生抓住了他的手，並且說，「你是一個得遇之後於人有益的年輕人。你是一個我想把你放進證人欄裡面的年輕人，好讓法律從業人員的頭腦變得更具人性一些。我希望，你也把你的胃口一併帶來了，然後打算把刀叉好好揮舞上一番，是這樣嗎？」

「謝謝你，先生。」小莊答覆道，「我目前吃不下很多東西。」

魯格先生聞之把他拉開了一點。「先生，我來跟你說說我女兒的那樁案子，」他說，「當時為了證明她的暴怒和她的性別都是清白無罪的，她變成了魯格訴霍金一案的原告。在我自己看來，齊先生，如果我覺得值得花費時間那麼做的話，我是可以把下面這個事實列為證據的，也就是在那個時期裡面，我女兒每週消耗的固體養分不會超過十盎司[150]。」

「先生，我認為我吃的要比那個稍微多上一些。」另外那人躊躇不決地應答道，好像有些羞於坦承這一點似的。

「但是，你的案子裡面是沒有人形惡魔的。」魯格先生說，並且輔以嫻於爭論的微笑和手勢。「注意，齊先生！那裡面沒有人形惡魔！」

「沒有，先生，那是肯定的。」小莊簡單乏味地補充道，「但如果有的話，我會感到非常難過。」

「根據你那些廣為人知的人生信條，」魯格先生說，「我原本指望你是個多愁善感之人。先生，如果我女兒聽到你這麼說的話，肯定會讓她大失所望。但是，就像我正在遐想領會羊肉的妙趣這樣，她並沒有聽到你的話，我對此感到甚是欣慰。潘可思先生，既然情勢如此，還是請你坐到我對面來吧。親愛的，你去坐到齊先生的對面。為了我們接下來將要消受的那些東西，希望我們還有杜麗小姐，都能滿懷真摯的感恩之心[151]！」

若非在發表這一則宴前導言的時候，魯格先生的語氣裡面包含著一股莊重的戲謔味道，眾人可能會覺得，他真的希望杜麗小姐成為他們當中的一員。潘可思先生像往常那樣對這句俏皮話心領神會，又像往常那樣領受了他的那份飼料。可能是為了予方才的美妙遐思於證明實踐，魯格小姐也像他父親那樣，非常仁慈地喜愛上了羊肉，然後它很快便縮減成了一根羊骨。一個麵包奶油布丁完全消失不見了，還有相當數量的乳酪和蘿蔔也同

---

[150]　盎司是一種英制重量單位，每盎司約合公制 28 克。
[151]　這句話的潛臺詞在於，諷刺小莊的缺乏情趣，為杜麗小姐沒有選擇他感到慶倖。

樣變得了無了蹤影。然後又上了餐後甜點。

接著，在鑽孔開啟那瓶兌水蘭姆酒之前，潘可思先生的筆記本也來湊了一下熱鬧。接下來的工作過程十分短暫，但可稱奇特，相當像是一場眾人共同參與的陰謀策劃。潘可思先生勤奮地研讀著他那個正在趨於變滿的筆記本，從裡面摘取了一些簡短的內容出來，在桌子上把它們分別寫在了一些小紙條上面。在此過程當中，魯格先生一直都在密切地注視著他，與此同時，小莊那雙失卻了焦點的眼睛迷失在了沉思冥想的迷霧當中。當承擔著主謀一職的潘可思先生完成摘錄之後，他又把它們仔細研讀了一番，更正了一些內容，合上了他的筆記本，然後像舉著一手牌那樣舉起了它們。

「那個，這裡有一張貝德福德郡的教堂墓地。」潘可思說。「誰想要它？」

「如果沒人叫牌的話，先生。」魯格先生應答道，「就讓我來要它吧。」

潘可思先生把那張牌發給了他，然後再次看起手裡的牌來。

「那個，這裡有一張前往約克的打探牌。」潘可思說。「誰想要它？」

「我對約克不怎麼熟悉。」魯格先生說。

「那麼，」潘可思接著說，「你可能願意助人為樂一下，齊莊？」

小莊表示同意，於是潘可思把牌發給了他，然後再次看起牌來。

「這裡有一張倫敦的教堂，我不妨就要了它吧。還有一張家用聖經[152]，我也不妨要了它吧。這就是說我有兩張了。我有兩張了。」潘可思一邊重複道，一邊往他的牌上面噴吐著沉重的鼻息。「這裡有一張杜勒姆的文書給你，小莊，還有一張鄧斯塔布的海員紳士給你，魯格先生。我有兩張了，是嗎？是的，我有兩張了。這裡有一張石頭，這下我有三張了。還有一張夭折的嬰兒，我有四張了。那麼，截至目前，所有任務都指派完

---

[152]　指附有空白頁面的大部頭《聖經》，該等空白頁面用來記錄家庭成員的生老病死、婚喪嫁娶諸事。

畢了。」

　　在他如此這般處理手裡那些牌的時候，他的所有動作都做得非常安靜，說話時用的也是一種壓低了調門的聲音，之後，潘可思先生噴吐著鼻息開進他自己的一隻胸袋裡面，從那裡面拖了一個帆布口袋出來，接著，他又用閒著的那隻手，從那裡面掏出來兩份為數甚少的旅費。「現金流失得很快。」給兩位男性夥伴每人推了一份過去的時候，他焦急地說，「非常之快。」

　　「潘可思先生，我只能向你保證。」小莊說，「我對眼下的境遇深感遺憾，一來我沒能力支付我自己的那筆費用，二來情勢也不能給予我必須的時間，讓我沒辦法徒步走完那段距離。這是因為，比起不收任何費用或者說報酬，而是用我自己的兩條腿走完那趟差事來，沒有任何其他事情能夠給予我更大的滿足感。」

　　在魯格小姐看來，這位年輕人的無私作派是如此而非常之荒唐可笑，以致她不得不突如其來地從眾人中間退席，然後出去在樓梯上面坐了下去，直到把她憋著的大笑笑完為止。在此期間，潘可思先生一邊不無憐憫地看著小莊，一邊慢騰騰而若有所思地纏繞著那個帆布口袋，就像在絞擰著它的脖子一般。在他把它裝回衣袋的時候，那位小姐重新入了席，為在座眾人兌好了加水蘭姆酒，當然也沒有忘記宛如神仙美眷般的她自己，然後為每個人都遞了一杯。等所有人都被分發了酒杯之後，魯格先生立起身來，默聲不響地伸出手臂把酒杯舉在了餐桌中央的上方部位處，意在用那個姿勢邀請其他三人也加入他的行列，然後聯合起來進行一次合謀碰杯活動。結果，這個儀式只在一定程度上實現了預期目標，而它原本是有可能徹底而完全實現它的，但前提條件是，在魯格小姐把酒杯舉至唇邊完成它之際，她沒有碰巧看小莊那一眼，但實際上，她不僅看了，而且再一次被他那副可鄙而滑稽的無私作派刺激到了難以自制的地步，結果把嘴裡那口兌水蘭姆仙醪噴濺得到處都是，然後在一片狼藉之中退了下去。

這便是潘可思在本頓維爾舉辦的那場難覓先例的午宴，這便是潘可思所過的那種繁忙而奇特的生活。在他醒著的那些時間裡面，他絕無僅有的擺脫了諸般憂思煩擾，並且會在沒有某個滲透得無處不在的目標縈繞於心的前提之下，去某個地方隨便說上一些什麼，以此充當他僅有的娛樂活動的時刻好像是在，當他在瀝心庭裡面對那個拄著棍子的瘸腿外國人展現出些微興趣的時候。

　　這個名叫賈瓦巴普莊的外國人 —— 大院裡面的人們都叫他巴普先生 —— 是這樣一個喊喊喳喳、隨和快活而滿懷希望的小傢伙，以致於，他對潘可思產生的那份吸引力可能來源於強烈的對比。他孑然一身，孱弱無助，而且，對於唯一能賴以與周圍人交流的那門語言，他對其中那些最為必須的詞彙也是所識寥寥，但他卻隨遇而安地在命運的溪流中升沉起伏著，在瀝心庭那一帶，他這副快活樂天的做派顯得新奇之至。他食無果腹之餐，飲無止渴之醪，穿無蔽體之衣，除了穿在身上的那幾件，和那個有史以來的最小包裹之一裡面所綑紮的那些之外，別無任何其他衣物，但他卻對該等境遇一笑置之，當他第一次在大院裡面上下跛行，並謙遜地呲出一嘴白牙安撫眾人的善意相迎 [153] 時，好像置身在了全世界最為繁榮興旺的所在一般。

　　對於一個外國人來說，不管他是跛子還是健全之人，跟這些瀝血之心們相處都是一件像上山那麼艱難的工作。這裡面首當其衝的原因在於，他們都被模模糊糊地灌輸了這麼一種看法，每個外國人的身上都是揣著一把刀子的。其次，被他們奉為英格蘭民族立身之本的一條至哲明理是，他是應該回到他自己的國家去的。他們從來沒有想過要詢問打探一下，如果這條原則得到了普遍認可的話，他們得有多少自己的同胞從世界各地回到祖國來，他們僅僅認為，這是一條獨特而充滿務實精神的英格蘭哲理。再次，他們還懷有這樣一種觀念，對於一個外國人來說，他沒能成為一個英

---

[153]　此處為一處反語，實指瀝心庭居民普遍對巴普先生表現了排斥的不友好態度。

格蘭人大概算得上是一種天譴，而他的國家所遭受的種種禍患則是因為，它做了一些英格蘭不會去做的事情，而沒有去做英格蘭所做的那些事情。可以肯定的一點是，長期以來，巴司兩大家族一直都在仔細認真地向他們傳授這種信念，一直都在透過官方或者非官方的途徑向他們宣揚，沒有哪個未曾服從於他們兩大家族的國家，是有希望得到上天護佑的，但是，當這些瀝血之心相信了他們的說辭之後，他們又會在私下將其貶低為普天之下最具偏見的人們。

　　因此，這種態度可以被稱為這些瀝血之心的一種政治立場，但是，他們也持有其他一些理由，用來反對外國人在大院裡面的存在。他們相信，外國人總是一些壞東西來的，儘管他們自己已如自己所願邪惡到了無以復加的地步，但是，這一事實卻不會減輕這個反對理由的力度。他們相信，外國人都是處於龍騎兵鎮壓之下並被刺刀頂著胸脯的，儘管如果他們自己表現出哪怕丁點惱怒情緒的話，腦瓜上面鐵定會馬上裂上幾道口子，但是，它們是用相對來說鈍上一些的工具劃出來的，所以是不應作數的。他們相信，外國人總是表現得有失道德高尚，儘管他們自己家裡也會偶爾來上一次巡迴審判，或者時不時地鬧出一樁離婚案子，或者是類似的其他事情，但那些都是無關於道德的。他們還相信，外國人都沒有獨立自主的精神，從來不會在德西巴蒂老爺的護送之下，像羊群似的被趕到翻飛著彩旗，還有《不列顛娜》的旋律響徹耳畔的投票箱那裡。他們還能列舉出類似的很多其他理由來，而且再多都不會感到厭倦。

　　於是，那個挂著棍子的瘸腿外國人便不得不竭盡所能去克服這些障礙。他並非絕對的孤立無援，因為柯南亞瑟先生已經把他託付給了布羅夫婦，讓他住在了他們那幢房子的頂樓，但是，當他跟院裡的人們相處起來時，仍然是嚴重有失協調的。然而，這些瀝血之心同時也是一些仁善之心，當他們看到，這個小傢伙挺著一張喜氣洋洋的臉龐在大院裡面一瘸一拐地四處走動，未曾給人以任何傷害，未曾抽出過什麼刀子來，未曾流露

過任何惱怒而不道德的言辭，主要靠澱粉製品和牛奶過活，而且有天晚上還跟布羅夫人的幾個孩子們玩耍了一會兒，他們開始覺得，儘管他絕無希望成為一個英格蘭人，但他們卻不忍去觸及他身上這個令人惱火的異端。他們開始還就起他的英語水準來，雖然嘴上稱他為「巴普先生」，實際上卻視他為嬰兒一般，毫無節制地嘲笑他手舞足蹈的身姿和孩子氣的英語，而且，因為他本人並不介意他們這樣做，還跟著他一起大笑，所以他們更加變本加厲了起來。他們用非常嘹亮的聲音對他講話，好像他是一個全聾之人一般。為了教授他純粹的英語，他們造出了一些像是那些奴隸講給庫克船長，或者是星期五講給魯賓遜克盧梭[154]聽的句子來。在這門技藝上面，布羅夫人可稱擁有非凡的天才頭腦，還因為說了一句「我希望你腿快好」，而收穫了如此之巨的名聲，以致大院裡面的人們普遍認為，她離開口說出義大利語真的只剩下非常之短的一段差距了。就連布羅夫人自己也開始覺得，她是天生需要講說那種語言的。當他變得更受歡迎起來之後，為了教授他豐富的英語詞彙，家居日常用品開始被徵用到了教學活動當中，每當他出現在大院裡面，女士們便會飛奔出家門大叫著說，「巴普先生 —— 茶壺！」「巴普先生 —— 簸箕！」「巴普先生 —— 麵粉篩子！」「巴普先生 —— 畢金咖啡壺[155]！」與此同時，她們會向他展示出相應的物品來，令他鏤心刻骨地感受著盎格魯薩克遜語言堪稱駭人的巨大難度。

在他的學業進展到這個階段之後，或者說當他在大院裡面待到大約第三周的時候，潘可思先生的注意力開始被這個小個子男人吸引了過去。當他在充當口譯員一職的布羅夫人的陪伴之下爬進後者的閣樓之後，他發現，巴普先生正在用幾樣簡單的工具至為無憂無慮地雕刻著什麼，除了地上的一張床、一張桌子和一把椅子之外，他的家裡別無任何其他傢俱。

「那個，老傢伙。」潘可思先生說，「交租了！」

---

[154] 庫克船長（Captain Cook, 1728～1779），英國航海家和探險家；星期五（Friday）是丹尼爾笛福（Daniel Defoe, 1659～1731）所著小說《魯濱遜漂流記》中的荒島土著居民。

[155] 一種帶有濾網的咖啡壺，由一個名叫畢金的人發明，故名。

　　他已經把錢準備妥當，或者說把它們疊在一塊小紙片裡面了，待大笑著把它們遞過去之後，他用灑脫的動作甩出右手的幾根手指，表示那裡面包著相應數量的先令，接著又在空中劃了一個十字，以此表示另外的六個便士。

　　「喔！」潘可思先生說，並十分好奇地注視著他。「錢在這裡面，是嗎？你是個相當俐落的顧客。沒問題了，但我之前並沒指望能收到它。」

　　聽到這裡，布羅夫人用非常顯著的降尊紆貴態度插了一句，向巴普先生解釋道，「他歡喜。他高興拿到錢。」

　　那個小個子男人微笑著點了點頭。在潘可思先生看來，他的明朗的臉龐擁有一種非同尋常的吸引力。「他的腿恢復得怎麼樣了？」他向布羅夫人發問道。

　　「喔，他好很多了，先生，」布羅夫人說。「我們預計，他下周就能完全丟開棍子了。」（眼下的時機實在是千載難逢，而令她不忍失去，於是，布羅夫人隨之用情有可原的傲慢語氣向巴普先生解釋道，「他希望你腿快好」，藉此展示了她傑出的語言造詣。）

　　「他還是個快活的傢伙呢，」潘可思先生說，但是，他的此番讚賞像是對著一件機械玩具而發的。「他是怎麼維生的？」

　　「喔，先生，」布羅夫人回答道，「事實證明他擁有非常不錯的雕花本領，就是你現在看見他正在做的這些。」（在他們交談的同時，巴普先生注視著他們的臉龐，隨即舉起了他的作品。布羅夫人用她獨有的義大利腔代表潘可思先生翻譯道，「他歡喜。大大的好！」）

　　「他能靠那個生活嗎？」潘可思先生發問道。

　　「他能依靠非常微小的一點東西活下來，先生，據我們預計，他到時候能賺來一份非常不錯的生活。柯南先生給他找了這工作來做，還會在隔壁的工廠裡面另外給他找些零工 —— 簡單來說就是，當他知道他需要它們的時候，他會為他製造一些工作出來。」

「還有，當他不在辛苦工作的時候，他自己都會做些什麼呢？」潘可思先生說。

「喔，眼下還不會做太多事情，我猜是因為，他現在還不能走太多路，但他會在大院裡面四處走走，會跟人聊天，但沒辦法理解或者被理解得非常透徹詳盡，還會跟孩子們一起玩耍，或者坐在那裡晒太陽——他會在隨便什麼地方坐下來，好像隨便哪裡都有一把扶手椅似的——他還會唱歌，他還會大笑！」

「還會大笑！」潘可思先生應聲說。「我覺得，在他的腦袋裡面，好像每一顆牙齒都在隨時大笑著一樣。」

「但是，不管在什麼時候，只要他走到了大院另外一頭那道樓梯的頂頭上面，」布羅夫人說，「他就會用一副十足奇特的樣子偷偷朝外張望起來！於是，我們裡面的有些人覺得，他是在偷偷朝著他的祖國的方向張望，另外一些人覺得，他是在尋找某個他不想看到的人，也有些人不知道該怎麼覺得。」

巴普先生看樣子能夠大致上理解她的話，或者是，他有可能機敏地捕捉到了她那個偷偷瞥視的微小動作，然後對其進行了一番推理。不管怎樣，總之他閉上眼睛甩了甩腦袋，然後面帶一副相當成竹在胸的表情用他的母語說，那沒什麼的，奧特羅！

「奧特羅是個什麼東西？」潘可思說。

「吭！它是一種通用表達方式，先生，」布羅夫人說。

「是嗎？」潘可思說。「喔，那麼你也奧特羅，老傢伙。日安，奧特羅！」

巴普先生快活地把那個詞語一連重複了幾遍，潘可思先生則略顯愚鈍地重又把它丟還了他一次。從那個時候起，每當吉普賽人潘可思在夜間一身疲憊地返家之際，他總會頻頻實施如下慣例：先繞道走到瀝心庭那裡，再悄悄走上那道樓梯朝巴普先生的門裡望進去，接著，在發現他在家

之後，他會這麼說道，「喂，老傢伙！奧特羅！」對此，巴普先生會回饋他難以計數的點頭動作和明朗微笑，然後答覆道，「奧特羅，先生，奧特羅，奧特羅，奧特羅！」進行完這場高度濃縮的談話之後，潘可思先生便會面帶一副得到了啟發和振作的表情，接著走上他的歸家之路。

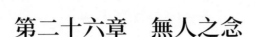

第二十六章　無人之念

如果柯南亞瑟未曾堅定地做出那個不讓自己愛上寶兒的明智決定，他可能會在極度迷茫之中渾噩度日，內心裡面需要經歷一系列艱難的掙扎，但是，他的這些掙扎絕對不會是下面兩種心境的不停交戰，即時而對高文恆瑞先生厭惡有加，如果還沒有達到十足的憎惡這一程度的話，時而又對自己輕聲耳語道，他是不值得讓你這麼厭惡他的。擁有慷慨天性的人是不易產生強烈的厭惡感的，也不願意讓它進入自己的內心，就連不帶感情偏見的那種都不願意，但是，當他們發現，有一種強烈的敵意開始侵蝕自己的心靈，而且能時不時地識別出來，它的根源並非是一種不帶感情偏見的東西時，他們就開始變得痛苦不堪了。

因此，若非做出了前述那個非常精明的決定，高文恆瑞先生可能會讓柯南的心靈罩上陰雲，可能會比那些受他待見的人和事物更加頻繁地出現在他的頭腦當中。而實際情況是，高文先生好像轉而進入了道義丹尼的頭腦當中，不管怎樣，事情就是這樣發生了，當他們兩人進行那些其樂融融的交談時，談起高文先生往往變成了道義先生這邊的職責，而不是柯南那一邊的。而且，在現如今，上述這些情形是有機會頻頻得以出現的，因為這對合夥人已經在倫敦城區的一條莊重古雅的大街上面，共同租用了一幢大屋的其中一部分，它位於倫敦牆附近，離英格蘭銀行不是很遠。

有一天，道義先生前往特威南姆度過了白天的時間。柯南為自己的不能前往表示了歉意。而現在，道義先生剛剛回到家裡來，他把頭伸進柯南的起居室的門裡，跟他說了晚上好。

「快進來，快進來！」柯南說。

「我看見你正在讀書，」道義一邊往裡走，一邊應答道，「心想你可能不想受到打擾。」

　　若非做出了那個可稱相當惹人側目的英明決定，柯南真的有可能連自己在讀些什麼都不甚了了，真的有可能在之前的一個小時裡面沒有看上那本書一眼，儘管它就打開在他的面前。總之，他聞言相當迅速地合上了它。

　　「他們還好嗎？」他發問道。

　　「是的。」道義說，「他們挺好的，他們都挺好。」

　　丹尼像個工人似的，擁有一個把手帕裝在帽子裡面的老習慣。他把它從那裡面取出來，然後用它抹起了額頭，同時嘴裡緩慢重複道，「他們都挺好。我還覺得，蜜妮小姐看上去非常之好。」

　　「別墅裡還有別人嗎？」

　　「沒有，沒有別人。」

　　「那你們過得怎麼樣，你們四個？」柯南快活地問道。

　　「我們有五個人呢。」他的合夥人應答道。「那個誰也在那裡，他也在那裡。」

　　「他是誰呀？」柯南說。

　　「高文恆瑞先生。」

　　「啊，那肯定了！」柯南用非同尋常的快活語氣大叫著說。「沒錯！——我把他給忘掉了。」

　　「你可能還記得，我之前跟你提起過。」道義丹尼說，「他星期天總是在那裡的。」

　　「是的，是的。」柯南應答道，「我現在想起來了。」

　　道義丹尼仍然在抹著前額，嘴裡十足乏味地重複道，「是的，他在那裡，他在那裡。喔是的，他在那裡。還有他的狗，他也在那裡。」

　　「米格小姐可是非常喜歡——那條——狗呢。」柯南評論道。

　　「正是如此。」他的合夥人表示同意。「很喜歡那條狗，比我喜歡那個人多多了。」

「你是指高──？」

「我是指高文先生，而且堅決到了絕不動搖的地步。」道義丹尼說。

接著他們的談話出現了一段間隙，柯南把它用在了幫他的錶上發條上面。

「你的這個評判可能下得急了點。」他說。「我們的評判──假設在一種普遍狀況當中──」

「請說。」道義說。

「非常容易受到很多有失公正的考慮的影響，但我們自己幾乎不知道它們的存在，所以十分有必要對它們加以警惕。比如，高──」

「高文。」道義平靜地說，每當柯南要說出那個名字時，他差不多總是會接力下去。

「年輕而英俊，灑脫而機敏，又天賦其才華，還見識過很多各式各樣的生活，所以在對他產生那些先入的成見時，很難不是出於發乎私心的理由。」

「但我覺得，對我來說卻不是很難，柯南。」他的合夥人應答道。「我看到，他給我那位老朋友的家裡帶來了眼下的那些焦慮，而且我擔心，將來還會給他們帶來悲痛。我看到，他在我那位老朋友的臉上刻下了越來越深的皺紋，他越是湊近他女兒的臉，他就越是不停地往那邊看去。簡單來說就是，我看到他用一張網網住了那個嬌俏深情的人兒，卻絕對不會讓她幸福快樂。」

「我們並不知道。」柯南說，他的聲調差不多像是一個痛苦不堪的人發出來的，「他不會讓她幸福快樂。」

「我們也不知道。」他的合夥人應答道，「地球能不能再維持上一百個年頭，但我們認為這是極有可能的。」

「好啦，好啦！」柯南說，「我們必須得滿懷希望，至少得試著公正一些，如果沒辦法做到慷慨的話（在眼下的這個事例裡面，我們是沒機會做

到這樣的）。接下來，我們不要再貶低這位紳士，因為他成功地向他漂亮的心儀對象大獻了殷勤，我們也不要質疑她那份天生的權利，她是有權把自己的愛賜予她覺得配得上它的人的。」

「可能存在的一種情形是，我的朋友。」道義說。「也有可能是這樣，她太過年輕而嬌縱，太過輕信於人而缺乏經驗，所以不能明眼識人。」

「那個，」柯南說，「可不是我們有能力糾正得了的。」

道義丹尼嚴肅地點了點頭，然後回答道，「恐怕正是如此。」

「所以，簡而言之一句話，」柯南說，「我們應該打定這樣一個主意，我們是配不上去說高文先生的任何壞話的。為他的諸般優點酬報他一份偏見是一件卑劣的事情。所以我決定，從我自身來講，我是不會去貶低他的價值的。」

「但我沒辦法確定，我自己能去這樣做，因此，我要保留一份對他提出異議的特權。」另外那人應答道。「但是，如果我放心不下自己的話，我對你卻是放一百個心的，柯南，我知道你是一個多麼正直的人，有多麼值得尊敬。晚安，我的朋友和合夥人！」說出這話的時候，他還跟柯南握了握手，好像他們的這場談話包含著一些分外嚴肅的成分似的，然後他們便告於分別了。

截止此時，他們已經拜訪過那家人數次了，而且每次都能看到，就算在高文恆瑞先生不在場的時候捎帶著把他提及上一下，米格先生臉上的陽光都會像渡口偶遇那一天的早晨那樣，再次被那片烏雲遮掩得晦暗不明起來。如果柯南曾經容許那份禁忌之情進入了他的心中，那麼，這個時期將會充滿了艱難的考驗，但毫無疑問的一點是，實際上什麼都沒有發生——沒有發生任何事情。

同樣地，如果他在心裡招待了那位禁忌之客，他在這個時期裡面默默走過的心路歷程可能是會有一點值得稱許之處的。在他時刻不停地努力著，以免重新誤入以往的歧途，再蹈那些不停糾纏他的罪惡，即免於透過

一些低劣卑鄙的手段，去追求出於一己之私的目標，同時轉而以榮譽和慷慨為準繩，去堅守一些高尚的道德原則之時，他的行為裡面可能是包含著一些值得稱道之處的。在他下定決心甚至都不去迴避米格先生的房子，以免他吝於流露感情的自私行徑會給他的女兒帶去任何輕微的痛苦（因為她父親會對這樣的疏遠感到難過，然後怪罪到她的頭上）之時，他的行為裡面可能是包含著一些值得稱道之處的。當他謙虛而誠實地時刻關注著高文先生在年齡相當方面的更大優勢，以及他在外貌和儀態方面的更大魅力之時，他的行為裡面可能是包含著一些值得稱道之處的。當他表現出這些行為，而且在此過程當中展現出一種毫不造作的作風，和一種充滿男子氣概的冷靜堅決氣質，雖然同時也在內心裡面經受著劇烈的痛苦（這是一種緣於他的人生歷程的獨特表現）之時，它們可能是包含著一些寧靜而有力的性格因素的。但是，因為他已經做出了那個決定，所以他自然是沒辦法擁有這些值得稱道之處的，而這樣一種心境也隨之變成了無人之念 —— 即沒有誰曾經作過此想。

不管它是無人之念，還是某個人的念頭，高文先生都不會對它產生任何憂慮。他在所有場合裡面都保持著他的處之泰然做派，好像柯南冒昧爭論起這個重大問題來的可能性太過遙遠和荒唐可笑，甚至都不值得去想像一番。他總是對柯南表現出一副親切的面目，總是待他以隨和友善，而在柯南這一邊，假設他未曾走上那條睿智的康莊大道的話，這可能會是一個非常令他感到不適的東西。

「讓我感到非常遺憾的是，你昨天沒能前來加入我們。」於次日上午拜訪柯南時，高文恆瑞先生這麼說道。「我們在那裡的河邊過了很是愉快的一天。」

他已經聽聞了此事，亞瑟說。

「是從你的合夥人那裡聽到的嗎？」高文恆瑞應答道。「他是一個多麼可愛的老傢伙呀！」

「我對他懷有一份莫大的敬意。」

「憑著喬武起誓，他是全世界最好的人！」高文說。「那麼鮮嫩，那麼菜鳥，相信這樣一些神奇的東西！」

他的這種語調是眾多容易讓柯南聽上去覺得不舒服的粗俗細事之一，但他只是重複道，他對道義先生懷有一份絕高的敬意，藉此把那句話拋在了一邊。

「他非常迷人！眼見他一路蹉跎到那個歲數，沿途沒有留下任何東西，沿途也沒有撿起任何東西，真的相當令人愉悅。它能予人以溫暖的感受，如此出淤泥而不染，如此純樸未鑿，這樣一個美好的靈魂！憑著我的生命起誓，柯南先生，當一個人跟這樣一個天真無邪的人作比之後，絕對會無望地感受到自己的世故和邪惡。請允許我補充一句，我是代表自己這麼說的，沒有把你也包括進來。你也很是真誠呢。」

「謝謝你的誇獎。」柯南說，他有些局促不安了起來，「我希望，你也是這樣的吧？」

「馬馬虎虎吧。」另外那人回答道。「坦白跟你說，還過得去。我還算不上是一個大騙子。如果你買了我一幅畫，我會私下偷偷向你保證，它是值不了這個價錢的。如果你買了另外一個人的畫 —— 任何一位能把我打趴下的內行人 —— 你可能會碰到的情況是，你給他的越多，他就反過來騙你越多。他們都是這麼做的。」

「所有畫家都是嗎？」

「畫家、作家、愛國人士，還有站在市場裡面的其他一應人等。如果你把十英鎊給了我認識的不管哪個人，他們差不多都會給予你相應程度的欺騙，如果是一千鎊的話 —— 就給你一千鎊所對應的欺騙，如果是一萬鎊的話 —— 就是它所對應的那一份。如此偉大的勝果，如此偉大的騙術。但它是怎樣一個第一流的美好世界呀！」高文熱情澎湃地大叫著說。「它是一個多麼快活、絕妙而可愛的世界呀！」

「我更傾向於認為，」柯南說，「你提及的那條原則的主要使用者是 ── 」

「是巴家那夥人對吧？」高文大笑著打斷了他。

「是政界的那些大發其善心維持著兜圈子辦事處的紳士們。」

「啊！別對巴家的人們太過冷酷了。」高文說，然後再度大笑了起來，「他們是些十分可親的傢伙呢！就連那個可憐的小科倫，他們家那個天生的白痴，都是全世界最討人喜歡和最可愛的那個榆木腦袋！而且憑著朱庇特起誓，他也別有一種聰明呢，那絕對會讓你大吃一驚！」

「肯定會，而且是非常的大吃一驚。」柯南冷冷地說。

「其實到最後終究都是這麼一回事。」高文大叫著說，嫻熟地應用著他那套獨特的平衡機制，即把這個廣袤世界中的一應事物都貶低到同等的低微地位上面，「儘管我不能拒絕承認，兜圈子辦事處最終可能會毀掉所有人和所有東西，但是，那個後果可能不會出現在我們這個時代 ── 而且它還是一所培養紳士的學校呢。」

「但我擔心，對於那些為它花錢，讓它在那裡養著這些學生的人們來說，它是一所非常危險、不盡人意和昂貴靡費的學校。」柯南搖著頭說。

「啊！你真是個可怕的傢伙。」高文應答道，語氣顯出股輕浮的味道。「我能理解，你是怎樣把科倫那頭小驢，同時也是一干天生白痴裡面最容易讓人料到的那一個（但我是真的愛他啊），嚇到了差不多靈魂出竅的地步。不過已經夠了，我們不要說他了，也不要說他們家剩下的那些人了。我想把你介紹給我的母親，柯南先生。請賞我這個臉吧，給我這麼一個機會。」

若是換了那個未曾存在過的人物，他一定會覺得，他對任何其他事情的願望都不會比對此事更小，或者說，任何其他事情都不會令他更加茫然於該如何加以迴避。

「我母親用一種最為原始的方式住在漢普頓宮[156]那座乏味的紅磚地牢裡面，」高文說。「如果你願意做出這個約定的話，請你自己指定哪一天，好讓我把你帶到那裡吃頓午飯，到時候你將會不勝其煩，她將會高興得如痴如醉。事情真的會是這個樣子。」

聽了這話之後，柯南還能說些什麼呢？因為疏於歷練和使用，他的離群索居的性格裡面包含著大量至為純樸未鑿的成分，因為這種純樸以及他的謙遜，他能說的只有，他樂於聽受高文先生的安排處置。於是他便這麼說了，然後定下了赴宴的日子。於他來講，這是一個令人恐懼的日子，及至它到來之時，它又變成了一個非常不受歡迎的日子，但是，他們最終還是一起朝著漢普頓宮出發而去了。

在那些日子裡面，在這座因其悠久歷史而顯得彌足珍貴的建築物裡面，有一些德高望重的人們像是一些得到文明教化的吉普賽人似的，在此地紮下了他們的營寨。他們的家庭裡面都氤氳著一股暫時過度的氣息，好像一旦有了更好的出路，立馬就會拔腳走人似的。他們自己身上也有一股心懷不滿的氣息，好像尚未有更好的出路令他們甚為光火似的。他們的家門一經打開之後，馬上就能或多或少看到一些流露著上流文雅氣息的遮擋物和臨時代用品；屏風未能達到適當高度的一半，在拱形過道裡面圍了一些餐廳出來，同時也擋出來一些陰暗的角落，供小聽差們在夜間相伴刀叉而眠；眾多窗簾在大聲向你打招呼，要你相信它們沒有藏起來任何東西，框格玻璃則要求你對它們視而不見；各種床上用品都在竭力裝模作樣，想要假裝出一副跟那個罪惡的祕密事物（床鋪）沒有任何關聯的樣子來；牆上有些得到了偽裝的通氣門，但一眼就能看出來，它們是一些儲煤的煤窖，還有那些努力不讓人看出來那裡有一條通衢大道的門洞，也是一眼就能看出來，它們是通往逼仄廚房的入口。於是，便有一些高明的意見保留和巧妙的心照不宣從這些事物裡面生長了出來。隨之，探望者會篤定地望

---

[156]　位於倫敦泰晤士河北岸的一座王宮，為喬治二世（George II, 1683～1760）之前的王室居所。

向接待者的眼睛，假裝沒有聞到三英尺開外的地方正在烹煮著食物；隨從們會直面著偶爾忘了關上的櫥櫃，假裝沒有看到那裡面的酒瓶子；訪客們則會頭靠一道用一張薄布製成的隔斷，赫然聽聞著一位年輕女性在另外一邊對一個制服小僮惡言相向，同時在主人的遊說之下深信不疑於，他們正身處安寧的遠古年代。總之，這些極具上流社會派頭的溫文爾雅的吉普賽人們，都在一刻不停地彼此開具並接受著這種膳宿帳單，在他們的這個小社會裡面，這些東西可稱沒有窮盡。

在這些流浪漢當中，有一些是擁有一種易怒的脾性的，他們永遠都在為以下兩個難解的心結感到生氣惱怒不已：首先是他們知道，他們肯定沒從人民大眾那裡攫取到足夠的好處；其次是他們還知道，人民大眾現在已經被許可進入這幢建築物裡面了。緣於後面這樁巨大的冤屈，他們當中的一些人遭受著十分嚇人的巨大痛苦——這種情形在星期天表現得尤為嚴重，因為在之前的那幾天裡面，他們曾經一度期望，地球能夠張開大嘴把人民大眾吞噬個一乾二淨 [157]，但是，因為世間萬物的冥冥安排當中出現了一些有失道德檢點的放縱和過錯，所以這件令人期許的事情尚未能夠發生。

為高文夫人看門的是一位已經服侍了她數年時間的家僕，此人也有他自己的一個問題要跟人民大眾理論，此事關係到郵局裡面的一個職位，他曾經一度對之抱以殷切的期望，但最終沒能得到委任。他十分清楚地知道，人民大眾是絕對沒有能力把他弄進郵局裡面去的，但是，他又面目猙獰地深信著下述觀點，正是因為人民大眾這個身分，才讓他沒能進到那裡面去。在這份傷害的影響之下（可能還因為，他的薪水有些捉襟見肘，而且發放得不大規律），他開始變得忽視起個人形象來了，同時心情漸趨沉鬱了起來。現在，他發現柯南是他的壓迫者當中的一個落魄的個體，隨即

---

[157]　此處指涉了《聖經舊約－詩篇》第 106 章 17 節的內容：地裂開吞下大坍 (Dathan)，掩埋亞比蘭一黨的人。

用堪稱可恥的態度接待了他。

　　然而，同樣是在接待他的這個問題上面，高文夫人卻表現出來一副宛若施予了他深恩厚德的慈祥面目。他隨之發現，她是一位做派莊嚴的老年淑女，之前是一位美女，現在仍然身受著足夠的眷顧，這樣說的原因在於，她往自己的鼻子上施敷了大量香粉，還在兩隻眼睛下面各自製造了一抹不大可能的青春光彩出來。她待他以略顯高傲的態度，另外一位黑膚高鼻的老年淑女亦是如此，後者絕對擁有某種實實在在的真實東西，否則她是沒辦法存活下來的，但那個東西肯定不是她的頭髮、牙齒、身體或者面孔，還有一位灰髮老年紳士也是如此，此人看上去一副尊貴但鬱結於心的模樣。後面這倆人都是前來赴宴的，但是，因為他們都在世界各地擔任過英國的駐外使節，又因為一位英國駐外使節要想在兜圈子辦事處那裡建立起一個良好形象來，是沒辦法找到比待其同胞以沒有限度的鄙夷（此種情形也會出現在其他人身上，比如其他國家的那些駐外使節們）更好的辦法來的，所以柯南覺得，從總體上來講，他們是用不屑的態度放了他一條活命。

　　結果表明，那位尊貴的老年紳士便是司蘭凱勳爵，在很多年的時間裡面，兜圈子辦事處一直維護著他的下述形象，不列顛莊嚴壯美氣度在國外的代表人物。在他的任期裡面，這臺高貴的冷凍機曾經封凍了數個歐洲宮廷，而且是以這樣一種大獲全勝的姿態完成此舉的，即是說，這個英國人的名字已經讓那些外國佬們冷到了骨髓裡面，令他們全都收穫了這樣一份煊赫的殊榮，在時隔四分之一個世紀之後仍然對他不忘於心。

　　他現在退休賦閒在家，所以才戴上一條笨重的，像是一個被凍得梆硬的雪堆的白色領巾，十分樂於助人地給這場宴會添堵來了。整個上菜過程充滿遊牧民族的氣息，盤碟以堪稱奇特的速度競相奔忙個不停，而且，眾人還秉承著無處不在的流浪漢氣息低聲耳語個沒完，但是，有賴於那臺比任何盤碟或陶瓷都要好上無數倍的高貴冷凍機，它最終還是變成了一個卓

爾不群的過程。這麼說是因為，此人不但遮暗了宴會，還變涼了葡萄酒，凍冷了肉鹵，並枯萎了蔬菜。

除了上述人等之外，房間裡面還有另外一個人（也是唯一一個），他是一個身材小到了可稱微型的制服小僮，負責隨侍那位未能進入郵局的惡毒男僕。如果解開他的外套扣子露出他的心臟來，就連這個小孩子也會被看到，他身為巴家的一個間接附庸，已然擁有了一份在政府麾下謀取一個職位的雄心壯志。

高文夫人面帶一份溫和的淒涼神色，而它的致因是，她的兒子竟然淪落到了去向豬豕般汙穢的人民大眾大獻殷勤的地步，甘於追隨低賤的藝術行業，而不是堅持他的天賦權利，在鼻子上面穿上一個鼻環成為受人尊敬的巴家人。因此，她把席間的談話引到了那些邪惡的年代上面。隨後，柯南第一次獲悉了這個偉大的世界賴以運轉的那個小小的樞紐。

「如果巴莊，」在完全確證了當下時代的腐化墮落面目之後，高文夫人說，「如果巴莊放棄了他那個跟暴民和解的倒楣想法的話，一切都會好得不得了，我認為這樣一來的話，那個國家是可以留存於世的。」

長著高鼻梁的那位老年淑女表示同意，但她又補充了這麼一句，如果司奧古像大將軍那樣命令騎兵出動，向他們下達衝鋒的指示，她認為那個國家是可以留存於世的。

那臺高貴的冷凍機也表示同意，但又補充了這麼一句，如果在他們彼此融為一體締結那份永世難忘的同盟關係之時，巴衛廉和司圖朵能夠大膽地給新聞報紙戴上口套，並且規定，任何一位編輯人員冒昧討論國內外任何當權人物的作為都是要受到處罰的，他認為這樣一來的話，那個國家是可以留存於世的。

他們一致認定，那個國家（巴司兩大家族的另一種說法）是需要留存於世的，但它為何需要留存於世卻是不甚明瞭。唯一明瞭的一點是，這個問題是完全關乎於巴莊、司奧古、巴衛廉和司圖朵，以及巴家和司家的湯

姆、狄克或者哈利的，因為剩下的那些人們無一不是暴民來的。在柯南這
個還沒能習慣它的人看來，這場談話是甚為令人不快的，而以上便是這場
談話的要點所在，此外，它還讓他有些懷疑，他就那樣默聲不響地坐在那
裡，聽一個泱泱大國被限制在這樣狹隘的範圍裡面而不發一言，是不是有
點不甚得當。但他記得，在國會的辯論裡面，不管對於這個國家的身體還
是它的靈魂，那些問題通常都是完全關乎於巴莊、司奧古、巴衛廉和司圖
朵，以及巴家和司家的湯姆、狄克或者哈利的，而跟任何其他人都沒有分
毫關係，所以，他沒有代表暴民發表任何意見，心裡暗想暴民可能已經習
慣如此了。

　　至於高文恆瑞先生，當他挑撥得那三位談話者相互爭鬥了起來，並且
目睹柯南被他們所說的話驚得大驚失色之後，似乎從這兩件事情裡面獲取
到了一種惡毒的快意。而且，不管對於那個拋棄了他的階層，還是對於那
個並未接納他的階層，他都懷有一份至大的鄙夷，所以，談話期間出現的
任何內容都沒能在他心裡掀起任何波瀾。甚而至於，當柯南在那三位好夥
伴當中陷入了一種窘迫和隔膜處境當中之後，他那份健康的心態還好像從
中得到了一份滿足感似的，然而，如果柯南這個微不足道之輩勇於在那種
處境當中不斷進行爭辯，他會對其表示懷疑，視其為卑劣的行為，進而與
其爭鬥一番，甚至會在餐桌旁邊立馬開戰。

　　對於那臺高貴的冷凍機來講，不管在任何時候，他滯後於當今時代的
時間都不會少於一百個年頭，而在其列席的這兩個小時裡面，他把歷史過
程的車輪朝後轉動了大約五個世紀，然後發表了一些適宜於那個時代的政
治指示。最後，在冷凍了一杯供他自己飲用的茶水之後，溫度極低的司蘭
凱勳爵宣告了退席。

　　接著，高文夫人搖了搖她的扇子，邀請柯南靠近她的御座。在她得勢
的那些日子裡面，高文夫人習慣在她身邊放上一張空著的扶手椅，供她一
個接一個地召喚她那些忠誠的奴才們前來就坐，短時間內充當一下她的聽

眾，以此作為她的額外恩寵的標誌。柯南服從了她的命令，在司蘭凱勳爵新近空出來的那張三腳凳上坐了下去。

「柯南先生，」高文夫人說，「除了結識你帶來的愉悅心情之外，儘管是在這麼一個有失得當又讓人憎惡的地方 —— 一座徹頭徹尾的營房 —— 我還要悲痛欲絕地給你講上一件事情。我相信，我兒子一開始樂於培養跟你的那份關係，也是跟這件事情有關的。」

柯南略略把他的頭低了一點，對於那些他未能明確理解的話語，這是一個通用的恰當答覆。

「首先，」高文夫人說，「那個她真的很漂亮嗎？」

如果換了那個未曾存在過的人物，他會覺得這個問題非常難於回答，也很難微笑著說道，「誰呀？」

「喔！你得知道！」她應答道。「恆瑞心裡的這把火呀。這個不幸的突發奇想呀。好吧！要是由我來說出那個名字是一件值得光榮的事情那該多好 —— 彌克小姐 —— 不彌格。」

「米格小姐。」柯南說，「是非常漂亮的。」

「男人們經常會在這些事情上面犯下大錯，」高文夫人搖著頭說，「所以我坦白跟你說吧，我是絕對不敢確信這一點的，甚至直到現在都是如此，儘管能讓恆瑞如此鄭重而且再三強調地加以確定的，肯定會是有些分量的東西。我想，他是在羅馬撿到那些人的，對吧？」

若是換了那個未曾存在過的人物，這個詞語將會帶給他絕大的冒犯，但柯南卻答覆道，「抱歉，我懷疑我是不是理解了妳的話。」

「撿到那些人，」高文夫人說，同時用她那柄合起來的扇子的扇骨拍打著一張小桌子，那是一柄很大的綠色扇子，被她用來充當了臉屏。「就是偶然遇到他們，發現了他們，或者被他們絆了個跟頭。」

「那些人？」

「對呀，彌格家的那些人。」

「我真的沒辦法告訴妳。」柯南說，「我的朋友米格先生是在什麼地方第一次把高文恆瑞先生介紹給他女兒的。」

「我相當確定，他是在羅馬撿到她的，但是別在意是在哪裡 —— 總歸是某個地方罷了。那個，這完全是我們之間的私房話，她是不是非常粗俗啊？」

「說真的，夫人。」柯南應答道，「毫無疑問我本人就是如此的粗俗，所以我覺得，我是沒有資格對別人進行評判的。」

「答得非常靈巧！」高文夫人一邊說，一邊冷靜地展開了她的那扇屏風。「答得非常巧妙！我從這裡面可以推斷出來，你心裡大概認為，她的儀態是配得上她的容貌的？」

在梗了片刻之後，柯南把他的脖子彎了一下。

「這是令人欣慰的，我希望你是正確的吧。還有恆瑞告訴我說，你和他們一起旅行過，是嗎？」

「在前幾個月裡面，我跟我的朋友米格先生，還有他的妻子和女兒一起旅行過。」若是換了那個未曾存在過的人物，這則記憶可能會讓他的心擰成一根麻花。

「真的很是令人欣慰，因為你肯定對他們體會甚多。你得知道，柯南先生，這件事情已經持續了很長一段時間，但我發現它沒有取得任何進展。所以，對於像你這樣一個對它所知甚多的人，讓我能有機會跟你談論上幾句，算得上是一個莫大的寬慰。我確信，這是非常之大的一份恩澤，非常之大的一份恩惠。」

「請原諒。」柯南應答道，「但我並未得到高文恆瑞先生的傾心相告。我遠非像妳猜測的那樣對它所知甚多。妳的這個誤解讓我處在了一個非常棘手的位置上面。在高文恆瑞先生和我之間，我們從來沒對這個話題交談過哪怕一個字眼。」

聽到這裡，高文夫人朝房間的另外一頭瞥了一眼，在那邊的一張沙發

上面，那位主張騎兵衝鋒的老年淑女，還有她兒子正在玩著雙人紙牌戲。

「沒有得到他的傾心相告？不可能的。」高文夫人說。「你們之間沒有談過它的哪怕一個字眼？不可能的。我能想像到那些事情。但是柯南先生，這個世界上還有一種並非訴諸於言辭的信任，因為你們曾經在那些人當中親密地共處過，所以我沒辦法懷疑，一份那種類型的信任已經存在於眼下這件事情裡面了。你可能已經聽說了，我曾經遭受過至為強烈的巨大心靈痛苦，起因是恆瑞竟然從事了那樣一個行業 —— 算啦！」說到這裡她聳了聳肩膀，「我敢說那也是一個非常令人尊敬的行業呢，而且有些畫家們，僅從畫家這個身分出發，算是一些非常超然的人物，但是，我們家族裡面的人們卻從未跨越過業餘這條界線，這算是一個情有可原的弱點吧，我們覺得它多少有點 —— 」

在高文夫人突然截住話頭，並起伏著胸脯吐出一聲嘆息之際，雖然他已經下定決心要寬宏大量一些，但還是有些沒辦法按捺得住心裡的這麼一個想法了，也就是他十分強烈地覺得，不管在任何時候，他們家族裡面的人們跨越過業餘界線的危險性都是極小的，甚至眼下的事實便是如此。

「恆瑞。」那位母親重又開口說道，「是一個執拗又堅決的人，又因為這些人自然會繃緊每一根神經想要抓住他，所以柯南先生，我對這件事情將會半途中止只能懷有非常微小的希望。我擔心那個女孩的財產是非常少的，恆瑞原本可以找個比她好上許多的，但這樣一來的話，就變得幾乎沒有什麼東西可以補償這場結合了，但是，他只會根據自己的心願行事，所以，如果我在短期內看不到什麼進展的話，那我除了無奈屈從和盡量好好利用這些人之外，是看不到任何其他出路了。你能告訴我那些話，真的讓我對你不盡感激之至。」

在她聳動肩膀的同時，柯南再次梗著脖子點了點頭。接著，他臉上掛著一抹不安的紅暈，躊躇不決地用比之前還要更低的聲音說：

「高文夫人，我不知道該怎麼卸下內心當中的一份職責，但我必須請

求妳給予仁慈的諒解，讓我試著解除它吧。在妳那邊存在一個誤解，一個絕大的誤解，如果我可以冒昧這麼說的話，它好像需要得到糾正。妳剛才猜測，米格先生和他的家人繃緊他們的每一根神經，我認為妳是這麼說的——」

「我是說了每一根神經。」高文夫人重複道，同時用平靜但固執的目光看著他，然後把那柄綠色扇子擋在了她的臉和爐火之間。

「你說他們想要得到高文恆瑞先生嗎？」

那位淑女平靜地表達了她的同意意見。

「那個這跟事實是相差甚遠的。」亞瑟說，「用我了解的情況來說，米格先生對這件事情甚感不快，已經為它加入了一切合理的障礙，想要讓它告終。」

高文夫人合上她巨大的綠色扇子，先用它拍了他的手臂一下，然後又拍打起她笑瞇瞇的嘴唇來了。「喔，沒錯。」她說。「我正是這個意思。」

亞瑟注視著她的臉龐，想要讓她解釋一下，她到底是什麼意思。

「你真的是認真的嗎，柯南先生？你還沒能明白過來嗎？」

亞瑟還沒能明白過來，然後把這話說了出來。

「喔，難道我不了解自己的兒子嗎，難道我不知道，這正是抓住他的辦法嗎？」高文夫人鄙夷地說，「難道彌格家的這些人們，不是至少像我這樣清楚地知道這一點嗎？喔，狡猾的人呀，柯南先生，顯然是些商人！我相信這個彌格過去是在一家銀行工作的。如果他跟它的管理工作存在莫大關聯的話，它應該會是一間獲利頗豐的銀行。這件事真是做得漂亮極了。」

「我請求然後懇求妳，夫人——」亞瑟插嘴道。

「喔，柯南先生，你真的會如此輕信於人嗎？」

聽著她用這副倨傲不恭的口吻說出這些話來，又看著她用扇子拍打著她那副飽含鄙夷之情的嘴唇，令柯南感到了一陣非常巨大的痛苦，於是他

非常認真地說，「請相信我，夫人，這是一種有失公正而且絕對空穴來風的懷疑。」

「你說懷疑？」高文夫人重複道。「這絕對不是懷疑，柯南先生。他們絕對是非常心知肚明地去做這件事情的，而且好像完全把你矇騙住了。」說完她大笑了起來，然後坐在那裡再一次用扇子拍打起嘴唇來了，並且還把腦袋甩動了一下，那副樣子像是在補充說，「別再多說了，我清楚地知道，為了攀上這樣一門親事，這些人是會做出任何事情來的。」

趁著這個絕佳的時機，高文恆瑞先生扔掉了手裡的紙牌，然後走到房間這頭說，「母親，要是妳能饒過柯南先生這次那就好了，我們還有很遠的路要走，而且天色已經不早了。」柯南隨即立起了身來，因為他當時正值一籌莫展之際，至於高文夫人，則是直到最後都在向他展示著跟之前一模一樣的眼神，還有用扇子拍打著的那副飽含鄙夷之情的嘴唇。

「你給我媽當的這場聽眾時間長得有點不妙，」門在他們身後關上之後，高文這麼說道。「我十分熱烈地希望，她沒有煩著你吧？」

「一點也沒有。」柯南說。

他們為此番旅行租了一輛小型敞篷四輪馬車，然後很快便坐進那裡面踏上了歸家之路。負責駕車的高文點燃了一支雪茄，柯南謝絕了另外一支。接著，他隨心所欲地陷入了一種神思十分渙散的狀態當中，以致高文再次說道，「我非常擔心，我媽肯定煩著你了，是嗎？」對此，他醒過神來應答道，「一點也沒有！」接著很快便再次故態重萌了起來。

如果換了是未曾存在過的那個人的那副不安心境，他的重重思緒將會主要集中在身邊的這個人身上。他會想起來，在他首次見到後者的那個早晨，他看見他用腳後跟把那些石子連根拔了起來，然後他會問他自己，「他會用那種漫不經心的殘忍方式把我也踢出這條戀愛之路嗎？」他會想到，他之所以會把他介紹給他的母親，是不是因為他清楚地知道她會說些什麼，還有這樣一來的話，他就能在一位情敵面前樹立起自己的形象，高

高在上地警告他離開，還用不著他自己向他說上哪怕一句心裡話？他還會想到，就算並不存在那樣一種圖謀策劃，但他把他帶到那裡去，是不是為了玩弄他壓抑於心的感情並且折磨他呢？有些時候，這些思索之流會被一股奔湧而至的羞恥感截停片刻，它負載著發自他豁達天性的強烈抗議，聲稱哪怕為這樣一種懷疑提供上片刻的庇護，就不算在堅守他所下定決心要走的那條高尚無私之路。在這些時刻當中，他內心裡面的鬥爭是至為艱苦慘烈的，接著，在抬起頭望向高文的眼睛時，他會突然受到一陣驚嚇，就好像他已經對他造成了什麼傷害似的。

　　然後，他會一邊望向昏黑的道路，還有它上面的那些模糊難辨的物事，一邊漸漸地再一次陷入沉思當中，「我很想知道，在那條比眼前還要昏暗的人生之路上，他跟我，我們將會駛向何處？在模糊難辨的遠方，它將會向我們，以及向她呈現出何種面目？」想到她之後，他會重新變得煩亂起來，心裡充斥著這樣一種自責的擔憂，覺得他不喜歡身邊的這個人，甚至都可以算是不忠於她，還有，他如此輕易地對他產生了這些偏見，會讓他變得比一開始更加配不上她。

　　「你明顯有些打不起精神來。」高文說，「我非常擔心，我媽肯定把你煩得不輕。」

　　「相信我，一點都沒有。」柯南說。「什麼事都沒有 ── 沒有任何事情！」

第二十七章　二十五下

　　在這個時期裡面，有一個疑問頻繁重現於柯南亞瑟的頭腦當中，令他感到甚為不安，它就是，潘可思想要收集跟杜麗家有關的資訊這件事情，是否有可能跟他從長期流放生涯中歸來之後，向他母親表露過的那個擔憂存在任何關係。潘可思先生已經獲悉了杜麗家的哪些事情，他還想再找一些什麼東西出來，以及他為何會用這些東西去煩擾他那個已然忙亂不堪的頭腦，這些問題常常令他感到困惑不堪。潘可思先生不是那種人，他不會把時間和精力花費在由閒來無事的好奇心引起的什麼研究專案上面。柯南沒辦法加以懷疑的一點是，他肯定擁有一個明確的目標。而當潘可思先生勤勉地實現了那個目標之後，是否有可能不合時宜地撥開那上面的陰雲，令他母親把小杜麗留在身邊的隱祕原因得以雲開見月明，則是他認真思索的另外一個問題。

　　如果他父親生前犯下的某個錯誤得以真相大白而且能夠得到補救，他會毫不猶豫地前去補救，他的這個願望或者說決心從未有過動搖。自從他父親死後，他便開始了這種猜測，懷疑他曾經做過某件有失公正的事情，並因此在心頭罩上了一片陰影，然而，那片陰影卻是十分模糊不清和無可名狀的，所以，實際情形也有可能跟他的猜測相去甚遠。但是，如果事實最終證明，他的這份擔心是有理有據的，他隨時準備丟下他所擁有的一切，而重新展開自己的人生。雖然童年時期接受了那種殘酷黑暗的教導，但它們從未沉入他的心靈當中，所以，他的道德守則當中的第一個條款是，他必須以實實在在的謙卑態度展開自己的人生，務必做到腳踏實地，絕對不去憑藉空話這對翅膀攀登天堂之路。人世間的職責、人世間待償的罪孽和人世間的實際行動是排在首位的東西，它們是榮登天堂的陡峭之路的最初幾級階梯。那扇門是小的，那條路是窄的，要比那條寬闊的通衢大道窄和小上許多，後者鋪滿了空洞的表白和空洞的套語，以及別人身上的

小過，還有對其他類似事物的慷慨陳詞和審判——總之統統都是一些不值一錢的廉價東西。

不，他的不安並非由自私的擔憂或者猶疑所致，而是源於一種不敢信任，唯恐潘可思不去遵守他們達成的協議，或者當他做出任何發現之後，會在不告知他的前提之下，而對它採取任何行動。從另一方面來講，當他回想起他跟潘可思的談話，還有他有一些小小的理由去認為，那個奇怪的男人可能已經不管怎樣走到那條路上去了時，他常常會驚奇於，自己竟然對此事如此介介於懷。就這樣，像是所有在怒海中航行的小船那樣，他在這片風濤大作的海洋中艱難泅渡著，四處顛簸漂流著，找不到一處避風的所在。

至於小杜麗本人撤出他們的慣常交往關係，則並未給予事情任何補救。她如此深居簡出於自己的房間，以致他開始想念起她來，覺得她的那個位置上出現了空缺。他曾寫信向她詢問，她是否好上一些了，她在回信裡面非常感激而真摯地對他說，請他不要為她擔心，因為她已經恢復得很好了，但他已經有一陣子沒能見到她了，對於他們的交往關係而言，這已經算是很長的一段時間了。

一天晚上，當他跟她父親——他說她出門訪友去了，在她為了他的晚餐辛勤工作時，這是他的慣例說辭——見過面返家之後，發現米格先生正在他的房間裡面激動不安地來回走動著。待他甫一打開門之後，米格先生立刻便停下了腳步，然後扭過臉說：

「柯南！——塔珂！」

「怎麼了？」

「丟了！」

「喔，願上帝保佑我這顆心活下去吧！」柯南驚訝地大叫道。「你是什麼意思呀？」

「她不願意數上二十五下，先生，不能按照命令去做那件事情，數到八就停了下來，然後就溜掉了。」

「離開你家了嗎？」

「永遠不會再回來了。」米格先生搖著頭說。「你不知道這個女孩那種火爆驕傲的性格。現在一群馬也沒辦法把她拉回來了，老巴士底獄的插銷和柵子也沒辦法關住她了。」

「這是怎麼發生的？請坐下來告訴我吧。」

「至於它是怎麼發生的，不是那麼容易講清楚的事情，因為你必須像那個魯莽衝動的可憐女孩那樣，擁有她那副倒楣脾氣，才能完全理解這件事情。不過它大致是這麼個樣子。最近寶兒和孩子他媽和我談了很多事情。我是不會瞞著你的，柯南，這些談話並不是我所希望的那種陽光明媚的類型，是關於我們一家人再次出遊這件事情的。在提議這麼做的時候，我實際上是有一個目標來的。」

若是換了那個未曾存在過的人物，聽到這裡他的心會跳得飛快。

「說到這個。」米格先生先停頓了了片刻，然後說，「我也不會瞞著你的，柯南。我那個親愛的孩子愛上了一個人，這讓我感到有些難過。可能你已經猜到那個人是誰了，高文恆瑞。」

「我聽到它並不覺得唐突。」

「好吧！」米格先生沉重地嘆息了一聲，接著說道，「但我想對上帝祈求，你從來沒有迫不得已地聽到了它。然而，事實就是如此。孩子他媽和我做了我們能做的所有事情，想要扭轉這個局面，柯南。我們嘗試過溫柔的勸導，我們嘗試過日久淡忘，我們還嘗試過讓她見不著人，但截至目前沒有起到任何作用。我們最近的談話談的是，再次出遊最少一年這件事情，目的是為了能讓他們徹底分開，然後中斷掉這份關係。對於這件事情寶兒有些不大高興，所以孩子他媽和我也有些不高興了起來。」

柯南說他很容易就能想像得到。

「好吧！」米格先生帶些歉疚似的繼續說道，「作為一個務實的男人我承認，而且我確信，作為一個務實的女人孩子他媽也會承認，我們確實在

家人面前過分誇大了我們的那些煩惱，把我們那些小土丘一樣的小麻煩弄成了一些高山大川，據估計我們的那副模樣會讓在一旁看著的人相當難受——你得知道，柯南，這是對那些十足的外人而言的。但是，對我們來說寶兒的快樂與否可稱是關乎生死的重大問題，我希望，我們在這方面做得過分了一些是可以得到原諒的。不管怎樣，塔珂可能是能夠承受得了它的。那個，難道你不這麼認為嗎？」

「我絕對這麼認為呀。」柯南應答道，用至為強調的語氣認可了他這個絕對不算過分的預期。

「不，先生。」米格先生說，同時滿心悔恨地搖著頭。「她是沒能力承受它的。那個女孩遭受的那些疼痛和憤怒，那個女孩心裡經歷的那些折磨和撕扯都是如此之大，所以每次經過她身邊的時候，我都會溫柔地再三對她說道，『數上二十五下，塔珂，數上二十五下！』我衷心地希望，她能夜以繼日地不斷數這二十五個數，那樣的話就不會發生這件事了。」

說完，米格先生把他的臉從上到下，從前額到下巴捋了一把，然後再次搖起了頭來。在他那張沮喪的臉上，他那顆善良的心靈甚至得到了比他歡喜快活之際更為明顯的表露。

「我對孩子他媽說（其實這是沒有必要的，因為她自己肯定也會想到這些），我們是些務實的人，親愛的，我們了解她的身世。在這個不快樂的女孩身上，我們能看到在這個可憐東西出世之前，她母親心裡那些暴怒因數的一些影子。我們得美化一下她的這副脾氣，孩子他媽，我們現在不能太過留意它，親愛的，等過上一段時間她的脾氣好上一些了，我們再好好使用她吧。所以我們什麼都沒說，但是，就在我們依計進行，事情也好像按照預期發展了下去的時候，她卻在有一天晚上猛烈地發作了。」

「怎麼發作的，還有為什麼呢？」

「如果你要問我為什麼。」米格先生說，他有點被這個問題打擾了一下的樣子，因為他正在專心致志於為塔珂而不是為他的家人開脫這件事情

上面，「我只能讓你去參考我剛剛才重新說過一遍的那些話，我說重新是因為，我差不多跟孩子他媽說過一模一樣的話。至於她是怎麼發作的，我們當著她對寶兒說了晚安（說得非常深情款款那種，我必須得承認這一點），然後她就陪著寶兒上樓去了——你應該記得她是她的侍女。可能因為心情不大好，在要求她服侍她的時候，寶兒稍微比平時少了些體貼的態度，但我不知道我是不是有權這麼說，她總是關心和溫柔待人的。」

「全世界最溫和的那位女主人。」

「謝謝你，柯南。」米格先生說，然後抓住他的身體搖了他一下，「你是經常看到她們在一起的。好了！接著我們很快就聽到，這個倒楣的塔珂憤怒地大聲叫嚷了起來，接著，還沒等我們顧得上問這是怎麼回事的時候，寶兒就抖抖索索地下樓來了，說她被她嚇著了。緊跟著她下來的是怒火沖天的塔珂。『我討厭你們三個，』她朝我們跳著腳說。『我是因為討厭這個地方才發作的。』」

「聽到這裡你——？」

「你說我嗎？」米格先生說，並在臉上顯現出一種簡單而善良的深信表情來，兩相比較之下，它可能會讓高文夫人的那份信仰都顯得相形見絀起來。「我說，數上二十五下，塔珂。」

說完，米格先生又把他的臉捋了一把，並且搖起了頭來，臉上一副十分深重的遺憾模樣。

「她已經非常習慣這麼做了，柯南，所以甚至在那個時候，那是一幅你從來沒有見過的激烈畫面，她都馬上停了下來，全神貫注地看起我的臉來，然後數到了八那裡（我已經跟你說過這個了）。但她控制不住自己，沒辦法再繼續進行下去了。於是她在那裡停了下來，可憐的東西，然後讓剩下的那十七個數四下裡飄散掉了。接下來就是全盤發作。她強烈憎厭我們，她看見我們就痛不欲生，她沒辦法承受它，她不願意承受它，她下定決心要離開。她比她的小主人還要更小，她會願意留下來看她時時被奉為

掌上明珠，被當成唯一一個年輕有趣的人備受珍視疼愛嗎？不會的。她不願意，她不願意，她絕對不願意！如果在她的童年時期裡面，她像她的小主人那樣深受寵愛關懷，你說我們認為她，也就是塔珂可能會是一副什麼模樣呢？跟她一樣好嗎？啊！可能比她還要好上五十倍呢。當我們假裝出一副互敬互愛的樣子，我們會因為她的難受樣子而歡欣鼓舞，那就是我們做過的事情，我們看著她的難受樣子感到歡欣鼓舞，我們讓她感到羞恥。而且那幢房子裡面的所有人都是那麼做的。他們會談論他們的父親母親，還有他們的兄弟姐妹，他們喜歡在她面前提起他們來。剛剛就在昨天，狄克夫人跟她的小孫子一起待在那裡，那個孩子用我們給她起的那個可憐的名字（塔珂）稱呼她，把他奶奶逗得樂不可支，然後又把那個名字嘲笑了一頓。嗜，誰沒有這麼做過呢，我們是誰呀，我們怎麼能有權給她起一個小貓小狗那樣的名字呢？但她沒把這些放在心上。她不會再從我們這裡接受這種好處了，她會把她的名字丟過來還給我們，她要走了。她在那一分鐘就要走了，沒有人能阻止得了，我們絕對不會再聽到她的消息了。」

米格先生像是擁有他的原型人物的那些鮮活記憶似的，一字不落地背誦了她的這些所思所想 [158]，而且，這時他差不多變成了塔珂在他描述當中的那副模樣：臉色緋紅而激動難捺。

「啊，好了！」他說，然後擦了他的臉一把。「在那個時候，試著跟這個激情澎湃又氣咻咻的小人兒講道理是沒有用處的（上帝知道，她母親的往事肯定會是一副什麼模樣），所以我平靜地對她說，她不應該在深夜裡的那個時辰離開，然後牽著她的手把她領進了她的房間裡面，又把房子的好幾扇門都上了鎖。但她還是在今天早晨走掉了。」

「你再沒聽到她的消息嗎？」

「沒有，」米格先生應答道，「我已經四處找了她整整一天了，她肯定

---

[158]　這句話的潛臺詞是，在說出上面那席話的時候，米格先生不自覺地模仿了塔珂的口吻，等同於扮演了塔珂這個角色，故有「原型人物」一說。

是在非常早的時候非常安靜地離開的，我沒能在我們周圍發現她的任何痕跡。」

「等一下！你是想，」柯南先思忖了片刻，然後說，「見到她吧？我猜是這樣吧？」

「是的，絕對是這樣，我想再給她一個機會，孩子他媽和寶兒也想再給她一個機會，說啊！你自己呢，」米格先生循循善誘地說，好像惹惱那個女孩的根本不是他自己一樣，「也想再給這個莽撞但可憐的女孩一個機會吧，我知道是這樣，柯南。」

「在你們全都寬恕為懷的時候，」柯南說，「如果我不這樣的話，會顯得非常奇怪和冷酷。我接下來想問的是，你有沒有想到過那個韋德小姐？」

「是的。我直到把我們周圍全都找遍了，還是沒能想到她，而且我不知道，要不是當我回到家裡以後，發現孩子他媽和寶兒滿腦子都是塔珂肯定去她那裡了這個想法的話，我接下來能不能想到她。接著，我當然就想起來了，當你第一次碰到我們的時候，她在那天的午宴上說了些什麼。」

「關於去哪尋找韋德小姐，你有什麼主意？」

「跟你說實話吧。」米格先生應答道，「你能發現我在這裡等著你，就是因為對於那件事情，我有一個像是一堆亂麻和一鍋漿糊的想法。有時候，一些奇特的印記會十分神祕地進入人們的房子裡面，沒有人是用與眾不同的方式撿到它們的，但所有人都好像是在不經意之間從某個人那裡得到了它們，然後又丟掉了它們，我的房子裡面就出現了這樣一個奇特的印記，說她現在住在，或者說過去住在那個地方的那一帶。」說到這裡，米格先生遞給他一個小紙條，上面寫著格羅夫納區的一條了無生氣的輔街的名字，距離公園街不太遠。

「這上面沒寫號碼。」亞瑟一邊仔細審閱著它，一邊說道。

「光是沒有號碼嗎，親愛的柯南？」他的朋友應答道。「是什麼都沒有！那條街道的那個名字可能像漂浮在空氣當中那麼虛無縹緲，因為就像

我剛才跟你說的那樣，我家的那些人們全都沒辦法說出來，他們是從哪裡得到這張紙條的。但它還是值得去打聽一下的，因為比起單獨行動來我更願意跟人結伴前往，又因為你也是那個無可動搖的女人的旅伴之一，所以我想可能 ——」聽到這裡之後，柯南重新戴起帽子說他已經準備好了，用這種方式幫米格說完了這句話。

　　時值夏日的一個昏暗、炎熱而多塵的傍晚時分。他們搭乘馬車到達了牛津街的頂頭處，在那裡下了車，然後撞進了那些滿臉都是憂悒和莊重神色的大街，和那些欲要顯得莊重起來，結果卻成功地更顯憂悒了起來的小街當中。在那一帶的公園街附近，有一座由這些大小街道交織而成的迷宮。在那裡，雜亂無章的一大堆轉角式大宅全都擁有原始古老的柱廊和其他附屬設施，還有在某個剛愎自用的時代裡面由某個剛愎自用的人引發的那些恐怖事物，它們仍然索取著子孫後代們的盲目崇拜，而且下定決心要一直這樣做下去，直至子孫後代們全都倒地不起，而不管是那些大宅，還是那些恐怖事物，都在朝彼時的暮色顰蹙著它們的眉頭。一些供寄生蟲們居住的小公寓像是整個房屋框架都患上了痙攣症一般，從它們那些依照格羅夫納廣場上公爵大人家的那種巨大樣式建造而成的矮小廳門，到閨房裡那些俯瞰著馬廄街上的那些糞堆的緊緊關閉著的窗戶，無一不令這個傍晚滿溢起了悲傷的氣息。那些像患了佝僂病一般的宅邸毫無疑問是非常時髦的，但除了一股陰暗的味道之外，沒辦法舒適地容納下任何其他東西，它們看上去像是那些大宅在近親繁殖之後生產出來的東西，還有它們那些後來添加的小凸肚窗和小露臺，全都用一些細鐵棍支撐著，像是鬍子頸[159]病人的下巴棲息在頸架上面似的。這裡或者那裡，不時會出現一塊悼念死者的菱形紋章匾，它們包含著紋章學的整套學問，若隱若現於那條街道之上，像是大主教正在進行一場關於虛榮自大的布道似的。街上的店鋪數量寥寥，且不作任何展示，因為公眾作何想法在它們眼裡是一文不值的。點心師傅熟知他的那本名冊上面有些

---

[159]　鬍子頸又稱瘰癧鬍病和鬍病，多發於頸部，也可見於腋窩處，發病處始生硬塊，然後潰爛流膿。

什麼名字，而且因為這份知識顯出了一副安若泰山的做派來，僅在櫥窗裡面擺了幾個裝著貴婦薄荷酒的圓筒，和半打小葡萄乾果凍的古老樣本。而水果店老闆對那些鄙俗頭腦做出的全部讓步是，擺了幾個橘子出來。在雞販子的那個曾經裝過麥頭鳳雞雞蛋的籃子裡面，現在長滿了苔蘚，它們便是他對暴民所作的全部表白。在那個季節的那個時辰裡面，那些街道上面的每一個人永遠都是一副離家前去赴宴的模樣，卻沒有哪怕一個人顯得像是，會為他們提供他們所去奔赴的宴席。門階上面躺靠著身著亮色錦衣，後腦勺呈白色的制服男僕，像是一些碩大而醜陋的絕種鳥類。管家們則是一副孤家寡人般的遁世模樣，每一位都像對所有其他同儕充滿了不信任的狐疑一般。在公園街上面，日間的隆隆馬車聲已停歇了，街燈正在漸次亮起，邪惡的小個子馬夫們身穿緊到極致的制服，並且像是在唱答應和他們腦袋裡面的那些彎彎繞一樣，彎著膝蓋成雙結對地四處閒逛著，一邊嚼著麥稈一邊交換著意在欺騙對方的祕聞。一些長滿斑點的狗原本是跟馬車出雙入對的，現在跟在送信的小廝後面來回奔走著，這些畜生跟那些華美的交通設備連繫得十分緊密，所以，當它們眼下在不見馬車的前提下現身時，就像是在屈尊下駕一般。在這裡或者那裡，不時還會出現一間離群索居的酒館，它們似乎不大需要人們的鼎力支援，所以並不十分待見那些走出馬房的紳士們。

在紙條上所寫的那條街上詢問打聽的過程當中，這兩位好朋友做出了最後這項發現。但是，不管在那家酒館，還是在任何其他地方，他們都沒能打聽到，有這樣一位韋德小姐跟這條街道存在任何關聯。它是眾多供寄生蟲們居住的街道之一，狹長、整齊、無趣而陰暗，像是一列由磚頭和灰泥構成的送葬隊伍。他們在幾個不大的院門外進行了打探，但是沒能得到任何資訊，在那些地方，一般都會有一個沮喪的年輕人站在那裡，把他的下巴釘在一條陡峭的小木頭樓梯的頂頭部位處。他們沿著那條街道的一側走了上去，又沿著它的另一側走了下來，時值兩個吵鬧喧囂的賣報人正在宣告一件從來沒有發生過而且絕對不會發生的驚天大事，雖然他們把粗啞的嗓音投擲進了一些

祕密的房間裡面去，但卻沒能引出任何東西來。最後，當他們站在起步的那個街角處時，天色已經相當昏黑了，但他們仍然還是一頭霧水。

事有湊巧的是，在那條街道上面，他們之前數次經過了一幢陰暗的房子，它顯然是空置的，窗戶上面貼著廣告，宣稱它正在對外招租。那些廣告作為眼前這列送葬隊伍裡面的一個異數，差不多等於是一種美化和裝飾了。可能是因為這些廣告令它在柯南心裡變得與眾不同了起來，也可能是因為，米格先生和他前後兩次在路過它時一致認定，「她顯然不是住在那裡面的」，總之柯南現在提議道，在最終離開之前，他們應該返回去再去打聽一下那幢房子。米格先生同意了，於是他們便返了回去。

他們敲了一遍門，又拉了一通鈴，但沒有得到任何回應。「空的。」米格先生邊聽邊說道。「再試一次。」柯南說，然後又敲了一遍。敲完這遍之後，他們聽到下方發出了一陣響動，那是某個人拖著腳朝門口走上來了。

那個逼仄的門道非常黑暗，所以他們沒辦法清楚地辨認出來，是一個什麼樣子的人給他們開了門，但好像是一個老婆子。「很抱歉打擾你，」柯南說。「請問，你能不能告訴我們，韋德小姐住在哪裡？」出乎他們意料之外的是，黑暗裡面的那個聲音答道，「住在這裡。」

「她在家嗎？」

他們沒有聽到回答聲傳來，於是米格先生再次發問道，「請問她在家嗎？」

再次延宕了一會兒之後，那個聲音突兀地說，「我猜她是在家的，你們最好還是進來吧，然後我去問問。」

接著，他們被十分草率地放進了那座封閉黑暗的房子裡面。那個身形窸窸窣窣地走開了，一會兒又從某個比他們高上一些的地方對他們說，「如果你們願意的話，請上來吧，不會有什麼東西絆到你們的。」於是他們朝著一處微弱的光亮摸索著上起了樓來，結果表明，那是街燈透過窗戶帶來的光亮。最後，那個身形把他們留在了一個通風不良的房間裡面。

「這裡有點古怪，柯南。」米格先生輕聲說。

「十分古怪。」柯南用相同的聲調表示贊同，「但是我們成功了，這才是最主要的。這邊有一塊亮光走過來了！」

那塊亮光是一盞燈，掌燈人是一個老婆子，此人非常髒汙邋遢，又非常多皺而乾巴。「她在家呢，」她說（這個聲音就是之前對他們講話的那個），「她一會兒就過來了。」把燈放在一張桌子上面之後，那個老婆子在圍裙上面擦起了手來，她可能永遠都在這樣做，卻從來沒讓它們真正乾淨過，接著，她又用一雙昏暗的眼睛把兩位來客看了一會兒，然後後退著走出了房間。

如果他們前來拜見的那位女士就是眼前這位住客的話，那她看樣子剛剛才在這裡住了下來，狀如她之前可能在東方的一間客棧裡面安身時那樣。鋪在房間正中央的一張方形小地毯，幾件顯然不屬於這個房間的傢俱，以及亂作一堆的幾個旅行箱和其他旅行用品，便構成了她在此地的全部家當。受惠於之前的某位固定住客，這個憋得快要爆炸的小房間吐了一面大穿衣鏡和一張鍍金桌子出來，但是，那些鍍金已經凋零如昨日黃花，那面鏡子也是霧濛濛一片，像是用保存魔法攝取了它曾經反射過的所有霧氣和惡劣天氣一般。這兩位訪客先用一兩分鐘時間看了看身邊的這些東西，然後房間的門被打開了，緊跟著韋德小姐走了進來。

她的樣子跟前次分別時別無二致，還是一模一樣的英氣勃勃，一模一樣的滿臉鄙夷，和一模一樣的心事重重。看到他們之後，她沒有表現出來任何驚訝的神色，也未流露出任何其他感情。她先請他們入了座，接著，在謝絕了請她自己也落座的建議之後，她立刻先他們一步道出了他們此番前來的開場白。

「我擔心，」她說，「我是知道你們此番賞臉拜訪的原因的，我們可以直奔那個主題。」

「那好吧，夫人。」米格先生說，「我們是為塔珂而來的。」

「我也是這麼猜測的。」

「韋德小姐。」米格先生說，「你可以大發善心說一說嗎，你是不是知道一些她的事情？」

「當然可以。我知道她正在這裡跟我待在一起呢。」

「那好，夫人，」米格先生說，「請允許我告於你知曉，我很樂意把她帶回家去，我的妻子和女兒也很樂意把她帶回家去。她已經跟著我們很長一段時間了，我們沒有忘記她對我們說過的那些不敬之詞，但我希望，我們是知道該怎麼體諒她的。」

「你希望你們是知道該怎麼體諒她的？」她應答道，用的是一種平淡但經過了慎重權衡的聲音。「體諒些什麼呢？」

「韋德小姐，我認為我的朋友想說的是，」眼見米格先生相當的茫然不知所措，柯南亞瑟插嘴道，「體諒這個可憐女孩有時候會產生的那種過激想法，覺得自己受到了不公對待，這種想法偶爾會戰勝那些美好的記憶。」

把眼睛轉到他身上的時候，那位女士的臉上綻出了一抹微笑，接著說道，「一點也沒錯！」這便是她所作出的全部回答。

對柯南的那則評論進行完這番答覆之後，她絕對泰然寧靜地站在桌子旁邊歸然不動了起來，以致令米格先生用一種入迷的神色盯著她看個沒完，甚至都沒辦法把眼睛轉到柯南身上，示意他採取另外的行動。而亞瑟先是十足尷尬地等待了一陣子功夫，然後說道：

「韋德小姐，米格先生可能想見見她，可以嗎？」

「這個容易，」她說。「到這裡來，孩子。」說出這話的同時，她打開一扇門，然後牽著那個女孩的手把她領了進來。她倆站在一起可稱是一幅非常奇特的畫面，只見那個女孩用空閒的那幾根手指半是躊躇半是激烈地搓揉著胸前的衣服，韋德小姐則板著一張平靜的面龐專注地看著她，她的那副模樣會讓一位旁觀者非常強烈地覺得，她的平靜表像下面潛藏著一股源於天性而不可抑制的激情，其情狀如同，面紗會讓人想到它所覆蓋著的面孔的形狀一樣。

「你看這裡，」她用之前那種平淡的語調說。「這是你的恩人，你的主人。他是願意把你帶回去的，親愛的，如果你能感受到他對你的恩惠，並且選擇跟他走的話。你可以再次變成他的俏女兒的陪襯物，再次供她可愛的任性脾氣奴役驅使，再次成為那座房子裡面的一件玩具，用來向外人展示那家人的善良美德。你可以再次擁有那個滑稽可笑的名字，它會在玩鬧戲謔之間令你鶴立雞群和與眾不同起來，而你應該鶴立雞群和與眾不同在他們眼裡是一個原本就正確的事實。（你得知道你的出身，你絕對不能忘記你的出身。）你可以再次被展覽給這位紳士的女兒，哈莉，在她面前充當一個活生生的提點物，時刻提醒她的高高在上和她的深恩厚德。你可以重新獲得這些好處，我敢說在我說出這些話的時候，肖定會有更多類似的東西在你的記憶裡面浮現出來，而如果你選擇受我庇護的話，你將會失去這些東西 —— 你是可以重新得到它們的，只消告訴這倆位紳士你有多麼卑賤和懊悔，只消跟著他們回去接受寬恕。你怎麼說呢，哈莉？你會回去嗎？」

在這些言辭的影響之下，那個女孩的怒火逐漸升騰了起來，面色也逐漸加重了起來，接著，她抬起閃閃發光的黑眼睛迅速看了一眼，又握緊了一直在給衣服打褶的那隻手，最後說道，「我寧可馬上死掉！」

這時，韋德小姐仍然站在她身邊握著她的手，聽到這話之後，她安靜地環顧了一眼，然後微笑著說，「紳士們！聞聽此言你們作何打算？」

聽到他的動機和行為受到了如此曲解之後，可憐的米格先生產生了一種難以言表的驚愕之情，而它竟然在一時之間令他失去了插話的能力，直至現在方才重新獲得了說話的力量。

「塔珂，」他說，「因為我仍然會用這個名字稱呼妳，所以妳要知道，當我把它給了妳的時候，我是除了善意之外別無任何他圖的，妳還要知道，妳原本是很清楚這一點的。」

「我不知道！」她說，然後再次抬起頭來看了一眼，並且差不多快用那隻忙亂的手把自己撕成碎片了。

「不，可能現在還不是時候，」米格先生說，「不是在那位女士的眼睛還專注地盯著妳的時候，塔珂，」聽到這裡，她迅速瞥了他們一眼，「不是在她的力量還作用在妳身上的時候，我們眼見她向妳施加了這些影響。可能現在還不是時候，是在另外一個時間。塔珂，我不會去問那位女士，她自己是不是相信她剛才說過的那些話，就算在那種盛怒和敵意當中，她也可能是言不由衷，我和我這位朋友都知道，她是在這種心境下說出那些話的，而且，她還用一種無論是誰都會過目難忘的堅定決心，強令她自己去相信了那些話。我也不會去問妳，妳是否相信它們，妳肯定還記得我家的房子，還有它裡面的那些東西。我要說的只有，妳不需要對我和我的家人表白什麼，也不需要祈求寬恕，我要妳在這個世界上所做的全部事情僅僅是，數上二十五下，塔珂。」

她迅速看了他一眼，然後皺著眉頭說，「我不願意。韋德小姐，請妳帶我離開吧。」

她內心裡面那種翻江倒海的鬥爭沒有一丁點柔和的成分，只是在激烈違抗和頑固違抗這兩種狀態之間撕扯個不停。她的濃重的面色，她的沸騰的血液，還有她的急促的呼吸，全都在跟那個倒轉腳步回家的機會針鋒相對。「我不願意！我不願意！我不願意！」她用一種不高但渾厚的聲音重複道。「我寧可被撕成碎片！我寧可把自己撕成碎片！」

這時，韋德小姐已經放開她那隻抓著塔珂的手了，而現在，她又把它在那個女孩的脖頸上放了片刻，動作裡面充滿了保護的意味，然後面帶著之前那種微笑環顧了一眼，又用跟之前一模一樣的聲調說，「紳士們！聞聽此言你們作何打算呢？」

「噢，塔珂呀，塔珂呀！」米格先生大叫著說，還伸出一隻手向她發出了真誠的祈求。「聽聽那位女士的聲音吧，看看那位女士的臉孔吧，想想那位女士安了一顆什麼心吧，再思考一下妳的前面擺著一種什麼樣子的未來。孩子，不管妳可能是怎麼想的，總之那位女士對妳施加的影

響 —— 它讓我們大吃了一驚，如果說我們在看到它之後覺得十分嚇人的話，那基本是沒有什麼誇張的成分的 —— 是建立在比妳那些還要更加凶惡的強烈感情，和比妳那種還要更加猛烈的暴躁脾氣之上的。妳們在一起能做什麼？會產生什麼成果出來嗎？」

「我是孤身一人住在這裡的，紳士們。」韋德小姐評述道，聲音和神態都沒有任何改變。「你們想說什麼都可以。」

「在她目前的這種情形當中，夫人，」米格先生說，「禮貌絕對已經對這個被誤導的女孩沒什麼作用了，雖然我並不希望完全丟棄它，況且妳還當著我的面對她施加了這麼強烈的傷害。甚感抱歉的是，當她不幸著了妳的道之後，我要當著她的面提醒妳這麼一句 —— 我必須得把這話說出來 —— 妳在我們所有人眼裡都是一個難解的謎團，妳跟我們當中的任何人都沒有任何共同之處。我不知道妳是什麼人，但妳藏不住，也沒辦法藏得住，妳的身體裡面住著一顆多麼黑暗的心。如果妳碰巧是這樣的女人，又無論出於什麼原因，想把一個同樣身為女人的姐妹弄到像她這麼可憐的地步，並且想要從中獲取一份變態的樂趣（我已經老得應該聽到這種事情了）的話，那我就要警告她小心妳，也要警告妳小心自己。」

「紳士們！」韋德小姐平靜地說。「在你們進行總結陳詞的時候 —— 柯南先生，你可能願意誘導你這位朋友 —— 」

「不要放棄再去嘗試一次的希望。」米格先生堅定有力地說。「塔珂，可憐又親愛的女孩，數上二十五下！」

「不要拒絕這個好心人向妳提供的這份希望，這個確切的未來。」柯南用低沉的強調語氣說。「把臉扭向妳還沒有忘記的朋友們吧。再好好想一想！」

「我不願意！韋德小姐。」那個女孩說，她的胸脯鼓脹得老高，說話時把手舉到了喉嚨那裡，「請帶我離開吧！」

「塔珂。」米格先生說。「妳還有一次沒數呢！這是我要你在這個世界上所做的唯一一件事情，我的孩子！數上二十五下！」

（數上二十五下）

　　她用兩隻手緊緊地捂起了耳朵，並在激烈動作之間把亮晶晶的黑髮雜亂地披散了下去，最後，她把臉堅決地扭向了牆壁。在米格先生發出這個最終請求之後，韋德小姐面帶那抹奇特專注的微笑密切注視著她的反應，同時把一隻手按在自己的胸脯上面，她曾經用相同的動作注視過塔珂在馬賽的那場內心鬥爭，隨後，她用一條手臂攬住了她的腰，好像從今往後永遠占有了她一般。

　　接著，當她扭過臉對這倆位訪客下達逐客令的時候，那上面掛著一副一覽無遺的勝利表情。

　　「因為這是我最後一次有幸向你進言。」她說，「也因為你之前說不知道我是什麼人，還說起了我能有如此影響的基礎所在，所以我現在可以告於你知曉，它的基礎是我們擁有一個共同的目標。在出身這件事情上面，你這個破碎的玩物是什麼樣子，我就是什麼樣子。她沒有名字，我也沒有

名字。她的冤屈就是我的冤屈。我再沒有別的話要對你說了。」

　　這番話是說給米格先生聽的，後者在聽完之後悲傷地走了出去。當柯南也緊隨其後的時候，她這邊還是那副表面上的平靜模樣，還是那種平淡的語調，但這次多了一抹僅可見於殘忍臉孔之上的微笑，它是一抹非常淡然的微笑，把鼻翼鼓脹了起來，卻基本沒有牽涉到嘴唇的運動，而等到她說完下面這席話之後，它並不是逐漸消失掉的，而是立刻就被驅逐得不見了蹤影。她說：

　　「我希望，你的那位好朋友，也就是高文先生的妻子，可以快樂地享受她那份相對於這位女孩和我來說十足美好的出身，以及那份在遠處等待著她的大好前程。」

第二十七章　二十五下

第二十八章　那人消失了

　　米格先生覺得，在尋回那位失蹤門客這件事情上面，他還尚未傾盡全力，所以又給她寫去一封抗議信，還給韋德小姐也寫了一封，不過除了殷殷善意之外別無任何其他感情流露。但是，這幾封書信和那位前任小主人寫給那個倔女孩的一封鐵定可以軟化她（要是有什麼東西能夠做到這一點的話）的信全都沒有收到任何回音，這是因為，這三封信全都在房門那裡被拒絕接受，然後在數周之後被退了回來。於是，他又委任米格夫人去試驗一下親自會晤的效果，但那位令人尊敬的女士沒能得到接見，吃了一碗極其堅硬的閉門羹，此後，米格先生又苦求亞瑟再去嘗試一次，看看他能不能做些什麼。後者遵命前往所產生的全部後果是，他發現那座空房子還是由那個老太婆照管著，但韋德小姐已經走了，那些無主而充了公的傢俱也都不見了蹤影，還有就是，那個老太婆無論你給她多少半克朗硬幣都會欣然接納，然後向捐贈人致以善意的感謝，但沒辦法提供無論任何資訊用來交換這些硬幣，只會一成不變地拿出一份由房屋仲介處那個年輕人留在大堂裡面的固定資產備忘錄來，以供來訪者對其進行研讀。

　　即使遭遇了如此挫敗，米格先生仍然不願意拋棄那位忘恩的門客，以防萬一她的正面性格戰勝了那些陰暗面的話，她會陷於無望的境地當中，於是，他一連六天在晨報上面刊發了一則措辭遮遮掩掩樣貌毫不起眼的廣告，大意說最近某位年輕人未加考慮便貿然選擇了離家出走，如果此人願意在無論任何時候前往他特威南姆的家裡請求原諒的話，所有事情都會一如從前，也無需擔心遭到任何責備指摘。然而，這份公告卻引發了眾多始料未及的後果，它們令驚恐萬狀的米格先生平生頭一次明白了如下事實：每天貿然離家出走的年輕人絕對會有數百之眾。這是因為，一群又一群非他預期當中的年輕人蜂擁前往特威南姆，而當這些人發現未能受到熱情接

待之後，全都要求他支付損害賠償金彌補相關損失，外加前往那裡和回程的馬車車費。而且，這份廣告招來的不速之客們並非只有這些人，還有一批又一批靠寫乞討信維生的人們，這些人好像永遠都在急切地等待著，想找一個能把他們的信掛上去的鉤子，而不管它有多麼之小，總之，他們紛紛來信訴稱，看到這份廣告之後，他們在受惑之下不禁滿懷信心地來信請求援助，索取金額各自有別，從十先令到五十鎊俱各有之，不一而足，而且，他們這樣做並不是因為他們了解有關那個年輕人的任何情況，而是因為他們覺得，進行這些捐贈將會極大緩解廣告發布者的精神負擔。同樣地，還有一些善於謀劃者也利用這個機會跟米格先生書信往來了起來，比如，在告於他知道他們是透過某位朋友注意到這份廣告的同時，他們會懇求獲取一個陳情以下狀況的機會，即如果他們在任何時候與聞了那位年輕人的任何消息的話，他們絕對不會有失於立馬告於他知曉，但與此同時，如果他肯向他們施以援手提供一份必須的資金，以使某種完全獨創的水泵臻於完善的話，接下來將會有一些至為皆大歡喜的後果惠及到整個人類。

於是，當那個新近成立而充滿活力的道義柯南公司以兩位合夥人各自的私人身分，在某個星期天前往那座鄉間別墅過了一夜然後直到星期一方告離開的時候，在這些不利狀況的聯合作用之下，米格先生和他的家人們已經開始不情願地放棄無可挽回的塔珂了。其時，那位資格較老的合夥人是搭乘馬車前往的，那位資歷較淺的合夥人搭乘的則是他自己的手杖。

而現在，我們的敘述要被拉回到那個週日黃昏去。在後者已經接近了此行的終點，正在穿越河邊的草地的時候，一輪安寧靜謐的夏日夕陽把它的餘暉照耀到了他的身上。他覺得平靜極了，還覺得心裡的憂慮和負擔減輕了不少，因為鄉村的恬靜往往會在城市居民的心裡喚起這些東西來。在他的視野裡面，每一樣東西都是可愛和寧恬的。繁茂蔥郁的樹葉，點綴著各色野花的豐美草地，河裡的綠色小島，岸上的燈心草圈圈，漂遊在河面上的水蓮花，以及從遠處搭乘著水上的漣漪和傍晚的熏風傳入他耳中的漁

舟晚唱，全都表達出來一種休憩的意味。在偶爾躍起的一條魚身上，或者是一支入水之槳，或者是一隻尚未歸巢的小鳥的啁啾鳴叫，或者是遠處的一聲狗吠，或者是牛的哞哞聲 —— 在所有這些聲音裡面，全都包含著那種無處不在的休憩氣息，而在熏甜了芬芳空氣的各色香氣中間，這種氣息又好像把他緊緊包圍了起來。還有天空上面漫長的紅色和金色線條，落日所走過的輝煌軌跡，都顯得神聖而安寧。在遠處的紫色樹頂上面，還有近在手邊，有暗影在其上緩慢爬升的綠色高山上，都是同樣的悄無聲息。真實的景致和它在水裡的倒影是沒有分別的，二者都是一副不受擾動的清明模樣，而且，在充滿著莊嚴神祕的生死意味的同時，它們也因了那副溫柔仁慈的漂亮樣子，而令眼前這位凝望者的那顆深受撫慰之心滿溢起了希望和安然。

當柯南見那倒影好像在水裡越沉越深的時候，他已經不是第一次，而是許多次停下腳步來觀看周圍的景致了，同時體會著眼中所見的那些東西沉入到靈魂當中去的美妙感覺。當他慢慢地重新挪動起腳步的時候，他看到他前面的小路上有一個人影，一種有可能存在的狀況是，他之前產生的那些傍晚印象也有此人的印記在裡面。

那是蜜妮孤身一人站在那裡。她的手裡拿著幾枝玫瑰，似乎正靜靜地站在那裡看著他，在等著他走過去。她臉對著他，又像是正在從對面朝他走來。她的舉止裡面包含著一些慌亂，這是柯南前所未見的，接著，當他走到她跟前的時候，他馬上就有了這麼一個想法，她是專門在那裡等著跟他講話的。

她伸過手來挽起了他，然後說，「看我一個人待在這裡，你覺得很驚訝是吧？但是這個傍晚是這麼的可愛，所以我逛得比一開始打算的遠了一些。我想可能會碰到你，所以就逛得更加起勁了。你總是從這條路上來我家的，不是嗎？」

當柯南說他最喜歡從這條路上走的時候，覺得那隻挽在他手臂上面的

手有些像失去了平衡似的，又看到那些玫瑰搖動了起來。

「你能允許我給你一枝嗎，柯南先生？我是在走出花園的時候採來它們的。更確切地說應該是，我差不多是為你採來它們的，當時我覺得很有可能會遇到你。道義先生一個多小時以前就到了，對我們說你正在步行著往過趕呢。」

當他從她手裡接過一兩枝玫瑰的時候，他自己的手也有些震動了起來。然後，他向她道了謝。他們現在站在一條林蔭大道的邊上。他們是在他的帶動之下拐到那裡面去的，還是在她的帶動之下，這是一個無關緊要的問題，他一點都不知道那事是怎麼發生的。

「這裡是一個非常莊重的地方，」柯南說，「但在這個時刻裡面卻非常令人愉悅。我認為，沿著這條濃密的林蔭路往前走，然後從另一頭那個拱形光門出來，算得上是邂逅渡口和妳家別墅的最佳途徑了。」

這時，蜜妮穿戴著簡樸的園丁帽和輕便的夏裝，濃密的棕色頭髮隨意簇擁在肩頭部位處，在她抬起一雙妙目迅速瞥了柯南一眼的時候，其中的一股關懷信賴之情混雜了一種略帶羞怯、對他而發的悲傷憐憫，其情狀十分動人。這樣的她看上去漂亮極了，所以十分有利於他的平靜心緒 —— 也有可能是不利於他的平靜心緒，他不是非常確定到底是哪一個 —— 也正是出於這個原因，他才在下定那個可稱堅定有力的決心的同時，也忍不住把它再四思量得相當之頻繁。

接著，她問他是否知道，爸爸正在琢磨著再去出國旅行一次，藉此打破了一份片刻間的沉默。他說他聽人提起過此事。接下來，她又有些躊躇地補充道，爸爸已經放棄了那個想法，藉此打破了另外一份片刻間的沉默。

他聞聽此言之後立刻想道，「他們要結婚了。」

「柯南先生，」她說，但言語當中仍然不無猶豫的意味，羞怯之情甚至比之前更為顯著了起來，而且她的音調十分之低，他得低下頭才能聽到。

「如果你不介意大發善心予以它接納的話，我將會非常樂意把我的一份信賴託付於你。我在很久之前就非常樂意把它託付給你了，因為 —— 我覺得你正在變成我們的一位非常親密的朋友。」

「除了不管在任何時候都對此深感自豪之外，我如何能夠再做他想呢？請妳把它給我吧，請妳信賴我吧。」

「我絕對不會擔心不能信賴你，」她應答道，同時抬起來她的眼睛，坦率地望著他的臉。「我想，如果我知道怎麼做的話，我在此前的某個時候就已經這樣做了。但我有些不知道該怎麼做，甚至直到現在都是如此。」

「高文先生，」柯南亞瑟說，「有理由過得非常幸福快樂。願上帝保佑他的妻子和他！」

當她試著向他表示感謝的時候，她忍不住哭了起來。他讓她放上一百個心，又在她伸手挽他手臂的時候一把抓住了它，從那裡面取了剩下那些顫抖的玫瑰出來，最後把那隻手拉到嘴唇上面吻了一下。在那個時候，他好像覺得，他第一次完全拋棄了那個在無人之心裡面忽明忽滅，同時給它帶來了如此之多疼痛和煩憂的瀕死希望。從那個時候起，每當想到任何類似的希望或者前景，他都覺得自己是一個比實際年齡老上許多的老頭了，愛情生活那個部分已經告於了終結。

他把那些玫瑰放進了胸袋裡面，然後，在那些濃蔭密布的樹下，他們一起緩慢而沉默地往前走了一小會兒功夫。隨後，他用一種快活而和善的聲音向她發問道，她還有沒有任何其他事情，要說給他這個比她大上許多，同時也是她和她父親的朋友的人聽呢？她是否還有任何事情要託付於他，任何需要效勞之處要求他幫忙，或者是任何有助於她的幸福生活的微小援助，她是否能夠給予他最後一份滿足，讓他相信他是有能力提供上述這些東西的？

正待她要作答之際，她卻因為某份深藏於心的微小悲傷或同情 —— 還能是別的什麼嗎？ —— 而大受觸動了起來，以致再次迸出了眼淚來，

然後說道，「啊柯南先生！善良慷慨的柯南先生，請告訴我你沒有責備我。」

「你說我責備你嗎？」柯南說。「我最最可愛的女孩！妳說我責備你嗎？絕對不會的！」

她聞言握緊了挽在他手臂上面的兩隻手，又用飽含信賴之情的目光抬頭看了他一眼，同時嘴裡急匆匆地說著一些大意為她打從心底（如果那裡是真誠的源頭的話，那她就是確實如此的）感謝他之類的話，柯南那邊也時不時對她說上一兩句鼓勵的言辭，就這樣，她慢慢地逐漸平靜了下來。在此過程當中，他們一直在那些越變越暗的樹木下面緩慢地走著，而且除了上面那些低聲絮語之外，幾乎是完全靜默無聲的。

「那個，高文蜜妮，」柯南最終微笑著說，「妳沒有別的事情要求我了嗎？」

「喔！我有非常多的事情要求你呢。」

「那就好！我正希望如此呢，這樣我就不會失望了。」

「你知道我在家裡有多麼受寵，還有我有多麼愛那個家。親愛的柯南先生，」她十分激動不安地說，「你眼看著我出於自由意志和自主選擇離開了它，你可能會想不到這一點，但我真的是滿懷深情熱愛著它的！」

「我是非常確信這一點的，」柯南說。「妳覺得我有些懷疑它嗎？」

「沒有，沒有。但是在我這麼熱愛它又被它這麼熱愛的同時，我卻可以受得了棄它於不顧，這終歸是有些奇怪的，甚至對我自己來說也是這樣。這好像對它毫不在意似的，非常的忘恩負義。」

「親愛的女孩。」柯南說，「這是時間的自然過程和變化，所有人都會這樣離開自己家的。」

「是的，我知道，但是那些家不會留下像我離開之後這麼大的一個空白。這並不是說這個世界上缺少遠比我更好比我更加可愛比我更有才藝的女孩，並不是說我有多麼如此這般，而是說他們把我看得太過重要！」

寶兒那顆滿懷深情的心有些不堪重負了，在她描畫將來那些事情的圖景的同時，忍不住出聲啜泣了起來。

「我知道，爸爸一開始會覺得發生了天大的變化，我還知道，一開始的時候無論我怎麼做，都沒辦法帶給他過去那些年裡的感覺。在那個時候，柯南先生，那個時候要比任何時候都更為緊要，我請求並懇求你記得他，並且在你能抽出一點小空的時候偶爾去陪陪他，告訴他你知道，當我離開他的時候，我要比這輩子裡面的任何時候都更加深愛著他。因為沒有任何一個人——這是他在眼下這天，也就是今天親口告訴我的——沒有任何一個人像你這樣為他所喜愛，或者說像你這樣為他所信賴。」

他突然覺得，這對父女之間肯定發生了一些不愉快的事情，先前話裡的一條線索像是一塊沉重的石頭似的，落進了柯南的那口心井裡面，把井水溢上了他的眼睛。他隨之快活地說道，但沒能像他試著做到的那麼快活，說他會這麼做的，還說他願意向她做出忠誠的承諾。

「如果我沒有提到媽媽的話，」寶兒說，她心裡那份天真的悲傷令她大為動容，而且愈顯美麗了起來，並且美到了令柯南直到現在都不敢放心讓自己去考量它的地步，因為這個緣故，他數起了夾在他們和漸顯式微的暮色之間的樹木來，而隨著他們不斷向前走去，它們的數目正在越變越小，「這是因為媽媽能更好地理解我的這種做法，能夠用不同的方式去感受失去我這件事情，能夠用不同的態度去寄望於將來。但你知道，她是一位多麼親切忘我的母親，所以你也會記著她的，不是嗎？」

請蜜妮相信他，柯南說，請蜜妮相信他會做她所希望的所有事情。

「還有，親愛的柯南先生，」蜜妮說，「因為在爸爸和一個我無需將其具名的人之間，尚未完成達成彼此之間的欣賞和理解，但他們很快就會這樣了，又因為在我的新生活裡面，我的一份職責、榮幸和樂趣所在便是，令兩個全都深愛著我的人能夠更好地理解彼此，能夠為彼此帶去快樂，能夠以彼此為榮，能夠彼此互敬互愛，噢還因為你是一個仁慈真誠的人！所

以當我第一次跟家庭兩下裡分離的時候（我要去一個很遠的地方），請你試著讓爸爸多理解他一點，請你使用你巨大的影響力，讓他以一個剝離了偏見的真實面目留存在爸爸的心目當中。作為我的一位擁有高貴心靈的朋友，你願意為我做這件事情嗎？」

可憐的寶兒！自欺欺人而鑄下大錯的孩子！在男人們彼此之間締結的那些固有關係裡面，何時發生過這樣的改變呢？還有那些根深蒂固的異見，它們又何時實現過這樣的和解呢？其他女兒們已經嘗試過很多次了，蜜妮，但從來沒有成功過，除了失敗之外從未有過任何其他成果。

這些便是柯南其時的想法，但他並沒有這麼說，因為已經為時晚矣。他承諾去做她所請求的所有事情，她則完全清楚地知道，他是肯定會這麼做的。

他們現在站在林蔭道上的最後一株樹旁邊。她停下腳步抽回了手臂，然後抬眼望向他的眼睛，並伸出方才挽著他袖子的那隻手，顫抖地摸了摸裝在他胸袋裡面的那些玫瑰，以此發出了另外有求於他的信號，然後說：

「親愛的柯南先生，在我滿心快樂之際 —— 雖然你看見我正在哭泣，但我其實是快樂的 —— 我沒辦法忍受在我們之間留下任何陰影。如果我有什麼地方需要你寬恕的話（並不是我有意做過任何這種事情，而是我可能在無心之間給你帶去了煩惱，或者說我原本有能力控制它，卻沒有去控制），請在今晚用你那顆高貴的心靈寬恕我吧！」

他彎腰迎著那張毫無狡獪神色，同時也在毫不畏縮地望著他的臉龐望了上去，吻了它一下，然後答道，上帝知道，他是無需寬恕任何事情的。在他彎腰再次迎向那張天真的臉龐之時，她低聲說了一句「再見！」他聽後也把它重複了一遍。這是跟舊日裡的所有希望的一次告別，也告別了那人心裡的所有惶惶不安的疑慮。在下一刻裡面，他們挽著手臂走出了林蔭道，一如他們走進去的時候。然後，在一片黑暗當中，那兩排樹木好像在他們身後合攏起來了一樣，一如他們自己過往的人生畫卷。

接著，很快便有米格夫婦和道義的聲音傳了過來，他們正在花園門口交談著。聽見他們當中有人提起了寶兒的名字之後，柯南大聲喊道，「她在這裡呢，跟我在一起。」隨後又有一些小小的驚呼聲和大笑聲傳了過來，但是，他們甫一走上前去跟他們聚到一處，那些聲音便告於了止息，寶兒則馬上溜得不見了蹤影。

　　隨後，米格先生、道義和柯南就著初升月亮的光華，在河沿上面默聲不響地來回走動了數分鐘時間，然後道義有意落在後面返回了房裡。米格先生和柯南又再默聲不響地來回走動了數分鐘時間，直至前者最終打破了沉默。

　　「亞瑟，」他說，在他們的交流過程當中，這是他第一次使用這個親密的稱謂，「你還記不記得，我們在那個炎熱的早晨一邊俯瞰著馬賽港一邊散步那天，我曾經告訴過你，在孩子他媽和我的眼裡，寶兒那個死去的小姐姐是隨著她的成長一起成長的，也是隨著她的改變一起改變的？」

　　「記得非常清楚。」

　　「你還記不記得我說過，我們的頭腦絕對沒辦法把這對雙胞胎姐妹分開，還有在我們的幻想裡面，寶兒是什麼樣子，另外那個就是什麼樣子？」

　　「是的，記得非常清楚。」

　　「亞瑟。」米格先生說，言辭之間顯得相當沮喪。「我今晚要把那個幻想再往前延伸一步。我今晚覺得，親愛的，好像你非常柔情蜜意地深愛著我那個死去的孩子，然後在她長到像寶兒現在這麼大的時候失去了她。」

　　「謝謝！」柯南呢喃道，「謝謝！」說完按了按對方的手。

　　「你要進去了嗎？」須臾功夫之後，米格先生說道。

　　「稍等一會兒吧。」

　　米格先生消失了，他被孤身一人留在了那裡。他先就著平靜如水的月色在河沿上面走動了大約半個小時，然後把手伸進胸袋裡面溫柔地掏出了

那束玫瑰來。接下來，他可能是先把它們放在胸口處按了一按，也可能是把它們放到唇邊吻了一下，但可以肯定的是，他隨後在岸邊彎下腰去，用溫和的動作把它們投進了流動的河水裡面。河水載著它們漂走了，在月色裡面，它們蒼白得有些失卻了真實的意味。

　　當他走進門去的時候，那裡面已是華燈初上，接著，被它們照耀著的那些臉龐，當然他自己的臉也不在例外，很快全都顯出了安寧的快活神色來。他們談論了很多話題（柯南的合夥人從來沒像今天這樣過，竟然儲備了那麼多現成話題用來打發時間），然後就上床就寢了，然後就進入睡鄉了。當那些在月光裡面蒼白得失卻了真實意味的花朵在河面上漂流遠去的時候，那些一度被我們用心呵護著的比它們更顯重大的事物也是如此表現，即從我們的心裡流向了那片永恆之海。

（流逝）

第二十九章　付老婆子仍在做夢

在所有這些人際交往和互動活動的進行過程當中，城區的那幢房子始終保持著它那副沉重的呆鈍面目，內有那位殘疾人士一成不變地轉動著她的生命之輪。早晨、午間和夜晚，早晨、午間和夜晚，每一個都在單調劃一地重複出現著，永遠都得不情願地回歸到這個機械呆板的序列當中，其情狀像極了一個發條裝置。

有人可能會覺得，像是所有充當人類駐紮地的地點那樣，那張輪椅也擁有了與其主人有關的一些記憶和幻想。在它的眼睛裡面，那些被拆毀的街道和被改頭換面的房子，還是以前它的主人熟悉它們時的那副模樣，其間的人們也還是曾經的樣子，而未曾對它們上次被見過之後的時間流逝進行任何或者說鮮有考慮，在漫長陰暗且周而復始的日子裡面，這樣的情形絕對還有過許許多多。將繁忙的生活之鐘撥停在我們自己被隔絕出它的那一刻，當我們自己陷於停滯之後，假想整個人類都被打擊到了動彈不得的地步，以及除了我們自己那套永無變更、狹隘畏縮的生存標準之外，沒能力用更大的標準去度量位於我們視野之外的生活 —— 這些情狀是許多罹患殘疾者的贏弱表現，也是差不多所有遁世者的精神病態之處。

當她季復一季坐在那個黑屋子裡面的時候，那個威嚴苛酷的女人多在回顧人生裡面的哪些場景和演員，除了她自己之外沒人知道。那位像是某種古怪而機械的強大力量，而把他的歪脖子形象強行施加到了她的日常生活上面的付老爺子，他原本是有可能把這些事情從她嘴裡撬出來的，但前提條件是，她那邊的抵抗力量要稍微小上一些，可實際情況是，她於他而言是一個太過強大的存在。至於女管家阿麗這邊，她已經擔驚受怕到了如此嚴重的一種程度，每天都在疲於應付下面這些事情，比如繃著一張茫然驚奇的面孔注視她甘為人臣的夫主，還有她身患殘疾的女主人，天黑之後

頭上罩著圍裙在房子裡面四處亂走，以及一刻不停地仔細聆聽那些奇怪的聲音，而且有時候真的會聽到它們，和一刻也沒辦法從鬼魅夢幻的夢遊狀態中獲得解脫等。

據女管家阿麗的觀察所得，那裡有一樁規模相當巨大的生意正在進行著，因為她丈夫在他那間小辦公室裡面消耗了大量時間，她還看到有很多人在那裡出入，數量遠超前些年裡的慣例情形。因為他們這家商號已經凋敝日久，所以是很容易產生這種錯覺的，但是，付老爺子確實是在接受信件和訪客，並且在忙著記帳和通信往來。更有甚者的是，他還四處出入於其他帳房、碼頭、港口、海關、加勒匯咖啡館、耶路撒冷咖啡館 [160]，以及證券交易所等，總之可稱是出入得相當之頻繁了。此外，在某些傍晚時分，當柯南老夫人沒有非常強烈地表達出想要讓他陪伴的願望時，他還開始經常光顧起了附近的一家酒館，去那裡流覽晚報上面的貨運新聞和收市價格，甚至還跟那些經常前往那個機構的、貪財好利的海船船長們有了些不大的社交往來。在每天的某個固定時段裡面，他會跟柯南老夫人召開一場商業會議，在永遠都在四處摸索、偷聽和觀察的阿麗看來，那是那兩個聰明人正在忙著賺錢呢。

現在，在付老爺子的這位茫然惶惑的妻子身上，她的精神狀態已經開始在神情動作之間顯著流露了出來，致使那兩個聰明人把她貶到了一個非常之低的位置上面，認為她是一個從來沒有過強健的智力，而且正在越變越傻的人。可能是因為她的外表欠缺了一些商業氣質，也可能是因為他突然覺得，把她納為妻室這件事情可能會讓他的客戶們對他的判斷力產生懷疑，總之付老爺子對她下達了如下命令，責令她必須在她的婚姻關係這件事情上面緘口不言，還有，出了家裡這個三人小組的範圍之後，她不得再稱他為劍利。而她卻屢屢忘卻於這些告誡，這令她的驚恐表現得以了進一

---

[160]　加勒匯咖啡館（Garraway＇s Coffee House）和耶路撒冷咖啡館（Jerusalem Coffee House）均位於倫敦交易巷（Change Alley），臨近證券交易所，二者均為商人和銀行家的生意洽談場地。

步加強鞏固，因為付老爺子慣於對她的這種懈怠態度進行責罰報復，他的具體做法是，當她走在樓梯上面的時候，突然從她身後跳出來死命搖晃她，於是，她便永遠揣起了一副忐忑難安的心境，不確定下一次會在什麼時候遭遇這樣的伏擊。

有一天，小杜麗已經在柯南老夫人的房間裡面過完了一個漫長的工作日，正在俐落地收拾剩餘的布頭和其他零碎，為回家做著準備。在另外一邊，剛被阿麗迎進來的潘可思先生正在就身體狀況一事向柯南老夫人發出詢問，並伴之以如下論述，「發覺自己碰巧走到這邊來了之後」，他決定進來代表主人詢問一下，她近來身體可好。柯南老夫人深蹙起眉頭，盯著他看了起來。

「賈思彼先生知道，」她說，「我是不會發生什麼變化的，我在這裡等待著的唯一變化就是，人生盡頭處的那場大變。」

「沒錯，夫人！」潘可思先生嘴裡應答道，一隻巡睃著的眼睛卻已經瞥到了那位跪在地上的小縫工身上，後者正在從地毯上面往起拾撿她的針線和做工時剩下的邊角料。「妳看上去挺健康的，夫人。」

「我承受著我必須承受的那些東西，」她答覆道。「你還是做你必須去做的事情去吧。」

「謝謝妳，夫人。」潘可思先生說，「這正是我的努力所在。」

「你是經常到這邊來的，不是嗎？」柯南老夫人問道。

「喔，是的，夫人。」潘可思說，「最近過來得相當頻繁，因為這樣那樣的原因，我最近來過這邊很多次。」

「請賈思彼先生和他的女兒不要因為我煩勞自己請什麼代理人過來。如果他們想要見我的話，他們知道我就在這裡等著會見他們呢。他們沒必要煩勞自己派人過來。你也沒必要煩勞自己跑這一趟。」

「一點都不麻煩，夫人。」潘可思先生說。「妳看上去可是健康[161]得非

---

[161]　此處在原文中對應著 nicely，此詞在方言中可表「健康的」一意，但同時又有「體貼的，善心

比尋常吶，真的夫人。」

「謝謝你，晚安。」

這道逐客令，還有伴隨它而至的那根筆直指向門口的手指，全都是如此的輕慢和直接，這讓潘可思先生覺得，他是沒辦法看到延長這場訪問的任何辦法的。於是，他面帶著一副至為生機勃發的表情，一把抓亂了自己的頭髮，又朝那個小人兒瞥了一眼，嘴裡說道「晚安，夫人，不要下來了，阿麗夫人，我知道通到門口去的路」，接著便冒著蒸汽開出去了。柯南老夫人用一隻手托起下巴，同時用她那雙專注、陰沉而狐疑的眼睛一直追隨著他的身影。阿麗站在一旁看著她，像是被施了咒語一般。

接著，柯南老夫人面帶一副滿懷心思的表情，緩慢地把她的眼睛從潘可思走出去的那扇門上，轉移到了小杜麗的身上，其時，後者正在從地毯上直起身子來。她的下巴更重地落在了那隻手上，她低垂的眼睛充滿了警惕的神色，這個病懨懨的女人就這樣坐在那裡看著她，直至引起了她的注意。在這樣一種凝視之下，小杜麗有些變了臉色，然後看起了地板。但柯南老夫人仍然神情專注地坐在那裡。

「小杜麗。」她說，她最終率先打破了沉默，「妳知道那個男人的什麼事情嗎？」

「我不了解他的任何事情，夫人，只知道我在附近見過他，他還跟我說了話。」

「他都跟妳說什麼了？」

「我理解不了他的那些話，他顯得奇怪極了，但沒什麼粗魯或者讓人不快的內容。」

「他為什麼要來這裡見妳呢？」

「我不知道，夫人。」小杜麗至為坦然地說。

的」之意，潘可思在此暗含了後面這層含義，旁敲側擊於柯南老夫人對小杜麗的態度。至於二者之間究竟有何淵源，且待後文揭曉。

「你知道他來這裡其實是為了見妳吧？」

「我也這麼想過。」小杜麗說。「但他為什麼要為了這個目的來到這裡，或者任何其他地方，我是沒辦法想出來的。」

柯南老夫人把目光投向地面，坐在那裡出神地想了起來，她的堅定固執的面孔盯住了頭腦裡面的一件事情，就像方才盯住那個看似已經走出了她的視野之外的身影一般。過了幾分鐘之後，她才從這種沉思狀態中甦醒了過來，然後重新操起了那副冷酷而平靜的表情。

在她沉思的過程當中，小杜麗一直在等待時機離開那裡，但擔心自己的動作會打擾到她。現在，她冒險離開了自從起身之後一直站立的那個地方，用輕柔的動作繞過了那把輪椅。經過它旁邊的時候，她停下來說道，「晚安，夫人。」

柯南老夫人伸出一隻手來，把它搭在了她的手臂上面。她的觸摸讓小杜麗有些惶惑不安，站在那裡立足難穩了起來。在某個瞬間裡面，她可能想起了那個公主的故事。

「跟我說說，小杜麗。」柯南老夫人說，「妳現在有許多朋友嗎？」

「非常少，夫人。除了妳之外，只有福蘿小姐和 —— 另外一個人。」

「妳的意思是說。」柯南老夫人說，同時用她筆直的手指再次指向了那扇門，「那個男人嗎？」

「喔不是，夫人！」

「那可能是他的某位朋友，對嗎？」

「不是的，夫人。」小杜麗誠實地搖了搖頭。「喔不是的！是一個完全不像他，或者說不屬於他那個類型的人。」

「那好！」柯南老夫人說，她差不多快要笑出來了。「這件事跟我沒什麼相干。我所以要問妳這個，是因為對妳有些興趣，也是因為我相信，在沒有任何其他人能夠幫妳的時候，我大概算是你的朋友，是這樣嗎？」

「是的，夫人，確實是這樣。有那麼很多次，我都是在我們不名一文

的時候來這裡做工的，多虧了妳還有妳給我的那些工作。」

「我們，」柯南老夫人重複道，眼睛望向了她亡夫的那塊懷錶，她總是把它放在桌子上面。「妳家有很多人嗎？」

「現在只有父親和我。我的意思是說，只有父親和我固定靠我們掙來的東西過活。」

「妳和妳父親還有可能屬於妳家的其他人，妳們經歷過很多困頓狀況嗎？」柯南老夫人字斟句酌地說，同時滿腹心事地團團轉著那塊懷錶。

「有時候會有點難於過活。」小杜麗用溫柔的聲音說，羞怯的神情裡面不見任何抱怨的成分，「但我並沒覺得 —— 在怎麼過活這個方面 —— 比很多人認為的更加艱難。」

「這話說得好！」柯南老夫人迅速應答道。「確實是這樣！妳是個有頭腦的好女孩。妳也是個懂得感恩的女孩，要不就是我大大錯看你了。」

「這麼想只是再自然不過的事情，這麼想沒什麼值得誇獎的地方，」小杜麗說。「我真的這麼覺得。」

柯南老夫人用柔和的動作拉低了那個小縫工的臉，然後在它的額頭上吻了一下，而宛在夢中的阿麗卻從來沒有夢到過，她的女主人是有能力去做這樣的動作的。

「現在回去吧，小杜麗。」她說，「不然妳就得晚到家了，可憐的孩子！」

自從女管家阿麗首次投身於做夢這項大業中以來，她已經在頭腦當中堆積了大量各色夢境，在所有這些夢境裡面，她從來沒有夢到過比此事更加驚人的任何東西。她隨之產生了這麼一個想法，覺得自己可能會發現，接下來另外那個聰明人也吻了小杜麗，然後那兩個聰明人擁抱在一起，感動地為全人類流下了飽含柔情的淚水；並因為這個想法覺得有些頭疼了起來。當她為了確保把大堂的門安全地鎖好，而陪伴著那串輕盈的腳步聲走下樓梯的時候，這個想法甚至讓她變得十分手足無措了起來。

在打開大堂的門放小杜麗出去的時候，她發現潘可思先生沒有去走他自己的路，而是在房子外面的院子裡面激動不安的上下走動著，而若是換了一個沒這麼神奇的地方，或者身處一些沒這麼神奇的景觀當中，他會走他自己的路可以算是對他的一個合理預期。甫一看到小杜麗走了出來，他便步履輕快地跟她來了一個擦肩而過，同時用一根手指指著自己的鼻子說道（阿麗夫人清楚地聽到了這話），「吉普賽人潘可思正在算命呢」，然後就轉身離開了。「願上帝拯救我們吧，現在這裡又來了一個吉普賽人和一個算命的！」女管家阿麗大叫著說。「接下來還會有什麼呢？」

　　這是一個雷雨交加的傍晚時分，她站在那扇開著的門旁邊，被這個費解的問題衝擊到了立足難穩的地步。天上流雲飛奔，強風一陣一陣地猛吹著，刮得附近那些鬆動的百葉窗砰砰作響，吹得生鏽的煙囪帽和公雞風信標團團旋轉，此外，它們還在隔壁一座逼仄的墓園裡面一圈又一圈地疾速飛奔著，好像下定決心要把那些死去的公民們吹出墳墓似的。俄頃之間，離地很近的響雷響徹了天宇中的角角落落，像是在警告那大風，它要對這件躍躍欲試的瀆神行為進行報復，又像在低沉地咕噥著，「讓它們安息吧！讓它們安息吧！」

　　對於女管家阿麗來講，唯有對一幢過早黑下來的鬼屋和那裡面的一些靈異事物的恐懼感，才能跟她對雷電的害怕相提並論，所以她躊躇不決地站在那裡，不知道是該進去還是不進，直至大堂的門被一股強風刮得撞到了她的身上，接著把她鎖在了外面，這個問題方才告於了塵埃落定。「現在該怎麼辦呢，現在該怎麼辦呢？」女管家阿麗大叫著說，在她做過的所有夢裡面，眼下這個算得上是最為不安的那一個，因此她痛苦萬分地絞擰起兩手來了，「她孤零零一個人待在裡面，根本沒辦法下來開門，比墓園裡面的死人強不了多少！」

　　遭逢了這個兩難境地之後，女管家阿麗用圍裙充當遮雨裝置，在那個荒僻的磚地院子裡面邊喊邊跑了幾個來回。她接下來為何會彎下腰去朝那

扇門的鑰匙孔望了進去，就好像那隻眼睛可以打開它一樣，這是一個很難說清的問題，但它仍然是大多數人在相同處境中會有的舉動，亦是她在眼下的所作所為。

接著，她覺得肩膀上面有個什麼東西，所以從那個姿勢當中突然驚跳了起來，同時發出了半聲尖叫。那是有一隻手在觸摸她，是一隻男人的手。

這個男人的穿扮像是一位旅客，頭戴一頂邊上鑲著皮毛的軍帽，身穿一件在身上堆積得層層疊疊的大斗篷。他看上去像是一個外國人。他長著濃密的頭髮和髭鬚 —— 它們通體烏黑發亮，只有蓬亂的稍端部位除外，因為那裡發了些淡淡的紅色 —— 還有一個高挺的鷹鉤鼻子。他對阿麗的驚嚇和喊叫報以大笑，而當他大笑的時候，他的髭鬚開始向上翹起，他的鼻子開始向下挪去。

「怎麼了？」他問道，他的英語發音十分清楚易辨。「你這是在怕什麼呢？」

「怕你。」阿麗氣喘吁吁地說。

「怕我嗎，夫人？」

「還有這個淒涼的傍晚，還有 —— 還有所有的一切。」阿麗說。「還有這裡！這風刮的，把門都給吹得關上了，我沒辦法進去了。」

「哈哈！」那位紳士說，他對此事非常處之泰然。「真的嗎？妳知道這附近有個叫柯南的人嗎？」

「願上帝保佑我們吧，我認為我應該是知道的，我認為我應該是知道的！」阿麗大叫著說，這個問題把她刺激得重新絞擰起兩手來了。

「這附近的哪裡？」

「還能有哪裡？」阿麗大叫著說，這次被刺激得又把那個鑰匙孔檢視了一番。「除了這裡的這幢房子還能有哪裡？而且她孤零零地一人待在房間裡面，不能使用她的那兩條腿，沒辦法動彈起來幫幫她自己或者幫幫

我，另外那個聰明人碰巧又出去了，哎呀願上帝寬恕我吧！」阿麗大叫著說，在這些接二連三的遭遇的驅使之下，她竟然發狂似的手舞足蹈了起來，「要是我不會馬上發瘋那該多好！」

現在，那位紳士對眼前的事態得出了一個較為熱情一些的結論，即它也攸關於他自己的切身利益，所以，他退後幾步打量了一下眼前的這座房子，接著，他的眼睛很快便落到了一扇狹長的窗戶上面，它屬於臨近大堂門的一個小房間。

「那位沒辦法使用雙腿的女士可能在哪裡呢，夫人？」他詢問道，臉上掛著一抹女管家阿麗除了舉目直視之外別無選擇的奇特笑容。

「在上面那裡！」阿麗說。「那兩扇窗戶裡面。」

「哈哈！我個子也算高了，但是在沒有一架梯子的前提之下，還是沒辦法獲得在那個房間裡面毛遂自薦的殊榮。那個夫人，我就直說了 —— 坦率是我的性格的一個組成部分 —— 妳想讓我為妳打開這扇門嗎？」

「是的，願上帝保佑你，先生，為了一個可愛的人，請馬上這麼做吧，」阿麗大叫著說，「因為就在眼下的這分鐘裡面，她可能正在喊我上去呢，或者正在惹火燒身把自己燒死，或者在她身上發生一些我還說不上來的事情，我一想到這些就要發瘋了！」

「停下來吧，我的好夫人！」說完，他用一隻光滑白皙的手止住了她的焦躁不安。「我擔心，白天的營業時間已經結束了吧？」

「是的，是的，是的！」阿麗大叫著說。「老早就結束了。」

「那麼，請允許我提出一個公平的提議。公平是我的性格的一個組成部分。妳可能已經看出來了，我剛剛才從班輪上面下來。」說完，他向她展示了他的非常之溼的斗篷，和被水浸透了的靴子，而她在此之前便已經留意到，他渾身上下都亂糟糟的而且一片土黃之色，好像剛從一場風浪滔天的航海中歸來一般，而且冷得上下牙忍不住打架。「我剛剛才從班輪上下來，夫人，因為天氣原因耽擱了時間，這該死的鬼天氣！夫人，這種

情況造成的後果是，有一筆我本應該在上班時間辦理的重要業務（因為是跟錢有關的業務，所以是重要的業務），現在仍然有待辦理。那個，如果妳能從附近找來任何一位有權辦理此事的人，作為我為妳開門的回報，那我就會為妳開門。如果這個安排存有可供質疑之處，那我就 —— 」說到這裡，他意味深長地做了一個假裝要離開的動作，臉上仍然掛著之前的笑容。

女管家阿麗衷心樂於促成他所提議的這個互惠方案，立即呈上了她的欣然支持態度。於是，那位紳士馬上請她幫忙拿一下斗篷，朝著那扇窄窗小跑了幾步，朝著它的窗臺縱身一躍，伸手抓住了那上面的磚頭，接著，他的手不消片刻便已經抓住了窗框，然後抬起了它。當他抬腿伸進房間接著回頭望向阿麗的時候，他的眼睛流露出來一股非常邪惡的意味，以致她在突然打了一個冷戰之餘暗自思忖道，如果他徑直上樓去殺害那個殘疾人，她能有什麼辦法阻止他呢？

所幸他並無如此意圖，因為在片刻之後，他便重新出現在了大堂那扇門的旁邊。「那個，親愛的夫人。」他說，同時接過斗篷抖開披到了身上，「如果妳能大發善心 —— 那到底是什麼聲音呀？」

那是所有聲音裡面最為奇特的那一個。顯然近在手邊，由某物在空氣中的奇特震動所致，但又聽上去甚為沉抑，好像離得很遠似的。那是一種顫抖聲，一種低鳴聲，一種很輕的乾燥物體落地的聲音。

「它到底是什麼聲音？」

「我不知道它是什麼聲音，但我已經有很多很多次聽到過類似的聲音了。」阿麗說，同時手裡抓著那人的手臂。

他幾乎沒辦法算得上是一個非常勇敢的男人，就算在她夢遊般的驚嚇狀態當中，她也是這麼想的，因為她看到，他顫抖的嘴唇被嚇得沒有了血色。但在聽了一陣子之後，他開始對它不屑一顧了起來。

「呸！什麼都沒有！那個，親愛的夫人，我認為你剛才說起了某位聰

明的大人物。你能行行好讓我見一下那個天才嗎？」說出這話的時候，他的手裡抓著那扇門，好像如果她不去照辦的話，他隨時準備再次把她關在門外。

「那麼，你不能說起有關這扇門和我的任何事情。」阿麗耳語道。

「一個字都不說。」

「還有當我跑過那個牆角的時候，你不能離開這裡，或者如果她喊叫的話，你是不能出聲的。」

「夫人，我會像一尊雕像一樣。」

阿麗心裡懷有這樣一份栩栩如生的擔憂，唯恐在她掉背而去的一瞬間裡面，他就偷偷摸摸地溜上樓去了，所以，當她匆匆離開他的視野之後，她又返回門洞裡面偷看了他一眼。他仍然站在門口，更像是身處於那幢房子的外面，而非它的裡面，好像他對那裡面的黑暗不懷任何愛慕，也無意於對它的神祕面目一探究竟似的。見此情狀之後，她飛身跑進了下一條街道，往那家酒館裡面送了一條口信給付老爺子，後者很快就走了出來。待他們二人結伴回來之後 —— 那位女士走在前面，付老爺子步履輕快地跟在後面，心裡殷切盼望著在她進門的時候，能把她好好搖上一通，並因此變得生機勃發了起來 —— 他們看到，那位紳士原封不動地站在黑暗裡面，同時還聽到，柯南老夫人的喊聲從她的房間裡面強勁地飄揚而出，「那是誰？有什麼事？為什麼不回答一聲呢？下面的那個人到底是誰？」

第二十九章　付老婆子仍在做夢

第三十章　一位紳士的諾言

在熹微的暮色當中，付老爺子和付老婆子氣喘吁吁地走到了那幢老房子的門口，兩人之間只相隔了不到一秒鐘的距離，這時，那個陌生人驚得失足朝後跌了出去。「嚇死我的小心肝了！」他失聲喊叫道。「噯，你怎麼到這裡來了？」

作為上述言辭的受眾對象，付老爺子充分回敬了那位陌生人的驚訝之情。他先板起一張茫然的訝異面孔盯著他看了一會兒，然後扭頭朝肩膀後面看了一眼，他似乎以為，有個人在他不知不覺間站到了他的身後，接著，他再次盯著陌生人看了起來，無言地惘然於他到底是什麼意思，隨後，他又望向他的妻子尋求解釋，但沒能收到任何回應，於是，他猛地朝她撲了上去，至為熱誠地搖起了她來，直把她的女傭帽子都搖得掉了下去，同時咬牙切齒地說，並在言辭之間流露出來一股猙獰的戲謔味道，「阿麗，我的老婆子，妳必須得吃上一劑藥了，我的老婆子！這絕對是妳在搞鬼！妳又在做夢了，管家女士。這是怎麼回事？這人是誰？這是什麼意思？快點說出來，不然我馬上掐死妳！這是我能給妳的唯一一個選擇。」

假如女管家阿麗在這個時刻裡面還有什麼選擇能力的話，她鐵定是選擇了馬上被掐死這條路，因為對於她丈夫的這道命令，她沒能答上哪怕一個音節來，只是猛烈地前後搖動著光禿禿的腦袋，聽任自己遭受懲罰。不過，那位陌生人卻面帶著一副勇邁豪俠的神情，把她的帽子撿了起來，然後插話道：

「請允許我打擾一下。」他說，同時把一隻手搭在了劍利的肩膀上面，後者馬上停下手裡的動作，放開了那位受害者。「謝謝你，請原諒。我一看這副嬉鬧樣子就知道，你們是一對夫妻。哈哈！眼見這種關係在嬉鬧之間加以維持鞏固，永遠都不失為一件賞心樂事。聽著！我可以提醒一下嗎，樓上有個摸黑待著的人動靜越來越大了，非常好奇地想要知道這裡發

生了什麼事情？」

　　聽他提到柯南老夫人的喊聲之後，猛然醒悟的付老爺子移步走進大堂裡面，然後站在樓梯上喊了起來。「都挺好的，我在這裡呢。阿麗正在拿著你的燈往過走呢。」然後他朝後者，也就是那個心神不寧的，正在往頭上戴她的女傭帽子的女人說，「妳給我滾開，上樓去！」說完這話之後，他又轉臉朝陌生人說，「那個，先生，你這是想要點什麼服務呢？」

　　「我擔心。」陌生人說，「我必須冒昧叨擾一下，提議你點上一支蠟燭。」

　　「沒錯。」劍利表示同意。「我剛才正要這麼做呢。在我去點蠟燭的時候，請你站在原地別動。」

　　這位訪客當時正站在門道裡面，但是，當付老爺子轉過身之後，他卻稍微朝那幢陰暗的房子裡面移動了一點，用兩眼跟著付老爺子走進了大堂的那個小房間裡面。接著，付老爺子在那裡面四處摸索著尋找起火柴盒來了，等到找到之後，卻發現它是溼的，換句話說就是，它變得沒辦法正常打火了。然後，他開始一根又一根地擦起火來，但是，它們產生的火光只夠在他四處搜尋的臉上投下一小片黯淡的光亮，還在他的兩隻手上面撒下了一些蒼白的小火星，卻不足以點燃蠟燭。但陌生人利用起這個他的面孔被間歇照亮的機會，盯著他專注而好奇地看了起來。等到劍利最終點燃了蠟燭之後，他看到，有最後一抹偷眼察看的神色正在從陌生人的臉上褪去，然後綻放成了一個疑心重重的微笑，或者說，在他其時的表情裡面，這個笑容占據了很大的比重。他由此得知，那人剛才一直在盯著看他呢。

　　「請勞駕，」劍利關上大堂的門，又禮尚外來般地，用相當銳利的眼神把這位笑瞇瞇的訪客仔細審視了一番，同時嘴裡說道，「借一步到我的帳房裡面說話 —— 都挺好的，我不是跟你說了嗎！」劍利停住話頭，頗為暴躁地答了樓上那個聲音一句，而他如此作答的原因在於，雖然有阿麗在那裡百般勸說著，可它仍然沒能感到滿意。「我不是跟你說了一切正常嗎？穩住那個女人啊，難道她一點理智都沒有了嗎？」

Mr. Finiwinch has a mild attack of irritability.

（付老爺子的一場溫和發作）

「膽子小了一些。」陌生人評論道。

「她還膽小？」這時，付老爺子正端著蠟燭走在前頭，聞言扭過頭來反駁道。「讓我告訴你吧，先生，在一百個男人裡頭，她要比其中的九十個更加勇敢。」

「但好像是個殘疾人吧？」

「殘疾了很多年了。柯南老夫人。在這家商號裡面，現在只剩下唯一一個叫柯南的人了。我的合作夥伴。」

接著，付老爺子一邊穿過大堂，一邊說了一些表示抱歉的話，大意是在晚上的這個時間裡面，他們一般都已經關門打烊了，按慣例是不會接待任何人的。就這樣，他一路領著那位陌生人走進了他自己的辦公室裡面，而它所呈現出來的是，一副十足有條不紊的利索模樣。在這個地方，他先把蠟燭放在了桌子上面，然後對陌生人說，同時把歪脖子上面的腦袋絞擰到了臻於極致的程度，「請不吝賜教。」

「我叫布蘭多。」

「布蘭多啊，我不知道這個名字。」劍利說。

「我認為，」另外那人重新開口道，「你可能收到了來自巴黎的公告 ——」

「我們沒從巴黎收到任何公告，是關於名叫布蘭多的任何人的。」劍利說。

「沒有嗎？」

「沒有。」

說完，劍利用他最為鍾愛的姿勢站在了那裡。而笑瞇瞇的布蘭多先生正在打開斗篷朝胸袋摸去，聞聽此言之後，他停下了手頭的動作，在閃閃發亮的眼睛裡面閃現出來一個大笑的神色（但付老爺子突然覺得，那兩隻眼睛實在是靠得太近了一些），同時嘴裡說道：

「你太像我的一個朋友了！之前在外面的黑地裡面，有那麼一瞬間功夫，我真的把你們當成同一個人了，但現在看起來的話，還沒有像到那種

一模一樣的地步——我應該為此道歉,請允許我這麼做,我希望,在我性格當中的那個名叫坦率的成分裡面,樂於承認錯誤是它的一個組成部分——不過,你們仍然是非同尋常的相像。」

「真的啊!」劍利仍然在執拗於之前的問題。「但我沒從任何地方收到過任何通知信函,是關於名叫布蘭多的任何人的。」

「正是如此。」陌生人說。

「正是如此。」劍利說。

但布蘭多先生一點都沒被柯南公司的這位商業夥伴的疏忽懈怠態度激怒,他從胸袋裡面掏出便攜筆記本來,又從那個容器一般的東西裡面選了一封信出來,伸手把它遞給了付老爺子。「毫無疑問的一點是,你肯定非常熟悉這裡面的筆跡。可能這封信自會說明一切,不再需要發送什麼公告。對於這種事情來說,你是一個遠比我更加勝任的法官。雖然這個世界(有些武斷地)給予了一位紳士這樣一個稱呼,但我實際上並非一個合格的商人,這是何其之不幸啊。」

付老爺子接過那封信來,見它是從巴黎寫來的,日期下面的正文裡寫道,「我方必須代表我公司的一位備受尊敬的合作夥伴,即這座城市(城市名稱)的布蘭多先生,向你方知會他可能需要的一些便利之處,和你方可能有能力提供的一些關照(具體事項),同時亦須補充如下事項,希望你方為布蘭多先生兌現額度為五十英鎊(50)的即期匯票(具體細節)為盼。」

「很好,先生,」付老爺子說。「請坐。只要是我們商號有能力處理的額度——我們走的是一條僻靜、老派和穩健的經營之路,先生——我們都會樂於向你提供最佳協助。我從這封信的日期看出來,這份通知可能被延誤了,你有可能是坐那條被延誤的郵船過來的,這份通知就在它的上面。」

「先生,我知道我是坐那條被延誤的郵船過來的,」布蘭多先生應答

道，同時用他的白手把他高挺的鷹鉤鼻子從上到下摸了一把，「代價是我的腦袋和胃，這讓人憎惡和難以忍受的鬼天氣把它倆都毀掉了。半個小時之前，我才狼狽不堪地從班輪上面下來，就是你現在看到的這副模樣。我本應該在好幾個小時以前就到這裡來了，那樣的話我就用不著道歉了 —— 請允許我向你道歉吧 —— 因為我用這樣一副不合情理的面貌出現，還嚇著了 —— 順便說一句，實際上並沒有嚇著她，因為你說她不會被嚇到，請允許我再次向你道歉吧 —— 那位住在樓上病房裡面的可敬女士，也就是柯南老夫人。」

他滿滿一副神氣活現的模樣，以及一種宛若天潢貴冑般的屈尊俯就表情，它們都發揮了非常之大的作用，以致付老爺子已經開始覺得，此人肯定是一個極具紳士風度的大人物。雖然有了這樣一份考量，但他仍然沒有屈服於此人，而是在刮了一把下巴後說道，不知道他今晚有幸能為布蘭多先生做些什麼呢？可現在已經過了營業時間了。

「確鑿如此！」那位紳士應答道，同時聳了一下披著斗篷的肩膀，「但我必須得換一下衣服，吃喝點東西，再在某個地方住下來。請勞駕向我，這個全然的陌生人建議一下，我該住在哪裡，至於錢的問題，在明天之前是完全無關緊要的。這個地方越近越好，要是沒有別的地方，就住在隔壁吧。」

付老爺子慢慢開口說道，「對於一位擁有你那些習慣的紳士而言，緊挨著這裡的這一帶沒有任何一家酒店 —— 」這時，布蘭多先生打斷了他。

「親愛的先生，你把我的習慣看得太過重要了！」說到這裡他打了一個響指。「一位世界公民是沒有任何習慣可言的。儘管我確實在用我那套可憐的辦法維持著紳士這個身分，它是天生的！我不會否認這一點，但我沒有任何偏見和習慣來阻礙我適應新的環境。一個乾淨的房間，一盤用來充當晚餐的熱菜，和一瓶並非絕對有毒的葡萄酒，便是我在今晚的全部所需。但是，雖然我非常需要這些東西，可我不會勞神費力地多走上哪怕一

英寸去獲取它們。」

「在離這裡不遠的地方，」當他在一瞬間裡面看到，布蘭多先生閃閃發光的眼睛裡面有些著急難捺的神色之後，付老爺子比平素更顯字斟句酌地說，「有一家兼營咖啡館的酒館，這就是我目前能為你推薦的地方，但那裡是沒有什麼格調可言的。」

「還是省省吧，要什麼格調呀！」布蘭多先生擺著手說，「請勞駕把那家酒館指給我看，然後在那裡引薦我一下（如果我這樣不是非常叨擾的話），我將會對你感激不盡。」

聞聽此言之後，付老爺子戴上他的帽子，為布蘭多先生照著亮再次穿過了大堂。他先把蠟燭放到了一個壁架上面，那裡有一塊黑乎乎的破舊漏風的護壁板，差點沒能把它給吹熄，然後，他琢磨著要上樓對那個殘疾人說上一聲，告訴她他會在五分鐘之內回來。

「請你幫我，」聽他這麼說完之後，那位訪客說，「把我的拜帖呈遞一下，然後再幫我補充這麼一句，告訴她當我換過溼衣服，然後再用一些吃喝的東西加強鞏固了身體之後，我會非常樂於隨侍在柯南老夫人的身邊，向她進獻我個人的問候之情，並且因為在這個安謐的角落裡面造成了一些擾動，而向她表示歉意，前提條件是，她方便容忍一個陌生人攪擾她幾分鐘時間。」

劍利先去完成了這些任務，等到回來之後，他說，「她非常樂於見到你，先生，但她知道自己的病房無甚引人注目之處，所以希望我能告訴你知道，如果你在重新考慮之後決定放棄這個打算的話，她是不會堅持要你拜見她的。」

「重新考慮之後放棄它，」勇邁豪俠的布蘭多應答道，「將會有輕視一位女士之嫌，而輕視一位女士將會讓我對女性的騎士風度蒙上汙點，而對女性的騎士風度又是我性格裡面的一個組成部分！」如此這般表白了一番之後，他把斗篷拖在地上的下擺朝背後扔了過去，然後就陪著付老爺子朝

酒館出發而去了，此外，他還沿途收納了一個行李搬運工，此人正拿著他的行李箱在門洞外面等候著他。

那家酒館被布置成了一副居家模樣，布蘭多先生為此表現出了莫大的屈尊態度。當寡居的老闆娘和她的兩個女兒在一個小吧臺裡面接待他的時候，他的這種態度好像都把那個地方填塞得有些行動不便了起來。它也大得讓一個鑲了護壁板的，擺著一張巴格代拉球桌[162]的狹窄房間有些放不下他來，一開始的時候，老闆娘提議用它來招待他，但最終分配給他的卻是，這家人自用的一間假日小起居室，可是，他的上述態度還是把它淹成了一片澤國。在這個房間裡面，布蘭多先生換上了乾衣服和香噴噴的襯衣，把頭髮梳得油光水滑，兩個食指上面各戴了一枚巨大的指環，還把一條粗大的錶鏈露在了外面，就這樣，他屈起雙膝躺靠在一個窗座上面等待起他的晚餐來了，那副恐懼中帶些好奇的模樣像極了某位李高先生（唯一的不同是那些寶石飾物），因為在馬賽的一間惡貫滿盈的地牢囚室裡面，後者曾經躺在它的裝了鐵柵的石頭窗臺上面，也用這副樣子等待過他的早餐。

他對晚餐的貪婪也相當貼近於李高先生對早餐的貪婪。他的那副饕餮做派跟李高先生別無二致，比如把他左近的一應可食之物統統搜刮一空，還在用兩顎猛吞某些東西的同時，也用兩隻眼睛猛吞著其他一些東西。還有他那種完全無視他人的做法，也隱隱流露出一股凶惡的自私作風來，比如把那些女人式的小擺設扔得到處都是，把深受她們喜愛的墊子踩在靴子下面充當柔軟的腳踏，以及用他龐大的身軀和巨大的黑色頭顱把一些精緻的蓋布壓得一片稀爛。那雙在盤碟之間忙個不停而溫柔遊移著的手，也像曾經緊抓著鐵柵欄的那兩隻手一樣，同樣擁有那份邪惡的靈巧。最後，當他再也吃不下什麼，坐在那裡挨個吮吸起那些精緻的手指，然後用一塊餐巾擦拭它們的時候，只消用一些葡萄葉子代替了那塊餐巾，便可以完成一

---

[162]　巴格代拉（Bagatelle），一種桌球遊戲，球桌的一端呈半圓形，分布有九個球穴。

幅跟之前一模一樣的畫面。

在這個當他展現出那副至為邪惡的微笑時，他的髭鬚會向上翹起，他的鼻子會向下挪去，他的眼球表面會顯得跟他染了顏色的頭髮無甚差別，而且兩眼天生所具備的反光能力也會因此受到削弱的男人身上，永遠都是一派篤誠且絕對不會無的放矢的造物主已經打上了這個標誌，要小心啊！如果這則警告未能結出應有的成果，那並不是她的錯，因為在任何該等情形當中，她都絕對不應該受到責備。

享用完他的美食並且清潔了手指之後，布蘭多先生從衣袋裡面掏出來一支雪茄，重新躺在窗座上面悠哉悠哉地吸起了它來，偶爾地，他還會對著從他的兩片薄嘴唇中間噴出去的縷縷青煙，如此這般慨嘆上一番：

「布蘭多，在跟社會的這場對壘當中，你將會扭轉局面轉敗為勝，我的小寶貝。哈哈！聖潔的蒼穹啊，你已經有了一個良好的開端，布蘭多！在必要的時候，你會是一位傑出的英語或法語大師，或者是一個深愛著家庭的男人！你擁有敏捷的領悟力，你擁有幽默感，你擁有從容不迫的氣度，你擁有旁敲側擊的本領，你還擁有一副良好的儀錶，結果就是，你是一位徹頭徹尾的紳士！你將生而為紳士，我的小夥子，也將死而為紳士。不管遊戲怎樣進行，你都是永遠的贏家。他們都將稱頌你的美德，布蘭多。你將會讓曾經給予你莫大冤屈的社會，臣服在你的高貴心靈之下。我的天哪！你天然生就一副高貴的心靈，這是上天賦予你的權利，我的布蘭多！」

就這樣，這位紳士就著這些舒心愜意的呢喃自語抽完了他的雪茄，喝光了他的葡萄酒。消耗完這兩樣東西之後，他抖了抖身子恢復成了坐姿，又發表了下面這則嚴肅的終場感嘆，「接下來一定要堅持住啊！布蘭多，你這個天賦才華的智者，讓你的智慧灌注於你的全身上下吧！」最後起身回到了柯南公司所在的那幢房子。

他在門口受到了女管家阿麗的接待，後者遵從她的夫主的指示，在大

堂裡面點起了兩支蠟燭，還在樓梯上面點起了第三支來，接著，她領著他去了柯南老夫人的房間。那裡已經備好了茶水，還有其他一些接待預約訪客時的常規安排，也都已經準備停當。就算在最為重大的場合裡面，它們也是一副輕描淡寫的模樣，絕對不會超過擺出來一套瓷器茶具，再用色澤黯淡的深色床單把床鋪覆蓋起來這個限度。至於其他方面，那裡還有一張狀如停屍架的，上面擺著那把斷頭刀的沙發，那個穿著寡婦喪服的，像是要去行刑受死一般的人形，以及上面蒙著一堆溼灰的爐火，旁邊堆著另外一小堆爐灰的爐柵，和茶壺還有黑色燃料的味道，所有這些東西十五年來未曾有過任何改變。

付老爺子引薦了被託付於柯南公司加以照顧的那位紳士。柯南老夫人的面前攤著那封信，點頭請他坐下。接著，他們兩人都非常用力地盯著彼此看了起來，那是一種絕對不屬於正常範疇的好奇心。

「我要謝謝你，先生，因為你還想著像我這樣的殘疾女人。少有來這裡辦事的人還會牽掛著一個消失在人們視野之外的人。期待他們會這樣做是沒有用的。眼裡看不見了，心裡也就不記得了。在我感激於眼前這個例外情形的同時，我並沒有抱怨上面這條規則。」

布蘭多先生極具紳士風度地擔心，他此番違背良心在這樣一個時間令人不快地出現在這裡，恐怕會對她造成一些攪擾。所幸他已經為此將莫大的歉意傳達給了 —— 不好意思 —— 不過他還沒能獲得與聞此人的名字這份煊赫的殊榮 ——

「付老爺子已經為本商號工作有很多個年頭了。」

布蘭多先生願意充當付老爺子至為恭順謙卑的僕人。他懇請付老爺子相信，他真的對這個決定進行了至為深心的考量。

「我的丈夫已經故去。」柯南老夫人說，「我的兒子更喜歡另外的事業，所以在這些日子裡面，除了付老爺子之外，我們商號再也找不到其他代表人選了。」

「那妳自己是什麼職位呢？」那位紳士略顯粗魯無禮地詢問道。「妳的頭腦抵得上兩個男人。」

「我的性別讓我沒資格。」她接著說道，僅僅稍微朝劍利那個方向轉動了一下她的眼睛，「在業務裡面擔起責任來，儘管我是有這個能力的，因此付老爺子把我們的利益合二為一，然後著手操持了起來。它現在已經今非昔比了，不過，我們的某些朋友（首先就是寫這封信的那幾個人）還是十分好心地沒有忘記我們，我們也尚有能力像過去那樣圓滿完成他們所託付的事情。不過，你可能對這些沒什麼興趣。你是英國人嗎，先生？」

「妳說得沒錯，夫人，我不是，我既不出生也不成長在英格蘭，結果就是，我是一個沒有國籍的人，」布蘭多先生說，然後伸出腿重重地捶打了起來。「我有大概六個國家的血統。」

「你是在世界各地到處遊歷嗎？」

「沒錯。憑著上帝起誓，夫人，我去過這裡那裡和每一個地方！」

「你可能沒有什麼牽絆吧，沒有結婚是嗎？」

「夫人。」布蘭多先生說，同時頗為醜陋地垂下了他的眉毛，「我對妳所屬的那個性別滿懷崇拜之情，但我沒有結婚──從來沒有過。」

這時，女管家阿麗正站在桌子旁邊離他不遠的地方往外倒著茶水，當他說出這些話的時候，宛在夢中的她偶然間看了他一眼，然後她覺得，她好像在他的眼睛裡面捕捉到了一種表情，它十分強烈地吸引了她的眼睛，以致她都沒辦法挪開它們了。這份幻想的結果是，她手裡舉著茶壺站在那裡動彈不得，只是盯著他看個不停，這不僅令她自己感到非常不安，顯然也讓他變得不安了起來，而且透過他們兩人影響到了柯南老夫人和付老爺子。就這樣，接下來的那些時刻變得十足駭人可怖了起來，其時，他們全都困惑不堪地呆瞪著眼睛，卻不知道是為了什麼緣故。

「阿麗。」她的女主人率先開口說，「你這是怎麼了？」

「我不知道。」女管家阿麗說，並把空著的左手伸出去指向了那位訪

客。「這不關我的事，是他！」

「這位善良的女士是什麼意思啊？」布蘭多先生大叫著說，同時變得臉色蒼白並激動難捺了起來，接著緩緩立起身來，臉上掛著一副十足致命的狂怒神色，跟他輕描淡寫的語調形成了一種令人驚訝的對照。「我怎麼有可能理解得了這個好人是什麼意思呢？」

「那是絕無可能的。」付老爺子說，並且迅速把頭朝那個方向擰了過去。「她自己也不知道她是什麼意思。她是個白痴，她的腦子正在抽瘋呢。她必須得吃上一劑藥了，她必須得吃上一劑藥了！妳快點給我滾開，老婆子。」他附在她耳邊補充道，「在妳還知道妳是阿麗，趁我還沒有把妳搖成一堆泡沫的時候，快點給我滾開！」

女管家阿麗深知，她的身分正在面臨著怎樣的巨大危險，於是順勢放開了被她丈夫抓住的茶壺，把圍裙罩在了頭上，接著一眨眼功夫便消失得不見了蹤影。見此情狀，那位訪客逐漸綻出了一抹笑容，然後重新坐了下去。

「你得原諒她，布蘭多先生。」劍利說，同時親自倒起了茶來，「她已經是每況愈下日漸凋零了，這就是她面臨的處境。你要加糖嗎，先生？」

「謝謝你，不用給我倒茶。── 請原諒我已經把它觀察了一番，但那是一塊非常引人注目的懷錶！」

這時，茶桌已經被拉到了沙發旁邊，跟柯南老夫人專用的那張桌子間隔著很小一段距離。在此之前，滿身豪俠氣息的布蘭多先生起身為那位女士遞上了茶水（她的點心碟子已經擺上桌了），在他把茶杯放到方便她拿得到的地方的時候，那塊如常擺在她面前的懷錶引起了他的注意。柯南老夫人聞言突然抬起眼睛看了他一眼。

「我可以看看嗎？謝謝。一塊優質老式懷錶。」他把它拿在手裡端詳著，嘴裡說。「用起來重了一些，但沉甸甸的一摸就是真貨。我對所有真東西都懷有一份偏愛。我就是這樣的人，即是說我自己就是真貨來的。哈

哈！一塊雙蓋老式紳士懷錶。我可以把它從外蓋裡取出來嗎？謝謝你。是嗎？這是一塊老式絲綢表襯，上面還串著珠子！我經常在荷蘭和比利時的老人們中間見到這些東西。古雅的東西！」

「這些東西也是老式的。」柯南老夫人說。

「非常之老呢。不過我覺得，它們還沒有這塊錶本身那麼老吧？」

「我認為沒有。」

「真是驚人啊，他們竟然把這些暗號搞得這麼複雜！」布蘭多先生瞥了一眼那塊表襯，嘴裡評論道，同時，他的臉上再次浮現起了那種獨特的微笑。「那個，這是 D.N.F. 嗎？它也可能是任何東西。」

「這確實是一些字母。」

在此期間，付老爺子一直都舉著茶杯僵在那裡，臉上的神情頗為專注，同時大大地張著嘴巴，準備吞掉杯裡的東西，而現在，他開始把這一打算付諸實施了。當他行動起來之後，他總是先把嘴裡填得滿滿當當，然後一口就喝空它，而在接下來再次填充它之前，他總會再度陷入沉思狀態當中。

「D.N.F. 是某個溫柔、可愛、迷人而美麗的人兒，我對此毫不置疑。」布蘭到先生再次吧嗒一聲打開了表蓋，同時評頭品足道。「我基於這個假設無限崇拜她不朽的名聲。不幸的是，從我的心境安寧這方面來講，我可能崇拜得太過輕率了一些。它可能是一種罪惡，也可能是一種美德，但崇拜女性的美麗和優點卻構成了我性格裡面的四分之三，夫人。」

這時，付老爺子已經為自己倒好了另外一杯茶，正在像之前那樣大口吞咽著它，同時拿眼看著殘疾人那個方向。

「先生，這你大可以放下心來。」她向布蘭多先生應答道。「我相信，這些字母並沒打算被當成任何名字的首字母。」

「那可能是一句格言。」布蘭多先生隨口說。

「是一句話，我相信，它們永遠都代表著『勿忘記（Do Not Forget）！』」

「那正好。」布蘭多先生把錶放回錶蓋裡面，然後退回了椅子那裡，同時嘴裡說道，「因為你天生就不會忘記。」

這時，付老爺子正好喝空了嘴裡的一口茶，他不僅讓這一口比之前那些大或者說長了許多，還讓接下來的中場休息呈現出了新的面目，即是說他把頭朝後仰了出去，杯子仍然舉在唇邊，同時仍然拿眼看著殘疾人那個方向。而殘疾人這邊板著她那張有力的面孔，繃著她那副專注的表情，好像把她的堅定和固執全都凝聚了起來，在她的身上，面孔和表情便等於另外那人的姿勢和動作[163]，並用下面這一番慎重且有力的演講做出了答覆：

「是的，先生，我是不會忘記的。如我這般經年累月過著一種單調劃一的生活，是不會走上忘卻之路的。過著一種改過自新的生活，也是不會走上忘卻之路的。深知還有過錯需要補贖（我們所有人都是這樣，我們當中的每一個人，亞當的每一個孩子！），還有安寧需要尋求，是不容於忘卻這種欲望的。因此，我已經逐開這種欲望日久了，我既不會忘記，也不想忘記。」

此前，付老爺子一直在一圈又一圈地搖著茶杯底部的沉澱，聽到這裡之後，他一口喝乾了它們，把茶杯放回了茶盤裡面。做完此事之後，他把目光轉到了布蘭多先生身上，那樣子好像在問，他對此作何感想呢？

「夫人，我的全部意見，」布蘭多先生先把他白皙的手放在胸脯上面至為順滑地鞠了一躬，然後說，「都已經包含在『天生』這個詞裡了，我有幸使用了它，而且對它擁有充分的理解和領會（如果沒有這份領會能力的話，我就不是布蘭多了）。」

「不好意思，先生。」她應答道，「我這邊有些懷疑，一位快樂、圓通而且禮貌的紳士有無可能是，慣於奉承別人或者被別人奉承的 ── 」

---

[163]　這句話的潛臺詞是，柯南老夫人的內心活動是透過面孔和表情流露出來的，付老爺子是透過身體姿勢和動作。

「哎呀夫人！我拿上帝起誓！」

「—— 我還有些懷疑，像是這樣的一個人物，是否有可能非常理解如我這般境遇者所遭受的那些東西。我並不想向你強加什麼教義，」說到這裡，她看了一眼面前那個堅硬、暗淡而顯得非常嚴苛的書堆，「（因為你在走你自己的路，也會收穫你應得的結果）我只想告訴你下面這些話：我的人生道路是由一些領路人嚴格為我劃定的，一些經受過艱難歷練並且已經被歷史證實過的領路人，有他們護航我是不會翻船的 —— 絕對不會 —— 還有，如果我對那三個字母向我傳達的那條誡命不以為意，我不會有如我現在一半的純潔和自新。」

一個可稱奇特的事實是，她竟然抓住眼下這個機會，跟某個看不見的敵對者爭辯了起來，而這個敵對者有可能是她的良知，它時刻都在跟她和她的自欺欺人針鋒相對個不停。

「如果我忘記了，當我的人生還處於健康自由那個階段的時候，我有多麼的無知愚昧，我可能會抱怨現在被判罰的這種生活。但我絕對不會抱怨，我也從來沒有抱怨過。如果我忘記了，我眼前的這個地方，也就是我們所棲身的地球，確切是為塵世中人準備的一個黑暗、艱難而充滿艱苦磨練的場所，我可能會對它的空虛產生一些溫柔的情愫來。但我是沒有這種柔情的。如果我不知道，我們每個人都是一份必須加以償還，絕無反抗可能的神之暴怒的施加對象（向我們施加它實在是再公正不過了），我可能會對被囚禁於此處的我自己，跟在那邊的門洞裡自由出入的人們之間的差別心生怨恨。但實際上，我把被上天選中進行我正在這裡進行的這些償還，獲知我在這裡確切獲知的那些真理，做出我在這裡做出的那些發現，當成是一種恩澤和眷顧。若是換了其他情形，我所遭受的折磨會變得不具任何意義。因此，我肯定不會，將來也不會忘記任何事情。因此我是滿足的，還想說讓我一人來承受它們，要強似讓百萬人來承受它們[164]。」

---

[164]　柯南老夫人在此處闡釋的是基督教加爾文派的教義，該教認為，人有無贖罪的機會是上天注

　　說出這些話的時候，她把一隻手放在了那塊懷錶上面，把它分毫不差地放回了它在小桌子上面慣常占據的那個位置。接著，她的手又在那塊錶上逗留了片刻，同時坐在那裡用半是蔑視的目光堅定地看著它。

　　在她進行這場闡述期間，布蘭多先生始終都是一副非常專注的神情，把他的兩隻眼睛牢牢釘在那位女士身上，同時用雙手若有所思地捋著唇上的髭鬚。付老爺子之前有點坐立不安，但現在插進話來了。

　　「好了，好了，好了！」他說。「這些東西已經被理解得非常明白了，柯南老夫人，而且你講得又好又虔誠。但我懷疑，布蘭多先生並不屬於虔誠這個行列。」

　　「恰恰相反，先生！」那位紳士抗議道，同時打了一個響指。「不好意思！它也是我性格裡面的一部分。我敏感、熱情、富於良知而且充滿想像力。付老爺子呀，一個敏感、熱情、富於良知而且充滿想像力的人鐵定會是無比虔誠的，不然就什麼都不是了！」

　　接著，當他趾高氣揚地從椅子上立起身來（這個男人身上有這麼一個特點，其實所有被打上了某種標記的人們全部都是這樣，即無論去做任何事情，他們總會把它做得過頭一些，儘管有時候只是過之毫髮之微），又走上前去跟柯南老夫人道別的時候，付老爺子臉上有了些懷疑的神色，像是他略微有些覺得，那人可能真的什麼都不是。

　　「先生，在你的眼睛裡面，我這個病中老婦身上可能有些自我中心主義的東西，」她隨後說道，「但它真的只是你自己的突發奇想而已，這是因為，我剛才是因為順勢，所以才談起了我自己和我的衰微處境。既然你已經如此體貼地給予了我這場拜訪，那我希望，你也能同樣體貼地忽略掉我剛才說過的的那些話。如果你願意的話，請不要稱讚我。」因為他顯然正打算這麼做來著。「付老爺子將會樂於向你提供任何服務，我希望，你在這座城市的逗留將會產生一個令人愉悅的結果。」

定的，能被上帝選中苦修贖罪是一種恩澤和幸運。

布蘭多先生謝過了她，又把自己的手親吻了好幾遍，向她做著告別的手勢。「這是一個古老的房間。」走到門口之後，他先是東張西望了一番，然後突然就變得生機勃發了起來，同時嘴裡評論道，「我剛才太過專注於我們的談話，所以沒有留意到它，但它屬於那種真正的老房間。」

　　「這也是一幢真正的老房子。」柯南老夫人說，臉上掛著冰冷的微笑。「一個不會裝腔作勢的地方，不過算得上是一件古董。」

　　「確鑿如此！」那位訪客大叫著說。「如果在我往外走的時候，付老爺子願意賞我一面，帶著我到各個房間裡面去看上一下的話，那我差不多就沒辦法對他懷有更大的感激之情了。一幢老房子算得上是我的一個死穴來的，雖然我還有很多其他死穴，但沒有哪個比它更大。我熱愛和研究過很多美麗如畫的老房子，各式各樣的都有。我自己也被人叫做過畫中人。被叫做畫中人算不上是什麼優點 —— 我可能還有比它更大的其他優點 —— 但也可以這麼說，我是碰巧走了這麼個好運。只是同情安慰而已，只是同情安慰而已！」

　　「我要事先告訴你，布蘭多先生，你將會發現它非常破敗，而且光禿禿的什麼都沒有，」劍利舉起蠟燭說。「它是不值你一看的。」但布蘭多先生只是大笑個不停，同時拿手友好地捶打著他的背部。就這樣，上述布蘭多又向柯南老夫人吻手作別了一次，然後他們就一起走出那個房間去了。

　　「你應該不想上樓去吧？」劍利在門口的樓梯平臺上說。

　　「恰恰相反，付老爺子，如果不會討你憎嫌的話，那會讓我感到無上之歡欣！」

　　因此，付老爺子蠕動著朝樓上爬了過去，布蘭多先生緊隨其後。隨後，他們上到了那個巨大的閣樓臥室裡面，就是在回家那天晚上，亞瑟住過的那一間。

　　「你瞧，布蘭多先生！」劍利展示著它，同時嘴裡說道，「我希望你可能會認為，這是值得你爬這麼老高看上一眼的，坦白說我並不這麼認為。」

　　接著，他們又步入了其他閣樓房間和過道裡面，最後再次回到了樓下，在此期間，布蘭多先生始終都是一副十分著迷的模樣。而這時，付老爺子已經開始在心裡暗自嘀咕道，他發現，除了一開始四下裡匆匆瞥過一眼之外，這位訪客從未認真看過無論哪個房間，而是一直都在看著他，也就是付老爺子。心裡揣上這個發現之後，他在樓梯上轉過身來又試驗了一次。結果，他立刻就跟那人的眼睛短兵相接了，而且，在他們兩人彼此盯住對方的那一刻裡面，那位訪客又把他的鼻子和髭鬚像之前那樣醜陋地動作了一番（自從他們離開柯南老夫人的房間之後，在所有類似的時刻裡面，他都是這樣做的），笑出來一個恍如惡魔般的無聲大笑表情。

　　付老爺子的個子要比那位訪客矮上許多，所以在身體條件上處於劣勢，只能像剛才那樣似的，被對方居高臨下地加以令人不悅的睨視，又因為下樓時他是走在前面的，通常要比那個人低上一兩級臺階，所以這個劣勢在其時更為顯著了起來。於是，他強忍著沒有再去看布蘭多先生，直至當他們走進已故柯南老先生的房間，這個偶然出現的不平等因素被消除了之後。但是，當他於其時突然朝他轉過頭去的時候，卻發現後者還是剛才那副模樣。

　　「一幢非常令人仰慕的老房子，」布蘭多先生微笑著說。「如此之神祕莫測。你從來沒在這裡聽到過什麼鬧鬼的響動嗎？」

　　「哪裡有什麼響動！」付老爺子應答道。「沒有。」

　　「也沒看到過什麼鬼怪嗎？」

　　「沒有。」付老爺子面目猙獰地把頭朝問話者擰了過去，同時嘴裡說，「沒見這裡有什麼東西用那個名字和那種身分引薦過自己。」

　　「哈哈！這裡還有一幅畫像呢，讓我看看。」

　　（但他仍然看著付老爺子，就像他就是畫像一樣。）

　　「如你所言，先生，它的確是一幅畫像。」

　　「我可以問問它畫的是誰嗎，付老爺子？」

「柯南老先生，已經去世了，她的丈夫。」

「可能是那塊引人注目的懷錶的前主人，對嗎？」訪客說。

在此之前，付老爺子把目光投到了那幅畫像上面，現在，他再次把它轉向了那位訪客，結果卻再次發現，他自己仍然是那副表情和笑容的觀察對象。「是的，布蘭多先生，」他尖酸地答道。「那東西是他的，他之前屬於他叔叔，至於他叔叔之前屬於誰那就只有老天知道了。這就是我能告訴你的有關它的譜系的所有事情。」

「那是一個非常卓爾不群的人物，付老爺子，我們樓上的那位朋友。」

「是的，先生。」劍利說，同時再次把臉朝那位訪客轉了過去，在這場談話的整個過程當中，他始終都在這樣做，就像一把總是擰到脫口的螺絲刀一樣，又因為另外那位總是一副巋然不動的樣子，所以他總是覺得，自己可能下手過重，必須得朝後退上一點。「她是一個引人注目的女人，擁有巨大的毅力 —— 巨大的精神力量。」

「他們以前一定非常幸福。」布蘭多說。

「誰們？」付老爺子詢問道，同時又朝那人擰了一圈。

布蘭多先生晃動著他的右手食指指向了那間病房，同時把左手食指指向了那幅畫像，接著，他讓自己變成了雙手叉腰的姿勢，把兩條腿大大地跨開，站在那裡笑瞇瞇地俯視著付老爺子，與此同時，他的鼻子開始向前挺近，他的髭鬚開始向後退卻而去。

「我猜，跟大多數其他結婚的人們一樣快樂吧。」付老爺子應答道。「我說不上來，我不知道，每個家庭都有它們的祕密。」

「祕密！」布蘭多先生馬上大叫著說。「請再說一遍，我的孩子。」

「我說，」付老爺子應答道，他發現，那人因為太過突然地對他吼出了上面那句話，臉差不多被鼓脹的胸脯憋成了一片通紅。「我說每個家庭都有它們的祕密。」

「確實如此，」另外那人接著大叫著說，同時拍打著劍利的兩個肩膀，還抓住它們把他前前後後地搖來搖去。「哈哈！你說的沒錯。確實如此！祕密嗎？聖潔的蒼穹啊！有些家庭裡面還有魔鬼本人的祕密呢，付老爺子！」說完上面那話之後，他把付老爺子的兩個肩膀一連拍打了數次，就像正在用一個由他想出來的笑話給劍利打氣似的，隨後，他揚起來兩條手臂，把頭朝後仰去，把兩隻手在後腦勺那裡勾連了起來，接著爆發出來一陣咆哮般的大笑聲。雖然付老爺子又試著朝他撢了一圈兒，但什麼都沒撈到，因為他已經笑得忘乎所以了。

「不過，請勞駕把蠟燭借給我一會兒，」他在笑完之後說。「我們來看看那位引人注目的女士的丈夫。哈哈！」他把蠟燭舉在了一臂之遙的位置處。「這人的臉上也有一副堅定的表情，但跟那個不是一個性質。他看起來像是在說，說什麼來著——勿忘記——是不是啊，付老爺子？我敢以上帝起誓，先生，他真在說這個！」

把蠟燭還給劍利之後，他又再看了他一回，接著便悠哉悠哉地跟他一起逛進了大堂裡面，宣稱這真的是一幢迷人的老房子，而且給他帶來了莫大的愉悅心情，以致就算給上他一百英鎊，他都不願意失去把它檢視一番的機會。

在布蘭多先生表現出這些堪稱奇特的放肆行為，並且令他的儀態因此發生了一種整體上的改變，變得比之前粗俗魯莽和凶猛大膽了許多的整個過程當中，付老爺子始終板著他那張很難做出太多變化的橡皮臉，把他的不動如山做派保護得未受任何減損。而現在，除了有些顯得像是，在被某個朋友割斷繩子救下來之前吊得太久了一點之外，他還在努力保持著一副脾氣溫良的沉著做派。在此之前，他們已經在大堂一側的那個小房間裡面把此番探訪活動進行到了尾聲階段，他現在正站在那裡拿眼盯著布蘭多先生。

「我很高興看到你能這麼滿意，先生。」他冷靜地評論道。「我沒能料到這一點，你看上去興致相當高昂啊。」

「滿心都是欽佩仰慕之情，」布蘭多應答道。「我敢發誓是這樣！我的精神從來沒像現在這麼抖擻過。付老爺子，你產生什麼預感了嗎？」

「我不是非常確定，我是不是真的理解了你那個詞語的確切含義，先生，」那位紳士答覆道。

「付老爺子，它在眼下這個場合裡面指的是，對將要到來的快樂感受的一種說不清道不明的預感。」

「我沒辦法說我在眼下感受到了這樣一種感覺，」付老爺子至為莊重地應答道。「如果我覺得它出現了，我會說出來的。」

「那個，可是我，」布蘭多說，「我的孩子，我今晚卻有這樣一種預感，我們接下來將會相識甚歡。你現在感覺到它了嗎？」

「沒 —— 沒有。」付老爺子先認真捫心自問了一番，然後應答道，「我沒辦法說我感覺到了。」

「我有這樣一種強烈的預感，我們將會變成一對親密無間的知交。你還是沒有那種感覺嗎？」

「還沒有。」付老爺子說。

布蘭多先生聞言再次抓住了他的兩個肩膀，又像之前那樣十分快活地把他搖了一陣子，接著又挽起他的手臂，邀請他出去喝上一瓶葡萄酒，像他自己那樣把深藏不露的本領好好展現一下。

付老爺子沒有表現出哪怕片刻的猶豫不決，立即接受了他的邀請，然後，他們便離開柯南家來到了這位旅客下榻的地方。當時外面正下著一場大雨，自從夜幕降臨之後，它便開始在窗戶、屋頂和走道上面劈劈啪啪迅速敲打個不停了。雖然雷聲和閃電已經過去很久了，但雨勢仍然非常凶猛。待他們甫一抵達布蘭多先生的房間之後，那位滿身豪俠之氣的紳士便叫了一瓶波爾多葡萄酒，接著又把自己蜷曲在了那個窗座上面（得益於他那個小巧身形的溫柔脾性，他把塞到身下的一應秀氣精緻的東西全都碾了個稀爛），與此同時，付老爺子在他對面的一把椅子上落了座，兩人中間

隔著一張桌子。布蘭多先生提議使用這家酒館裡面最大的酒杯，對此付老爺子欣然給予了同意意見。接著，他們便一杯接一杯地滿斟了起來，喧鬧快活的布蘭多先生要嘛把他的杯頂在付老爺子的杯底上碰得叮噹作響，要嘛把他的杯底在付老爺子的杯頂上碰得響作叮噹，喝出了一派他所預見的親密無間的知交氛圍來。付老爺子態度莊重地祝著酒，喝乾了到手的所有葡萄酒，但緘口不發一言。每當布蘭多先生碰杯的時候（每次重新斟滿之後都會如此），付老爺子總是不動聲色地做足他自己的那份碰杯職責，而且，除了他自己杯裡的葡萄酒之外，也很願意不動聲色地把他夥伴的那份喝下肚去，若不是多了一個上顎的話，他純乎就是一個酒桶。

　　總之，布蘭多先生發現，把波爾多葡萄酒倒進沉默寡言的老付的肚子裡面，並不會把他的嘴給灌開，而是會讓它緊閉起來。更有甚者的是，他看上去完全有能力喝上整整一個晚上，或者如果情勢需要的話，再在第二天喝上整整一個白天和整整一個晚上，而布蘭多先生這邊卻很快就模模糊糊地意識到，他的趾高氣揚做派有些太過凶惡和浮誇了起來。因此，等到喝完第三瓶之後，他便終止了這場招待活動。

　　「你明天就可以從我們那裡拿到錢了，先生。」在分別之際，仍然一臉精明能幹的付老爺子說。

　　「我的鈔票呀！」另外那人應答道，同時用兩隻手揪住了他的衣領。「我會找你們拿錢的，別擔心。再見，我的老付！請在分別之際接受 ——」說到這裡，他給了他一個南方式的擁抱，又響亮地吻了他的兩頰，「—— 一位紳士的諾言！我拿一千個響雷起誓，你將會再次見到我！」

　　然而，儘管那份通知信函已經適時送達了，他卻並未在次日露面。於當夜詢問打探了一番之後，付老爺子驚訝地發現，他已經付過帳單取道加萊重返歐洲大陸了。儘管如此，在把他那張反覆思量的面孔刮擦了一番之後，劍利還是得出了這樣一個積極的確信，布蘭多先生將會遵守他此番許下的諾言，將會再次出現在他的視野當中。

第三十一章　精神

在這座大都市的那些熙熙攘攘的通衢大道上面，無論任何人都有可能在無論哪一天裡面，碰到這樣一位黃瘦多皺的老頭，他沿街偷偷摸摸地走著，一副惶惑不安的神色，好像被喧鬧奔忙的噪音搞得頭腦昏亂了起來，而且因此受到了一些驚嚇，有人可能會猜測道，此人可能是從某顆星球上面掉落下來的，但前提條件是，在浩瀚的宇宙裡面，有哪顆星球竟然有可能晦暗到這麼一種地步，只能放射出來像他這麼一丁點微弱的星光。這個老頭不管怎麼說都是一個小老頭來的，如果他曾經是一個大老頭，那他已經收縮成了一個小老頭，而如果他一直都是一個小老頭，那他也已經縮小成了一個比原先更小的老頭。他的外套的顏色和裁剪，是任何時期和任何地方都從未有過的款式。顯而易見的是，它並不是為他製作的，或者說也不是為任何一個塵世中人製作的。某位經營批發業務的承包商為命運女神量身裁剪了五千件這種性質的外套，然後命運女神把眼前這件被別人穿舊的借給了這個老頭，而且，他並非是一個單獨的存在，是一個由眾多跟他類似的老頭排成的尚未完結的隊伍裡面的一員。這件外套綴著大而暗淡的金屬鈕扣，而且，它們跟任何其他鈕扣都不存任何相似之處。這個老頭還戴了一頂帽子，這是一頂狀如豎起的大拇指而磨成了光板的帽子，然而它又是一頂頑固不化的帽子，絕對不會讓它自己去適應他那顆可憐的腦袋的尺寸。他的粗陋的襯衫和粗陋的頸巾並不具有比他的外套和帽子更多的個性，它們同樣擁有前述那條屬性，即它們不像是他的衣著 —— 也不像是任何人的衣著。然而，這個老頭又有一副不太習慣這些衣服的神氣，像是為了遷就公眾的口味才煞費苦心把自己穿扮成了這副模樣，又好像，他的絕大部分時間都是穿戴著睡帽和睡袍得以度過的。就這樣，他像是一隻已經連遭了兩年飢饉的鄉下老鼠似的，不得已前來求見某隻城市老鼠來了，

正在膽怯地穿過滿城的貓們，朝那隻城市老鼠的住處走去。

　　在假日裡面的日色向晚時分，人們有時會看到，他比平素稍顯虛弱地走在街上，蒼老的眼睛裡面汪著一抹溼泥般的光澤。那是這個小老頭有點喝多了的時候。非常之少的一點酒就可以把他醉倒，一個半品脫的小酒壺就能讓他立足難穩起來，就能把他掀翻在地。那是某個可憐他的相識——經常會有這種偶然的相識——招待了他一頓啤酒，給予了他的衰微處境以一些溫暖，而這樣做的結果是，他要過上一段比平素更長的時間，才能再次出現在城裡的貓們面前。這麼說是因為，小老頭現在正走在回家，也就是回救濟院的路上，當他操行良好的時候，他們不會允許他經常外出，不過我也覺得，考慮到他能外出晒晒太陽的時日已經無多了，他們也可能會對他網開一面，而當他操行欠佳的時候，他們會把他關得比平時更為嚴密起來。他的棲身之處是一片由他和另外兩打零十九個老頭組成的老頭樹林，他們當中的每個人都擁有跟其他人一模一樣的味道。

　　這個老頭便是布羅夫人的爹。這位可憐的老年紳士擁有矮小的個頭和尖利的聲音，像是一隻被風雨吹打得筋疲力竭的小鳥似的。此人之前身在被他稱為樂譜裝訂業的這麼一個行當裡面，曾經遭逢過巨大的不幸際遇，甚少走上過成功的人生道路，也沒能看到過它，甚至都沒辦法維持一種自給自足的生活，總之就是，除了發現自己的人生道路絕非一條通衢大道之外，他從來沒跟他的這條路發生過任何其他關係。在那項把布羅先生送進了馬夏大學的判決塵埃落定之後，他自願退居到了救濟院裡面，即法律為他所在的地區指定的一個類似於好撒瑪利亞人的所在，但這個地方卻沒給他那兩個便士[165]，因為從政治經濟學的角度來講，這可能是一個有失儉省的舉措。在他女婿的困境達到那個關頭之前，老南帝（這是他在那個法定休養機構裡面的慣用稱謂，但在那些瀝血之心們中間，他就變成南帝老

---

[165]　典出《聖經新約－路加福音》第 10 章 35 節，「第二天，（那個撒瑪利亞人）拿出兩便士交給店
　　　　主說，『你且照應他，此外所費用的，我回來必還你。』」

先生了）曾經在布羅家的壁爐一側有過一個屬於他的座位，還從布羅家的壁櫥裡面取用過為數甚少的嚼穀和飲品。他現在仍然希望，有朝一日命運女神會朝他的女婿展露出笑顏，到時候，他就可以重新在那個家裡得到那個位置了。而在此之前，也就是在她老人家板著一張巋然不動的冷酷面孔的時候，他仍然身處於那個名曰小老頭的樹林子裡面，還是那些擁有同一種味道的小老頭們裡面的一員，同時下定決心要保住這個位置。

不過，不管是他的窮困潦倒的處境，還是他那件款式前所未見的外套，亦或是供他棲身的那個老頭收容所，都沒能撲滅他女兒對他的那份仰慕之情。布羅夫人對她爹的天才感到無比自豪，其情狀如同，當他們把他任命為大法官[166]之後，她可能會產生的類似感受。與此同時，她還對他優雅得體的儀態擁有一份堅定的信念，那情形就像，當他被冊封為宮務大臣[167]之後，她可能會有的類似信念。這個可憐的小老頭識得一些過時已久的寡淡小曲，它們講述的是被維納斯之子所傷的克洛伊、費麗絲和司翠芬[168]們的故事。而對於布羅夫人來講，就算是歌劇院裡面也沒有該等妙樂，在她看來，從她爹身體裡面釋放出來的這些小曲，算得上是一種發乎於天性深處的振動和嘶鳴，而實際情形是，它們像是一個嬰孩在不厭其煩地搖動著一架破舊漏風的小手搖風琴[169]。在他的那些因為他的乏味視野已經見慣了像是截頭樹一般的老頭子們，所以算得上是閃光時刻的「外出日」裡面，當他用肉食強健了自己的體魄，又喝過價值半便士的足量黑啤酒之後，布羅夫人立即便會悲喜交集地說道：「給我們唱上一首歌吧，爹。」然後，他會給他們唱上一些克洛伊的故事，如果他心情不錯的話，還會唱上一些費麗絲 —— 自從進了救濟院之後，他就很難唱上司翠芬那

---

[166]　大法官（Lord Chancellor），英國的一種官職名稱，執掌上議院、大法官庭和上訴法院。

[167]　宮務大臣（Lord Chamberlain），舊時負責英國王室內務的官員，同時負責審核在英國上演的戲劇。

[168]　克洛伊、費麗絲和司翠芬均為鄉村田園詩當中慣用的鄉村少女名字。

[169]　一種老式樂器，靠搖動一側的手柄發聲

個調門了 —— 再然後，布羅夫人便會宣稱，她真的相信從來沒有過像她爹這樣的一位歌手，接著又會擦起眼淚來。

在這些場合裡面，就算他真的是從宮中歸來的，不對，應該是就算他像那臺高貴冷凍機似的，從一個外國宮廷中榮歸了故里，並因為之前那場巨大的失敗接受了引見和擢升，布羅夫人帶著他在瀝心庭裡面四處誇耀的時候，也是沒辦法把他舉得更加高上一些的。「這是我爹，」當她把他引見給一位鄰居的時候，她會這樣說，「爹很快就會永遠回家跟我們住在一起了。難道爹看上去不是很好嗎？爹是一個前所未有的甜美歌手，如果你現在願意聽他唱上幾句的話，你永遠都不會忘記它們的。」至於布羅先生這邊，在他把南帝先生的女兒娶到手的時候，也已經把上面這些信條一併娶了回來，他唯一感到驚奇不已的是，一位受到上天如此眷寵的老年紳士竟然沒能發達一場。苦思良久之後，他把這一後果歸因於，他的音樂天才沒能在年輕時候得到科學的開發利用。「這是因為，」布羅先生論證道，「當你自己就擁有它的時候，你為什麼還要進什麼音樂裝訂行業呢？我琢磨著，這就是事情的原因所在。」

老南帝有一位恩人，同時也是唯一的一位恩人。他的這位恩人透過某種奢侈靡費的方式 —— 同時也是一種有些愧疚的方式，好像他總是讓一群滿懷仰慕之情的觀眾的預期給落了個空，因為他真的是沒辦法忍得住，要對這個老傢伙表現得比他們所預期的更加大手大腳起來，而這一情狀的根源則在於，後者的那份單純和窮困 —— 對他表達出了一份莫大的善意。在他女婿被短暫監禁於馬夏大學的時候，老南帝曾經前往那裡跟他談過幾次話，在此期間，他快樂地收穫了那個國家級機構的父親的那份慷慨施捨，接著又一步接一步地，最終把那份施捨提升到了一種相當完美的形態。

在接待這個老頭的時候，杜麗先生慣於表現出這樣一種做派，就像這個老頭在他名下持有某種封建性質的奴僕職位似的。他會給予他小小的款

待，給他提供一點茶點，就像這個佃農一般的人物是攜帶著一份忠誠和敬意，從某個還處於原始社會階段的化外之地遠道而來的。有那麼一些時候，他好像無論如何都對世事難以提起信心來了，唯一還敢信誓旦旦加以宣稱的是，這個老頭是他的一個古來有之的扈從，對他懷有一份值得嘉許的忠誠之心。當他提起他的時候，他會隨口把他稱為他的老門客。每當看到他的時候，以及在他走了之後對他的潦倒處境評頭品足的時候，他都會收穫一份堪稱神奇的滿足感。他好像還覺得，他能夠透過不知道什麼辦法在人前抬起頭來是一件令人詫異的事情，這個可憐人啊。「在救濟院，也就是各教區的聯合濟貧院裡面，先生，是沒有隱私，沒有訪客，沒有地位，沒有尊敬，也沒有什麼個性的。那可是非常的可悲啊！」

那天是老南帝的生日，他們把他放了出去。他沒有說起那天是他的生日，不然的話，他們會把他關住不讓他出去，因為在他們看來，這樣的老頭子是根本不應該出生的。他像往常那樣沿著街邊溜到了瀝心庭，跟他的女兒女婿一起吃了午飯，然後給他們唱了一段費麗絲。在他差不多還沒有完全結束的時候，小杜麗把頭探了進來，接著又四處張望了起來，想要看看他們是不是都挺好的。

「杜麗小姐！」布羅夫人說。「這是我爹！他看上去不是挺可愛的嗎？而且他還有這麼一副好嗓子！」

小杜麗朝著他伸出手去，然後笑瞇瞇地說，他竟然讓她這麼長時間沒能見到他。

「不是，是他們用相當冷酷的態度對待我可憐的爹，」布羅夫人拉著臉說，「不讓他擁有身體健康所需要的一半變化和新鮮空氣。但他很快就會永遠回家來了，馬上就回來了。是不是呀，爹？」

「是的，親愛的，希望如此吧。如果上帝願意的話，會盡早回來的。」

聽到這裡之後，布羅先生發表了一段每當他碰到該等時機的時候，總會一成不變進行的演說，而且回回都是一字不差。它的措辭如下所示：

「南帝愛德莊，先生。只要眼前這個屋頂下面還有任何種類的一盎司食物或者飲料的話，我們就全心歡迎你前來分享它。只要眼前這個屋頂下面還有一把那麼粗的一堆爐火或者一張嘴那麼大的一片床鋪的話，我們就全心歡迎你來分享它。而如果事情到了如此地步，也就是說眼前這個屋頂下面已經沒有了任何東西，那我們還是同樣歡迎你來分享它，就好像它還有或多或少的某種東西似的。這就是我想說的話還有這些事情我是絕對不會騙你的，那麼結果就是它的意思是什麼呢就是請你過來吧，所以你為什麼不馬上照辦呢？」

每當發表完這段明晰易懂的演說時，布羅先生總是會顯得，他是花費了巨大的努力才把它給編撰出來的（毫無疑問事實確實是如此），而現在，布羅夫人的爹尖聲尖氣地答覆道：

「我要衷心感謝你，湯馬，而且我知道你是一片好意，我也要因為這一點同樣衷心地感謝你。但是不行，湯馬。只能到了這種時候再作考慮，也就是不再從你的孩子們嘴裡爭食吃的時候，這種爭搶它是，不管你用什麼名字稱呼它，它總是那個樣子，始終都在做剝奪這回事情，不過還是希望那種時候會到來吧，但它們是沒辦法來得太快的，不行，湯馬，絕對不行！」

在此之前，布羅夫人一直把臉微微別開一點，手裡捏著圍裙的一角，而現在，她又重新返回談話行列裡面來了，並且告訴杜麗小姐說，她爹正要過河去表達一下敬意，除非她有任何理由覺得，這樣做是不受歡迎的。

而她的回答是，「我正要回家去呢，如果他願意跟我一起走的話，我會非常樂意照顧他——非常樂意，」對於弱者的感受，小杜麗總是懷有滿心的體貼之情，於是這樣說道，「有他作伴。」

「你聽，爹！」布羅夫人大叫著說。「你不正是一個快活的小夥子嗎，跟杜麗小姐一起去散散步吧，好不好？讓我把你的胸袋巾編成一個整齊好

看的領結，因為你本身就是一個整整齊齊的時髦人物，爹，而且你算是有史以來的頭一名呢。」

講完這個飽含孝心的笑話之後，他女兒把他用心裝扮了一番，又給了他一個充滿愛意的擁抱，然後，她站到門口那裡，手裡抱著較為弱小的那個孩子（那個大一些的跌跌撞撞地跟著下了樓），目送她矮小老邁的爹挽著小杜麗的手臂，步履蹣跚地逐漸走遠了。

他們用緩慢的步速往前走著，小杜麗領著他過了鐵橋，途中還讓他坐在那上面休息了一會兒。期間，他們一邊眺望著河水，一邊談論起了船運這回事情，於是老頭兒提及到，如果他拉著滿滿一船金子回到家裡的話，他會做些什麼（他的計畫是，要在一座茶園裡面給布羅一家人和他自己購置一座豪宅，然後在那裡度過他們的餘生，還要讓侍者服侍他們），總之，對於這個老頭來講，這算得上是一個有些特別的生日了。接著，當他們在她家那條街的街角處碰到范妮的時候，他們已經距離目的地不到五分鐘路程了，後者頭上戴著新的軟帽，也在朝著同一個避風港灣而去。

「哎呀，善良仁慈的老天爺呀，愛米！」那位年輕淑女很是吃了一驚，嘴裡叫嚷著說。「妳肯定不會是這個意思吧！」

「什麼意思呀，親愛的范妮？」

「好吧！我原本是願意給予妳莫大信賴的，」那位正在怒火中燒的年輕淑女應答道，「但我認為，就連這樣的一個我，也沒辦法相信眼前這件事情，哪怕是妳做出來的！」

「范妮！」小杜麗也叫嚷著說，她覺得很受傷，而且十分的詫異。

「噯！妳別叫我范妮啊，妳這個卑劣的小東西，別這麼叫！妳竟然能有這樣的想法，在光天化日之下，跟一個叫花子在大馬路上面瞎晃蕩！」（當她發射出最後那個詞 [170] 的時候，就像從氣槍裡面射出了一顆彈丸。）

「哎呀，范妮！」

---

[170]　在原文中，范妮這句話的最後一個詞是「pauper」，即「叫花子」。

「我跟妳說了，不要叫我范妮，我是不會回答的！我從來沒有認識過這樣一個壞東西。妳下定決心並且鐵了心要讓我們丟臉的那種辦法，不管什麼場合妳都會這麼做，真的是太無恥了。妳這個壞透了的小東西！」

「照顧這個可憐的老人。」小杜麗非常溫和地說，「會讓什麼人覺得丟臉嗎？」

「是的，小姐，」她姐姐應答道，「妳應該知道它會有這樣的後果。而且妳肯定知道，它會有這樣的後果，妳之所以要這麼做，正是因為妳知道，它肯定會有這樣的後果。妳的人生的頭等樂趣就在於，提醒妳的家人們不要忘了，他們正在大倒其楣。妳的生活的次一等樂趣是，結交一些低賤的狐朋狗友。但是不管怎麼樣，如果妳不知道什麼是體面的話，我卻是知道的。如果妳願意的話，請允許我不受干擾地走在另外一邊吧。」

說完這話之後，她跳著腳穿過路面，站在了對面的走道上。在此之前，那個讓人丟臉的老頭朝著她恭敬地彎下腰退後了一到兩步（因為當范妮發作之後，大驚失色的小杜麗放開了他的手臂），然後又因為這樣做擋了別人的路，受到了那些不耐煩的路人們的推搡和咒罵。現在，他再次回到了小杜麗的身邊，但覺得頭腦裡面一片天旋地轉，同時嘴裡說道，「小姐，我希望妳令人尊敬的父親還安然無恙吧，對嗎？我還希望，妳那位令人尊敬的家人也沒出什麼問題吧，對嗎？」

「沒有，沒有。」小杜麗應答道，「沒有，謝謝你。請再把你的手臂給我吧，南帝先生。我們很快就會到家了，馬上就到。」

就這樣，她又像之前那樣跟他交談了起來，然後他們走到了門房那裡，發現老齊正在閘上值守，於是請他開閘走了進去。現在，在他們手臂挽著手臂走出門房，然後朝著監獄裡面走去的那一刻裡面，馬夏之父碰巧正朝門房這邊跑了過來。他們迎面走來的景象一經進入他的視野之後，他馬上便表現出來一副至大的激動不安兼帶沮喪不堪的模樣，接著，他轉過身去，急匆匆地走進了他自己的囚室所在的那個門洞，然後便上樓去了，

而完全未對老南帝加以理會。其時，後者正手拿帽子恭恭敬敬地站在那裡，每當來到這個和藹可親的傑出人物面前時，他總是會做出這麼一套動作。

見此情狀，小杜麗趕忙把那個不幸的老頭，也就是在一個災難性的時刻裡面，她將其置於了自身保護之下的那個人留在原地，又保證她馬上就會回來接他，然後急匆匆地跟在她父親身後追了上去。當她來到樓梯上面之後，發現范妮也跟在她的身後，正面帶著一副受到冒犯的尊貴表情怒衝衝地往上走呢。最後，他們三個人差不多一起走進了房間裡面，然後馬夏之父在椅子上面坐了下去，把臉埋在兩隻手裡發出了一聲痛苦的呻吟。

「這是當然！」范妮說。「你這是非常恰當的反應，爸，可憐你要遭受這麼多的折磨！小姐，我希望，妳現在應該相信我的話了！」

「怎麼了，父親？」小杜麗朝他彎下腰去，並大聲說。「我讓你不高興了嗎，父親？我希望沒有！」

「你希望，那倒是真的！我敢說妳正希望這樣呢！哎呀，妳這個──」因為要尋找一個感情十足強烈的措辭，范妮稍微停頓了一下，「──妳這個頭腦庸俗的小愛米呀！妳這個徹頭徹尾的牢房小孩呀！」

他見狀擺了擺手，止住了這些憤怒的指責，然後抬起他的臉來，對著他的小女兒淒涼地搖了搖頭，同時啜泣著說，「愛米，我知道妳居心不壞，但妳真的把我傷到心底裡了。」

「還居心不壞！」難以安撫的范妮插話道。「她那居心大著呢！她那居心卑劣著呢！存心要讓家裡人丟臉！」

「父親！」小杜麗大聲說，她面色蒼白，而且抖個不停。「非常對不起，請原諒我吧。告訴我這是怎麼回事，然後我就不會再犯了！」

「還怎麼回事，妳這個倒會含糊其辭的小東西！」范妮大聲說。「妳很清楚這是怎麼回事。我已經告訴過妳了，所以就不要當著上帝的面死不認帳了！」

「小聲點吧！愛米。」她父親先用胸袋巾一連擦了好幾遍臉，然後用痙攣般的動作抓著它，把它甩到了膝蓋下方，接著說，「我已經竭盡我的所能，讓妳在這裡變成了一個優越的存在，我已經竭盡我的所能，讓妳在這裡占據了一個地位。我可能成功了，也可能沒有。妳可能知道這些，也可能不知道。我對此不予置評。我已經在這裡忍受過千滋百味，但恥辱除外。我一直十分快樂地免於去遭受這個東西——直到今天破了例。」

說到這裡，他放鬆了抓著胸袋巾的那隻手，把它捂到了眼睛上面。小杜麗站在他的身邊，把一隻滿含著懇求意味的手放在了他的手臂上面，同時滿心懊悔地注視著他。而他在眼前這股陣發的悲傷情緒過去之後，再一次把胸袋巾緊抓了起來。

「在今天之前，我一直十分快樂地免於去遭受恥辱這個東西。在我挺過各種麻煩和問題的過程當中，我身邊的那些人們，一直對我懷有一種——因為我身上有一種精神，所以他們對我懷有一種——一種敬服，如果我可以使用這個詞語的話，正是它讓我免於去遭受——哈——恥辱。但是今天，在眼下的這分鐘裡面，我卻十分強烈地感受到了它的存在。」

「那是當然！怎麼還能有其他可能呢？」怒不可遏的范妮尖叫著說。「跟一個叫花子（又開了一槍）一起大搖大擺地橫衝直撞！」

「但是，親愛的父親，」小杜麗高聲說，「對於傷害了你寶貴的心靈這件事情，我不會進行任何辯解——不會！上帝知道我不會！」在一陣相當巨大的劇烈痛苦當中，她把兩隻手緊握了起來。「我唯一想做的事情是，乞求並請求你放寬心忘掉它吧。但是，如果我不知道你自己也對那個老人十分和善，對他關注有加，而且總是樂於見到他的話，我是不會跟他一起到這裡來的，父親，我不會，真的。我做過的那些這麼讓你不快的事情，是我在無心之間犯下的過錯。我不會為了這個世界能夠給予我的任何東西，或者是它能夠從我這裡奪走的任何東西，」幾至心碎的小杜麗說，

「而有意讓你的眼睛裡面浮現起哪怕一星淚花，親愛的心愛的人！」

這時范妮也開始哭起來了，她啜泣著說，其中憤怒和悔恨兼而有之——每當這位年輕淑女半是怒不可遏半是怒氣漸消之際，或者半是恨她自己半是仇恨所有人的時候，她總是會這麼說——她希望她還是死了乾淨。

與此同時，馬夏之父把他的小女兒摟到懷裡，拍著她的頭說道：

「好了，好了！別再說了，愛米，別再說了，我的孩子。我會盡快忘掉它的。我，」這時，他突然湧現出來一股歇斯底里的快活神氣，「我——很快就能把它驅逐個一乾二淨了。你說的一點沒錯，親愛的，我總是樂於見到我的老門客——正是這樣，正是這樣——還有我真的——哈——把很多保護和善意給予了——嗯——那根折傷的蘆葦[171]——我相信，我這樣稱呼他是沒有什麼不妥之處的——我已經盡了環境所允許的最大努力。妳說的相當正確，親愛的孩子，事實正是如此。但與此同時，我在這麼做的時候，還堅守著一種，如果我可以——哈——如果我可以這麼說的話——精神。已經和我融為一體的精神。但妳做的一些事情，」他停下來哭了起來，「卻跟這個東西沒辦法調和，還傷害了這個東西——深深地傷害了它。這並不是因為，我看見我的好愛米關照，或者說——哈——屈尊俯就於我的老門客——並不是這件事情傷害了我。真正的原因是，如果我必須得直言不諱才能結束這個令人痛苦的話題的話，我親眼看見我的孩子，我自己的孩子，我自己的女兒，從大街上面走進了這所大學裡面——而且她還笑瞇瞇地！笑瞇瞇地！——拿手臂挽著——啊我的上帝呀，一個穿著僕人制服的下人！」

對那件無論是裁剪樣式還是所屬年代都難以追溯的外套所作的這一提及，是這位不幸的紳士用一種幾乎聽不到的聲音喘著氣說出來的，同時還

---

[171]　典出《聖經舊約─以賽亞書》第 36 章 6 節，「看哪，你所依靠的埃及是那折傷的葦杖，人若依靠這杖，就必刺透他的手。埃及王法老向一切依靠他的人也是這樣。」

把那塊緊緊抓在手裡的胸袋巾舉到了半空中。他這份激動的感情原本有可能進行某種更顯痛苦的宣洩，但是，有一陣敲門聲打斷了它，而且，事實上它已經響起過兩遍了，只聽范妮（她仍然希望自己還是死了乾淨，更確切的說法應該是，除了上面那句之外，她現在又另外增加了一句還是埋了乾淨）高聲應答道，「進來！」

「哎呀，是小莊啊！」馬夏之父說，他的聲音馬上變了過來，已然平靜了不少。「小莊，你有什麼事麼？」

「有你的一封信，先生，剛被留在了門房裡面，還附帶著一條口信，碰巧我正在那裡，所以我想，先生，我應該把它送到你的房間裡面來。」這時，小杜麗正坐在她父親的腳底下，頭別在另外一邊，這副令人心生憐憫的景象極大地分散了說話人的注意力。

「真的嗎，小莊？謝謝你啊。」

「這信是柯南先生寫來的，先生 —— 它是封回信 —— 那條口信是，先生，柯南先生一併奉上他的誠摯問候，還說他會在今天下午有幸親自登門造訪，希望能見到你，同樣還希望見到，」他的注意力分散得比之前更為嚴重了，「愛米小姐。」

「喔！」朝信封裡面（裡面有一張鈔票）瞥了一眼之後，馬夏之父的臉稍稍紅了一些，接著重新拍打起了愛米的腦袋。「謝謝你，小莊。做得很好。非常感謝你的關照。沒人在閘上等著進來吧？」

「沒有，先生，沒人等著。」

「謝謝你，小莊。你母親好嗎，小莊？」

「謝謝你，先生，她沒像我們希望的那麼好 —— 事實上，我們家裡除了父親之外，沒有誰能 —— 不過她還算不錯吧，先生。」

「你跟她說，我們要奉上我們的思念之情，好嗎？還要說是衷心的思念之情，如果你願意的話，小莊。」

「謝謝你，先生，我會的。」接著小齊先生便轉身離開了，同時就地為

他自己撰寫了一篇全新的墓誌銘，此文的大意是：此處安葬著齊莊的屍身，他在這樣一個日子裡面親眼目睹到，他的人生偶像淚水漣漣悲痛難抑，覺得無法承受這一宛如耙心的景象，於是立即轉身離開，回到了他悲痛欲絕的父母的住所，然後輕率魯莽地終結了他在人世的存在。

「好了，好了，愛米！」待小莊把門關上之後，馬夏之父說，「我們別再說這件事了。」在前幾分鐘裡面，他的心情得到了顯著的改觀，現在顯得相當輕鬆愉快。「在剛才這段時間裡面，我的老門客一直待在哪裡啊？我們絕對不能再讓他一個人待下去了，要不然他會開始猜測，我們是不是不太歡迎他，那會讓我感到十分痛心的。你願意去接他一下嗎，孩子，或者是讓我去吧？」

「如果你不介意的話，父親，還是你去吧，」小杜麗說，她正在努力止住自己的抽泣。

「我肯定願意去啊，親愛的。妳的眼睛有點紅呢，我把這個給忘了。好了！打起精神來，愛米。不要再為我心神不寧了。我已經恢復得相當正常了，親愛的，已經恢復得相當正常了。回妳自己的房間去，愛米，把妳自己整理一下，讓人看著舒服和高興點，做好接待柯南先生的準備。」

「我更想待在自己的房間裡面，父親。」小杜麗應答道，她發現，眼下比之前更加難於恢復平靜了。「我很不願意去見柯南先生。」

「哎呀，那能行嗎，那能行嗎，親愛的，妳那麼想太傻了！柯南先生是一個非常具有紳士風度的人 —— 非常有紳士風度。雖然有時候有點孤僻內向，但我想說，他真的極具紳士風度。我沒辦法想像，妳會不來這裡接待柯南先生，親愛的，尤其是今天下午這個場合。所以快點去梳洗打扮一下，愛米，像個好女孩那樣，快點去梳洗打扮一下。」

得到如此指示之後，小杜麗順從地立起身來服從了命令，接著毫不拖延地走出了房間，僅僅停留片刻吻了她姐姐一下，以此作為跟她和解的表示。其時恰逢那位年輕淑女耗盡了之前那個令她的煩亂心緒得以些許緩解

的願望，所以，在領受了這一吻之後，她馬上便構思了一個堪稱絕妙的新願望出來，並且予以了口頭執行，即她希望老南帝能夠死掉，而不是像個既讓人噁心和厭煩，又顯得十分邪惡的壞蛋似的，來這裡攪擾他們的清淨，而且在她們姐妹倆之間製造了一些嫌隙出來。

現在，馬夏之父甚至在嘴裡哼起了一支小曲來，又把他那頂黑色天鵝絨小帽微微歪戴在了頭上，可見他的心情確實得到了極大的改觀。接著，他下樓來到了放風場裡面，發現他的老門客仍然手拿帽子站在柵門那裡，姿勢還跟之前一模一樣。「過來啊，南帝！」他說，言辭顯得十分溫和有禮。「請上樓吧，南帝，你是知道路的，為什麼不上樓來呢？」在眼下的這個場合裡面，他甚至把戲做到了向他伸出手去跟他握手的程度，並且說，「你好嗎，南帝？你過得挺不錯吧？」對此，那位歌唱家應答道，「謝謝你，尊敬的先生，在得見你的尊顏之後，我所有的一切都比之前更加好了。」在他們走過放風場的途中，馬夏之父又把他介紹給了一位新近才入學的大學生，「這是我的一位老相識，先生，一個老門客。」然後又說，「戴上帽子吧，我的好南帝，把你的帽子戴上，」言詞之間極盡體貼入微之能事。

而且，他所施予的鴻恩並未止於此。他又命令馬姬把茶準備好，指示她去採買一些茶點心 [172]、新鮮奶油、雞蛋、冷火腿和蝦子回來，而且，他竟然給了她一張十英鎊的鈔票去購買這些茶點，並嚴令她留心找零。最後，當柯南先生現身的時候，這些準備工作才剛剛進行到前期階段，而他的女兒小杜麗已經拿著她的工作返回他的房間了。他自然極盡和藹可親地接待了那位紳士，並懇求他跟他們一起用餐。

「愛米，心愛的，雖然我已經有幸認識了柯南先生，但妳對他的認識甚至更甚於我。范妮，親愛的，妳也已經結識過柯南先生了。」范妮聞言態度倨傲地跟他打了個招呼，在所有該等場合裡面，她都透過自身的儀態

---

[172]　一種用加小葡萄乾製成的小圓餅，食用時加熱並塗抹奶油。

默默宣示著如下立場：這個世界上存在著一場針對他家的巨大陰謀，想要予它以冒犯和傷害，具體來說就是，要嘛理解不了它的真實地位，要嘛待它以敷衍的言聽計從，而眼前的這個人便是其中一位共謀者。「柯南先生，你必須得知道，這個人是我的一個老門客，他叫老南帝，是一個非常忠實的老頭。（他總把老南帝說成是一件老古董，但他實際上要比他本人小上兩到三歲。）讓我想想看，我想你是認識布羅的吧？我認為，我女兒愛米曾經對我提到過，你是認識可憐的布羅的，對嗎？」

「啊是的！」柯南亞瑟說。

「那好，先生，這就是布羅夫人的父親。」

「真的嗎？我很高興見到他。」

「如果你能知道他的眾多優秀品格的話，你還會更加高興上一些的，柯南先生。」

「我希望，我能在結識他之後把它們了解一下。」亞瑟說，但暗暗有些可憐那副佝僂恭順的身形。

「來這裡見一見那些總是樂於見到他的老朋友們，對他來說算是一個節日來的。」馬夏之父評論道，然後又捂著嘴補充了這麼一句，「聯合救濟院裡面的，這個可憐的老傢伙，今天被放出來一天。」

這時，在她小媽默不作聲的協助之下，馬姬已經展開了餐桌，而且各種美味佳餚也已準備妥當。那天的天氣相當炎熱，監獄裡面又很是閉塞，所以房間窗戶被大展到了能夠推開的最大限度。「親愛的，如果馬姬能把那張報紙鋪在窗臺上面的話，」那位父親用一種半是耳語的聲音，向著小杜麗悄聲說道，且語中頗多洋洋自得的成分，「我們在這裡喝茶的時候，我的老門客就能在那邊也喝上一杯了。」

就這樣，布羅夫人的父親和他的好夥伴之間被隔開了一條大約一英尺寬的鴻溝，在這個標準分寸之下接受了一場慷慨的宴請。柯南從未見識過有任何事情，能夠像是另外那位父親，即馬夏之父向他施予的那份寬宏大

量的保護，並百思不得其解於其間的諸多奇觀。

在這些奇觀當中，最令人印象深刻的可能算是，當他評頭品足於他的門客的病體和潦倒處境時，他所表現出來的那副津津有味的做派，那副樣子就像是，他是一位寬厚仁慈的動物飼養員，正在對他展出的一隻於人無害而每況愈下的動物進行即時講評。

「你還沒準備好再要一些火腿嗎，南帝？哎呀，看你那個慢動作！」（「他的最後幾顆牙，」他向同桌解釋道，「也要掉了，可憐的老小子。」）

過了一會兒之後，他說，「不要蝦子了嗎，南帝？」見後者沒能馬上應答之後，他又評論道，（「他的聽力也越來越差了，很快就要聾了。」）

又過了一會兒之後，他向他發問道，「南帝，你有沒有在你那個地方的高牆大院裡面多走上幾步啊？」

「沒有，先生，沒有，我不是很喜歡那樣。」

「沒有，那是當然，」他贊同道。「再正常不過了。」然後祕密地向席間眾人透露道，（「腿也不行了。」）

有一次，他用那種一以貫之的，不管他問了什麼問題，都會讓他的門客覺得飄飄然的寬厚恩賜語氣，向他的門客發問道，他的小孫子多大了？

「你說愛德莊啊。」那位門客慢慢放下刀叉琢磨了起來，同時說。「多大了呢，先生？讓我想想，馬上就好。」

馬夏之父拍打了一下自己的腦門，（「記性太差了些。」）

「你說愛德莊嗎，先生？好吧，我真的忘記了。我在眼下沒辦法告訴你，先生，他到底是兩歲零兩個月，還是兩歲零五個月，不是這個就是那個。」

「不要老是想這件事了，把自己搞得難受兮兮的，」他應答道，語氣中包含著無盡的寬容意味。（「各種機能都顯著退化了 —— 這老頭兒鏽掉了，都賴他過的那種日子。」）

總之，他越是煞費辛勤地在他的門客身上做出了更多此類發現，便越

是顯得把他喜歡得不得了了。喝完茶之後，那個老頭向他暗示道，他擔心，尊敬的先生，他的時間快要到了，接著，當他從椅子上站起身來跟他的門客道別時，他讓自己顯得竭盡高拔和強壯了一些。

「南帝，你得知道，我們不把這個東西叫做先令，」他說，同時把一個先令放進了他的手裡。「我們把它叫做菸草。」

「尊敬的先生，謝謝你。它會被用來購買菸草的。我要向愛米小姐和范妮小姐致以感謝和敬意。我還要祝你晚安，柯南先生。」

（款待門客）

「還有你得知道，南帝，不要忘了我們。」那位父親說。「記住，不管什麼時候，只要你有了一個下午的空閒，你都必須再來這裡做客。等到你出來之後，絕對不能不來見我們，不然我們是會嫉妒的。晚安，南帝。下樓梯的時候千萬加小心，南帝，它們已經被踩壞了，有點坑坑窪窪的。」說完這話之後，他站在樓梯平臺上面，目送著老頭走了下去。重新返回房

間裡面之後，他說，臉上掛著一副莊重的滿足表情，「那是一個淒涼的景象，柯南先生，不過有人可能會欣慰於，他自己對此是漠無所感的。這個可憐的老傢伙是個心理陰暗的可憐人，精神世界已經破碎不堪和消失殆盡了 —— 已經被碾成末末了 —— 已經被碾出他的體外了，先生，一點都沒剩下！」

　　因為柯南此行的目的之一便是，要在此地多作一些停留，所以他力所能及地說了些話，對這些感想進行了回應，然後就跟它們的闡述者一起站在了窗戶旁邊，與此同時，馬姬和她的小媽在忙著清洗茶具，接著把它們收拾了起來。柯南留意到，當他的夥伴站在窗戶旁邊的時候，他臉上的表情讓人覺得，他宛然是一個平易近人的和藹君主，當他的子民們在樓下的放風場裡面抬頭瞻仰他時，對於他們的招呼致意，他的還禮會剛好止步於向他們施予護佑之前。

　　接著，當小杜麗坐在桌子旁邊做起了她的工作，馬姬坐在床上做起了她的的時候，范妮開始繫起了軟帽的帽帶，做起了動身離開的準備工作。亞瑟則仍然揣著那個目的，所以仍然沒有挪窩兒。這時，房門被不作任何預告地打開了，然後提普走了進來。愛米驚跳起來前去迎接他，他順勢吻了她一下，又對范妮和他父親分別點了點頭，卻對那位訪客滿臉烏雲密布，未做進一步的招呼致意，最後就那樣坐了下去。

　　「親愛的提普。」小杜麗溫和地說，此般情狀令她大受震動，「難道你沒看見 —— 」

　　「是的，我看見了，愛米。如果妳指的是，妳那位近在眼前的訪客的話 —— 我的意思是說，如果妳指的是那個人的話，」提普回答說，同時把頭重重地朝靠近柯南的那個肩膀扭了過去，「我當然是看見了！」

　　「你沒有別的話要說了嗎？」

　　「我沒有別的話要說了。還有我猜測，」稍作停頓之後，那位高不可攀的年輕人補充道，「聽見我說沒有別的話要說了之後，那位訪客就會明白

我的意思了。簡言之就是，我猜那位訪客將會明白我的意思是，他未曾像對待一位紳士那樣對待我。」

「我不明白那是什麼意思。」那位被指涉的令人憎惡的人物評論道，語氣相當平靜安然。

「不明白嗎？哎呀，那好，我來讓你明白上一些，先生，我請求你允許我告與你知曉，當我給某人寫去一封我將其稱之為措辭恰當的求助函、情勢緊急的求助函或者說體貼入微的求助函，請求一筆他很容易就能提供的小額臨時貸款的時候 —— 記住，他很容易就能提供！我 —— 接著，當那個人回信對我說，他要請我見諒的時候，我覺得，他沒有像對待一位紳士那樣對待我。」

在此過程當中，馬夏之父一直在默聲不響地仔細打量著他的兒子，現在，甫一聽到後者發表了這個觀點，他馬上開口說道，用的是一種相當憤慨的聲音 ——

「你怎麼敢 ——」但是，他的兒子止住了他的話。

「那個，不要問我我怎麼敢，父親，因為你肯定會東拉西扯上一通。至於我選擇對眼前這個人採取的那一系列行動和其中的諸般細節，你應該為我感到自豪，因為我在其中表現了一種恰當的精神。」

「我正是這麼認為的！」范妮喊叫著說。

「一種恰當的精神？」那位父親說。「是的，是有一種恰當的精神，一種與我融為了一體的精神。但世事已經變化到這種地步了嗎，要輪到我兒子來教我 —— 我 —— 精神這回事情！」

「那個，我們還是不要為這件事煩心了，父親，也不要再為這件事情吵鬧了。我已經完全認定，眼前那個人未曾像對待一位紳士那樣對待我。這件事就這麼完結了。」

「但這件事還沒完呢，先生。」那位父親應答道。「但這件事不應該就這麼完了。你已經認定了是嗎？你已經認定了是嗎？」

「是的，我已經認定了。你那麼死咬著不放有什麼好處嗎？」

「因為，」那位父親應答道，他的情緒十分激動難捺，「你無權認定那些駭人聽聞的東西，認定那些 —— 哈 —— 有違道德的東西，認定那些 —— 嗯唔 —— 形同弒殺尊長的東西。不行，柯南先生，請你原諒，先生。不要要求我停下來，這裡面 —— 嗯 —— 牽涉到了一條總體性原則，它甚至要高過對 —— 哈 —— 好客原則所作的諸般考慮。我強烈反對我兒子宣稱的觀點。我 —— 哈 —— 從個人角度上強烈拒斥它。」

「哎呀，你那原則是什麼呀，父親？」他兒子扭頭應答道。

「你問我那原則是什麼，先生？我也擁有一種 —— 嗯 —— 一種精神，先生，它不能容忍你的這種行為。我 —— 」說到這裡，他重新掏出胸袋巾來，用它輕輕地抹了抹臉 —— 「它們令我出離憤怒，令我受到了嚴重的侮辱。讓我來假設一下，我自己可能會在某個時候 —— 哈 —— 或者是時不時地，給某人寫上一封 —— 嗯 —— 一封求助函，一封措辭恰當的求助函，一封體貼入微的求助函，還是一封情勢緊急的求助函，請求一筆臨時小額貸款。讓我再來假設一下，那個人很容易就能提供這筆貸款，但卻沒有提供它，然後他對我說，他要請我見諒。那麼，我是不是就該讓我自己的兒子告訴我說，那人沒有把我當做一位紳士來對待，而且我 —— 哈 —— 我還聽任了這種擺布？」

他女兒愛米溫柔地勸解著他，試圖讓他平靜下來，但他無論如何都不願意讓這股怒氣平息下去。他說，他的那種精神已經揭竿而起了，不願意忍受這樣的侮辱。

然後他再次希望知道一下，他是不是就該讓他自己的兒子，在他自己的壁爐前面，當著他自己的面告訴他那回事情？那種羞辱是不是該由他自己的骨血加在他的身上？

「你正在親手把它加在自己身上，父親，而且一廂情願自己想像出來了這些傷害，」那位年輕紳士悶悶不樂地說。「我認定的事情跟你沒有任

何關係，我說的事情也跟你沒有任何關係．你為什麼要去戴別人的帽子呢，有這個必要嗎？」

「我的答覆是，它的方方面面都跟我攸關與共，」那位父親答道。「我要向你指出，先生，而且是義憤填膺地指出，那個 —— 嗯 —— 那個 —— 哈 —— 你老爹微妙獨特的境界將會把你震懾得啞口無言，先生，雖然任何其他東西都沒辦法做到這一點，讓你不再能闡述這種 —— 哈 —— 這種有乖常理的所謂原則。另外，如果你存心不孝的話，先生，如果你決意拋棄這項責任的話，那你至少 —— 嗯 —— 不還是一個基督徒嗎？難道你 —— 哈 —— 已經變成無神論者了嗎？讓我來問問你，在這個人有可能 —— 哈 —— 會在下次對你所要求的貸款做出積極回應的前提下，你卻因為他這次婉拒了你對他大施侮辱譴責，這還能算一個基督徒嗎？不去 —— 嗯 —— 不去再試他一次，這還算得上是基督徒的作為嗎？」說到這裡，他已經讓自己放射出極其熾熱耀眼的宗教之光了。

「我非常清楚地知道，」提普先生說，同時站起了身來，「今晚不會有什麼公平合理的爭論，所以我的最佳選擇就是閉嘴。晚安，愛米，不要惱火生氣。我非常抱歉在這裡鬧出了這種事情，而且你還在這裡，我拿靈魂起誓覺得非常抱歉，但我絕對沒辦法拋棄我的那種精神，甚至是為了你的緣故也不能，老女孩。」

說完這些話之後，他戴上帽子走了出去，范妮小姐也陪著他一道離開了。其時，范妮小姐並未覺得，當她離開柯南的時候，令她的情緒得到一種比憤怒瞪視更顯溫和的流露會讓她也表現出一些什麼精神來，而是光顧著用它來表達下面這層意思了，即她無論如何都清楚地知道，他絕對是那一大群共謀者當中的一員。

待到他們離開之後，馬夏之父先是很顯出一副欲要再次陷入沮喪情緒當中的樣子來，而且，若不是一位紳士適時地在不到一兩分鐘的時間裡面，便陪伴著他前往了雅間，那他很可能會真的作此遭遇。這位紳士便

是，在柯南偶然滯留於此地的那天晚上，他所見過的那一位，此人總是一廂情願地認定，馬夏挪用了一筆本屬於眾人的基金自食而肥，並為此懷有一腔讓人摸不著頭腦的冤屈之情。他此番是以大會代表的身分現身的，意在護送馬夏之父前去就任會議主席一職，後者此前承諾過，要在這場聚會上統領那些歡聚一堂的大學生們，享受一點小小的和睦之樂。

「你看到了，柯南先生。」那位父親說，「這就是我這個位置的表裡不一之處。但這是一份社會責任來的！我確信，沒有人比你更樂意認可一份社會責任。」

柯南懇求他，不要再做哪怕一秒鐘的耽擱遷延。

「愛米，親愛的，如果妳能勸說柯南先生多待一會兒的話，那我就可以把下面這件與有榮焉的事情託付到妳的手裡了，它就是，請妳代表我們這個可憐的家庭向他致上一份歉意，而且，妳可能可以透過某種方式，從柯南先生的記憶裡面擦掉 —— 哈 —— 那件開始喝茶之後發生的不合時宜而令人不快的事情。」

柯南請他放心，那件事沒能給他留下任何印象，所以並不需要擦掉什麼。

「親愛的先生。」那位父親說，同時除掉了他的黑色小帽，並且抓住了柯南的一隻手，透過這兩個動作合力傳達了這麼一條訊息出來，即他已經安全收到了他在那天下午寄來的信，還有夾在裡面的東西，「願上帝永遠保佑你！」

就這樣，柯南多作停留的目的最終得以了實現，他終於能在沒人在場的時候跟小杜麗說上幾句話了。而馬姬差不多可以當「沒人」來看待，所以得到了在場停留的資格。

第三十二章 關於命運的更多講述

　　馬姬坐在房間的靠窗那一頭，頭戴大白帽子做著她的工作，把它的繁複而不透明的褶邊拉得完全遮住了側臉，沒讓它剩下哪怕一丁點露在外面，還把那隻可堪使用的眼睛瞄準了她的工作對象。得益於她這頂宛若鳥翼般呼扇拍動的大帽子，還有她那隻不堪使用的眼睛，讓她跟坐在窗戶對面那一頭的小媽相當顯著地隔絕了開來。自從馬夏之父的主席職位得以就任以來，在放風場的走道上面，那些踐踏的足音和曳足而行的聲音都減小了很多，因為大學生們匯成的人潮都洶湧著享受和睦之樂去了。鮮有的幾個靈魂裡面沒有音樂，或者口袋裡面沒有金錢的人們，靠四處晃蕩打發著時間，與此同時，由探監的妻子和入獄經驗尚淺的沮喪丈夫構成的那道舊有景觀，仍然在各個角落裡面流連著，其情狀如同，在其他地方的角落裡面，那些殘破的蜘蛛網或者類似的有礙觀瞻而引人不快的東西拖拉著不肯消亡。這是這所大學曾經有過的最為安寧的時刻，唯一的例外情形是，入夜之後大學生們把睡覺這樁行為充分利用起來的時候。在雅間的桌子上面，偶爾會響起一陣短促的掌聲，它表示的是，有一點小小的和睦之樂已經成功告於了終結，或者是，當他們的父親向他們發表完一則祝酒詞或者感言之後，由他的那些歡聚一堂的孩子們發出的以示響應的接納之聲。有時候，還會有一個非常響亮渾厚的唱歌的聲音向各位聽眾透露道，某位喜好吹噓的男低音歌手正在遨遊徜徉於碧藍的海水之中，或者是獵場之上，或者是馴鹿群中，或者是山巒之間，或者是石南荒原之上，但是，馬夏的典獄長卻對個中情形了解得更為深入，這是因為，他早已將此人牢牢地把玩於股掌當中了。

　　當柯南走過去在小杜麗身邊坐下之後，她十分嚴重地顫抖了起來，以致慌亂得連針都捏不住了。柯南輕柔地把一隻手放在了她的工作上面，然

後說，「親愛的小杜麗，還是讓我把它放下來吧。」

她順從地把它交給了他，他把它放在了一旁。接著，她非常緊張地把兩隻手握在了一起，但他伸手抓了其中一隻過來。

「我最近見過妳的次數是何其稀少啊，小杜麗！」

「我挺忙的，先生。」

「但我剛在今天聽說。」柯南說，「這純粹是碰巧了，聽說妳跟我附近的那些好人們在一起待過，那妳為什麼不過來找我呢？」

「我 —— 我不知道，或者更確切的說法是，我認為你可能也挺忙的。你現在通常都是那樣的，不是嗎？」

他看著她顫抖的小身體和低垂的臉龐，也看著她的眼睛，它們剛一抬起來望向他的眼睛，便馬上又低了下去 —— 他看到，那裡面的關切意味差不多跟流轉於其間的溫柔情愫同樣之多。

「孩子，妳的舉止變化很大！」

現在，那種顫抖正在變得遠遠超過她的控制能力。只見她溫柔地抽回了那隻手去，把它放在了另一隻上面，她就那樣低著頭坐在他的面前，渾身上下都在顫抖個不住。

「我的可憐的小杜麗呀。」柯南說，滿心都是憐憫之情。

她聞言哭了起來。馬姬突然抬起頭來四下裡張望了一番，然後把眼睛呆瞪了至少有一分鐘之久，但並沒有插進話來。柯南稍微等了一會兒，然後再次講起了話來。

「我受不了，」他隨後說，「看見妳流眼淚，但我希望，對於一顆負擔過重的心來說，這可能算是一種緩解。」

「是的，正是這樣，先生，只有這個意思，沒別的。」

「那好，那好！我擔心，妳把剛才那件事情看得太重了一些。它是無足輕重的，一點都不重要。我只是不大走運撞到了槍口上面。就讓它隨著這些眼淚流完吧。它是值不上它們當中的哪怕一滴的。能值上它們當中的

一滴嗎？不能的，因為我將會欣然表示同意，讓這種毫無意義的事情在一天裡面反覆上演五十多遍，只為省卻妳一秒鐘的心痛，小杜麗。」

她現在鼓起一些勇氣來了，當她答話的時候，聲音已經比剛才更顯平素的樣子了，「你真是太好了！不過，儘管他並沒有別的值得道歉或者說羞愧的地方，但還是太不知恩圖報了一些 ——」

「別說了！」柯南說，並笑著用一隻手碰了碰她的嘴唇。「對於妳這個記得太多太多事情的人來說，忘卻確實是一個足夠新鮮的東西。要我提醒妳一下嗎，除了是妳說好要信賴的那位朋友之外，我現在不是，過去也從來沒有過任何其他身分？絕對不是。妳是記著的，不是嗎？」

「我努力讓自己記著它呢，要不然的話，我那個犯下大錯的哥哥剛才還在這裡的時候，我就可能會違背這條諾言了。你會念他是在這個地方長大的，不會太過嚴屬地評判他，可憐的傢伙，我知道你會！」她一邊說出這些話來，一邊抬起眼睛觀察著他的臉，用的是一種比方才更近的距離，然後又說，音調已經迅速發生了變化，「你沒有生病吧，柯南先生？」

「沒有。」

「也沒有難受吧？也沒有受傷吧？」她向他發問道，語氣甚顯焦灼。

現在，該輪到柯南來不是非常確定如何作答了，但他最終答道：

「跟妳說實話吧，我是遇到了一點麻煩，但已經過去了。我有把它表現得這麼明顯嗎？我原本應該更加堅毅和更有自制力一些的，我之前還認為，我是擁有這些東西的。看來我必須得跟妳學習一下它們了，有誰能給予我更好的教導呢？」

他從來沒有想到過，她竟然在他身上看到了其他人沒能看到的那些東西。他也從來沒有想到過，全世界沒有任何其他眼睛能夠像她的那樣，在注視著他的時候，會流露出那樣的光芒和力量。

「不過，這也讓我想把一些事情來個一吐為快。」他繼續說，「因為這樣一來的話，我就再不用因為自欺欺人和不忠於自己，在心裡跟自己爭吵

個沒完了。此外，跟我的小杜麗敞開心扉，也算是我的一項特權和一件樂事來的。那麼，就讓我向妳坦白承認吧，因為忘卻了我自己有多麼古板，我自己有多麼年長，還有造成這些後果的時間如何從我身邊匆匆流逝，很多年來全是一成不變的單調生活，鮮見快樂的影子，讓這些東西成了我已然消逝的漫長人生的主要內容，而沒有留下任何其他標記 —— 因為忘卻了所有這些事情，所以我自己想像，我可能愛上了某個人。」

「我認識她嗎，先生？」小杜麗問。

「不，孩子。」

「不是那位因為你的原因對我善待有加的女士嗎？」

「妳說福蘿嗎？不是，不是。妳不會覺得 —— 」

「我從來沒有往那方面想過。」小杜麗說，她更像是在自說自話，而非對他說話。「我只是多少對這件事有點好奇罷了。」

「好吧！」柯南說，他現在遵從的是，在林蔭大道的那個玫瑰之夜裡，曾經降臨於他心頭的那份感受，這份感受的具體內容是，他是一個比其愛慕對象老上許多的人，他人生中屬於愛情的那個部分已經完結了，「然後我發覺了自己的錯誤，我稍稍把這件事想了一下 —— 其實是想了很多 —— 然後就變得更加明智了。變得明智起來之後，我數了數自己的歲數，想了想自己現在的模樣，又瞻前顧後了一番，直至最終發覺，我很快就會是一個滿頭灰髮的老人了。我還發覺，我已經攀上了那座山的頂峰，走過了山頂上的那塊平地，正在快速走著下坡路。」

如果他能知道，他這麼說給那顆堅忍的心造就了怎樣鋒利的劇痛，那該多好！然而，他在這麼做的時候，還心懷著撫慰和有助於她這一目的。

「我還發覺，我自己覺得這種事情十分優美十分美好的那種光明的白晝，或者是對於我和我的親人朋友而言，它意味著希望和幸福的那種光明的白晝，已經逝去了，而且永遠不會再次閃亮起來了。」

啊！如果他能知道，如果他能知道該有多好！如果他能看到，他手裡

的那把匕首，怎樣在他的小杜麗的忠誠而滴血的胸膛上，刺出了那些殘忍的傷口，那該有多好！

「所有這些事情都已經結束了，我已經轉身離去了。我為什麼要和小杜麗說起這些事情呢？我為什麼要向妳，我的孩子，展示橫亙在我們之間的那些年頭，然後讓妳想起來，我已經過完了妳現在正面臨著的美好年華，比它們多了差不多跟妳的歲數一樣多的年頭？」

「這是因為你信任我，我希望是這樣。因為你知道，沒有什麼事情能夠讓你有所觸動，而我卻對它無動於衷，或者是，如果有些事情已經沒辦法讓你產生喜悲，但它們卻絕對會讓我，這個對你滿懷感激之情的人，為你歡喜為你憂。」

他聽著她嗓音中的震顫之聲，他看著她真誠的面孔，他看著她清澈真摯的眼睛，他看著她起伏加劇的胸脯，它願意滿心歡喜地向他敞開自己，去替他承受對準他的胸膛的致命傷害，同時伴之以垂死的呼喊，「我愛他！」雖然也夾雜著一絲至為微弱的懷疑，而她所懷疑的是，那個從未向他的頭腦展露過哪怕一線曙光的鐵定事實[173]。不對，他看到的是，他那個忠誠的小人兒穿著破舊的鞋子和粗陋的衣服，身處她的囚室之家當中；他還看到了一個身體上的瘦弱孩子，一個靈魂上的茁壯英雄；他還看到，她家的那些家務事情發出了強烈耀眼的光芒，令所有其他東西都在他眼裡黯然失色了起來。

「肯定是有這些原因的，小杜麗，但還有另外一個原因。因為我跟妳的差距如此之大，跟妳如此不同，又如此年長於妳，所以，我更適合充當妳的朋友和顧問。我的意思是，我比別人更易於獲得妳的信賴，當妳在另外一個人那裡可能有些小小的拘謹時，卻可以在我面前放下心防。可妳之前為什麼要那麼躲著我呢？告訴我吧。」

---

[173] 這句話的潛臺詞是，小杜麗稍稍有些懷疑，柯南是否也愛上了她，而「從未向他的頭腦展現過哪怕一線曙光的鐵定事實」說的是，柯南雖然已經確切無疑地愛上了小杜麗，但自己卻對此渾然不覺。

「我更適合待在這裡，我的地盤和我的用處都在這裡，我在這裡真是再好不過了。」小杜麗虛弱地說。

「那天在鐵橋上面，妳也是這麼說的。我事後把這話想了很久。妳沒有什麼祕密要向我傾吐一下嗎，看我能不能幫幫妳，或者至少可以舒緩一下心情，如果妳願意的話？」

「祕密嗎？沒有，我沒有祕密。」小杜麗說，並顯出一些煩惱的神色來。

在此之前，他們一直用很低的聲音交談著，這麼做更大的原因是在於，對於他們所談論的內容而言，採取這種聲調是自然而然的事情，而不是因為有什麼顧慮，要對在一旁工作的馬姬有所保留。現在，馬姬突然又一次瞪大了眼睛，和上次不同的是，她這回開口說：

「那個！小媽！」

「我在呢，馬姬。」

「如果妳沒有祕密要告訴他的話，把跟公主有關的那個跟他講講吧。妳知道，她是有一個祕密的。」

「公主有一個祕密嗎？」柯南有些驚訝地說。「那是個什麼樣的公主呢，馬姬？」

「我天！你怎麼能跑過去打擾一個只有十歲的小閨女呢？」馬姬說，「把她嚇了那麼一大跳。誰說公主有祕密了？我從來沒那麼說過。」

「請原諒，我以為你那麼說了。」

「沒有，我沒那麼說。因為是她想把那個祕密找出來，所以我怎麼會那麼說呢？有祕密的是那個小女人，就是老在紡車旁邊紡線那個。所以她過去對她說，你為什麼要把它藏在那裡呢？所以另外那個又對她說，沒有啊，我沒藏，所以另外那個又對她說，不是，你藏了，然後她倆就一起去了壁櫥那裡，在那裡找到了它。然後因為她不願意去醫院，所以她就死掉了。你知道的，小媽，給他講講那個。因為這真的是一個非常好的祕密來

的，絕對是！」馬姬有些激動起來了，摟著自己的膀子大聲說。

亞瑟用求助的眼神望向小杜麗，希望她能解釋一下這是什麼意思，卻吃驚地看到，她正羞得滿臉飛滿了紅霞。不過，當她告訴他說，那只是她有一天為馬姬編出來的一個神話故事，而且那裡面都是一些讓她羞於拿出來示人的東西之後，他便把這個話題擱下了。

不過，他卻重新提起了他自己的話題，先是請求她多來看看他，並請她記住，沒人可能比他更加關注她的幸福，也沒人可能比他更以改善它為己任。待她熱烈地回答說，她非常清楚那一點，並且絕對不會忘記它之後，他便提及了他的第二點，這也是更為棘手的一點，即他已經有了些懷疑的一件事情。

「小杜麗。」他說，接著又一次抓住了她的手，並且說得比之前更為小聲了一些，以致就連同處那個小房間裡面的馬姬，都聽不到他在說些什麼，「請再聽我一言。我早就想把這些話說給妳聽了，一直都在尋找機會。請不要把我放在心上，從年齡這方面來講，我都可以當妳的父親或者叔叔了。不管什麼時候，只要把我當成一個非常老的老頭子就可以了。我知道，妳的所有心思都集中在這個房間裡面，沒有任何事情會誘使妳拋下妳在這裡履行著的責任。如果我不是非常確定這一點的話，我在之前就已經請求妳，或者是請求妳父親，請你們允許我在一個更加適當的地方給妳找上一個飯碗了。不過，妳也可能 —— 我不是說現在，儘管那是有可能的 —— 可能會在另外一個時間裡面，對另外某個人產生興趣來，而且這份興趣可能並非不相相容於妳在這裡投注的感情。」

她的面色非常非常蒼白，只是默默地搖著頭。

「這是有可能的，親愛的小杜麗。」

「不會。不會。不會。」她面帶一副淒涼的安寧神色，每把這個詞語緩慢地重複上一遍，就會把頭搖上一下。直至過了很久之後，他仍然牢記著她的這個神色。而當他在很久之後記起它的時候，他仍然身處這幾堵監獄

高牆當中，仍然身處眼前的這個房間裡面。

「不過，如果妳在什麼時候有了這種想法的話，請妳告訴我吧，親愛的孩子。請把妳的真實想法託付於我，向我指出妳這份興趣的目標所在，然後我會滿懷著對妳，也就是我心裡那個美好的小杜麗的全副熱情、仰慕、友誼和敬意，給予你堅持不懈的援助。」

「啊謝謝你，謝謝你！但是，啊不會的，啊不會的，啊不會的！」她一邊說著這些話，一邊看著他，把兩隻損於操勞的手疊放在一起，用的還是之前那種順從的語調。

「我不是逼妳現在就向我吐露什麼，我只是請求妳，請把一副毫不猶豫的信賴之情託付於我。」

「你待我這麼好，叫我除了那樣之外，如何還能有其他選擇？」

「那就是說，妳以後會完全相信我了？以後也不會有什麼祕密的痛苦或者憂慮，向我隱瞞著了？」

「差不多完全不會。」

「那妳現在也不會瞞我了？」

她搖了搖頭，但臉色非常蒼白。

「當我今晚躺到床上之後，我的思緒將會返回 —— 日後也會這樣，因為每天晚上都是如此，就是說在我沒來見妳以前，就已經是這樣了 —— 這個讓人悲傷的地方，到時候我可以這樣想嗎，除了眼前的這個房間，還有通常那幾個讓小杜麗憂心不已的人之外，這裡就沒有其他憂愁和悲傷了，對嗎？」

她看上去就像是，想要把這些話給緊緊抓住一樣 —— 過了很久之後，他也牢記著這一點 —— 然後說，面色比之前明媚了許多，「是的，柯南先生，是的，你可以的！」

對於門外那道瘋狂搖晃的樓梯而言，通常來講，每當有人在它上面走上走下的時候，它是不會緩於向屋裡的人發送公告的，比如眼下，它就在

一陣急促的踐踏下嘎吱嘎吱響起來了，屋裡的人還聽到，它的上面有一個比這陣嘎吱聲稍遠一些的聲音，那聲音像個蒸汽比通常情況多了不少的小火車頭似的，正在往他們的房間這邊開來。當它用非常之快的動作趨近房門的時候，好像努力投入了更大的動力，接著，當它敲響它之後，它聽上去好像在那裡彎下了腰去，然後朝鑰匙孔裡面噴起了蒸汽。

再接著，還沒等馬姬來得及把門打開，潘可思先生便從外面打開了它，只見站在門口的他頭上沒戴帽子，光著腦袋身處一種至為激動狂熱的狀態當中，同時越過馬姬的肩膀，看著柯南和小杜麗。他的手裡捏著一支雪茄，隨身帶進來一股麥芽酒和菸草的味道。

「吉普賽人潘可思。」他上氣不接下氣地說，「算命來了。」

他衣衫黯然地站在那裡發著笑，朝著他們粗重地喘著氣，臉上是一副至為奇特的神色，那個樣子就像是，他不再是他主人的錢鑵子了，而是搖身變成了馬夏監獄，以及它的那位典獄長、眾多獄卒和所有大學生們的耀武揚威的主人。現在，只見他極為自滿地把那支雪茄塞進了唇間（顯然不是一位慣常吸菸者），把它吸了非常之長的一口，還出於輔助發力這個目的，把右眼牢牢地緊閉了起來，而結果呢，他被嗆得猛地驚跳了起來，並伴之以渾身亂顫和狂咳不止。但是，就連在這個突發事件的過程當中，他都仍然在拚命努力著，想把他最為鍾愛的自薦詞再說上一遍，「吉 —— 吉普賽人潘 —— 潘可思，算命來了。」

「我正在跟剩下那些人歡度這個夜晚呢。」潘可思說。「我唱了歌，參與演唱了那首白沙子和灰沙子。我實際對它一無所知，但是沒關係，我會參與到不管什麼事情裡面去，只要你的聲音夠響亮，懂和不懂都是一樣的。」

一開始的時候，柯南以為他是喝醉了，但他很快領悟到，儘管他的情狀可能因為麥芽酒有了一點惡化（或者說改善），但是，他的興奮之情的主要部分既不是從麥芽釀造而得的，也不是從任何穀物或漿果蒸餾而來的。

「妳好嗎，杜麗小姐？」潘可思說。「我認為，妳不會介意我跑過來看上一眼。我從杜麗先生那裡聽說到，柯南先生正在這裡呢。你好嗎，先生？」

柯南感謝了他，又說，他很高興看到他如此快活。

「豈止是快活！」潘可思說。「我正處於一種堪稱神奇的絕佳情緒當中，先生。我連一分鐘都待不了，不然他們會想我的，而我又不落忍讓讓他們想我。—— 對不對啊，杜麗小姐？」

他一邊向她發出上述呼籲，一邊看著她，同時還像只深色鸚鵡似的，把頭髮興奮地直豎了起來，並顯出一副樂此不疲於的樣子來。

「我來了這邊半小時都不到，得知杜麗先生當了主席之後，我說，『我要去支持他一下！』按理說我應該去瀝心庭才對，但我可以明天再讓他們擔心煩惱。—— 對不對啊，杜麗小姐？」

他的小黑眼閃爍著電火花一樣的光芒。當他把它們抓亂的時候，他的頭髮好像也閃起火花來了。其時，他處於一種高度帶電狀態，按照估計，一個人只要把指關節靠近他身體的任何一個部分，就可以讓他劈劈啪啪地發出火花來。

「這裡有第一流的夥伴呢。」潘可思說。「對不對啊，杜麗小姐？」

她多少有點害怕他，拿不準主意該說些什麼。他見狀大笑了起來，同時朝柯南點了一下頭。

「不要在意他，杜麗小姐，他跟我們是一夥的。我們之前已經說好了，你在別人面前不會留意我，但我們指的不是柯南先生，他跟我們是一夥的，他也在這件事情裡面呢，是不是啊，柯南先生？—— 好不好啊，杜麗小姐？」

其時，這個怪人身上的那股興奮之情正在迅速傳遞到柯南那邊。小杜麗非常吃驚地看到了這一幕，然後又觀察到，他們在迅速交換著眼神。

「我剛才正要發表一則評論來著。」潘可思說，「但我宣布，我忘掉它

是什麼了。啊我想起來了！這裡有些第一流的夥伴，我剛才一直在招待他們呢。—— 好不好啊，杜麗小姐？」

「你真是太慷慨了。」她應答說，同時注意到，那兩人又迅速交換了一個眼神。

「些微細事。」潘可思說，「不足掛齒。我正在得到一筆財產，這就是事情的真相。我是有能力大方上一下的。我認為，到時候我會在這裡招待他們一頓。把桌子擺在放風場裡面，把麵包堆成小山一樣，把菸袋捆成柴捆那麼大，菸絲要像乾草那麼多，而且所有人都能吃到烤牛肉和葡萄乾布丁，每人一夸脫 [174] 雙料大份的，如果他們喜歡，而且監獄高層許可的話，還要再來上一品脫葡萄酒。—— 好不好啊，杜麗小姐？」

他的此番言行讓她的頭腦變得十分糊塗昏亂了起來，或者更準確地說應該是，致因為柯南對他的這種言行越來越心領神會了起來，因為潘可思先生每向她發出一通呼籲，每像鸚鵡那樣感情外露一番之後，她都會朝柯南看上一眼，而結果是，她僅僅動了動嘴唇以示作答，卻沒能說出一個字來。

「還有啊呀，順便說一句！」潘可思說。「妳會活著知道，我們在妳的那隻小手後面到底藏了些什麼。妳會這樣的，妳會的，親愛的。—— 好不好啊，杜麗小姐？」

說到這裡，他突然止住了話，並因此把另外那些黑色的叉齒全都豎了起來，它們現在在他頭上滿腦袋地到處遊動著，其情狀如同，一個大煙花在炸響之後，迸射了無數星星點點出來，誠可謂一幅令人驚嘆的神祕畫面。

「可他們會想我的。」他又返回了之前那個話題上面，「而我又不忍讓他們想我。柯南先生，我們是締結過一份協議的，我當時說過，你將會發現我能嚴格遵守它。先生，如果你願意借一步到外面談上片刻的話，你將

---

[174]　夸脫 (quart)，一種液量或乾量單位，折合公制 1.136 升。

會發現，我現在就在嚴格遵守它。杜麗小姐，我祝妳晚安。杜麗小姐，我祝妳好運。」

說完，他迅速用兩手抱住她的手搖晃了一頓，然後便噴著蒸汽下樓去了。亞瑟疾步跟著他追了出去，還差點在最後一個樓梯平臺上面絆上一跤，最終像個皮球似的滾跌進了放風場裡面。

「看在上帝分上，告訴我怎麼了，好嗎？」當他們同時射出門洞之後，亞瑟問道。

「稍等一下，先生，這是魯格先生，讓我來把他介紹一下。」

說完上面這些話之後，他向他介紹了另外一個沒戴帽子的男人，此人也捏著一支雪茄，也籠罩著一個由麥芽酒和菸草味道構成的光環，而且，此人雖然不像潘可思先生那麼興奮難掩，但原本也處於一種近似精神失常的狂亂狀態當中，只是逐漸消退成了一副冷靜清醒的模樣，但這只是相對於潘可思的那份狂暴而言。

「柯南先生，這是魯格先生。」潘可思說。「請稍等一下，過來水泵那邊。」

於是，他們把會議地點轉移到了水泵跟前。到了那裡之後，潘可思先生馬上就把腦袋伸到了泵嘴下面，然後要求魯格先生把它的把手好好地用勁地擰上一下子。魯格先生逐字嚴格執行了這道命令，潘可思先生則在泵嘴下面噴吐呼吹了起來，多少把那股激烈的情緒緩釋了一些，然後用手帕擦乾了自己。

「我現在清醒多了。」他喘著氣對柯南說，後者正驚詫不已地站在那裡。「但是，我敢拿靈魂起誓，聽著她父親在那個主席職位上發表那些演說，心裡卻揣著我們知道的那些東西，再看著她在那個房間裡面穿著那些衣服，心裡卻揣著我們知道的那些東西，這真的足以 —— 把你的背借我一下，魯格先生 —— 稍微高一點，先生 —— 這樣就可以了！」

於是，在彼時彼地，在馬夏的走道上面，在傍晚的暗影當中，可稱全

人類代表的潘可思先生，從本頓維爾的總代、會計師和收帳人魯格先生的頭和肩上，飛掠了過去。雙足落地之後，他一把揪住柯南的扣眼，領著他來到水泵後面，氣喘吁吁地從口袋裡面掏出一個紙卷來。

魯格先生也一樣，也氣喘吁吁地從口袋裡面掏出來一個紙卷。

「等一下！」柯南低聲說。「你肯定做出什麼發現了。」

潘可思答道，語氣中的熱忱無法用語言述及，「我們頗有點這麼認為。」

「它牽連到什麼人了嗎？」

「怎麼個牽連法，先生？」

「比如任何形式的隱瞞，或者任何種類的不當交易？」

「一點都沒有。」

「感謝上帝！」柯南自語道。「現在讓我看看它們吧。」

「你要明白──」潘可思噴吐道，同時十分熱烈地展開了紙卷，說話時用的是一些宛如高壓氣流的短句，「家譜在哪裡呢？四號表格在哪裡呢，魯格先生？啊！它們都在呢！我們接著說。你要明白，我們在眼下這一天就可以說，這件事情在實質上已經完成了。我們在一兩天之內，還走不完法律上的程序。姑且說它在一個星期開外吧。我們夜以繼日地忙著這件事，我不知道到底忙了多久。魯格先生，你知道忙了多久嗎？算了，還是別說了，你只會讓我更加糊塗。你得告訴她，柯南先生，但得等到我們許可你才行。那個大致的總數是多少呢，魯格先生？啊！在這裡呢！你看這裡，先生！這就是你得爆給她的那個猛料。還有這個人是誰呢，他就是是你的馬夏之父！」

第三十二章　關於命運的更多講述

第三十三章　莫德夫人的怨言

　　高文夫人最終順從了不可避免的命運，慷慨地下定了不再反對其子婚事的決心，她的具體表現是，打算盡可能地去利用米格家的那些人，同時讓自己的人生哲學屈從在了這項計畫足下，就這項計畫而言，她已經在會見亞瑟的時候，窺見了它的一些雛形。在她做出這個決定的過程當中，及至最終快樂地予其以達成的時候，影響到她的的可能不僅有她的母性感情，還有下述三種政治學方面的考量。

　　在這些考量當中，居於首位的可能是，她兒子從未表現出來過哪怕最為微小的一丁點欲要徵求她同意的打算，或者說，從未對他自己豁免這一程序的能力有過任何懷疑；其次可能是她覺得，如果她的恆瑞娶到了那個家境非常舒適優渥的獨生嬌女，由一個心懷感激的國家（和一個巴家人）向她發放的那筆養老金便可免於遭受，她的孝順兒子可能對它造成的任何損耗；第三可能是她覺得，一經靠近那個聖壇的圍欄，恆瑞的岳父絕對會當場把他的債務償還個一乾二淨。而當這三重精明考量之上又再添加了下述事實 —— 高文夫人甫一得知米格先生給予了同意意見之後，便馬上也給予了她自己的，以及，在這樁婚事的整個過程當中，米格先生的反對意見係它唯一的障礙所在 —— 之後，下述可能性就變得非常之高了起來，即這位沒有任何出眾之處的已故委員的遺孀，確鑿正在她睿智的腦袋裡面轉著上述那些念頭。

　　然而，她還在眾多親戚和相識當中，維持著她個人的尊嚴，和巴家血脈上的那份尊嚴，而她實現這一目標的具體途徑是，勤奮守護並養育著下述虛偽的口實，即這是一樁極不划算的買賣，她為此難過到了心碎的地步，恆瑞本人一直奮力掙扎於這份全然的魅惑，而擺脫不得，她本人也給予了它長久的反對，但一個母親能做些什麼呢？在此之前，她已然召喚了

米格家的一個朋友，即柯南亞瑟親眼見證了這個由她編造出來的故事，而現在，她又在這一動作之後採取了進一步的行動，對這家人本身展開了圈養，目的方面自然還是殊途同歸。當她把第一次會面機會授予米格先生的時候，她悄然地表現出了這樣一種姿態，即她雖然滿心不悅，但最終還是屈從了這份難以抵擋的壓力。她還本著至大的禮貌做派和良好的出身捏造道，遭遇選擇難題而最終表示了讓步的，是她而不是他，做出犧牲的也是她 —— 而不是他。接著，她又憑藉同樣的嫻熟禮儀，把同樣一份假貨強行售賣給了米格夫人，就像一位魔術師強行把一張紙牌塞給了那位無知的女士一樣，而當她兒子把未來媳婦帶到她面前的時候，她又抱住她說，「親愛的，你到底對恆瑞做了些什麼呀，竟然把他蠱惑至此？」同時還在他們的面前，讓幾滴小藥丸大小的淚珠子挾裹著她鼻子上的化妝粉滾落而下，以此充當了一種微妙但感人的信號，表示她在內心裡面遭受著巨大的折磨，同時亦是為了展示，她在遭受不幸際遇時的沉著泰然作風。

　　在高文夫人的眾多朋友當中，莫德夫人是位居前列的，並同時引身為上流社會中人和跟這位權勢人物過從甚密為傲。確定無疑的一點是，無一例外地，漢普頓宮的那些流浪漢們都會讓暴發戶莫德去仰他們的鼻息，但轉而又會把鼻孔低將下來，去五體投地地崇拜他的豪富。在他們對自己的鼻子進行這種補償性調整時，他們像極了財政部長、法官大人和主教大人，以及他們那撥人裡面的其他人等。

　　一日，高文夫人趕赴莫德夫人那裡，進行了一場自我弔唁式的拜訪，此事發生在她給出前述寬厚仁慈的同意意見之後。她出於上述目的，乘坐一輛單馬馬車駛進了城區，在英格蘭歷史上的那個時期當中，這種馬車被大不敬地稱為藥丸盒子。它屬於一位小型馬車行的老闆，由他親自駕駛，該人按日或者小時，把它短租給漢普頓宮裡面的眾多老年淑女們，但是，那個營地裡面卻有這麼一個約定俗成的儀式，即這輛馬車連人帶馬都會被

心照不宣地認定，均係眼前那位租客的私人財產，而且，車老闆[175]還會悄悄向那位租客透露道，除她之外沒有任何其他人對它有所染指。而兜圈子辦事處的那些巴家人們也是這樣，他們身為全宇宙最大的車老闆們，總是假裝不知道除了手頭的那份工作之外，還有任何其他工作存在著。

莫德夫人是在家的，身處她那個緋紅和金色的巢窠裡面，那隻鸚鵡棲息在她跟前的一根橫木上面，歪著腦袋注視著她，像是把她當成了另外一種體型巨大的華貴鸚鵡。現在，朝著她走來了高文夫人，只見後者拿著她深為鍾愛的綠色扇子，把臉上的那兩片青春光彩遮掩得柔和了不少。

「親愛的心肝呀，」進行了一小會兒無關緊要的交談之後，高文夫人用此扇拍打著她的朋友的手背，嘴裡說，「你是我唯一的慰藉。恆瑞的那件醜事，就是我跟你講過的那一件，就要變成真的了。那個，你對它作何感想呢？我奄奄一息地想要知道一下，因為你是上流社會的絕佳代表和喉舌。」

莫德夫人先把上流社會慣於審視的那個胸脯認真審視了一番，待確認莫德先生和倫敦珠寶商們的那扇櫥窗井然有序之後，她開口答道：

「關於男士的婚姻這個問題，親愛的，上流社會要求，他應該透過婚姻補足他的財產。上流社會要求，他應該透過婚姻有所斬獲。上流社會要求，他應該透過婚姻建立起一個氣派的家庭。除了這些之外，上流社會並不知道，他跟婚姻還有什麼其他關係。小鳥，安靜點！」

這是因為，那隻待在她們頭頂上方的籠子裡面，像個法官似的（而且，他看上去真的有點像這樣一個人）主持著這場會議的鸚鵡，用一聲尖叫作結了這番闡述。

「多數情況是，」莫德夫人說，同時雅致地屈起了為她所寶愛的那隻手的小指頭，而且，她這個靈巧的動作讓她的這番言論更顯巧妙了起來，「多數情況是，一個男人不再年輕和優雅了，但很富有，已經有了一個氣

---

[175] 「車老闆」的英語原文為 jobmaster，該詞若從字面意義來理解的話，可被理解為「擁有眾多工作的那個人」（但它實際上並無此意），又因為這一含義恰好契合了兜圈子辦事處手頭積壓著大量工作這一特點，所以後文才稱，兜圈子辦事處的那些巴家人是全宇宙最大的車老闆。

派的家庭，這是一種不同的類型，像你這種情況 ── 」

　　說到這裡之後，莫德夫人聳了聳她雪般潔白的肩膀，把一隻手放在那個珠寶展臺上面，止住了一聲不大的咳嗽，那樣子似在補充說，「哎呀，有人竟然會用心追求起這種東西來了，我的天呀。」然後鸚哥又尖叫了一聲，她則戴起單片眼鏡看著他，並且說，「小鳥！給我安靜點！」

　　「不過，年輕男人們，」莫德夫人重新開口道，「你知道我說年輕男人指的是什麼，心愛的 ── 我指的是，那些尋常百姓人家的，面對著世俗世界的兒子們 ── 他們必須得透過婚姻向上流社會靠攏，謀求一個更好的地位，不然的話，上流社會真的沒有耐心去看他們做著蠢事出乖露醜。這些話聽起來全都俗氣得嚇人，」莫德夫人說，同時在她的巢窠裡面向後仰去，並又一次戴起了單片眼鏡，「不是嗎？」

　　「不過，這倒是真的。」高文夫人說，並顯出一副深諳道德準則的神色來。

　　「親愛的，這用不著爭辯哪怕一秒鐘，」莫德夫人應答道，「因為上流社會已經在這件事情上拿定了主意，無需再多費任何口舌。如果我們身處一種更為原始一些的狀態當中，如果我們住在樹葉搭成的屋頂下面，管理著牛羊和其他各種動物，而不是管理著銀行家們的帳目（那將會是一種美味可口的情形，親愛的，我從天性上來講，是帶有一定程度的田園牧歌式傾向的），那自然是再好不過了。但是，我們並不是住在樹葉下面，也沒在管理牛羊和其他動物。有時候，為了向我家的小秀才愛頓指出這其中的差異所在，我真的快把唾沫都費乾了。」

　　這位紳士的名字被提起之後，高文夫人一邊越過綠色扇子的上緣瞄著她，一邊做出了如下應答：

　　「心愛的，你知道這個國家的那副破爛樣子 ── 全賴倒楣的巴莊做出了那些讓步！ ── 所以你也就知道，我為什麼會像那個東西那麼可憐了。」

　　「你是說一隻教堂老鼠嗎？」莫德夫人笑著提議道。

Society expresses its views on a question of Marriage.

（上流社會發表對於婚姻問題的見解）

「我心裡想的是諺語裡面的另外一個教會人物 —— 約伯[176]，」高文夫人說。「其實哪個都行。結果就是，我是沒有必要去遮掩，你兒子跟我兒子在地位上面的巨大差異的，一點用都沒有。但我也可以補充這麼一句，恆瑞是有些才華的 —— 」

「這個東西愛頓肯定是沒有的，」莫德夫人說，用的是一種極致溫文爾雅的語氣。

「 —— 然後因為他的這份才華，再加上灰心失望，」高文夫人繼續說，「讓他進入了那樣一個行業裡面 —— 哎呀我的天哪！那個行業你也是知道的，親愛的。這就是恆瑞所處的不同地位，我的問題是，我能夠委曲求全接受的，最為低等的婚姻是個什麼樣子。」

其時，莫德夫人正在非常專注地凝視著自己的手臂（兩條形狀很是漂亮的手臂，係佩戴手鐲的不二之選），所以在一時之間，竟至於疏於作答了。最後，她被空氣中的靜默驚醒了過來，於是交疊起兩條手臂，直視著她的朋友的面孔，並於形容動作之間，流露出來一股令人仰慕的遇事不慌做派，同時用疑問的語氣說，「是 —— 是吧？然後呢？」

「然後，親愛的，」高文夫人說，她的語氣不復有之前那種巨大的親切感了，「我樂於傾聽一下，你對此有什麼話要說。」

這時，自從上一聲尖叫之後一直呈金雞獨立站姿的鸚哥，突然爆發出來一陣大笑聲，隨即又換成兩足站立姿勢，快速地上下聳動起身子來，動作中流露著顯然的嘲弄意味，最後，他又恢復了金雞獨立，停下動作等候著那句將至未至的答覆，只見他把腦袋歪在一側，並把它扭擰到了他能做到的最大限度。

「若是問那位紳士能從那位女士那裡得到些什麼，聽起來好像有點唯利是圖，」莫德夫人說，「但你得知道，上流社會可能真的有點唯利是圖，

---

[176]　約伯（Job），《聖經舊約－約伯記》中的一個人物，原本為一富人，但上帝出於歷練他的目的，命撒旦剝奪了他的財產，並讓他疾病纏身，但他雖然飽受無端之苦難，卻始終對上帝堅信不疑。

親愛的。」

「從我查明的情況來看，」高文夫人說，「我相信我可以說上這麼一句，恆瑞的債務將會因此得到一些緩解 ——」

「他欠了很多債嗎？」莫德夫人問，並透過單片眼鏡瞄著她。

「還過得去吧，我是這麼認為的，」高文夫人說。

「照我的理解來看，就是說只是平常水準，看來正是如此，」莫德夫人評論道，用的是一種頗見其舒適欣慰感受的語氣。

「還有，女方父親將會每年為他們提供三百英鎊的補貼，或者有可能更多一些，如果拿總數來算的話。這筆錢，到了義大利之後 ——」

「喔！他們要去義大利嗎？」莫德夫人說。

「為了讓恆瑞過去學習。對於這其中的原因，你不必茫無頭緒地加以猜測，親愛的。是那個可怕的藝術 ——」

沒錯。莫德夫人急忙止住了她好友的話頭，讓她免於去遭受那份折磨。她都明白，不必再多說什麼！

「那些，」高文夫人一邊說，一邊沮喪地搖著頭，「就是全部了。那些，」高文夫人又再重複道，並暫時折起了她的綠扇，用它拍打起自己的下巴來了（它正處於向雙下巴發展而去的途中，目前可以被稱為一個下巴又零了半個），「就是全部了！我猜，等那些老貨們死了之後，可能會有更多的錢出來，但是，到時候它們會受到怎樣的限制和封鎖，我是說不上來的。因為那方面的原因，他們可能會永遠活下去。親愛的，他們恰恰就是做這種事情的那種人。」

對於她那位名叫上流社會的朋友，莫德夫人可稱了解得相當深入，她還熟知，上流社會麾下的母親們、女兒們和婚姻市場是何模樣，價格如何在其間統馭著一切，那些高級買家們如何大玩陰謀和反陰謀的伎倆，以及交易和討價還價如何接連著上演等。而現在，竟然連淵博如此婦者，也開始在她廣闊胸襟的最深處琢磨道，這真的是一個值得抓住而足夠優秀的婚

配對象。然而，她也知道對方對她作何期許，而且早已領悟到了這個精心培育出來的故事的確切面目，於是，她體貼地把它攬到了自己懷裡，並按照相關規定為它貢獻了一抹上光劑。

「那就是全部了嗎，親愛的？」她說，並起伏著胸脯地吐出了一聲飽含友情的嘆息。「好了，好了！錯不在你呀，你無需責備自己什麼，你必須得把那份讓你出了名的堅強意志運用起來，盡力去發掘這裡面的好處。」

「理所當然的是，」高文夫人說，「女方的家人們煞費了至大的苦心——律師們就是這麼說的——想要擁有和抓住恆瑞。」

「他們當然會這樣了，親愛的。」莫德夫人說。

「我堅持不懈地給予了一應可能的反對意見，不管早晨、午間還是晚上，時刻都讓自己牽腸掛肚著，就是為了想辦法讓恆瑞從這份關係中解脫出來。」

「你肯定會這樣呀，親愛的。」莫德夫人說。

「但所有這一切全歸無用，全都在我手下告於了失敗。現在請你告訴我，心愛的，我最終極不情願地同意，讓恆瑞跟並非上流社會裡面的普羅大眾結成了連理，算是做對了嗎？或者說，我在這麼做的時候，是不是犯下了一些不可原諒的過錯？」

在作答這一直接了當的籲求之際，莫德夫人（看她說話時的那副模樣，宛然是上流社會教的一位女祭司）請高文夫人放心，她應該受到高度的讚揚，她應該得到極大的同情，她已經盡了最大的力量，已經在熔爐裡面得到了提煉昇華。儘管如此，高文夫人還是像負起眼前這份委屈姿態時那樣，同樣本著一副巨大的平靜和莊重做派，迅速地卸下了它，這是因為，她自然已經徹底看穿了自己那個磨光了毛的遮羞物，而且她知道，莫德夫人也已經徹底看穿了它，她還知道，上流社會也將會徹底看穿它。

這場會談是在下午四五點鐘舉行的，其時，卡文迪什廣場哈利街的所

有地段，全都迴響著馬車的車輪聲和馬蹄的嘚嘚聲，即是說，其時已值莫德先生下班回家之際，而他的日常工作是，令這個英國人的名字在凡已文明開化的全球各地受到越來越大的尊敬，因為該人既能準確領會到世界範圍內的商業事業的奧義，又有能力予技巧和資本以規模巨大的結合。對於莫德先生的業務，沒有哪怕一個人擁有最為微小的一丁點確切了解，只知道它以幣制金錢為目標，但是，在一應講究禮儀的場合裡面，所有人都用上面那套說辭來定義它的存在，而在予這套說辭以不假質疑的接納時，他們又對那個關於駱駝和針眼的故事 [177] 做出了最新的禮貌解讀。

對於一位被分派了此般宏圖偉業的紳士而言，莫德先生顯得有點平庸，而且，當他進行那些規模龐大的交易時，他還有點像是，偶然在跟某個低等人物交換腦袋一般。而現在，他在自己的華廈裡面神色淒涼地閒逛著，不經意間出現在了兩位淑女面前，他的此番閒逛沒有任何其他明顯的目標，只是為了免於出現在男管家面前。

「請原諒，」他猛地停下了腳步，並顯出一副惘然的樣子來，嘴裡說，「我以為這裡只有鸚哥，不知道還有別人在。」

然而，因為莫德夫人說「你可以進來！」又因為高文夫人說完她正要走呢，而且在此之前，她已經立起身行過了告別禮，所以他就順勢走了進去，然後立在遠處的一扇窗戶跟前看起了外面，他的雙手在兩隻緊箍著手腕的、極不舒適的袖口下面交叉在一起，像是他給自己戴上手銬，扣押了自己一般。很快地，他保持著這個姿勢進入了白日夢境當中，直待他妻子從軟椅上面喊了他一聲，方才醒轉過來，其時，他們兩人已經獨處了有一刻鐘之久了。

「嗯？怎麼了？」莫德先生說，並把臉扭向了她。「有什麼事嗎？」

---

[177] 「駱駝和針眼的故事」出自《聖經新約－馬太福音》第 19 章 23 ～ 24 節，「耶穌對門徒說，我實在告訴你們，財主進天國是難的，我又告訴你們，駱駝穿過針的眼，比財主進神的國還容易呢。」至於這句話的整體含義，則包含著這麼一層潛臺詞，即透過對比天國對於財主的拒斥態度，來諷刺世人的拜金醜態。

「有什麼事嗎？」莫德夫人重複道。「我想，這事就是，你沒有聽到我說我病了[178]。」

「莫德夫人，你生病了嗎？」莫德先生說，「我不知道你正遭受著病痛的折磨，什麼病呀？」

「跟你有關的病，」莫德夫人說。

「啊！跟我有關的病，」莫德先生說。「是什麼呢 —— 我有什麼 —— 我有什麼讓你不滿的地方嗎，莫德夫人？」

他退縮著，心神渙散著，並思索著，直花了一段時間才把這個問題塑造成型。然後，他想確認一下，自己還是不是這座房子的主人，於是進行了一項有些虛弱的嘗試，也就是說完上面那句話之後，把自己的食指伸向了鸚哥，後者馬上用他的利喙把它啄了一口，借此表達了他對這個問題的觀點。

「莫德夫人，你是不是想說，」莫德先生說，嘴裡含著那根受傷的手指，「你有什麼針對我的怨言？」

「是有這麼一句怨言，而且，為了展現它的正確合理之處，除了不得已再把它說上一遍之外，我沒辦法找到任何其他辦法，能夠更加強調出它的重要性來，」莫德夫人說。「跟你對著牆說沒什麼兩樣，就算是說給這隻小鳥聽，也要比說給你好上許多，他至少會尖叫幾聲。」

「據我猜測，莫德夫人，你是不想讓我尖叫的，」莫德先生說，並在一把椅子上坐了下去。

「真的嗎，我不知道呀，」莫德夫人反駁道，「但是，要是你能那樣叫上一聲的話，是要強過現在這副悶悶不樂和心神煩亂的模樣的。這樣一來的話，有人至少可以知道，你對身邊發生的事情還是有感覺的。」

「一個人就算是尖叫了，也可能並沒有那樣的感覺，」莫德先生說，語

---

[178]　此處的原文為 a word of my complaint，complaint 既可表「怨言」之意，又可表「輕微的疾病」之意，莫德夫人的本意是，她有一句怨言，但莫德先生誤解為，她說自己生病了。

氣頗為沉重。

「也有可能像你現在這樣，固執得連叫都不肯叫上一聲，」莫德夫人應對道。「這是千真萬確的事實。但是，如果你想知道我對你有什麼怨言的話，那就讓我告訴你吧，它是由很多明白易懂的詞語構成的，說的是，你真的不應該進入上流社會，除非你能讓自己適應上流社會。」聞聽此言之後，莫德先生把雙手插進頭上所剩不多的頭髮裡面，並死死地纏住了它們，像要抓住它們把自己提起來似的，同時，他驚跳出椅子外面，大聲說：

「啊，我想用一切地獄惡鬼的名義來問問你，莫德夫人，有誰為上流社會做的事情比我更多？你看到這些房產了嗎，莫德夫人？你看到這件傢俱了嗎，莫德夫人？你能沖著鏡子看看你自己嗎，莫德夫人？你知道所有這些東西的成本有多大嗎，你知道我貢獻它們是為了誰嗎？但你卻想告訴我，我不應該進入上流社會，是這樣嗎？你在說我嗎，這個如此這般，像灑水一樣為它揮灑金錢的人？你在說我嗎，這個差不多可以說他 —— 他 —— 他 —— 他在一輩子的每一天裡面，都把自己套進一輛載滿金錢的灑水車裡面，然後到處奔忙著去把上流社會淋成落湯雞的人？」

「請不要這麼凶惡，莫德先生，」莫德夫人說。

「凶惡點怎麼了！」莫德先生說。「你已經足夠讓我不顧一切了。我為適應上流社會做過的那些事情，你連一半都無從知曉，我為它做過哪些犧牲，你也一無所知。」

「但我知道，」莫德夫人應對道，「你收穫了這片國土上最好的東西，你出入於這個國家的整個上流社會當中。而且，我相信我還知道（說真的，我知道我是知道這一點的，而不是進行一些荒唐可笑的自吹自擂），是誰讓你能待在那裡面，莫德先生。」

「莫德夫人。」那位紳士反駁道，並把他呆鈍而紅中透黃的臉抹了一把，「對於這件事情，我知道得跟妳一樣清楚。但是，如果妳不是上流社

會的一件裝飾品，而我又不是上流社會的一位捐助者的話，那麼，妳和我是絕對不會走到一起來的。我說我是它的一位捐助者，我指的是，一個為它提供了各種昂貴奢侈的飲食和賞玩之物的人。但是，在我為它做過所有這些事情之後，妳卻要告訴我，我並不適合於它 —— 在我為它做過所有這些事情之後。」莫德先生重複道，而且，他狂熱的強調語氣引得他妻子撩起了眼皮，「做過所有這些事情之後 —— 所有這一切！ —— 妳卻想告訴我，儘管如此，我是沒有權利跟它融為一體的，這可真是一份漂亮的獎賞啊。」

「我說的是，」莫德夫人冷靜地應答道，「你應該多點輕鬆隨意，少想點自己的事情，用這個樣子去適應它。像你現在那樣，不管到哪都扛著生意上的那些事情，絕對是一種庸俗的表現。」

「我怎麼不管到哪都扛著它們了，莫德夫人？」莫德先生問。

「還問你怎麼不管到哪都扛著它們？」莫德夫人說。「你在鏡子裡照照自己去。」

莫德先生不由把眼睛扭向了最近的那面鏡子，接著，他先慢慢地把湧向兩個太陽穴的那些渾濁血液進行了一番測算，然後問，他是不是該去拜訪一下某人，讓他診斷一下他的消化問題？

「你自己就有內科醫生呀。」莫德夫人說。

「他幫不了我什麼忙。」莫德先生說。

莫德夫人聞言轉移了陣地。

「再說了，」她說，「談論你的消化問題純屬廢話。我說的不是你的消化問題，我說的是，你的儀態問題。」

「莫德夫人。」她丈夫應答道，「那方面我全指著妳呢，妳負責提供儀態，我負責提供金錢。」

「我並不指望，」莫德夫人說，她正舒適地棲息在眾多座墊當中，「你去俘獲人心，我也不想讓你自找那種麻煩，也不指望你去努力變得迷人起

來。我只是簡單地要求你，不要在乎任何事情 ── 或者說，看上去不在乎任何事情 ── 就像所有其他人那樣。」

「我有說過，我在乎什麼事情嗎？」莫德先生問。

「說過？那倒沒有！就算你說了，也沒人會留心聽你的話。但你顯出那個樣子來了。」

「顯出什麼來了？我顯出什麼來了？」莫德先生急忙追問。

「我已經告訴過你了，你顯得不管到哪，都把生意上的煩心事和各種計畫扛在身上，而不是把它們留在城裡，或者是它們應該待著的任何其他地方，」莫德夫人說。「你還是裝裝樣子算了，裝裝樣子就已經非常足夠了，我不再要求別的了，這是因為，就算你是一個木匠，你每天琢磨著的那些計算呀組合呀，也不會比你平常顯出來的那些更多。」

「我是一個木匠！」莫德先生學舌說，強行壓制了某個像是一聲呻吟的東西。「我倒不是特別介意去當一個木匠，莫德夫人。」

「還有我的怨言是，」那位淑女繼續說，而沒去理會對方那條低賤的意見，「你那個樣子不符合上流社會的基調，你應該試著去糾正它，莫德先生。如果你對我的評判還有任何疑問的話，你甚至可以問一下小秀才愛頓。」原來，房間的門在此之前便已經被打開了，現在，莫德夫人正透過單片眼鏡仔細審視著其子的腦袋。「愛頓，我們需要你進來一下。」

方才，小秀才先生僅僅探進頭來四下裡打量著房間各處，而沒有走進來，他的那副樣子就像是，他正在這座房子裡面搜尋著那位周身上下沒有任何不可理喻之處的年輕淑女；聞聽此言之後，他的身體立即跟上了腦袋的步調，站在了他們二人面前。接著，莫德夫人用幾個適宜於他的理解能力的簡單詞彙，向他陳述了正在探討的那個問題。

那位年輕紳士先把襯衫領子焦急地摸索了一番，像是他自己患上了疑心病，那個領子是他的脈搏一般，接著評論說，他聽到人蠻（們）都在議論那事。

「小秀才愛頓聽到人們在議論它，」莫德夫人說，語氣中流露著一股無精打采的得勝味道，「那麼，毫無疑問的一點是，所有人都聽到人們在議論它了！」實際上，這句斷語確實可稱是一個不無道理的推論，因為在任何一個人類聚集群落當中，小秀才先生都會是最後一個對發生在他面前的事情產生想法的人。

「還有我敢說，小秀才愛頓將會告訴你，」莫德夫人說，並朝莫德先生揮著那隻為她所寶愛的手，「他聽到人們是怎樣議論它的。」

「我無法，」小秀才先生先如前把了一頓脈，然後說，「無法說出來，是何因素導致了這個結果[179] —— 因為我的記性實在是稀鬆到了極點。但跟那個優秀女孩的哥哥在一起時 —— 她學問也不錯 —— 周身上下沒有什麼不可理喻的地方 —— 當時有人提到 —— 」

「好了！別管他妹妹了，」莫德夫人說，她有些不耐煩了起來。「那個哥哥說了些什麼？」

「夫人，他一個字都沒說，」小秀才先生回答說。「一個如我這般沉默是金的火炬（傢伙），同樣地輕易不肯發一言。」

「那就是某個人說了某些話，」莫德夫人應答道。「別管是誰說的了。」

（「我向你保證，至少不是我說的，」小秀才先生說。）

「但請你告訴我們，那是些什麼話。」

小秀才先生又再把了一頓脈，並在智力上經受了一些堪稱苛酷的嚴峻考驗，然後答曰：

「人們談論我父親大人的時候 —— 這些話不是我說的 —— 有時候會用非常堂皇的語言稱讚我父親大人，說他豪富巨萬並消息靈通 —— 是買方市場和銀行領域中的十足奇才還有 —— 但他們還說，他的店鋪沉重地坐在他腦袋上面。說他不管走到哪裡，都在背上扛著他的店鋪，有

---

[179]　小秀才之所以說，他沒辦法說出來是何因素導致了這一後果，是因為他錯誤理解了莫德夫人的問題，以為她問的是，他是怎樣聽到人們在議論它的（how he had herard it noticed）。

點 —— 像是背著太多貨物的賣衣服的猶太人。」

「這個問題，」莫德夫人立起身說，她穿著的那些布匹在她身上拂拂飄動著，「正是我的怨言所指。愛頓，攙著我上樓去吧。」

於是，莫德先生被形隻影單地剩在那裡，沉思起了他跟上流社會的關係，想要予這個問題以更好的確認，他前後一共站在九扇窗戶跟前進行了遠眺活動，像是目睹了九塊荒蕪破敗的空間。如此娛樂過自己之後，他走下樓去，專注地看遍了一樓的所有地毯，然後又走上樓去，專注地看遍了二樓的所有地毯，就像它們是一些陰暗的深淵，非常契合於他飽受壓迫的靈魂似的。他還像慣常為之的那樣，胡亂走遍了所有房間，像是地球上面的最後一個倖存者，而且有什麼禍事正在臨近他一般。就讓莫德夫人鼓起她的全副力量去宣揚吧，說她在一個社交季的多少個夜晚裡面，全部都是在家裡度過的，但是，莫德先生卻可以比她更加廣義和更加無可指摘地宣稱，他的心思從來沒在家裡過。

最後，他還是碰到了男管家，而這位可稱壯觀的家臣的目光，一貫總能置他於死地。被這位偉人滅掉之後，他偷偷溜進自己的穿衣室裡面，在那裡關起門來，一直待到了跟莫德夫人一起坐著馬車出去赴宴為止，而他們乘坐的是，屬後者所有的那輛富麗堂皇的四輪遊覽馬車。在晚宴上，他被嫉妒和奉承為一位權勢人物，可以隨心所欲地擺布財政部長、法官大人和主教大人，午夜一點，他獨自一人返回了家裡，旋即在他自己的大堂裡面，像支燈芯草蠟燭似的，再次為男管家所滅。於是，他最終唉聲嘆氣地爬進了床鋪。

第三十三章　莫德夫人的怨言

第三十四章　一群巴家人

高文恆瑞先生還有他的狗，已經在那幢鄉間別墅裡面確立了他們的常客地位，而且，婚禮的日子也已經被定下來了。屆時，將會有一群巴家人被召集起來，而這樣做的目的是，讓那個地位非常之高規模非常之大的家族，可以為這場婚禮鍍上一件如此黯淡的事情有能力接納的盡可能多的光彩。

若想把整個巴家全都聚集在一起，是一件不可能的事情，這裡面的原因有二。首先是因為，沒有任何一座建築物能夠容納得下那個卓越家族的所有成員和他們的各種親戚。其次是因為，凡是位於太陽或者月亮下面的，無論哪一片為英國所據面積為一平方碼的土地，只要它是擁有一個公職的，那麼，堅守著這個公職的一定會是一個巴家人。而且，不管哪位勇敢無畏的航海家，都不能以英國的名義，在他所發現的地球上的任何一個地點插上一根旗杆，然後將其據為己有，但是，一經獲悉這一發現之後，兜圈子辦事處便會向那個地點派出一個巴家人，還有一個公文箱。就這樣，巴家人遍布了世界各處，每一個方位上都能覓得其蹤跡 —— 或者說，向各個羅盤方位逐一派出了它的公文箱。

所以，就算是普羅斯彼羅[180]親自施展了他那份法力無邊的技藝，也沒辦法從每一片海洋和陸地上面把所有巴家人盡召而至，實際上，除了造就禍害，並把無論什麼東西都中飽其私囊之外，他們在這些地方是沒有任何事情可做的；但與此同時，把一大批巴家人聚集起來卻是一件絕對可行的事情。於是，高文夫人順勢投身進了這件事情裡面，她頻頻拜訪米格先生，每次都在賓客名單上新增一些名字，還屢屢就此事與那位紳士開會磋商，不過，她自然是趁了後者沒在那間放著天平和金勺兒的房間裡面忙著

---

[180]　普羅斯彼羅（Prospero），莎士比亞劇作《暴風雨》（*The Tempest*）中的主要人物，擁有驅役精靈和鬼怪的法力。

審查和償還他未來女婿的債務（在那個時期當中，這是米格先生的慣例行為）的時候，來做這件事情的。

此外，這份名單中還有這麼一位賓客，關於他的出席與否，米格先生的關心和擔憂甚至要更為迫切於，有望得到最大擢升的那個巴家人的能否蒞臨，儘管他遠非漠無所感於，這樣一位貴客能夠為他帶來的榮耀。這位他深恐不會出席的客人，便是柯南。但他不知道的是，柯南已經在那個夏日夜晚裡面，在那條林蔭道上，許下了一項他將其奉若神諭的承諾，在他滿是騎士風度的心胸裡面，這項承諾意味著，他已經擔起了眾多不言自明的責任。在忘卻他自己的利害，同時在一應場合當中都予寶兒以體貼的幫助這件事情上面，他是絕對不會失手的，而現在，他便要開啟這項過程了。於是，他很是快活地回答米格先生說，「我會來的，那還用說。」

至於他的合夥人道義丹尼，則在米格先生的前進道路上，變成了一個類似於絆腳石的存在。這位令人尊敬的紳士焦心不已，但對這其中的情形完全不明就裡，他唯一能夠明確的一點是，把丹尼和官府的巴氏主義混合在一起，可能會生成某種爆炸性化合物，甚至在一頓婚禮早餐期間都會如此。不管怎樣，這位舉國上下的公敵最終前往特威南姆陳述道，他憑藉身為一位老友的放肆特權，請求對方能夠給予他這樣一項關照，即他可以不在被邀之列，從而令米格先生的不安心緒輕鬆了不少。「這是因為，」他說，「我對這撥紳士所做的事情是，履行社會責任和謀求公眾福祉，但他們對我做的卻是，透過消磨損耗我的心神，來達成阻止此事的目的，所以我認為，我們最好還是，不要裝出一副同心同德的樣子坐在一起吃喝為妙。」米格先生被他這位古怪的朋友逗得樂不可支，並在予以他答覆的時候，向他恩賜了一副比平素更甚的保護和寬容神色，他說，「好吧，好吧，丹，隨你自己怎麼胡思亂想好了。」

對於高文恆瑞先生這邊，隨著婚禮時間的接近，柯南試著透過各種不事喧囂和造作的辦法，向高文傳遞這麼一條訊息，即他坦率而無私地希

望，只要高文願意接受的話，他是無論什麼友誼都可以給予他的。在予以他回饋的時候，高文先生待他以慣常的從容做派，還表現出來一副慣常有之的推心置腹模樣，而實際上，那裡面是沒有任何信賴可言的。

「你瞧，柯南，」有一天，距離婚禮已經不足一週，他們一邊在那幢鄉間別墅附近散步，一邊交談著，在此期間，高文偶然間感慨道，「我是個失意的人，關於這一點，你應該已經知道了。」

「我發誓，」柯南有些窘迫地說，「我基本上不知道這是怎麼回事。」

「喔，」高文回應道，「我屬於一個宗族，或者說一個派系，或者說一個家族，或者說一個關係網，或者是你願意拿來稱呼它的任何其他名字，它原本可以用五十種辦法來供養我，只要有其中任何一種就萬事大吉了，但它卻突然拿定主意要對我一毛不拔。所以，我就變成現在這樣了，成了一個糟糕透頂的畫家。」

柯南剛一開口說，「但是，從另一個方面來講——」高文便打斷了他。

「是的，是的，我知道。我運氣還算不錯，得到了一個漂亮又迷人的女孩的愛情，同時我也全心愛著她。」

（「你的愛真有那麼多嗎？」柯南暗自思忖道，不過，作此想法讓他有些負罪的感覺。）

「還找到了一個可稱一流人物的岳父，一個慷慨又善良的老小子。不過，我原本是擁有其他目標和願景的，那是孩提時代別人給我洗頭和梳頭的時候，被灌輸進我的頭腦裡面的，然後，等到我能自己洗頭和梳頭的時候，我把它們帶到了一所公立學校裡面，可現在，我卻沒有它們了，所以變成了一個失意的人。」

柯南又再思忖道（作此想法複又讓他有些負罪的感覺），他這種悵然失意的姿態，是否是在主張宣揚他自己的地位呢？這個新郎會不會把它當成一份資產，帶進他的新家庭裡面呢，畢竟他已經讓這種有害的想法，摻

雜進了他的事業當中？還有，這個東西不管在任何地方，都會擁有充滿希望的光明前景嗎？

「我認為，並不是什麼痛苦的失意，」這是他大聲講出來的話。

「去他的，當然不是，並不痛苦，」高文大笑著說。「我身邊的人們犯不著我這樣 —— 不過話又說回來了，他們也是一些迷人的傢伙，我對他們懷有至大的深情厚誼。但是，讓他們知道，我沒有他們也活得挺好，所以他們全都可以見鬼去，也是一件賞心樂事呢。不過又再但是的是，大多數人的人生都有些這樣那樣的失意，反過來又被這種失意所影響。但是，這還算得上是一個可愛美好的世界，我很愛它呢！」

「照現在來看的話，它在你眼裡應該是挺美麗的，」亞瑟說。

「跟這條夏日的河流同樣美麗，」另外那人熱情澎湃地大聲說，「而且，我敢拿喬武起誓，我真的非常熱烈地仰慕著它，同時很想跳進它裡面，跟人好好賽上一場。它是那些老東西裡面最好的東西！還有我的行業！也算是那些老行當裡面最好的一個，不是嗎？」

「我覺得，你對它滿懷著興趣和雄心呢，」柯南說。

「還有欺騙，」高文補充說，並伴之以大笑聲，「我們不能把欺騙給漏掉。我希望，我在騙人這方面還沒有一敗塗地，但還是算了，我這個失意之人的身分可能已經說明一切了。我可能不夠勇敢，沒有能力把它堅持到底。跟你說句只有我們知道的知心話吧，我認為，我現在面臨著這麼一種危險，我可能腐壞得都沒有能力去那麼做了。」

「做什麼啊？」柯南問。

「把欺騙堅持到底呀。在傳遞水煙筒[181]的時候，等到輪到我之後，能強忍著把戲演下去，就像輪到我前面那個人的時候，他強忍著去演那樣。努力去維繫那些關於勞作、研究和忍耐的謊話，說什麼獻身於我的藝術事業，為它投入許多形隻影單的日子，為它拋棄許多生活樂趣，完全生活在

---

[181]　傳遞水煙筒暗喻表面上有所作為，實際上無所事事。

藝術裡面等等，還有所有其他類似的鬼話 —— 簡言之就是，按照規則把那個水煙筒傳遞下去。」

「但是，一個人無論從事任何行業，都理應尊重他自己的行業，他還應該覺得，他有義務予它以支持和維護，為它爭取它應得的那份尊敬，難道不是嗎？」亞瑟盡量曉之以理地勸說道。「至於你的行業，高文，它可能真的很需要我說的這種幫助和呼籲。坦白跟你說吧，我之前認為，所有技術性行業都有這個需要。」

「柯南，你這個傢伙實在是太好了！」另外那人驚呼道，然後停下話頭打量起了他，還像是帶著一股不可抑制的仰慕之情。「真是個第一流的傢伙啊！你肯定從來沒有失意過，一眼就能看出來。」

如果高文是有意這麼說的，那就有點太過殘忍了，所以柯南堅定而決然地令自己相信，他肯定不是有意如此。高文卻未做絲毫停頓，只見他把一隻手放在柯南的肩膀上面，一邊大笑著，一邊用輕鬆的語氣繼續說了下去：

「柯南，我並不想驅散那個足見你的慷慨高尚性情的幻想，反而願意奉上任何數量的金錢（如果我真有什麼錢的話），去生活在那樣一片玫瑰色的迷霧當中。但是，我在我的行當裡面所做的那些事情，都是為了出售，我的全體夥伴們所做的那些，也是為了出售。如果我們不想賣個我們能拿到的最高價錢的話，我們根本不會去做。作為工作來說，它是必須去做的，而且做起來容易得很。剩下那些東西全都是糊弄人的花招和伎倆。你看，這就是結識失意之人的一個好處，或者說一個壞處，也就是你能聽到一些真話。」

不管他聽到了什麼，也不管那些話是理應得到那個稱謂，還是應該冠以另外某個稱謂，總之，它們全都沉入了柯南的心靈當中，並且在那裡深深地紮了根，以致他甚至開始擔憂到，高文恆瑞將會變成他的一個揮之不去的煩惱，以及，因為那些話引起的各種忐忑不安、焦心憂慮和自相抵

悟，所以，儘管已經驅逐了那個未曾存在過的人物，但他從這場戀慕中得到的解脫可以說相當微小，或者說根本沒能得到任何解脫。他發現，一場爭戰仍然在他心裡接連不斷地上演著，即他到底是該信守承諾，維護高文在米格先生心目當中的良好形象，還是該強令自己去向米格先生評述，高文的形象其實一無可取之處。還有，儘管他時時提醒自己，他從來沒有主動尋求過這些發現，而且，若能免於做出該等發現，他會表現得心甘情願且如釋重負，但是，他仍然沒辦法徹底打消下述疑慮，即他之所以發現了這些東西，意圖在於醜化和抹黑高文的形象，而非按照良心行事。這是因為，他從來沒能忘記過自己之前的樣子，他還清楚地知道，他彼時的不喜於高文，除了因為他在自己的戀愛道路上橫插了一杠子之外，是沒有任何其他更為充分的理由的。

在這些想法的不斷侵擾之下，他開始希望，婚禮能夠盡早結束，高文和他的新婚妻子能夠盡早離開，剩下他自己一個人去實現他的諾言，去履行他於彼時接納的那些慷慨的職責。實際上，在婚禮之前的最後這一週裡面，米格一家人全都不覺得好過。在寶兒或者高文面前，米格先生總是一副容光煥發的樣子，但是，柯南不止一次發現，他孤身一人待在帳房裡面，瞅著天平和金勺兒的目光比之前黯然了不少，柯南還屢屢看到，他在花園或者其他地方偷偷跟蹤那對戀人，臉上複又出現了那副烏雲密布的神色，即之前高文像片陰影似的降落於其上時，它所呈現出來的那副模樣。在收拾房子為那個即將到來的重大場合做準備時，那對父母和他們的女兒一起出遊時帶回來的許多小東西，不得不受到擾動，或者從一隻手上傳遞到另一隻手上，有時候，面對著這些無言地見證了他們舊時快樂生活的東西，甚至連寶兒自己都會流下深感痛惜的眼淚來。米格夫人變成了全天下最無憂無慮和最忙碌的一位母親，她四處奔走著，向碰到的每一個人唱歌和歡呼，但她畢竟是個誠實的人，所以會時不時地飛奔進儲藏室裡面，在那裡，她會一直哭到兩眼發紅為止，而從那裡出來之後，她會將這副模樣

歸咎於醃洋蔥和醃辣椒，接著比之前更為清亮地唱起歌來。還有蒂琪夫人，她沒能在巴肯的那本《家庭醫學》裡面，找到治療受傷心靈的香膏，從而因為低落的心情和接連湧現的關於幼時蜜妮的記憶，而飽嘗了巨大的精神痛苦。在那種記憶強力侵襲她之際，她通常會送出幾條祕密的口信來，示意她並未在客廳裡面盛裝加身，懇求能在廚房見上「她的孩子」一面。在那個地方的一堆混雜了眼淚、祝賀、切菜板、擀麵杖和餡餅皮，以及一位眷戀主人的老僕的款款柔情（它確鑿可稱是一份非常美麗的柔情）等各色物事的大雜燴當中，她會祝福她孩子的美麗臉龐，祝福她孩子的善良心靈，並緊緊擁抱她的孩子。

但是，所有該來的日子都來了，然後，婚禮日也該來了，並且真的來了，而且，還跟著它一起到來了，受邀出席婚宴的各位巴家人。

這裡面包括來自兜圈子辦事處和格羅夫納廣場馬廄街的巴蒂先生，他偕同帶來了揮金如土的巴蒂夫人（娘家姓司那位），即慣於令季度結帳日變得非常漫長的那一位，以及三位同樣揮金如土的巴蒂小姐，她們全都加倍裝載了各色才藝，準備來個一鳴驚人，結果卻沒能像預期的那樣，鳴出刺耳眩目的響聲和閃光來，而是有點滯火。還包括也是來自兜圈子辦事處的小巴先生，為了出席婚禮，他把這個國家的噸位業務棄之不顧，因為說不上來是怎麼回事，反正有人就是覺得，這份事業應該處於他的保護之下，但說句實在話吧，他此番把它棄之不顧，是不會給這份保護的效能帶來任何害處的。還包括那位迷人的巴家小輩，他得自於這個家族富於生機的那一種，亦供職於兜圈子辦事處，眼下快活而討喜地協助著婚禮的進行，並光彩熠熠地，把它當成了那個名叫無為而治的宗教部門的法定儀式和賞賜之一。除了他之外，還包括另外三位巴家小輩，他們來自其他三個辦事處，任誰看來都覺得寡淡無味之至，急需用調味品加以調劑，他們此番前來「做」這個婚禮，跟他們「做」尼羅河、古羅馬、一位新歌手或者耶路撒冷咖啡館是沒什麼兩樣的。

　　不過，除了上面這撥之外，這裡面還包括一個更大的獵物，它就是巴蒂德西老爺本尊，此人身上洋溢著馥郁的迂迴氣息，還有那股獨屬於公文箱的味道撲面而來。是的，這裡面還包括巴蒂德西老爺，那個用一個義憤填膺的想法作為翅膀，飛身躋登了高官貴爵的人，這個想法就是，我的大人們，我還在等人來告訴我，身為這個自由國家的一位大臣，他的職責所在應該是，要為仁慈設置一些界限，要把慈善緊緊夾住，要給大眾思想戴上腳鐐，要對進取之心有所制約，要給人民的獨立自主精神潑點冷水[182]。換句話說，這個想法就是，這位偉大的政治家永遠都在等人來告訴他，身為英國這艘大船的領航員，他的職責所在是，可以胡作非為任何事情，唯獨不能讓人私自上岸，去搞什麼用餅和魚搭救眾人[183]的行業，反正只要船員們使勁兒抽水，就算是沒有他來領航，這船也是不會沉的。憑藉著這個包含著無為而治這門偉大技藝，堪稱恢弘壯麗的偉大發現，德西老爺長期保持著他在巴家的至高地位和榮耀，就讓兩院的某個有失明智的議員，去遞交什麼欲要有所作為的提案吧，然後嘗試著如何去有所作為，反正這份提案跟死了然後被埋掉沒什麼兩樣，因為巴蒂德西老爺會從他的位置上站起身來，然後莊重地說出下面這番話來，他的聲音飄揚著一股至為威嚴的義憤味道，與此同時，兜圈子辦事處眾人的喝彩聲也在他身邊飛揚而起 —— 他還在等人來告訴他，我的大人們，身為這個自由國家的大臣，他的職責應該是，要為仁慈設置一些界限，要把慈善緊緊夾住，要給大眾思想戴上腳鐐，要對進取之心有所制約，要給人民的獨立自主精神潑點冷水。他所發現的這套職責論機制，亦是一臺政治永動機，雖然它在一應國家部門當中一刻不停周而復始地運轉著，但絕對不會有用舊壞掉的時候。

---

[182]　這句話的講話口吻為，巴蒂德西老爺在議會中對眾位議員講話，拐彎抹角地指斥某位大臣，暗示他對這位被責大臣的進取之心（或者是某種具有正面意圖的舉措）感到非常憤怒，然後提醒他一位大臣應該如何行事。

[183]　此處指涉了耶穌用五餅二魚餵飽五千人的奇事，典出《聖經新約－馬太福音》第14章15～21節。

這裡面還包括一位巴衛廉，他是跟他高貴的朋友兼親戚德西老爺一起前來的。此人曾經跟司圖朵締結了一份光耀千秋的聯盟，並且永遠都把一份獨屬他自己所有的，關於如何無為而治的祕方帶在身邊備用。有時，他會輕輕拍打一下上面那位講話者，然後掏出這份祕方說，「先生，我首先要請你知會議院一聲，對於那位可敬紳士突然丟給我們的那條方針路線，我們可有什麼先例可循嗎？」有時，他會請那位可敬的紳士賞他一面，跟他說說他自己對此事的先例有何說法；有時，他會對那位可敬的紳士說，他（指巴衛廉）會找找看有無先例可循；而更多的時候是，他會告訴那位可敬的紳士，此事沒有任何先例可循，從而當場把他碾壓個一敗塗地。但是，在上述一應情形當中，先例說和突然遭遇說都可稱是，這位能力出色的迂迴主義者的一對配合無間的戰馬。還有，雖然二十五年以來，那位令人尊敬但難以快樂起來的紳士始終都在努力嘗試，想讓巴衛廉突然遭遇一下那條方針路線，結果均告於空自忙碌，但巴衛廉卻覺得，這是沒什麼打緊的，因為他仍然會把他是否應該突然遭遇一下此事這一問題，上陳至議院，同時（間接地）上陳給國家。再有，雖然說那位可敬但又可憐的紳士有可能為此事找出一個先例來，可被視為全然不容於情理或常道的荒謬行徑，但巴衛廉仍然覺得，這是沒什麼打緊的，因為他反而向那位可敬的紳士致以了謝意（因為後者對無為而治的全盤勝利進行了一通飽含挖苦意味的喝彩）[184]，跟他就此事達成了最終一致意見，並且斬釘截鐵地告訴他，此事是絕對沒有任何先例可循的。可能會有異見者聲稱，巴衛廉的這份見識並非什麼高明的見識，或者說，它能哄騙到的那些東西絕非出自造物的手筆，再或者說，若造出他們來係造物犯下的一個輕率過錯，那麼，他們都將永遠活在空洞的瘋狂當中。不過，只要有先例說和突然遭遇說聯起手來，便足以把大多數人的異見嚇得不見蹤影了。

---

[184]　這一排比句式的深層含義為，雖然巴衛廉之流已予欲要有所作為的提案以徹底扼殺，但他仍然會向國會故作姿態，足見其虛偽嘴臉，下半句則言，巴衛廉本應予可敬紳士以挖苦嘲諷，結果卻向他表示了感謝。

　　這裡面還包括另外一個巴家人，此人是一個生機勃發之輩，曾經以極短的間隔，一連跳過二十個工作崗位，而且總是同時身兼兩到三職。他的一項極具代表性的發明是，一門被他應用到了一應巴氏部門當中的技藝，而且，他還因此收穫了極大的成功和巨大的仰慕之情。這門技藝指的是，當他在議院裡面被問及某個問題時，應之以關於任何其他問題的回答。這門祕技可稱居功至偉，令他受到了兜圈子辦事處的高度尊敬。

　　此外，這裡面還包括零星幾個地位之顯赫不及上述人等，但已經獲得了議員頭銜的巴家人，他們尚未謀到什麼溫暖舒適的職位，目前正處於見習期當中，而這樣做的目的在於，證明他們是否具有值得敬重的高貴品格。這些巴家人棲息於樓梯之上，藏匿在過道當中，隨時聽候著上峰的命令，準備投票支持某人，或者反對某人；他們聽命於家族首領，做著傾聽、驚呼、喝彩和吠叫等各色勾當；他們用一些書面形式的虛假動議，去阻撓他人的動議，把那些不討他們喜歡的議題延宕至深夜時分，或者會期將盡之時，然後用飽含著高尚道德和愛國主義熱情的聲音大叫說，現在已經為時晚矣；還有，無論何時被派到鄉下，他們都會信誓旦旦地說，德西老爺已復蘇商業於昏迷暈厥，重振商業於陣發痙攣，已經讓穀物的收穫增長了一倍，令乾草的產量翻了三番，還阻止數不清的黃金從英格蘭銀行中不翼而飛。還有，這些巴家人還像人頭牌下面的眾多小牌似的，被家族首領發到了各種公開集會和宴席當中，在那裡，他們以證人的身分，見證了他們那些高貴而令人尊敬的親戚的各種善行義舉，或者在各種選舉活動當中，忙著往巴家人的臉上貼金；一旦收到某條極其簡短的通知，或者某些極其無理的辭令，他們就會馬上起身離座，把其他人讓將進來；此外，他們還跑腿打雜，拍馬舞弊，腐化墮落，吞噬汙物，並樂此不疲於這些社會事業。另外，雖然在整個兜圈子辦事處裡面，都找不到一份無論任何地方的，半世紀之內的職位待補清單留有空缺，從財長大人到駐中國領事，再到印度總督，莫不如是，但是，這些飢餓的，而且像牛皮糖一樣難纏的巴

家人們，他們的某些或者所有名字，卻已經被記錄在案了。

　　一個必然的事實是，凡出席這場婚禮的巴家人，無論地位高低與否均計算在內，只能算是零零星星的幾個，因為他們總共還不到兩打，那麼，被從這個軍團中減去的，會是些什麼人呢？不過，在特威南姆的那幢鄉間別墅裡面，這零零星星的人，卻像是一個蜂群似的，遍布了它的各處。一個巴家人（在另一個巴家人的協助之下）為那對快樂的新人證了婚，至於巴蒂德西老爺本尊，他的職責是，引領著米格夫人前往早餐餐桌。

　　這場招待原本可能是令人愉悅和真情流露的，但結果卻沒有。米格先生得益於那一批受到他高度讚賞的賓客們，使自己的船身被拖得歪斜了起來，其表現難稱自若。高文夫人倒是堪稱自若，但沒能對改善他的狀況有所幫助。還有那個虛構出來的故事，儘管從未被公開表露過，但卻貫穿了這場婚禮的始終，而這個故事便是 —— 阻撓此事者並非米格先生，而是男方顯赫的家聲，結果，虧得那個顯赫的家庭做出了一些讓步，才有了如今這個皆大歡喜的融洽結局。然後是巴家那些人覺得，從他們的角度來講，當眼下這個由他們施予恩澤的場合結束之後，他們便跟米格一家人全無干係擺脫他們了，從米格一家人的角度來講，他們也作同樣看法，但可能卻在悵然於這項重大損失。然後是高文，身為一個對米格一家人的某些行徑積怨日久的失意之人，他堅決主張了由這一身分衍生出來的各項權利，而且，他可能還提前向她母親授予了這些權利，總之他希望，他如此這般行事能給他們帶來一些煩擾，其殷切之狀可比他心裡任何其他仁慈的盤算，此外，他還在眾人面前大肆賣弄他的畫筆和貧窮，極盡炫耀之能事，並且告訴他們說，他希望，自己最終能為妻子謀得一份麵包皮和乳酪，還懇求道，若是他們當中有誰（比他自己更加走運的那些）得到了什麼好東西，從而有能力買上一幅畫的話，那麼，還要請他記得他這個可憐的畫家。然後是德西老爺，他在國會的雕塑基座上可稱是一道奇觀，但放到這裡之後，卻變成了一個至為空洞無物的浮誇之輩，提議為新娘和新郎的幸福乾

杯時，他搬出來一套會讓任何一位虔誠的門徒和信客都毛髮倒豎的陳詞濫調，還像一頭愚蠢但自滿的大象那樣，小跑著奔波於眾多由詞句織成的，充斥著哮聲的迷宮當中，他似乎把它們當成了通衢大道，但又從來沒像眼下這樣，如此急欲從中脫身而出過。然後是巴蒂先生，他忍不住覺得，眾人當中有那麼一位可能會擾動到他的地位，令他沒辦法終身坐在專供官方役使的羅湯馬爵士面前畫像，在他看來，只要這樣的擾動在之前發生過，這種情形就是有可能出現的。與此同時，滿腔憤慨的小巴向兩位了無生趣的年輕紳士，同時也是他的兩個親戚透露道，這裡有一個傢伙，你聽好了，他之前沒做預約就跑到我們部裡來了，還說想要知道些什麼，你要知道這一點，還有，你聽好了，如果他現在發作起來的話，你要知道，他是很可能這樣的（因為你絕對說不上來，像他那種類型的一個欠缺紳士風度的過激分子，下一步會做出些什麼事情來），並且說，你聽好了，他眼下就想知道些什麼，你要知道這一點，那將會是挺好玩的，是不是啊？

　　對柯南來講，截至目前，這場婚禮最令人愉悅的那一部分，同時也是最讓人痛苦的。在掛著兩幅畫像的那個房間（其他客人沒在那裡）裡面，當米格夫婦最終吊在寶兒身上的時候，世間真的再難找出，比這一家三口更為純樸未鑿的東西來了。而接下來，他們就要跟她一起走向那道門檻，當她再次踏過它的時候，就不再是過去那個寶兒，和過去那個讓二老開心的女孩了。高文也顯得有所觸動，當米格先生說「啊，高文，你要好好照顧她呀，你要好好照顧她呀！」他真誠地回答說，「用不著作出這麼一副心都碎了的樣子來，先生。我拿上帝起誓，我會的！」

　　就這樣，最後抽噎了一頓，最後說了一些滿含愛意的話語，又最後朝柯南投去充滿信任之情的，像在說她相信他會遵守諾言的一瞥之後，寶兒坐在馬車裡面朝後退卻而去了，她的丈夫朝眾人揮起了手來，接著倆人一起朝多佛的方向駛了過去。不過，這之前還發生了另外一個小插曲，即那位忠僕蒂琪夫人，她穿戴著絲質禮服和烏黑發亮的鬈狀假髮，從某個隱蔽

的地方衝了出來，朝著馬車屁股丟出了兩隻鞋[185]。對於那群立在窗戶旁邊觀望的貴客而言，此人像是一個幽靈似的，予以了他們莫大的驚悸。

現在，上述那批客人都已經解脫了進一步列席的職責，還有巴家的那幾位首腦人物，他們都顯出了有點著忙的樣子來，因為在那個時候，他們手頭恰好有一兩封信要被交付至像飛翔荷蘭人號[186]那樣沿著海邊打轉這麼一個狀態，以令其免於遭遇直接抵達目的地這一危險性，另外，他們還需要做出一些錯綜複雜的安排，以實現阻止一大批重要事務這一目的，不然的話，它們便有被付諸實施的風險；於是，這一干人等很快便各自離去了。離開之前，他們用極盡和藹可親之能事的言辭，向米格夫婦傳達了下面這項在各種情形中均可通用的保證，即他們一直都在彼處忙著一些事情，而且，當他們這樣做的時候，還為了米格夫婦的利益做出了莫大的犧牲。他們也一直向約翰布林[187]先生傳達著類似的保證，在面對著那個倒楣到極點的傢伙時，他們都慣於擺出一副法定的屈尊紆貴做派來。

然後，有一種狀甚淒慘的空白感剩在了那幢房子裡面，以及那對父母和柯南的心中。而被米格先生召來救助這一窘境的，只有一份回憶而已，但它確鑿予以了他莫大的益處。

「儘管發生了這些變化，亞瑟，」他說，「但回頭看看真的非常讓人滿意呢。」

「你是說回望過去的日子嗎？」

「也對——不過，我指的是那群客人。」

之前，這個東西讓他比現在還要情緒低落和難以快樂起來過，而現在，它卻確鑿予以了他莫大的益處。「真的非常讓人滿意呢，」他說，在那個傍晚，他屢屢重複著這句評語。「竟然來了這麼高級的客人！」

---

[185] 朝人扔鞋為英國舊俗，意在祝福該人。

[186] 飛翔荷蘭人號（Flying Dutchman），一條傳說中的鬼船，被判永遠繞好望角（Good Hope Cape）航行，直至最後審判日方止。

[187] 約翰布林（John Bull），為英格蘭的象徵，常見於漫畫作品中，多作身體發福、性格樂天的中年地主形象。

第三十四章　一群巴家人

第三十五章　潘可思藏起了有關小杜麗命運的什麼祕密

　　也是在這個時候，潘可思為了履行他跟柯南達成的那份協定，向後者披露了他那個吉普賽式故事的完整面目，把小杜麗將來的命運講給了他聽。原來，她父親是一份數額巨大的遺產的法定繼承人，長期以來，這份遺產一直不為人知和無人認領，且一直都在累積增長中。現在，他的繼承權已得釐清，他的繼承道路已暢通無阻，馬夏的大門已為他敞開，馬夏的高牆已轟然坍塌，只需他稍稍揮上幾筆，便可搖身變為一個巨富之人。

　　在他追查這項所有權，直至它得以完全確立的過程當中，潘可思先生表現出來一份絕對不會受到困擾的睿智頭腦，以及絕對不會感到倦怠的耐心和保密能力。「那天晚上你和我穿過史密斯菲爾德廣場的時候，先生，我跟你說了我是怎樣一個收藏家，但我那時候沒怎麼想到，它會產出這麼一個成果來。還有，先生，我跟你說你不屬於康沃爾郡的柯南家族的時候，我也沒怎麼想到，我將來不管什麼時候會有機會跟你說，有誰屬於多塞特郡的杜麗家族。」接著，他詳細講述了這裡面的種種情形，他說：一開始的時候，他之所以把小杜麗名字記進筆記本裡面，只是被名字本身吸引而已；還有，他以前也常常發現，會有兩個名字一模一樣，甚至屬於同一個地方，但並沒有什麼可供追溯的，無論遠近的血緣關係，所以，他一開始並沒有太過留意這個人，只是偶爾會推測遐想一下，要是有事實能夠表明，那個小縫工在這筆如此巨大的財產裡面擁有任何權益的話，這會給她的境遇帶來多麼驚人的巨變呀；但他又有點覺得，他好像不由進行起了下一階段的工作，這是因為，那個安靜的小縫工身上有些非同尋常的東西，它讓他感到欣喜，並且激起了他的好奇心；就這樣，他一寸一寸地摸索著自己的道路，一點又一點地「往外掏它，先生」（這是潘可思先生的一

個自造詞）；在方才那個新動詞所描述的那項勞作的開始階段，他曾經從突然而至的光明和希望，墜入過突然到來的黑暗和無望，然後又再三再四反覆，而且，為了讓該詞更具表現力，在說出它的時候，潘可思先生把兩眼閉了起來，又抖了抖腦袋上面的頭髮[188]；他還專門在馬夏監獄裡結識了一些人，好讓自己出入那裡的時候，跟其他出入者沒什麼兩樣，以及，他的第一縷曙光，是杜麗先生本人和他兒子在無心之間給予他的，此前，他很輕易便結識了這兩人，跟他們隨便聊了很多（「但一直都在往外掏它你很快就會看到了，先生，」潘可思先生說），從他們那裡，他得到了有關他們家族歷史的兩三個不大的關鍵點，而且完全沒有引起他們的任何懷疑，接著，他又把它們和其他一些東西聯想到了一起，因為在那個時候，他自己已經掌握了一些線索；最終，潘可思先生清楚明白地獲知，他做出了一項分量十足的發現，它事關於一份巨大財產的法定繼承人，以及，他的發現必須做進一步的成熟完善，好在法律層面上達到完備狀態；於是，他勒令他的房東魯格先生莊重地發誓，說他會嚴格保守此事的祕密，然後跟他合夥做起了這件往外掏它的差事；接著，他們雇傭了對小杜麗一片痴心的齊莊，充當他們唯一的辦事員和代理人；而直到眼下這一刻，雖然英格蘭銀行某些大權在握，同時擁有廣博法律知識的人物已經宣布，他們的勞作已告成功結束，但他們還是沒向任何其他人類透露過此事。

「所以說，如果整件事情在最後關頭搞砸掉了，先生，」潘可思總結道，「即是說我在放風場裡面，把我們那些檔案拿給你看那天的前一天，或者是那天當天搞砸掉了，除了我們自己之外，沒有任何人會覺得被殘忍地剝奪了希望，也不會覺得比這再壞上一便士那麼一點。」

在這場講述的整個過程當中，柯南差不多一刻不停地抱著他的手搖個

---

[188]　「往外掏它」的英語原文為 mole it out，其中 mole 表齇鼠掘洞這一動作，潘可思閉住眼睛並且抖動腦袋，即在模仿鼠類打洞時抖落頭上塵土的模樣；而文中之所以稱該詞為新動詞，是因為 mole out 本表「誘出」之意，潘可思根據 mole 的含義，再結合上 out 的含義，創造性地為該短語賦予了「往外掏掘某物」這一意義。

不住，現在，他的最後那句話讓他想起了一些什麼，於是，他心懷一份絕大的詫異（雖然已經對這場披露的主要內容有所準備，但就算是這樣，都沒能把這份詫異給完全平復下去）說道，「親愛的潘可思先生，這件事情肯定花了你一大筆錢。」

「數目相當可觀呢，先生，」興高采烈的潘可思說。「並非錙銖小錢，儘管我們已經盡了最大的努力，盡可能便宜地去進行它了。還有，讓我告訴你吧，支出方面可稱是一個難題呢。」

「豈止是一個難題！」柯南學舌說。「整件事情裡面有太多的難題，但你都已經如此神奇地克服了它們！」並且又再抱住他的手搖了一通。

「我會告訴你，我是怎麼去做的，」潘可思被恭維得頗為高興，嘴裡說，而且，如同他自己被捧到老高那樣，他把頭髮也搓揉到了一種巋然高聳的狀態。「首先，我花光了我自己的錢，那倒沒有多少。」

「我對此甚感歉疚，」柯南說，「不過，這點錢現在算不了什麼了。然後呢，你是怎麼做的？」

「然後，」潘可思答道，「我從我主人那裡借了一筆錢。」

「從買思彼先生那裡嗎？」柯南說。「他可真是個非常之好的老頭子啊。」

「高貴的老小子，不是嗎？」潘可思說，接著噴出來一連串感情至為寡淡的冷言冷語來。「慷慨的老小夥兒，掏心窩的老小子，樂善好施的老小夥兒，菩薩心腸的老小子！我說好要付給他百分之二十的利息，先生。但在我們店裡，可從來沒用這麼低的利息做過生意。」

亞瑟有些窘迫地意識到，他在欣喜若狂之中，把那個評判下得為時過早了一點。

「我對那個煮潽了的老基督徒說，」潘可思繼續說，而且，對於由他發明創造出來的這個描述性稱謂，他還赫然顯出了一副回味綿長的樣子來，「我手上有一個小項目，挺有希望的一個項目，我告訴他這件事挺有希望的，但需要一小筆資金。我向他提議，由他借給我這筆錢，我會給他

打張借條。他照辦了，但收了我百分之二十的利息，把那百分之二十加了上去，一副公事公辦的樣子，還把它寫進了借條裡面，看上去像是本金的一部分似的。如果我在借了這筆錢之後，把這件事給搞砸掉了，在接下來的七年裡面，我在充當他的錢鑵子的時候，只能收到一半工錢，卻得下雙倍的苦力。但他是一個稱得上完美的年高德劭之人，所以能按這樣的條款──或者是任何條款──給他辦事，總歸算是好事來的。」

就算是窮盡一生的時間，亞瑟都沒辦法言之鑿鑿地說出來，潘可思是真的這麼認為，還是並非如此。

「等到那筆錢花光之後，先生，」潘可思重新開口說，「我已經把魯格先生拉攏到這個祕密裡面來了，而且它是真的花光掉了，儘管我在把它一滴一滴擠出來的時候，像在喝自己的血一樣。我提議魯格先生借給我一些錢，或者是魯格小姐，這完全是一碼事來的，她以前在民事法庭裡面做過一樁投機生意，賺了一點小錢。結果他按百分之十借給了我，但已經覺得這份利息相當之高了。但是先生，魯格先生長了一腦袋紅頭髮[189]，還把它們給剪短了。還有他的帽冠，也太高了一些，還有他的帽檐，也有些太窄。所以這麼一來，從他身上冒出來的那些仁慈泡泡，就跟從九柱戲的一根柱子冒出來的差不了多少了[190]。」

「你做這些事情所得的那份酬勞，潘可思先生，」柯南說，「應該會是相當大的一筆錢。」

「我並沒懷疑得不到它，先生，」潘可思說。「我沒跟你簽訂什麼合約，在你名下欠了一份這個東西，現在兩清了[191]。把我自掏腰包的錢補

---

[189]　因《聖經》中出賣耶穌的猶大即為紅髮，所以一般認為，紅髮之人皆品格惡劣。

[190]　這句話在暗中應和前文中對賈思彼先生的描述，即稱他為一個「煮潽了的老基督徒」，而這一比喻的言外之意是，賈思彼的仁慈氣息像是滾水的氣泡一樣滿溢而出，但九柱戲的柱子自然是非常堅硬的，是絕難有氣泡冒出的。

[191]　潘可思這句話的潛臺詞是，他之前讓柯南憑空相信了他一次，現在在支付他的報酬這件事情上面，他也憑空相信了柯南一次，故謂之兩清。另外，從這個情節也可以看出作者對潘可思這個人物的形象定位，即一個市儈但不無真誠品格的市井小民。

足，而且我會給予這個過程公平合理的一段時間，再把魯格先生名下的帳單付完之後，對我來說，一千英鎊就算是發了一筆大財了。這件事我交給你去辦。現在，我要授權給你，由你去把所有這些事情透露給那家人，不管用什麼辦法，只要你覺得合適就行。今天上午，杜麗愛米小姐會跟豐夫人在一起。這件事越快辦妥越好，再怎麼快都不會過分的。」

這場談話發生在柯南的臥室裡面，其時，他在床鋪裡面尚未起身。這是因為，在早晨非常之早的時候，潘可思先生便已經敲醒了整幢房子裡面的所有人，然後闖了進來，接著，在他床邊顧自道出此事的全部細節時（同時用各式各樣的檔案加以補充說明），他一次也沒有坐下來，或者安靜地站在那裡過。現在，他說他要「去拜訪一下魯格先生，」看樣子，他的興奮心情需要從後者那裡獲取另外一份支持。接著，在包裹好他的檔案，並又跟柯南熱烈地互相搖了一通之後，他全速衝下樓梯，噴著蒸汽走遠了。

毋庸多言的是，柯南決定馬上動身前往買思彼先生那裡。他穿衣戴帽和動身出發的速度都是如此之快，以致於，當他站在那條年高德劭的街道的街角處時，差不多比她的到達時間早了一個小時。不過，對於隨之而來的那個閒逛著平靜一下心情的機會，他倒並沒覺出什麼遺憾來。

返回那條街道，並且敲響買府鋥亮的黃銅門環之後，他被告知她已經來了，然後被領進了樓上供福蘿使用的早餐室裡面。小杜麗本人沒在那裡，但福蘿卻在，並對見到他所致的莫大驚異之情進行了一番表白。

「善良仁慈的老天爺呀竟然是亞瑟 —— 道義柯南公司的那一位！」那位淑女大聲說，「有誰會在不管什麼時候想到會看到這樣一副情景呢請原諒我只穿了一件浴衣因為我敢發誓我真的絕對沒有 [192] 而且是塊褪色的格子布這就更糟了但我們那位小朋友正在給我做著一件，並不是我需要向你

---

[192]　此處福蘿應該是想說，她真的絕對沒有想到，柯南會在這個時候過來拜訪她，但習慣性地吞掉了後半句。

忌諱它的名字因為你肯定是知道這些東西的它是一條裙子，還有我們已經安排好要在早餐之後試穿一下這就是原因所在但我希望它沒被漿得太過板硬。」

「我應該向你致以一份歉意，」亞瑟說，「因為在如此之早的時候如此唐突地造訪，但是，等我告訴你原因之後，你就會原諒我了。」

「在那段已經永遠逝去的時光裡面亞瑟，」豐夫人應答道，「請原諒我的冒昧道義柯南公司要正確上無數倍儘管它的相距迢遙是無可置疑的事實但能讓風景更加迷人的不正是距離嗎，我一點那個意思都沒有如果有的話我想它很大程度上取決於那片風景的性質，但我又開始胡說起來了是你把它們從我腦袋裡面揪出來的。」

說到這裡，她用飽含柔情的目光瞥了他一眼，然後重新開口說：

「在那段已經永遠逝去的時光裡面我想說的是柯南亞瑟 —— 道義柯南公司自然是大不相同了 —— 竟然會為隨時到我這裡來道歉聽起來真的是奇怪極了，但那些都已經過去了而過去的東西是絕對沒辦法叫回來的除了可憐的豐先生講過的一個他自己的例子說他的思想裡面一有黃瓜就絕對不會去吃它哪怕一口[193]。」

亞瑟進來的時候，她正在泡茶，現在，她急匆匆地完成了那項操作。

「爸爸，」關住茶壺蓋子的同時，她說，用的是極盡神祕和微弱之能事的耳語之聲，「正坐在後廳裡面孵著新下的蛋實際上是一篇有關城裡的又臭又長的文章跟那隻篤篤敲打山毛櫸的啄木鳥一模一樣他是絕對沒必要知道你在這裡的，至於我們那位你對她瞭若指掌的小朋友等到她在上頭那張大桌子上裁完衣服下來之後是完全可以加以信賴的。」

然後，亞瑟用極盡簡短的寥寥幾個詞語告訴她，他來這裡要見的是他們那位小朋友，以及，他必須向他們那位小朋友宣布一件什麼樣的事情。

---

[193]　這句話的言外之意是，豐先生曾在吃黃瓜的時候有過不良體驗，之後還會頻頻回憶起當時的情形，因此充當了「往事無法記起」的例外情形。

聞聽了這則駭其聽聞的情報之後，福蘿緊緊握起兩隻手來，身上起了一陣戰抖，並且流下了感同身受的欣喜之淚，令她變回了原本那個天性善良的人兒。

「為了仁慈的老天爺的緣故讓我先給你們把路騰開，」福蘿一邊說，一邊用兩隻手掩住了耳朵，同時朝門口挪了過去，「不然的話我知道我會失去理智尖叫起來把所有人都嚇個半死，還有那個親愛的小東西今早還顯得那麼體貼乾淨和善良但又那麼可憐可現在卻變成了一個貨真價實的財主不過也是理應如此！我可以把這件事告訴豐姑媽嗎亞瑟這次就不叫你道義柯南公司了如果你有意見的話是不需要進行任何解釋的。」

亞瑟點頭給予了他慷慨的應允，這是因為，福蘿已經壅斷了一應口頭交流途徑。福蘿同樣應之以點頭，借此傳達了一份謝意，然後便急匆匆地離開了房間。

現在，小杜麗的腳步聲已經出現在樓梯上面了，須臾功夫之後，她便到了門口。亞瑟竭盡所能地平靜了一下自己的面孔，但沒能把多少平常的表情傳遞到其中，所以，甫一看到他的樣子之後，她便丟下了手裡的工作，然後大聲說，「是柯南先生呀！出什麼事了？」

「沒事，沒事。這麼說的意思是，沒發生什麼不幸的事情。我過來是想告訴你一件事情，但它是一樁天大的好運來的。」

「好運？」

「簡直是神奇的好運！」

其時，他們站在一個打開的視窗旁邊，她的眼睛滿溢著光彩，死死盯在他的臉上。見她像是要兩腳一軟坐在地上的樣子，他伸出一條手臂攬住了她。她把一隻手放在那條手臂上面，這樣做部分上是為了，把它當成一個倚靠，部分上是為了，保持住他們的相對位置，這是因為，他們當中任誰的姿勢發生了任何變化，她望向他的那束專注的目光，便會受到擾動。然後，她的兩片嘴唇像在重複說，「神奇的好運？」見此情狀，他朗聲把

它又再重複了一遍。

「親愛的小杜麗！是你的父親。」

她蒼白的臉龐原本寒冰封凍，聞聽此言渙然消融了開來，然後有一些表情的小光束和小箭鏃，開始在其上紛紛掠過。至於這些表情的具體內容，則不外乎痛苦二字。她的呼吸變得無力和急促了起來，她的心臟搏動得飛快。他原本想把她的小身體攬得更緊一些，但他看到，她的兩隻眼睛似在向他籲求，請他不要有所動作。

「你父親用不了一週功夫就可以重獲自由了。他還不知道這件事，我們必須從這裡趕到他那裡，把這件事告訴他。你父親用不了幾天就可以重獲自由了。你父親用不了幾個小時就可以重獲自由了。記住，我們必須從這裡趕到他那裡，把這件事告訴他！」

這番話讓她醒轉了過來。她的眼睛原本緊閉著，但現在睜開了。

「這還不是這樁好運的全部內容。這還不是這樁神奇的好運的全部內容，親愛的小杜麗。我可以多跟你說上一些嗎？」

她的雙唇攏出了「可以」的形狀。

「等到重獲自由之後，你父親就不再是窮光蛋了。他將會應有盡有。我可以再多跟你說上一些嗎？記住！他還不知道這件事，我們必須從這裡趕到他那裡，把這件事告訴他。」

她像是在乞求他，多給她一點時間。見此情狀，他攬著她停頓了片刻，然而低下耳朵去傾聽她。

「你是要我說下去嗎？」

「是的。」

「他將會變成一位富翁，他現在就是一位富翁了。有一大筆錢正在等著，作為他的遺產被支付給他，從此以後，你們全家都會變得非常富有。全天下最勇敢和最優秀的孩子啊，我要感謝上帝，你終於得到了獎賞！」

在他親吻她的時候，她把頭朝著他的肩膀俯了過去，然後朝著他的脖

頸伸出一條手臂去，嘴裡大聲說，「父親啊！父親啊！父親啊！」隨即昏迷了過去。

福蘿馬上返回房間照顧起她來，把她放到了一張沙發上面，圍著她四下裡翻飛著，並對她那些仁慈的救助，和她那些支離破碎的語言片段，予以了如此令人困惑的雜糅混合，以致於，對於她有否以那玩意兒對她有益為由，逼迫著馬夏服下了滿滿一匙未被領取的獎金，她有否祝賀小杜麗的父親一下子擁有了十萬瓶嗅鹽，她有否解釋稱，她把七萬五千滴薰衣草酒，加到了五萬磅方糖上面，然後懇求小杜麗服下那味溫和的甦醒劑去，以及她有否為了給已故的豐先生多爭一些面子，把醋淋到了道義柯南公司的額頭上面，等等一系列事情，沒有任何一個擁有可靠感覺的人能夠保證，他可以予其以認定。而且，毗鄰的一個臥室還流來了另外一股淌著昏亂之水的支流，在那個房間裡面，豐姑媽聽起來好像正處於水準姿勢當中，正在等待著她的早餐。無論何時，只要聽到了一些什麼，那位對其敵人絕不姑息的淑女便會從那間閨房裡面厲聲拋擲出一些短小精悍的奚落譏刺來，比如，「別相信那是他做的！」「他用不著對那份功勞故作姿態！」「據我估計，要想讓他掏出哪怕一分錢來，都有老長的日子要等！」等等，而它們的意圖全部在於，貶低柯南在這場發現中的功勞，同時對她素來對柯南懷有的那些根深蒂固的惡感，予以痛快的宣洩。

不過，在小杜麗得以快速甦醒這件事情裡面，她那份急著去見她父親，然後把這個令人欣喜的消息帶給他的心情，卻比地球上的任何護理技能和關懷，都發揮了更大的作用，這是因為，在這件能夠令他解脫囹圄縲絏之災的喜事尚未被他知曉之際，她不願意讓他在這種不知情的前提之下，在監獄裡面多待上哪怕一秒鐘的時間。「跟我去見我親愛的父親吧，請跟我去告訴我親愛的父親吧！」這是她醒來之後所說的第一句話。除了她的父親，還是她的父親。除了他之外，她的言談之間再無他物，除了他之外，她的思想裡面也再無他事。接著，當她跪倒在地，舉起雙手朝天空

拋灑她的滿腔感激之情時，她的謝意也是為了她的父親而發。

此般情狀令福蘿的柔情幾至難以承受之境，於是，她在一堆茶杯和碗碟之間，噴射出來一股挾裹著眼淚的，堪稱神奇的語言洪流。

「我聲明，」她抽噎著說，「自從你媽媽和我爸爸之後我從來沒有這麼傷心過這次就不叫你道義柯南公司了但是亞瑟請你一定要給這個寶貴的小東西一杯茶水至少要讓她的嘴唇碰碰它，就連豐先生生最後那場病的時候我都沒有這樣過因為那是另外一回事痛風並不是一個孩子的款款深情儘管它也讓所有跟他有關的人都感到非常痛苦而且豐先生是個久受病痛折磨的人他的一條腿總是擱在支架上面再說葡萄酒行業本身就容易引發炎症這麼說是因為他們那些人或多或少都會得這個病所以誰又會覺得吃驚呢，這真的像是一場夢似的我確定是這樣整整一個上午我什麼都沒有想到可現在卻發現了錢礦這是真的嗎，不過你必須你得知道親愛的寶貝因為你嘴裡還含著茶匙肯定沒辦法足夠結實地去告訴他這件事情的全部情形，所以可能最好去問問我的私人醫生的意見是不是啊這是因為儘管那股味道絕對算不上討人喜歡但我仍然強迫自己接受了這個處方然後發現了好處，你可能有點不願意啊不對親愛的是我有點不願意但我仍然把它當做責任接受了它，所有人都會祝賀你有的是真心的有的不是很多人都會全心全意地祝賀你但沒有一個人我敢向你保證會像我自己那樣打心眼兒裡雖然我知道這樣做可能是犯下了大錯而且很傻，但還是讓亞瑟去評判吧這次就不叫道義柯南公司了就這樣吧再見親愛的願上帝保佑你希望你能非常幸福還有請原諒我的這份冒昧，我發誓那件衣服絕對不會讓別人來做完它而是會被放在那裡當做一件紀念品完全保留得跟現在一模一樣還要叫它小杜麗儘管哎呀那個奇怪到極點的名字無論任何時候我自己從來沒有叫過而且以後也絕對不會去叫！」

這便是福蘿告別的她的心愛之人的情形。小杜麗感謝了她，並一遍又一遍地擁抱了她，最後，她跟柯南一起走出賈府，搭乘出租馬車朝著馬夏

而去了。

　　當馬車駛過那些破舊齷齪的街道時，他心想，杜麗一家人已經被擢升於它們之外，進入一個富麗堂皇的，宛在雲端的世界了，所以，這段路程竟然有了些奇特的失卻了真實的感覺。亞瑟告訴她，她很快就會坐在自己的馬車裡面出行，所經過的會是一些非常不同的場景，同時，她的一應熟悉的經驗都將消失得了無蹤影，她聽後像是受到了巨大的驚嚇一般。不過，當他用她父親代替了她，並且告訴她，他將會怎樣坐著自己的馬車出行，並顯得怎樣了不起和高貴之後，她很快便掉下了飽含著欣喜之情，還有天真無邪的自豪感的眼淚。眼見她把她能理解的那些幸福快樂全都照耀到了她父親身上，亞瑟便不停地在她面前提起那個人來，就這樣，途經監獄附近那些窮街陋巷的過程當中，他們滿心裡都是光明的希望，同時一心想把那個特大新聞快點帶到他的身邊。

　　當天由老齊在閘上值守，把他們放進門房之後，他在他們臉上看到了一些東西，並因此湧起了滿心的驚奇之感。當他們急匆匆朝監獄裡面走進去的時候，他站在後面瞭望著他們，那個情形就像是，他猛然間領悟到，原來他們還各帶了一隻鬼回來。兩三個過路的大學生也在他們身後瞭望著，並很快加入老齊，在門房的臺階上組建了一個小團體起來，接著，這個團體當中自發產生了一陣交頭接耳的耳語聲出來，說是那位父親很快就要被放出去了。不消幾分鐘時間，這個消息便傳到了這所大學最為僻遠的那個房間。

　　小杜麗從外面打開房門，他們倆人一起走了進去。他正坐在窗戶旁邊就著陽光讀著報紙，身上穿著那件灰色的舊袍子，頭上戴著那頂黑色的舊帽子。他的眼鏡被他捏在手裡，因為他剛剛才戴起它四處張望了一番。毫無疑問的一點是，一開始的時候，聽到她的腳步聲出現在樓梯上面，讓他有些吃驚，因為他沒有料到，她會在天黑之前回來，接著，看到還有柯南陪伴著她，讓他複又吃了一驚。走進房間的時候，他們臉上那種不太常見

的表情一下就擊中了他，而在此之前，它們已經在下面的放風場裡面引起了眾人的注意。他並未起身或講話，而是把眼鏡和報紙放在身旁的桌子上面，微張著嘴看起了他們，伴之以兩片打著戰抖的嘴唇。待亞瑟朝他伸出手之後，他碰了它一下，但不復是平常那副神態，然後，他把臉扭向他的女兒，專注地看起她的臉來，在此之前，後者已經緊挨著他坐了下來，並把兩隻手搭在了他的肩膀上面。

「父親！我今天上午感到非常快樂！」

「你感到非常快樂是嗎，親愛的？」

「是柯南先生讓我有這種感覺的，父親。他給我帶來了一個關於你的，如此令人欣喜和如此神奇的消息！如果他未曾憑藉著一顆偉大的仁慈之心，和一種予人以安慰的溫和態度，而讓我對它有所準備，父親 —— 他讓我對它有了一些準備，父親 —— 我想我是沒辦法承受得了它的。」

她的激動不安之態有些太過巨大的嫌疑，只見眼淚在她臉上滾滾而下。他則猛地把一隻手摀在心口處，然後把目光投向了柯南。

「請讓你自己平靜下來，先生，」柯南說，「然後花點時間想一想。想一想在生活裡面，可能發生的那些最具有光明的希望，並且最幸運的意外事件。我們全都聽說過巨大的驚喜這個東西。它們還沒有滅絕，先生。它們不太常見，但還沒有滅絕。」

「柯南先生，你說它們還沒有滅絕是嗎？你說它們還沒有滅絕，是針對 —— 」他碰了碰自己的胸口，但沒有說出那個「我」字來。

「是的，」柯南應道。

「會是什麼樣子的驚喜呢？」他問，同時用左手摀住了心口，而且，他還在此處停下話頭，用右手把桌子上面的眼鏡擺成了十分端正平穩的樣子，「能有什麼樣子的這種驚喜，是留給我的呢？」

「讓我用另外一個問題回答你吧。請告訴我，杜麗先生，對你來說，最不敢奢望，同時又最樂於接納的驚喜是什麼。不要害怕，放開膽子去想

像吧，或者直接說出來它是什麼。」

聽到這裡，他用堅定不移的目光看起了柯南，而且，這樣看著他的時候，他像是變成了一個非常年邁枯槁的老人。在窗戶另一邊的高牆上面，以及牆頭的尖鐵上，太陽光正在明晃晃地照耀著。只見他緩慢伸出那隻剛才摀著心口的手去，指向了那堵高牆。

「它現在倒掉了，」柯南說。「不見了！」

他仍然保持著同樣的姿勢，仍然堅定不移地看著柯南。

「取代了它的是，」柯南緩慢但清楚地說，「你將會變得有辦法擁有和享受，那些長久以來一直被它們關在外面的東西，而且可以達到最大最多的程度。杜麗先生，一個不存在哪怕一丁點疑問的事實是，用不了幾天功夫，你就可以重獲自由了，還會變得非常成功富有。我要用整副靈魂來祝賀你，祝賀你的命運發生的這場變化，祝賀你的幸福快樂的未來，你很快就可以，帶著你在這裡被恩賜的那件珍寶 —— 就算拿你在其他地方能夠擁有的所有財富作比，它也是最好的一個 —— 其實，這件珍寶就在你的身邊 —— 奔向這樣的未來了。」

說完這些話之後，柯南按了按他的手，又放開了它。他女兒用自己的臉貼著他的，並在這個他已飛黃騰達的時刻裡面，用自己的倆條手臂環抱著他，其情形如同，他此前經年累月遭遇逆境之時，她用自己的愛心、勞苦和真誠環抱著他一般。接著，她又傾吐了自己的整顆心靈，內中感激、希望、欣喜和極致之狂喜無不有之，一股腦都呈獻到了他的手上。

「我將會看到，他變成了我從未見過的樣子。我將會看到，我的親愛的寶貝把身上的陰雲一掃而光。我將會看到，他變成了我可憐的母親在很久之前見過的那個樣子。啊，我的寶貝，我的寶貝！啊，父親，父親！啊，感謝上帝，感謝上帝！」

他聽任了她的親吻和愛撫，但沒有回應它們，只是用一條手臂攬著她。他也沒有說上哪怕一個字眼。現在，他的堅定不移的目光分攤到了她

和柯南倆人身上，並開始打起抖來，像是冷極了一般。這時，亞瑟向小杜麗解釋稱，他想跑到咖啡館買上一瓶葡萄酒，並且很快把它拿了回來，其慌忙匆促之情狀，臻於了他所能達到的極限程度。在葡萄酒被從酒窖拿到吧臺的間隙當中，眾多興奮不已的人們向他詢問，到底發生了何事，於是他匆匆忙忙地向他們透露道，杜麗先生繼承了一筆財產。

　　手裡拿著葡萄酒回來之後，他發現，她已經把她父親安置在了安樂椅裡面，並且解開了他的襯衫和頸巾。他們倒滿一個平底玻璃杯，把它舉到了他的嘴唇旁邊，他先吞咽了一小口，然後便自己接過玻璃杯去，並喝乾了它。須臾功夫之後，他仰躺在椅子裡面，用手帕捂著臉哭了起來。

　　待這個過程持續了一小會兒之後，柯南覺得時機已到，是該向他講述一下這場驚喜的細節情形了，從而把他的注意力從事情主幹上轉移開來。因此，他慢慢地，用一種安靜的語調對它們進行了盡可能清楚明白的解釋說明，並對潘可思參與此事的性質進行了一些誇大。

　　「他將會 —— 哈 —— 他將會得到可觀的補償，先生，」那位父親說，並在驚跳起來之後，急匆匆地繞著房間四下游走了起來。「你就放心吧，柯南先生，所有相關人等都會 —— 哈 —— 都會得到可稱壯觀的獎賞。沒有哪怕一個人，親愛的先生，會說他對我提出的要求，沒有得到滿足。我會償還 —— 嗯 —— 我從你那裡支取的預付款，先生，並對此心懷一種獨特的喜悅之情。我還要請求你透露一下，請在你方便的時候盡早進行此事，你給我兒子支取了多少預付款。」

　　他在房間裡面的四處遊走毫無目的可言，但沒有安靜下來哪怕一秒鐘過。

　　「所有人，」他說，「都會被牢牢記住。當我離開這裡的時候，不會在任何人名下有所虧欠。所有那些人們 —— 哈 —— 只要對我和我的家人有過良好的表現，都將得到獎賞。老齊將會得到獎賞，小莊將會得到獎賞。我非常想要，並且打算，表現得大方一些，柯南先生。」

「你能允許我這樣做嗎，」亞瑟說，並把他的錢包放在了桌子上面，「請允許我為你提供一些眼下的應急準備金，可以嗎，杜麗先生？我認為，你最好能帶著一筆錢，以供這方面的需要。」

「謝謝你，先生，謝謝你。在眼下這一刻裡面，我是樂意接受它的，如果我在一個小時以前接受了它，便會有昧於良心的嫌疑。對於你提供的這筆臨時貸款，我不勝感激之至。它的期限過短了一些，但來得很是時候——來得很是時候。」在此之前，他的手已經摸到了那筆錢上面，現在，他拿著它四處亂走了起來。「請你不吝善意，先生，把這筆錢加到之前那些我求助過的預付款上面，而且，如果你願意的話，請你小心從事，不要遺漏了支付給我兒子的預付款。你只需要口頭陳述一個總數即可，這就是我會——哈——我會提出的所有要求。」

說到這裡，他的眼睛落到了他女兒身上，然後暫時停下話頭吻了吻她，又拍了拍她的頭。

「我們必須得找到一位出售女裝的商人，親愛的，對你這身太過樸素的衣服進行一次迅速徹底的改頭換面。馬姬的身上也得做點事情，她現在——哈——光禿禿的，難稱令人尊敬，難稱令人尊敬。還有你姐姐，愛米，還有你哥哥。還有我弟弟，你叔叔——可憐的傢伙，我相信這個消息會叫醒他——得派幾個信差把他們叫來。得把這個消息透露給他們。向他們說破它的時候，我們得小心從事，但必須馬上透露給他們。不管在他們名下，還是在我們自己名下，我們都有這麼一份責任，就是從現在這一刻起，不能讓他們——嗯——不能讓他們再做任何事情。」

這是他曠古至今首次暗示出來，對於他們為了生計做著一些事情這個事實，他在私下是知曉其情形的。

接著，放風場裡面掀起來一陣巨大的歡呼聲，而這時，他仍然繞著房間小跑個不停，手裡緊緊抓著柯南的錢包。「消息已經傳開了，」柯南從視窗朝下看了看，然後說。「你願意讓他們看看你嗎，杜麗先生？他們非

常真誠，顯然很想看看你。」

「我——嗯——哈——我承認，就算在這以前，我也是能夠想望一下的，愛米，我的寶貝，」他說，同時仍然到處小跑著，且其狂熱的忙亂情狀更甚於之前，「想著先對我的衣服做出一些改變，然後買上一塊——嗯——一塊帶鏈子的懷錶。不過，這件事得照眼下的樣子來進行，它——哈——它是必須要進行的。把襯衫領子給我扣緊了，我的寶貝。柯南先生，我能勞駕你一下嗎——嗯——請幫我找一下那條藍色頸巾，你可以在你手肘旁邊的那個抽屜裡找到它。把大衣的胸扣給我扣上，我的小可愛。它看上去——哈——它看上去有些太肥，扣起來。」

說完，他用一隻抖抖索索的手把他的灰髮朝上攏了攏，然後便在柯南和他女兒的扶持之下，出現在了視窗旁邊，身體各靠在兩人的一條手臂上面。大學生們向他致以了非常熱烈的歡呼，他則向他們拋擲了飛吻，且在其中蘊含了巨大的溫文和護佑意味。退回房間裡面之後，他說，「這些可憐的傢伙啊！」其語調流露著對其悲慘處境的莫大同情。

小杜麗卻是焦心如焚，覺得他應該躺下來平靜一下心緒。所以，當柯南對她說，他要去知會潘可思一聲，告訴他現在可以盡快趕過來了，然後對這樁大喜事做個了結的時候，她咬著耳朵對他懇求道，請再跟她待上一會兒，直到他父親平靜下來睡著為止。他是無需她懇求兩遍的，於是，她轉而給她父親鋪床去了，並乞求他躺上一會兒。然而，在接下來的半個小時或者更長的時間裡面，他卻任誰勸說都不肯停下來，顧自繞著房間四處走動，跟自己討論著下述事項的可行性，即典獄長會否允許，讓全體犯人前往管理人員的可以俯瞰街道的宿舍視窗那裡，觀瞻他和他的家人乘坐自家馬車永遠離開此地的情景——他說他認為，對於他們來講，這個場面算得上是一道難得的景觀。不過，慢慢地，他開始垂下眼皮打起盹來，直至最終攤開身體躺到了床上。

她忠誠地堅守著自己的崗位，在他身邊為他扇著涼，冷卻著他的額

頭。他看上去像是睡著了一般，但突然出人意料地坐了起來，並且說：

「柯南先生，請你原諒。我可以這樣認為嗎，親愛的先生，即是說我可以 —— 哈 —— 可以在眼下這一刻穿過門房，然後 —— 嗯 —— 到外面散個步去？」

「我認為不行，杜麗先生，」柯南不情願地答道。「還剩一些形式上的程序尚待完成，儘管你在此地的滯留現在只是一個形式了，但我擔心，在接下來的一小段時間裡面，它還是必須加以遵守的。」

聽了這話之後，他再度落淚了。

「只剩下幾個小時了，先生。」柯南竭力勸說著他，語氣很是歡快。

「幾個小時怎麼了，先生！」他突然爆發出一股強烈的怒氣來，然後應答道。「你說起幾個小時當然很容易了，先生！但你覺得，先生，對於一個被堵住嗓子急需空氣的人來說，幾個小時會有多長呢？」

這是他在彼時的最後一番感情流露，又流了一些眼淚，並訴苦說他沒辦法呼吸之後，他慢慢進入了小憩狀態當中。柯南坐在那個寧靜的房間裡面，注視著那位躺在床上的父親，還有那個給他的臉扇著涼的女兒，內心裡面思緒萬千。

小杜麗也在想著一些什麼。只見她溫柔地撩開他的灰髮，用嘴唇碰了一下的他的前額，然後，她把目光轉向了已經走到她跟前的柯南，用低微的耳語聲，訴說起了她的思考主題。

「柯南先生，在他離開這裡之前，得付清所有欠債是嗎？」

「這還用問，都得付清的。」

「雖然他在這裡關了比我的一輩子還長的時間，還是得付清所有欠債嗎？」

「這還用問。」

在她的表情裡面，有一些疑惑和抗拒的成分，即是說，那裡面並非全是心滿意足。他有些驚奇，想要探測一下它的究竟，於是說：

「他會這樣做讓你感到高興嗎？」

「你呢？」小杜麗怏怏不樂地問。

「我啊？當然是高興得極其之熱烈了！」

「那我知道了，我也應該這樣。」

「難道你不這麼覺得嗎？」

「我覺得有些苛刻的是，」小杜麗說，「雖然他已經失去了如此之多的年華，而且遭受了如此之多的苦難，但到頭來還是得還清所有欠債。我覺得有些苛刻的是，他得同時支付生命和金錢。」

「親愛的孩子 ——」柯南剛一開口，她便打斷了他。

「是的，我知道我錯了，」她羞怯地懇求道，「請不要對我有什麼不好的想法，這個東西是和我一起在這裡長出來的。」

雖然這座監獄能夠毀掉許多東西，但它對小杜麗心靈的玷汙，卻不過如此。而且，這份困惑源出對那位可憐的囚犯，即她父親的同情憐憫，這是柯南有史以來第一次，也是最後一次看到，監獄環境給她塗上的汙點。

他想著這些事情，克制住自己沒再說上哪怕一個字眼。在想著這些事情的同時，她的純潔和善良也在一陣極其耀眼的光線當中，來到了他的眼前。而且，這個小小的汙點竟然使它們更顯美麗了起來。

至於小杜麗這邊，一則是被她自己的思想感情所累，二則是屈從了這個房間的寂靜氛圍，所以，她的手慢慢鬆懈了下來，並最終止住了扇涼的動作，然後，她的頭垂落到了枕頭上面，跟她父親的頭並排放置在了一處。柯南輕柔地立起身來，沒有一絲響動地打開又關上房門，然後縱貫監獄而過，帶著它的那份安寧走進了騷動擾攘的街頭。

第三十六章　馬夏變成了孤兒

現在，杜麗先生和他的家人們永遠離開監獄的那一天已經到來了，在那條飽受踐踏的走道上面，那些石頭將再也不能與聞他們的足音。

這之前的那段間隔很是短暫，但是，他卻對它之漫長大加抱怨，而且，在觸及到延宕這一話題時，對魯格先生表現得很是跋扈。他素來對魯格先生高傲待之，動輒威脅要另雇他人。他還要求魯格先生，不要對他身處其中的這個地方做一些想當然的假設，而是要去履行他的職責，先生，去俐落迅速地履行它。他告訴魯格先生，他知道律師和代理人們是些什麼貨色，還說他不會聽任他們的欺騙。當那位紳士謙遜地陳述說，他已經努力竭盡了一己之勞瘁，范妮小姐用非常粗暴無禮的隻言片語回敬了他，說她想要知道一下，當他被不下十次地告知錢不是問題之後，他還能少做些什麼嗎，並且表達了如下懷疑，即他可能忘了他在跟誰說話。

還有那位典獄長，他已經身居典獄長這個職位有很多個年頭了，而且，杜麗先生此前從未跟他有過任何分歧，但是現在，杜麗先生對他的的表現卻可稱相當嚴厲。以個人身分向他表示祝賀時，那位官員一併提議道，杜麗先生可以免費使用他的兩個房間，直至離開為止。杜麗先生馬上向他表示了感謝，並答覆說他會考慮一下，但是，典獄長剛一離開房間，他便坐下來給他寫了一封措辭很能予其以傷害的短箋，在這封短箋裡面，他論稱，在之前的無論任何場合裡面，他都沒能擁有接受他的祝賀這一殊榮（這倒是真話來的，不過說真的，過去也沒有什麼特別的事情值得來祝賀他一番），並且代表他自己和他的家人向典獄長請求，能允許他們拒絕接受這一提議，但同時要致以，它之無私和完全擯棄一應世俗考量的獨特格調所應得的一切感謝。

對於他家遭逢的這場命運逆轉，他弟弟身上閃現出來的那份興趣火光

是如此之微弱，以致非常令人懷疑的一點是，他是否真的明白了它們是怎麼回事，不過，杜麗先生還是讓那些由他召來，為他自己服務的襪匠、裁縫、帽匠和靴匠，為他量身裁剪了新的服飾，並勒令道，要把他的舊衣服從身上扒下來付之一炬。在令自己擁有一副非常時髦和優雅的外表這件事情上面，范妮小姐和提普先生是無需外人指示的，而且，他們三人還一起在附近那一帶最好的酒店裡面，度過了這個短暫的過渡時期 —— 不過說真的，就像范妮小姐所說的那樣，這最好的酒店也是非常之不過爾爾。跟這家機構有關的一項變化是，提普先生還租用了一輛雙輪帶篷馬車，以及配套的馬匹和馬夫，人們常常看到，這套非常齊整的車馬在馬夏的大院外面臨幸著南華克的主街，每次都會持續上兩三個小時。還有一輛尺寸適中的小型雙馬四輪出租遊覽馬車，也屢屢被看到出入於那裡，在走下或進入這輛交通工具時，范妮會藉由展示那些一般人無法企及的軟帽，而把典獄長的幾個女兒撩撥得激動難捺。

在這個短暫的時期當中，有眾多事務都被付諸了處理。除了其他事項之外，紀念塔大院的裴德和布林律師受他們的客戶杜麗愛德先生的指示，給柯南亞瑟先生寫去一函，內中附有二十四鎊九先令八便士，此筆款項係按百分之五年利率計收的利息外加本金，而他們的客戶認為，這便是他在柯南先生名下所欠的債款。在進行此項通信和付款活動時，裴德和布林先生的客戶還進一步指示他們道，要提醒柯南先生注意，他從未請求他恩賜這筆如今已被償還的預付款（包括那些進門費），還要向他透露如下內情，如果他當初是用自己的名字公開提供了這筆款項的話，它是絕對不會被接納的。說完這些之後，他們還要求他出具一份加蓋印鑑的收據，又說他們仍然是他恭順的僕人。此外，在馬上就要變成孤兒的馬夏監獄裡面，長久以來一直充任其父親角色的杜麗先生，還以類似的方式處理了很多其他事務，它們主要是針對，大學生們向他提出的一些旨在索取小額金錢救濟的請求。對於這些請求，他均應之以至大的慷慨做派，同時並不有失於

正式和莊重，一般而言，他會先致函指定一個時間，要求申請人於其時在他的房間裡面等候，然後，他會在堆積如山的文件當中予他以接待，並為他的捐贈（這是因為，他在每個這樣的場合都會說，「這是一項捐贈，不是借貸」）伴以眾多良言善諫，它們的大意通常如下：作為任期屆滿的馬夏之父，他希望人們能長久地記住他，還說他充當了這樣一個榜樣，即就算在那樣一個地方，一個人也是有可能保持住他自己的尊嚴和眾人的敬意的。

　　大學生們並未對此表現出嫉妒情緒。這不僅是因為，對於一位可稱馬夏耆宿的大學生，他們懷有一份個人感情上兼傳統使然的敬意，還因為對這所大學而言，此事可稱與有榮焉，令它在報紙上一時風頭無兩。也可能是因為，在他們當中，更多的人都認為（但並沒完全意識到他們的這種想法），這件事情可能會像中彩似的，也發生在他們自己身上，或者認為，在將來的這天或那天，會有類似的事情臨幸到他們頭上。總之，他們把它當成了一樁天大的喜事。有那麼幾個人，當他想到，自己將被留在監獄裡面，並且繼續貧困下去的時候，會有些情緒低落，但是，就算是這些人，也未對這家人這場大放異彩的命運逆轉報以怨尤。而在那些比此地更為溫文有禮的地方，卻可能湧現出多上許多的嫉妒來。似乎有可能存在的一個事實是，比起這些處於從手到嘴 [194] —— 從當鋪掌櫃的手，到餐桌上面的嘴 —— 這一流程當中的大學生們來，那些遭際著平庸命運的人們往往會少上一些寬宏的氣度。

　　他們準備了一份呈文給他，並裝在一個整潔的鏡框裡面呈送於他（不過，它後來並未在杜麗家的華廈裡面進行展覽，也沒被保存在杜麗家的檔當中），對此，他應之以一封親切仁厚的回函。在那份檔裡面，他用一種頗具皇家風範的姿態向他們保證，他已經收到了他們就其眷愛之情所作的

---

[194]　「從手到嘴」的原文為 from mouth to hand，這一短語被當做習語使用時，可表「現掙現吃，僅可糊口」之意，在此處為一語雙關用法。

表白，並全然確信其間的耿耿衷忱，而且，他再次勸誡他們全體，要拿他作為榜樣——他說，至少在得到一大筆財產這件事情裡面，他們肯定是樂於對他加以仿效的。他還利用這個機會，邀請他們出席一場惠及全監的宴請，屆時，他將在放風場裡面招待全體大學生們，他還表示，其時，他將有幸舉杯告別那些被他留在身後的人們，並敬祝他們快樂安康。

　　他並未在這場公開進餐活動上動嘴進食（它是在下午兩點鐘舉辦的，可他現在的正餐是六點從酒店送過來的），不過，他兒子卻不吝善意，在主桌上占據了首位，並表現得非常揮灑自如和迷人眼目。他自己在眾多賓客當中四處巡視著，留意著進餐的每個人，並且看到，那些珍饈佳餚均為他所明令要求的優質品，而且無一遺漏都被端上了席面。整體來說，他像是舊時的一位敕封了領地的貴族，並鮮見地擁有一副良好的心境。在進餐活動行將結束之際，他端起滿滿一杯陳年馬德拉白葡萄酒 [195] 向眾位賓客祝了酒，並且告訴他們，他希望他們之前已盡得其樂，還希望在這個傍晚剩下的時間裡面，他們也能盡得其樂，還說他願他們都能安好，並且向他們表示了歡迎。到了眾人歡呼著為他的健康祝酒時，他終究表現了不那麼貴族的一面出來，這是因為，在他試著向他們答謝時，他像一個胸膛裡面長著一顆心的，十足的農奴那樣，讓自己的情緒告於了奔潰，在眾人面前哭泣了起來。待這場絕大的，但他自己認為是一場失敗的勝利過後，他又向「老齊和他的兄弟同僚們」祝了酒，在此之前，他已經每人贈送了他們十個英鎊，現在他們悉數均有列席。老齊答謝了他的祝酒，並說，你保證要鎖上的那些東西，就鎖上它們吧，但請記得，就像那個戴著腳鐐的非洲人所說的那樣，你是一個永遠的男人和兄弟 [196]。料理完一長串祝酒之後，杜麗先生又溫文爾雅地跟牢裡僅次他年長的一位大學生玩了一整局撞柱遊戲，然後便留下已經被他租下的球場，讓他們自行娛樂消遣去了。

[195]　一種烈性葡萄酒，產於北大西洋馬德拉群島（Madeira），故名。

[196]　此處指涉了韋奇伍德陶瓷浮雕（Wedgwood Medallion）上的一句銘文，該款出產於 1768 年，主體圖案為一個鎖鏈加身的黑奴，並題有「我不也是人，不也是兄弟嗎」字樣。

不過，這些事情全都發生在最後那一天之前。而現在，他和他的家人們永遠離開監獄的那一天已經到來了，在那條飽受踐踏的走道上面，那些石頭將再也不能與聞他們的足音。

　　離開的時間被定在了午間。待到它迫近之際，不見一個大學生待在房間裡面，也沒有一個獄卒未曾到場。後面那一類紳士是穿著禮拜天的禮服現身的，而絕大部分大學生們則是，視條件許可盡可能裝扮得光鮮了一些。甚至還有兩三面旗子被展覽了出來，還有小孩子們，他們在身上穿戴起了緞帶的布頭和零碎。在這個分外予人以考驗的時刻裡面，杜麗先生本人保持著一副嚴肅但優雅的尊貴面目。他把很大一部分注意力投注到了他弟弟身上，關於後者在這個重大場合中的儀態問題，他感到甚是焦心。

　　「親愛的福德，」他說，「如果你願意攙著我的話，我們是可以一起從我們那些朋友們中間走過去的。我認為理應如此的是，我們應該手臂挽著手臂走出去，親愛的福德。」

　　「啊！」福德說。「好的，好的，好的，好的。」

　　「還有，親愛的福德 —— 如果你能這樣那就太好了，就是說不要太過拘謹，多少往你平常的舉止裡面加進去一點（請原諒我這麼說，福德），一點上光劑那樣的優雅 ——」

　　「威廉啊，威廉啊，」另外那人搖著頭說，「這些事情全都應該由你來做。我不知道怎麼去做。全都忘掉了，忘掉了！」

　　「不過，親愛的傢伙，」威廉應答說，「如果不是為了別的什麼，只是因為剛才所說的那個原因的話，你必須得，絕對得讓自己靈醒起來。你忘掉了什麼東西，現在必須得開始回憶起來，親愛的福德。你的身分 ——」

　　「嗯？」福德說。

　　「你的身分，親愛的福德。」

　　「你說我的嗎？」他先看了看他自己的身體，然後又看了看他哥哥的，

接著長長地吸了一口氣，並大聲說，「啊，那當然了！好的，好的，好的。」

「你的身分，親愛的福德，現在算得上出色了。你身為我弟弟這個身分，可以算得上非常出色。還有我知道，按照你那種盡職辦事的天性，你肯定會努力讓自己變得配得起它來，親愛的福德，還會努力去為它增光。不是去給它抹黑，而是去給它增光。」

「威廉啊，」另外那人虛弱地說，並伴之以一聲喟嘆，「我願意去做你所希望的任何事情，兄弟，但前提條件是，它是我力所能及的。請你大發慈悲好好想一想，我的那份力量是多麼有限。今天，你想讓我去做些什麼呢，兄弟？告訴我它是什麼，只要告訴我它是什麼就行。」

「最親愛的福德，什麼都不用做。我們犯不著為了什麼事情，去煩擾像你那麼一顆善良的心靈。」

「還是請來煩擾它吧，」另外那人應答說。「不管它能為你做些什麼事情，威廉，它都不會覺得那是煩擾。」

威廉用一隻手抹了兩眼一把，然後小聲說，語調中包含著一股不失威嚴的滿足味道，「願上帝保佑你的這份眷愛之情，可憐又可愛的傢伙！」然後又高聲說，「好吧，親愛的福德，如果你願意的話，等到我們往出走的時候，只要努力顯出這麼一副樣子來就行，就是說讓人覺得，你在這個場合裡面是活著的 —— 還要讓人覺得，你在想著一些跟它有關的事情 ——」

「你願意提點我一下嗎，我該想些有關它的什麼事情呢？」他弟弟恭順地應對道。

「喔！親愛的福德，這我怎麼能答得上來呢？我能說得上來的只有，在離開這些善良的人們時，我自己在想些什麼。」

「那個就行！」他弟弟大聲說。「那個就能幫我的大忙。」

「我發覺我在想著，親愛的福德，他們沒了我該怎麼辦呢？這麼想著的時候，我懷著一種五味雜陳的感情，在那裡面，一種溫柔的憐憫之情占據著主導地位。」

「沒錯，」他弟弟應答說。「好的，好的，好的，好的。等到我們離開時，我會想，他們沒了我哥哥該怎麼辦呢？這些可憐的東西呀！他們沒了他該怎麼辦呢？」

十二點的鐘聲剛一敲響，便有消息報稱說，馬車已經在外院裡面準備停當了，於是，杜麗兩兄弟開始手臂挽著手臂朝樓下走去。杜麗愛德先生（曾用名提普）和他的妹妹范妮隨後，亦是手臂挽著手臂。跟在兩兄妹後面的是布羅先生和馬姬，他們受託搬運杜麗家那些被認為值得搬運的動產，負載著將被裝上運貨馬車的大小包裹和各色輜重。

（馬夏變成了孤兒）

在放風場裡面，可以看到眾多大學生們和各位獄卒。在放風場裡面，還可以看到潘可思先生和魯格先生，他們此番前來是為了，觀看為他們那份工作畫上的最後一筆。在放風場裡面，還可以看到因為心碎而奄奄待斃的小莊，他正在為自己撰作著一篇新的墓銘。在放風場裡面，還可以看到

年高德劭的賈思彼，他顯出一副如此恢弘的仁慈氣度來，以致於，許多熱
情澎湃的大學生們熱烈地抓著他的手不肯鬆開，與此同時，還有為數更眾
的大學生妻子和女性親戚們，她們親吻著他的手，毫不懷疑此事係他一力
而為。在放風場裡面，還可以看到那些慣於並適於出現在這樣一個場合
的，合唱隊的成員們。在放風場裡面，還可以看到那個在典獄長侵吞基金
一案中含冤莫白以待昭雪的男人，他早晨五點便從床上爬了起來，抄完了
一份闡述那樁暗箱交易始末的，全然令人不明就裡的呈文，並已將這份至
關重要的文件交與杜麗先生料理，打算先把政府驚個目瞪口呆，再促成典
獄長的最終垮臺。在放風場裡面，還可以看到那位一直將其至大的精力傾
注在拚命欠債這件事情上面的破產者，他為入獄所花費的巨大辛勞，跟其
他人為了出獄所花費的那些不相上下，而且，他總是能夠被判無罪且大受
褒揚；與此同時，他手肘旁邊的另外一位破產者 —— 這是一個十足矮小、
抽搐個不停、勞苦個不休的商人，為了脫離於債務泥淖之外，把自己焦心
勞累到了半死的地步 —— 卻發現，想讓一位長官對他大加指摘斥責之後
把他放掉，殊為一件天大的難事。在放風場裡面，還可以看到那個子女眾
多負擔累累的男人，他之失敗令所有人都感到驚奇不已；在放風場裡面，
還可以看到那個一無子嗣而資產甚眾的男人，他之失敗卻沒有哪怕一個人
引以為奇。在那裡，還可以看到那些每天都在盤算著明天出獄，卻永遠將
其推宕拖延的人們；在那裡，還可以看到那些昨天才剛剛入獄，對這種怪
異無常的命運的怨憤不平之情比那些飽經風霜的老鳥們更甚許多的人們。
在那裡，還可以看到一些全然居心卑劣，在這個富貴加身的大學生和他的
家人們面前卑躬屈膝彎腰屈背的人們；在那裡，還可以看到另外一些亦有
如此舉動，但真的另有隱情的人們，這是因為，他們那些受慣了監室及貧
窮之黑暗的眼睛，沒辦法承受如此明亮的陽光。在那裡，還有很多曾經把
他們的先令塞進他的口袋裡面，供他買肉沽酒，現在卻不敢仰仗著那份援
助，貿然上前跟他招呼道「你好啊傢伙幸會幸會！」的人們。對於上述這

種籠中之鳥，更確切的評論應該是，在這隻將獲得如此堂皇之自由的幸運鳥面前，他們多少有點害羞，當他走過的時候，他們往往會退縮至柵欄的角落裡面，顯出一些慌亂不安的樣子來。

就這樣，這支由杜麗兩兄弟打頭的小型隊伍走過上述這些觀眾，緩慢地朝大門口挪動了過去。杜麗先生沉浸在這些可憐人沒了他該如何為繼這一宏大猜想當中，表現得崇高而悲傷，但並未太過沉迷。他輕輕拍打著小孩子的腦袋，狀如前去教堂的柯羅德爵士[197]，他跟站在後面的人們講著話，喚其以洗禮之名，他降尊紆貴於一應到場的人們，還好像為了予其以慰藉，在自己的腦袋上面環繞了這樣一圈金字銘文，「安慰些吧，我的人民們！要承受它啊[198]！」

最後，有三陣飽含著誠實精神的歡呼聲宣告道，他已經通過了大門，馬夏隨之變成了孤兒。接著，還沒等它們在監獄高牆上激起的回聲停止鳴叫，這家人便已經鑽進了馬車裡面，隨行的厮從便已經把腳踏板拿在了手裡。

然後，而不是此前，只聽范妮小姐立即大叫了一聲，「善良仁慈的老天爺呀！愛米哪裡去了？」

她父親方才以為，她跟她姐姐待在一起。她姐姐則以為，她在「這裡或者那裡」。他們全都相信，就像他們慣以為之的那樣，可以發現她在正確的時間裡面，安靜地出現在了正確的地點。此番離開監獄可能算是，在他們共同捱過各種生活際遇時，扎扎實實地第一次缺少了她的存在。

查明這些問題可能花去了一分鐘左右的時間，然後，范妮小姐從馬車座位上俯瞰起了通向門房的那條狹窄過道，憤慨地把臉漲了個通紅。

「那個，爸啊，我必須得說，」她大聲說，「這太丟人了！」

[197]　柯羅德爵士（Sir Roger de Coverley），艾約瑟（Joseph Addison, 1672～1719）創辦的文學期刊《觀察者》（The Spectator, 1711～1712）中的經典喜劇人物，其身分為一名英國鄉間紳士。

[198]　此處指涉了《聖經舊約－以賽亞書》第 40 章 1 節，「你們的神說，你們要安慰，你們要安慰我的百姓。」

「什麼太丟人了，范妮？」

「我必須得說，」她複又說道，「這全然是一種不名譽的行徑！就算在眼下這麼一個時間裡面，也真的差不多足夠讓一個人去希望，她還是死了乾淨！我這是在說，那個倒楣孩子愛米還穿著她那身又醜又破的舊衣服，她十分倔強地不肯把它脫掉，爸，儘管我一遍又一遍地懇求又乞求她換掉它，她卻一遍又一遍地拒絕聽從，承諾今天會換掉，還說她希望，只要她還在那裡跟你待在一起，就希望還能把它穿在身上 —— 這絕對是一套低賤到極點的浪漫主義鬼話 —— 我這是在說，那個倒楣孩子愛米讓我們丟人到了最後一刻，在眼下這最後一刻裡面，她終究還是穿著那身衣服被抱出來了。而且，抱著她的還是那個柯南先生！」

在她宣讀這份訴狀的同時，愛米的罪行得到了確切的證實。這是因為，柯南出現在了馬車門口，懷裡抱著那個人事不省的小身體。

「她被忘掉了，」他說，用的是一種憐憫的語調，但內中不無責備的意味。「我跑上樓到了她的房間那裡（是老齊指點給我的）之後，發現門是開著的，然後我發現，她暈倒在了地板上面，我是指這個親愛的孩子。她看上去是想換掉衣服，但因為不堪重負倒下去了。可能是因為那些歡呼聲，也可能比那更早一些。小心抓著這隻可憐的冰冷的小手，杜麗小姐，別讓它掉下去了。」

「謝謝你，先生，」杜麗小姐應答說，並迸出了眼淚來。「如果你能給予我這份許可的話，我相信我是知道該怎麼做的。親愛的愛米，睜開妳的眼睛啊，那才是一個好寶貝！喔，愛米啊，愛米啊，我真的感到非常惱火和羞恥！你一定要醒過來啊，親愛的！喔，他們怎麼還不開車啊？求你了，爸，快點開車吧！」

只見那位僕從插身進柯南和車門之間，並尖聲說了一句，「蒙您見允，先生！」說完把腳踏板折進了車裡，然後他們就開走了。

（上卷完）

小杜麗（上卷）：

19 世紀的英倫如監獄，狄更斯經典諷刺之作

作　　者：[英] 查爾斯·狄更斯（Charles Dickens）

插　　圖：[英]H.K. 布朗（Hablot Knight Browne）

翻　　譯：劉成龍

校　　注：孔寧

發 行 人：黃振庭

出 版 者：崧燁文化事業有限公司

發 行 者：崧燁文化事業有限公司

E-mail：sonbookservice@gmail.com

粉 絲 頁：https://www.facebook.com/
　　　　　sonbookss/

網　　址：https://sonbook.net/

地　　址：台北市中正區重慶南路一段六十一號八
　　　　　樓 815 室

Rm. 815, 8F., No.61, Sec. 1, Chongqing S. Rd.,
Zhongzheng Dist., Taipei City 100, Taiwan

電　　話：(02)2370-3310

傳　　真：(02)2388-1990

印　　刷：京峯數位服務有限公司

律師顧問：廣華律師事務所 張珮琦律師

國家圖書館出版品預行編目資料

小杜麗（上卷）：19 世紀的英倫
如監獄，狄更斯經典諷刺之作 /
[英] 查爾斯·狄更斯（Charles
Dickens）著，[英]H.K. 布 朗
(Hablot Knight Browne）插圖，
劉成龍 譯，孔寧 校注 . -- 第一版 .
-- 臺北市：崧燁文化事業有限公司，
2024.01
面；　公分
POD 版
譯自：Little Dorrit
ISBN 978-626-357-896-8(平裝)
873.57　112021187

定　　價：799 元

發行日期：2024 年 01 月第一版

◎本書以 POD 印製

Design Assets from Freepik.com

電子書購買

臉書

爽讀 APP